Kenneth Bonert

Der Anfang einer Zukunft

ROMAN

Aus dem Englischen von
Stefanie Schäfer

Diogenes

Titel der 2018 bei Houghton Mifflin Harcourt,
Boston, New York, erschienenen Originalausgabe:
›The Mandela Plot‹
Copyright © 2018 by Kenneth Bonert
Covermotiv: Copyright © Diogenes Verlag

Für Nicole

»Es ist eine quälende Wahrheit, um nicht zu sagen eine Tragödie, dass die Geschichte einer Familie oder einer Nation nichts weiter als eine Folge von Echos ist. Alle menschlichen Muster wiederholen sich, alle kehren zurück, überlagern sich und repräsentieren, was bereits gewesen ist – nur die *Art* jeder Wiederholung variiert möglicherweise. Ein uralter Text mag von unterschiedlichen Akteuren neu interpretiert werden, doch das existentielle Drama liegt weiterhin zugrunde, so unverrückbar wie das Gestein des Ortes, an dem es sich vollziehen muss, wieder und wieder. Alles, was sich dem entgegenstellt, ist die schwache Waffe der Erinnerung, so zerbrechlich wie ein Gespinst aus Träumen.«

Aus: ›A Light for the Abyss‹ von H. R. Koppel

»La haine est le vice des âmes étroites, elles l'alimentent de toutes leurs petitesses, elles en font le prétexte de leur basses tyrannies.«

»Der Hass ist das Laster der kleinen Seelen; sie füttern ihn mit all ihren Nichtigkeiten und nutzen ihn als Vorwand für ihre Niedertracht.«

Aus: ›La Muse du Département‹
von Honoré de Balzac
Anmerkung für die Leserinnen und Leser

Inhalt

Hinweis an die Leser

Am Ende des Buches befindet sich ein Glossar mit einer Erklärung zu südafrikanischen und jiddischen Wörtern sowie ihrer Aussprache.

Weder die Township Julius Caesar noch die Vorstadt Regent Heights sind auf dem Stadtplan Johannesburgs zu finden. Es handelt sich um fiktive Orte, die auf der Phantasie des Autors beruhen. Die in diesen Gegenden befindlichen Schulen, die Leiterhoff-Schule sowie die Wisdom of Solomon Highschool für Jungen, sind ebenfalls reine Erfindung. Es bedarf kaum noch der Erwähnung, dass auch die Personen, die diese fiktionalen Orte bevölkern, Phantasieprodukte des Autors sind, ebenso wie alle anderen Charaktere in diesem Roman.

Der Name

*S*ie sind hier! *Mitten in der Nacht, mit ihren hohen Stiefeln und Maschinengewehren, ihren Stahlhelmen und Hunden an Ketten.* Raus! Juden raus! Alle Juden raus! Schnell!!, *brüllt jemand durch ein Megaphon. Ich reiße meine Tür auf und renne den Flur hinab, und sie fallen über unsere Gartenmauern wie riesige Schlangen. Es kracht, sie sind an der Haustür, Splitter fliegen umher, ein Vorschlaghammer zertrümmert die Mesusa am Türrahmen. Mein Bruder hat es rausgeschafft, aber er kniet in der Unterhose draußen auf dem Rasen im Scheinwerferlicht, die Hände hinter dem Kopf. Regen rinnt über sein gesenktes Gesicht. Jetzt hört man das Splittern von Glas aus dem Elternschlafzimmer, meine Mutter schreit, und ich drehe mich um und renne durch die Küche zur Hintertür. Der Garten ist leer. Ich muss nur den hinteren Zaun erreichen, darüberklettern und fliehen. Doch als ich den Türgriff berühre, erstarre ich.*

Zaydi.

Sie sind noch nicht bis zu Zaydi vorgedrungen, zu seinem Zimmer am anderen Ende des Hauses. Die Megaphon-Stimme brüllt unablässig: Juden raus! Alle Juden raus jetzt!

Sie sind drinnen. *Aber Zaydi. Ich muss zurück.*

1

Ich spiele Slinkers wie immer, und dann passiert was Komisches – *ich gewinne*! Ich sammle Punkte rechts und links, ohne dass die anderen mich aufhalten können. Mein Herz hüpft wie ein Knallfrosch, und wann immer die Kappe meines polierten Jarman-Schuhs den Slink berührt, fliegt er genau dahin, wo ich ihn haben will. Ich fange an zu kichern wie ein Verrückter. Währenddessen sind Pats und Ari ganz still und ernst geworden. Sie sehen mich nicht an.

Slinkers ist ein Spiel, das wir selbst erfunden haben, eine Kombination aus Fußball, Billard, Golf und Schach. Aber es macht eine Million Mal mehr Spaß als jedes dieser Spiele, ich schwör's. Es ist einfach das Beste, hey. Ich kann gar nicht erklären, wie gut. Eines Tages werden wir die Idee dazu verkaufen, und wenn die Leute es erst mal ausprobiert haben, wird es größer als Rugby, kein Witz. Ich und Ari Blumenthal und Patrick Cohen – ehrlich gesagt haben wir damit angefangen, weil die *Schul* so scheißlangweilig ist. Entweder man sitzt da und singt irgendwas auf Hebräisch, oder man steht nur rum, bis einem die Füße weh tun. Der dicke Rabbi Tershenburg leiert sein Blabla herunter. Es dauert Stunden, und danach gehen alle ins Foyer, und die Frauen mit ihren Hüten kommen von der Frauengalerie runter, küssen ihre Ehemänner, *a gutn schabeß,* und sammeln ihre Kinder ein. Dann strömen alle hinüber in den Kidesch-Saal, wo sie von Papptellern dünne, knusprige Kichel und Hering futtern und Cola und Fanta aus kleinen Flaschen in sich hineinschütten. Wir nicht. Unsere Familien gehen am Sabbat nicht in die *Schul*. Wir haben aber die Kronkorken dieser kleinen Flaschen gesammelt und die Oberseite wie verrückt auf den grauen Stufen draußen gerubbelt, wie um sie in Brand zu setzen, damit sie ganz silbern und glatt wurden. Wenn einer fertig ist, ist er ein Slink.

Während sich die Gemeinde im Foyer versammelt, warten wir drei mit Hummeln im Hintern, aber möglichst ohne uns etwas anmerken zu lassen, die Taschen voller Slinks. Sind die Leute alle weg, kommt der alte Wellness reingehumpelt, der Zulu-Hausmeister, und schaltet einen nach dem anderen die großen Bronzeleuchter aus. Wenn der letzte erloschen ist und wir Wellness davonschlurfen hören, springen wir drei rein und beginnen mit unserem Match. So geht es jede Woche. Das Muster auf dem Marmorfußboden ist unser Spielfeld mit Linien und Toren. Slinkers ist ganz schön kompliziert, hey. Es gibt eine Million Sonderregeln. Pats sagt immer, das Schwerste ist nicht, ein Tor zu schießen, sondern erst mal zum Tor hinzukommen. Okay, aber nicht für mich! Nicht heute! Ich versenke schon wieder einen Treffer, aus der Luft, und muss so kichern, dass ich mich hinlegen muss. Als wir mit der nächsten Runde anfangen, trifft es mich plötzlich wie ein Haken in die Leber (Marcus nennt das »mexikanischer Korkenzieher«), dass ich auf dem besten Weg bin, das ganze verdammte Match zu gewinnen. Ich sehe meine Freunde an. Sie würdigen mich immer noch keines Blickes. Kein gutes Gefühl. Im Grunde habe ich nämlich nur diese beiden Freunde, okay, meine *Schul*-Freunde. Echt, das war's. Ich denke nicht gern darüber nach, warum das so ist, aber es ist die Wahrheit.

Ich kann Pats' Slink nicht abblocken und verliere deswegen den nächsten Punkt. Und dann noch einen. Jetzt fangen meine Freunde wieder an zu lächeln und zu plaudern. Schon bald streiten wir uns. Wir streiten uns ständig. Momentan geht es um unsere Luftwaffe und dass wir Mirage-Kampfjets haben und ob die besser sind als die kubanischen Migs, gegen die wir an der angolanischen Grenze kämpfen. Die Mirages hat Israel im Sechstagekrieg eingesetzt, aber die Migs wurden von einem Juden konstruiert. Ari meint, die Mirages wären besser. Pats sagt, das ist Quatsch. Ich sage, was mein Bruder Marcus mir sagen würde, nämlich, dass es von dem Modell abhängt, das die Kubaner im Kampf gegen uns einsetzen, weil unsere Mirages ziemlich alt sind und keiner uns neue verkauft wegen der Sanktionen. Schon bald schreien wir uns an, wie immer. Das Geschrei hallt unter dem Dach wider, das kuppelförmig ist wie das Innere von so einem Haartrocknerhelm, unter dem alte Damen sitzen, nur ist es hier total dunkel, wenn das Licht nicht brennt. Am Ende verliere ich die Diskussion, wie immer. Dann verliere ich noch mehr Slinkerspunkte, und je mehr ich verliere, desto mehr lachen die anderen und klopfen mir auf den Rücken. Und dann verliere ich das Match, wie immer. Und dann verliere ich den Streit, welchen Weg wir zu Pats nach Hause nehmen sollen. Letztlich werde ich immer Dritter von dreien hinter meinen beiden Freunden. Das ist mein Platz. Aber heute frage ich mich zum ersten Mal allen Ernstes, warum.

2

Wir gehen zu Pats Haus auf der Route Alpha Kilo Leopard. Wir haben Codes für alle unsere Wege. Manchmal streiten wir uns darüber, wie lange wir durchhalten würden, wenn man versuchen würde, uns unter Folter unsere Codes zu entlocken. Die Wetten stehen zwei zu eins, dass ich als Erster reden würde, aber wir sind uns alle drei einig, dass die schlimmste Folter ist, wenn sie einem Nadeln in die Eier stecken. Wir gehen zu Fuß, klar, weil man am Schabbes nirgendwohin fahren darf – das ist gegen die Thora –, deswegen wäre es Chuzpe de luxe, vor der Synagoge mit einem Auto aufzukreuzen. Der alte Meyerson hat das mal gemacht, hat sich von seinem Sohn Neil hinfahren lassen, und jetzt redet keiner mehr mit ihm.

Gegen eins oder so erreichen wir den Emmarentia-Damm, und der Wind kühlt mein Gesicht in der heißen Sonne. Das Wasser glitzert und schlägt kleine Wellen. Die Angler befestigen Kugeln aus matschigem Brot an den Angelschnüren, damit sie vom Boot aus die Haken erkennen können. Kajakfahrer paddeln wie wild, und Windsurfer fallen vom Brett, klettern wieder rauf und bücken sich, um ihre schweren Segel hochzuziehen. Der Eismann verkauft rundes Granatapfel-Stieleis, dick wie Kricketbälle, und ruft: »Zuckerwatte, Zuckerwatte, wer möchte Zuckerwatte?« Wir gehen am Straßenrand neben den geparkten Autos entlang. Überall liegen am grasbewachsenen Ufer Leute mit ölig glänzender Haut auf Handtüchern. Weiße, die versuchen, braun zu werden. Die afrikanische Sonne kocht sie mit Vergnügen windelweich. Ich rieche Kokosnuss-Sonnencreme, Babyöl und Würstchenrauch. Die Luft schlägt Wellen über der heißen Straße. Aus einem geparkten Auto dröhnt: »Do you really want to hurt me« von Boy George aus dem Radio, und ich denke an den Sänger mit Hut und Mädchen-Make-up in der Sendung *Pop Shop,* die wir zu Hause immer aufnehmen – freitags um fünf. Ich weiß noch, dass der eine Typ, wie heißt er noch, in *Pop Shop* gesagt hat, 1986 gehöre dem New Wave, was sich total cool angehört hat, aber ich habe keine Ahnung, wie ein Jahr einer Sache gehören kann oder was New Wave eigentlich bedeutet.

Ein gelber vw Golf, nicht der schnelle GTI, sondern so einer, von dem Da sagt, dass den nur Ladys kaufen, bremst hinter uns. Das macht mich echt nervös, ehrlich. Es ist schon oft passiert, dass jemand hinten aus dem Auto raus was Antisemitisches gebrüllt hat. Ari trägt seine Jarmie, er hat sie im Haar festgesteckt und legt sie nie ab. Er ist gläubiger als wir beiden anderen. Pats trägt seine Jarmie manchmal auch außerhalb der Synagoge, weil er üben will, stolz darauf zu sein, dass er Jude ist. Pats steckt voller solcher bekloppten Ideen. Die hat er von Laurel, seiner Schwester, die Drama an der Wits studiert und schwarze Kerzen in ihrem Zimmer anzündet und so. Doch sogar ich trage natürlich meine *Schul*-Klamotten, die an einem sonnigen Samstag hier am See total komisch sind – mein bestes Hemd mit langen Ärmeln und Kragen, schicke, braune lange Hosen und meine ledernen Jarmans – das Teuerste, was meine Ma mir je gekauft hat, wie sie immer wieder betont –, und man sieht uns sofort an, wer wir sind, auch ohne Jarmie. Neulich hat jemand gerufen: *Jo! Blöde Scheißjuden!* Ich sehe noch das Gesicht vor mir, das zum Fenster rausschaute, ein blonder Typ mit Ohrring. Er sah nicht mal böse aus, ja er schien sich sogar zu freuen, als ich ihn anschaute. Als hätte er gerade ein leckeres Erdbeereis mit Schokosauce verspeist. Manchmal frage ich mich, was er gesehen hat, ich meine, wie mein Gesicht für ihn ausgesehen haben muss. Und warum hat es Blondi so Spaß gemacht, uns zu beschimpfen? Aber wir ignorieren es immer, wenn so was passiert. Was sollen wir auch machen? Der gelbe vw fährt vorbei, ohne dass es Probleme gibt, und schon geht's mir besser. Erleichtert atme ich auf.

Als wir das andere Ufer erreichen, wo die Straße bergauf vom See wegführt, sehe ich hektische Bewegungen in den Weiden am hinteren Ende. Ich muss einfach stehen bleiben und frage: »Hey, habt ihr das gesehen?«

Pats schirmt die Augen gegen die Sonne ab und rümpft seine spitze Nase, während er hinüberspäht. »Wer sind die?«

»Der eine trägt ein Solomon-Rugbyshirt«, sage ich.

»Quatsch«, erwidert Pats.

»Doch, das sind die Farben«, sage ich. »Ich schwöre, er hat eins an. Ein Solomon-Shirt.«

»Na und?«, fragt Ari.

Ich hole tief Luft. »Kommt, wir gehen hin und sagen hallo.«

»Du kennst sie, oder.« Es ist keine Frage; Pats ist einfach nur unheimlich sarkastisch.

»Klar kenne ich die«, sage ich. Manchmal fliegen mir die Lügen einfach wie von selbst aus dem Mund. Pats lacht, und die beiden gehen weiter. Aber ich rühre mich nicht. Ich denke wieder an Slinkers und dass ich kein einziges Match gewonnen habe, seit wir, als wir noch klein waren, damit angefangen haben – bis heute, wo wir schon unsere Barmies hinter uns haben und richtige Männer von dreizehn Jahren geworden sind und demnächst auf die Highschool gehen. Es ist besonders peinlich, weil ich der Älteste von uns bin – Mann, ich werde dieses Jahr vierzehn, schon bald! Also warum konnte ich das Match heute nicht gewinnen, obwohl ich eigentlich nicht mehr aufzuhalten war? Warum muss ich *immer* Letzter sein? In mir blinkt eine Antwort auf wie ein Warnlicht auf einem Armaturenbrett, eine Antwort, die mir nicht gefällt: *weil es sie zufrieden macht.*

Mittlerweile sind die Jungs auf der Straße stehen geblieben, schauen zurück und rufen nach mir, als hätte ich mich verirrt. Aber ich bewege mich immer noch nicht. Mein Herz klopft wie wild. »Los, Jungs«, sage ich. »Kommt mit.« Ich gehe auf die Stelle zu, wo sich die Weiden aus dem Gras erheben. Hinten am Ende des Sees steht eine dichte Baumgruppe, fast wie ein Minidschungel, ehrlich.

Als ich mich umdrehe, folgen sie mir tatsächlich. Das ist eine ganz schöne Überraschung, in gewisser Weise, aber dann bin ich plötzlich ganz froh, weil ich will, dass sie das sehen, sehr sogar. Ich will sie mit ihren verdammten Nasen draufstoßen.

3

Ich erreiche die Weiden zuerst. Vorne lassen die riesigen Bäume ihre biegsamen Zweige ins Wasser hängen, und hinter ihnen drängen sich noch mehr Bäume, so dass man wie von einer Mauer geschützt ist. Zigarettenrauch weht mir in die Nase, aber ich kann in den Schatten nichts sehen, denn wenn man aus der hellen Sonne ins Dunkle guckt, wird man sofort zu Stevie Wonder. Ich blinzle noch und versuche, etwas zu erkennen, als drei Typen rauskommen. Sofort warnt mich so ein kribbliges Gefühl, dass ich abhauen sollte, aber Ari und Pats kommen hinter mir her, und dann sehe ich wieder die Farben – die hat nur eine Highschool in ganz Johannesburg. Ein ziemlich großer Typ, der älter ist als wir, fünfzehn oder sechzehn, kommt auf mich zu und zieht eine Zigarette aus dem Mund. Er hat so einen breiten, weichen Mund, bei dem die Lippen ungefähr zwei Nummern zu groß sind für sein Gesicht, und über den Augen hat er einen dicken Knochenwulst, die mich an einen Totenschädel erinnert, nur dass Totenschädel so aussehen, als würden sie breit grinsen, und dieser Typ hat kein Grinsen für mich übrig. Stattdessen sticht er mit seiner heißen Zigarette genau auf mein Auge, echt jetzt! Er trifft nur deshalb nicht, weil ich reflexartig zurückweiche. Als ich mein Gleichgewicht wiederfinde, sehe ich, dass die andern zwei Jungs hinter Pats und Ari stehen – wir sind umzingelt.

»Was macht ihr Milchbubis hier unten?«, fragt Schädelgesicht.

»Ich war – ich hab nur gesehen, dass er das Rugbyshirt von der Solomon trägt«, antworte ich, drehe mich um und deute mit dem Kinn zu dem Typen mit dem Shirt. »Geht ihr alle auf die Solomon? Welche Klasse?« Ich lege mich ins Zeug, grinse die ganze Zeit, aber es wirkt alles falsch, so funktioniert das nicht.

»Ach so, Süßer«, sagt Schädelfratze. Und noch während

er das sagt, holt er mit einem Arm aus, und etwas explodiert mit einem lauten Knall auf der ganzen Seite meines Gesichts. Ich bin für einen Moment weg, und als ich wieder zu mir komme, stoßen die drei Großen uns tiefer zwischen die Weiden. Überall liegt Entenscheiße rum, und im dunklen Schlamm unten um das hohe Unkraut am Wasser sind tiefe Sumpflöcher, Millionen von Libellen huschen umher und schweben in der Luft wie winzige Hubschrauber. Keiner sonst ist hier, alle sind draußen in der Sonne auf dem Rasen. Mir wird kalt, und ich fange an zu zittern, aber das liegt nicht am Schatten. Meine eine Gesichtshälfte fühlt sich so dick an wie das blaue Gummi, aus dem Flipflops gemacht werden, und pocht wie verrückt. Ich fühle die rauhe Hand des großen Typen in meinem Nacken, und er packt mich am Kragen. Ich blicke mich um, und er liest das Schild in meinem Hemd. Einer von den anderen fragt ihn: »Was machst du da, Crackcrack?«

Crackcrack sagt: »Der trägt Zeug aus dem OK Bazaar. Ungelogen. Polyester, Sonderangebot aus der Krabbelkiste. Seine Mutter geht auf Flohmärkte. Sie kauft bei den *Shochs* ein, ich wette mit euch.«

Ich höre, wie Pats mit ihnen diskutiert. Kaum zu glauben, wie ruhig er klingt. Er sagt so was wie, dass wir doch alle Juden seien, sie müssten doch auch welche sein, wenn sie an der Solomon sind, also sollten wir uns doch vertragen. Der mit dem Rugbypulli packt Pats am Kopf und rammt ihn mit der Stirn, als wäre er eine Axt und Pats Kopf das Holz. Pats wird kreideweiß und hört auf zu reden. Ohne mich anzusehen, kneift mir Crackcrack so fest in die Brust, dass ich am liebsten aufgeschrien hätte, aber ich mache keinen Mucks. »Meine Schuhe sind handgemacht und aus Kalbsleder«, sagt Crackcrack. »Ich wette, dein Daddy fährt Toyota. Ich habe meinen eigenen Maserati. Mein Fahrer Edison hat ihn oben geparkt und wartet auf uns. Edison fährt mich, bis ich meinen Führerschein habe. Wir cruisen durch die Gegend, die Mädels gaffen uns an. Und ihr braven Rabbi-Jungs kommt aus der *Schul* und glaubt, ihr könnt uns anmachen?«

Er zieht mich an der Haut meiner Brust herum, lässt plötzlich los, und ich falle fast gegen den im Rugbyhemd. »Geschenk für dich, Polovitz«, sagt Crackcrack.

»Ich will ihn nicht«, entgegnet Polovitz.

Ich sehe, dass der andere von ihnen Aris rote Jarmie genommen hat. Ich weiß, dass sie ein besonderes Geschenk von seinem Vater war. Ari bedeckt den Kopf mit den Händen und sieht aus, als würde er gleich laut anfangen zu heulen, aber er beherrscht sich und sagt: »Aber ihr verstoßt gegen den Sabbat. Und das nimmt HaSchem sehr übel. Ihr tut mir jetzt schon leid, wenn ich dran denke, was er mit euch machen wird.« Alle erstarren einen Augenblick lang. *HaSchem* ist ein starkes Wort, ein *Schul*-Wort. Es ist hebräisch und bedeutet »der Name«, weil der wahre Name G-ttes nicht genannt werden darf, nur geschrieben, in heiligen Texten wie der Thora.

Crackcrack packt Ari am Ohr. »Süßer«, sagt er und dreht Aris Ohr so, dass er ihn dadurch zu Boden zwingt. Er nimmt schwarzen Schlamm, klatscht ihn auf Aris Wange und verschmiert ihn über sein ganzes Gesicht. »Jetzt siehst du wie der Shoch aus, der du bist«, sagt er. »Halt die Klappe, Shoch.« Ari kann nicht mehr und fängt an zu weinen. Tränen laufen über den Schlamm, und er schluchzt, als hätte er einen Asthmaanfall. Er merkt nicht mal, dass die beiden anderen seine Jarmie als Frisbee benutzen. Pats steht einfach nur da, sein Gesicht immer noch so weiß wie Tipp-Ex, nur dass eine dicke rote Beule aus seiner Stirn wächst wie ein Riesenpickel, der zum schlimmsten Fall von Akne seit Menschengedenken erblüht.

Crackcrack schaut auf das Wasser und sagt: »Was meinst du, Russ?«

Der Typ namens Russ grinst breit und schaut runter auf den armen Ari mit seinem mit Matsch und Rotz verschmierten Gesicht. Russ sagt: »Badezeit für die Babys!«

Ich sehe zu, wie Crackcrack seine Zigarette wegschnippt und sich mit einem goldenen Feuerzeug langsam eine neue anzündet. Wie er dabei die Schultern hochzieht, die Augen zusammenkneift und versucht, cool auszusehen, hat er sich sicher aus Filmen abgeschaut. Dann sehe ich, dass er amerikanische Camels raucht. Die gibt's in den Geschäften gar nicht mehr zu kaufen, wegen der Sanktionen. Aber er will zeigen, dass er welche kriegt, und das zählt mehr als nur Geld. Genau wie die anderen beiden trägt er Puma, Lacoste und Fila – wie eine Art Uniform. Plötzlich trifft es mich wie ein Hieb mit dem Kricketschläger: wie viel weniger ich bin als die, weil ich nicht diese Logos trage. Und dass sie aus einer anderen Welt kommen, von der ich keine Ahnung habe. Und das bringt mich sofort auf Marcus.

»Alles klar«, sagt Crackcrack. »*Partytime*. Ihr kleinen Rabbi-Jungs schafft jetzt eure Ärsche ins Wasser.«

Keiner bewegt sich.

»Los, ihr Schwulis. Ich sag's nicht noch mal. Ich zähle

jetzt bis drei, und dann geht ihr da rein, oder es wird euch leidtun!«

Ich blicke hinter mich und sehe, dass in dem grünen Wasser zwischen dem Ufergras alles Mögliche rumschwimmt, schleimiges Moos, Schlieren von Entenscheiße, Bierdosen und anderer herumdümpelnder Müll. Ich schaue die drei vor uns an. Ich überlege zuzuschlagen – ich meine ernsthaft. In Gedanken sehe ich meinen Bruder auf den schweren Sack in unserem Garten einprügeln, baff! baff! baff!, wobei die Schweißtropfen fliegen. Wenn ich alleine war, habe ich es auch ein paarmal versucht, aber die Schläge meiner knochigen Fäuste sind nur kleine Schubser gegen den harten Stoff, den ich kaum einbeulen kann. Ich schaue in ihre Gesichter und versuche mir vorzustellen, dass ich so auf eine echte Nase, ein echtes Kinn einschlage, und bei dem Gedanken fühle ich mich schwach, und mir wird fast übel. Mir ist, als würde ich schmelzen, immer weiter, in meine Socken rein.

»Eins«, zählt Crackcrack.

Zwischen zweien von ihnen klafft links eine kleine Lücke. Ich bewege mich langsam darauf zu, drehe mich seitwärts, aber Pats sagt: »Lass das, Helger. Die tun uns sonst nur noch mehr weh.«

Es ist dieses Wort, das dritte Wort. *Helger.* Es zerplatzt wie eine Bombe. Ich meine, ich sehe es in ihren Gesichtern – kabumm.

Plötzlich denke ich schneller als Jody Scheckter mit 500 km/h auf der Kyalami-Rennstrecke. Ich gehe auf die Lücke zu und weiß, dass sie jetzt nicht mehr versuchen werden, mich aufzuhalten. Ich gehe zwischen ihnen durch, und sie machen – nichts. Sie stehen einfach da wie gefrorene Scheißhaufen, mit offenen Mündern. Ich drehe mich zu Ari und Pats um. »Kommt, Jungs«, sage ich. »Die tun euch nichts. Lasst uns abhauen.«

Polovitz sagt zu Russ: »Verdammte Scheiße. Er ist es, oder?«

»Kann nicht sein«, erwidert Russ. Aber er klingt nicht mehr wie noch vor ein paar Sekunden. Seine Stimme ist ganz hoch, wie die eines Mädchens.

Crackcrack geht auf mich zu, als wolle er diesen Quatsch auf der Stelle klären. »Wie heißt du?«

»Ich bin Martin Helger«, sage ich.

»Was soll der Scheiß?«

»Das ist heftig«, sagt Russ. »Er ist sein Bruder. Sein kleiner Bruder.«

»Der hat doch gar keinen kleinen Bruder«, erwidert Crackcrack.

Ich spüre, wie alle mich ansehen, während ich Crackcracks Blick erwidere. »Mein Bruder geht auf die Solomon«, sage ich. »Vielleicht kennt ihr ihn. Er heißt Marcus. Marcus Helger. Ich wollte euch einfach nur fragen, ob ihr ihn kennt. Vorher.« Jetzt sagt keiner mehr ein Wort. Ich erzähle ihnen, dass mein Bruder Marcus in der Matriek ist – in der zehnten Klasse, der letzten Klasse der Highschool. Also ist er älter als sie, achtzehn inzwischen. Ich frage sie noch einmal, ob sie ihn kennen, aber die Antwort weiß ich bereits. Etwas Riesiges ist unter meiner Kehle angeschwollen. Ich fühle mich, als würde ich auf einem Turm stehen und auf sie hinunterschauen.

Jemand gibt einen Laut von sich, wie ein Gähnen, nur

anders. Es erinnert mich an das Geräusch, das Ma damals in Rosebank gemacht hat, als wir diesen jungen schwarzen Typen die Straße entlangrennen sahen, und ein Polizist rannte hinter ihm her und schoss auf ihn. Der Mann rannte so schnell, wie ich es noch nie zuvor gesehen hatte. Er hatte den Kopf gesenkt, ruderte wild mit den Armen, und seine Jacke flatterte hinter ihm her. Der Bulle hielt seine Riesenknarre in beiden Händen, die Arme gestreckt, sie machte plopp-plopp-plopp, und wir konnten es nicht glauben, und Ma stieß diesen Laut aus, den ich nie vergessen werde. Russ gibt genau diesen Laut noch einmal von sich und starrt mich an mit Augen, so groß wie die Räder eines Spielzeuglasters. »Ich hab dich nicht angefasst, hey«, sagt er zu mir. »Ich nicht.« Er dreht sich um, macht zwei, drei große Schritte, und dann rennt er einfach weg und ist verschwunden. Crackcrack sagt zu mir: »Du bluffst doch.« Polovitz will auch etwas sagen, aber schluckt es runter, dreht sich um und rennt ebenfalls weg. Einfach so.

Crackcrack weicht zurück; er kaut auf dem Daumennagel. Ari packt ihn am Arm. »Lass mich los!«, sagt Crackcrack, lässt mich dabei aber nicht aus den Augen und versucht nicht, seinen Arm wegzuziehen. Er will lächeln, aber es sieht – wie Ma sagen würde – einfach garstig aus. Er sagt, er hätte nur Spaß gemacht, als er gedroht hat, uns ins Wasser zu schmeißen. Das hätten sie nie wirklich getan. »War ein Witz, Leute, war nur ein Witz.«

Ari sagt: *»Du hast mich Shoch genannt.«* So wie er das sagt, klingt es schlimmer als schlimm, wie das Schlimmste, das man zu jemandem sagen kann. Und es ist ziemlich schlimm, aber ich glaube, mit dem Schlamm dazu war es noch schlimmer. Crackcrack steckt die Zungenspitze ein Stück raus, fährt sich schnell über die wulstigen Lippen, schluckt dann heftig und streckt die Hand aus. Sie zittert. »Hey, Mann«, sagt er zu Ari. »Tut mir leid. Lass gut sein.« Dann schaut er uns andere an. »Tut mir leid, Jungs. Echt jetzt.«

Ari ignoriert die Hand. Crackcrack hält sie mir hin. Ich schaue auf sie hinunter. Ari sagt: »Sei nicht blöd, Helger. Lass ihn nicht so einfach davonkommen.«

Ich stehe eine Weile da und starre die Hand an. Dann überrascht mich Pats, als er in mein Ohr flüstert: »Lass ihn einfach gehen, hey. Lass ihn, und gut ist.«

Ari hört ihn. »Nein, es ist nicht gut!«, sagt er. »Absolut nicht!« Ihm bröseln überall noch Reste von trocknendem Matsch vom Gesicht, und eine Wange ist rot und geschwollen. Die ganze Zeit hält mir Crackcrack die Hand hin. »Komm schon, China«, sagt er – er nennt mich seinen Kumpel, als wären wir die besten Freunde. »China, brauchst deinem Bruder ja nichts zu sagen, okay? Sag's nicht Marcus. Wir sind doch Männer, oder? Wir belassen es dabei. Ich hab mich entschuldigt. Tut mir echt leid.«

Ich starre ihn an. »Tu's nicht«, sagt Pats. Aber schon höre ich meine eigene Stimme. Sie klingt tief und rauh, als wäre es nicht meine. »Stimmt nicht«, sage ich. »Du verdammter Lügner.«

4

Anschließend folgen wir im Gänsemarsch dem Pfad durch das hohe Schilf. Unsere Füße quietschen im Matsch. Es ist heiß wie in einem Treibhaus, ich schwitze wie verrückt, und als wir rauskommen und kühle Luft über meine Haut streicht, ist es, als würde Plastikfolie von mir abgepellt. Draußen können wir wieder über die Felder hinter den Squashplätzen bis zur Letaba Road blicken. Ich zittere immer noch. Pats dreht sich zu mir um und fragt: »Wie konntest du das nur machen?«

»Weiß nicht«, antworte ich. »Ich hab's eben einfach gemacht.«

»Das war ein Fehler«, sagt Ari. »Ein Riesenfehler!«

Ich spüre, wie sich mein Gesicht verzieht. »Klar, das sagst du jetzt. Aber vorhin hast du das nicht gesagt. Vorhin wolltet ihr genauso zu denen gehen wie ich.«

»Ich nicht!«

»Doch!«

»Wie konntest du das tun, Martin?«, fragt Pats noch einmal. »Das war bescheuert.«

Ich schaue weg. Mein Schädel brummt. »Keine Ahnung«, sage ich. »Es war, als wäre es jemand anders gewesen.«

»Du warst es«, erwidert Ari.

Dann fängt Pats wieder davon an, wie bescheuert ich bin, und dabei steigt wieder das Gefühl von eben in mir auf, und ich sage mir: *Scheiß auf ihn! Er hat's verdient. Er hat es verdammt noch mal verdient!* Neben mir steht ein armseliger kleiner Busch, der keinem was getan hat. Ich gehe hin, packe ihn und zerre daran herum, aber er ist zäher, als er aussieht. Ich grunze und zerre und reiße mir die Hände auf, bis ich ihn mit der Wurzel rausziehen kann. Dann drehe ich mich um und schmeiße ihn in die Binsen. Ich spucke aus und wische mir den Mund ab, keuchend wie nach einem Geländelauf. Die beiden andern glotzen mich an. »Du hast sie doch nicht mehr alle«, sagt Pats leise.

Ich deute auf ihn. »Ihr habt beide voll mitgemacht.«

Ari reibt sich die Nase und sagt: »Die haben sich so dermaßen in die Hosen geschissen, das hab ich noch nie gesehen. Dein Bruder muss ein ganz schön großes Tier auf der Solomon sein.«

»Keine Ahnung. Wenn ich das gewusst hätte, hätte ich gleich gesagt, wer ich bin.« Ich hatte wirklich keine Ahnung, denn Marcus redet nicht mehr mit mir wie früher, als wir noch klein waren, schon seit Jahren nicht, seitdem er auf diese Highschool geht.

»Aber warum geht dein Bruder überhaupt auf die Solomon?«

Jetzt ist es raus, nach all den Jahren. Ich habe es vor ihnen geheim gehalten, und das hat funktioniert, weil sie *Schul*-Freunde sind, die nie zu uns nach Hause zum Spielen kommen, und weil Marcus nie in die Synagoge geht und weil sie nie viele Fragen über meine Familie stellen, denn sie reden ohnehin nur über sich selbst. Aber ich habe immer gewusst, dass sie es irgendwann rausfinden – vielleicht habe ich das deswegen heute gemacht, bin deswegen dahin gegangen. Ich stütze die Hände in die Hüften und schaue weg. Ich warte auf das, was jetzt kommen muss.

»Und, auf welche Highschool gehst du nächstes Jahr?«

Irgendwie fühlt es sich gut an, das Geheimnis auszuspucken wie einen faulen Zahn. »Ich gehe auch auf die Solomon.«

Einen Augenblick lang sehen sie mich ungläubig grinsend an, bis ihnen dämmert, dass ich es todernst meine. Dann schauen sie einander an, als könnten sie es nicht glauben. Ari sagt: »Wieso gehst du auf die Solomon?«, und Pats fragt: »Warum hast du uns angelogen?«

»Ich hab gar nicht gelogen«, erwidere ich. So ganz stimmt das allerdings nicht. Seit Jahren habe ich sie in dem Glauben gelassen, dass ich auf die staatliche Highschool gehen würde, genau wie sie. Ich meine, ich gehe auf eine staatliche Grundschule, also warum dann nicht auf eine staatliche Highschool? Außerdem wissen sie, dass ich in Greenside wohne, in einem alten Bungalow *ohne Swimmingpool,* und Jungs aus Greenside gehen nicht auf die Solomon. Sie hätten mir vielleicht geglaubt, wenn ich gesagt hätte, ich ginge auf eine andere jüdische Privatschule, eine für die Mittelschicht – aber nicht auf die Wisdom of Solomon High School für jüdische Jungen oben in Regent Heights. Niemals. *Ich habe nicht gelogen!,* würde ich am liebsten zu meinen einzigen beiden Freunden sagen oder, besser noch, es laut herausschreien, aber stattdessen beiße ich mir mit brennendem Gesicht auf die Lippen. Nein, ich hab nicht gelogen. Ich hab's nur nicht gesagt. Das ist ein Unterschied, oder? Ich hab nur die Klappe gehalten, bis heute, als ich den Rugbypullover unten zwischen den Weiden entdeckt habe. Ich wollte es ihnen einmal unter ihre arroganten Nasen reiben und ihnen zeigen, dass sie nicht besser sind als ich, denn das sind sie nicht.

Ich hatte es mir ganz anders vorgestellt, und zwar ungefähr so: *Erlaubt mir, euch ein paar zukünftige Mitschüler von der Solomon vorzustellen.* Und die Solomon-Jungs hätten gesagt: *Sehr erfreut, euch kennenzulernen. Wirklich sehr erfreut.* Denn auf die Solomon gehen lauter Gentlemen, und ich werde einer von ihnen sein, und ich will auch so sein und solche Freunde haben, und das werde ich auch. Ich kann immer noch nicht glauben, dass diese Typen wirklich von der Solomon waren. Bestimmt war das nur der Abschaum. Andererseits wundert es mich in gewisser Weise doch nicht allzu sehr, wenn ich überlege, wie sich Marcus verändert hat, seit er auf die Solomon geht. Eine Stimme in mir sagt, klar doch, das ergibt absolut Sinn, aber ich will auf diese Stimme nicht hören und verdränge sie. Sie verursacht mir ein ganz übles Gefühl bis runter in die Eier.

Währenddessen wendet Pats ein: »Dein Alter arbeitet auf einem Schrottplatz und fährt in einem alten, verbeulten Pick-up rum.« Sofort sehe ich ihn vor mir, meinen Vater Isaac Helger, den knubbligen Ellbogen am offenen Fenster seines rostigen Datsun, den dicken, mit rötlichen, lockigen Haaren bedeckten Unterarm, wie er auf dem Weg nach Hause die Clovelly Road entlangrattert und durch die Zähne pfeift. Die gleichen rötlichen Locken ringeln sich über seinem faltigen, sonnenverbrannten Gesicht mit der dicken Nase und den abstehenden Ohren. Ich hasse mich dafür, dass ich mich schäme, aber so ist es eben.

»Wie kann er sich das leisten?«, fragt Ari, pumpt sich auf und deutet mit dem Finger auf mich wie im Film ein Anwalt vor Gericht, der am Ende den Bösen drankriegt. »Woher hat er das Geld? Man muss sich das doch leisten können!«

»Du hast völlig recht«, sagt Pats zu ihm. »Die Shein-baums gehen auf die Solomon. Die verdammten Sefferts. Die Ostenbergs schicken ihre Kinder hin.« Er zitiert be-rühmte Namen aus der *Sunday Times* und so – Besitzer von Diamanten- und Goldminen, Erbauer großer Casinos und protziger Shoppingmalls, Eigentümer börsennotierter Un-ternehmen. Nur dreihundert Jungs besuchen die Solomon, und alle stammen aus solchen Familien. Es sind keine Söhne von Schrotthändlern aus Greenside darunter.

»Da stimmt doch was nicht«, sagt Ari.

Es ist, als wäre ich gar nicht da, so wie sie über meinen Kopf hinweg über mich reden. In Gedanken sehe ich sie schon nach Hause rennen und die Neuigkeit rausposaunen: der kleine Marty aus der Shaka Road, und dann finden sie raus, was ich längst weiß. Denn nur, weil der alte Helger aussieht wie ein Arbeiter, wenn er an Jom Kippur in der Synagoge auftaucht, in diesem alten, schlechtsitzenden An-zug, ohne Krawatte, mit faltigem Kragen, schwieligen Pran-ken und sonnenverbranntem Gesicht, und nur, weil er in einem rostigen Truck sitzt, ist er deswegen noch lange nicht … so wie sie. Denn die sind die Idioten. Die wissen nicht, dass Isaac Helger unseren Schrottplatz *besitzt*. Sie wissen noch nicht, dass so ein Laden schmutzig und häss-lich aussehen kann, aber dass man deswegen noch lange nicht arm sein muss. Ich weiß das, denn Da hat es mir oft genug gesagt: *Es sind die schmutzigen Fingernägel, die rich-tig Geld ausgraben.*

Ari wendet sich an mich. »Die werden dich fertigma-chen, *my broe'*.«

Pats fragt: »In welche Klasse geht dein Bruder noch mal?«

»Du weißt doch, dass Marcus in der Matriek ist«, erwidere ich. »Tu doch nicht so.«

»Ich meine damit nur, dass er nächstes Jahr weg ist, wenn du auf die Solomon kommst, oder? Die Typen werden dich umbringen für das, was du gemacht hast.«

Für das, was *ich* gemacht habe. Als wären sie nicht dabei gewesen.

»Sei doch mal ehrlich«, sagt Ari. »Du hast keine Freunde. Du bist unsportlich, weil du so ein Lauch bist. Deine Noten sind so schlecht, dass du schon mal sitzengeblieben bist. Du hast echt keinen Charakter, ich meine, gib's doch zu. Und dann schau dir mal an, was du heute gemacht hast. Irgendwas stimmt doch nicht mit dir!«

»Falsch«, sage ich mit trockenem Mund. »Das war nicht ich, das waren wir zusammen.« Ich bemerke, dass ich angefangen habe, hin und her zu tigern. Ich kann nicht stillstehen. Erstaunlich, wie viel sie über mich wissen, und ätzend, wie recht sie haben. Mir kommt plötzlich in den Sinn, dass die Leute, die man kennt, wahrscheinlich viel mehr über einen wissen, als sie einem ins Gesicht sagen. Das findet man offenbar erst raus, wenn die Kacke am Dampfen ist.

»Du hast uns doch da rübergeschleift«, erwidert Pats ganz ruhig und berührt die Beulen auf seiner Stirn, die allmählich blau werden. Und da kapiere ich es. Was sie von mir wollen. Sie wollen bloß, dass ich mich entschuldige, wie immer. Sie wollen, dass ich sage, es wäre 100-prozentig mein Fehler gewesen. Ich müsste dieses kleine, nasale Lachen ausstoßen und den Kopf senken, wie ich es immer mache, wenn ich verliere, als wollte ich sagen: *Na ja, was kann man schon machen?* Das erinnert mich an unseren alten Hund

Sandy und daran, wie sie sich auf den Rücken rollt und ihren weichen Bauch zeigt, damit man sie krault. So soll ich sein. So bin ich immer. Wenn ich das jetzt mache, wird alles wieder normal, wir können alle zusammen zu Pats nach Hause gehen wie immer, nach dem Mittagessen Risiko spielen, und ich verliere, und dann werfen wir Steine in den Pool und tauchen sie hoch, und ich verliere auch bei diesem Spiel. Und plötzlich kapiere ich es – sie sind neidisch! Ich spüre, wie sich meine Fingernägel in mein Schlüsselbein graben, ohne dass ich mich erinnern könnte, meine Hand dorthin gelegt zu haben. »Alles klar«, sage ich. »Ich geh jetzt, Leute.«

»Du gehst?«, fragt Pats.

»Ja, nach Hause«, sage ich.

»Alles klar, dann geh doch«, sagt Ari, das Gesicht verkniffen, als hätte er in eine Zwiebel gebissen. »Los, geh!«

»Mach ich«, sage ich.

»Alles klar. Du Wichser.«

»Es ist nicht deine Schuld«, sagt Pats.

»Ach, wirklich?«, sage ich. Ich trabe los, und Ari fragt, was mit mir los wäre. Ich habe die Hände in den Taschen zu Fäusten geballt. Unsportlich, schlechte Noten, keine Freunde.

Einmal auf dem Schrottplatz hat mich mein Vater dabei erwischt, wie ich gelogen habe. Er hatte mich gebeten, bei einem Auspuff auf blauen Qualm zu achten. Ich sagte ihm, da wäre keiner, dabei hatte ich nicht mal hingeschaut. Ich las gerade ein Buch, *Tales of mystery and imagination* von Edgar Allan Poe. Mein Vater Isaac hat dicke Pranken, und seine Haut ist durch die vielen Schwielen rauh wie Schleifpapier. Er ist alt, aber diese Hände sind so wahnsinnig stark, Mann. Wie Schraubstöcke, ehrlich. Er hat mich am Arm gepackt, so dass ich spürte, wie sich die Finger bis auf den Knochen gruben und fünf Blutergüsse hinterließen, die mir noch zwei Wochen lang blieben. Und ich erinnere mich an jedes Wort, das er zu mir gesagt hat: *Dein guter Name ist alles, was du auf dieser Welt hast, Junge. Wenn du deinen guten Namen verlierst, kriegst du ihn nie wieder zurück. Die Leute müssen an diesen Namen glauben. Helger. Wenn du Lügen erzählst, dann verlierst du deinen Namen. Er wird nichts mehr wert sein. Vergiss das nie.*

Da hatte so recht. Nichts ist wichtiger. Das sieht man schon allein daran, wie die Jungs vor dem Namen Marcus Helger ausgerissen sind, nur vor seinem Namen! Ein Name kann so greifbar sein wie eine Pistole oder ein Messer. Ich werde mir auf der Solomon einen Namen machen – für irgendetwas. Was immer ich dafür tun muss. Ich brauche Ari nicht. Ich brauche Pats nicht. Ich brauche gar niemanden. Mein Gesicht ist nass.

HaSchem bedeutet »der Name«. Der wahre Name ist zu heilig, um ihn jemals laut auszusprechen.

Als ich in der nächsten Woche nicht zur *Schul* gehe, fragt mich Ma, warum, und ich antworte ihr, dass ich nicht mehr an den Namen glaube.

Der Alptraum

5

Ich bin draußen im Garten in mein *Spiel* vertieft – mein größtes Geheimnis –, als ich höre, wie das große Tor geöffnet wird und das Auto hereinfährt. Wir haben zwei Tore, beide aus Stahl, mit scharfen Spitzen obendrauf und natürlich immer abgeschlossen. Ich hätte genügend Zeit, mein Spiel zu unterbrechen und reinzugehen, aber ich bleibe draußen, weil ich so neugierig bin. Ich höre das Haupttor zuschlagen, dann eine Autotür, Stimmen und Schritte. Jetzt wird das innere Tor aufgeschlossen, und sie kommen auf dem Gartenweg herein – für diese wenigen Sekunden, während sie um die Ecke biegt, habe ich das neue Mädchen ganz für mich. Bemüht gelangweilt, blicke ich ihr entgegen. Ich wusste, dass es ein Mädchen sein würde, aber als *sie* erscheint, ist es, als würde mir das Blut in den Adern gefrieren und als würde dann jemand mit einem Hammer draufhauen. Auf mich kommt eine ausgewachsene Frau zu, eine echte Schönheit. Ihr schwarzes, lockiges Haar, die olivfarbene Haut und die vollen roten Lippen verleihen ihr etwas Orientalisches. Groß und rund zeichnen sich ihre Brüste unter dem T-Shirt ab, grüne Cargohosen schmiegen sich um breite Hüften, und an einer Fessel funkelt über den offenen Sandalen mit Glitzerriemchen und Korkplateaus ein Fußkettchen. Sie trägt einen Rucksack auf dem Rücken und einen Koffer in jeder Hand.

Es ist Dezember 1988, und, großer Gott, ich kann mein Glück kaum fassen!

Nachdem sie im Alten Zimmer ausgepackt hat, setzt sie sich zu uns an den Abendbrottisch, auf Marcus' ehemaligen Platz, und stellt sich uns als Annabelle Justine Goldberg vor, »aber bitte sagt Annie zu mir, ja? Ich studiere Anthropologie im Hauptfach an der Columbia, in New York City.« Sie freut sich sehr über die Praktikumsstelle, die sie sich hier in Johannesburg organisiert hat. Ihr Akzent klingt nach Fernsehen und Kino. Nach Demi Moore, Michael Jackson, Sly Stallone, nach *Dallas* und *Denver-Clan*. Amerika! Ihr breiter Akzent ist pure Coolness im Vergleich dazu, wie wir unsere Wörter verschlucken, als schämten wir uns für sie.

»Wo wirst du denn unterrichten, an der Wits?«, fragt Arlene.

»An der Uni? Oh, nein«, erwidert Annie. »An einer Grundschule.«

»Und an welcher?«, fragt Arlene, während sie mit beiden Händen gleichzeitig das hölzerne Salatbesteck in den Kartoffelsalat sticht.

»Sie liegt in Julius Caesar«, erklärt Annie. »Das ist eine Township, richtig?«

Arlene hält für einen Moment beim Massakrieren der Kartoffeln inne und starrt Annie mindestens zehn Sekunden lang wortlos an, ehrlich! Arlene ist diejenige, die diese Annie hier angeschleppt hat. Sie ist schon seit ewigen Zeiten Mitglied der Zionistischen Damenliga Johannesburg,

Abteilung nordwestliche Vorstädte, und als eine Gastfamilie gesucht wurde, die für einige Wochen eine jüdische Studentin aufnimmt, meldete sie sich. Sie war der Meinung, im Haus sei genügend Platz für einen Gast, nun, wo Marcus weg war und Gloria nicht mehr lebte und wir wegen Isaacs unvernünftiger, sturer Weigerung, ein neues Hausmädchen einzustellen, immer noch keinen Ersatz für sie hätten. Am meisten erstaunte mich, dass Isaac nicht sofort wieder einen lautstarken Streit vom Zaun brach, sondern nur mit den Achseln zuckte. Vielleicht hatte er die Nase voll von den Auseinandersetzungen – es hatte einfach zu viele gegeben, nachdem Marcus über Nacht verschwunden war. Es dauerte lange, bis das »ruhige Zeitalter« eintrat, wie ich es nenne. Im Zeitalter des Unfriedens hatte ich angefangen, meine Eltern Isaac und Arlene statt Ma und Da zu nennen. Damit versuchte ich ihnen klarzumachen, dass sie sich mal wie Erwachsene benehmen sollten. Ich bin jetzt knapp siebzehn und finde, dass wir alle in diesem Haus erwachsen sind und uns entsprechend verhalten sollten. Arlene, Isaac und Martin. Zaydi nenne ich selbstverständlich nicht bei seinem Vornamen, Abel. Zaydi muss unseren Berechnungen nach mindestens zweiundneunzig sein. Meistens sitzt er im Garten, klappert mit seinem Gebiss, betet und führt Selbstgespräche. Es würde sich nicht richtig anfühlen, ihn anders als Zaydi zu nennen, Jiddisch für Großvater. Eine Zeitlang waren meine Eltern genervt, aber irgendwann haben sie sich daran gewöhnt. Und jetzt sind wir nicht mehr nur drei Erwachsene und ein Senior, jetzt sind wir zu viert. Wir plus Annie Goldberg. Annie, das Nicht-Mädchen, Annie, die erwachsene Frau, die in eine Township will. Arlene

steht unter Schock, und in Isaac kocht es, weil er diesen bescheuerten Unsinn nicht rechtzeitig unterbunden hat. Und
ich? Mann, ich danke immer noch meinem Schöpfer im
Himmel! Man muss sie sich ja nur mal ansehen! Außerdem
ist das Schuljahr vorbei, und ich habe Sommerferien. Wir
sprechen hier von Wochen! Und ich bin noch Jungfrau.

6

Ich schrecke aus dem Schlaf hoch. Wieder Fetzen des Alptraums. Stöhnend und verängstigt liege ich da. 02:05 Uhr,
lese ich auf dem Wecker in roten Ziffern. Nach einer Weile
sehe ich Licht im Spalt zwischen den Gardinen flackern. Ich
gehe auf die Knie, um nachzusehen. Mein Zimmer ist lau-
sig, nicht nur, weil es gerade mal so groß ist wie ein Schrank,
sondern weil alle anderen Zimmer zum Garten hin liegen,
meins aber zum Hinterhof, der eigentlich nur ein Zement-
viereck ist, auf einer Seite begrenzt von Glorias ehemali-
gem – jetzt natürlich leerstehenden Zimmer – und einem
windmühlenartigen Metallding zum Wäscheaufhängen in
der Mitte. Marcus hat hier immer trainiert. Ich habe ihm oft
zugesehen, wie er seine Hände mit Bandagen umwickelte.
Ich blickte von meinen Gedichtbänden auf und beobachtete ihn heimlich, wie er das Springseil so schnell durch die
Luft sausen ließ, dass es aussah, als wäre er von einem Kraft-
feld umgeben. Ich sah zu, wie er auf den schweren Sack ein-
drosch, schnaufend wie eine Dampflok. Dann blickte ich
wieder nach unten und las zum Beispiel:

In Xanadu
Ließ Kublai Khan
Ein stattliches Lustschloss errichten …

Ich mochte schon immer den Klang von Gedichten und die Art, wie sich die Worte vom reinen Weiß der Seiten abheben. Wenn man sie wieder und wieder liest, erfasst einen so ein luftiges, schwebendes Gefühl genau unter dem Herzen, kein Witz. Total schön. Doch jetzt denke ich daran, wie ich vor inzwischen fast vier Jahren, mit dreizehn – gleich nach dieser schlimmen Sache mit Ari und Pats am Emmarentia-Damm –, eines Tages mein Buch hinlegte, rausging und darauf wartete, dass Marcus eine Pause einlegte. Ich fragte ihn: »Möchtest du, dass ich die Zeit für dich stoppe?« Doch mein Bruder schüttelte nur den Kopf. Ich sagte: »Ich wollte dich was fragen. Wegen der Schule. Der Highschool. Wie es da so ist …« Aber Marcus schnaubte nur und fuhr sich mit seinem mächtigen Unterarm über die Nase, wobei sein Bizeps mit den dicken Adern, der unter dem abgeschnittenen T-Shirt rausguckte, anschwoll wie ein Partyballon. Dann drehte er mir den Rücken zu. Ich habe ihm also nie von dem Vorkommnis am Damm erzählt. Ich ging rein, stellte mich vor den Spiegel, schob einen Ärmel hoch und verzog genervt und angewidert das Gesicht.

Jetzt knie ich auf dem Bett, und mir bietet sich ein ganz anderes Bild als damals. Keine kämpferischen Bewegungen – nein, Annie Goldberg tanzt im hellen Mondlicht auf dem Zementboden des Innenhofs, barfuß, in abgeschnittenen Jeans und einem blauen T-Shirt mit dem Aufdruck irgendeiner mir unbekannten Sportart. Seahawks steht drauf, und man sieht klar und deutlich, dass sie darunter keinen BH trägt. Sie hat Kopfhörer auf den Ohren und einen Walkman mit einem Clip am Hosenbund befestigt. Sie tanzt so geschmeidig wie warmes Öl, kein Witz. Ihre Arme winden sich wie Schlangen um die Hüften, und diese Hüften machen so eine flatterige Auf-und-Ab-Bewegung, wie es nur Frauen können. Ein überwältigendes, reines Verlangen rast durch mich hindurch wie Buschfeuer durch trockenes Gras. So stark, wie ich es noch nie erlebt habe, und dann, ganz plötzlich, wirbelt sie herum und sieht mich an.

Ich mache den Donald und ducke mich so schnell, dass ich das Gefühl habe, mein Haar würde ohne mich in der Luft zurückbleiben. Keuchend wie unser Hund Sandy früher an heißen Tagen, liege ich da und drücke mir ein Kissen aufs Gesicht. Am Morgen bleibe ich in meinem Zimmer, bis ich höre, wie sie sich fertigmacht, dann schleiche ich mich hinaus zum großen Feigenbaum an der Gartenmauer zur Clovelly-Road-Seite. Isaac und Arlene sind wie immer zur Arbeit gegangen, und Zaydi ist bereits mit seinen Stöcken zu den Stühlen unter den Pflaumenbäumen hinausgetappt. Als Annie rauskommt, bin ich oben in den Zweigen, gut versteckt. Über die Mauer hinweg beobachte ich, wie ein alter, rotgrüner Chevy 4100 sie aufgabelt. Das Auto ist voller Schwarzer, und wie sie so beiläufig zu ihnen reinschlüpft – ich will nicht sagen, dass es mich schockiert, weil ich total liberal bin und so, aber na ja, es würde jeden in unserer Gegend schockieren. Greenside, wo wir wohnen, ist eine typische nördliche Vorstadt, lauter Bungalows mit hohen Mauern, Gärten und Swimmingpools, jede Familie ist natürlich weiß, weil das ja von Gesetzes wegen ein weißes

Wohngebiet ist. Man sieht kaum jemanden auf der Straße, nur manchmal stehen Maids an der Ecke und warten auf den Chinesen in seinem alten Opel mit den Lotterieergebnissen, oder dicke Ladys verkaufen frischen Mais aus großen Jutesäcken, die sie auf ihren Köpfen balancieren, und rufen: »*Green mielies! Green mielies!*« – »Grüner Mais! Grüner Mais!« Jedenfalls wette ich, dass die alte Mrs Geshofski gegenüber Zustände kriegen würde, wenn sie Annie in ein Auto voller Schwarzer hüpfen sähe. Und der verrückte Mr Stein, der nebenan wohnt – keine Ahnung, was der machen würde, vielleicht mit einem selbstgebauten Flammenwerfer oder irgend sowas rausrennen, weil er komplett *meschugge im kop* ist, wie Isaac sagt, der meint, dass Mr Stein nach Tara gehört, ins Irrenhaus. Bevor Annie die Tür des Chevy zuzieht, erhasche ich ein paar klimpernde Noten der schwarzen Musik aus dem Auto und bemerke vertrocknete, schrumpelige Dinger, die am Rückspiegel hängen. Breites Grinsen und Gelächter auf dem überfüllten Rücksitz, als sie losfahren.

Ich klettere vom Baum und gehe rein. Ich habe unendlich viel Zeit in diesen langen Sommerferien. Sechs Wochen keine Schule; ein unglaublicher Luxus an freien Stunden und Tagen, die sich bis zum neuen Schuljahr erstrecken. Ich trete an die Tür zum Alten Zimmer, das jetzt ihres ist. Ich strecke die Hand nach dem Türgriff aus. *Mach das nicht!,* sagt eine Stimme in meinem Kopf. Die Tür ist abgeschlossen, Gott sei Dank. Aber ich weiß, wo der Ersatzschlüssel ist. *Lass das, Martin!,* sage ich mir, aber ich werde wie von einem Magneten angezogen. Ich zittere und muss auf die Toilette. Dann stelle ich fest, dass der Ersatzschlüssel nicht am Brett hängt. Mann, bin ich dankbar! Kaum zu glauben, was ich da fast getan hätte. Ich gehe in den Garten und verbringe den Rest des Tages mit meinem *Spiel*.

Das *Spiel* ist etwas, das ich wirklich nicht mehr tun sollte. Ich mache das schon, seit ich ganz klein war. Ich habe den Garten immer geliebt. Mein Lieblingsspielzeug war der Gartenschlauch, und ich besprühte Mas Blumenbeete, die Strelitzien, die Proteas und alles andere. Ich trug noch Windeln, als mich Gloria auf Sandys Rücken setzte und wir Pferdchen spielten. Ich erinnere mich an das weiche Fell unter meinen dicken kleinen Beinchen und an Glorias warme, dunkle Hände um meine Rippen, die mich aufrecht hielten, und an ihren angenehmen Geruch und ihren Sotho-Akzent in meinem Ohr. Später wanderte ich träumend im Garten umher – aber es waren mehr als Tagträume, ich lebte in den Geschichten, die ich erfand, echt wahr. Ich war so versunken, dass ich nicht mitkriegte, wie ich dabei Selbstgespräche führte, komische Gesichter schnitt und Geräusche von mir gab, bis man es mir sagte. Ungefähr da erkannte ich, dass das nicht jeder machte, und nannte es »spielen«. Ich war immer der Held in meinen Spielen. Ich kroch durch geheime Tunnel unter den Aprikosenbäumen, sprang auf Güterzüge, setzte die Bösen schachmatt wie Bruce Lee in *Der Mann mit der Todeskralle*, rettete weibliche Gefangene und trug sie davon wie Conan, der Barbar. Als ich älter wurde, versuchte ich mich vom *Spielen* abzuhalten. Aber ich schaffte es nicht. Ich verberge es nur, so dass es keiner sieht (außer einem). Irgendwann wurde es so schlimm, dass ich nicht mehr zum Hausaufgabenmachen kam und durchrasselte – ein ganzes Schuljahr wiederholen musste. Danach hatte ich es besser im Griff, aber ich kann immer noch nicht damit aufhören. Denn es beruhigt mich, ernsthaft. Es nimmt mir meine Angst. Danach fühle mich wieder sicher.

In dieser Nacht spricht Annie Goldberg zum ersten Mal allein mit mir. Es passiert im Flur vor der Küchentür. Sie kommt einfach raus und steht, bämm, genau vor mir. Sie spricht leise, als wolle sie nicht, dass es jemand außer mir hört. Es tut fast weh, ihr in die Augen zu sehen. Annie hat so wunderschöne Augen, ganz groß und karamellbraun mit kleinen mintgrünen Sprenkeln darin. Als sie meine Schulter berührt, habe ich das Gefühl, dass mein Blut in Brand gesetzt wird. »Ich bin noch auf New Yorker Zeit«, sagt sie zu mir. »Und welchen Grund hast du, Schlafwandler?«

Dafür, dass ich um zwei Uhr nachts wach war und ihr beim Tanzen im Hof zugesehen habe … Ich frage mich, wie ich für sie ausgesehen haben muss, als ich sie dort vom Fenster aus beobachtet habe, voll der Spanner, und spüre, wie mein Gesicht peperonirot anläuft. »Ähm … Ich habe manchmal einen Alptraum, von dem ich aufwache.«

»Immer denselben?«

Die Frage kommt wie ein schneller Stoß, der mich aus dem Gleichgewicht bringt, so wenig habe ich sie erwartet. Sie muss sie wiederholen, ehe ich nicke. Sie riecht nach Zitronen. Als ich den Blick senke, trifft er auf die dunklen Höfe um die Brustwarzen unter ihrer Bluse, und ich muss sofort wieder aufblicken, und zwar pronto. »Dann musst du nämlich genau darauf achten.« Sie stellt es fest wie eine Tatsache, wie einen Befehl. »Wiederkehrende Träume wollen uns etwas sehr Wichtiges sagen. Oft etwas, das wir nicht

45

gerne hören wollen. Worum geht es in deinem Traum?« Ich schüttle nur den Kopf. »Was passiert in diesem Alptraum?« Aber ich will nicht antworten.

In jener Nacht schlafe ich schlecht, und als sie am nächsten Morgen ihr Schaumbad nimmt, gehe ich sofort wieder zur Tür des Alten Zimmers, und diesmal steht es einen Spalt offen. Mein Herz trommelt in meiner Brust wie der Drummer von Iron Maiden, und ich bleibe erst eine ganze Weile stehen, ja will die Tür schon zuziehen, aber dann denke ich daran, wie sie jetzt nackt in der Badewanne liegt, mit ihrer weichen, perfekten, olivfarbenen Haut, und meine Beine tragen mich voran, ohne dass ich sie aufhalten kann. Es ist kühl und dunkel im Zimmer. Wir heben dort alle alten Uhren von Zaydi auf. Als Zaydi vor Ewigkeiten nach Südafrika gekommen ist, aus dem Dorf Dusat in Litauen, wo fast alle südafrikanischen Juden herkommen, hatte er nichts als Löcher in den Taschen und sprach kein Englisch (das tut er bis heute nicht, nur Mameloschn). Er eröffnete einen Uhrmacherladen in Doornfontein, wo Isaac auch aufgewachsen ist, hinter dem Laden, so richtig superarm. Als Isaac unser Haus gekauft hat, nachdem er zusammen mit Hugo durch den Schrottplatz genug Geld verdient hatte, baute er für Zaydi ein Zimmer mit eigenem Bad an, und dort zog Zaydi ein, nachdem Bobe – meine Großmutter, die ich nie gekannt habe – gestorben war. Zaydi brachte alle seine Uhren mit, die ihm aus Doornfontein geblieben waren, und sie haben sie in dem großen hinteren Zimmer hübsch ausgestellt. Am Fenster hängen schöne Gardinen, und auf dem Boden liegt ein großer, weicher türkischer Teppich. Wir nennen es das »Alte Zimmer«, wahrscheinlich wegen der alten Uhren. Ich bin immer gerne dort gewesen; es riecht nach Holz, Politur und Messing.

Es ist dort jetzt stiller denn je, weil all die tickenden Uhren für Annie angehalten wurden. Arlene hat ihr eine Matratze auf den türkischen Teppich gelegt und einen Kleiderschrank und einen Schreibtisch an die Wand gestellt. Mit nackten Füßen laufe ich über den kühlen, weichen Flor. Das Bett ist ganz zerwühlt, und überall liegen Kleider herum. Auf dem Schreibtisch türmen sich Bücher und Zeitschriften, dazwischen sind Becher, Kämme und anderes Zeug. Meine Augen gewöhnen sich an die Dunkelheit, und ich entdecke eines von Annies Höschen, das unter einer Jeans hervorschaut. Überrascht stelle ich fest, dass es mit Spitze besetzt ist, sehr feminin. Diese Seite von ihr bleibt normalerweise unter coolen Jeans und Jungs-T-Shirts verborgen. Ich knie mich hin und hebe den Slip mit klopfendem Herzen auf, immer ein Auge auf die Tür gerichtet. Wieder kann ich nicht anders, drücke die Unterhose an mein Gesicht, ganz fest auf Mund und Nase und sauge Luft ein, die nach ihrem Schritt riecht, nach ihrem intimsten Schweiß. Mein Gott, was mache ich hier? Mir wird schwindlig, und ich stöhne laut. Es ist zu viel: die Erregung, die Schuldgefühle, und ich lasse die Unterhose fallen und renne raus. Als ich kurz darauf zurückkehre, bin ich viel ruhiger, und Annie ist immer noch im Badezimmer. Ich blättere durch einige ihrer Bücher auf dem Schreibtisch. Soziologie, Anthropologie, Langweilologie. Ich betaste den klobigen Schmuck in der kleinen Schachtel. Mein Blick wandert wieder zu der Unterhose, aber ich höre, wie im Badezimmer der Föhn angeht, und weiß, es ist Zeit, hier abzuhauen. Aber ich fühle mich den ganzen Tag über verwegen, und als sie abends zurückkehrt, schaue ich ihr direkt in die karamellfarbenen Augen und frage: »Und, gefällt dir dein Zimmer?«

»Ja, aber es wundert mich, dass ich nicht das von deinem Bruder bekommen habe.«

»Er hat es abgeschlossen«, antworte ich.

»Ja, ist mir aufgefallen. Hältst du das für normal? Sein Zimmer mit einem Vorhängeschloss zu sichern?«

»Nicht wirklich.«

»Daran ist das verf… Militär schuld! Das hat ihn traumatisiert. Und du wirst doch auch bald eingezogen. Hast du dir darüber schon mal Gedanken gemacht?«

Sie hat das f-Wort benutzt, und ich bin total schockiert. Sie hat es ganz beiläufig eingeworfen. Bei uns zu Hause hat es noch nie jemand ausgesprochen – meine Eltern würden mich umbringen, im Ernst.

»Marcus ist nicht eingezogen worden«, stelle ich richtig. »Er wurde gleich nach der Highschool zurückgestellt. Er war in der Uni-Auswahlmannschaft; er hat Maschinenbau studiert. Aber dann hat er sein Studium abgebrochen, ohne jemandem was davon zu sagen. Er ist einfach gegangen.«

»Das verstehe ich nicht.«

»Er hat sich freiwillig gemeldet«, erkläre ich. »Im Grunde.«

Sie sperrt den Mund weit auf, schließt ihn wieder und geht. Ich stehe da und denke: Hm, wohl nicht so gut gelaufen.

7

Doch Annie Goldberg verschließt nie ihre Tür, wenn sie morgens im Bad ist. Deswegen gehe ich jeden Morgen zu ihr rein. Der Föhn ist mein Alarmsignal. Ich weiß, dass das nicht richtig ist, aber ich kann nicht aufhören, es ist wie eine Sucht, wie das *Spiel*. Schon allein bei dem Gedanken daran, ihre Sachen zu durchschnüffeln, zittere ich. Ich kann den nächsten Morgen gar nicht abwarten – und dann den nächsten …

Als ich diesmal ihr Zimmer verlasse, bemerke ich, dass die Wanduhr neben der Tür schief hängt. Vielleicht bin ich dran gestoßen. Als ich sie geraderichte, verrutscht etwas Schweres im Inneren und kippt mit einem dumpfen Geräusch um. Ich öffne das kleine Türchen vorne an der Uhr, sehe aber nur die üblichen Zahnrädchen. Aber als ich die Uhr etwas von der Wand wegziehe, fällt hinten etwas Großes heraus. Ein Schuh! So ein Discoding mit dicker Korksohle und Glitzerriemchen. Ich drehe ihn eine ganze Weile lang in den Händen hin und her, bis ich das Rauschen des Föhns höre, dann lege ich ihn vorsichtig zurück.

Ich muss die ganze Zeit an diesen Schuh denken, und als der nächste Morgen kommt und Annie in der Badewanne ist, eile ich wieder in ihr Zimmer, durchsuche alles gründlich und entdecke tatsächlich den zweiten Schuh oben auf dem Gardinenbrett, mit Tesafilm hinter der Blende festgeklebt. Warum versteckt man ein Paar Schuhe oben an der Gardine und in einer Uhr? Wozu? Dann fällt mir ein, dass sie diese Schuhe trug, als ich sie zum ersten Mal gesehen habe.

Die Sache ist die: Ich bin auch so ein Geheimniskrämer und verstecke Sachen, weshalb ich mich ihr jetzt noch näher fühle. Ich möchte ihr meine Loyalität beweisen; ihr Geheimnis ist jetzt mein Geheimnis. Wir sind vom selben Schlag. Jedes Mal, wenn ich ihr Zimmer betrete, empfinde ich eine unerklärliche Zärtlichkeit für sie, während ich unter der Matratze krame, ihre Taschen durchwühle, Innenfutter befühle, in ihre Koffer gucke, über Daunenkissen und -decken und Laken streiche und mit einem Zahnstocher in ihren Tuben und Tiegeln taste. Doch ich finde sonst nichts mehr, deswegen wende ich mich wieder den dicken Korkschuhen zu, inspiziere sie und lege sie jedes Mal genau so zurück, wie ich sie gefunden habe.

Ich denke angestrengt nach, um mir einen Reim darauf zu machen. Dass sie die Schuhe an ihrem ersten Tag getragen hat, bedeutet, dass sie sie am Flughafen anhatte. Also muss sie sie auch auf dem Flug getragen haben. Ich zähle eins und eins zusammen, und es ist sonnenklar, aber ich bin vorher nicht drauf gekommen, weil ich ein Blödmann bin: Sie ist damit durch den Zoll gekommen. Sie fühlen sich nicht schwer an, und man hört nichts, wenn man sie schüttelt. Aber sie sind so groß, dass man etwas darin verstecken könnte. Eine Innensohle klappt ein wenig auf, und alter Kleber zieht sich wie Pizzakäse. Meine Neugier wächst. Ich muss es unbedingt wissen – also hole ich Alleskleber und ein Stanleymesser aus dem Schuppen. Sobald Annie im Bad ist, schlüpfe ich ins Zimmer wie der Blitz. Die Klinge des Stanleymessers trennt die Innensohle ab wie Butter, aber ich hebe sie nur so weit an, dass ich den Schuh in einem bestimmten Winkel ans Licht halten und reinschauen kann. In den Kork wurde ein Loch gebohrt, und darin steckt etwas, das in Blisterfolie eingewickelt ist. Durch die Folie sieht es schwarz aus und weiß in der Mitte. Plötzlich merke ich, dass ich schon Minuten lang hingestarrt und die Zeit vergessen habe. Ich muss jetzt die Innensohle wieder festkleben, oder habe ich vielleicht Zeit, sie noch ein bisschen weiter aufzuschneiden? Das Stanleymesser zittert in meiner Hand. Ich schneide und pule und kriege ungefähr die Hälfte des eingewickelten Dings raus. Es ist rund und sieht wie eine Scheibe aus. Eine kleine Platte? Nein, eher eine Rolle Isolierband. Ich komme mit meinen Fingern nicht darunter. Aus irgendeinem Grund schaue ich nach rechts – und Annie Goldberg steht mitten in der Tür!

Sie trägt ihren Bademantel und ein Handtuch um die nassen Haare und steht da wie eine Statue, mit offenem Mund, die Augen aufgerissen. Etwas trifft meinen Fuß. Ich blicke hinunter; ich habe alles fallen lassen. Schweiß dringt mir aus jeder einzelnen Pore. Annie stößt einen kehligen Laut aus, und ich komme mit einem Ruck zu mir, renne auf sie zu, schlüpfe an ihr vorbei und laufe raus in den Garten, ins Gebüsch, wo ich mich hinhocke und die Arme um mich schlinge, zitternd und mit heftig klopfendem Herzen. Zaydi sitzt wie immer unter den Pflaumenbäumen. Ich starre so lange die Haustür an, bis meine Knie taub werden. Ich stehe auf, die Arme immer noch um mich geschlungen, gehe rüber zu Zaydi und setze mich neben ihn.

Zaydi hat seinen russischen Tee, seine Stöcke und sein geliebtes Psalmenbuch, das *Sefer Tehilim*, bei sich. Er ist uralt und blass, der Vater meines Vaters. Er fängt mit seiner dünnen Stimme an zu sprechen. Die jiddischen Worte kommen zitternd über seine Lippen, als äße er heiße Suppe. *»Der hejm mir flegt nehmen a brojt, a grojß brojt, asa wi ... asoj, un mit a bißl puter ...«* Das ist der Anfang der Geschichte über den singenden Bäcker Friedelman zu Hause in Dusat. Zaydi kennt eine Million dieser Dusat-Geschichten, und ich kenne sie alle, weil er sie mir erzählt hat, seitdem ich ein kleiner Junge war. Zaydi ist der Einzige, der es je sehen durfte, wenn ich *spiele*. Bei ihm habe ich nämlich das Gefühl, dass er gar nicht richtig da ist, sondern dass er in seiner Phantasiewelt in diesem Dorf am See lebt. All seine Geschichten von weißen Wäldern und zugefrorenen Seen, über die man auf Pferden ritt, sind nur Märchen für mich. Sie sind mir nie real erschienen, nicht hier, unter der heißen afrikanischen Sonne. Wie auch? Doch jetzt würde ich ihn gern unterbrechen, ihn zwingen, mich anzusehen, und ihm sagen, dass ich etwas sehr Schlimmes getan habe, und ihn fragen, ob er mir helfen könne? Doch das kann er nicht. Das kann niemand.

Auf der anderen Seite des Rasens tritt Annie vollständig angezogen aus dem Haus. Sie steht auf der Terrasse, starrt mich an, und ich stehe auf, als wäre ich schwer wie ein Elefant, und gehe mit schweren Schritten über das Gras. Ich rede mit ihrem Schatten: »Hör zu, es tut mir echt leid, hey. Es war widerlich. Ich hätte das nicht tun sollen. Entschuldige bitte, Annie.«

Ich blicke auf und sehe, dass sie auf ihrer Lippe herumkaut. Ihr Gesicht ist blass, und eine blaue Ader pulsiert neben ihrem Auge. Sie schluckt und fragt zittrig und heiser: »Seit wann schnüffelst du schon in meinen Sachen rum?«

»Ich … Tut mir leid, Annie. Ich weiß nicht, was mit mir los war. Ich …«

»Ich hab dich was gefragt.«

»Weiß nicht genau, vielleicht seit einer Woche?«

»Oh, mein Gott, das kann doch nicht wahr sein!« Sie ist nicht sauer, sie hat *Angst*! Und das erschreckt mich unheimlich; es trifft mich wie ein elektrischer Schlag in der Brust. Sie fragt: »Hast du es irgendjemandem erzählt? Das mit den … das, was du gesehen hast.«

»Nein.«

»Hast du es irgendjemandem gesagt, Martin?«

»Nein, habe ich nicht.«

»Hey. Schau mich an. *Hast du es irgendjemandem erzählt, verfickt noch mal?*«

»Nein, nein, nein!«

»Woher weiß ich, ob ich dir glauben kann? Du bist ein Schnüffler, Martin. Hat dich jemand beauftragt, meine Sachen zu durchsuchen? Woher wusstest du, wo du suchen musst? Oh, mein Gott, hat irgendjemand …«

»Ich schwöre bei Gott, so ist es nicht, Annie!« Ich spüre, wie meine Mundwinkel nach unten wandern und mir Tränen in den Augen brennen. »Ich würde es nie jemandem erzählen. Ich mache das auch. Also, ich meine, ich habe auch ein Versteck, wo ich Sachen reinlege – meine geheimen Sachen –, das kann ich dir sogar zeigen, im Garten. Ich habe es noch nie jemandem gezeigt, keiner weiß davon – *niemals* würde ich es jemandem sagen, Annie, das schwöre ich!«

Sie starrt mich an. »Warum hast du das gemacht? Wie würdest du dich fühlen, wenn du mich bei deinem Versteck erwischt hättest?« Als sie es so sagt, begreife ich erst, wie ernst es ist. Währenddessen hat es sich gar nicht so angefühlt –, aber jetzt sehe ich mich mit den Augen einer anderen Person, wie ich im Zimmer rumkrame wie ein blöder Affe, und mir wird ganz übel. Ich huste in meine Hand, obwohl ich gar nicht husten muss, und wische mir über die Augen, die überzulaufen drohen. Ich setze an: »Ehrlich gesagt ist das, weil ich dich … Weil ich dich wirklich … Ich mag dich wirklich, Annie.« Aber sie hört gar nicht zu. Die Hände an die Schläfen gepresst, geht sie weg. »Heilige Scheiße noch mal!«, flucht sie. »Was soll ich denn jetzt bloß machen? Das ist übel, echt übel.«

»Annie, bitte sag es niemandem. Meine Eltern!«

Sie sieht mich mit halb zusammengekniffenen Augen an, irgendwie verständnislos. »Davor hast du Angst?«

Ich reibe mir den Nacken. »Äh, ja«, antworte ich.

»Pass auf, Martin«, sagt sie. »Eines musst du kapieren. Hier geht's nicht darum, ob deine Eltern sauer auf dich sind, okay? Hier geht's darum, dass du mir auf dein Leben schwören musst, dass du nie, niemals einer Menschenseele, tot oder lebendig, erzählen wirst, was du hier drin gesehen hast!«

»Klar. Ich schwöre, das würde ich niemals tun.« Ich denke einen Augenblick darüber nach und sage dann: »Warum sollte ich es denn jemandem erzählen? Ich bin doch derjenige, der rumgeschnüffelt hat, Annie.«

Annie schüttelt den Kopf und geht weg. Doch dann hält sie noch einmal inne und dreht sich um. »Okay, und jetzt erzählst du mir mal genau, was du gemacht hast. Alles, von Anfang an.«

»Okay«, sage ich.

»Okay. Los, rein mit dir.« Ich folge ihr durch die Vordertür in das kühle, schattige Haus, in dem ich aufgewachsen bin.

8

Im Alten Zimmer räumt Annie den Schreibtisch leer und ich schaue ihr zu, wie sie die Schuhe daraufstellt, den mit der losen Innensohle, und daneben das Stanleymesser und den Kleber. Sie fragt mich, wie oft ich schon in den Schuhen nachgesehen hätte, und ich antworte ihr, dass heute das erste Mal war. Sie glaubt mir nicht, tippt auf den Kleber und behauptet, ich hätte sie jedes Mal wieder neu verklebt, hinterhältig, wie ich sei. Ich sage ihr die Wahrheit, erzähle, wie ich die Schuhe gefunden habe und so neugierig war, dass ich herauszufinden versuchte, warum sie sie versteckte. Da verzieht sie schmerzlich das Gesicht, stöhnt, läuft wieder auf und ab und zieht an ihren Fingern, bis es knackt. »Mist!«, sagt sie. »Hätte ich sie einfach rumliegen lassen, wäre das nie passiert. Das war ein Anfängerfehler. Ich blöde Kuh. Idiotisch.« Sie redet nicht mit mir, sie redet mit sich selbst und haut sich mit einer Hand an den Kopf, als müsste sie bestraft werden. »Eine Anfängerin«, wiederholt sie. »Ein Kind hat sie gefunden.« Sie wendet sich an mich. »Hast du irgendetwas damit angestellt? Wenn du sie rausgenommen hast, hast du sie …« Ich schwöre ihr noch einmal, dass ich

55

nur ein einziges Mal geguckt habe, und zwar heute, und ich immer noch keine Ahnung habe, was ich eigentlich gesehen habe oder warum sie das Ding in den Schuh gestopft und diesen dann versteckt hat. »Stell dich nicht dümmer, als du bist«, erwidert sie. »Du bist nicht dumm.«

Fühlt sich gut an, das zu hören, und ich will ihr beweisen, dass sie recht hat, deshalb sage ich: »Ich habe mich daran erinnert, dass du mit den Dingern vom Flughafen gekommen bist. Und da dachte ich mir, dass vielleicht irgendwas drin ist, mit dem der Zoll dich nicht erwischen sollte.«

»Der Kandidat hat hundert Punkte«, sagt sie. »Also hast du sie rausgenommen und …«

»Nein, Annie, habe ich nicht! Alles, was ich da drin gesehen habe, ist etwas, das wie eine kleine schwarze Scheibe aussieht.«

»Blödsinn.«

»Annie, ich schwöre bei Gott!«

»Es spielt keine Rolle«, sagt sie. »Ich *muss* dir jetzt ja vertrauen. Ich muss davon ausgehen, dass du es gesehen hast. Und was mache ich jetzt, Martin? Was soll ich mit dir machen?« Sie geht wieder auf und ab und schüttelt den Kopf. Sie fragt mich, warum, warum, warum musste ich das tun. Und ich entschuldige mich noch eine Million Mal. Sie bleibt stehen und schaut mich an. »Okay, Schnucki. Nehmen wir mal an, du sagst die Wahrheit und ich habe etwas durch den Zoll geschmuggelt. Was könnte das sein?«

»Keine Ahnung.«

»Verkauf mich nicht für blöd.«

»Vielleicht Drogen?«

»Dafür gibt's Drogenhunde, die finden das Zeug sofort. Nein, keine Drogen. Was könnte es sonst sein?«

»Diamanten?«

»Ha! Sehr lustig. Falls Diamanten geschmuggelt werden, dann in die andere Richtung, das kannst du mir glauben.«

»Ich weiß es nicht – eine Bombe?«

»Uhhh, gefährlich«, sagt sie, »aber das sind keine echten Waffen. Und das weißt du auch.«

»Nein, Annie, ich hab echt keine Ahnung! Aber wenn es keine Drogen sind und kein Sprengstoff –«

Sie zieht die Augenbrauen hoch. »Na?«

»Muss es was Politisches sein.«

»Bravo, Eins, setzen«, sagt sie. Dann sieht sie sich um. »Oh, Gott. Augenblick mal. Weißt du was? Ich brauche einen Drink.« Ich folge ihr in die Küche, wo sie ein kaltes Lion Lager aus dem Kühlschrank nimmt, es dann aber wieder zurückstellt. Stattdessen geht sie zu Isaacs Hausbar im Wohnzimmer, doch die ist verschlossen. Ich will ihr gerade verraten, wo der Schlüssel versteckt ist, als sie ein paarmal oben auf den Schrank schlägt, bis der Riegel innen herunterfällt und die lackierten Türen aufspringen. Ich bin beeindruckt. »Woher weißt du, wie das geht?« Sie antwortet nicht. Die Bar enthält hauptsächlich Scotch, aber sie findet ganz hinten eine Flasche Tequila, die Isaac vor langer Zeit mal geschenkt bekommen hat. In der Küche schenkt sie uns zwei Gläser Guavensaft aus der Flasche ein, die Nels Dairy an diesem Morgen frisch geliefert hat, mixt Tequila dazu und reicht mir eins. »Setzen wir uns.« Also zurück in ihr Zimmer, wo wir uns an den Schreibtisch setzen. Ich sehe ihr an, dass sie angestrengt nachdenkt, weil sie immer wieder die Stirn runzelt und den Blick senkt. »Weißt du, Martin, es könnte sein, dass ich deine Hilfe brauche.«

»Okay.«

»Aber ich möchte dir zuerst eine Frage stellen. Damit du mal zur Vernunft kommst.«

»Okay.«

»Martin, der Name Nelson Mandela sagt dir doch etwas, oder?«

Ich halte inne. »Klar. Natürlich.«

»Erzähl mir, was du weißt.«

»Was meinst du damit?«

»Sag mir einfach, was du von ihm hältst, von Nelson Mandela.«

Ich nehme einen großen Schluck. Der Saft schmeckt süß, der Alkohol wärmt meinen Bauch. »Los, sag schon«, ermuntert sie mich. Dann sagt sie: »Mandela, Mandela. Mandeh-lah«, wie einen Zauberspruch, eine, wie heißt es noch gleich, eine Beschwörungsformel. Es macht mir Angst. In den Schuhen ist irgendwas Politisches. Mandela. Unablässig wiederholt sie im Singsang diesen Namen und stellt mir die gleiche Frage. Was bedeutet er für mich? Unwillkürlich sehe ich das scharfe Messer auf dem Schreibtisch an, und beinahe hätte ich darauf gedeutet und gesagt, dass Mandela dieses Ding ist, das in der Nacht kommt und dir die Kehle durchschneidet. Ich muss an die Julius Caesar Township denken, in der Annie unterrichtet, und wie wir noch im Monat vor ihrer Ankunft im Wohnzimmer saßen und in den Sechs-Uhr-Nachrichten sahen, wie dort eine Frau verbrannt wurde. Der Reporter erklärte, sie sei auf dem Weg zur Arbeit von gewalttätigen ANC-Anhängern angegriffen worden, die einen Generalstreik durchsetzen wollten. Sie hatten ihr einen Reifen voller Benzin um den Hals gelegt, ein »Halsband«, und ihn angezündet. Sie tanzten um sie herum und pfiffen, während sie zu Boden ging. Als sie sich halb aufrichtete, trat ihr ein junger Mann gegen den Kopf, und ihr rauchender Kiefer fiel ab. Der Reporter sagte, deswegen sei unser Militär in den Townships, um gesetzestreue Bewohner wie sie vor dem ANC zu schützen. Das alles ist Mandela. Und da war diese weiße sechsköpfige Familie, die, nur wenige Blocks von uns entfernt, an den Dachsparren in ihrem Haus hängend gefunden wurde, nichts war gestohlen, nur Slogans an der Wand. Tötet die Weißen. Das ist Mandela. Wenn zehntausend wütende Schwarze auf der Straße die Knie abwechselnd hochziehend tanzen und »Hai! Hai! Hai!« skandieren: Das ist Mandela. Wenn ich an Mandela denke, kommen mir AK-47-Sturmgewehre und Raketenwerfer in den Sinn. Ich denke an die Bombenwarnungstafel in der Schule: RUHE BEWAHREN. Ich denke an das, was mit dem Solomon-Schulbus Nummer 5 am 29. September 1982 passiert ist. Ich denke: Terrorist. Aber Mandela hat eine Art Macht, die ihn auch im Gefängnis schützt. Denn wenn Präsident Botha Panzer, Düsenjägerstaffeln, Atombomben und Geheimpolizei hat, warum konnte Botha ihn dann nicht einfach töten? Wovor hat er Angst? Aber das kann er nicht. Der Name Mandela ist zu mächtig. Sogar seine kämpferische Frau Winnie, die frei ist, und deren Anhänger Menschen bei lebendigem Leibe verbrennen, wird vor der Polizei irgendwie durch den magischen Namen Mandela geschützt. Es ist ein ernstes Wort, ein illegales Wort, ein Wort, das du flüsterst. Vielleicht weiß Annie nicht, dass Mandela verboten ist. Dass niemand je ein Foto von ihm gesehen hat. Mandela ist unsichtbar, aber es fühlt sich an, als wäre er überall. Mandela besteht aus hundert Mythen, tausend Gerüchten: Es hieß, er sei bereits tot, nicht wirklich im Gefängnis, durch einen Agenten ersetzt, er habe nie existiert. Mandela ist dieser Witz, den Mervin Slapoletsky einmal in der Schule erzählte und der mit dem Spruch endete: *wenn Mandela Präsident wird,* was gleichbedeutend war mit: *wenn Schweine fliegen können.* Und Mandela würde mich holen kommen, wie Gloria mir drohte, wenn ich als Kind ungezogen war. Dadurch wurde Mandela zu einer Art Tokoloshe, einem Monster, das unter Glorias Bett lebte und der Grund dafür war, warum sie das Bett auf Ziegelsteine stellte, um es hoch über den Boden zu erheben.

Ich habe das Glas fast geleert und dabei vor mich hin gemurmelt. Ich schaue zu Annie hinüber und bin mir nicht sicher, wie viel ich laut ausgesprochen habe und wie viel sie möglicherweise davon verstanden hat. Sie stellt ihr Glas ab, rutscht auf ihrem Stuhl hin und her, streicht sich das Haar aus dem Gesicht und sagt zu mir: »Aha, es ist genau so, wie ich es mir gedacht habe. Deshalb wollte ich zuerst zu den Grundlagen kommen. Bevor wir …« Sie schaut auf die Schuhe und dann wieder zu mir. Sie hebt die Hände mit den Handflächen nach oben und fährt fort: »Hör einfach zu, was ich dir zu sagen habe, okay? Sei ganz offen.«

»Okay.«

»Erstens: Sein richtiger Name lautet Nelson Rolihlahla Mandela. Der Name Rolihlahla bedeutet ›Derjenige, der Äste schüttelt, der Unruhestifter‹. Er ist eine reale Person,

Martin. Ein Mensch aus Fleisch und Blut. Kein Mythos und keine Legende und schon gar kein Monster. Ein Mensch, ein Mann, ein Afrikaner, der siebzig Jahre alt ist und während der letzten sechsundzwanzig Jahre seines Lebens ununterbrochen inhaftiert war. Geboren in Thembuland am Ostkap, mit königlichem Blut in den Adern. 1940 wird er aus Fort Hare, der einzigen schwarzen Universität, hinausgeworfen, eine winzige Fakultät mit etwa hundertfünfzig Studenten, die von weißen Missionaren gegründet wurde. Er wurde rausgeschmissen, weil er Teil einer Protestbewegung war, und ging dann nach Johannesburg. Ein hier ansässiger jüdischer Anwalt, Sidelsky, gab ihm Arbeit und ermöglichte ihm eine juristische Ausbildung. Er wurde Anwalt, als einer von wenigen Schwarzen in diesem Land, und trat dem African National Congress bei, der damals noch nicht verboten war. Ich wette, du wusstest nicht, dass der ANC eine gemäßigte Organisation war, die seit Beginn des Jahrhunderts die schrittweise Erweiterung der Rechte der Schwarzen forderte. Denn wie jeder weiß, konnten Schwarze in Südafrika nie wählen, obwohl sie die große Mehrheit stellen. Nur Weiße wie du dürfen wählen. Nur Weiße können die Regierung bilden. Und Schwarze in Südafrika konnten nie leben, wo sie wollten, sie müssen bis heute in beschissenen Reservaten hausen, den sogenannten Homelands, oder in den Townships, den Ghettos außerhalb der weißen Städte. Sie müssen Pässe bei sich tragen, um sich in weißen Vierteln aufhalten zu dürfen. Sie haben weder die Chance auf eine anständige Ausbildung noch auf einen guten Job. Trotzdem schwebte dem ANC noch in den fünfziger Jahren ein friedlicher Wandel vor. Die Mitglieder verbrannten ihre Pässe, versuchten es mit passivem Widerstand, Streiks und Arbeitsverweigerung. Sie demonstrierten friedlich, doch die Regierung schoss sie auf offener Straße nieder wie Hunde, erließ strengere Gesetze und verbannte sie. Die Regierung war nicht an vernünftigen Diskussionen interessiert, ihnen ging es nur um die weiße Vorherrschaft, um die Apartheid, mit dem Ziel, Schwarze in ihrem eigenen Land zu Leibeigenen zu machen. Daher wechselte der ANC zu einer Politik des bewaffneten Widerstands, und Nelson Mandela war der erste Anführer ihres Kampfflügels, genannt Umkhonto we Sizwe – Speer der Nation. Er hatte es nie auf Zivilisten abgesehen, um das mal ganz klar zu sagen. Nur auf Militär und Infrastruktur. 1962 wurde er nach einem Hinweis der CIA an die südafrikanischen Behörden verhaftet – vielen Dank an die guten alten USA, super, Jungs, echt –, und es kam zu einem Prozess gegen ihn und neun andere. Ihnen wurde vorgeworfen, die Regierung stürzen zu wollen. Übrigens waren sämtliche weißen Verschwörer, die in diesem Fall zusammen mit Mandela angeklagt wurden, Juden. Genau wie der betrügerische Staatsanwalt, ein gewisser Mr Yutar, der für die Regierung arbeitete und die Todesstrafe für ihn forderte. O Mann, südafrikanische Juden – von euch gibt's nur hunderttausend und ein paar Zerquetschte bei einer Gesamtbevölkerung von dreißig Millionen, aber eins sage ich dir, sobald hier irgendetwas Wichtiges passiert, steht ihr auf der Matte. Taucht plötzlich auf. Gold, Diamanten, Apartheid, was auch immer, der unvermeidliche Auserwählte ist mitten im Geschehen. Früher wurde Johannesburg *Jewburg* genannt, wusstest du das? Ha. Jedenfalls rechneten alle bei diesem Prozess, dem so genannten Rivonia-Prozess damit, dass Mandela auf jeden Fall zum Tode verurteilt werden würde. Er erschien in traditioneller Xhosa-Tracht vor Gericht – was für ein großartiges Statement –, und er hielt eine Rede, von der du garantiert nie gehört hast, was einfach eine Schande ist. Damit wird dir ein Teil deiner eigenen Geschichte als Südafrikaner gestohlen! Diese Rede! Darin liegt so viel Würde, so viel Aussagekraft. Als Xhosa-König in seiner Heimat zu diesem weißen Richter zu sprechen, der Kolonisierte zum Kolonisator, aber auf Augenhöhe, verstehst du? Was für ein Moment! Er hat die Dinge beim Namen genannt, nur fürs Protokoll. Er hat alles umgekehrt und den Prozess zu einem Verfahren gegen das System gemacht anstatt zu einem gegen ihn und seine Mitstreiter. Er sprach etwa drei Stunden lang. Die Leute weinten auf der Tribüne. Er endete damit, dass er bereit sei, für sein Ideal einer nichtrassistischen Demokratie zu sterben. Die Leute keuchten auf! Er überließ dem Richter das Urteil über sich, forderte ihn quasi heraus! Martin, überall auf der Welt haben die Menschen diese Rede gehört und wurden von ihr inspiriert. Aber du hast in deiner sogenannten Schule nichts davon erfahren, denn das ist die Geschichte des Untergrunds in deinem Land, Martin, die Wahrheit. Hör mir zu, Martin, Nelson Mandela ist kein Monster, er ist ein Gemäßigter. Er ist kein Mythos, er ist kein verrückter Killer, er ist ein kultivierter Demokrat. Er ist wie Martin Luther King und George Washington in einer Person. Aber das Regime muss ihn als Ungeheuer darstellen, damit ihr alle Angst habt und für die Machthaber stimmt. Aber die Macht, über die *Mandela* verfügt, Martin, ist kein Mysterium, sondern heißt schlicht und einfach Legitimität. Aus diesem Grund wurde der siebzigste Geburtstag dieses Mannes im Londoner Wembley Stadium gefeiert. Fünfundsiebzigtausend Menschen nahmen teil und dazu noch etwa neunhundert Millionen live vor dem Fernseher. Das ist der Grund, warum jedes College-Kind zu Hause den Namen Mandela kennt, der Grund, warum sich die Single ›Free Nelson Mandela‹ weltweit zig Millionen Mal verkauft hat. Aber *du* siehst das nicht in den Nachrichten. Weil das alles verboten ist. Du lebst hier unten in einem Vakuum. Ihr wisst nicht, welche Bedeutung er außerhalb eurer Landesgrenzen hat. Denn weißt du was, Martin? Dieses ganze Land hier ist von Mauern umgeben. *Ihr* seid diejenigen, die in einem Gefängnis sitzen, und er ist derjenige, der ein Teil der Außenwelt ist. Kapierst du das? Mandela ist nicht nur *kein* Monster, er ist der einzig wahre politische Führer eures Landes. Und jeder auf der Welt weiß das, Mann. Jeder weiß das haargenau!«

Sie sitzt eine Weile da und nickt. Ich weiß nicht recht, was ich tun soll, also stelle ich mein leeres Glas ab. Mir ist ein bisschen schwindelig, aber das, was sie gesagt hat, lässt mein Herz das Blut schneller durch mich hindurchpumpen. Ich würde gerne aus dem Zimmer und raus in den Garten gehen. »Mach weiter«, sagt Annie.

»Wie bitte?«

»Nur zu. Bring zu Ende, was du angefangen hast.« Sie deutet auf die Schuhe. Ich stehe auf, sie stellt sich neben mich. Ich nehme den Schuh, den ich schon ein wenig angeschnitten habe, schiebe die Klinge unter die Innensohle und fange an zu schneiden. Mandela. Ich will da wirklich nicht mit reingezogen werden. Diese Amerikanerin ist eine idealistische Liberale durch und durch, die mit einem Chevy voller Schwarzer in die Townships fährt. Sie hat keine Ahnung davon, wie es in unserem Land zugeht. Ich fühle mich schuldig, ganz verderbt, allein wenn ich nur hier sitze und ihr zuhöre, wie sie über Mandela redet. Als wäre Terrorismus etwas, über das man nicht so ohne weiteres reden sollte. *Meiden, am besten vermeiden!*, blinkt es in mir wie eine Warnlampe. Dabei lege ich das Messer weg und schäle die Innensohle ab. Darunter kommen *zwei* große Löcher zum Vorschein, vorne und hinten, und in beiden stecken jeweils die gleichen schwarzen, in Luftpolsterfolie eingewickelten Dinger. So auch beim zweiten Schuh. Vier schwarze Dinger insgesamt. Ich ruckle an einem, bis es aus seiner kleinen Höhle im Kork hervorkommt. Ich wickle es aus seiner Plastikverpackung.

»Weißt du jetzt, was das ist?«

Ich nicke.

9

Am Esszimmertisch schlitze ich mit dem Stanleymesser das Etikett auf dem Rücken einer Videokassette auf – eines von Marcus' alten Boxkampfvideos *(Mitchell vs Morake 4)* – und fahre dann mit der Klinge rings um das ganze Etikett. Ich sehe nach, ob der Film vollständig zurückgespult ist, bevor ich die Klappe mit Klebeband unten festmache, die fünf Schrauben auf der Rückseite löse und den Deckel von der Kassette hebe. Es ist eine TDK E 180, was bedeutet, dass bis zu 180 Minuten VHS-Video draufpassen. Als ich die Spulen rausnehme, achte ich genau darauf, keines der kleinen Drehdinger mit rauszuholen. Annie reicht mir eine der vier Spulen aus den Discoschuhen. Sie sind merkwürdig klein im Vergleich zu normalen Spulen, weil sie in ihre Schuhe passen mussten, aber trotzdem enthält jede 45 Minuten Filmmaterial. Ich ziehe das Band ein Stück heraus, lege es in die Führung und schneide beide Enden der Bänder mit einer Rasierklinge schräg an, so dass sie sich perfekt zusammenfügen, als ich sie aneinanderlege. Jetzt muss ich sie nur noch mit ein wenig Klebeband verbinden, und dann kommen beide Spulen wieder in die Kassette. Ich blicke auf und sage: »Ich glaube, ich weiß, was drauf ist.«

»Und ich glaube, du liegst falsch«, erwidert sie.

»Geht es um Mandela?«

Sie lächelt.

»Interviews, Reden, seine Biographie, so was alles?«

»Das wäre sinnlos. Darüber sind wir längst hinaus.«

»Was dann?«

Sie fragt: »Können wir die Kassette jetzt kopieren?«

»Lass mich erst alle Spulen einbauen.«

Sie gibt mir die nächste Kassette, und ich versehe sie mit einer von Annies Schuhspulen. Es ist nicht schwer. Wie ich ihr bereits gesagt habe, frisst unser alter Videorecorder Kassetten zum Frühstück, aber Isaac behauptet, er wäre noch tipptopp – und deswegen übe ich mich seit Jahren darin, Kassetten zu reparieren und Köpfe zu reinigen. Ich will Annie gerade fragen, warum sie nicht einfach die Spulen dort abliefert, wo sie hinsollen, sondern sie in Kassetten eingebaut haben will. Aber ich kenne die Antwort schon – sie will diese Originale behalten.

»Danke dir«, sagt sie. »Echt. Ich hab mir schon total den Kopf zerbrochen, wie ich diesen Teil erledigen könnte. Man kann nicht vorsichtig genug sein! Beim ANC wimmelt es nur so von Spitzeln.«

Ich zucke zusammen. In meinem Kopf leuchten die Wörter *Kommunist* und *Terrorist* in blutroten Buchstaben auf. Aber Annie scheint meine Reaktion nicht bemerkt zu haben. Sie erzählt mir, dass der ANC hinter dieser Kassettenmission steckt, als sei das nichts Besonderes. »Sie wandern von Genosse zu Genosse«, sagt sie, »ich bin nur das Mädchen dazwischen, das sie weitergibt. Außerdem bin ich ein totaler Techniktrottel. Das habe ich denen schon gesagt, als sie sie mir in meinem Hotel in London gegeben haben.«

»In London?«

»Ja, da ist es über die Bühne gegangen. Da ist im Moment der Dreh- und Angelpunkt der Bewegung.«

»Die Bewegung«, wiederhole ich.

»Ja, die Bewegung. Die Anti-Apartheid-Bewegung. Mein Flug ging gleich am nächsten Morgen, und ich musste eine Möglichkeit finden, diese Videos ganz schnell so sicher wie möglich zu verstecken. Was hältst du von meiner Idee mit den Schuhen?«

»Finde ich gut«, sage ich. »Du läufst einfach auf dem Zeug an den Typen vom Zoll vorbei, direkt vor ihren Augen.« Ich versuche, ganz beiläufig zu klingen, obwohl ich daran denken muss, wie wir damals von unserem Israelurlaub zurückkehrten und im Ankunftsterminal des Jan-Smuts-Flughafens an den Zollbeamten mit ihren Käppis, Schnäuzern und strengen Blicken vorbeimussten. »Woher kennst du überhaupt Leute vom ANC?«

»Egal. Aber jedenfalls habe ich denen, die mir das Material übergeben haben, ganz klar gesagt, dass ich nur am Videorecorder auf Play drücken kann, sonst nichts. Sie meinten, ich solle improvisieren, wenn ich hier ankomme, und mir Unterstützung suchen. Aber das ist nicht so leicht, wie es klingt.«

»Was wäre passiert, wenn man dich damit erwischt hätte?«

»Das könnte immer noch passieren, Schnucki. Das sag ich dir doch die ganze Zeit, aber du hörst mir anscheinend nicht zu! Was glaubst du wohl, warum ich so ausgeflippt bin, als ich dich beim Schnüffeln erwischt habe? Ich dachte, du würdest mich vielleicht melden oder es deinen Eltern erzählen, und die würden mich dann anzeigen.«

»Auf gar keinen Fall«, erwidere ich. »Das würde ich nie tun.« Dabei bin ich bei weitem nicht so sicher, wie ich klinge.

Sie nimmt eine der Kassetten in die Hand. »Dieses Zeug ist brandheiß, Martin. Mit extremer Vorsicht zu genießen. Vergiss das nicht, und glaub ja nicht, dass ich übertreibe. Wenn du damit erwischt wirst, nageln die dich fest, mit Verhaftung, Verhör, Gefängnis. Die ganze Palette. Ich meine das ernst.«

Na ja, sie ist Amerikanerin, und Amerikaner übertreiben gerne. Ich nicke nur, ja, ich hab's verstanden, kein Problem, und stelle mit Hilfe der Videokamera eine Kopie für sie her. Ich packe alle vier Spulen auf eine 180-Minuten-Kassette. Annie erlaubt mir nicht, mir währenddessen das Material anzusehen. Anschließend fragt sie mich nach meinem Versteck, und ich erkläre ihr, dass sie der erste Mensch überhaupt ist, der davon erfährt. Ich nenne es das Sandy-Loch, weil unser Hund Sandy sich ganz hinten in die Ecke mit dem Papyrus verkrochen hat, als sie alt und bereit zum Sterben war. Ich bin ihr hinterhergekrochen und dabei auf eine tiefe Mulde gestoßen. Darin lag Sandy auf der Seite. Ameisen krabbelten über ihre schwarzen Lippen. Ich nahm einen Zweig und berührte ihr offenes braunes Auge, und als sie nicht blinzelte, wusste ich, was tot bedeutete. Ich zog sie heraus und ging wieder rein, um mein geheimes Loch zu graben. Ich kleidete es mit einer Mülleimertüte aus, stellte eine große, leere Quality-Street-Dose rein und deckte das Loch mit einem Brett ab, das ich mit Erde tarnte. »Und was ist in der Dose?«, fragt Annie.

»Geheime Sachen«, antworte ich.

Sie reibt sich über das Kinn. »Und niemand weiß davon? Niemand könnte es finden?«

»Nicht in einer Million Jahren.«

»Meinst du, du könntest die Kassetten eine Zeitlang für mich darin aufbewahren? Du hast mir gezeigt, dass mein Zimmer als Versteck ein Witz ist. Wenn die SB das Haus durchsuchen würde, wäre ich geliefert.« Sie meint die Special Branch, die Sicherheitspolizei. Ich versuche, nicht zu grinsen, so übertrieben erscheint mir die Vorstellung. Als ob die sich je für unseren kleinen Bungalow in Greenside interessieren würden! Aber ich verspreche ihr, die vier Originalbänder für sie im Sandy-Loch zu verbergen. »Aber du musst mir bei deinem Leben schwören, Martin«, sagt sie, »dass du sie dir nicht ansiehst.«

»Okay, ich schwöre es bei meinem Leben.«

Sie sieht mich an. »Alles klar.«

»Aber die Kassette, auf der alles drauf ist, nimmst du mit, oder? Wenn du heute raus in die Township fährst.« Sie nickt. Ich bohre weiter: »Und da übergibst du sie einer Kontaktperson.« Sie antwortet nicht, aber ihr Schweigen sagt mir, dass ich recht habe. »Wie ist es da so?«

»Es ist hart, aber auch toll. Die Mädchen sind klasse. Die Leute.«

»Musst du durch so was wie Straßensperren?«

»O ja, auf der Straße nach Jules patrouillieren Polizei und Militär. Weiße brauchen eine Zugangserlaubnis, und am Anfang musste ich meine immer zeigen. Inzwischen haben sie sich aber an mich gewöhnt und winken uns durch. Wobei sie natürlich auch ausgerechnet heute auf die Idee kommen könnten, uns zu durchsuchen.«

Ich denke darüber nach, und mein Blick fällt auf den Videorecorder. »Du solltest es so präparieren, dass du die Kassette irgendwie auf Knopfdruck löschen kannst, falls du erwischt wirst.«

Sie zieht die Augenbrauen hoch. »Wäre das möglich?«

»Warum nicht? Ich müsste mir nur was einfallen lassen.«

»Wenn du das schaffst«, sagt Annie »solltest du mitkommen.«

Ich stoße ein künstliches Lachen aus, um meinen Schock zu verbergen. »Ach, sollte ich das?«

»Ja, das solltest du wirklich. Verlass mal diese Filmkulisse hier in der Vorstadt, Martin, dieses Pseudokalifornien. Hör auf, so zu tun, als wärst du nicht in Afrika. Du lebst in einem Film, mein Lieber.«

»Ach, ja? Und wie heißt dieser Film?«

»*Whiteland* – Land der Weißen«, sagt sie, ohne auf mein

Grinsen einzugehen. »Du solltest wirklich mal mitkommen, dann würde ich dir ein paar Sachen zeigen und deine ganze blöde Verkabelung da oben neu verdrahten.« Sie tippt mir an die Schläfe.

»Blöde Verkabelung?«, frage ich.

»Klar«, antwortet sie, »oder hältst du es für normal, immer wieder denselben Alptraum zu haben?«

Ich wünschte, ich hätte ihr nie davon erzählt. Seitdem will sie dauernd wissen, worum es in dem Traum geht. »Das ist einfach nur mein Ding«, erwidere ich. »Es hat nichts mit unserem Leben hier zu tun.«

»Ach, nicht? Erzähl mir doch endlich mal deinen Traum, dann kann ich dir sagen, ob das stimmt oder nicht.«

»Warum erzählst du mir nicht, was auf dem Video ist?«

Sie sieht mich eine Weile lang an, ohne zu blinzeln. »Ich müsste dir erst ein paar Dinge zeigen.«

»In der Township?«

»Genau. Damit du es verstehst, damit du endlich durchblickst.«

Ich schüttle langsam den Kopf. »Annie, du bist doch erst seit zweieinhalb Wochen hier.«

»Stimmt. Aber du warst noch nie im Leben in einer Township, oder?«

»Das ist illegal«, erwidere ich und fühle mich klein.

»Da hast du's«, entgegnet sie.

Die Art, wie sie mit mir redet, hat etwas Penetrantes, etwas Lehrerinnenhaftes, das ich nicht mag. Am liebsten hätte ich jetzt etwas erwidert, aber ich kann ihr rhetorisch nicht das Wasser reichen und bin auch nicht von solchen erwachsenen Überzeugungen erfüllt wie sie. Also sage ich das, was ich schon von so vielen anderen gehört habe. »Es ist da gar nicht so übel im Vergleich zu anderen afrikanischen Ländern.«

»Mannomann«, sagt sie und verdreht die Augen. »Du musst *wirklich* mal mitkommen.«

Ich laufe rot an, zitiere aber verbohrt weiter. »Millionen drängen sich an unseren Grenzen und wollen rein. Warum sollten sie das tun, wenn es hier so schlimm ist?«

Sie lächelt schief. »Vielleicht solltest du sie selber fragen, Martin. Wenn du dich das traust.«

10

In absoluter Dunkelheit werde ich herumgestoßen und habe das Gefühl zu ersticken, obwohl ich mir sage, dass das nur Einbildung ist und ich genügend Sauerstoff habe. Allerdings glaube ich nicht recht daran, weil alles nach heißem Staub schmeckt und mir schwindlig ist. Die Federung des Chevy ist total ausgeleiert, er bräuchte dringend neue Stoßdämpfer. Schon anfangs hat es ordentlich gerumpelt, aber dann müssen wir auf eine unbefestigte Straße gelangt sein, denn seitdem ist es der reinste Wahnsinn. Ich höre Steine gegen Metall prallen, huste wegen des Staubs und versuche, nicht mit dem Kopf gegen den Kofferraumdeckel zu knallen, indem ich mich fest mit den Beinen abstütze. Ich spüre, wie der Weg ansteigt, dann eben weiterführt, und schließlich bleiben wir stehen, wenden und fahren mit heulendem Motor rückwärts. Dann wird der Motor ausgeschaltet. Stille. Türen knallen, und Schritte knirschen in meiner Nähe. Ich höre Stimmen, aber zu gedämpft, um etwas zu verstehen. Ich bin im Kofferraum eines Wagens voller Fremder – Schwarzer – eingeschlossen.

Doch am meisten bedaure ich merkwürdigerweise, dass ich Annie meinen Alptraum erzählt habe. Ich habe vorher noch nie jemandem davon erzählt. Jetzt habe ich das Gefühl, dass sie ihn besitzt und damit in gewisser Weise auch einen Teil von mir. Das stimmt natürlich nicht, aber so empfinde ich es. Als wäre ich in ihre Fänge geraten.

Ich höre den Schlüssel neben dem Schloss kratzen, bevor er reingesteckt wird, und dann drei laute Schläge.

II

Immer höre ich zuerst das Quietschen von LKW-*Bremsen und das Pochen schwerer Dieselmotoren. Immer fällt leichter Nieselregen. Immer erwache ich in meinem eigenen Bett und bin davon überzeugt, dass dies die Realität ist, absolut jedes Mal. Dann brüllen Megaphone aus der Dunkelheit heraus Befehle auf Deutsch und die Scheinwerfer durchbohren wie Lanzen den Regen. Schwere Militärstiefel trampeln über nassen Asphalt, die Soldaten mit den Stahlhelmen sind in ihren dunklen Mänteln hinten aus dem* LKW *gesprungen und rennen auf unsere Mauern zu.*

»Achtung! Achtung! Alle Juden raus! Schnell! Juden rrrrraus!«

Ich bin aufgestanden und renne durch den Flur. Juden raus. Los, Bewegung! Raus! Ihre Hunde kläffen wie rasend. Ich sehe Stahlhelme und dunkle Mäntel in Scharen über die

Mauern klettern und schwere Militärstiefel die Blumen in unserem Garten zertrampeln, die wertvollen Proteas, Strelitzien und Geranien meiner Mutter. Marcus haben sie schon erwischt, er kniet im Scheinwerferlicht, die Hände hinter dem Kopf. Arlene schreit im Elternschlafzimmer, aber es ist zu spät, um ihnen zu helfen. Ich kann durch den Garten und über den Zaun auf das Grundstück des verrückten Mr Stein fliehen.

Ich sprinte durch die Küche zur Hintertür, aber dort erstarre ich. Zaydi nicht vergessen! Überall splittert Glas. Ich fluche, drehe um und renne durchs Haus zu seinem Zimmer. Feuchter Wind lässt die Gardinen vor den zerbrochenen Fenstern flattern, und die Deutschen mit ihren blutroten Armbinden dreschen mit Vorschlaghämmern auf Fenster- und Türgitter ein.

»Alle Juden raus! Schnell!«

Ich erreiche Zaydis Zimmer. Er tastet nach dem Glas, in dem sein Gebiss schwimmt, und mümmelt mit seinem zahnlosen Mund. Ich packe ihn und hebe ihn hoch. Er ist so leicht, dass sich seine Knochen so hohl wie die Aluminiumrohre unserer Gartenklappstühle anfühlen. Ich werfe ihn mir über den Rücken. Genau in dem Moment explodieren seine großen Fenster. Die Deutschen hämmern auf die Gitter ein. Im Scheinwerferlicht sehe ich ihre breiten Gesichter unter den eckigen Helmen. Sie schreien mich an, fluchen und toben, und auf einmal springt ein riesiger schwarzer Wolfshund aus den nördlichen Wäldern hoch, Geifer spritzt von seinen Fängen, und er prallt so heftig gegen das Gitter, dass der Beton nachgibt und das Gitter samt Rahmen herausbricht und ins Zimmer fällt.

Ich drehe mich mit Zaydi auf dem Rücken um und renne, so schnell ich kann, den Wolfshund und die Männer mit den blutroten Armbinden dicht auf den Fersen. Ich weiß, dass sie nicht schießen werden, weil sie mich lebend wollen, sie wollen uns lebend, um medizinische Experimente an uns durchzuführen und uns so lange leiden zu lassen, wie sie nur können.

Währenddessen wird Zaydi immer schwerer, als würden seine Jahre zu Kilos. Es wird unglaublich mühsam, ihn zu tragen; er wiegt fast so viel wie ein ganzes Jahrhundert, ich kann ihn kaum noch halten. Doch wenn ich ihn fallen lasse, kriegen sie ihn. Ich trete die Tür auf und renne durch den Garten zum Zaun. Ich allein kann leicht darüberklettern, ich müsste nur Zaydi loslassen. Wenn ich ihn loslasse, lenkt es unsere Verfolger ab. Lass Zaydi fallen und flieh – spring über die Mauer, renn immer weiter, und rette dich! Das ist alles, was ich tun muss. Zaydi fallen lassen …

»Und dann?«, fragte mich Annie Goldberg.

»Dann wache ich auf«, sagte ich.

»Lässt du ihn fallen oder nicht?«

»Ich weiß nicht, ich komme nie zu einer Entscheidung. Aber das ist der schlimmste Teil.«

»Dass du gezwungen bist, diese Entscheidung zu treffen?«

»Nein«, erwidere ich. »Dass ich gezwungen bin, meinen eigenen Großvater zu hassen.«

Ausweg Garten

12

Die Säure, die Isaac zu Hause im Schuppen aufbewahrt, dient zum Auffüllen von Autobatterien und ist so ätzend, dass sie in einer speziellen Blase aufbewahrt werden muss. Ich habe sie bei mir, und der Schlauch führt in Annies Tasche mit der Videokassette. Wenn ich nicht das dreimalige Klopfen gehört hätte, wäre es meine Aufgabe gewesen, die Säure rauszupumpen und die Kassette zu vernichten, alles zu löschen, was drauf ist. Keine Ahnung, ob das tatsächlich funktionieren würde, aber Annie glaubte mir, und das war in diesem Augenblick alles, was zählte. Nach dem Klopfen öffnet sich knarrend der Kofferraumdeckel, und Annie steht vor mir. Ich ziehe den Schlauch raus und reiche ihr die Handtasche. Dann klettere ich aus dem Chevy und stehe zum ersten Mal im Leben in einer Township.

Ich sehe nackte Erde und ein kleines Schulhaus aus gelben Backsteinen. Wir sind oben auf einem Hügel, und ich gehe an den Rand. Von unten steigt dunstiger blauer Rauch von Kohlenfeuern und brennendem Müll auf. So viele kleine Häuser, umgrenzt von mit gelbem Gras bedeckten Steinhügeln. Ich sehe einige leuchtend gelbe Polizei-Casspirs, lange Panzerfahrzeuge, die auf der zentralen, unbefestigten Straße geparkt sind, und einen braunen Armeepanzer auf einem staubigen Fußballfeld. Rings um einen Marktplatz warten jede Menge Kombis und Minibus-Taxis. Am anderen Ende erstreckt sich ein geschlossenes Meer aus Wellblech und Pappe: die Dächer von selbstgebauten Hütten, mit Steinen beschwert, damit sie nicht wegwehen – es sieht aus, als hätte das Land dort unten eine schlimme Hautkrankheit.

Annie führt mich in das kleine Schulhaus. Es besteht aus nacktem Beton und Ziegelwänden, ist aber neu und sauber. Die Leiterin ist eine kleine Frau mit einem üppigen Afro und dicken Adern am Hals, einem breiten Lächeln und einem schmerzhaften Händedruck. Ihr Name ist Lindiwe Mokefi. Hier wird den Sommer über nach einem eigenen Lehrplan unterrichtet. Annie hat mir schon erklärt, dass dieses Institut die erste private englische Schule in einer Township ist, finanziert von einer Schweizer Stiftung. Die meisten Lehrer sind Freiwillige aus dem Ausland, und der Unterricht ist kostenlos. Die Regierung hat diese Schule nur deswegen genehmigt, weil sie unser Land dem Ausland gegenüber unbedingt gut darstellen will. Diese Leiterhoff School vermittelt eine ziemlich solide Bildung – im Gegensatz zu den anderen Schwarzenschulen, die Annie »Sklaven-Trainingscamps« nennt –, allerdings nur einer winzigen Gruppe glücklicher Mädchen.

Annie nimmt mich mit in ihr Klassenzimmer. Die Mädchen stehen geschlossen auf und singen *good morning, guest, good morning, teacher*. Sie kichern, als Annie mich an eine der langen Bänke führt. Der Stuhl ist zu niedrig für meine langen Beine. Annie gibt mir eine Fibel, aus der ich laut vorlesen soll, eine Geschichte von Heidi und Kurt, die in einem Dorf auf einem schneebedeckten Berg wohnen. Als ich versuche zu jodeln, bin ich der Held der Klasse. Eines der Mädchen, Ilona, will meinen Arm gar nicht mehr loslassen. In der Pause gehen alle raus auf den Hof, und jedes Kind bekommt ein Erdnussbutterbrot und einen Emailbecher mit Milch aus Milchpulver. Ich stehe da und sehe ihnen zu, wie sie zu einem Sandkasten ausschwärmen. Andere Mädchen springen Seil, als wollten sie die Erde zu Tode trampeln, wirbeln dabei rote Staubwolken auf und singen *umzi watsha, umzi watsha*. Ich frage Annie, warum sie keine Schuluniformen tragen, und sie antwortet, das könne sie auf dem Nachhauseweg zu Zielscheiben machen, entweder für die Genossen, die radikalen Jugendlichen, die alle Schulen boykottieren wollen, bis sich die Ausbildung verbessert, oder für die Polizisten, die alle Schülerinnen und Schüler für Terroristen halten und sie von der Straße weg verhaften und in LKWs verladen, die *kwela-kwelas* genannt werden – Steig-auf-steig-auf –, weil so ihre Befehle lauten.

Annie geht rein. Ich schließe die Augen im Sonnenschein, und nach kurzer Zeit spüre ich, wie sich eine kleine Hand in meine schiebt. Es ist Ilona. Sie hat eine aufgefaltete Pappkiste dabei, auf der Linien gezogen sind, und ein paar Kronkorken. Wir spielen Ludo, und die Kronkorken erinnern mich an Slinkers. Annie kommt wieder raus. »Na, du hast hier ja schon Freundschaft geschlossen«, sagt sie. Ich sehe, dass sie ihren Rucksack dabeihat. Ein älteres Mädchen kommt dazu. Annie erklärt: »Das ist Nosipho, Ilonas Schwester.«

»Wie geht es dir?«, fragt Nosipho auf Englisch.

»Mir geht es gut, danke, und wie geht es dir?«

»Sehr gut, danke«, antwortet sie.

Annie nimmt mich beiseite und sagt, es wäre in Ordnung, wenn wir die Schule für eine Weile verließen, sie hätte das mit Mrs Mokefi abgesprochen. Für die Leiterin mag es in Ordnung sein, aber in meinem Bauch flattern sofort Schmetterlinge aus Stahl herum. Ich frage Annie, wo wir hingehen.

»Ich will dir zeigen, wo diese Mädchen leben.«

Ich werfe erneut einen Blick auf den Rucksack und flüstere mit steifen Lippen: »Hast du sie dabei?«

Sie zuckt mit den Achseln, und ich weiß, dass sie da drin ist.

»Wofür brauchst du sie?«, frage ich.

»Komm schon«, sagt sie, und ich folge ihr wie betäubt. Wir gehen auf der unbefestigten Straße bergab. Unten befindet sich ein einsamer Laden, der an einen krummbeinigen alten Mann erinnert, mit durchhängenden Wänden und einem Dach wie ein zerquetschter Hut. Braunfleckige Bananen baumeln an Haken wie Fleischwarzen. Einmal kräftig husten, und das Ding bricht zusammen. Alte Plakate wellen sich an den Rändern. *Kauft Strepsils. Nehmt* OMO, *wäscht weißer als weiß.* Dann erreichen wir die erste Häuserreihe – graue Betonkästen, alle gleich, ohne Unterschied, als wären sie in einer Fabrik ausgestanzt worden. Leute sitzen auf Plastikstühlen davor und beobachten uns, als wir vorbeigehen. Musik läuft, Rufe sind zu hören. Von einem Graben, in dem sich der Müll türmt, geht ein fruchtiger Gestank aus – die städtischen Müllwagen sind Ziele im

Struggle und fahren nicht hier raus. Wir kommen an ein paar Jungen vorbei, die mit einem kleinen Ball Fußball spielen, ein anderer Junge auf einem viel zu kleinen Fahrrad holt uns ein und umkreist uns; seine Knie pumpen hoch bis zum Kinn. Er scheint Annie zu kennen, und sie wechseln ein paar Worte in einer afrikanischen Sprache, bevor er wieder wegfährt.

Wir erreichen eine Biegung, neben der sich auf einer Seite freies Feld erstreckt und auf der anderen Seite eine Menschenmenge versammelt ist. Frauen stehen hinter dampfenden Eisentöpfen mit Maisbrei, rosa Fleisch und gelbe Hühnerfüße grillen auf Gitterrosten. Es riecht nach Kohle und verbranntem Fett. Aus einem Friseurladen blinken zerbrochene Spiegel, und aus einer Spelunke, vor der Betrunkene mit roten Augen im Staub herumlungern, dröhnt laute Musik. Ein paar Ziegen grasen auf Müll. Annie biegt auf das Feld ab. Auf der anderen Seite ist die Barackenstadt – die Hautkrankheit auf dem Land, der Slum der Slums, wo sich die Leute ihre Hütten aus Müll gebaut haben. Annie geht direkt darauf zu, und ich denke: Geh doch, wenn du willst, aber lass mich aus dem Spiel, verdammt noch mal! Aber als ich mich umdrehe, steht da eine Gruppe Jugendlicher, Jungs mit diesen flachen Golfkappen, in Jogginganzügen oder in Hosen mit Bügelfalten. Sie starren mich an. Ein Hurrikan von Angst wirbelt in meinem Inneren auf. Ich gehe aufs Feld hinaus, ohne mich noch einmal umzusehen. Als ich Annie einhole, keuche ich: »Wo willst du bloß hin? Annie, Annie, Annie! Warte! Annie!«

»Die Schule ist für die Bedürftigen.«

»Was? Bleib stehen! Wir können da nicht reingehen!«

»Da wohnen aber unsere Mädchen«, erwidert sie.

Die Jugendlichen sind uns über das Feld gefolgt und verteilen sich. Eine Schlagzeile blitzt in meinem Kopf auf, im *Star* von morgen: *Jules: zwei weiße Idioten mit brennenden Autoreifen um den Hals getötet.* Aber Annies Selbstvertrauen zieht mich hinter ihr her in die Barackenstadt, in eine unebene Gasse zwischen den schäbigen Hütten. Ein kleines nacktes Mädchen steht mit den Fingern im Mund in einem Graben und starrt mich an, während sie an ihren molligen Beinchen hinunterpinkelt und ein magerer, räudiger Hund ihr die Feuchtigkeit vom Oberschenkel leckt. Ich schaue weg und wäre beinahe auf eine halbverweste Ratte getreten, deren Darm wie Würmer aus dem Bauch quillt. Ich versuche, meinen Blick auf Annies Rücken gerichtet zu halten. Eine Plastikplane hängt über einem Loch in einer Hütte, und eine Frau mit wirr abstehendem Haar steckt den Kopf heraus. Ich sage hallo, und sie redet schnell in einer Sprache auf mich ein, die ich für Xhosa halte, voller Klick- und Schnalzlaute. Dem Klang nach scheint sie nicht erfreut zu sein, mich zu sehen. Ich versuche zu lächeln, als ich mich vorbeidränge. Die ganze Zeit höre ich Annies fröhliche amerikanische Stimme vor mir, die Hi sagt, wie geht's, hallo, alles gut?, und dabei die Worte *dumela, sawubona, howzit, sharp-sharp* völlig falsch ausspricht. Es ist irgendwie irritierend, von einer Amerikanerin herumgeführt zu werden, denn das ist *mein* Land, obwohl das auch nicht stimmt. Ich kenne diese Welt überhaupt nicht. Andererseits bin ich heilfroh, dass Annie Amerikanerin ist – vermutlich hält man mich dann auch für einen.

Annie biegt rechts ab, steigt über eine zertrümmerte alte

Zinkbadewanne und Kaninchendraht und duckt sich dann unter hängenden Bettlaken hindurch. Wir gelangen in einen kleinen Hof, der umgeben ist von Laken an Wäscheleinen. Ich höre ein Summen. »Ich will dir was zeigen«, sagt Annie. »Bevor wir weitergehen. Ich will, dass du es siehst.« Sie zeigt auf eine Art Sumpf hinter einem schiefhängenden, niedrigen Zaun. »Geh weiter rauf«, befiehlt sie. Nach einem Schritt dringt mir der schlimmste Gestank aller Zeiten in die Nase. Annie fragt: »Verstehst du?« Und ich zucke nur mit den Achseln und antworte, dass das ekelhaft ist. »Nein«, erwidert sie. »Das meine ich nicht.« Ihre Stimme hat sich so sehr verändert, dass ich sie besorgt anschaue. Sie legt ihre Hand auf meinen Nacken, drängt mich weiter, und wir erreichen den schiefen Zaun, auf dessen anderer Seite sich eine Grube befindet, die von einer Milliarde glänzender Fliegen bedeckt ist. Ich muss die Hand über Mund und Nase legen. Einige Insekten erheben sich in einer silbernen Wolke, sinken dann aber gleich wieder auf ihr Festmahl hinab. Die Grube ist voll mit größtenteils menschlichen Fäkalien, aber auch anderes Zeug verrottet dort. Ich sehe Reis, aber es kann kein Reis sein, denn es bewegt sich, und ich denke, aha, das sind also Maden. Annie hat immer noch ihre Hand auf meinem Nacken, und es ist zwar schön, berührt zu werden, aber sie drückt ein bisschen zu fest. Sie deutet mit der anderen Hand auf die Grube. »Siehst du die Dosen?« Ich nicke nur, weil ich Mund und Nase noch bedeckt habe. »Heb die da auf«, verlangt sie. Ich sehe, welche sie meint; der verrostete Deckel ragt auf, bedeckt mit fetten blauen Fliegen und Schleimfäden. Hier endet alles. Das ist die maximale Scheiße. Der Geruch ist so dick wie nasse

Farbe. Ich schüttle den Kopf, aber Annie drängt: »Mach schon, was bist du, Mann oder Memme? Heb sie auf.« Sie drückt fester an meinen Nacken, und ich beuge mich über den Zaun und sehe wie im Traum zu, wie meine Hand nach unten taucht, als gehörte sie nicht zu mir, und ich nehme den Blechdeckel zwischen Daumen und Zeigefinger. Als ich ziehe, ertönt ein saugendes, matschiges Geräusch, bevor die Dose rauskommt. Ich drehe mein Gesicht zur Seite. »Ich muss reihern«, sage ich. Aber Annie versteht unser Wort für kotzen wahrscheinlich nicht. »Lies einfach das Etikett«, verlangt sie. Das muss ich nicht. Ich weiß auch so, dass es Pamper-Katzenfutter ist, die blaue Dose, herzhaftes Rindfleisch mit Soßengeschmack. Ich kenne es aus dem Spar, wo Arlene und ich Sandys Futter gekauft haben. Das sage ich Annie, lasse die Dose fallen und wische mir automatisch die Hand an der Jeans ab, ehe ich mich daran hindern kann.

Annie fragt: »Meinst du, die Leute hier haben Katzen? Glaubst du, diese Kinder halten Katzen als Haustiere?«

Sie sieht mir direkt ins Gesicht, ihre Augen sind groß und feucht. »Es ist für sie«, sagt sie. »Das ist alles, was sie sich leisten können. Ich meine, die Familien hier leben davon. Sie müssen Katzenfutter essen. Verstehst du jetzt?« Ich habe immer noch die andere Hand über Mund und Nase gelegt, und das nervt sie womöglich, weil sie mein Handgelenk packt und daran zieht. »Die Katzen hier leben von den Ratten. Durch den Müll und die Abwässer gedeihen hier überall riesige Ratten. Die Viecher fressen die Füße von Kindern an, die auf dem Boden schlafen müssen. Das habe ich selbst *gesehen*. Und währenddessen packt ihr jeden

Sonntag Berge von blutigen Steaks und Würstchen auf den Grill.« Annie ist Vegetarierin, und sie verzieht angewidert das Gesicht, weil sie Fleisch so ekelhaft findet, denke ich, aber das ist nicht der Grund, denn auf einmal fängt sie an, jemanden nachzumachen. Ich bin es, den sie mit weinerlicher Stimme nachahmt, und sie wiederholt ein paar Sachen, die ich zu ihr gesagt habe. »Och, ist das schlimm an meiner schicken Privatschule – niemand will mit mir befreundet sein – oooh – und ich muss eine blöde Uniform tragen – und die Tests sind so schwierig – und mein Direktor ist so ein Arschloch und wa wa wa waaa …« Es ist fast, als stecke eine dieser altmodischen Luftangriffssirenen in ihr, die man mit einer Kurbel in Gang setzt und die immer schneller werden, und es gibt nichts, was ich tun kann, um sie aufzuhalten, und noch schlimmer, sie kann es nicht mal selbst. »Buhuu, wir haben kein Dienstmädchen«, sagt sie, voll fies. »Oh, wow, du hast einen Orden verdient!« Ich versuche, um sie herumzugehen, aber sie bleibt vor mir stehen, also lege ich ihr die Hände auf die Schultern. Sie macht sich ganz steif, und ich kann sie nicht wegschieben. »Alles, was dich interessiert, ist das«, zischt sie in mein Ohr und nimmt meine linke Hand und legt sie auf ihre Titte, echt wahr! Sie drückt sie einfach auf ihre große, weiche Titte. Es ist wie ein elektrischer Schlag, ich glaub's nicht, dieses Gefühl, sie zu spüren, es durchzuckt meinen ganzen Körper. Ich kann es nicht vor ihr verbergen, denn sie spürt es ja auch, da unten, was das mit mir macht. Und dann schubst sie mich mit dem Becken weg, und ich stolpere rückwärts. Die Drähte berühren meine Kniekehlen. Ich packe den Zaunpfosten, aber er hält nicht, er gibt nach. Ich drehe mich halb, muss die Hand ausstrecken, und sie taucht direkt in die Grube, ohne dass ich es verhindern kann. Erst kommt das grässliche Gefühl, die Oberfläche zu durchdringen, und dann folgt warmer Schleim, und es gluckst, und meine Hand versinkt immer weiter, und alle reisartigen Maden wabern um meinen Arm. Ich werde lebendig verschlungen. Doch als der Schleim meinen Bizeps erreicht, stößt meine Hand auf etwas Festeres, und ich will mir zwar nicht überlegen, was es sein könnte, irgendetwas Feuchtes, aber es bremst meinen Untergang. Kann sein, dass Annie jetzt versucht, mir aufzuhelfen, ich weiß nicht genau, aber ich spüre ihr Gewicht auf mich drücken, gerate in Panik und denke, die Frau ist verrückt geworden. Gleichzeitig fuchtle ich mit dem anderen Arm herum und treffe sie mit meinem knochigen Ellbogen direkt in den Bauch. Sie keucht auf, weicht vor mir zurück, und es gelingt mir, mich hochzuhieven und meinen Arm aus dem Morast zu ziehen. Ich strecke den stinkenden Arm von mir weg und laufe zum nächstbesten Laken. Als ich es abreiße und um meinen Arm wickle, schnellt die Wäscheleine hoch, und ich sehe, dass jemand dahinterstand und andere hinter ihm. Er trägt eine flache Mütze und schwarze Lederklamotten und beobachtet mich aus zu schmalen Schlitzen zusammengekniffenen Augen, während er auf einem Streichholz kaut. Er ist einer von denen, die uns über das Feld gefolgt sind. Annie kauert mit gesenktem Kopf auf dem Boden wie ein betender Moslem. Ich entschuldige mich, glaube aber nicht, dass sie mich hört. Ich will sie hochziehen und erwische die Tasche, die dabei aufgeht. Ich sehe das Video darin. Ohne darüber nachzudenken, nehme ich es heraus und stecke es schnell unter mein

Hemd. Ich schließe die Tasche, gehe ein paar Schritte zurück und fange an, wie ein Verrückter mit dem Laken meinen Arm zu reiben. Weitere junge Leute kommen hinter der Wäsche hervor und stehen einfach da und starren mich an, starren uns beide an. »Genosse«, sagt der Erste. »Alles in Ordnung, Genosse?«

»Mir geht's gut«, antworte ich.

Aber er redet nicht mit mir.

13

Der Slum zieht sich am Ufer eines schlammigen kleinen Bachs entlang, und die Leute benutzen sein Wasser für alles. Annie und die Jungs warten auf mich, während ich eine Stelle finde, die nicht allzu schmutzig ist – da liegt sogar ein Splitter Wäscheseife, den ich aus dem Müll herauspicke und mit dem ich meinen Arm schrubbe, bis es weh tut. Auf der anderen Seite des Bachs geht die Barackenstadt weiter, aber die Hütten stehen nicht mehr so dicht, und dahinter liegt nur offenes *Veld*, wohin uns die Jungs jetzt führen.

Hier draußen ist es hügelig und heiß, nichts als Steine, gelbes Gras und rote Ameisenhaufen. Ich schaue Annie unterwegs nicht an und muss die ganze Zeit daran denken, wie fies sie an dieser Scheißegrube gewesen ist. Vor allem daran, wie sie mich nachgeäfft hat. Wenn jemand einen so lächerlich gemacht hat, brennt es wie eine Wunde im Inneren, der Schmerz legt sich nicht in dem Moment, wo es vorbei ist. Plötzlich höre ich einen lauten Motor aufheulen, schaue auf, und die Jungs rufen uns zu, wir sollen rennen, und wir rennen schnell zum nächsten kleinen Hügel und lassen uns oben in das hohe Gras fallen. Als ich nach unten schaue, sehe ich einen gelben Casspir vorbeikommen. Die Dinger sehen echt krass aus mit ihren riesigen Moonwalker-Reifen. Einer der Jungs sagt: Mello Yello, und ich kapiere, dass sie sie so nennen wie die Limonade, die genauso leuchtend gelb ist. Hinter dem Casspir folgt ein Polizei-LKW. Sie parken, und aus beiden Fahrzeugen steigen Polizisten aus, öffnen den hinteren Teil des Lastwagens und klopfen seitlich dagegen. Leute klettern raus und bleiben mit erhobenen Händen stehen, größtenteils Kinder im Schulalter, dazu einige Kleinkinder und auch ältere Männer und Frauen. Die Cops haben Schrotflinten oder Sturmgewehre und tragen khakifarbene Tarnkleidung oder blaue Schirmmützen, einige haben Sjamboks, Nilpferdpeitschen, in der Hand. Mich überrascht, dass die meisten dieser Polizisten Schwarze sind. Aber die Weißen scheinen das Sagen zu haben und rufen Befehle. Einer der Weißen hat einen Deutschen Schäferhund an der Leine. Ein Schmetterling schwebt vor mir, und ich beobachte ihn eine Weile. Der Typ neben mir bricht langsam einen Zweig in zwanzig Stücke. Niemand sagt ein Wort. Annie kaut auf ihrer Lippe. Die Bullen unterhalb beginnen mit einer Art Spiel. Ich kann sie lachen hören. Sie suchen sich jemanden aus, und diese Person muss zum LKW zurückrennen. Aber die Sache hat einen Haken: Der Hundeführer lässt den großen Deutschen Schäferhund los, und ich höre ihn jedes Mal auf Afrikaans den Befehl *Vat hom nou* – Los, fass! – erteilen. Die ausgewählte Person muss es also zum LKW schaffen, während der Hund sie von hinten packt und versucht, sie mit aller Kraft zurückzuzerren, wobei er zittert und knurrt wie verrückt. Die Männer schweigen größtenteils, aber die Schreie der Frauen dringen laut und deutlich zu uns herauf. Dann bricht ein Mädchen aus der Gruppe aus und rennt mit fliegenden Beinen und flatterndem Rock schnell weg. Ein Polizist schneidet ihr den Weg ab, schlägt sie mit der flachen Seite seiner Schrotflinte, und sie stürzt. Er packt sie am Kragen und schleift sie zurück zum Lastwagen. Sie tritt und zappelt. Er zieht sie hoch und schwingt sie grob in den LKW, und als sie zurückprallt, lässt er sie auf den Rücken fallen, und der Hund ist auf ihr. Ihr Rock schlägt hoch, und eine Peitsche trifft auf ihre dunklen Oberschenkel.

Ich schaue weg, und als ich wieder hinsehe, werfen sie sie gerade in den LKW und suchen nach dem nächsten Opfer. Doch plötzlich kniet sich einer der Polizisten hin und legt das Gewehr an. Ich sehe, dass der Casspir raucht. Dann fliegen Sachen um ihn herum, tanzende Ziegelsteine und dicke Kiesel. Ein Schuss kracht. Die anderen Bullen sind auch am Boden und feuern. Flammen am Casspir lecken unter dem Rauch hervor, der Motor heult auf. Als er sich in Bewegung setzt, tauchen dahinter Männer und Jungen im hohen Gras auf und werfen in unglaublichem Tempo Dinge auf die Fahrzeuge. Ich höre, wie Wurfgeschosse gegen den Casspir prallen, *bonk-bonk*, und auch das *krish* von zersplitterndem Glas. Noch mehr Flammen lodern auf. Eine brennende Flasche wirbelt durch die Luft. Jetzt rennen die Männer und Jungen in die andere Richtung, zurück zu den Hütten, verständigen sich mit Pfiffen und verteilen sich. Der brennende Casspir verfolgt sie, aber ganz vorsichtig, den Abhang hinunter, wie ein Elefant, der auf Dornen läuft.

In der Zwischenzeit rennen die Leute vom LKW auf uns zu. Ein Polizist dreht sich um und schießt auf ihre Rücken – in unsere Richtung! Ein Mann erstarrt und fällt. Eine Frau trägt ein kleines Kind an die Brust gepresst. Annie hat mich da reingezogen, es ist alles ihre Schuld! *Ich könnte sterben!* Meine ganze Angst verwandelt sich in eine Welle purer Wut auf sie, während die Jungs, die uns begleiten, aufspringen und wir alle, so schnell wir können, hügelabwärts rennen. Ich muss das Video an meinen Bauch drücken, um es nicht zu verlieren. Unten ist eine unbefestigte Straße, auf der ein BMW auf uns zurast und in einer Wolke aus Staub und aufspritzenden Steinchen schleudernd zum Stehen kommt. Annie rennt zum Beifahrerfenster, sagt etwas, berührt ihre Tasche. Ich laufe zur Fahrerseite. Von nahem sehe ich, dass das Seitenfenster des BMW fehlt, Glasscherben liegen auf dem Armaturenbrett, und Kabel hängen unter dem Lenkrad raus. Der Fahrer ist noch ein Junge; hinten sitzen zwei weitere. Der Beifahrer ist jedoch ein erwachsener Mann, und mit dem spricht Annie jetzt. Als sie ihm die Tasche zeigt, ist mir klar, dass er die Verbindungsperson für die Kassette ist. Ich stecke meinen Kopf ins Wageninnere und spreche ihn über den kleinen Fahrer hinweg an. Er wendet sich von Annie ab. Gut. Ich bin unfassbar sauer auf sie. Was fällt ihr ein, mich in so was mit reinzuziehen? Erst schubst sie mich buchstäblich in die Scheiße, und dann äfft sie mich nach, was ich auf den Tod nicht ausstehen kann. Diese Amerikanerin! Ich bin so wütend, dass ich ihr weh tun will. Es reicht mir nicht, die Kassette bei mir zu haben. Also rufe ich dem Mann auf dem Beifahrersitz zu: »Hey, hey, hey. Sie hat sie nicht! Ich habe sie!« Er ist um die dreißig und trägt einen schwarzen Rollkragenpulli; sein rasierter Kopf ist so rund und glänzend dunkel wie eine Kanonenkugel. »Wer ist das?«, fragt er Annie, sieht dabei aber mich an. Ich antworte: »Ich habe sie, hey.« Annies Mund steht offen, aber sie kann nicht sprechen, als wäre sie geschlagen worden. »Sie hat sie nicht«, wiederhole ich. »Ich habe sie.« Und ich klopfe auf die Kassette unter meinem Hemd, so dass er es am Geräusch hört. Jenseits des Hügels gibt es einen höllischen Knall, dann zwei weitere, die sich überlagern. Der Beifahrer streckt mir die Hand entgegen. »Okay, gib her, lass uns fahren.«

Annie sagt: »Martin. Gib sie zurück, und geh vom Auto weg. Du weißt nicht, was du tust. *Martin!*« Aber ich habe keine Lust, auf Annie Goldberg zu hören. Ich will das tun, was sie am meisten ärgert, ich will ihr etwas antun für das, was sie mir angetan hat, und ich öffne die hintere Tür des BMW und steige ein, bevor mir überhaupt bewusst ist, was ich da mache. Annie rennt um das Auto herum, um mich aufzuhalten. »*Bye American!*«, rufe ich, und der Glatzkopf lacht, deutet nach vorn, und der BMW rast mit schleuderndem Heck los und hüllt Annie in eine Wolke von rotem Dreck.

14

Die Straße steigt an, und wir passieren Gruppen erwachsener Männer. Alle tragen Stöcke und Speere, manche haben sich Tierhäute um Schultern oder Köpfe gebunden, überall flattern rote Stofffetzen, und sie singen mit tiefen Stimmen, so dass man Gänsehaut bekommt. Der Junge am Steuer zeigt ihnen den Stinkefinger. Sie schütteln ihre Stöcke, pfeifen und schreien zurück. Er macht einen Schlenker auf sie zu. Einige müssen beiseitespringen. Als wir weiterfahren, blicke ich zurück und sehe einen Stock durch die Luft wirbeln. Er prallt gegen die Heckscheibe und hinterlässt Risse im Glas. »Diese Hunde«, sagt der Glatzkopf. »Bald ist es so weit. Tscha! Tscha! Tscha!, kommt bald.« Mit jedem »Tscha« schlägt er karatemäßig mit der Handkante auf die andere Hand. »Du kennst Buthelezi?«, fragt er. »Dieser Hund! Das sind seine Leute. Sie lecken Botha den Arsch! Sie lecken den Botha-Arsch. Aber bald ist es so weit!« Buthelezi, Mangosuthu Gatsha Buthelezi – er ist der Anführer der Zulus, das weiß ich, so einer mit Bart und Brille. Aber es fällt mir schwer, mir vorzustellen, wie er den Arsch unseres weißen Präsidenten Botha küsst. Diese älteren Männer auf der Straße müssen Zulus gewesen sein, und als wir höher gelangen, sehe ich, dass sie von einem großen roten, von Klingendraht umgebenen Backsteingebäude hergekommen sind, und mir wird klar, dass das ein Migrantenheim sein muss, von dem ich in den Nachrichten gehört habe. Die Zulus mit dem roten Zeug und den Speeren kommen aus dem Heim, es sind ältere Männer, während die, die im Auto sitzen, Township-Jugendliche sind, die unten leben. Die beiden Gruppen bekämpfen sich offenbar erbittert, aber ich weiß nicht, warum. Der Junge auf der anderen Seite zieht eine Handfeuerwaffe und hält sie aus dem Fenster – der in der Mitte steckt sich die Finger in die Ohren, aber ich bin zu schockiert, um seinem Beispiel zu folgen – und feuert dreimal, ganz lässig, auf die Unterkunft, während wir am

Klingendraht entlangfahren. Die Schüsse schlagen mir aufs Trommelfell, und ich rieche etwas Verbranntes, vermutlich Schießpulver. Der Junge hat so beiläufig geschossen, als hätte er von einer Limo getrunken. Niemand sonst im Auto scheint davon Notiz genommen zu haben, außer der mit den Fingern im Ohr. »… heißt du? Heh?« Mir wird klar, dass der Glatzkopf vorne mit mir redet, er sieht mich über den Rückspiegel an. Wie ein Vollidiot nenne ich ihm meinen vollen, richtigen Namen. Und er sagt: »Ich, ich bin Genosse Shaolin. Das hier ist Genosse Elektroschock. Genosse Jaws. Genosse Guillotine.«

»Freut mich, euch kennenzulernen«, höre ich mich selbst sagen.

Die Straße führt um den hinteren Teil des Hügels herum, der komplett zugewachsen ist. Wir halten an, steigen aus und gehen zu Fuß weiter. Es ist heiß, und im Gras summen Insekten *bzzzzz*, an deren Namen ich mich nicht erinnern kann, weil mein Gehirn die Arbeit eingestellt hat. Niemand spricht, und ich scheiße mir allmählich vor Angst in die Hosen. Ich sage mir die ganze Zeit: Keine Panik!, aber was habe ich bloß getan? Marcus hat immer gesagt, es hat keinen Sinn, in Panik zu verfallen, weil das alles nur noch schlimmer macht. Aber schlimmer kann's ja kaum noch werden. Hier oben ist niemand außer uns, nichts als Himmel und Gras und vor uns ein alter, verrosteter Wassertank, der umgekippt neben einer geborstenen Betonplatte voll schwarzweißer Vogelscheiße liegt. Hier bleiben wir stehen. Weit unten sieht man die Betonmauer, die die Township umgibt, und jenseits davon kann ich den langen, schimmernden Streifen der Autobahn erkennen und dahinter die elfenbeinfarbenen Dächer der Villen in Sandton, einem Vorort, der mir jeden Tag in der Schule das Gefühl vermittelt, arm zu sein, weil so viele Solomon-Schüler aus diesem Land der privaten Tennisplätze, perfekten Rosengärten und von Butlern servierten Sundownern kommen. Komisch, dass sie Sandton direkt neben der Jules Township erbaut haben. *Funny* – wie es in dem einen Depeche-Mode-Song heißt, hatte wohl jemand einen echt kranken Sinn für Humor.

Shaolin tritt auf den Beton hinaus und winkt mir zu. Auf der anderen Seite ist eine Plane ausgebreitet, neben der einige zusammengeklappte Stühle liegen. Einer der Jugendlichen nimmt zwei Stühle und stellt sie auf den Beton. »Ist schön hier bei Nacht«, sagt Shaolin. »Wir können uns die Lichter ansehen, dort, wo es Strom gibt. Aber hier kriegen wir keinen Strom. Das hier ist eine dunkle Stadt. Eine unsichtbare Stadt – genau das, was die wollen.« Er grinst mich an. »Manchmal kommen wir hier rauf und machen ein nettes *braai.*« Er zeigt auf die Plane, und alle außer mir lachen. Ich verstehe nicht, was an einem *braai* lustig sein soll, wir machen das jeden Sonntag. Koschere Steaks und Koteletts über Holzkohle. »Setz dich«, sagt er, und ich setze mich auf einen Stuhl, während er sich auf dem anderen niederlässt und seine Beine übereinanderschlägt. Er öffnet eine gestreifte Packung Stimorol-Kaugummi und gibt drei der blauen Dragees auf seine Zunge. Er kaut eine Weile und bietet mir dann die Packung an. »Nein, danke«, sage ich.

»Ich mag frischen Atem«, sagt Shaolin. Er kratzt sich hinter dem Ohr und stützt dann die Wange auf die Faust. »Du bist mit Annie gekommen – du willst beim *Struggle,* bei der Bewegung, mitmachen, was?« Ich sage kein Wort. »Woher kommst du?«, fragt Shaolin.

»Aus Greenside.«

»Greenside. Ich kenne Greenside. Bäume. So viele grüne Bäume. Wir haben hier keine Bäume, für uns in Jules wurde nichts angepflanzt.« Er verschränkt seine Arme und legt das Kinn auf die Brust, so dass er beim Kauen aussieht, als würde er nicken und sich selbst zustimmen. »Nein, sie gönnen uns keine Bäume. Früher hab ich immer geglaubt, das wär was … Schlimmes. Aber wenn ich mich jetzt umgucke und nirgends Bäume sehe, denke ich, es ist gut so. Und weißt du, warum? Ich war in Deutschland, Ostdeutschland. Überrascht? Ja, zur Ausbildung. Ich war in Berlin, in Dresden, in Potsdam. Ich war auch in der Ukraine, in Odessa und Sewastopol. Da habe ich meine militärischen Ausbildungen und Lehrgänge gemacht. Jedenfalls, als ich die Wälder da drüben gesehen habe, die vielen grünen, grünen Bäume, konnte ich es kaum glauben und dachte: *Die haben die gleichen Bäume wie in Joburg!* Vorher hab ich das nicht kapiert, aber als ich diese Bäume gesehen habe, hab ich begriffen, dass die Weißen, die Europäer, als sie herkamen, Tausende, Millionen ihrer eigenen Baumarten in unserem Boden angepflanzt haben, damit es hier so aussieht wie bei ihnen. Sie haben das Land erobert und es genau so gemacht, wie es bei ihnen zu Hause ist. Denn unser Volk hatte noch nie solche Bäume, solche großen, durstigen Bäume, so viele. Das sind keine Afrika-Bäume. Keiner von denen. Nur hier, um Jules herum, siehst du, das ist perfekt, genau so, wie es ursprünglich mal war. Die gleichen Hügel, die gleiche Vegetation. Hier wurde nichts verändert. Sie

versuchen, uns zu bestrafen, indem wir keine Bäume kriegen, dabei haben sie uns in Wirklichkeit einen Gefallen getan. Hier ist meine Heimat, ich bin zu hundert Prozent von
hier, und hier ist immer noch das wahre Afrika, hundertprozentig, und ich bin der wahre Afrikaner. Deshalb sind
wir stolz darauf, in Jules zu leben. Verstanden?«

»Ja«, sage ich.

»Hör mir gut zu«, sagt er. »Der Befehlshaber hier ist
nicht etwa dieser Polizei-Captain, von dem es heißt, er hätte
das Sagen. Dieser Oberholzer. O nein, nein, nein. Weißt
du«, sagt er, »ich bin nämlich der wahre Kommandant der
Julius Caesar Township. Der einzige. Und ich sage dir, diese Stadt ist unsere Stadt. Wir sind die Jungen Löwen der
Amagabane, der Genossen. Das ist unser Gebiet. Wir sind
diejenigen, die den *Mzabalazo,* den Befreiungskrieg, kämpfen, und wir sind siegreich. Das Militär dieses anderen Regimes soll ruhig reinkommen und rumfahren und ein paar
Razzien durchführen, aber sie fahren auch jede Nacht wieder raus. Wir scheißen auf ihre Ausgangssperre. Wir sind
hier das Gesetz, die Gerechtigkeit, die das Volk regiert. Das
sind unsere Straßenkomitees, unsere Volksgerichte. Nicht
die. Hier war vor 85 Polizei stationiert, das war der *Isiqalo,*
wie wir auf Xhosa sagen, der Anfang. Seitdem haben wir,
das Volk, die gerichtet und mit Brandbomben exekutiert.
Wir haben ihre Häuser und die Polizeiwache zerstört. Nein,
wir tolerieren keine verräterischen Polizeifamilien hier in
Jules, in meinem Bezirk. Die Kollaborateure und die *Im-
pimpi,* die Informanten, müssen alle sterben. Die können
die Armee so lange reinschicken und so lange den Notstand
ausrufen, wie sie wollen – wir, das Volk, sind die einzigen

Herrscher von Julius Township. Wir regieren hier. Kapiert?«

»Ja«, sage ich, und etwas, das Annie mir im Alten Zimmer über Mandela erzählt hat, geht mir durch den Kopf, dieses Wort *Legitimität*.

»Sie sind die These«, sagt Shaolin. »Wir sind die Antithese. Nach dem Sieg des Befreiungskampfes wird es die Synthese geben. Verstanden?« Er starrt mich an. Ich schüttle den Kopf. »Das ist Marx«, erklärt Shaolin. »Die Menschen machen ihre eigene Geschichte. Die Entwicklung der Freiheit.« Er lehnt sich nach vorne und schließt ein Auge. »Bist du ein *Majuta*, wie deine Freundin aus den USA?«

»Ob ich jüdisch bin? Ähm, ja. Ja, das bin ich.«

»Dann solltest du Marx kennen. Marx war der Sohn eines Rabbis. Synthese ist die Gerechtigkeit der Geschichte. Wir sind die Antithese, die sind die These.«

»Okay«, sage ich.

»Du hast keine Ahnung«, sagt Shaolin, lehnt sich zurück und winkt mit dem Arm. »Du musst mehr lesen.« Ich versuche zu lächeln, als würde ich gleich loslegen wollen. Shaolin spuckt den Kaugummi aus und schnippt mit den Fingern. »Lass mich die Waffe sehen«, sagt er. Ich frage: »Waffe?« Er dreht sich knarrend auf seinem Stuhl um, setzt sich seitlich hin, legt sein Bein über die Plastikarmlehne und winkt mit dem Zeigefinger von rechts nach links in meine Richtung. »*Ai, wena*« – hey du –, sagt er, »du spielst nicht mit mir. Wenn ich dir befehle, mir die Waffe zu zeigen, ziehst du die verdammte Waffe und zeigst sie mir!« Ich will schon erwidern, dass ich nichts über eine Waffe weiß, aber was soll's? Ich weiß natürlich, was er meint. Vorhin hab ich noch groß rumgetönt, dass ich die Kassette habe, aber jetzt wünschte ich, ich hätte sie nie im Leben gesehen. Ich wünschte, ich hätte Annie Goldberg nie getroffen. Ich stoße ein »Okay« hervor und greife unter mein Hemd. Genosse Guillotine springt sofort mit der Pistole in der Hand auf und klopft unter den Shorts lässig auf sein braunes Bein. Ich hebe meine Hände so schnell wie eine Marionette, der man die Arme hochreißt. Die anderen kichern.

»Zeig mir die Waffe«, fordert Shaolin, »aber schön vorsichtig!«

»Alles klar«, sage ich. »Alles klar, alles klar, alles klar.«

15

Ich halte ihm mit zittrigen Händen die TDK-Kassette hin, wie ein Bettler seinen Hut.

»Was ist das?«, fragt er.

»Ein Video«, antworte ich.

»Ein Vidyo.«

»Ja, eine Videokassette. Das hat sie mitgebracht.«

»Was ist da drin?«

»Da drin? Das ist eine Kassette, sonst nichts.«

Shaolin hält immer noch die Hand hoch; seine Lippen werden dünn, er schiebt sie vor wie zu einem Kuss, dann kneift er sie wieder zusammen. »Nein«, sagt er. »Da ist doch Sprengstoff drin, so was bringt sie uns mit. Clever. Irgend 'ne neue Art von Semtex?« Ich schüttle den Kopf und hätte fast gelächelt, so absurd ist das, aber als ich Shaolins Gesichtsausdruck sehe, werde ich ganz schnell wieder ernst. »Wenn du Spielchen mit mir spielst, kann das übel enden. Ich hab 'ne Geheimdienstausbildung, Kleiner. Schau mich an. Wenn du's drauf anlegst, gibt's ein Verhör, klar?« Bei dem Wort »Verhör« keuchen die anderen komisch auf und rücken näher.

Schnell sage ich: »Nein, ich meine nur, dass es garantiert nicht explodiert. Ich weiß genau, dass das ein Video ist, weil ich …«

»Halt die Fresse!«, befiehlt Shaolin. Er wirft den anderen ein paar Worte zu, die ich nicht verstehen kann, und Elektroschock geht auf mich zu, nimmt mir die Kassette ab und reicht sie Shaolin. Er dreht sie in den Händen, hebt die Plastikklappe hoch und starrt das Magnetband darunter an. Er hält die Kassette ans Ohr und schüttelt sie. »Hm«, sagt er, »das könnte ein Peilsender sein. Der Feind könnte uns damit orten und alles mithören, was wir sagen.«

»Nein«, erwidere ich. »Das ist nur …«

»Es könnte sein!«, blafft er. »Maul halten!«

Ich gehorche.

»CIA«, sagt Shaolin. »Amerikaner«, sagt er. »Die halten uns für blöd. Die glauben, wir nehmen die Kassette, und dann können sie uns aufspüren. Oder sonst was. Vielleicht ist doch eine neue Art von Sprengstoff drin. Ganz klein. Und wenn wir das Ding in den Recorder stecken und auf Play drücken – bumm! Genau, wie es die Bullen mit Mulalo Nemanashi gemacht haben, unserem ANC-Anwalt. Die haben ihm eine Kassette in einem Walkman geschickt, und als er sie abspielen wollte, haben ihm die Kopfhörer das Hirn weggeblasen. Das da könnte auch so was sein.« Er hält die Kassette hoch und schüttelt sie in Richtung der anderen.

»Das hier könnte sehr, sehr gefährlich sein. Verstanden, Leute? Immer auf der Hut sein!«

»Ehrlich«, erwidere ich, »die explodiert nicht. Ich hab mitgeholfen, sie zusammenzubauen. Da ist nur ein Band drin.«

Shaolin springt auf, holt mit der Kassette aus wie mit einem Hammer, und ich weiche so abrupt zurück, dass ich das Gleichgewicht verliere. Die anderen lachen. Shaolin sagt: »Warum machst du dir dann in die Hose, wenn's keine Bombe ist? Ich hab Verhörtechniken gelernt. Wenn wir ein Problem mit einem Genossen haben, ein Problem mit innerer Sicherheit, bringen wir ihn hierher und machen ein hübsches *braaivleis*.« Diesmal benutzt er das vollständige Afrikaans-Wort für Barbecue und zieht es in die Länge – nicht nur *braai*, sondern *braaivleis*, nicht nur Grillen, sondern Fleischgrillen. *Vleis* bedeutet Fleisch, fast wie auf Deutsch. So wie sie lachen und mich anstarren, kriege ich am ganzen Körper Gänsehaut. »Magst du *braaivleis*?«, fragt Shaolin. Ich nicke wie verrückt. »Jungs«, sagt Shaolin, »der grillt gerne Fleisch.« Sie lachen noch lauter. Den Witz kapier ich nicht. Ich schwitze wie ein Sumo-Ringer in der Sauna. Shaolin fragt mich: »Und, grillt ihr in Greenside auch Fleisch?«

»Ja«, antworte ich. »Jeden Sonntag.«

Jetzt schütteln sie sich vor Lachen. Dann sagt Shaolin zwei Wörter, und sie hören auf, und Guillotine geht zur Plane. Shaolin legt mir die Hand an den Arm, fast wie ein Freund. Seine Hand fühlt sich kühl und rauh an. Die Plane wird zurückgeschlagen, und darunter ist eine schwarz verkohlte Stelle wie nach einem Buschfeuer. Obendrauf liegt wirrer Draht. Ich schaue genauer hin und entdecke einen

Schädel und Knochen, einen Kiefer mit Zähnen, Rippen. Das ist kein Draht, das sind Skelettreste! Als ich das geschmolzene Gummi sehe, bin ich mir sicher. *Necklacing.* Hier sind Menschen lebendig verbrannt worden. »Du wirst uns doch wohl nicht anlügen, Mah-tin, oder?«, fragt Shaolin.

»Natürlich nicht.« Meine Stimme klingt fremd.

»Dieses Vidyo, das ist eine Falle, ein Trick. Von der CIA. Oder?«

So schnell habe ich noch nie in meinem Leben gedacht. »Ich weiß nur«, sage ich, »dass Annie Amerikanerin ist. Sie hat die Kassette bis nach Jules gebracht. Es ist was Besonderes. Und ich hab sie aus ihrem Rucksack genommen. Das ist alles, was ich weiß, Genosse Shaolin. Ich schwöre bei Gott, das ist alles.«

»Ach, wirklich?«

»Ja, ja, ja, ganz bestimmt«, sage ich und nicke so schnell wie nie zuvor. »Weil, weißt du noch, weißt du noch, hey, wie sie das nicht wollte, am Auto, sie wollte nicht, dass ich sie dir gebe. Das weißt du doch noch, oder? Sie wollte mich aufhalten, aber ich bin ins Auto gesprungen, denn, weißt du, ich dachte, ihr, ihr solltet sie haben und nicht die, diese Amerikanerin! Ich wollte euch *helfen.* Ich hab sie aus ihrem Rucksack geholt, um euch zu helfen. Nicht *ihr.* Weißt du noch? Ich bin auf eurer Seite, echt! Ich meine, ich wollte sie euch lieber persönlich bringen. Okay? Ist doch so?«

Shaolin tritt zurück, legt den Kopf zur Seite und wedelt mir mit der Kassette vor dem Gesicht herum. Dann grinst er von einem Ohr zum anderen. »Der war gut!«, sagt er. »Der war gut!«

16

Shaolin gibt Jaws die Kassette, und Jaws fährt den BMW weg, und wir anderen gehen zu Fuß einen anderen Weg entlang, eine Abkürzung über das *Veld*, wo noch ein paar Feuer von vorhin schwelen. Aber es ist niemand mehr zu sehen. Wir bewegen uns vorsichtig, bis wir wieder den schlammigen Bach und die Township erreichen. Genosse Shaolin geht voran durch die schmalen Gassen zwischen den Hütten, und überall kommen Leute raus, schütteln ihm die Hand, klopfen ihm auf die Schulter. Wir gehen tief in die Barackenstadt und betreten dann eine Hütte. Zwei Jungs in Shorts, einer mit einer echten AK 47 bewaffnet, die fast genauso groß ist wie er, stehen auf und salutieren, recken die Fäuste in die Luft. Shaolin erwidert ihren Gruß. Sie gehen zur hinteren Wand aus Wellblech, schieben sie beiseite, und dahinter wird eine große offene Halle voller Leute sichtbar. Im Inneren riecht es nach Körperausdünstungen, Erde und Paraffin. Ein paar Laternen erleuchten den Raum, aber es fällt auch Tageslicht durch Löcher im Wellblechdach, das auf Stapeln von Betonbausteinen ruht. Vorne steht eine Art Podium aus alten Milchkästen und aufgefalteten Pappkartons. Die Leute drehen sich zu Shaolin um und recken die Fäuste in die Luft, und er grüßt zurück. Er spricht mit manchen, flüstert ihnen etwas ins Ohr, und die nicken und rennen los. Auf einer Seite steht ein großer Sessel, aus dem an einem Riss die Polsterung quillt. Shaolin setzt sich hinein, deutet auf einen Plastikstuhl gegenüber, und ich setze mich.

Es sind sogar noch mehr Leute da, als ich auf den ersten

Blick gedacht habe, und immer mehr kommen dazu. Hauptsächlich Teenager, es gibt nur Stehplätze. Ich sehe rote UDF-Hemden und jede Menge gelber ANC-T-Shirts, die eigentlich verboten sind. *Eure Kugeln können uns nicht aufhalten*, steht auf einem T-Shirt. *Freiheit vor Bildung*, verkündet ein anderes. »Na, da staunst du, dass es hier so was gibt?«, fragt Shaolin.

»Ja«, antworte ich. »Sehr.«

Er nickt. »Wir haben das hier in *Klipkamp* gebaut, weil das unsere Burg ist. Hier können sie uns nicht mal vom Hubschrauber aus sehen.« *Klipkamp* ist Afrikaans und bedeutet Steinsiedlung, wahrscheinlich wegen der vielen Steine auf den Wellblechdächern hier in der Township. »Ihre Panzerfahrzeuge können hier auch nicht reinfahren«, fährt Shaolin fort, »deswegen kommt auch keiner.« Eine Frau mit einem schwarzen Barett bringt Shaolin einen Teller mit irgendwas Frittiertem, das fettig riecht. Mein Magen meldet sich, und ich merke, wie hungrig ich bin. Shaolin fragt: »Willst du was? Schmeckt gut.«

»Was ist das?«

»Fleisch.«

»Was für welches?«

»Schweinefleisch.«

»Nein, danke.«

»Ach ja. *Majuta* essen kein Schwein. Das ist Magen, schmeckt lecker.« Er kaut und leckt sich die Finger ab. Ein schmaler Sonnenstrahl fällt auf seine Lippen, und ich sehe das Fett glänzen. »Weißt du eigentlich«, fragt er, »wo mein Name herkommt?«

»Shaolin? Klingt nach Kung-Fu.«

Er nickt. »Ich erzähl's dir. Ist 'ne lange Geschichte. Aber du musst sie dir ganz anhören, um sie zu verstehen. Also, es geht los mit meinem Vater. Er hat als Müll*boy* gearbeitet, und meine Mutter war Haus*mädchen*. Wir haben hier ganz in der Nähe gewohnt, ich kann's dir zeigen, das Haus steht noch. An der 19. Straße, im 14. Hof. In Jules gibt's keine Straßennamen, man gibt uns keine Namen, das sind wir nicht wert. Meine Mutter hat in einem Golfclub in Eden-vale gearbeitet, mein Vater für die Stadt. Er hat einen langen Metallstock gekriegt, so lang ungefähr, mit einer Spitze unten dran und oben einem Holzgriff. Mit dem Stock und einem Müllsack ist er den ganzen Tag rumgelaufen, hat den Müll aufgepikt und in den Sack getan. Er hat die weißen Parks für die weißen Leute sauber gehalten. Für sieben Rand pro Woche. Wir haben zu neunt in zwei Zimmern gewohnt, haben alle auf dem Boden geschlafen. Einer von meinen Brüdern ist an TB gestorben. Du weißt schon, Husten, Tuberkulose? Genau. Mein Vater hat noch einen Nebenjob für eine Firma angenommen, die Büros ausräumt. Er musste die Eckteppiche rausreißen, und weißt du, was da drunter ist? Nägel, wie kleine spitze Zähne. Man sollte eigentlich solche Polster an den Knien haben, Schützer, aber die haben ihm keine gegeben. Eines Tages hat sich mein Vater in die Nägel gekniet. Die sind voller Kleber, der ist giftig. Sein Knie ist ganz dick geworden. Er konnte nicht mehr laufen. Hat seinen Job bei der Stadt verloren. Ich war der Intelligenteste von uns, hab am schnellsten gelernt, hab mir alles gemerkt, ohne mich anzustrengen. Meine Mutter war sehr gläubig und hat mir das Lesen schon beigebracht, bevor ich in die Schule gekommen bin, weil sie wollte, dass ich die Bibel las. Sie wollte, dass ich Pfarrer werde, Bischof, eines Tages. Aber mein Vater hat gesagt, ich soll vor allem deshalb lesen lernen, damit ich die Weißen verstehe, den Feind. Meine Mutter wollte, dass ich meine Feinde liebe, wie Jesus, aber mein Vater hat nicht an Jesus geglaubt. Er hat gesagt, Jesus ist auch nur einer von den Weißen. Er hat zu Hause rumgelegen, das schlimme Bein hochgelegt, und hat getrunken. Wir hatten kein Geld für Schmerzmittel, aber *Mampoer* gab es, billigen Schnaps, du weißt schon, Selbstgebrannten, und den hat er mit unserem Bier gemischt und den ganzen Tag getrunken. Er hatte schlimme Schmerzen. Ich glaube, das Gift von diesen Nägeln ist bis in seine Knochen gewandert. Wir haben nur diese Scheißklinik und können gar nichts machen. Medizin ist zu teuer. Mein Vater war ein ruhiger Mann, aber damals, wenn er betrunken war, hat er seinen Müllpikser genommen und zu mir gesagt: ›Siehst du das, mein Sohn? Mein Großvater, dein Urgroßvater, der war ein freier Mann und hatte einen richtigen Speer in der Hand. Mit diesem Speer hat er mit aller Kraft gegen den weißen Mann gekämpft. Aber der weiße Mann hat gewonnen, hat uns unsere Speere abgenommen und uns stattdessen dieses Spielzeug gegeben. Statt den Feind zu erstechen, laufen wir jetzt rum und picken seinen Müll mit einem kleinen Spielzeug auf, wie Kinder. Das sind wir in unserem eigenen Land geworden, mein Junge. Wir bekämpfen den Müll für die Weißen. Wir sind Müllboys, keine Krieger. Wir sind selbst Müll für sie.‹

Weil mein Vater nicht mehr arbeiten konnte, musste ich früh von der Schule abgehen. Dabei bin ich gern hingegangen. Ich mochte die Bücher, das Lernen. Ich bin in die Stadt gefahren und habe mir Arbeit gesucht. Es gab ein Kino für unsere Leute, in der Commissioner Street bei der Haltestelle für die Taxis nach Soweto. Der Manager gab mir einen Job; ich musste das Kino zwischen den Vorstellungen saubermachen. Vier Doppelvorstellungen pro Tag, sechshundert Sitzplätze. In den weißen Kinos, den Ster-Kinekor-Kinos, zeigen sie die guten Filme aus Amerika, aber wir kriegen nur die Billigfilme, die in China synchronisiert werden. Kung-Fu-Filme. Du hast also recht, denn Kung-Fu kommt aus Shaolin, dem Shaolin-Kloster. Die Handlung in diesen Filmen ist immer die gleiche, weißt du. Ein armer Junge, weiß nix, kann nix. Eines Tages wird seine Familie von bösen Mächtigen getötet, oder er wird zusammengeschlagen oder beklaut und kann nix dagegen machen. Am Anfang ist er schwach und unterdrückt. Aber dann zieht er los und findet einen Lehrer für Kung-Fu, du weißt schon, die Kampfkunst der Shaolin. Und wenn er es gelernt hat, dann geht er hin und zahlt es den Bösen heim. Er bricht ihnen alle Knochen. Dann heiratet er, und es gibt ein Happyend. Ich hab mir diese Filme ohne Ende reingezogen. Weißt du, Martin, damals hatte ich nix in der Birne. Keine Ahnung von Politik, keine Ahnung von irgendetwas. Aber als ich dann die Stadt erkundet habe, habe ich es mit eigenen Augen gesehen. Wie die Weißen leben. Wie sauber so ein großer Doppeldeckerbus ist, nicht vollgestopft mit Leuten. Die Frauen mit ihrem Make-up und ihren Parfüms und schönen Kleidern. Die Geschäfte sind voll, alle haben genug Rand, um alles zu kaufen, was sie wollen. Dicke Männer in Restaurants trinken Wein aus Kristallgläsern an weichen, sauberen Tischdecken. Aber ich lebe hier unten in der Müllgrube, warum, weil ich schwarz bin, nur weil ich schwarz bin. Aber ich habe mir meine Hautfarbe nicht ausgesucht. Warum muss ich für meine Haut bestraft werden, für die ich überhaupt nichts kann? Schwarz auf meiner Haut, Schwarz, das ich nie abwaschen oder loswerden kann. Ich sag's dir, damals hätte ich es am liebsten abgeschrubbt. Ich wäre gern in einen dieser schönen, leeren Busse gestiegen und hätte mir einen schönen Platz für mich allein gesucht, anstatt mich reinzuquetschen, und dann wäre ich damit in einen Vorort zu meinem großen Haus mit Swimmingpool gefahren. Ich wäre gern auf eine gute Schule mit den besten Lehrern gegangen. Ich hab mir überlegt, meine Haut mit Schmirgelpapier abzureiben, bis es blutet, damit mir weiße Haut nachwächst. Ich fand, meine schwarze Haut sah dreckig aus. Mein Vater war ein Müllboy. Es war, als würde ich zum Dreck gehören und könnte ihn nie mehr loswerden. Ich wollte weiß und sauber und reich sein und alles einfach und schön haben. Ich bin ganz ehrlich, verstehst du? Ich war total bescheuert. Früher habe ich davon geträumt – das vergesse ich nie –, meine Haut wie ein Hemd auszuziehen und sie zu verbrennen. Denn in der Stadt bekam ich es an jedem einzelnen Tag zu spüren. Als ich noch klein war, kannte ich nur Jules und hab mich nie so gefühlt, aber als ich in der Stadt anfing und den gottverdammten Bus nehmen musste, wo man um jeden Zentimeter Platz kämpfen muss, eingepfercht mit allen anderen, wo jeden Tag *Tsotsis* an der Haltestelle rumlungern, die einen für zwanzig Cent töten, als sei man nichts, *da* spürte ich es. Da habe ich mich selbst so gesehen. Ich bin klug, ich hab's verstanden. Ich hab gesehen, dass ich gefangen bin und nie da rauskommen kann.

Wie in einer Falle. Ich räume den Müll im Kino weg und bin wie mein Vater. Sie nehmen uns den echten Speer weg und geben uns stattdessen ein Spielzeug. Aber warum, hä? Was hab ich getan? Ist das meine Schuld? Warum bin ich hier in der Julius Caesar Township geboren, und du bist weiß in Greenside auf die Welt gekommen, in der gleichen Stadt, zwanzig Minuten über die M1 entfernt? Was habe ich getan? Hä? Warum ist es falsch, wie ich bin? Kannst du mir das verraten?«

Shaolin beugt sich vor, und ich werde nervös, weil er inzwischen laut geworden ist und auch andere zuhören. Ich senke den Blick, schaue ihm nicht mehr in die Augen, und er streckt die Hand aus und stößt mein Knie an. »Sieh mich an, schau her, *schau mich an*, ich sag dir die Wahrheit! Mein Vater ist betrunken auf die Straße gefallen und von einem Laster überfahren worden. Vielleicht ist er auch gar nicht von allein gestürzt. Er ist hier begraben, ich kann's dir zeigen – danach habe ich seine Sachen durchgesehen. Ich hab den Müllpikser gefunden. Und den Sack. Ich hab an alles gedacht, was er zu mir gesagt hat. Mann, ich wäre am liebsten direkt mit dem Stock in die Stadt gefahren, um den ersten Weißen, der mir in die Quere kam, damit zu erstechen, und danach alle anderen. Ich wollte in einen von diesen Doppeldeckerbussen springen, den Gang entlangmarschieren und allen die Augen ausstechen, die auf mich herabsahen. Aber ich wusste, was dann passiert. Ich hätte einen, zwei, erstechen können. Aber ich war nur ein Junge. Die Polizei würde anrücken und mich erschießen, oder mich zum John Vorster Square bringen und mich aus dem zehnten Stock werfen … Also ging ich zurück ins Kino, zu meiner Arbeit. Ich war niedergeschlagen, hatte Depressionen. Dann, plötzlich, fiel es mir wie Schuppen von den Augen. Ich bin das da oben auf der Leinwand! Die Weißen haben mein Land gestohlen und meinen Vater getötet. Ich musste mir einen Kung-Fu-Lehrer suchen, der mich stark machte. Ich war noch so jung! Ich suchte nach einem echten China-mann. Ich wusste, dass es hier Chinesen gibt, ein Gebäude für Chinesen, ein Restaurant in der Commissioner Street. Eines Tages bin ich hingegangen und hab von draußen durchs Fenster geguckt. Ich habe blauweiß gemusterte Tel-ler, Fächer, schwarze Möbel gesehen. Ich gehe also rein in den Laden. Ich wusste, wie man auf Chinesisch hallo sagt, ich hatte die Lippenbewegungen gelernt, wenn die Syn-chronisation nicht gut war. Also sagte ich auf Chinesisch hallo, aber der Besitzer war Inder, Mr Prashad. Er fragte mich, welche Sprache ich da spreche und wie ich die gelernt habe. Er rief seine Frau. Prashad konnte kein Kung-Fu, er war klein und dünn wie ein Vogel.

Aber was ist Stärke? Was ist Macht? Ein weiser Chinese hat gesagt: *Macht ist der Lauf der Waffe.* Joh. Aber stimmt das wirklich? Die Pistole ist ein Metallwerkzeug, aber wo-durch wurde sie gemacht? Durch den Verstand, das Gehirn. Ahhhh, der Verstand ist die Macht hinter allem, sogar hin-ter jeder Armee, jeder Polizei. Prashad hat mir das beige-bracht. Er hatte das Shaolin des Geistes, und das hat er mir beigebracht. Ich hatte großes Glück, ihn gefunden zu ha-ben. Mein Leben wurde so wie im Film. Ich hab angefan-gen, für ihn zu arbeiten. Er ist zu Auktionen gegangen und hat Nachlässe aufgekauft, und die Sachen hat er in seinem Geschäft an der Market Street verkauft. Und er hatte immer

Bücher. Mr Prashad und seine Frau wohnten über dem Laden. Heutzutage wird der *Groups Area Act* in der Stadt
nicht mehr so streng durchgezogen, neben den Weißen leben auch viele Schwarze und Inder da und in Hillbrow.
Aber damals gab's nur Weiße, und Prashad hat vor Gericht
um seine Rechte gekämpft. Die anderen in der Gegend haben Steine auf sein Geschäft geworfen, ihm Scheiße in den
Briefkasten gestopft. Aber Prashad war nicht wie ich, voller
Wut und Hass. Er war politisch. Ich wusste nicht mal, was
Politik *ist*. Er hat mir als Erster beigebracht, dass es nix
nützt, sich aufzuregen, sondern dass man in die Politik
muss, um den Widerstand von unten zu organisieren. Er
hat mir die Philosophie des Widerstands erklärt. Dass man
mit Geduld und Politik die Leute organisieren muss. Ein
Tropfen Wasser ist nichts, aber wenn sich Millionen von
Tropfen zusammentun, hat man ein Meer und Wellen, die
sogar einen Berg wegspülen können. Prashad hat mir erklärt, dass er ANC-Mitglied war. Ich wusste nicht mal, was
ANC hieß, ich meine wörtlich, und hatte auch keine Ahnung, wofür PAC oder SACP standen, was die Buchstaben
bedeuteten … Ich habe mein Geld bei Umzügen für den
Laden verdient und hatte ein kleines Hinterzimmer. Ich
hatte keine Papiere, keinen Pass. Wenn nichts los war, hat
Prashad zu mir gesagt: Hier, nimm diese Bücher, geh nach
hinten und lies. Früher habe ich unheimlich gern gelesen,
und er hat mich wieder auf den Geschmack gebracht und
mir die richtigen Bücher gegeben. Er hatte verbotene Bücher, die er in den Kisten mit den Nachlässen versteckt hat.
Wenn die Polizei eine Razzia gemacht und ihn deswegen
hätte bestrafen wollen, hätte er sagen können: Euer Hoch-

würden, es ist nicht meine Schuld, hab sie zusammen mit dem Nachlass gekauft. Er hätte die Schuld auf einen von den Weißen geschoben, die gestorben waren. Schlau, oder? Durchdacht, vorsichtig. Er hat mir das beigebracht. Und ich, ich war wie ein Durstiger in der Wüste, weißt du. Ich fing an, meine Lage politisch zu sehen, das politische System zu begreifen. Das System der kapitalistischen Herrschaft über die Erde. Alles ist in den Händen einiger weniger Reicher, und die anderen sind nur Sklaven, die für sie arbeiten und die Bodenschätze des Landes stehlen. Ich hab begriffen, dass ich in diese Klasse hineingeboren wurde, dass ich einfach Pech gehabt hatte und dass es nicht meine Schuld war. Wir sind die Mehrheit, Mann, wir existieren, damit unser Blut wie Treibstoff für diese Minen verwendet wird, um das Gold herauszuholen. Die Banken und Minen haben alles, und die Menschen sind dumme Arbeiter in ihrem eigenen Land. Ja, wir haben einen Zaun um uns herum in Jules, und warum? Weil wir wie Nutzvieh sind, Ochsen und Kühe. Wir müssen in den Minen arbeiten und dann wieder zurück hinter den Zaun. Natürlich wollen die nicht, dass wir das kapieren. Sie wollen keine echte Bildung für uns, nur Bantu Education, die total scheiße ist. Sie bringen uns Gehorsam und niedere Tätigkeiten bei und trennen uns voneinander durch unsere Volkssprachen. Denn was wird das Nutztier tun, wenn es weiß, dass es gefressen wird? Wenn es weiß, dass es nur dazu da ist, sich zu Tode zu schuften? Das ist politisches Bewusstsein, Lektion eins. Ich habe mit Mr Prashad und auch Mrs Prashad gelesen und diskutiert. Prashad hat mir nicht beigebracht, wie man jemandem einen Tritt versetzt, aber er war trotzdem mein

Shaolin-Meister. Er hat mir Fragen gestellt, um mich zum Nachdenken zu bringen. Kolonialismus. Wenn ein Dieb mit einer Waffe kommt und deine Sachen klaut, gehört er ins Gefängnis. Wenn der Dieb aber die Königin von England ist, dann muss nichts passieren? Gewalt und Kolonialismus. Die Prashads haben mit mir auch über Geschichte geredet. Ich habe alles über Synthese und Antithese gelernt. Der Freiheitskampf, der auch in Indien stattfand. Aber immer wollte ich am liebsten über China lesen. Den Vorsitzenden Mao. Das kleine rote Buch. Den antiimperialistischen Kampf für das Volk. Das war der echte Kung-Fu-Film.

Wir saßen nach dem Abendessen auf dem Boden unter dem Tisch und hörten leise Kurzwelle. Sieben Uhr. Radio Freedom, von den ANC-Kämpfern hinter der Grenze. Du konntest acht Jahre Gefängnis bekommen, wenn du dir das angehört hast. Aber *yirra*! Es begann mit dem Rattern eines Maschinengewehrs ra-ta-ta-ta-ta, und die Kämpfer schrien *Amandla! Ngawethu! Die Macht. Gehört uns.* Ich werde nie vergessen, wie sich das angefühlt hat. Ich habe gesehen, dass alles, was ich lernte, die Wahrheit war. Ich wuchs außerdem zum Mann heran. Aber nicht so wie mein Vater. Ich sagte mir, ich muss Disziplin lernen, um stark zu sein. Ich fing an zu laufen. Nahm mir vor, niemals zu trinken oder zu rauchen. Eines Tages sagte Prashad: Für dich gibt es keine Zukunft innerhalb des Regimes. Der Staat ist zu mächtig, du kannst hier nichts machen, du musst ins Trainingscamp. Er versprach, mir dabei zu helfen, rauszukommen und eins zu finden, der ANC würde helfen. Eine Möglichkeit war, dass ich es nach Swasiland schaffe, woher das Volk meines Vaters kommt, und von da aus weiter nach Norden. Wir haben Stützpunkte. In Mosambik, in Sambia. Aber Angola hat besonders viele Camps. Ja, und ich ging hin. Ich war da. Davon hört ihr hier nix in eurem Fernsehen und eurem Radio. Die erzählen euch, so was gäb's nicht, aber das stimmt nicht. Wir haben die Stützpunkte. Wir haben die Kämpfer, die Kader, die Infrastruktur. Wir führen einen Grenzkampf mit dem Regime. Ich bin in den Lagern aufgewachsen, verstehst du? Deshalb ist mein Name Genosse Shaolin und nicht der, den man mir bei der Geburt gegeben hat. Das ist es, was der Name Shaolin bedeutet. Verstehst du, Martin?«

Ich nicke. Mir ist heiß hier drin. Seine Stimme im schwachen Licht zieht mich immer weiter runter und runter und macht mich müde. Ich will, dass es vorbei ist.

»Eigentlich wollte ich immer nach China, aber ich habe meine weitere Ausbildung in Deutschland und der Ukraine gemacht. War okay. War ein gutes Training. Als ich weg bin, war Vorster hier Premierminister, als ich zurückkam, war es Staatspräsident Botha. Aber das eine Afrikaaner-Regime ist wie das andere, ein Weißer ist so wie der andere. Nichts hat sich geändert. Dieser Botha versucht, den Nutztieren ein paar Krümel hinzuwerfen, als Nahrung. Gibt Indern ein paar Plätze im Parlament, und man kommt nicht mehr wegen Sex mit Andersfarbigen in den Knast. Krümel. Vielen Dank, *my baas,* aber, kapierst du, Martin, der macht das nur, weil er weiß, dass wir gewinnen. Wir haben den Jugendaufstand, die Genossen. Wir haben die Sanktionen, die Gemeinschaftsaktionen, den bewaffneten Widerstand des Bürgerkriegs. Die befreiten Zonen in unseren Townships.

Wir gewinnen diesen Krieg. Unsere Strategien sind erfolgreich. Der Lauf der Geschichte ist mit uns. Sie können die Armee herschicken, aber das hier – das gehört nicht ihnen, das gehört uns. Wie ich dir schon gesagt habe, Martin. Ich bin hier der Kommandant. Der gute Revolutionär muss wie ein Fisch im Meer der Menschen schwimmen. Mao hat uns das gelehrt. Der weise Mao. Wir sind der Gegenpol zur weißen imperialen Präsenz. Die Synthese kommt –« Er dreht den Kopf, jemand steht neben seiner Schulter, neigt sich zu ihm und flüstert ihm etwas ins Ohr. Shaolin sieht mich an. »Wir können anfangen.«

17

Auf der improvisierten Bühne reckt Shaolin die Faust in die Luft, ruft *amandla!* und alle anderen rufen zur Antwort *ngawethu!,* und das wiederholt er ein paarmal, während ich an seine Geschichte denke und mich frage, wie viel davon tatsächlich stimmt. Als die *Amandla*-Rufe immer lauter werden, wechselt er zu *mayibuye!,* und die anderen rufen, *iAfrika!* – bring Afrika zurück! Dann folgen englische Schlagwörter, begleitet von Vivas. »Viva *freedom* viva!« Und die ganze Versammlung ruft ebenfalls viva! Es gibt Vivas auf Genosse X und Genosse Y, Vivas auf die Revolution und das Volk und den *Struggle* und den African National Congress und Umkhonto we Sizwe, den Speer der Nation. Er lässt so viel hochleben, dass ich den Überblick verliere. Dann singen sie afrikanische Lieder, und die meisten tanzen dazu auf der Stelle, den *Toyi-toyi,* bei dem sie hüpfen und dabei die Knie bis zur Hüfte hochziehen. Das habe ich in den Nachrichten zigmal gesehen, nur sind wir hier nicht im Fernsehen. Die vielen Stimmen an diesem heißen, dunklen Ort singen wie verrückt und pfeifen und skandieren im Chor, *hayi-hayi*! – ich spüre es tief in meinen Eingeweiden und habe am ganzen Körper Gänsehaut. Shaolin redet jetzt über Missionen, die sie geschafft haben; größtenteils spricht er Zulu, so klingt es jedenfalls, aber dazwischen verfällt er immer wieder ins Englische. Es ist ein Mischmasch, sogar mit Afrikaans. Er fordert mehrere Genossen auf, sich zu erheben und Bericht zu erstatten. Jeder, der aufsteht, muss mit dem gleichen Gruß und *Amandla!* beginnen, dann ein paar Vivas rufen und danach vielleicht noch ein oder zwei Lieder singen. Ich stelle fest, dass für diese Revolutionstypen Reden total wichtig sind. Wenn die das jede Woche machen, muss das doch langweilig werden. Wie die Versammlung in der Schule.

Dann redet Shaolin plötzlich von der »Amerikanerin«, und ich spitze die Ohren. Auf einmal sehe ich, wie jemand seitlich hereinkommt, auf die niedrige Tribüne aus Kisten steigt und ins Laternenlicht tritt – Annie! Sie reckt die Faust und schreit *Amandla!*, und sofort wird ihr Ruf erwidert, gefolgt von einem ganzen Haufen Vivas und einer Flut afrikanischer Worte, die ich nicht verstehe. Die ist doch nicht nur eine kleine Kurierin! Sie fängt an zu reden, dankt den Leuten, dass sie sie hier in Julius Caesar willkommen heißen, nennt die Township »eine Hochburg des Widerstands, einen legendären Ort« und wartet, während Shaolin ihre Ansprache dolmetscht, wohl für die, die nicht so gut Englisch können, und dann beginnen die Leute zu pfeifen und zu jubeln. Sie erzählt ihnen, dass sie eine Inspiration für alle auf der Welt sind, die gegen Unterdrückung kämpfen. Selbst in Amerika, sagt sie, kennen wir den Namen der Township Julius Caesar und den heldenhaften Widerstand, der hier geleistet wird, und sie möchte, dass sie wissen, dass auch die Amerikaner solidarisch hinter ihrem *Struggle* stehen. Sie spricht von der »Anordnung des Genossen Tambo im Exil«, und ich weiß, dass sie Oliver Tambo meint, den Anführer des ANC, einen Terroristen, den die Regierung seit Ewigkeiten sucht, soweit ich weiß. Anscheinend wurde dem ANC als oberstes Ziel befohlen, das Land »unregierbar zu machen«, was mir neu ist. Annie sagt, dass die ANC-Führer im Exil in Lusaka, Sambia und London »große Anstrengungen unternommen haben, um euch, das Volk, zu unterstützen, das Mandat der Anordnung zu erfüllen und den Bürgerkrieg auszuweiten. Wir müssen zusammenarbeiten, um unseren Kampf auch in die weißen Gebiete zu tragen und sicherzustellen, dass ganz Südafrika blockiert wird! Blockiert!« Darauf folgt minutenlanges Skandieren und Singen. »Blockade, Blockade!!« Als das Publikum sich beruhigt hat, fährt Annie fort: »Genossen, unsere Führer im Exil haben gründlich darüber nachgedacht, wie man sich die Mittel verschafft, um den Krieg unserer Bürger zu gewinnen.« Sie sagt, es gebe eine neue Generation an der Spitze, eine junge Fraktion, die mit Technologie arbeitet – und die steckt hinter einer Mission mit dem Codenamen Operation Fireseed.

Annie wartet, bis Shaolin gedolmetscht hat, dann berührt sie ihre Brust und sagt: »Genossen, ich komme zu euch aus Übersee mit der Mission, euch über die Operation Fireseed zu informieren. Was wir alle dazu beitragen können, dass sie hier in der Township Julius Caesar und in unserem gesamten Sektor umgesetzt wird.« Sie breitet die Arme weit aus, während Shaolin übersetzt. Dann erzählt sie den Leuten, dass es ein Dutzend Kuriere wie sie gibt, die aus Übersee ins Land geschickt wurden, und jeder Einzelne trage dies hier mit sich – sie hält das Band, *mein* Band hoch –, und jeder sei für dessen Verbreitung verantwortlich. »Die Führung«, sagt sie, »weiß, dass sie dem Volk nicht genügend Waffen oder ausgebildete Soldaten zur Verfügung stellen kann, um sich gegen das Regime zu verteidigen. Aber stattdessen kann sie uns das hier geben.« Sie fährt mit der Zunge über die Lippen, wirft ihr dickes Haar zurück. »Als Genossin Winnie Mandela gesagt hat, dass wir keine Waffen haben, sondern nur Streichhölzer und Steine, hatte sie nicht ganz recht. Dieses Video wird euch zeigen, dass wir mehr haben, als wir denken.« Sie sagt, die Videos seien entstanden mit der Hilfe unserer Freunde in anderen Befreiungsbewegungen sowie ehemaliger Mitglieder des Regimes, ehemaliger südafrikanischer Militärs und Polizisten, die von der dunklen Seite herübergewechselt sind.

Sie wiederholt, dass unser oberstes Ziel bei der Operation Fireseed die weite Verbreitung dieser Bänder – »dieser Feuersamen« – sei, in jeden Winkel dieses Landes. Inzwischen wurde ein Tisch mit einem Fernseher auf die Tribüne getragen, dazu ein mit Autobatterien verkabelter Videorecorder. Annie klopft auf den Recorder und sagt: »Die hier, Genossen, gibt es jetzt überall. Obwohl mehr als zwanzig Millionen Menschen in diesem Land keinen Strom haben, gibt es überall Millionen von Fernsehern, sogar in Dörfern,

sogar an Orten wie diesem.« Sie deutet mit einem Finger-
schnippen auf die Autobatterien, und das Publikum pfeift
und trampelt. »Es gibt schätzungsweise eine Viertelmillion
Videorecorder in diesem Land, die in nichtweißen Händen
sind, und diese Zahl steigt rasant.« Sie stützt die Hände in
die Hüften, während Shaolin dolmetscht, dann fährt sie
fort. »Die Technik macht den Unterschied, sie verändert alles. Früher gab es keine Bücher, oder? Damals kontrollierte
die Kirche alles. Dann kam die Druckerpresse, und die Leute begannen, selbst zu lesen – und was geschah? Es gab eine
Revolution. Dieses Ding hier – das ist die wahre *amandla
ngawethu*, die wahre Macht für das Volk.« Sie hebt das
Band hoch und schüttelt es, während Shaolin spricht, und
seine Stimme wird jetzt schnell und erregt. Annie ruft: »Viva
Victory, viva!«

»Vi-va!«

»Viva Revolution, viva!«

»Vi-va!«

»Viva Aufstand, viva!«

»Viva!«

»Viva Nelson Mandela, viva!«

»Viva!«

»Sieg oder Tod!«

»Wir werden gewinnen!«

»Sieg oder Tod!«

»*Matla ke a rona!*«

Annie schaltet den Fernseher ein. Schneegestöber erscheint, während die Autobatterien brummen. Annie legt
die Kassette ein, und der Bildschirm wird blau. Shaolin
steht direkt daneben, und ich wette, er hat von Anfang an

gewusst, dass es keine Bombe war – er war nur grausam zu mir da oben auf dem Hügel. Diese verbrannten Leichen haben keine Zungen, aber sie können sprechen, ohne einen Laut, und verraten mir in meinem Inneren eine Wahrheit, die lauter ist als jede dieser protzigen Reden. Jetzt erscheinen weiße Striche auf dem Bildschirm, und dann ein Bild, das sich wölbt und zusammenzieht, bevor es zu einem Raum mit schmutziger Tapete wird. Im Vordergrund ein leerer Tisch. Von links kommt ein Mann, der durch eine Sonnenbrille und ein Palästinensertuch um den Kopf nicht zu erkennen ist. Er hält eine Schachtel hoch, zieht ein Paar Gummihandschuhe heraus, wie Ärzte sie benutzen, und streift sie über. Dann zieht er die Handschuhe aus, schüttelt den Kopf und gibt durch Zeichen zu verstehen, dass man das nicht tun soll. Dann zieht er die Handschuhe wieder an und hebt den Daumen. Durch die Gebärdensprache kapiere ich, dass zu diesem Film keine Tonspur gehört. Ein anderer Typ kommt rein. Er trägt eine schwarze Sturmhaube, zieht auch Gummihandschuhe an und zeigt ebenfalls, dass es falsch ist, es nicht zu tun. Dann legt er Sachen auf den Tisch, eine nach der anderen – wie Zutaten bei einer Kochshow, Kochen für Gehörlose. Eine Tüte mit Wonderwerk-Dünger, eine Packung Blitz-Feueranzünder. Ein gelber Zehnerpack Lion-Streichhölzer, eine 60-Watt-Glühbirne, eine Flasche Paraffin. Normale Sachen aus normalen Geschäften, die man überall kaufen kann. Der mit dem Tuch um den Kopf holt eine Rasierklinge und eine Nadel hervor, dann einen Streifen Schleifpapier, ein paar Drähte und Zangen und eine Bratpfanne. Sie fangen an zu kochen. Sie gehen langsam vor und wiederholen ihre Schritte. Mit deutlichen, leichtverständlichen Handzeichen weisen sie uns darauf hin, wann wir besonders auf etwas achten müssen – auf die kleinen Details, die offenbar wichtig sind. Ich beobachte, wie sie den Dünger mit Paraffin behandeln und den Blitz-Anzünder zerreiben, um ihn hinzuzugeben. Zwischendurch hebt der mit der Sturmhaube sein Handgelenk mit der Uhr, deutet darauf und zeigt dann mit den Fingern an, wie lange man für diesen Teil des Rezeptes braucht. Der mit dem Tuch holt eine kleine Tafel, zeichnet eine Pilzwolke darauf und stellt sie zu dem unbehandelten Dünger, dann nimmt er eine andere Tafel und zeichnet eine viel größere Pilzwolke und stellt sie neben das gekochte Zeug und schreibt »3x« neben die Wolke. Er deutet von einer Skizze zur anderen.

Annie geht zum Recorder und drückt die Pausentaste. »Habt ihr das alle verstanden?«, fragt sie uns. »Versteht ihr, was ihr da gezeigt bekommt? Durch die brennbaren Stoffe erhöht sich die Sprengkraft um den Faktor drei.« Die Leute schreien laut ja, sie haben verstanden, sie wollen mehr. Annie sagt, die Idee hinter Fireseed sei, dass die Herstellung einfach sei, so dass jeder sie in die Praxis umsetzen könne, Kinder wie Erwachsene, ohne Sprachbarriere. Alles, was sie tun müssen, wäre, zuzusehen und es nachzumachen. Ihr, die Genossen, werdet euch die Lektionen auf dem Video einprägen und dann Kopien an die Leute im ganzen Sektor verteilen. Dann können sie Werkstätten einrichten und »wirksame Waffen« herstellen, die gelagert oder »unmittelbar eingesetzt« werden können. Sie sagt: »Euer Aufstand hier, euer *Mzabalazo*, hat in Jules eine Zone der Freiheit geschaffen, und es gibt noch viele andere im ganzen Land.

Aber in der nächsten Phase des Bürgerkriegs müssen wir unseren Kampf aus den freien Zonen hinaus ins weiße Südafrika führen. Wir müssen die Machtstrukturen dort genauso untergraben, wie ihr es hier getan habt.« Es folgt die Übersetzung, dann laute Jubelrufe und noch mehr Gesang und Tanz. Annie erklärt, dass sie, die Genossen, mit Hilfe ihres »Volksgerichts« und ihrer »Straßenkomitees« dafür sorgen können, dass sich alle Einwohner der Township Julius Caesar die Videos ansehen und das Gelernte zur Herstellung ihres Anteils an Waffen einsetzen. »Wir müssen die Menschen für diese Aufgabe mobilisieren«, fordert sie, »dadurch werden die Freizonen zu Waffenfabriken der Bürger!«

Alle jubeln, sie schaltet das Video wieder ein und tritt zur Seite. Die Männer im Film zeigen, wie man die Köpfe der Lion-Streichhölzer mit Rasierklingen abkratzt, wie man ein kleines Loch in die Glühbirne macht und dann das Streichholzpulver in die Birne füllt, bis sie voll ist. Sie zeigen Casio-Uhren vom Typ FW-87 in Nahaufnahme, dann Schaltplatinen und Batterien. Sie zeigen, wie man eine Uhr an die Platine lötet, wie man den Timer einstellt und wie man die Uhr mit der gefüllten Glühbirne verkabelt. Sie zeigen, wie man in Reihe und parallel lötet. Ich reibe mir die Augen, das Gesicht, es ist, als würde ich träumen. Allmählich dämmert mir, warum Annie nicht wollte, dass ich das sehe. Ich bin derjenige, der dieses Band für sie kopiert hat, das ist auch mein Werk da oben. Operation Fireseed.

Ich schaue wieder auf den Bildschirm. Ein Feld ist zu sehen, das zu grün und feucht für Südafrika ist. Der Himmel zu weiß und niedrig und die Bäume völlig falsch. Es sieht trübe und trostlos aus – das muss Europa oder irgendwas anderes im Norden sein. Das Seltsame daran ist, dass alle Utensilien, die im Film gezeigt werden, aus Südafrika kommen. Also wurde das Video in Übersee gedreht, aber speziell für Südafrika, genau wie Annie gesagt hat. Jetzt sehen wir eine Nahaufnahme von einer alten Scheune mit rissigen Putzwänden. Es sieht aus wie in Russland oder Polen, irgendwo im Osten, wie Litauen, wo meine Familie herstammt. Der Typ mit dem Palästinensertuch legt ein Paket neben die Scheunenwand.

Annie geht zum Recorder und drückt erneut die Pausentaste. Diesmal stöhnen die Zuschauer auf. Im Halbdunkel sehe ich in ihre Gesichter. Sie starren begierig auf den Bildschirm. Sie brennen Schulen nieder, aber in diesem Moment sind sie die besten Schüler der Welt. »Auf diesem Video«, sagt Annie, »seht ihr, wie man Schusswaffen, Mörser, Flammenwerfer, Landminen, Gifte herstellt. Wie man sie gezielt einsetzen kann, um die Industrie zu zerstören, den Transport und die Kommunikation lahmzulegen. Um den Feind dort zu treffen, wo es am meisten weh tut.« Erneuter Jubel dröhnt mir schmerzhaft in den Ohren, noch bevor alles übersetzt ist. Annie redet weiter: Noch mehr Videos würden von der Führung im Exil kommen, mit direkten Botschaften an die Menschen. »Wir haben keinen eigenen Fernsehsender, aber mit der Verbreitung von Videos können wir einen ›Volkssender‹ gründen.« Ich sehe, wie Schweißtröpfchen von ihrer Nase fliegen, als sie ihr Haar zurückstreicht und die Flecken unter ihren Achseln sichtbar werden. Sie sagt: »Genossen, das Regime kontrolliert uns, indem es unsere Informationen kontrolliert. Operation Fireseed wird diese Kontrolle zerschlagen! Schaut genau hin, Genossen! Schaut weiter zu!« Sie tritt zur Seite, und auf dem Bildschirm zoomt die Kamera auf das Paket. Das Publikum wartet reglos, wie zu Salzsäulen erstarrt.

18

Sie geht durch eine Lücke zwischen zwei Häusern auf der anderen Straßenseite. Die Amerikanerin. Mit federnden Schritten. Keine Ahnung, warum ich ihr immer noch folge. Plötzlich dreht sie sich um, mit leuchtenden Augen, als stünde sie immer noch auf der Bühne. »Du mieses, kleines Arschloch!«, sagt sie.

»Mir geht's gut, danke der Nachfrage«, erwidere ich.

»Du bescheuerter Idiot! Was ist bloß in dich gefahren? Du drehst durch, springst in ein fremdes Auto, ohne auch nur einmal nachzudenken! Mit *meinem* Eigentum!«

»Ach, halt die Klappe«, sage ich und gehe an ihr vorbei. Bergauf geht's zurück zur Schule.

»Von jetzt an bleibst du in meiner Nähe und tust, was ich dir sage«, befiehlt sie.

»Du kannst mich mal«, entgegne ich, und als ich mich wieder zu ihr umdrehe, verliere ich alle Hemmungen. »Du bist komplett durchgeknallt! Du wolltest mich ohne Grund in ein Loch voller Scheiße stoßen! Du hast sie nicht mehr alle!« Ich hole Luft, um sie weiterzubeschimpfen, aber auf einmal verwandeln sich meine Beine in Pudding, meine Knie geben nach, und ich sinke zu Boden. Mir brummt der Schädel, völlig überfordert.

»Steh auf, Martin!«, kommandiert Annie. »Mach hier nicht einen auf Dramaqueen.«

»Aber ich hab mitgeholfen! Die können jetzt mit dem Zeug Leute in die Luft jagen! Überall, jederzeit! Es könnte mich treffen, Da, Ma, jeden. *Zaydi!*«

»Tja, und dein Soldatenbruder schießt Kugeln auf schwarze Babys, aber deswegen hast du bisher keine Krokodilstränen vergossen. Los, steh auf. Die Leute gucken schon.«

»Du hättest mich warnen sollen.«

»Martin, du hast so eine Gehirnwäsche hinter dir, dass du es nicht kapiert hättest, wenn ich dir nicht die Augen geöffnet hätte, klar? Damit du selber siehst, wie die Mehrheit der Leute in diesem Land lebt. Und damit dir klar wird, dass du auf ihre Kosten lebst.«

»Bomben!«, stoße ich hervor.

»Nicht nur«, erwidert sie. »Die Videos dienen als Verbindung zur Führung im Exil, um den Genossen etwas Disziplin beizubringen.«

Ich schaue zu ihr auf. »Du hättest mir sagen sollen, was du bist.«

»Ich bin nur eine Helfershelferin«, erwidert sie. »Ein Niemand.«

»Red keinen Scheiß!«, werfe ich ihr an den Kopf. »Deinetwegen werden ab jetzt wesentlich mehr Bomben fliegen!«

»Martin, jetzt schau dich doch mal um. Die Leute hier brauchen eine ganze Armee, um sich zu schützen. Mit den paar Videos werfen wir doch nur mit Kieselsteinen auf Maschinen.« Mit den Händen in den Hüften schaut sie mich an. »Alter, du solltest mir dankbar sein, dass ich dir die richtige Seite der Geschichte gezeigt habe. Wenn du eines Tages zurückblickst, wird dir das klarwerden. Und jetzt steh auf, okay? Mach nicht so ein Theater, führ dich nicht auf wie ein Kleinkind.«

Langsam stehe ich auf und schleppe mich ihr hinterher. Als wir den Hügel erklommen haben und uns seitlich der Leiterhoff-Schule nähern, fährt mir der nächste Schreck in die Glieder. Vor der Schule parkt ein Casspir, riesig und leuchtend gelb, auf dem Männer der südafrikanischen Polizei sitzen. Ein paar von ihnen rauchen, lassen die Stiefelbeine baumeln. Annie winkt und wendet sich mir zu. »Bleib einfach cool«, flüstert sie. »Winke den Wichsern zu, immer schön lächeln.« Dann zischt sie: »Starr sie nicht so an, verdammt noch mal!«

Drinnen sitzt ein weißer Polizist in Lindiwes winzigem Büro und trinkt Kaffee. Er ist noch ziemlich jung, vielleicht Anfang dreißig – aber was mich am meisten an ihm verstört, ist die Blechtasse in seiner Hand, genau so eine Tasse wie die, aus denen die Mädchen trinken. Ich habe in meinem ganzen Leben noch nie einen Weißen gesehen, der vom Geschirr einer schwarzen Person trinkt oder isst, und schon gar keinen Polizisten. Aber er sitzt da in aller Gemütsruhe herum und schlürft seinen Frisco-Instantkaffee, als wäre es das Normalste der Welt. Er lächelt, als Lindiwe ihn vorstellt. Captain Wilhelm Francois Oberholzer. »Ach was, nennt mich Bokkie«, sagt er. Der Spitzname bedeutet »kleine Antilope«, aber auch Teufelskerl, Draufgänger, jemand voller Enthusiasmus. Als dieser Oberholzer aufsteht, sieht man, dass er riesengroß ist, ich schwör's, locker zwei Meter, mit langen, schlaksigen Gliedern wie die Stangen, mit denen man Swimmingpools reinigt. Aber seine blauen Augen blicken freundlich über seine quadratische Brille hinweg, und sein Lächeln ist ganz locker und lässig und erinnert mich an einen fröhlichen Golden Retriever. »Guten Tag, Miss … Goldstone?«

»Goldberg.«

»Ich nehme alles zurück.« Er hat einen starken Afrikaans-Akzent, aber man hört sofort, dass sein Englisch gut ist, er ist ein gebildeter Mann. Er hätte Buchhalter sein können, wenn die blaue Uniform nicht gewesen wäre. Jetzt sieht er mich an. Annie sagt: »Ich wohne hier bei einer Familie, und er ist so etwas wie mein, äh, kleiner Bruder. Haha!«

Oberholzer fragt: »Und wo ist dein Zuhause, kleiner Bruder?«

»In Greenside«, antworte ich.

»Du bist aber weit weg von Greenside! Nicht wahr? Stimmt's?« Er streckt die Hand aus, als wolle er meine Schulter berühren, aber dann hält er mitten in der Bewegung inne. Als er schluckt, hüpft sein hervorstehender Adamsapfel seltsam in seinem langen Hals auf und ab. Mein Blick wandert nach unten – er hat die Säume seiner blauen Kampfanzughose oben in die Stiefel gesteckt, und ich wette, es liegt daran, dass die Hosenbeine zu kurz für ihn sind. Oberholzer starrt über Annies Kopf hinweg, als könne er ihr nicht ins Gesicht, in die Augen sehen. Ich kenne das Gefühl. »Direktorin Mokefi hat viel Gutes von Ihnen erzählt«, sagt er zu Annie. »Als Vertreter der südafrikanischen Polizei möchte ich Ihnen sagen, wie froh wir sind, dass eine Amerikanerin hergekommen ist, um einen wertvollen Beitrag zur Bildung unserer Jugend zu leisten. Nichts ist wichtiger für die Zukunft unseres Landes als Bildung. Diese Schule bedeutet für die Mädchen des Standorts Julius Caesar einen großen Schritt nach vorn.«

Nach kurzem Zögern erwidert Annie: »Ich bin froh, dass Sie das so sehen, Captain.«

Eine seltsame Stille tritt ein. Dann fangen Annie und Oberholzer gleichzeitig an zu reden. »Oh, tut mir leid!«, sagt er.

»Nein, bitte fahren Sie fort«, sagt Annie.

»Ich wollte sagen, ich weiß, dass Sie von vielem überrascht sein werden, was Sie hier vorfinden. Ich bin über die negative Propaganda auf dem Laufenden, der leider viele Amerikaner durch die Medien dort drüben ausgesetzt sind. Aber die Realität hier vor Ort sieht so aus, dass es meine Pflicht und die meiner Männer ist, dafür zu sorgen, dass die normalen Männer und Frauen hier ein friedliches Leben führen können, im Schutz von Recht und Ordnung und ohne bedroht zu werden. Wir werden es nicht tolerieren, dass marodierende Schläger und Banden versuchen, die Bevölkerung einzuschüchtern.«

Ein Polizist ruft aus dem Flur etwas auf Afrikaans herein. Oberholzer erwidert: »Wag net 'n bietjie daar, ek praat nou.« – Warten Sie einen Moment, ich rede gerade. – »Unsere oberste Priorität ist, dass die Leute Zugang zu Arbeit und auch Bildung haben und dass die Schulen sicher sind und ihr Betrieb gewährleistet ist. Dazu gehört auch der Rundumschutz der Lehrer, und damit möchte ich Ihnen sagen, dass wir für Sie da sind.«

»Äh, vielen Dank«, sagt Annie.

»Es war mir ein Vergnügen. Hier ist meine Karte.«

Wir alle warten, während er seine lange Gestalt absucht. Schließlich findet er die Karte, gibt sie Annie und deutet eine Verbeugung an. Dabei rutscht ihm die Brille von der Nase, und er greift schnell nach ihr. »Sie können mich jederzeit anrufen«, sagt er, »Tag und Nacht. Denken Sie daran. Ich bin hier, um zu helfen.«

»Mach ich ganz bestimmt«, sagt Annie.

Oberholzer erstarrt und steckt die Brille langsam in seine Jackentasche. »Viele gute Polizisten und ihre ganzen Familien haben in diesem Land ihr Leben gegeben. Seit wir hier in voller Stärke präsent sind, hat sich das Leben für die Bevölkerung deutlich verbessert. Fragen Sie Direktorin Mokefi. Sie weiß Bescheid.«

Lindiwe lächelte schmallippig.

»Und jetzt reden wir mal über das Video«, fährt Oberholzer, an Annie gewandt, fort.

»Welches Video?«, fragt Annie mit gepresster Stimme, und mein Herz setzt ein paar Schläge aus, während mir der Schweiß unter den Achseln hervorschießt, aber dann sagt Lindiwe, dass der Captain hier ist, um »ein Video von unserer neuen Schule zu drehen«, und Annie lächelt wieder, und mein Herz schlägt weiter. »Ja, genau«, sagt Oberholzer. »Ich bin hier in Julius Caesar für Recht und Ordnung zuständig, und unsere guten Beziehungen zur Gemeinschaft sind dafür eine Voraussetzung. Wir drehen Dokumentationen, um der Welt zu zeigen, wie viel Gutes hier geschieht, die positive Seite des Lebens. Wie wir jeden Tag besser werden. Um der Hetze in den Medien und der Lügenpresse etwas entgegenzusetzen, nicht wahr, Frau Direktorin?«

»Sicher«, sagte Lindiwe mit undurchdringlichem Gesicht.

»Hier haben wir eine schöne neue Schule, die gerade fertiggebaut wurde, aber wird das etwa in den USA im Fernsehen gezeigt?«, fragt Oberholzer. »Ich glaube nicht.« Es
klopft an der Tür. Ein Polizist trägt eine große Videokamera
in Kniehöhe wie einen Koffer. »Ich hoffe, Sie werden ein
paar Worte sagen«, richtet Oberholzer sich wieder an Annie. »*Is jy gereed, Kaptein?*«, fragt der Kamerapolizist. Sind
Sie bereit, Captain?

19

Die Dreharbeiten sind vorbei, der Beleuchter hat einen
Witz gemacht, und die gute Stimmung hält an, alle lachen.
Oberholzer setzt seine Mütze wieder auf, wendet sich zum
Gehen, dreht sich dann aber noch einmal um, lässt seine
lange, geäderte Hand auf meine Schulter fallen und sagt:
»Ach, übrigens, Frau Direktorin, haben Sie eine schriftliche
Aufenthaltsgenehmigung für diesen netten jungen Mann
hier?« Das Lachen erstirbt, als hätte jemand den Ton abge-
dreht.

»Er ist vorhin mit Annie gekommen«, antwortet Lindiwe.

»Na, wir wollen aber hier ja nicht ungezogen sein«, sagt
Oberholzer. »Er darf sich nicht in Julius Caesar aufhalten,
und wenn er keinen Job an der Schule hat …«

»Bitte, Captain. Wir wussten nicht Bescheid.«

Oberholzer hebt die Hand. »*Oukay, oukay.* Keine Sorge.

Er wird ja nicht verhaftet. Ich bringe den Jungen einfach nach Hause, das ist alles.« Dann zwinkert er mir zu. »Ist doch praktisch, oder, ich bringe dich zurück ins hübsche Greenside und setze dich ab. Der reinste Taxi-Service, was? Du Glückspilz.«

»Danke, Captain«, sage ich.

Draußen steht ein einfacher blauer Ford Cortina hinter dem vor der Tür geparkten Casspir, und als Oberholzer mit mir raus in die Sonne geht, eine Hand auf meiner Schulter wie ein Onkel, bin ich erleichtert, dass ich sicher nach Hause gebracht werde und unversehrt aus diesem Irrenhaus rausgekommen bin. Weg von Annie. Sie bleibt hier und beendet den Schultag wie immer, tut so, als wäre sie eine harmlose Lehrerin und hätte nichts mit Bomben oder Genossen zu schaffen. Die Beifahrertür ist verschlossen, Oberholzer öffnet mir die hintere Tür. Rücksitz und Fahrerraum sind durch ein Stahlgeflecht getrennt, und ich habe nicht viel Beinfreiheit. Es stinkt widerlich nach altem Schweiß und Pisse. Wir fahren schweigend die Schotterstraße hinunter, nur das Funkgerät knistert. Ich räuspere mich. »Captain, kann ich etwas fragen?« Statt einer Antwort tritt er aufs Gaspedal, dass der Motor aufheult und ich in meinen Sitz geschleudert werde. Im nächsten Moment steigt er auf die Bremse, und ich schieße wie eine Rakete in das Geflecht, so heftig, dass meine Zähne aufeinanderschlagen und mir der Schädel brummt. *Jy kan jou bek hou, jou fokken stuk stront«*, sagt Oberholzer zu mir, jetzt, wo wir allein sind. Du kannst deine Klappe halten, du verdammtes Stück Scheiße. Er fährt in normalem Tempo weiter. Ich schätze, damit ist dann alles geklärt, und die Antwort lautet nein. Ich weiß sowieso nicht mehr, was ich fragen wollte. Ich reibe mir den Ellbogen und eine Seite meines Kopfes, die vom Schlag gegen das Gitter schmerzt. Ich sage kein Wort, und er schweigt ebenfalls, bis wir auf der Autobahn im dichten Verkehr steckenbleiben. Dann sagt er: »Diese amerikanische Kuh. Kommt hierher und steckt ihre lange Nase in Sachen, die sie einen Dreck angehen, unfassbar. Und wenn die da oben keine Memmen wären, Mann, wenn ich das Sagen hätte, wäre sie jetzt auch da, wo du gerade bist. Ich würde sie mit dem ersten Flugzeug zurück nach Jew York schicken, mit meinem Stiefel in ihrer Muschi, diese Drecksschleuder! Fotzen wie die bauen den Mist, den wir dann aufräumen dürfen. Das sind diejenigen, die die Flausen in die hohlen Kaffernköpfe stecken. Klar, brennt eure Schulen nieder, tötet eure Ältesten, und geht nicht zur Arbeit, genau, tolle Idee!« Mit vorgeschobenem Kinn schaut er in den Rückspiegel. »Hey, glaubst du etwa, du könntest mich verarschen, wie? Bildest du dir ein, du könntest uns an der Nase rumführen? Ich weiß genau, was du machst!«

»Ich mache gar nichts, Captain. Ehrlich!«

»Du machst gar nichts, überhaupt nichts, was? Jajaja. Du weißt ganz genau, dass sie dort ist, um diese Affen aufzuwiegeln. Und meine Leute in der Eingreiftruppe, die werden dann verbrannt oder erschossen, nur ihretwegen! Und du bist ihr kleiner Helfer, stimmt's? Oder was hast du sonst da zu suchen? Ich will dir mal was sagen: Wenn jemand das Leben meiner Männer in Gefahr bringt, meiner Kameraden, egal, wer, für den gibt's keine Gnade! Wir machen dich fertig! Dass dir Hören und Sehen vergeht! Hast du mich verstanden?« Ich denke daran, wie freundlich und blau

Oberholzers Augen in der Schule ausgesehen haben. Jetzt im Spiegel sind sie dunkel, fast schwarz, ich schwör's. Er tobt da vorne und erinnert mich an einen Strauß, der in seinem Käfig ausflippt und versucht, ihn zu zerschmettern. Das liegt an seinen langen Armen und Beinen, und seine Mütze sieht wie ein Schnabel aus. Plötzlich fühle ich mich hinter dem Drahtnetz nicht mehr wie hinter Gittern, sondern geschützt.

»Du lässt dich in einer Schweizer Mädchenschule mitten in Jules auf eine amerikanische Idiotin ein, und dann? Was glaubst du, was dann passiert? Bildest du dir ein, dass die dankbar sind? Junge, du wirst der Erste sein, der um Hilfe fleht, wenn sie kommen und dir einen brennenden Autoreifen um deinen blöden Arsch schmeißen. Ich sage dir, du spielst mit dem Feuer, Junge! Und es kotzt mich ohne Ende an, dass meine Männer und ich unser Leben auf der Straße verbringen, um kleine Bälger wie dich in ihren schönen sauberen Bettchen zu beschützen! Und das ist der Dank dafür!«

»Aber Captain«, sage ich. »So ist das doch gar nicht.«

»Mir doch egal, wie alt du bist, ich kann deinen Arsch notfalls dreißig Tage lang einbuchten, wenn ich will! Wie gefällt dir das?« Ich beiße mir ins Handgelenk. Er fährt fort: »Ich sollte dich mitnehmen und dir zeigen, womit wir es zu tun haben! Jeden Tag! Wir sind es, die dafür sorgen, dass deiner Oma im Supermarkt nicht die Beine von einer Bombe weggeblasen werden. Wir halten die russischen und kubanischen Brigaden davon ab, mit dem Fallschirm über unserem Land abzuspringen und dich an die Wand zu stellen! Weißt du, wie viele von uns schon gestorben sind, um deinen weißen Arsch zu retten? Weißt du, wie viel Druck wir in unserem Job aushalten müssen? Wie viele sich das Leben nehmen? Wie viele von uns irgendwann ihre ganze Familie in die Luft jagen und die letzte Kugel für sich selbst aufheben? Und sie leiden für dich! Für dich! Das ist Afrika, Junge! Das ist Überleben! Wenn du schwach bist, wenn du hinkst, kommen diese Hyänen raus und holen dich. Es gibt keine *Demokratie* in Afrika, Gott verdammt noch mal! Demokratie, das ist was für die da oben in der verschissenen eiskalten Schweiz oder sonst wo, wo es einfach ist, weil jeder nett und höflich ist und sowieso weiß wie Joghurt. Hier haben wir die echten Afrika-Stämme, mit Speeren, Medizinmännern und *echten* Zaubersprüchen – Mann, Afrika bedeutet Krieg und Überleben, und sonst nichts!«

Sein Nacken ist so rot wie das Fleisch einer Wassermelone, und Spucketröpfchen haben sich auf der Windschutzscheibe verteilt wie das Reinigungsspray von den Typen an der Tankstelle. Ich versuche mich ganz ruhig zu verhalten und bete, dass der Verkehr wieder in Bewegung kommt, und zwar pronto. Das ganze Auto schaukelt. »Du hältst mich für einen Rassisten«, sagt Oberholzer, »aber das ist totaler Quatsch. Erstens bin ich auch ein Afrikaaner. Wir Afrikaaner sind der weiße Stamm Afrikas, und wir sind schon genauso lange hier wie die anderen, die aus dem Norden gekommen sind, und wir mussten um jeden Zentimeter kämpfen, den wir heute haben. *Wir* haben dieses Land Stück für Stück aufgebaut, wir waren das, sonst keiner. Es ist unser Land, unser Schweiß, unser Blut, unsere Geschichte. Und niemand – *niemand* – sonst verdient es zu regieren. Zweitens habe ich nichts gegen Schwarze, ich arbeite mit ihnen, als wären wir eine Familie, ich spreche Zulu so gut wie sie, und das ist eine Tatsache. Sie respektieren mich, und ich respektiere sie. Und da kommen diese weißen Liberalen daher, diese Juden in den nördlichen Vororten, die in den Zeitungen und Büchern schreiben, wie toll es für dieses Land sein wird, wenn wir es einfach den Kaffern überlassen, ihnen ohne weiteres die Schlüssel zu allem geben, was wir aufgebaut haben, und sagen: Viel Spaß, Jungs. Ich will dir mal was erzählen. Neulich wurde ich in den neunten Stock beordert, um ein Band zu bearbeiten. Ja, genau, ich, denn ich hab Ahnung von Technik, ich hab mich weitergebildet, das hat mich dahin gebracht, wo ich jetzt bin. Also, da oben im neunten Stock, da sitzt die Spezialeinheit, hey, Sicherheitspolizei. Das sind die echten Macher, die mit ihren coolen Anzügen, Mann, die sitzen am Hebel, die machen den heißen Scheiß. Ich also da rauf und hab geholfen, Tonbänder zu sortieren, Mitschnitte von Telefonaten aus dem Haus dieser Frau, einer berühmten Schriftstellerin, die auch da in der Nähe von Greenside wohnt. Auch so eine Jüdin, wer hätte das gedacht. Und, Mann, sie lieben sie in Übersee. Sie und ihr Mann sind beide große jüdische Liberale, ja. Sie denkt, wir wissen nicht, dass sie ANC-Ratten in ihrem Garten versteckt. Aber wir wissen es, wir wissen alles. Sie ist es, die keine Ahnung hat, dass der Geheimdienst mindestens ein Dutzend Wanzen in ihrer alten Muschi und überall rings um ihr Anwesen versteckt hat. Aber die Leute, die sie versteckt, sind einfach zu unbedeutend, um sie zu verhaften, es ist nützlicher, sie weiter abzuhören und rauszufinden, was vor sich geht, und außerdem arbeitet die Hälfte von denen sowieso für uns! Kaffern kennen keine Loyalität, merk dir das. Wie dem auch sei, ich sitze also bei der Arbeit, höre ihr zu, und ich fange an zu verstehen, warum sie so eine schwachköpfige Kommunistin ist. Weil nämlich die ganzen Schwarzen, die sie kennt, keine normalen Schwarzen sind. Das sind die Intelligenten, die wissen, dass sie sehr nett zu ihr sein müssen, um sie auf ihre Seite zu ziehen, und sie checkt es nicht mal. Diese ganzen weißen Liberalen in den nördlichen Vorstädten mit ihren dämlichen gestrickten UDF-Schals und Freiheits-T-Shirts – die sprechen ja nicht mal Zulu! Kein Wort! Die schreiben Bücher und spielen sich als Superexperten für dieses Land auf, aber beherrschen keine einzige afrikanische Sprache! Das ist doch ein Witz! Sie sprechen weder Sotho noch Xhosa, noch Venda, noch Tswana oder Shangaan, nichts! Können kaum Afrikaans radebrechen. Die waren doch noch nie auf dem Platteland, im echten Südafrika. Die verstehen Afrika überhaupt nicht! Die verstehen den echten Afrikaner, den normalen Afrikaner nicht. Aber ich tue das. Ich bin mit ihnen aufgewachsen. Und *mich* nennen die einen Rassisten! Hör zu. Mehr als die Hälfte der Männer unter meinem Befehl sind Schwarzafrikaner, *oukay*. Wir reden hier vom Überfallkommando, vom aktiven Dienst. Das sind Männer, die für mich sterben würden. Aber das heißt noch lange nicht, dass man sie nicht wie ein Falke beobachten und an der Kandare haben muss. Solange man das tut, alles *oukay*, aber wenn nicht – dann geht's dir wie Piet Retief, den der alte Dingane 1838 zum Abendessen eingeladen hat. Als die Weißen ihre Waffen draußen gelassen und sich hingesetzt hatten, sind Dinganes Krieger rausgesprungen und haben ihnen die Bäuche aufgeschlitzt. Du darfst ihnen nie den Rücken zukehren. Aber sie respektieren einen Mann, der stark ist. Der wie ein Mann kämpft. Seite an Seite mit ihnen. Ich sage dir, Junge, so wahr ich hier sitze, beim Blut Jesu Christi, ich schwöre dir, wenn Leute wie ich und meine Männer aufhören würden, jeden Tag hart zu kämpfen, wärst du erledigt! Das ist eine Tatsache! Wo zum Teufel bleibt deine Dankbarkeit?«

20

Oberholzer verlässt die M1, bei der mehrere Spuren übereinander verlaufen, und fährt die Goch Road entlang, unter den sich überlagernden Autobahnen und zwischen den dicken Betonpfeilern hindurch. Mir wird klar, o Gott, dass wir zum John Vorster Square unterwegs sind, und ich schwöre, mir ziehen sich die Eingeweide vor Angst zusammen. Der John Vorster Square befindet sich in der Number One Commissioner Street und ist ein L-förmiger, außen mit blauen Paneelen verkleideter Gebäudekomplex. Die Leute reißen zynische Witze über das »Blue Hotel« und die vielen Gefangenen, die dort zufällig aus den Fenstern der obersten Etagen fallen, in der Dusche ausrutschen und sich »versehentlich« den Hals brechen oder sich irgendwie erhängen. Dort angekommen, fährt Oberholzer durch die Sicherheitskontrolle im hinteren Teil und hinunter in die Tiefgarage. »Die Parkplätze da«, sagt er. »Die sind für den SB reserviert.« Er schüttelt den Kopf und pfeift zwischen den Zähnen hindurch. »Diese Sicherheitstypen. Wie James Bond, hey, echte, verdammte James Bonds. Unglaublich.

Du solltest mal die Karren sehen, die die aus dem Carpool mit den gestohlenen Autos kriegen. Porsches, Mann. Audis. Dagegen sind die von der schnellen Einsatztruppe, von der Flying Squad, bloß ein Haufen von Wichsern. Mann, als ich damals da oben im neunten Stock war – die Anzüge, die Goldketten, ihre ganze coole Art – Mann, das ist es, echt. *Genau das will ich!*«

Er lässt mich raus, und wir gehen, von Kameras überwacht, zu einem Aufzug. Als sich die Türen öffnen, sehe ich zwei schwarze Männer mit Kapuzen über dem Kopf und erhobenen Händen, deren Handgelenke mit Handschellen an eine Schiene an der Decke gefesselt sind. Zwei große weiße Männer in Anzügen, die nach Brut-Rasierwasser und Zigaretten riechen, nicken dem Captain zu und ignorieren mich. Wir fahren zusammen hoch; im Lift herrscht Totenstille, bis auf das Schnüffeln, das unter den Kapuzen hervordringt. Als ich nach unten schaue, sehe ich rote Tröpfchen, die auf die Spitzen ihrer Schuhe klatschen, *pat-pat-pat*. Auf dem Teppichboden sind viele alte Flecken eingetrocknet. Im dritten Stock steigen Oberholzer und ich aus. Oberholzer ist ganz aufgeregt, flüstert schnell. »Die fahren rauf zum neunten, hast du gesehen? Da ist nur der SB. Normalerweise nehmen sie ihren eigenen Spezialaufzug, der auf keinem anderen Stockwerk hält. Hast du die scharfen Jacken gesehen? Die haben Stil, Mann, Stil. Verdammt cool. Das waren politische Gefangene. Diese Typen vom SB, Mann, die kassieren die großen Fische ein. Und hey, der zehnte Stock ist so streng geheim, dass es gar keinen Aufzug dahin gibt, nur Treppen vom neunten aus …« Er flüstert im Gehen weiter. »Ich sag dir mal was. Ein paar Leute hier mögen die Sicherheitspolizei nicht, aber ich, ich bin nicht so negativ, hey, ich bin ein positiver Mensch, man muss sich Ziele setzen im Leben. Hast du zufällig mal Napoleon Hills Buch über den Erfolg gelesen? Das solltest du, hey. Eine positive Einstellung bewahren. Wenn du auf den Erfolg von anderen neidisch bist und ihn abwertest, wie sollst du dann jemals selbst erfolgreich sein?« Der Flur ist breit, mit beigefarbenem Betonboden und zweifarbigen Wänden, die untere Hälfte dunkelblau, die obere grünlicher. Ich sehe eine geschwungene Treppe, die nach oben führt und seitlich von dichten Stangen in einem anderen Blauton flankiert wird. All das Blau, die Krümmung, der Widerhall von Schreien und das Dröhnen von Stahl auf Stahl, die Bögen über manchen Türen und dazu ein muffiger Geruch nach Schimmel oder abgestandenem Wasser erinnern mich an ein Aquarium. Ich stelle mir vor, wie Gefangene in ihren blauen Zellen wie Fische im Glas schwimmen. Und ich fühle mich, als würde ich selbst unter Wasser treiben. Ertrinken.

Hinter einer Tür höre ich eine Schreibmaschine klappern. »Mein Büro«, sagt Oberholzer. »Ich habe es auf die harte Tour bekommen, hab mich hochgearbeitet. Ich bilde mich weiter. Vor allem technisch. Habe Ideen. Durchhaltevermögen zahlt sich irgendwann aus. Meine Einheit ist für das Gebiet Julius Caesar zuständig. Im Grunde habe ich das alles aus dem Nichts aufgebaut, hey, ein ganz neues Konzept in den Bereichen Community Relations und Kommunikation. Du musst dir positive Ziele im Leben setzen, und du musst an dich selbst glauben.« Eine Sekretärin begrüßt uns, wir gehen nach rechts, und Oberholzer öffnet mir eine weitere Tür. Durch Milchglas gedämpft, fällt helles Licht herein. Parkettfußboden, Aktenschränke, ein Schreibtisch, ein laufender Ventilator. Oberholzer sagt mir, ich soll mich setzen, und geht zu den Akten. »Tja«, sagt er, »man nennt uns jetzt Community-Einheit, aber wir sind immer noch eine Eingreiftruppe, immer noch Internal Stability Unit, aber die Idee dahinter ist Bürgerschutz – mit Herz und Verstand – nicht nur innerhalb der Community, sondern so, dass es auch der Rest der Welt kapiert. Mit Propaganda gewinnt man Kriege. Mit Fotos, Öffentlichkeitsarbeit. Vor allem mit Videos. Und auch wenn wir vielleicht hier mal gewonnen haben, lässt die Propaganda noch zu wünschen übrig. Die andere Seite dagegen ist verteufelt gut darin. Das habe ich dem General klargemacht, als ich ihm mein Konzept vorgestellt habe, das auf meinem technischen Knowhow basiert. Ich hab's einfach versucht, hey. Andere hatten vielleicht die gleiche Idee, aber ich habe die Initiative ergriffen, ich hab den Mund aufgemacht, den Mut gehabt – und jetzt bin ich hier, schau mich an, ein Kaptein im Eckbüro mit einer ganzen Township unter seinem Kommando und seiner Kontrolle. Man muss eben zugreifen, wenn sich die Gelegenheit bietet … Aha, da haben wir es ja.« Eine Akte in der Hand, reicht er mir eine leere Karteikarte und trägt mir auf, meine Daten in Blockschrift darauf zu notieren. Name, Adresse, Geburtsdatum und dasselbe für alle meine Familienmitglieder. Ich möchte wissen, ob ich verhaftet bin. Ich sollte einen Anwalt nehmen oder mit meinen Eltern reden, ich sollte zumindest darum bitten. Aber ich sage nichts und fange an zu schreiben. Oberholzer ruft die Sekretärin an und bestellt Kaffee, schwarz. Ich schreibe, MARTIN HELGER. 6. MÄRZ 1972. SHAKA ROAD Nr. 2, GREENSIDE,

2193, JOHANNESBURG, SÜDAFRIKA ... Oberholzer setzt
seine rechteckige Lesebrille auf und schreibt in die Akte.
Der Kaffee kommt. Diesmal nicht im Blechbecher. Als ich
die Karte ausgefüllt habe, reiche ich sie ihm hinüber. Er gibt
mir einen Polizeiblock und sagt: »Schreib jetzt alles auf,
was dazu geführt hat, dass du heute in Jules warst. Alles.
Die ganze Geschichte, wie es dazu gekommen ist, dass du
an dieser Schule warst. Schreib sauber und deutlich, keine
Schreibschrift, lass dir Zeit.« Er geht mit der Karte raus. Ich
starre den Block an. Die Sekretärin kommt rein und fragt,
ob ich ein paar Romany Creams möchte. Ich mag diese gefüllten Schokoladenkekse sehr und habe einen Bärenhun-
ger, aber ich schüttle den Kopf. Sie geht, und nach einer
Weile fange ich an zu schreiben. *Alles fing damit an, dass
Annie Goldberg vor zwei oder drei Wochen bei uns in
Greenside eingezogen ist. Nach dem genauen Datum muss
ich meine Mutter fragen. Meine Mutter, Arlene Helger, hat
arrangiert, dass Annie als Austauschschülerin aus den USA
für eine Weile bei uns wohnen kann. Sie*

Ich hebe den Blick, als ich draußen schnelle, schwere
Schritte höre, bamm bamm bamm, und dann fliegt die Tür
auf und Oberholzer stürmt herein. Sein Gesicht ist leichen-
blass.

21

Wir sind wieder auf dem mehrstufigen Highway und fahren über die Stadt hinweg. Ich bin verwirrt, aber nicht so
dumm, Fragen zu stellen – dann überlegt er es sich viel-

leicht wieder anders. Im Büro hat er mir gesagt, ich bräuchte nichts mehr aufzuschreiben und stattdessen würde er mich sofort nach Hause fahren. Wir sind runter in die Tiefgarage gegangen, und als ich mich hinten an den Cortina gestellt habe, sagte Oberholzer, sei nicht albern, und öffnete mir die Beifahrertür. Als wäre er jetzt mein Chauffeur. Ich schaue aus dem Fenster. Eine Plakatwand wirbt für Lexington-Zigaretten – *Das Zweitbeste nach einer Lexington ist die nächste Lexington.* Ein anderes Plakat preist Iwisa-Maismehl an, stolzer Sponsor der Kaizer Chiefs, Könige des Fußballplatzes. Es geht vorbei an Hausdächern und hohen Glasgebäuden, dann kommen die gelben Hügel der Abraumhalden, die zur Hälfte mit Gras bedeckt sind, Hügel aus dem vielen Sand, der im Lauf des langen Goldrauschs unter unseren Füßen hochgeschaufelt wurde, denn Joburg ist eine einzige riesige Goldmine. Hier wurde mehr Gold gefunden als irgendwo sonst auf der Welt.

Oberholzer wechselt auf die Spur in Richtung Ausfahrt Smit Street. Ich sehe ihn an und wende so höflich wie möglich ein, dass dies nicht der schnellste Weg nach Greenside ist. Er erwidert: »Wer hat denn was von Greenside gesagt?«

»Ich dachte, Sie bringen mich nach Hause.«

»Ich setze dich bei deinem Vater ab.«

Auf meine Verwirrung hin sagt er: »Dein Vater ist Isaac Helger.«

»Ja, Captain.«

»Lion Metals, soweit es im Branchenbuch steht.«

»Ja, Captain.«

»Er ist es«, sagt Oberholzer. »Er muss es sein, es ist gar nicht anders möglich.« Nicht nur, weil er komisches Zeug redet, sondern auch wegen der Art, wie er es sagt, vibriert mein Herz wie Banjosaiten. Ich überlege krampfhaft, was ich sagen soll, aber mir fällt nichts ein. In der Zwischenzeit fahren wir nach Braamfontein, passieren das große Eisenbahndepot, erreichen die Abzweigung zur De La Rey, biegen rechts ab und fahren bis zum Ende. Wir haben Vrededorp erreicht. Das Backsteingebäude mit der Nummer 50A an der De La Rey ist einen ganzen Block breit und drei Stockwerke hoch. Grüne Farbe blättert von den Stahltüren ab; in Erdgeschosshöhe sind die Scheiben mit Draht verstärkt. Die Diebstahlgitter sind diamantenförmig. Ein Schild warnt: *Total Armed Response.* Als wir uns nähern, sehe ich nur die hintere Mauer mit den bösartigen Zacken aus zerbrochenem Glas obendrauf. Hier habe ich meine ganze Kindheit verbracht, hey, im Hof mit meinem Vater. Ich kenne die Gerüche, die Arbeiter, die Atmosphäre, alles. Mein Da Isaac hat keinen Schulabschluss; er hat die Firma quasi aus dem Nichts aufgebaut, mit seinen bloßen Händen. Zusammen mit seinem Partner Hugo.

Oberholzer parkt vor der Heilsarmee. Daneben ist eine Kneipe, und dann kommt die Pommesbude von Mevrou van der Westhuizen, in der fettige Fish-'n'-Chips-Dünste wabern und Kartoffelschalen auf dem klebrigen Boden liegen. Weiter hinten stehen Reihenhäuser mit roten Metalldächern, und weiße Männer mit verschwommenen Tattoos auf den Armen sitzen auf den Eingangsstufen und reichen Flaschen hin und her. Im Park der 5. Straße rennen dünne weiße Kinder herum, die so wild und zäh aussehen wie Möwen, schreien, zerschmettern Einkaufswagen und werfen mit Steinen. Vrededorp ist hauptsächlich Afrikaans. Diejenigen, die Arbeit haben, sind in der Regel bei der Bahn, der Polizei oder der Post. Den Schrottplatz nennen sie »*die Jood se motorplek*« – den Autoplatz des Juden.

Ich entriegle die Tür. Oberholzer sagt: »Immer mit der Ruhe«, berührt einen Knopf, und die Zentralverriegelung schließt. »Dein Vater, Isaac Helger, hat's anscheinend zu was gebracht. Wie alt ist Isaac Helger jetzt?« Ich sage siebzig. Er sagt: »Wird langsam Zeit, in Rente zu gehen, was?«

Ich schüttele den Kopf. »Nein, nicht für ihn.«

»Alle müssen mal abtreten«, erwidert Oberholzer. »Dann übernimmst du die Firma, oder?«

»Nein, wahrscheinlich mein Bruder«, entgegne ich. »Wenn er vom Militär kommt.«

Oberholzer schnieft und zieht die Augenbrauen hoch. »Militär, aha. Wie heißt er noch mal, dein Bruder?«

»Marcus.«

»Marcus Helger«, sagt Oberholzer, als koste er etwas. »Marcus. Helger. Was macht er beim Militär, weißt du das?«

»Er ist an der Grenze«, antworte ich. Die Grenze – wenn ich es nur ausspreche, sehe ich die Bilder in meinem Kopf, aus dem Fernsehen und den Zeitschriften. Der Buschkrieg dort oben im Norden, wo wir den Kubanern und den angolanischen Kommunisten, die uns unser Territorium Südwestafrika wegnehmen wollen, die Hucke vollhauen.

»So, so. Und zu welcher Einheit gehört er?«

»Ich weiß es nicht ganz genau. Ich weiß nur, dass er bei den Parabats war.«

Oberholzer pfeift. »Oho, ein echter *grensvegter*, hey?« Ich muss kurz überlegen, bis mir einfällt, dass *grensvegter* auf Afrikaans so was wie Rambo bedeutet, ein Supersoldat.

»Ja, schätze schon«, sage ich. Die Parabats sind die Fall-schirmjäger – kastanienbraune Barette, Sieg vom Himmel. Oberholzer hat den Blick von mir abgewandt und starrt auf die Vorderseite der Firma. Gerade werden Lastwagen für den Großhandel beladen. Einer davon ist ein alter, staubi-ger Pantechnicon, der Teile lädt, um sie nach Windhoek in Südwest zu bringen, quer durch die Kalahari, seinen Kenn-zeichen nach zu urteilen. Ich erkenne Winston, Oscar und Radibe – drei von Isaacs älteren Angestellten –, die Gurte tragen, um Autotüren und Motorblöcke die Rampe hinauf-zuschleppen. Plötzlich springen die Türverriegelungen auf. Was für eine Erleichterung, ich versuche aber, es mir nicht anmerken zu lassen, und sage: »Also. Vielen Dank fürs Mit-nehmen, Captain.«

»Sag mal, dein Vater, Isaac Helger, ist er jetzt da?«

»Ja.«

»Bist du sicher?«

»Ja. Um diese Zeit ist er immer da.«

»Wo, in seinem Büro?«

»Nein«, sage ich. »Er ist bestimmt hinten, auf dem ei-gentlichen Schrottplatz.«

»Woher willst du das wissen?«

Ich zucke leicht mit den Schultern. »So ist mein Vater.«

»Ha. So ist dein Vater. Ist das nicht schön.«

Schweigen. »Also«, wiederhole ich. »Nochmals vielen Dank fürs Mitnehmen.«

»Danke mir nicht zu früh«, erwidert er.

Wieder liegt es nicht an dem, was er sagt, sondern wie er es sagt, dass mir der Mund trocken wird. Leise frage ich: »Kann ich jetzt gehen?«

»Ja«, sagt er. »Lass uns gehen.«

»Captain?«

»Ich sagte, lass uns gehen.«

Ich räuspere mich ganz vorsichtig. »Könnte ich bitte allein gehen? Können Sie mich nicht einfach absetzen, Captain? Wenn ich äh, nicht verhaftet bin? Ich meine, mein Vater muss es doch nicht unbedingt wissen, oder?«

Oberholzer lächelt. »Aber ich will doch nicht unhöflich sein. Schließlich bin ich extra den ganzen langen Weg gefahren.«

22

Ich gehe mit ihm zusammen außen herum, abseits von den hohen Schaltern, hinter denen das Empfangspersonal sitzt, etwa Mrs Naidoo, mit den Auftragsbüchern aus Durchschlagpapier, den klappernden Rechenmaschinen und den Zigaretten, die aus schmutzigen Plastikaschenbechern zu den quietschenden alten Deckenventilatoren hinaufqualmen, während die Kunden Schlange stehen und geduldig warten – die dickbeinigen Afrikaaner in grünen oder blauen Safarianzügen mit kurzen Hosen und bis zu den Knien hochgezogenen Socken (in deren Bund oben immer ein Kamm steckt), die drahtigen schwarzen Motorradkuriere, ihre Helme am Ellbogen, die Mechaniker in öligen Overalls, die kühle Getränke durch ihren Schnurrbart schlürfen.

Wir gehen die alte Stahltreppe hinauf in das Lagerhaus mit Regalen voller Auspuffe, Türen, Kühler und Getriebe – jedes Ersatzteil, das man sich vorstellen kann, ist wie eine

Art Bibliothek mit bunter Farbe nach Modell, Jahr und Marke gekennzeichnet, einem großen L oder R für links und rechts. Wir fahren mit dem großen Lastenaufzug auf der Rückseite nach unten. Draußen brennt die Sonne auf den offenen Hof. Die Erde ist rot und steinhart, Schrottfahrzeuge sind in langen Reihen aufgestapelt. Zerbrochenes Glas glitzert und der verbeulte Stahl blutet Öl und Bremsflüssigkeit. Ich habe hier früher mit Marcus Verstecken gespielt. In der hinteren Ecke am rückwärtigen Tor stehen ein Crusher und ein Kran in der Nähe der geparkten Abschleppwagen. Ich führe Oberholzer nach rechts und wir treffen drei der jüngeren Mitarbeiter, Dube, Zimbu und Orbert. Die alten Angestellten behandeln mich immer noch wie ein kleines Maskottchen, den Boyki vom Chef. Aber diese Jüngeren sind anders, sie ignorieren mich normalerweise einfach. Jetzt sehen sie den Captain in seiner Uniform und kriegen große Augen. Sie sagen uns, Isaac sei unten bei den Oldtimern. Wundert mich nicht. Ich gehe mit dem Captain weiter. Die Oldtimer stehen bei der Pyramide, dem großen Stapel gebrauchter Reifen. In einer Reihe stehen die alten Modelle da, an denen Isaac gerne arbeitet, wenn gerade Zeit ist. Er möbelt sie auf und verkauft sie. Meistens arbeitet er dabei mit Silas Mabuza zusammen. Silas ist seit Ewigkeiten bei Da. Wir erreichen die Oldtimer, und die kurzen Beine meines Vaters ragen unter einem 31er-Dodge hervor. Andere Autos sind mit Planen bedeckt. In der Ecke steht ein Modell, das Isaacs besonderer Liebling ist, eine Cadillac-Limousine von 1936. Es ist schon komisch: Normalerweise besteht er darauf, dass jedes alte Auto innerhalb von maximal achtzehn Monaten fertigrepariert und poliert sein muss, aber nicht dieser Cadillac, dieses Ding ist seit etwa einer Million Jahren da, fast so, als ob er es gar nicht fertigstellen will. Ich schaue mich um und sehe Silas' Werkzeuge, was mich nicht überrascht. Er und Isaak sind ständig zusammen, die zwei für sich, er muss nur mal kurz weggegangen sein. Ich rufe nach meinem Vater, und Isaac rollt unter dem Dodge hervor, steht auf, wischt sich mit einem Tuch Öl von den kräftigen Händen. Die Sonne fällt auf sein grau gesprenkeltes Ingwerhaar, Flocken von rostiger Farbe haben sich in seinen Locken verfangen. Die Haut seines faltigen Gesichts sieht durch die vielen Jahre auf dem Schrottplatz aufgedunsen und gummiartig aus. Seine Augen sind wie Schlitze, die mit einem stumpfen Messer in Gummi geschnitten wurden, und seine Nase erinnert an einen halbgeschmolzenen Sahneklecks. »Was machst du hier, Martin?«, fragt er. Er sieht mich nicht an.

»Ich habe ihn hergebracht«, erklärt Oberholzer.

»Und wer sind Sie, wenn ich fragen darf?«

»Ich habe Ihren Sohn heute festgenommen. Er war in der Township Julius Caesar.«

»Was zum Teufel?«, fragt Isaac.

»Da, ich bin mit Ann…«

»Er war illegal dort«, sagt Oberholzer. »Ihr kleiner Engel.«

»Einen Augenblick mal«, erwidert Isaac. »Was reden Sie da? Kommen hier einfach mit meinem Jungen auf meinen Hof. Martin, was ist los?«

Oberholzer lächelt. »Der Kleine hat ganz schön Glück gehabt, wissen Sie. Ich hätte …«

»Ich habe meinen Sohn gefragt!« Isaacs Temperament

flammt auf wie ein Blitz. Regel Nummer eins: Leg dich nicht mit meinem alten Herrn an. Egal, wer du bist. »Martin«, sagt er, »komm her zu mir, und stell dich neben mich.« Ich zögere. »Martin, *komm hier rüber.*« Ich stelle mich neben ihn, drehe mich um und schaue Oberholzer an. Oberholzer lächelt immer noch, aber sein Lächeln wirkt aufgesetzt. Seine Lippen kräuseln sich wie festgenagelte Würmer auf seinem blassen Gesicht. Er nimmt seine Kappe ab, streicht sich das Haar zurück und setzt die Kappe wieder auf. »Hören Sie«, sagt er. »Ich weiß nicht, ob Ihnen klar ist, dass Sie mit einem Captain der südafrikanischen Polizei reden.«

»Jetzt hören Sie mal *mir* zu«, erwidert Isaac. »Ich hab keine Ahnung, wer zum Teufel Sie sind, aber wenn Sie was von mir wollen, wenden Sie sich an *mich*, nicht an meinen Sohn! Er ist ein Junge. Er ist noch minderjährig, verdammt noch mal! Also, was haben Sie zu sagen? Was wollen Sie von mir? Los, reden Sie, Mann!« Isaac tritt nach vorne, und Oberholzer weicht überrascht zurück. Mit seinem Gerede von Isaacs »Engel« und seinem »Kleinen« wollte er Isaac wohl aus der Reserve locken, ihn reizen. Das war ein Fehler, hey. Ein gewaltiger. Das hätte ich ihm auch vorher sagen können. Isaac ist jetzt hochrot und hat den Kopf gesenkt wie ein Widder, der zum Angriff ansetzt. Er ist nur halb so groß wie Oberholzer, sieht aber doppelt so stark aus. »So, Polizist sind Sie«, sagt er. »Das sehe ich, na und? Viele Polizisten kommen hierher und kaufen bei mir ein. Ich habe Johann Malan letzte Woche ein paar Bremsbeläge verkauft. Sie wissen, wer das ist, nicht wahr? *Brigadier* Malan. Der kommt seit Jahren zu mir. Schätze, er steht ein wenig höher im Rang als ein Captain. Er ist übrigens ein guter Freund von mir. Ich sag Ihnen mal was, wenn Sie zu einem Mann in die Werkstatt kommen, sollten Sie nett und freundlich mit ihm reden, sonst riskieren Sie, dass Ihr Arsch draußen auf der Straße landet. Ist mir egal, welche Uniform Sie tragen.« Er zeigt mit dem Finger auf ihn. »Oder welche Waffe Sie umgeschnallt haben.« Dann wendet er sich an mich. »Was ist passiert, Martin?«

»Ich habe Annie begleitet«, antworte ich, »um mir die Schule anzusehen, in der sie arbeitet. In Jules. Sie hat mich eingeladen. Dann ist die Polizei gekommen und … er hat mich irgendwie verhaftet.«

Isaac fletscht die Zähne in die Sonne, holt tief Luft. »Du hast *was* getan?«

»Er wurde nicht verhaftet«, wirft Oberholzer ein. »Er wurde nur festgehalten.«

Isaac stützt die Hände in die Hüften, lässt den Kopf sinken, schaut Oberholzer von unten an und fragt leiser: »Was soll das bedeuten?«

»Wenn er verhaftet worden wäre, würde er jetzt im Gefängnis sitzen und binnen achtundvierzig Stunden dem Haftrichter vorgeführt werden. Aber um jemanden festzuhalten, brauchen wir keinen Haftbefehl. Vielleicht sollten Sie Ihren Freund, den Brigadier, bitten, Ihnen den Security Act zu erklären. Abschnitt neunundzwanzig. Die Sicherheitspolizei kann einen Verdächtigen so lange festhalten, wie sie will. Auch Minderjährige.«

»Sind Sie von der Sicherheitspolizei?«

Die Frage kommt schnell und lässt Oberholzer blinzeln. Er schnieft und sagt nein. »Ich trage Uniform, wie man sieht. Die Sicherheitspolizei ist eine Spezialabteilung – SB. Die Mitglieder des SB tragen keine Uniform. Aber …«

»Also, worüber zum Teufel reden wir dann überhaupt? Ich meine, er ist dahin gegangen, um eine Schule zu besuchen. Er ist noch ein Kind!«

»Hören Sie mal, Mr Helger, jetzt stellen Sie sich nicht dumm. Sie wissen, dass es schon in normalen Zeiten für Weiße eine verbotene Zone ist, und Jules ist derzeit als Unruheherd eingestuft. Und der neue Ausnahmezustand gilt diesmal landesweit, *oukay*, und ich brauche gar nicht beim SB zu arbeiten, um Ihren Sohn festzuhalten, wenn ich will. Ich kann ihn sofort mitnehmen. Verdächtige Aktivitäten im Rahmen der Notfallgesetze – das reicht völlig aus, Abschnitt drei, wenn Sie's genau wissen wollen. Und ich kann ihn einen ganzen Monat lang festhalten, einfach so.«

»Ach, jetzt reden Sie doch nicht so einen Mist«, entgegnet Isaac. »Wie viele harmlose weiße Schuljungen halten Sie denn notfallmäßig fest? Kommen Sie schon. Ich werde eine Beschwerde gegen Sie einreichen, Mann.«

»Ich kann ihn festhalten, Mr Helger«, erwidert Oberholzer. »Das können Sie mir glauben.«

Isaac reibt sich den Hals. »Dieses amerikanische Mädchen hat ihn doch mitgeschleppt, das hat er selbst gesagt. Es ist also ihre Schuld. Knöpfen Sie sich die mal vor. Mein Sohn ist nur mitgegangen.«

»Behauptet er«, erwidert Oberholzer. »Deshalb werde ich ihn zur Befragung mitnehmen, hey. Wenn ich will.«

Daraufhin fängt Isaac wieder an zu schreien. Er brüllt Oberholzer an, dass er Scheiße redet und von seinem Grundstück verschwinden soll.

»Ach, Mr Helger«, sagt Oberholzer, »ich weiß wirklich nicht, was mit Leuten wie Ihnen los ist.«

Isaac erstarrt. »Was soll das denn bedeuten?«

»Ich komme her, um Ihnen einen Gefallen zu tun, setze Ihren Jungen ab und warne Sie. Ein normaler Vater würde sich Sorgen machen, in was sein Sohn da reingerasselt ist. Sie sollten mir danken für das, was ich getan habe. Glauben Sie mir, ich hätte Martin heute auch dem SB übergeben können, und da hat niemand Zeit für Spielchen, und Sie hätten nichts dagegen tun können.«

Reglos stehen beide da und sagen kein Wort. Ich höre nur ihren schweren Atem, während sie sich gegenseitig schief anstarren. Isaac fragt: »Worum geht es hier wirklich?«

Oberholzer beginnt, mit seiner rechten Handfläche über seinen Bauch zu reiben. »Ich will Ihnen mal was sagen, Isaac Helger«, stößt er hervor. »Sie schütteln mir jetzt die Hand. Und Sie sagen: Danke, Captain, dass Sie so gut auf meinen Sohn aufgepasst haben. Und dann lasse ich ihn hier. Wenn nicht, nein, dann werde ich nicht Sie festhalten. Nein, *Ihnen* werde ich nichts tun. Nein. Ihren Sohn, den werde ich festhalten. Genau ihn und sonst niemanden.«

»Wer zum Teufel sind Sie?«, fragt Isaac.

Oberholzer streckt ihm die Hand hin. »Geben Sie mir die Hand, und sagen Sie danke.« Isaac schaut auf die Hand hinunter. Oberholzer sagt: »Ich bin Captain Wilhelm François Oberholzer. Ja, Oberholzer ist mein Name, Isaac Helger. Jetzt schütteln Sie mir die Hand, und danken Sie mir vernünftig.«

»Oberholzer«, sagt Isaac, und seine Stimme ist nicht wiederzuerkennen. Das macht mir Angst, und ich wäre beinahe zu ihm gerannt. Seine Schultern sinken in sich zusammen, und er schwankt, als würde er jeden Moment ohnmächtig werden. »Oberholzer«, sagt er. Ich habe meinen Vater noch nie so gesehen, das schwöre ich. Die Hand des Captains zeigt auf ihn wie ein Speer. Ganz langsam ergreift mein Vater sie.

»So ist's recht«, sagt Oberholzer. »Gut so. Und jetzt schütteln.« Mit offenem Mund sehe ich zu, wie sich die Hände berühren. Die meines Vaters ist ganz schlaff. »Und jetzt bedanken Sie sich für das, was ich für Sie getan habe. Sagen Sie: Danke, Captain Oberholzer.«

Die Stimme meines Vaters klingt nicht wie seine eigene.

23

Isaac fährt mich nach Hause und sagt unterwegs kein Wort, aber ich weiß, wie sauer er ist, weil seine knotigen Knöchel an den Händen um das Lenkrad weiß hervortreten. Zu Hause schrubbt er sich wie üblich die Hände am Waschbecken hinten im Garten und wäscht sich das Öl ab, während ich ihm einen Scotch mit Soda und saubere Kleidung hole. Wie immer versammeln wir uns alle um sechs Uhr zu den SABC-Nachrichten vor dem Fernseher. Isaac sitzt im großen weichen Sessel, die Füße in Pantoffeln auf dem Lederschemel. Arlene sitzt auf dem Sessel neben ihm, der lange Ballerinahals ragt hoch auf, Zaydi sitzt in der Ecke, und ich liege auf der Couch in der Poleposition, die nach Marcus' Auszug frei geworden ist. Wir haben uns gerade mal zehn Sekunden lang die alte grauhaarige Quadratbrille Michael de Morgans angesehen – »die Regierung hat heute Sondermaßnahmen angekündigt« –, als Isaac seinen ersten »verdammte-Schmocks«-Anfall des Abends kriegt. Er malträtiert mit beiden Beinen den Pouf, und das alte Leder knarrt, als hätte es schlimme Schmerzen. Nach all den Jahren der Sechs-Uhr-Misshandlung hätte man meinen können, dass das Ding inzwischen längst in Fetzen zerborsten sein müsste. »Blöde, verdammte Idioten!«, beschimpft Isaac den Fernseher. »Hirnloser Haufen Arschlöcher!« De Morgan berichtet von einer weiteren Razzia in Mosambik. *Time on Target* acht Minuten, zwanzig Sekunden, keine Verluste, acht Terroristen eliminiert. Er fährt mit einer weiteren Bombenexplosion fort, diesmal in Benoni, bei der ein Umspannwerk zerstört und zwei ältere Frauen bei einem Spaziergang getötet wurden. Die Frauen – Mrs Eunice de Kok, 78, und Mrs Marie Coetzee, 81 – waren beide weiß. Die Sicherheitspolizei ermittelt. Isaac schreit herum. Arlene berührt seinen Arm, und Zaydi sagt auf Jiddisch, dass er sich um seiner Gesundheit willen beruhigen muss, aber jeder weiß, dass das nicht passieren wird. Isaac war nie ein Fan der Nats, aber die National Party ist schon ewig an der Regierung, weshalb er nie aufgehört hat zu schreien. »Vollidioten«, brüllt er jetzt und legt wieder los, lässt die stämmigen Beine wirbeln wie Propeller.

Nach den Nachrichten warten wir eine Weile auf Annie, aber es ist klar, dass sie nicht kommen wird. Arlene meint, sie hätte wenigstens anrufen können. Isaac ist ganz still geworden und vermeidet es, mich anzusehen. Er erzählt Arlene nichts von Oberholzer. Ich warte bis nach dem Abendessen, um allein mit ihm zu reden, wenn er das Geschirr spült (was er immer sofort macht, um Arlene zu beweisen, dass sie sich geirrt hat, als sie sagte, er sei abends zu müde, um Dienstmädchenarbeit zu erledigen). Als ich ihn frage, ob wir Arlene erzählen sollen, was passiert ist, schüttelt er den Kopf. »Sprich mit niemandem darüber. Vor allem nicht mit deiner Mutter. Die einzige Person, mit der wir reden müssen, ist diese Amerikanerin. Ich weiß nicht, für wen zum Teufel die sich hält!«

»Es ist nicht ihre Schuld, Da. Ich bin von mir aus mitgefahren, weil ich es wollte. Sie wollte mich nicht mitnehmen. Ich habe sie darum gebeten.«

»Warum hast du das getan?«

Ich zucke mit den Schultern. »Ich weiß nicht. Ich weiß es wirklich nicht.«

»Du bist ein sechzehnjähriger Junge«, erwidert er. »Sie hätte nein sagen können. Sie wusste, was sie tat. Es ist eine verdammte Chuzpe, meinen Jungen da mit reinzuziehen.«

Ich beobachte, wie er mit seiner dicken Hand eine Pfanne mit Stahlwolle schrubbt, und dann sage ich: »Hast du den gekannt, Da? Diesen Polizisten. Irgendwie kam's mir so vor.«

Er murmelt etwas, schüttelt den Kopf. Dann sagt er auf einmal: »Manche Dinge enden nie. Sie werden vom Vater an den Sohn weitergegeben. Es liegt in ihrem Blut und der Milch ihrer Mutter.«

»Was meinst du damit, Da?«

»Was glaubst du, was ich meine? Ich meine den Hass auf die Juden. Das ändert sich nie, man kann machen, was man will.«

»Wen meinst du damit? Oberholzer?«

Seine Hände zucken so sehr, dass Seifenwasser auf mich spritzt, er sieht mich grimmig an. »Der Name wird in diesem Haus nie wieder ausgesprochen, hörst du?«

»Entschuldigung.«

»Vergiss den Namen, und denk nie wieder dran«, sagt er. »Ich werde mit Hugo reden, und wir klären die Sache.«

Ich schlafe schlecht. Meine Träume wecken mich ständig. Ich sehe die Typen mit dem Palästinensertuch und der Sturmhaube. Sehe die Beine alter Damen auf der Straße. Werde gezwungen, Katzenfutter zu essen und habe mich in einem Slum verirrt, in dem Polizisten Hunde auf schreiende kleine Mädchen hetzen. Oberholzer und Annie sperren mich in eine blaue Zelle ein, die sich mit Wasser füllt. Der einzige Alptraum, der mich nicht quält, ist mein üblicher.

Annie kommt nicht nach Hause, und ich mache mir allmählich Sorgen, aber Arlene meint, sie wäre bloß zu unhöflich, uns Bescheid zu geben, ob sie zum Abendessen kommt oder nicht. Isaac bemerkt daraufhin, ihr wäre es wahrscheinlich zu peinlich, hier aufzukreuzen, nach dem, was sie angestellt hat, und da fragt Arlene natürlich nach. Isaac muss ihr beichten, dass ich mit Annie in die Township gefahren bin. Daraufhin löchert mich Arlene mit einer Million Fragen. Ich behaupte, es wäre keine große Sache gewesen, ich hätte einfach nur mal die Schule sehen wollen, in der Annie arbeitet, und hätte sie gebeten, mich mitzunehmen. Isaac sagt kein Wort über Oberholzer auf dem Schrottplatz. Schließlich redet Arlene Isaac gut zu, er solle Annie keine Szene machen, wenn sie wiederkommt. Sie kennt sein Temperament. Sie bittet ihn, die Sache auf sich beruhen zu lassen und Schwamm drüber.

Doch Annie kommt weder am nächsten Tag noch an dem darauf zurück, und dann ist Wochenende, Freitag. Arlene zündet die Kerzen an, Zaydi spricht das Kaddisch zum Schabbes-Abendessen, und wir setzen uns hin und fangen an. Plötzlich geht draußen das Tor auf und fliegt krachend ins Schloss. Das kann nur Annie sein; sie hat als Einzige einen Schlüssel. Wir warten, ohne uns anzusehen. Annie Goldberg schlendert herein wie nach einem Tag am Strand. Hi, wie geht es euch, Leute. Sie nimmt Platz und beginnt, Salate auf ihren Teller zu häufen. Ich bin so angespannt, dass mein Magen sich gegen das Essen wehrt und ich mich zwingen muss, die Bissen runterzuwürgen. Immer wieder schaue ich Isaac forschend an, beunruhigt über seinen gesenkten Kopf und die hektisch pulsierende Ader an seinem Hals. Doch die Stille dauert so lange an, dass ich mich wieder ein wenig entspanne und hoffe, dass der Abend so weitergeht. Auf einmal sagt Isaac mit seiner rauhen Stimme: »Weißt du, äh, Annie, es ist schon komisch. Ich mache hier sauber. Ich weiß nicht, ob es dir aufgefallen ist, aber wir haben hier kein Hausmädchen.«

»Doch, natürlich«, antwortet Annie. »Arlene hat mir erzählt, dass ihr kein Dienstmädchen mehr möchtet.«

»Gloria«, sagt Da, »war bei uns, seit ich dieses Haus gekauft habe. Nun habe ich vor einer Weile entschieden, dass wir nicht wie alle anderen weißen Familien eine Maid haben und sie in einem Hinterzimmer einquartieren, weil ich nämlich nicht mit der Großen Apartheid unserer Regierung einverstanden bin. Wir machen den Haushalt selbst. Gloria haben wir bis zum Ende bei uns behalten, obwohl sie in den letzten Jahren – wie viele waren es, Arlene? – gar nicht mehr richtig arbeiten konnte, weil sie zu alt war. Deswegen habe ich damals schon an meinen freien Sonntagvormittagen viel im Haushalt gemacht. Stimmt doch, Arlene?«

»Ja, das stimmt.«

»Aber ich habe Gloria immer gesagt, wenn sie sich zur Ruhe setzen und zurück nach Lesotho gehen will, wäre das für uns völlig in Ordnung, und ich würde ihr eine schöne Abfindung zahlen. Aber wenn du lieber hierbleiben willst, in deinem Zimmer, und es dir so gefällt, wie es ist, habe ich gesagt, dann kannst du das gerne tun. Deine Entscheidung. Denn eines habe ich immer ganz klar gesagt – frag Arlene –, ich hab zu ihr gesagt, dass ich sie niemals rauswerfen werde, unsere Gloria, niemals. Ich bin guten Leuten gegenüber treu. Du hast ja keine Ahnung, wie das früher war, wie oft die Bullen bei uns vor der Tür standen und nach ihrem Mann gesucht haben, und ich denen gesagt habe, sie sollen sich verpissen, ich würde sie nicht bei mir reinlassen. Ich habe den schwarzen Herrn *in meinem eigenen Haus* versteckt. Und auf dem Schrottplatz ist es dasselbe. Da kannst du alle fragen. Da in Vrededorp, das kannst du nicht wissen, aber in Vrededorp lassen manche Firmen ihre Boys erst mal einen kleinen Tanz aufführen, bevor sie ihnen ihre Lohnumschläge aushändigen, nur um ihnen eins reinzuwürgen. Ich finde das widerlich! In anderen Werkstätten kommt manchmal ein fetter Manager raus und schreit die Leute an: ›Schneller, Junge, schneller!‹ Ich sage: ›Pack doch selber mal mit an, Fettsack. Versuch's mal! Denn *ich* packe mit an. Ich arbeite Seite an Seite mit meinen Jungs da drin. Sie respektieren mich. Und ich zahle ihnen einen sehr guten Lohn, den sie nirgendwo sonst kriegen würden. Deshalb haben sie in vierzig Jahren nie einen Cent von mir gestohlen, meine Jungs.‹«

Annie lächelt in ihren Teller. »Sind es nicht eher Männer? Und war das Dienstmädchen keine Frau?«

»Von mir aus. Männer. Meine Männer. Du magst meine Ausdrucksweise nicht, damit kann ich leben. Sind nur Redensarten. Vielleicht bin ich in dieser Hinsicht altmodisch, aber was weißt du schon über richtige Arbeit, auf den Knien im harten Dreck zusammen mit den Männern schuften? Es gibt Respekt, den du dir verdienen musst. Den kann man nicht kaufen. Frag *sie*.«

Arlene wendet ein: »Ize, vielleicht nicht heute Abend, ja? Können wir ein andermal darüber diskutieren?«

»Entschuldige«, erwidert Isaac, »aber ich erkläre ihr gerade etwas.« An Annie gewandt, fährt er fort: »Wie gesagt, ich mache hier nach dem Abendessen den Abwasch, weil wir kein Dienstmädchen haben. Verzeihung, eine *Maid*, ist dir das lieber? Und ich räume auch die Reste weg, wie du weißt. Ich packe alles in Wieheißendiedinger und decke es mit Alufolie ab. Das Fleisch, das kalte Huhn. Und in letzter Zeit habe ich etwas Merkwürdiges festgestellt, weißt du. Wenn ich morgens aufstehe, esse ich kein Frühstück, ich trinke nur etwas Tee. Aber wenn ich den Kühlschrank aufmache, um Milch rauszuholen, sehe ich neuerdings, dass die Alufolie offen und das Fleisch meistens weg ist. Die Schüsseln sind wie sauber geleckt da drin. Und das finde ich wirklich sehr merkwürdig. Denn ich weiß, was da war, als ich ins Bett gegangen bin, und als meine Frau sich ins Bett gelegt hat und Martin ins Bett gegangen ist und auch mein Vater, ich weiß, was da war – also ist es doch komisch, dass am nächsten Morgen das Fleisch aufgegessen ist, und ich frage mich, wer das gewesen sein könnte, wenn alle anderen im Bett lagen und du die Einzige warst, die nicht zu Hause war? Wer da um weiß Gott welche Uhrzeit nach Hause kam und noch einen Mitternachtssnack eingenommen hat. Aber bist du nicht angeblich Vegetarierin?«

»Was wollen Sie damit sagen, Mr Helger?«

»Nenn mich Isaac.«

»Ich weiß nicht, was Sie da andeuten wollen.«

»Ich erzähle nur, was ich mit eigenen Augen gesehen habe«, erwidert Isaac. »Ich meine, vielleicht, tja, vielleicht ist es ja der Tokoloshe, der das ganze Fleisch auffrisst, hey. Du weißt, wer der Tokoloshe ist, oder? Der afrikanische Geist, der unter Betten haust und jede Nacht herumspukt. Ja, vielleicht war es der Tokoloshe, der das Fleisch gegessen hat.«

Annie sagt: »Oder vielleicht ist jemand aus einer hungernden Familie in Jules eingebrochen, um etwas zu essen für seine Kinder zu holen.«

»Sehr lustig«, sagt Isaac.

»Nein«, entgegnet Annie, »das ist es keineswegs.«

Isaac setzt sich auf, dass sein Stuhl knarrt. »Du weißt, dass die Polizei am Dienstag meinen Sohn von Jules nach Hause gebracht hat, oder? Die Bullen. Meinen Sohn.«

»Izey«, sagt Arlene. »Lass es sein. Am Freitagabend vor Schabbes.«

»Nein, wir werden das nicht sein lassen. Denn, Miss America, das hier ist zufällig meine Familie. Mein Fleisch und Blut. Und wenn du meinen Sohn in dein politisches *gemors* hier mit reinziehen willst, dann kriegst du es mit mir zu tun, das kann ich dir sagen!«

Annie runzelt die Stirn. »Und was genau«, sagt sie, »soll das sein, mein politisches *che*…?«

»*Gemors*«, sagt Arlene hilfsbereit. »Es bedeutet Schlamassel.«

»Mein Schlamassel?«

»Er ist noch ein Kind«, sagt Isaac und deutet mit seiner Gabel auf mich. »Und was auch immer du mit ihm am Dienstag an diesem Ort gemacht hast …«

»Waren Sie schon mal da, in der Township Julius Caesar, Mr Helger?«, fragt Annie.

»Mein Name ist Isaac, und Missy, ich war dort, bevor du Windeln getragen hast. Ich bin mit farbigen Jungs aufgewachsen, also versuche nicht, hier an meinem Tisch in meinem eigenen Haus mir gegenüber eine große Klappe zu riskieren.«

»Ize, bitte«, sagt Arlene. Aber ich denke, wir alle wissen, dass er nicht aufhören wird, nicht jetzt. Die Sicherung ist bereits durchgebrannt.

»Glaubst du vielleicht, ich hasse die Apartheid nicht?«, fragt Isaac. »Tust du das? Du glaubst, ich bin für die Nats! Das ist doch die Höhe! Ich habe gegen Grauhemd-Nazi-Bastarde gekämpft und mir von ihnen die Hucke vollhauen lassen, lange bevor du geboren wurdest! Und genau diese Leute sind später zu den Nats geworden, die, die damals für Hitler waren! Und ich weiß noch, als sie '48 an die Macht kamen, wie wir, die Juden, uns vor Angst in die Hosen geschissen haben …«

»Okay«, erwidert Annie, »aber Ihnen ist es letztlich doch gar nicht so schlecht ergangen, oder? Sie müssen zugeben, dass es die Juden hier ziemlich geschafft haben. Genau wie alle anderen Weißen. Meistens noch besser. Sie hatten doch ein gutes Leben unter den Natis, oben an der Spitze der Nahrungskette. Und jetzt wollen Sie behaupten, dass Sie die Natis hassen?«

»Es heißt Nats! Nicht Natis! Sieh mal an, wie schlau du bist!«

»Nats, meinetwegen. Na schön, wenn Sie gegen die sind, wie Sie behaupten, sollten Sie konsequenterweise für den Afrikanischen Nationalkongress sein.«

»O Gott«, stöhnt Arlene leise.

»Du willst mich wohl verarschen!«, ruft Isaac. »Glaubst du, ich will, dass diese kommunistischen Tiere die Macht übernehmen? Die würden dieses Land innerhalb von zwei Tagen an die Wand fahren. Die gesamte Wirtschaft würde zusammenbrechen, und wir versinken so tief in der Scheiße, dass wir nie wieder rauskommen, ganz egal, ob Schwarz, Weiß, Gelb oder Blau, alle!«

Ich bin erstaunt, wie gelassen Annie bei dem Gebrüll bleibt; mit ruhiger Stimme fragt sie: »Haben Sie eigentlich die Freiheitscharta des ANC gelesen, Mr Helger?«

»Du meinst den gleichen ANC, der Bomben legt und kleine Kinder auf dem Weg zur Schule in die Luft jagt? Frag mal meinen Sohn, was mit dem Schulbus Nummer fünf passiert ist. Meinst du diesen ANC?«

»Ich habe Sie gefragt, ob Sie die Charta gelesen haben, Mr Helger.«

»Versuch nicht, mich zu belehren, junge Dame. Ich kenne

dieses ganze Kommunistenzeug schon aus der Zeit vor dem Krieg. Verstaatlichung der Minen. Nimm allen ihr Eigentum und gib es dem Staat, dem wunderbaren Staat. Das Einparteiensystem, Genossinnen und Genossen, juhu, das reinste Paradies, wie in Kuba. Klar, absolut brillant. Ich will dir mal was sagen: Der Kommunismus ruiniert Länder schneller als alles andere auf der Welt, weil er eine Scheißidee ist, weil er wider die menschliche Natur ist, und weil sich die menschliche Natur niemals ändert.«

»Für den Großteil der Menschheit scheint er ganz gut zu funktionieren.«

»Wie bitte?«

»Russland und die übrige Sowjetunion, plus China – das allein sind schon weit über eine Milliarde Menschen, die in einem kommunistischen System leben.«

»Alles klar, und denen geht's dabei großartig, was?«

»Statistiken beweisen ...«

»Statistiken für'n Arsch. Fahr doch hin und lass dich da nieder, wenn du wirklich glaubst, dass es so toll ist. Sogar dieser Gorbatschow sagt, dass sich was ändern muss, weil es so schlimm ist, das sagt ihr eigenes Staatsoberhaupt! *Er* weiß es, und warum du dann nicht? Du redest nur dummes Zeug! Hör mal zu, Kleine. Ich habe mein Leben aufs Spiel gesetzt – ich habe im Krieg gegen die *chasersa* Nazis gekämpft. Du hast keine Ahnung, was ich durchgemacht habe, und ich hoffe, du erfährst es auch nie, weil du dann keine Nacht mehr ruhig schlafen kannst. Ich habe es mit eigenen Augen gesehen, ich weiß, dass die Kommunisten unter Stalin und den ganzen anderen nicht viel besser als Hitlers Bande waren. Also, von mir aus kannst du deine

Kommunisten nehmen und sie auf den gleichen Müllhaufen schmeißen wie die Nats!«

»Aber wenn Sie so gegen die Natis sind …«

»Nats. *Nats!* Du bist ja nicht mal in den Grundlagen sattelfest, Yankee Doodle!«

»Okay, Nats, Mr Helger, Nats. Die Frage ist, wie Sie dagegen sein können, dass alle Bürger wählen dürfen.«

»Das eine hat nichts mit dem anderen zu tun. Und ich heiße Isaac!«

»Okay, Isaac. Also wie …«

»Pass auf«, setzte Isaac an, »weil es eine Tatsache ist, dass sie noch nicht so weit sind, ein hochentwickeltes Land zu regieren, das kann man nicht leugnen.«

»Und nur weil sie …«

»Schwarz sind! Na klar, um wen sonst geht es hier, die Chinesen? Man kann ihnen nicht einfach ein modernes Land anvertrauen. Sie brauchen Anleitung und vernünftige Bildung, ehe sie dazu bereit sind, in der Politik mitzumischen. Es dauert viele Jahre, eine Industrienation zu entwickeln. Bis die Erfahrung, das Knowhow und das Wissen vorhanden sind. Also, wenn die verflixten Nats die letzten fünfzig Jahre dazu verwendet hätten, die Afrikaner auszubilden, sie weiterzuentwickeln und sie zu unterrichten, dann wäre es vielleicht an der Zeit, und ich würde dir zustimmen, dass auch Schwarze wählen sollen. Aber die Nats haben genau das Gegenteil gemacht und versucht, sie zu unterwerfen. Als die Nats 1948 an die Macht kamen, hatten bereits einige Schwarze eine Wahlerlaubnis, wusstest du das? Und auch Farbige – ich hoffe, du weißt, was Farbige sind, Mischlinge nämlich – mit einem gewissen Bildungsgrad. So hätte man das langsam weiterausbauen können. Aber nein! Stattdessen haben sie ihnen alles genommen, haben mit Bulldozern ihre Viertel platt gewalzt und sie raus in die Townships getrieben. Sie haben mit aller Macht versucht, die Apartheid und *baasskap* durchzusetzen – immer der *grootbaas,* der Big Boss, dominant, den weißen Fuß im schwarzen Nacken … Sie haben nie in das Land investiert, immer nur in sich selbst. Aber man kann nicht fünfundzwanzig Millionen Menschen auf ewig unterdrücken. Das funktioniert nicht!«

»Ich verstehe Sie nicht«, entgegnet Annie. »Sie sind gegen rechts und gegen links, also, wofür sind Sie?«

»Wir wählen die PFP, Liebes«, antwortet Arlene.

Annie schnaubt, ein unhöfliches Geräusch, das mich die Augenbrauen hochziehen lässt. »Die Progressive Party – klar. Aber die taugt doch nichts.«

»Woher willst du das wissen?«, faucht Isaac.

»Ich habe ihr Programm gelesen. Sie wollen hier und da ein paar kosmetische Änderungen vornehmen, wo das ganze System abgeschafft werden muss. Die ist nur ein Feigenblatt.«

»Wie bitte?«, fragt Arlene und blinzelt hektisch.

»Entschuldigung«, fährt Annie fort. »Vielleicht gibt es euch ein gutes Gefühl, hier draußen in den nördlichen Vororten zu wohnen und Helen Suzman oder sonst wen ins Parlament zu schicken, wo sie sich von den Afrikaanern in ihren schicken Anzügen auslachen lassen darf. Aber seien wir mal ehrlich, das ist, als würde man Pflaster auf ein Melanom kleben, oder? Das dient doch nur dazu, dass sich weiße Wähler gut fühlen, und sonst nichts.«

»Was ist eine Melonam?«, fragt Isaac.

»Krebs«, antwortet Arlene. »Sie meint, PFP zu wählen ist wie ein Pflaster auf Krebs.«

»Ach, Herrgott noch mal!«, schreit Isaac Annie an. »Das ist doch das Letzte, so krass zu übertreiben!«

»Warum?«, fragt Annie. »Nur weil ich Ihnen eine eindeutige Frage gestellt habe und Sie mir keine Antwort darauf geben können? Sie können mir nicht sagen, ob Sie dafür oder dagegen sind. Das ist doch die grundsätzliche – die einzige – Frage, die es in diesem Land gibt.«

»Du willst wissen, was ich bin?«, fragt Da. »Was bin ich? Und was ist mit dir? Was ist mit *dir*?« Er tippt sie mit dem gestreckten Zeigefinger an. »Du bist wie ich, ob es dir gefällt oder nicht. Du bist eine Jüdin!«

Annie öffnet den Mund, lehnt sich zurück und legt beide Handflächen auf die Brust. »Ähm«, sagt sie. »Ich bin ein Mensch.«

»Ach, bitte!«, ruft Isaac. »Tu mir einen Gefallen. Du bist Jüdin. Du heißt Goldberg. Du bist als Jüdin geboren und wirst als Jüdin sterben. Ich brauche dich nur anzuschauen, um zu sehen, wie jüdisch du bist. Also, wen willst du hier verarschen, wenn du behauptest, du wärst keine? Hör auf, so zu tun, als ob du zum afrikanischen Volk gehörst. Du bist keine Afrikanerin. Du bist nicht mal eine weiße Südafrikanerin. Du bist nur ein jüdisches Mädchen aus New York oder wo du sonst herkommst. Du fliegst den ganzen langen Weg hierher, um in meinem Haus zu sitzen und dich mit mir über afrikanische Belange zu streiten, nachdem du grade mal fünf Minuten lang hier warst und keine Ahnung hast, wovon du redest. Stimmt's oder hab ich recht?«

»Ich …«, beginnt Annie, aber weiter kommt sie nicht. Isaac ist jetzt richtig in Fahrt.

»Du solltest dich schämen, junge Dame! Nach allem, was die Sowjets unserem Volk angetan haben! Schau dir an, wie unsere Leute da drüben leiden, und du willst den Kommunismus schönreden? Schmink dir das ab! Schau dir an, was sie mit Scharanski und den anderen Refuseniks anstellen, wie sie die Juden in Arbeitslager in Sibirien verfrachten! Sie dürfen ja nicht mal richtige Juden sein hinter dem Eisernen Vorhang! Das ist die Wahrheit! Jetzt schau mich nicht so an – und was ist mit dem kommunistischen Geld und den Waffen und den Soldaten, die die Sowjets in die ganzen verdammten arabischen Länder schicken? Na? Um die dabei zu unterstützen, das kleine Israel zu überfallen, damit sie es auslöschen und Hitlers Verbrechen wiederholen! Und du stehst auf der Seite der Kommunisten? Als Jüdin? Das ist widerlich! Du solltest dich was schämen!«

Annie wirkt immer noch ruhig, was mich mordsmäßig beeindruckt. »Es ist bedeutungslos«, erwidert sie, »dass ich als Jüdin geboren wurde. Ich bestehe darauf, dass ich in erster Linie ein Mit…«

»Es bedeutet alles! Alles ist wichtig! Wir sind Juden hier in diesem Land und wir sind ein kleiner Tropfen im Meer, und wir gehören nicht zu dieser Seite oder jener Seite. Meine einzige Verantwortung gilt uns! Uns! Meiner Familie und meinem Volk, dem ich von Geburt an angehöre. Das reicht! Damit habe ich den ganzen Tag lang genug zu tun. Warum rennst du hier rum wie ein kopfloses Huhn? Was willst du eigentlich erreichen? – Oh, ich muss unbedingt jemanden retten. Ich flieg jetzt nach Afrika und helfe den kleinen schwarzen Kindern dort. Als ob die kleinen schwarzen Kinder deine Kinder wären. Aber weißt du was? Das sind sie nicht! Sie haben Sotho-Mütter, die Sotho sprechen, und sie haben Zulu-Mütter, die Zulu sprechen, und soweit ich weiß, haben sie keine Mütter, die Jiddisch sprechen! Wenn du in Schwierigkeiten wärst, würden diese Zulus und Vendas und Tswanas dann wohl nach Amerika fliegen, um den Juden dort zu helfen? Wenn jemand es gegen die Chatteisim aufnehmen muss, dann sie …« Ich schaue zu Annie, ob sie verstanden hat, was Isaac mit Chatteisim meinte, unserem etwas abfälligen Wort für die Afrikaaner, aber so, wie er es jetzt sagt, meint er die Regierung, die Nats. »Weil es ihr Scheiß-Indaba ist, verdammt noch mal!«, ruft er. »Das bedeutet in ihrer Sprache, es ist ihr Problem, nicht unseres. Unsere Aufgabe als Juden ist es, uns um die Juden zu kümmern! So wie jeder andere Mensch auf dieser Erde sich um Seinesgleichen kümmert. Um seine eigenen Kinder und nicht um die von jemand anderem, um sein eigenes Volk und nicht um ein anderes! Das hier in Südafrika ist eine Sache zwischen den Chutis und dem ANC, das ist nicht unser Kampf. Wir leben in dem System, das hier herrscht, aus, Ende, Amen. Wir wählen immer die PFP, wir sind gegen die Nats, was willst du sonst noch von uns? Dass wir alle wegen der Schwarzen in den Knast gehen? Nein. Die sollen das untereinander ausmachen, diese terroristischen Kommunisten und die Arschlöcher von Nats. *Soln sej brechn sej sejere kep!*« Letzteres war ein altes jiddisches Sprichwort – Sollen sie sich doch ihre eigenen Köpfe einschlagen –, und wieder frage ich mich, ob Annie das verstanden hat.

»Alles klar«, sagt Annie. »Immer schön aus allem raushalten, oder? Und was ist mit Ihrem Sohn? Ist der nicht in der Armee? Kämpft er nicht für die Natis, die Sie angeblich so sehr hassen? Das stimmt doch, oder, Mr Helger? *Ihr eigener Sohn.*«

Ich ducke mich unwillkürlich. Als Arlene zischt, bin ich nicht überrascht; der Laut hätte von mir kommen können. Arlene sagt zu Annie: »Das reicht jetzt, genug ist genug! Deinetwegen bekommt er noch einen Herzinfarkt!« Isaac legt die Hand auf Arlenes Arm, macht schhht!, und es wird still. Und ich schwöre, das ist beängstigender als alles andere bisher. Er spricht jetzt leiser, aber sehr deutlich.

»Mein Sohn Marcus ist ein erwachsener Mann, und ich habe keine Kontrolle über ihn. Du hast keine Ahnung, wie sehr wir versucht haben, ihn von der Armee fernzuhalten. Mein ganzes Leben lang war es meine wichtigste Mission, meine Söhne von dieser *farschtunkenen* Armee fernzuhalten. Deshalb habe ich sie auf diese Schule geschickt. Deshalb mussten wir vor der Leitung der Solomon zu Kreuze kriechen, für das Privileg ihnen ein verdammtes Vermögen zahlen, nur aus einem einzigen Grund – *weil Jungs von der Solomon nicht zur Armee gehen.* Klar? Du hältst jetzt die Klappe und hörst mir zu! Ich bin hier aufgewachsen und erinnere mich noch gut daran, wie die Grauhemden Steine durch die Fenster jüdischer Häuser in Doornfontein geschmissen haben! Meinst du, so was könnte hier nicht jederzeit wieder passieren? Glaubst du nicht, die Nats würden, wenn wir genug Ärger machen, nicht rechtsumkehrt machen und sich auf uns konzentrieren? Vielleicht würden sie uns enteignen, wie Idi Amin es mit den Indern da oben in Uganda gemacht hat, und uns dann wie Hunde vor die

Tür setzen. Oder, schlimmer noch, sie würden uns alles nehmen und uns in die Townships verfrachten, zu den Farbigen und den Schwarzen. Bildest du dir ein, das könnte nicht passieren? Bildest du dir ein, die Chutis hätten auch nur einen Funken Sympathie für die Juden? Mach dich nicht lächerlich!«

»Aber was ist mit den anderen?«, fragt Annie und wird zum ersten Mal lauter. »Was ist mit all denen, die nicht zufällig Juden sind?«

»Darum geht es doch nicht! Ich bin so geboren, wie ich bin, und du auch, und das war's! Aber ich weiß, wer ich bin. Ich weiß, wer *wir* sind. Ich weiß, in welcher Lage wir uns befinden! Aber du – du willst nicht die sein, die du bist! Du hast keine Ahnung, wer du bist. Deshalb fliegst du einmal rund um die Welt und wiegelst anderswo die Leute auf! Wenn du dich so sehr für Politik interessierst, solltest du das Richtige tun und in Israel leben, für dein Volk, für deinen Stamm einstehen und kämpfen, wie alle anderen auch, wenn das wirklich dein Ziel im Leben ist, anstatt sesshaft zu werden und eine Familie zu gründen wie die normalen Mädchen …«

»Aber ich bin normal! Deshalb bin ich hier.«

»So ein Schwachsinn! Du kannst ja nicht mal dein eigenes Bett machen, du Heuchlerin! Bilde dir bloß nicht ein, dass wir das nicht gemerkt haben! Du bist die Einzige in diesem Haus, die tatsächlich ein Dienstmädchen braucht! Und behaupte bloß nicht, du hättest dir nicht den Bauch mit Fleisch vollgeschlagen, wie wir anderen auch – nur dass du es heimlich machst! Du verdammte Heuchlerin! Der einzige Grund, warum du hier bist, ist, damit du dich uns gegenüber so schön überlegen fühlen kannst, dabei hat Amerika genug eigene Probleme mit Rassismus! Geh zurück, und hilf den schwarzen Amerikanern! Heuchlerin! Hier ist es leicht für dich; wenn du in Schwierigkeiten gerätst, wirst du einfach nach Hause geschickt, aber jetzt willst du auch noch meinen anderen Sohn da mit reinziehen? Es ist schon schlimm genug, dass die Armee Marcus hat, und jetzt willst du, dass die scheiß Sicherheitspolizei meinen Martin verhaftet? Er ist derjenige, der wie ein Hund in eine Zelle gesteckt wird – nicht du. Er ist dein Kanonenfutter, genau wie Marcus das von Präsident Botha ist! Lass meinen Sohn in Ruhe! Heuchlerin! Schamlose Heuchlerin!«

Das ist anscheinend genug für Annie Goldberg. Sie stößt ihren Stuhl vom Tisch weg und marschiert davon. Arlene geht ihr nach. Isaac schüttelt den Kopf und murmelt in seinen Teller. Zaydi isst vorsichtig einen Bissen Brathähnchen.

24

Ein Klopfen an mein Fenster weckt mich. Ich weiß sofort, dass sie es ist, ganz klar. Es ist elf nach zwei am Montagmorgen, fast dieselbe Zeit wie neulich, als ich sie in der ersten Nacht alleine tanzen sah. Sie winkt mir zu, ich ziehe mich an und gehe zu ihr raus. Seit dem Freitagsfiasko ist sie nicht wieder aufgekreuzt. Draußen bittet sie mich, ihre Sachen aus dem Alten Zimmer zu holen. Klar, sage ich. Wir schleichen ums Haus in den Garten, wo sie auf mich warten will. Sie setzt sich auf die wacklige alte Bank unter dem Granatapfelbaum, den Zaydi vor vielen Jahren gepflanzt hat. Zaydi sagt, Granatäpfel wären Mojschiach-Obst, weil jede Frucht ihre eigene kleine Krone hätte, und unser Mojschiach werde bei seiner Ankunft König sein, der Messias-König. Deswegen essen wir keine Früchte von Zaydis Baum; er möchte, dass wir auf die Ankunft warten. Ich setze mich neben Annie und frage sie, wo sie jetzt wohnt und was sie vorhat. Sie erzählt mir, dass sie bei einer Freundin in Yeoville untergekommen ist. Danach kann sie wahrscheinlich irgendwo nach Hillbrow gehen. »Hier verändert sich was; die Schwarzen und Weißen mischen sich. Das System steht vor dem Zusammenbruch.« Ich nicke, und sie sagt: »Mach dir keine Gedanken darüber, wo ich bin. Ich werde mal da, mal dort wohnen; du kannst mich nicht finden – womit wir beim Thema wären.«

»Was meinst du?«

»Die Kassetten.«

Ich sehe sie im Mondlicht an. Ich hatte glatt vergessen – oder es eher verdrängt –, dass ich ihre vier Mastertapes immer noch im Sandy-Loch verborgen habe. »Keine Sorge, die sind sicher«, verspreche ich. »Ich kann sie dir zusammen mit deinen Sachen holen.«

»Mir wäre lieber, du würdest sie hier bis auf weiteres für mich aufbewahren.«

Ich sage nichts, starre hinaus in den Garten.

»Hör mal«, sagt sie, »ich weiß, dass ich dir vertrauen kann. Und ich weiß, dass sie hier absolut sicher sind. Es ist wesentlich gefährlicher für mich, sie mit mir rumzuschleppen.«

»Brauchst du sie denn nicht?«

»Wir überlegen gerade, wie wir die Kassetten in großer Zahl vervielfältigen können. Wir brauchen Hunderte, für den Anfang, besser wären Tausende. Sie zu verteilen ist nicht so problematisch, wie ich geglaubt habe. Aber eine Kopiermöglichkeit zu finden – das ist schwierig. Ich kann nicht einfach in einen Videoladen an der nächsten Ecke reinmarschieren. Ich brauche Zeit, um die nötigen Geräte aufzutreiben. Inzwischen bewahrst du die Mastertapes für mich auf, und wenn ich so weit bin – was ist, was hast du?«

»Nichts.«

»Die Sache ist die, Martin, um in Verbindung zu bleiben, müssen wir Vorkehrungen treffen.« Sie zieht ein kleines Taschenbuch hervor. Das Mondlicht ist so hell, dass ich den Titel lesen kann: *A Light for the Abyss* von H.R. Koppel. Sie sagt mir, ich solle die erste Seite aufschlagen, und dort sehe ich einen Stempel des Antiquariats Viljoen in der Greenway Road 125 C.

»Ich kenne das Viljoen«, sage ich. »Da bin ich oft.«

»Ich weiß. Deswegen wird es auch keinem auffallen, wenn du regelmäßig jeden Mittwoch hingehst. Wir machen es so: Wir hinterlassen kodierte Nachrichten in Austauschbüchern.«

»Kodierte Nachrichten?«

»Genau. Wenn du mir etwas mitteilen willst, legst du einen Zettel in ein Buch auf Seite hundert, klar, und bringst es runter zu Viljoen. Da gibt es einen Typen, dem man vertrauen kann, er gehört zur Bewegung.«

»Was redest du da? Der alte Viljoen? So 'n Quatsch.«

»Nein, nicht der alte Viljoen, sein Sohn.«

»Dolf.«

»Ja. Er ist mittwochs da. Du gibst ihm das Buch mit der Nachricht, und er gibt dir dafür ein anderes, er hat immer eines für dich. Du gehst jede Woche hin, egal, ob du eine Nachricht hast oder nicht. Es ist unser geheimes Postamt, kapiert? Jetzt schau doch nicht wie ein verschrecktes Huhn.«

Ich muss an Dolf Viljoen denken, einen ruhigen jungen Mann mit Brille – er soll in der Bewegung sein? Aber er ist Afrikaaner. Das bedeutet, dass er gegen seine eigenen Leute kämpft. »Was, wenn Dolf mittwochs mal nicht da ist?«

»Dann frag einfach nach, ob er ein Buch für dich hinterlegt hat. Das hat er ganz sicher. Und das tauschst du dann gegen deines aus. Und jetzt der Code. Wir nehmen Hebräisch. Du kannst doch dein Alef-Bet, oder?« Sie beugt sich zur Seite, holt einen Bleistiftstummel hervor und beginnt zu schreiben. Sie zeigt mir, wie man ein Gitter zeichnet und jedes englische Wort in den hebräischen Code umwandelt, basierend auf dem Datum. Ihr Haar streift mich, ich spüre ihre Körperwärme. Sie kontrolliert, ob ich das Prinzip verstanden habe, und trägt mir dann auf, jede Nachricht hinterher zu verbrennen, ausnahmslos. »Es ist kein wirklich komplizierter Code«, erklärt sie, »aber für unsere Zwecke völlig ausreichend.«

»Für unsere Zwecke«, wiederhole ich. Fragend schaut sie mich an. »Stimmt was nicht?«

»Doch, alles klar. Warum?«

»Du hörst dich nicht so an.«

»Wie höre ich mich denn an?«

»Als würdest du jeden Moment kotzen.«

»Könnte sein.« Ich habe die Hände zwischen die Knie

geklemmt und blicke auf sie hinunter. Ich muss ständig an den Versammlungsraum in Jules zurückdenken, in dem alle *Amandla!* geschrien haben, sehe die verkohlten Leichen auf dem Hügel und das geschmolzene Gummi vor mir, und ich sehe, wie die Typen mit dem Palästinensertuch und der Sturmhaube die Bombe gebaut haben. Und mich überkommt wieder das üble Gefühl der Verzweiflung, als ich hinten in Oberholzers Ford saß. Es fühlt sich unwirklich und allzu real zugleich an. Ich will mit der ganzen Sache nichts zu tun haben. Nicht das Geringste. Ich will, dass das alles verschwindet. Ich will, dass *sie* verschwindet. Ich will für immer allein in meinem Garten sein.

Ich spüre, dass sie mein Gesicht von der Seite betrachtet. »Wo liegt das Problem?«, fragt sie.

»Annie, du bist vollwertiges Mitglied des ANC, stimmt's?«

»Warum fragst du das jetzt?«

Ich schüttle den Kopf.

»Pass auf, Martin«, sagt sie, und ihre Stimme wird strenger. »Ich bin nicht daran interessiert, irgendjemanden zu überzeugen. Du bist entweder dabei oder nicht. Wenn du nicht willst, dann sag es jetzt sofort. Hol meine Sachen und die Kassetten, damit ich ein anderes sicheres Versteck für sie suchen kann.«

Ich lege die Stirn in die Hände. »Ich weiß nicht«, sage ich. »Warte einen Moment … lass mich nachdenken.« Denn einerseits sehe ich die Bomben und die verbrannten Menschen vor mir, aber andererseits auch das Gesicht der kleinen Nosipho und die Dose Katzenfutter. Und die Peitsche, die die Beine des Mädchens trifft. Auch das ist alles sehr real, das ist alles wirklich passiert. Annie sagt: »Sich zu engagieren, ist echt schwer, ich weiß. Aber so handeln Erwachsene, Martin. Triff deine Entscheidung, und sag sie mir jetzt, auf der Stelle.« Ich bleibe stocksteif sitzen. Sie sagt meinen Namen und berührt meinen Rücken. Ich spüre, wie sie auf der Bank näher rutscht, und dann schmiegen sich ihre weichen Brüste an meine Schulter. »Ich weiß, dass du dich wahrscheinlich überfordert fühlst, das kann man dir nicht verdenken. Aber ich weiß auch, dass du im Inneren ein guter Mensch bist. Weißt du, woher ich das weiß, Martin?« Ihre Handfläche öffnet sich wie eine heiße Blume in meinem Nacken, und ich spüre ihren Atem an meinem Ohr. Zwischen uns ist fast kein Platz mehr. »Weil du mir deinen Alptraum erzählt hast, und ich weiß, worum es dabei geht. Was er in Wirklichkeit bedeutet. Warum er immer wiederkehrt. Es ist eine Botschaft aus deinem tiefsten Inneren. Er wird so lange wiederkommen, bis du sie verstehst. Dein Traum von den Nazis, die in diesen Garten hier einfallen. Die dein Zuhause angreifen. Das ist sonnenklar, Martin, aber du durchschaust es nicht.«

Ich schlucke. »Ach, nicht?«

»Der Garten bist du, Martin. Der Garten ist das Zentrum dessen, was du bist. Aber dann kommen die Nazis. Ich habe eine Überraschung für dich, Martin. Die Nazis im Traum, das bist auch du. Der Traum ist eine Warnung. Er will dir mitteilen, dass der schlimmste Teil von dir versucht, alles andere zu übernehmen. Verstehst du, Martin? Bisher sind die Nazis noch draußen vor den Mauern; sie repräsentieren alles, was dein Land, Südafrika, aus dir machen will, wozu es dich formen will, womit es in dich eindringt.«

»Und die Sache mit Zaydi?«

»Das ist doch ganz leicht.«

»Aha?«

»Er verkörpert deine Seele, Martin. Der Traum zeigt, wie du versuchst, deine Seele zu retten.«

Sie holt mit einer Hand etwas aus der Hosentasche. Ein Foto im Sternenlicht, ein Schwarzer an einem Schreibtisch. Er lächelt und hält Papiere in einer Hand. »Nelson Mandela«, erklärt Annie. »Das ist er, in seiner Kanzlei hier im sonnigen Joburg, bevor es Afrikanern verboten wurde, ein Büro in der Innenstadt zu mieten. Behalte das Bild als Geschenk. Sieh es dir an, wenn du allein bist. Das ist nicht das Gesicht eines bösen Mannes, Martin. Glaub nicht, was die Natis dir weismachen wollen. Glaub auch deinem Vater nicht. Lass dich nicht belügen.«

Ich habe das Gefühl, dass etwas in mir zerbricht. Das Foto fällt mir aus der Hand wie ein Blütenblatt. Ich rieche Zitronen und Parfüm, als sie sich eng an mich schmiegt, sich mir öffnet, und ich denke wieder an eine aufgehende Blüte. Sie hat so viele Arme, die sich wie Schlangen um mich winden, Hände, Finger berühren mich und dann ihre Zunge, nass und heiß wie Blut, die erst über meinen Hals und dann hinauf zu meinen Lippen wandert. Ich verliere mich, und als ich halbwegs wieder zu mir komme, geschieht so viel Unmögliches auf einmal – sie ist über mir und lässt sich mit einem leisen Seufzen sinken, und ich fühle weiche Kühle in all der Hitze, ich spüre Fleisch und Haut und ihr Gewicht, so lebendig, das immer weiter heruntersinkt, ihre Arme, am ganzen Körper, die mich überall umschlingen.

Und ich bin wieder weg, wie weggespült von dieser Parfümflut. Irgendwo mittendrin bekommt sie einen reifen

Granatapfel vom Baum hinter ihr zu fassen, reißt die glänzenden Eingeweide heraus und stopft sie in meinen geöffneten Mund, sperrt ihn dabei weit auf. Ich höre ein Stöhnen und werde mir bewusst, dass es von mir kommt. Der süße Granatapfelsaft läuft mir über Kinn und Hals, und sie fährt mit ihrer langen Zunge darüber und knabbert an mir. Dieser Geschmack von Granatapfelsaft – ich werde ihn nie vom Geschmack einer Frau trennen können.

Schule hinter Mauern

25

Ich warte an der Ecke Shaka und Clovelly Road darauf, dass ich vom Solomon-Schulbus Nummer acht abgeholt werde. Der Bus ist einfach nur grau, es steht nicht drauf, dass die jüdischen Solomon-Jungs drin sitzen oder sonst was. Er ist gepanzert, und die Fenster sind natürlich aus schusssicherem Glas. Außerdem ändert er ständig die Route, wodurch er manchmal später kommt. Aber nicht heute. Ich höre den Leyland-Diesel brummen, und er kommt zehn Minuten zu früh an diesem ersten Schultag des neuen Jahres 1989 die Straße rauf. Ich bin der Letzte, der vor Regent Heights abgeholt wird, und sogar der Zulu-Fahrer rümpft die Nase, als wolle er sagen, warum soll ich *hier* anhalten? Die anderen Schüler können über die Mauer in unseren Garten gucken. Sie lachen oder spötteln nicht mehr, wie sie es früher getan haben, aber das ist auch gar nicht nötig, ihre Blicke genügen inzwischen. Aber die Sache ist die: Heute Morgen juckt mich das kein bisschen – überhaupt nicht. Ehrlich. Ich weiß, dass sie über meinen Billigblazer die Nase rümpfen, ich weiß, was sie denken, aber zum ersten Mal in meinem Leben ist es mir scheißegal. Ich bin keine Jungfrau mehr. Ich setze mich allein in einen

Doppelsitz und starre aus dem Fenster. Der Blazer schillert im Sonnenlicht; Polyester eben. Arlene hat ihn vor zwei Jahren bei OK Bazaars gekauft und das Wappen der Solomon auf die Tasche genäht. Er hat quadratische, viel zu breite Schultern. Arlene fand, wir sollten kein Geld zum Fenster rauswerfen. Sie verstand nicht, dass meine Mitschüler maßgeschneiderte Baumwollblazer tragen, von Samuelson's in der Stadt. Das sind Jungs, die aus Bentleys aussteigen, während ihnen der Fahrer die Tür aufhält. Die sich über ihre Schweizer Uhren und Reisen nach Paris austauschen, mit dem Privatflugzeug übers Wochenende nach Bophuthatswana fliegen, um in Sun City zu zocken, oder runter nach Plettenberg an den Strand düsen. Sie wohnen in Prachtvillen in Sandton oder Lower Houghton. Oder in Eigentumswohnungen, falls sie nicht aus Joburg sind. Ihr blasiertes Grinsen beruht auf dem Wissen, dass sie eines Tages eine echte Diamantmine erben werden.

Ich blicke durchs Fenster hinaus auf die Straße, während wir auf die Barry Hertzog Avenue abbiegen. Ich sehe eine Traube Schwarzer an einer Putco-Bushaltestelle warten. Weiße Stadtbusse sind Doppeldecker und meist leer, Putcos sind einstöckig und immer vollgestopft. Die Leute tragen Plastiktüten, sehen müde aus. Wir kommen am Spirituosenladen von Solly Kramer vorbei. Rotwein im Sonderangebot, R5.99. Bimbo's macht Werbung für eine neue Shwarma de luxe mit Fritten. Die Schlagzeile einer Zeitung lautet: PRETORIA: SPIONAGERING ZERSCHLAGEN. Ich denke daran, dass die Vertrauensschüler an der Solomon, die Präfekten, ihre eigenen Blazer haben, mit weißen Litzen zusätzlich zu den violetten. Jedes Jahr werden zwölf Präfekten aus den Reihen der Schüler im Abschlussjahr gewählt. Ich weiß jetzt schon, dass ich nie Präfekt sein werde. Ich muss lächeln, als ich daran denke, was ich mir von der Solomon erwartet habe, bevor ich dort anfing – eine Schule, die im letzten Jahrhundert von einem Goldminenmagnaten erbaut wurde, der ein Eton für jüdische Jungen unter der afrikanischen Sonne erschaffen wollte. Sie sollte Gentlemen von höchstem Format hervorbringen, aber ich habe hier noch nie jemanden vornehmes Upperclass-Britisch sprechen hören. Ich weiß noch genau, dass ich mir in meinem ersten Schuljahr vorgenommen hatte, mich richtig anzustrengen und alle mit meinen guten Leistungen zu beeindrucken. Dass es für alles Tests und Prüfungen gibt, ist typisch für die Solomon. Zum Beispiel gibt es jedes Jahr Einstufungstests, bevor man einer Klasse zugewiesen wird – jeder Jahrgang hat Klassen von A bis D, intelligent bis doof –, und es gibt sogar Tests *innerhalb* der Klassen, nach denen die Sitzordnung festgelegt wird. Die Dummen sitzen vorne. Im Grunde dient alles an der Solomon der Vorbereitung auf die Matric Finals, das Zentralabitur, das Abschlussjahr. Man muss unbedingt die Hochschulreife schaffen, sonst geht es zum Militär – alle Mann stehen schon jetzt auf der Rekrutierungsliste der Regierung. Außerdem muss das berühmte Solomon-Niveau aufrechterhalten werden. Im Grunde genommen konzentriert sich das ganze Leben als Schüler nur auf diesen Abschluss, und das lassen sie einen an der Solomon von Anfang an spüren. Ich habe mich wirklich bemüht, aber ich kann mich schlecht konzentrieren. Ich konnte es nicht lassen, Gedichte zu lesen und im Garten zu »spielen«, anstatt Hausaufgaben zu machen, deshalb schaffte ich es in meinem ersten Jahr mit knapper Not in die C-Klasse, und letztes Jahr, in der siebten, war es dasselbe. Ich rechne nicht damit, dass sich in der achten Klasse etwas ändert. Wenn ich ehrlich bin, muss ich mir wohl eingestehen, dass Ari und Pats an jenem Tag am Emmarentia-Damm, den ich nie vergessen werde, nicht so weit danebenlagen. Wenigstens tat Crackcrack so, als wäre ich Luft für ihn. Er wusste, dass mein Bruder nicht weit weg war; er studierte Maschinenbau an der Wits, der Universität von Witwatersrand. Aber inzwischen weiß wahrscheinlich jeder, dass Marcus in der Armee ist, und das verändert die Lage, stimmt's?

Die Gänge krachen und reißen mich aus meinen Erinnerungen. Ich sollte nervöser sein, aber mir ist immer noch, als würde ich schweben, und vielleicht fühlen sich Nichtjungfrauen ja immer so, lassen sich treiben, machen sich keine Sorgen, und vielleicht ist das auch der Grund, warum sich Erwachsene nicht in größerer Zahl umbringen. Der Bus biegt auf die De Villiers Road ein. Ich erhasche einen Blick auf den Brandwag Park weiter unten und erinnere mich daran, wie Marcus und ich dort mit Sandy spazieren gegangen sind, als wir klein waren. Einmal gerieten wir in ein Gewitter, und der Bach im Park schwoll vor uns zu einem reißenden Fluss an. Das ganze Ufer brach ein, nur ein Metalldrainagerohr stand noch heraus. Nach einer Weile wurde es abgerissen. Ich hielt mich an Sandy fest, während Marcus ins Wasser sprang und hinterherschwamm. Er packte es, holte es raus und benutzte es als Rutsche. Es war völlig verrückt – er hätte so leicht ertrinken können. Aber so war Marcus, wild und frei probierte er alles aus, immer lachend, das werde ich nie vergessen. Es war, als würde ein Licht in seinem Inneren leuchten, die ganze Zeit.

Auf dem De Villiers Drive erreichen wir schließlich die Schulmauer. Sie besteht aus riesigen Betonplatten und zieht sich ewig weit an der Straße entlang, wie eine hohe, lange Klippe. Auf einigen der Platten sind hebräische Buchstaben eingestanzt, noch aus der Zeit, als die israelischen Bauingenieure sie errichtet haben. Etwa alle dreißig Meter sehe ich eine Kamera in ihrer grünen, kugelsicheren Box, dazwischen windet sich NATO-Draht oben auf der Mauer entlang. Es gibt nur einen Eingang zur Solomon-Schule – ein riesiges, massives Stahltor, das einer Atombombe standhalten würde, echt jetzt. Darüber spannt sich ein Bogen, das Einzige, was vom alten Tor noch übrig ist, das 1982 ersetzt wurde. In schwarzem Schmiedeeisen steht dort: *Wisdom of Solomon High School for Jewish Boys,* und darunter prangen das Wappen und zwei judäische Löwen auf den Hinterbeinen sowie unser Motto auf Schriftrollen, in Latein, Hebräisch und Englisch: *Gerechtigkeit ist Solidarität, Solidarität ist Stärke.*

Der Bus hält in der Einfahrt vor dem Stahltor. Hier müssen wir alle aussteigen und zu Fuß mit unseren Taschen weitergehen, so sind die Sicherheitsvorschriften, ohne Ausnahme. Wenn ich »wir« sage, heißt das aber »ich und die anderen« – denn beim Aussteigen bin ich der Einzige, der nicht Teil einer Gruppe oder zumindest eines Paares ist. Ich bin allein, wie ich es hier immer war. Ich weiß noch, wie ich in meiner allerersten Woche an dieser Schule, 1987, sogar zur Initiation gegangen bin. Jede Highschool hat einen Initiationsritus, bei dem die Neuen zum kollektiven Quälen antreten. Man muss da nicht mitmachen, man kann sich drücken, wenn man will, aber ich bin an dem Sonntagmorgen aufgetaucht, weil ich hoffte, mir wenigstens ein bisschen Respekt zu verdienen und vielleicht sogar einen potentiellen Freund zu finden. Auf dem Rugbyfeld herrschte Chaos; Rasierschaum, Gummipeitschen und Cricketschläger kamen zum Einsatz. Schüler aus der Abschlussklasse stolzierten mit Ray Bans herum und verteilten Strafen an Sechstklässler. Sie wurden gezwungen, schwere Betonblöcke zu küssen und »sie« wie eine Freundin über das Feld zu schleppen. Sie mussten Liegestütze und Situps machen, und dabei wurden ihnen die Schläger gegen die Beine geklatscht. Sie mussten sich die Schamhaare am Hoden mit Klebeband abreißen lassen, sich rumschubsen und auf sich rumtrampeln lassen. Ich betrat das Feld, und sie sahen mich an, und jemand schrie, das ist Helger!, und mehr war nicht nötig. *Das ist Helger.* Das verbreitete sich, als wäre ich atomar verseucht oder hätte die Pest. Marcus war erst im Jahr zuvor von der Schule abgegangen, so dass sie unter ihm herangewachsen waren. Also kam der Mannschaftskapitän mit einem Klappstuhl und einer schönen kalten Dose Pine Nut auf mich zu. In meiner Verwirrung beging ich einen schweren Fehler und nahm beides an, saß eine Weile da und beobachtete, wie den anderen neuen Jungs die Scheiße aus dem Leib geprügelt wurde, während ich meine kühle Limo trank und allmählich kapierte, dass sie mich tatsächlich nicht reinlegen wollen. Ich machte mich sofort vom Acker, aber es war zu spät. Von diesem Tag an, ich schwöre es, war ich der meistgehasste Typ in meinem Jahrgang; vorher hatte man mich wenigstens nur ignoriert. Bald kamen die ersten

Gerüchte auf, die mich umgaben wie ein übler Geruch. Dass ich ein Mofi wäre, stockschwul, und Aids hätte. Dass ich kein richtiger Helger sei, nicht athletisch wie mein Bruder, sondern zurückgeblieben und aus Mitleid adoptiert worden wäre. Sie sagten, ich hätte Läuse und verbreite sie absichtlich. Sie sagten, ich wäre in Wirklichkeit gar kein Jude. Sie sagten, ich gehöre gar nicht hierher. Und am Ende meines zweiten Jahres hatte ich immer noch keinen einzigen Freund. Das war nicht gerade der Name, den ich mir an der Solomon High hatte machen wollen.

Links neben dem Stahltor steht ein rundes Häuschen aus Beton, in dem die uniformierten Wachen mit ihren Monitoren und Sturmgewehren sitzen. Daneben befindet sich ein hohes Drehkreuz mit hervorstehenden Streben. Wir gehen nacheinander durch, mit jeder Drehung werden wir gezählt und fotografiert. Als ich an der Reihe bin, halte ich meine Tasche hoch, damit die Wache sie durch das kleine Fenster sehen kann. Jede Tasche muss einen Bombenanhänger haben, einen kleinen Plastikring um den Gurt. Diesmal ist er lavendelfarben; er kam in den Ferien mit der Post. Wir bekommen ständig neue Anhänger in anderen Farben. Sobald man eine Tasche ohne Anhänger oder mit einem in der falschen Farbe entdeckt, wird Alarm geschlagen und damit eine Evakuierung ausgelöst, wie wir sie einmal im Monat üben. Wir alle müssen »ruhig und geordnet« zu den Rugbyfeldern hinaufgehen, wo unser Direktor Arnold C. Volper mit seinem krächzenden Megaphon, das er mit einer Schlinge wie eine Handtasche trägt, vor uns auf und ab stolziert. Volper ist ein furchteinflößender Typ. Er hat sogar flachsblondes Haar, so dass er auch noch wie eine Vogelscheuche aus Stroh aussieht. Ehrlich gesagt, glaube ich nicht, dass in seiner Brust ein menschliches Herz schlägt. Bei der Schulvollversammlung liest er jede Woche einzelne Testergebnisse vom Podium vor. Die Augen des ganzen Landes seien auf uns gerichtet, sagt er dann. Wir dürften unseren Status als beste Schule Südafrikas nie verlieren. Wir seien ein Vorbild für andere. Anschließend nennt er normalerweise die Namen der schlechtesten Schüler. Ihr seid eine Schande für uns. Martin Helger. Wieder einmal. Während des Betens in der Schulsynagoge schleicht er gern durch die Zwischengänge und hält nach einem Opfer Ausschau, das er hinterrücks überrumpeln kann. Als wir neu an der Schule waren, prophezeiten uns die anderen, dass Volper uns früher oder später kriegen würde, jeden Einzelnen. Aber als ich an die Reihe kam, konnte ich es nicht glauben. Der Vertrauensschüler warnte uns: Quatscht während des Gebets, und ihr müsst zum Direx ins Büro, aber inzwischen bin ich der Einzige, der gar niemanden zum Quatschen hätte, selbst wenn ich wollte.

Wenn es so weit ist, muss man auf dem weißen Flur vor dem Büro warten. Man ahnt, woher das Sprichwort kommt, »sich vor Angst in die Hosen scheißen«. Ich zitterte am ganzen Körper wie Espenlaub, meine Knie schlotterten wie spanische Kastagnetten, und mein Frühstück kam mir immer wieder hoch, begleitet vom hefigen Geschmack des Pronutro-Müslis. Volper saß an einem polierten Teakholztisch, so groß wie ein Esstisch, echt wahr, vor einem riesigen Fenster, und ich erinnere mich an die Aussicht auf den Schulhof, wo eine Statue von Theodor Herzl vor einer Reihe Kiefern stand. Die Statue wurde gerade von drei der

Zulu-Hauswarten in ihren marineblauen Overalls poliert. Volper hatte seine Tweedjacke ausgezogen und sie über die Rückseite seines großen Ledersessels gehängt. Er sprach, aber anfangs konnte ich seine Worte gar nicht verstehen; zu schockiert war ich über alles, was da gerade geschah. Ich erinnere mich daran, wie er seine Uhr abnahm und die Manschettenknöpfe löste, daran, wie langsam und sorgfältig er das tat. Er krempelte jeden Ärmel genau dreimal um. Als würde er sich auf eine schmutzige Arbeit vorbereiten – wie ein Metzger oder ein Chirurg. Und ich erinnere mich, wie ruhig seine Stimme war. Alles wirkte so *kultiviert*. Es gab ein schönes Bücherregal, ein Ölgemälde von einer Sonnenblume. Auf der anderen Seite des Schreibtisches standen silbergerahmte Fotos von seiner Frau und seinen Töchtern. Aber gleichzeitig wusste ich, was kommen würde, auch wenn es unmöglich erschien, dass es mir passieren würde. Ich fühlte mich schmierig und krank im Inneren, ich spürte meinen Pulsschlag am Hals unter meinem Kragen und meiner Krawatte.

Volper blickte auf und sagte: »Du hast während des Betens geflüstert.«

»Nein, Sir, das habe ich nicht.«

»Wir war noch mal dein Name?«

Ich sagte ihn, aber so leise, dass ich mich selbst kaum verstehen konnte.

»Helger, Helger, Helger, Helger. Oje. Das könnte der kleine Bruder dieses Monsters sein. Aus Greenside?« Volper ist klein und fett, aber er schafft es trotzdem, auf einen herabzublicken. Sogar im Sitzen! Es ist wirklich bemerkenswert. Sein Trick ist, seine aufgeblähten Nasenlöcher auf sein Gegenüber zu richten. Dadurch sehen sie aus wie Flintenläufe, ich schwöre, und er tut nichts lieber, als mit dieser Flinte genau zwischen ein Augenpaar zu zielen. Mit diesem gelben Haarbusch und der Flintennase sieht er wirklich gruselig aus. Ich sagte: »Ja, Sir«, und er musterte mich irgendwie, bevor er weitermachte. »Ein weiterer zukünftiger Rugbystar, zweifellos.« Sein Sarkasmus war ätzend, und ich spürte deutlich, wie diese Säurewelle auf mich zuschwappte. »Dein Bruder«, sagte Volper, »hat sich für ganz wichtig gehalten, als er hier war, stimmt's? Bei einer Herkunft wie deiner ist es ein Privileg, hier zu sein. Bei den richtigen Leuten. Deine Eltern mussten sich gegenüber dem Vorstand weiß Gott wie ins Zeug legen. Keine Ahnung, wie sie euch hier einen Platz verschafft haben. Das solltest du nicht vergessen.«

»Ja, Sir.«

»Dein Bruder war ein selbstherrlicher Wichtigtuer, wie er hier immer herumstolziert ist. Aber ich verrate dir mal ein Geheimnis, kleiner Helger-Bruder – mit seiner Selbstherrlichkeit war es vorbei, wenn er mit mir allein in diesem Büro war. Wenn er die Suppe auslöffeln musste. Alle werden so klein mit Hut, wenn sie die Suppe auslöffeln müssen. Auch dein Bruder, wenn er ganz allein auf sich gestellt war, ohne Freunde, vor denen er sich aufspielen konnte. Hier drin war Schluss mit der Angeberei ...« Und so ging es weiter, und irgendwann wurde mir klar, dass mit diesem Typen irgendetwas nicht stimmte. Wie soll ich es sagen? Es war, als würde er nicht mehr mit mir reden, sondern als führe er Selbstgespräche. Seine Augenlider wurden schwer und schlossen sich halb, und seine Stimme veränderte sich, wurde langsamer, verfiel in eine Art Singsang. Ich schwöre, wenn er eine Taschenuhr rausgezogen und mir gesagt hätte, ich solle sie anschauen und mich schläfrig fühlen, wäre ich nicht überrascht gewesen. Aber das Einzige, was er schwingen ließ, war sein großer Stuhl. Er drehte sich, zog an einer Schnur, und ich sah zu, wie die Jalousien runtergingen und langsam die Statue des alten Theodor und die putzenden Zulus ausblendeten. Ich war neidisch auf die da draußen an der frischen Luft. In dem Moment hätte ich gern mit ihnen getauscht – mit jedem X-Beliebigen, um genau zu sein. Volper schaltete eine Schreibtischlampe ein. Er sprach immer noch in diesem seltsamen Ton über böse Jungs und wie sie wirklich sind, wenn sie sich hier der Strafe stellen müssen, dass sie dann gar nicht mehr cool sind, und dann öffnete er einen Hemdknopf und steckte seine Krawatte oben rein. Ich weiß noch genau, wie er die Krawatte ganz vorsichtig da reinschob, damit sie ihm bloß nicht im Weg war. Er zog ein großes rotes Buch heraus und notierte darin meine Strafe. Ungefähr zu dem Zeitpunkt muss ich auf Autopilot geschaltet haben. Als wäre ich ein Nichts, eine Leere. So haben sich die Leute wahrscheinlich gefühlt, als sie die Gaskammern sahen, nur ungefähr milliardenfach stärker. Ich musste in die Ecke gehen, also ging ich dorthin. Ich musste mich bücken, also bückte ich mich. Ich musste vorgebeugt warten, also wartete ich vorgebeugt. Ich zitterte und versuchte, es nicht zu zeigen. Volper stand so lange hinter mir, dass ich meine Füße ein wenig bewegt und er befahl mir, reglos wie eine Statue zu stehen. Okay. Als Nächstes fühlte ich, wie er meinen Blazer hinten hochschob. Irgendwie langsam und nicht sehr gezielt; er fuhr dabei mehrmals mit dem Handrücken über meinen unteren Rücken. Dabei machte er ein komisches Schluckgeräusch. Dann stand er auf einmal neben dem Schrank, ich sah seine Füße, und die Schranktür ging auf. Ich hörte Holz klappern, wie beim Billard, und dann sah ich ein Ende des Dings, als es den Teppich berührte. Bei diesem Anblick sprang mir fast das Herz aus der Brust. Volper ging um mich herum und zog dabei das Ende über den Teppich. Es war aus gelblichem Holz, wahrscheinlich Bambus, und dann blieb Volper neben mir stehen, so dass ich den ganzen Scheißstock genau sehen konnte. Er war so lang wie eine Angelrute. Oben am Griff etwas dicker, zum Ende hin immer dünner. Dann stellte er sich wieder hinter mich, und ich musste warten und warten. Ich sagte mir andauernd, dass ich keine Reaktion zeigen durfte. *Zeig ihm nicht, dass er dir etwas anhaben kann.* Alle sagen, dass man das auf keinen Fall darf, wenn man Stockhiebe bekommt. Ich versuchte, meine Muskeln noch mehr anzuspannen, aber das war schwierig, weil sich dadurch das Zittern verschlimmerte. Ich zuckte heftig zusammen, als ich ein lautes *Wusch!* hörte. Aber das war nur sein Übungsschwung gewesen, bei dem der Stock wie ein Schwert durch die Luft sauste, eine kleine Aufwärmübung.

Als es vorbei war, ging ich auf die Toilette, blickte über die Schulter in den Spiegel und schaute mir an, was mir angetan worden war. Meine Unterhose war blutgetränkt. Ich musste sie von der Haut abziehen, und, o Mann, das brannte wie Feuer, und ich biss mir auf die Lippe. Es war unfassbar, was darunter zum Vorschein kam. Als hätte mir ein Tiger mit seinen Krallen den Arsch aufgerissen. Echt wahr, kein

Witz. An diesem Volper ist nichts lustig. Er ist ein richtiges Ungeheuer.

26

Nachdem ich das Drehkreuz passiert habe, folge ich einem Zickzackweg aus weißem Beton. Er wurde extra so konstruiert, damit niemand von der Straße aus direkt auf uns schießen kann – die israelischen Ingenieure haben an alles gedacht. Hinter dem Zickzackweg liegt die Schule. Eine Straße führt zum Busdepot hinter dem Schwimmbad. Die Unterrichtsgebäude bestehen aus Stahl und Glas, das im Sonnenlicht sauber glänzt. Zu meiner Linken stehen die Bombentafeln, wie wir sie nennen, große Korktafeln mit Postern. Ganz oben steht: ZUM GEDENKEN AN MALCOLM STEINWAY »The Spirit Lives On«; und darunter: STOP! PASOP! VORSICHT! BLEIB WACHSAM, BLEIB AM LEBEN!, und darunter, STETS DIE RUHE BEWAHREN. Außerdem sind verschiedene terroristische Waffen abgebildet, nach denen wir Ausschau halten sollen, angefangen mit runden Landminen, die überdimensionalen Untertassen ähneln. Als Nächstes kommen Limpet-Minen, die mich an Autoersatzteile erinnern, die helle SPM und die rotbraune Mini, die beide mittels vier Magneten an Metall angebracht werden können, und dann die dazugehörigen Sicherheitsringe und Staubschutzhüllen (»die möglicherweise in ihrer Nähe herumliegen«), die Zünder, die wie Rasierklingen aussehen und sich in einem Streichholzheft mit russischer Schrift befinden. Es gibt Abbildungen von Zündschnüren und Sprengladungen,

TNT-Blöcke und Brocken von gelben Plastiksprengstoffen, die wie hausgemachte Seife aussehen. Man sieht eine Kalaschnikow und eine RPG-7 mit einer Rakete. Eine Tokarev-Pistole wird von einer schwarzen Hand gehalten. Das Sicherheitspersonal muss inzwischen fertig damit sein, den Unterboden des Buses mit Spiegeln abzusuchen und das Innere zu inspizieren, denn hinter uns öffnet sich das große Stahltor – es läuft eigens auf einer Schiene, so schwer ist das verdammte Ding. Der Bus fährt durch in Richtung Depot, und das Tor rumpelt wieder zu.

Gleich nach den Bombenschildern geht ein Weg nach links ab, und ich folge ihm. Er führt um die Aula herum zur *Schul,* der Solomon-Synagoge, wie sie offiziell heißt. Ein cooles Gebäude, wenn man auf Science-Fiction steht. Es sieht irgendwie aus wie ein Raumschiff, komplett weiß und bereit zum Abheben. Ich stelle meine Tasche im Gang ab wie alle anderen auch. Früher hatte ich immer Angst, sie würden draufpinkeln, Dreck oder Steine reinstecken oder meine Bücher klauen, aber das alles hat sich gegen Ende meines ersten Jahres mehr oder weniger gelegt. Man hat mich allmählich vergessen, und im Großen und Ganzen werde ich einfach nur ignoriert. Heute Morgen muss ich wieder daran denken, wie ich war, als ich hier anfing. Ich wollte mir so sehr einen Namen machen, der für etwas stand. Ich versuchte es, wurde aber immer nur angeschissen. Ich stehe da und erinnere mich daran, durchlebe noch einmal, wie ich im ersten Winter zum ersten Rugbytraining des Schuljahres aufschlug.

Unser Trainer ist der Sportler Brian Gocherovitz, Spitzname: The Gooch. The Gooch ist als einziges jüdisches

Kind in einem kleinen inzüchtigen Freistaatdorf aufgewachsen, wo ihm die Söhne der Afrikaaner-Bauern das Leben zur Hölle gemacht haben. Sie fesselten ihn an Schafe,
warfen ihn in Brunnen und so weiter, bis er mit Rugby anfing. Am Ende spielte er für die Blue Bulls, in dem Jahr, als
sie den Currie Cup gewannen. Als er aufhörte, hatte er
keine Knorpel mehr in den Knien, und die Solomon heu-
erte ihn an, um uns die Blamage zu ersparen, ganz ans Ende
der Liga zu rutschen. Es heißt, er hätte jahrelang nichts ausrichten können, bis Marcus Helger an die Solomon kam.
Marcus war ein Vorbild und führte als Kapitän die besten
Mannschaften an, die wir je hatten. Doch als ich mit meinen
dünnen, blassen Beinen zum ersten Training auf das Spielfeld trottete, sah The Gooch mich tief betrübt an. »Helger,
Helger«, sagte er. »Helger. Lass es. Lass es einfach.« Er blies
in seine Trillerpfeife, und alle joggten los zum Aufwärmen,
aber The Gooch hielt mich zurück. Ich trug die uralten
Rugbyschuhe meines Bruders, die mir nicht richtig pass-
ten. The Gooch legte mir väterlich die Hand auf die Schulter und führte mich zurück zu meinen Taschen. Er sagte:
»Echt tapfer von dir, hier aufzukreuzen, Martin, ehrlich,
aber du gehst jetzt schön nach Hause, ja, mein Freund?
Und ich will dich nie wieder in einem Solomon-Rugbytri-
kot sehen.«

»Aber, Sir, warum denn nicht? Ich will spielen.«

»Du weißt, warum. Du bist kein normaler Junge. Dein
Name ist Helger.«

»Aber das ist doch nicht meine Schuld, Sir.«

»Helger. Das ist das Niveau, das wir alle hier anstreben,
das, was ich der Mannschaft vor jedem großen Spiel vor

Augen halte. Es ist größer als du und ich, mein Freund. Das ist ein Vermächtnis, und das muss bewahrt werden, komme, was wolle.« Als mir die Tränen in die Augen traten, strich er mir über den Kopf.

Ich schüttle dieses Bild ab und betrete die *Schul*. Ich hab's aufgegeben. Aber jetzt fällt mir ein: Ich hatte eine Frau, eine echte Frau, eine Amerikanerin. Ich meine, ich musste ihr die Hand auf den Mund legen, damit sie nicht das ganze Haus aufweckte. Niemand würde mir glauben, aber ich weiß, dass es so war. Ich bin kein Niemand. Im Gegenteil. Ich bin etwas echt Besonderes. Ich habe jetzt richtige Geheimnisse. Ich war in einer Township. Mann, ich habe echten Terroristen gegenübergestanden und hätte um ein Haar einen brennenden Autoreifen umgelegt bekommen, wenn ich mich nicht rausgeredet hätte. Und plötzlich spüre ich etwas von der alten, ursprünglichen Entschlossenheit, die in mir aufflammt wie einer von Isaacs reparierten Oldtimern, die erst ein paarmal husten und dann plötzlich anspringen.

Durch die hohen, gewölbten Oberlichter im Synagogendach strömt das Sonnenlicht. Es gibt eine kleine Galerie für Frauen, aber sie ist natürlich fast leer, abgesehen von den paar Lehrerinnen. Unten krempeln wir alle unsere linken Ärmel hoch und winden uns die knarrenden Lederriemen unserer Tefillin um, alle dreihundert Jungen der Solomon High. Aber eine Frage beschäftigt alle: Wer ist heute für die Hagba zuständig, das Hochheben der Thorarolle? Der Abschlussschüler, der die Hagba ausführen darf, erhält zugleich den Titel des stärksten Jungen der Schule. Wer wird es in diesem neuen Jahr sein, 1989? Selbstverständlich war damals Marcus der Hagba-Typ, ich meine, das war ja gesetzt. Er war der Jüngste aller Zeiten, er war der stärkste Junge, noch bevor er die Abschlussklasse erreichte, ein Rekord, der nie gebrochen wurde. Der Gottesdienst beginnt. Vertrauensschüler stehen Wache, Volper ist lautlos auf der Jagd. Wir sitzen, stehen auf und preisen den Allmächtigen. Schließlich wird die Thora aus der Heiligen Lade geholt und zur Bima getragen, unserem Mittelpunkt. Nilly Rossbaum singt den Thoraabschnitt dieser Woche, wir sitzen da und hören zu. Als er fertig ist, stehen wir für die Hagba auf. Ein leises Gemurmel kommt auf, das so kribbelig wird, dass Volper mit den Lippen schnalzen muss, nur einmal, und es wird totenstill.

Ganz hinten aus den Reihen der Abschlussklassen schlurft ein schlaksiger Kerl den Gang entlang und dann auf den Teppich. Heilige Scheiße, es ist Johnny Lohrmann – auch bekannt als Crackcrack. Seit dem schlimmen Tag am Emmarentia-Damm vor vielen Jahren hat er zugelegt, und sein Haar ist dunkler geworden, aber tief unter den dicken Augenbrauenwülsten sitzen noch immer die gleichen Augen. Als er an mir vorbeigeht, schaue ich weg, aber ich spüre, wie dieser Blick mich streift. Es ist seltsam, wie wir uns gegenseitig ignorieren, als hätten wir beide einen unsichtbaren Vertrag unterschrieben, so zu tun, als wäre es nie passiert. Einen Vertrag, mit Scham besiegelt. Er erreicht die Bima. Sieben Stufen führen bis zur Öffnung in der niedrigen Glasabtrennung, und dann geht er zum Pult, wo die Thora offen ausgebreitet liegt. Er bleibt ein paar Sekunden davor stehen, bevor er die Holzgriffe ergreift. Die Thora unserer Schule ist viel größer als sonst üblich und aus schwerem Eisenholz gedrechselt. Zu diesem Zeitpunkt im Jahr ist die linke Schriftrolle schon wesentlich dicker als die rechte. Crackcrack bleckt die Zähne, grunzt, tritt zurück und stemmt die heiligen Schriftrollen mit einem Ruck in die Luft. Zugegeben, ein guter Stemmschwung. Ohne Getrickse durch Herunterdrücken am Tischrand, reine Handgelenkskraft. Er hält sie hoch über den Kopf und breitet die Arme aus, um mehr von den handgeschriebenen Spalten auf dem Pergament zu zeigen. Er dreht sich langsam um die eigene Achse. Man spürt, wie die ganze Schule auf ein Zittern achtet. Würde die Thora jemals fallen, müssten wir alle vierzig Tage am Stück fasten, oder uns würde ein mächtiger Fluch von oben treffen. Jetzt zeigen alle, auch ich, mit dem kleinen Finger auf die angehobene Thora und singen den Segen. Ich denke daran, wie jede Thora all denen aufs Haar gleicht, die seit zweitausend Jahren immer wieder von Schriftgelehrten abgeschrieben wurden, als seien sie menschliche Fotokopierer. Die Geschichte, wie Gott die Welt erschuf und wie die Juden aus Ägypten auszogen. Da steht es. Ich meine, das ist etwas Besonderes. Das ist der Grund, warum wir gerade hier sind. Der Grund, warum wir existieren.

Nach dem Gebet gehen wir in die Aula zu unseren Einstufungstests. Als ich meinen Multiple-Choice-Bogen erhalte, starre ich ihn erst mal eine Weile an. Ich weiß genau, dass Warren Stofflemeister wie immer in die A-Klasse kommt, obwohl er ein absoluter Schwachkopf ist, nur weil sein alter Herr im Vorstand sitzt. Meine Theorie lautet, dass wir schon vorher in die Klassen eingeteilt werden, die Tests sind eine Mogelpackung. Also beschließe ich, dieses Jahr ihr Spiel nicht mitzuspielen. Ich lese mir nicht mal die Fragen durch, sondern kreuze nach dem Zufallsprinzip an. Ich bin mir ziemlich sicher, dass ich trotzdem in die 8C komme – eigentlich hätte ich mir sogar eine Beförderung verdient. Ich hatte das Glück, gestern Abend flachgelegt zu werden, warum also sollte meine Glückssträhne nicht anhalten? Ich warte, dass ich aufgerufen werde, aber mein Name kommt nicht. Nicht einmal bei der 8D. Dann verkündet Volper mit geifernder Verachtung, dieses Jahr gebe es im achten Jahrgang eine spezielle Überhangklasse, Klasse 8E. Und genau da wurde ich eingestuft. Sieht ganz so aus, als wäre meine Entjungferungsüberheblichkeit gerade voll nach hinten losgegangen. Die Schule begleitet unseren Abgang mit Johlen, Gackern und Pfeifen. Unser E steht anscheinend entweder für Extreme Loser oder Extra Doof. Draußen wartet unser Klassenlehrer – kein anderer als The Gooch höchstpersönlich. Die glauben wohl, es bräuchte einen Rugbytrainer, um einem Haufen Außenseiter wie uns etwas Verstand einzubleuen. Als ich mich umblicke, stehen neben mir Typen, die ich größtenteils noch nie zuvor gesehen habe. Es ist eine kleine Klasse, und fast alle scheinen von einer anderen Schule gekommen zu sein, was wohl der Grund für den Überhang ist. Dem Gooch gefällt es nicht, dass wir ihm nicht die gebührende Aufmerksamkeit schenken. »Ich schwöre euch allen«, sagt er, »ihr wollt das Jahr nicht damit anfangen, dass ihr mir auf die Füße tretet. Tut es, und ihr werdet leiden. Verhaltet euch wie wilde Tiere, und ich werde eure Eingeweide rausreißen und fressen. Ich bin der einzige Tiger hier. Ist das klar?« Wir sagen: Ja, Sir. Ein Junge namens Stanley Lippenshmecker sagt es

nicht laut genug, und The Gooch bläst ihm mit der Trillerpfeife ins linke Ohr. Wir marschieren los, wobei sich Stanley die linke Seite seines Kopfs hält, und The Gooch führt
uns zu dem Hügel auf der anderen Seite, weit weg von den
anderen Klassen. Der Hügel wird »der Pickel« genannt,
ganz einfach weil es sich um einen hässlichen gelben Fels-
buckel handelt. Unser Klassenraum ist ein Fertigbau, ein
ehemaliger Lagerschuppen, der nach Schimmel und alten
Tennisbällen stinkt und direkt am Rand des Pickels mit
Blick auf die Müllhalde steht. Der Gooch droht uns mit
noch mehr Gewalttaten und verschwindet dann nach dem
Klingeln.

Das Gute ist, dass meine neuen Klassenkameraden noch
keine Ahnung haben, dass ich der Schulparia bin, weshalb
sie mit mir reden, als wäre ich ganz normal. Ein großer, un-
tersetzter Junge aus Durban namens Reginald Solovechik
(Solovechik Partners, International Commodities Limited)
hat einen Kopf auf seinen breiten Schultern, der so groß
ist wie ein Globus, ich schwör's. Ein anderer Typ, Barry
»Mouth« Kaplansky (Kaplansky Industrial Solutions, Pty.
Ltd.), hat ihm schon nach etwa fünf Sekunden seinen Spitznamen verpasst. Von nun an heißt Reg Spunny – eine Abkürzung für das afrikaanse Wort *spanspek,* Cantaloupe-
Melone, in Anspielung auf seine große Rübe. Ein weiterer
Neuer, Irwin Moskevitz (Moskevitz Computing: MCB an
der Börse), ist so blass wie Casper, das freundliche Gespenst, ich schwör's. Er hat Haare wie dieser König Lud-
wig XIV., mit einem Mittelscheitel auf seinem spitzen Kopf,
und von der Nase fange ich gar nicht erst an. Irwin entdeckt
einen Haufen Hundescheiße, hüpft hin, hockt sich darüber

und tut so, als würde er kacken. Seine dünnen Beine zittern, sein Gesicht läuft rot an, und er kreischt wie eine alte, hysterische Japanerin: »Hiiiiiiii, hab so gut scheißi scheißi!« Als Mouth das sieht, hat Irwin ebenfalls sofort seinen Spitznamen weg – Kackwurst. Andere von den Neuen zünden um die Ecke Fürze an. Diese Klasse hat noch nie etwas von Marcus Helger gehört, und plötzlich bin ich heilfroh, dass ich diesen Test in den Sand gesetzt habe.

27

Es ist Mittwochnachmittag, und ich zittere vor Nervosität. Ich sträube mich dagegen, zum Antiquariat zu gehen, aber es ist höchste Zeit, schon zwanzig nach drei. Um mich aufzuputschen, denke ich daran, dass Annie gesagt hat, ich wäre ein Nazi geworden, und an die Leute in Jules, auf die sie den Polizeihund gehetzt haben. Ich denke an den Granatapfelbaum und mein Versprechen dort in der Nacht. Ich trage immer noch meine Schuluniform, schließe das Tor auf, lasse unseren Garten hinter mir und gehe die Shaka Road entlang. Maulbeeren färben den Bürgersteig unter dem Baum dunkel, der über die Mauer der Beechams wächst. Bei den Smythes krachen rosafarbene, albinoähnliche Bullterrier mit den Schnauzen gegen das Tor und bellen mich laut an. Ich passiere eine Gruppe von Dienstmädchen, die im Schatten eines städtischen Jacarandabaums sitzen, und muss an Gloria denken – sie hat mich als Kind auf den Rücken gebunden und ist mit mir auf diesem Weg zum Einkaufen gegangen. Als ich älter war, hielt ich ihre rauhe Hand und wartete, während sie in ihrer Sprache mit den anderen Dienstmädchen sprach, den Giri-Giri-Lauten von Sotho, dem Klicken und Ploppen von Xhosa. Zum ersten Mal frage ich mich, wo ihre Familie all die Jahre wohnte, in denen sie bei uns im Alten Zimmer lebte. An einem Ort wie Jules?

Ich erreiche die Greenway Road, fühle mich dumm und unbeholfen vor Angst. Viljoens Buchtauschladen befindet sich in einem offenen Einkaufszentrum abseits eines Parkplatzes, zwischen der Wohnungsbaugesellschaft und dem Hundesalon, wo Sandy einmal mit dem Fön verbrannt wurde (Marcus ging noch mal hin und verpasste dem Besitzer einen harten linken Haken). Als ich den Laden betrete, steigt mir sofort der Duft von Büchern in die Nase, und ich entspanne mich ein wenig. Bücher würde ich jederzeit Menschen vorziehen. Aber heute bin ich in einer Buchhandlung, weil ich auf der Suche nach einem Menschen bin, und da kommt er auch schon von hinten, Dolfie Viljoen. Ich muss mich räuspern, um die Kehle freizukriegen, als ich *A Light for the Abyss* auf die Theke lege. »Ich würde das hier gern gegen etwas tauschen«, sage ich. »Kannst du mir was empfehlen?« Beinahe hätte ich ihm zugezwinkert, weil er nicht zu kapieren scheint, worum es geht. Dann nickt er und sagt: »Ich glaube, das wird dir gefallen.« Er geht nach hinten. Dolf gehört zu den Afrikaanern, die perfekt Englisch sprechen, sogar sein Akzent klingt fast wie meiner. Er trägt heute ein Pink-Floyd-T-Shirt *(Dark Side of the Moon),* und das schwarze Haar ist zurückgekämmt; er ist ein gut aussehender, etwas schüchterner Typ. Er führt mir vor Augen, dass ich Vorurteile gegen die Chatteisim habe – ich meine,

Afrikaaner. Sie sind nicht alle hünenhaft und inzüchtig, sie sind nicht alle bösartig und rassistisch. Dolfs Da, Oom Viljoen, mit seinem fleckigen Gesicht und seinem üppigen weißen Schnauzbart, ist allerdings schon so – er würde keine schwarzen Kunden bedienen.

Dolf kommt mit einem Science-Fiction-Roman für mich zurück und einem Umschlag. Annie hat nichts von Umschlägen gesagt. Ich kann ihn kaum ansehen, als ich beides nehme und mich umdrehe. Ich habe das Gefühl, ich hätte den Umschlag ignorieren sollen, dass ich in eine Falle getappt bin, weil ich ihn angenommen habe. Als könnten jeden Moment knallharte, Afrikaans brüllende SEKs über mich herfallen und mich wegzerren. Aber nichts passiert, außer dass ich den ganzen Weg nach Hause jogge und verschwitzt ankomme. Im Garten klappert Zaydi mit seinem Gebiss und murmelt ein Gebet. Mir zittern die Finger, als ich das Buch aufschlage und jede Seite durchblättere, aber es ist keine Nachricht von Annie darin. In dem Umschlag steckt eine zusammengefaltete, billig aussehende afrikaanssprachige Zeitung, ein schmieriges kleines Boulevardblatt namens *Vryheid!* – Freiheit. Die meisten Schlagzeilen verstehe ich in etwa: *Weitere* (irgendwas) *Wahrheiten über unsere Verbrechen*. In dem Artikel dazu steht so ungefähr, dass unsere (irgendwas) Einheiten an der Grenze zwar als heldenhaft gelten, sie aber in Wahrheit an grauenvollen (irgendwas) Verbrechen an unbewaffneten (irgendwas) Zivilisten beteiligt sind. Unscharfe Schwarzweißfotos zeigen gepanzerte LKWs wie die Casspirs in Jules. Diese hier rollen gerade über die Beine von gefesselten Männern. Dann kommen noch mehr Fotos, die so schrecklich sind, dass sie nicht echt sein können. Ein Fleischklumpen an einer Dornakazie mit der Bildunterschrift *geskilde baba* – gehäutetes Baby. In dem Artikel scheint es größtenteils um Polizeieinheiten zu gehen. Ich muss sagen, das erleichtert mich sehr. Marcus ist nicht in so einer Polizeieinheit wie zum Beispiel der namens Koevoet – Brecheisen. Er ist in der richtigen Armee, und die fährt nicht rum und häutet Babys. Auf gar keinen Fall.

Ich erinnere mich, wie es war, als er verschwand, einfach die Uni verließ und zur Armee ging, ohne einer Menschenseele etwas davon zu sagen. Er hinterließ eine Nachricht, und das war alles. Er hat bisher noch kein einziges Mal angerufen oder ist auf Heimaturlaub gekommen. Er hat Briefe geschickt, in denen er schrieb, es gehe ihm gut. Zuerst von Ladysmith, dann von Bloemfontein, dann von Südwestafrika aus. Ich erinnere mich, wie Isaac am Tag nach seinem Verschwinden sein Auto zum Schrottplatz gefahren hat – einen 1970er-Valiant Barracuda Formula S Fastback. Isaac hatte Marcus das Auto geschenkt, als er mit dem Studium begann, aber wir alle wussten, dass es auch eine Bestechung war, damit er nicht zur Armee ging, worüber sie sich eine ganze Weile gestritten hatten. Ich weiß noch, wie mich Marcus in diesem Auto mitgenommen hat. Es roch nach Deep-Heat-Muskelbalsam, Schweiß und Leder aus seiner Sporttasche, den dicken, rissigen Boxhandschuhen und den Bandagen auf dem Rücksitz. Einmal wurden wir von zwei Idioten in einem Truck abgedrängt; da stieg erst Marcus aus, und dann der andere Kerl mit einem Radschlüssel. Marcus wich einem Schlag mit dem Schraubenschlüssel aus und schlug dann den anderen mit einer rechten Geraden nieder. Der Zweite im Truck stieg aus und richtete eine Waffe auf

Marcus. Marcus sah ihn nur an, zuckte mit den Schultern, stieg wieder ein, und wir fuhren weiter. Das passierte in der Jeppe Street mitten in der Stadt, ich glaube, es war gegen acht Uhr, Leute überall, aber so ist Joburg eben. Am Tag nach Marcus' Verschwinden gab Isaac dieses Auto Silas Mabuza, der es seinem Sohn Victor schenkte.

Also gehe ich mit dem *Vryheid*-Blättchen zum Sandy-Loch, hebe das Brett darüber ab und hole meine Quality-Street-Dose voller Geheimnisse heraus. Obendrauf liegt das Foto von Nelson Mandelas Gesicht, oder wie es früher aussah. Darunter befinden sich die Videokassetten. Dann kommen meine Notizbücher mit Gedichten und Skizzen, ein Durex-Kondom (angefeuchtet), ein Schweizer Messer und eine dieser kleinen Barclay's-Plastiktüten. Darin befindet sich eine Karte und ein verschrumpeltes Stück Fleisch mit einem Goldpünktchen darin. Vor Annie und den Bombenvideos war das bei weitem mein größtes Geheimnis. Ich bekam es eines frühen Morgens, als ich von meinem Alptraum erwachte und etwas im Hinterhof hörte. Damals wohnte Marcus noch bei uns. Ich ging hinaus und sah ihn am Waschbecken stehen. Er wusch sich wie Isaac, wenn er vom Schrottplatz kommt. Marcus studierte Maschinenbau (glaubten wir), aber jobbte auch nachts als Manager in einem Steakhaus in Randburg, wo er einen Smoking trug.

Als ich mich an jenem Morgen am Waschbecken mehr oder weniger an ihn heranschlich, sah ich sein Jackett und sein Hemd an einem Rohr hängen, und er stand dort mit nacktem Oberkörper und wusch sich ausgiebig. Hinten in seinem Haar hing ein klebriger Klumpen. Ich muss ihm zu nahe gekommen sein, denn plötzlich fuhr er herum, packte mich an der Kehle und drückte mich gegen die Wand. Dann erkannte er mich und sagte mir, ich solle zurück ins Bett gehen und mich nicht heimlich an Leute ranschleichen. Der Klumpen war runtergefallen, und als er sich weiterwusch, hob ich ihn auf. Ich sah, dass der Schaum im Waschbecken ganz dunkel war von dem, was er abgewaschen hatte. Der Klumpen in meiner Hand fühlte sich matschig an. Ich fragte ihn, was passiert sei, aber er ignorierte mich. Ich sah eine Karte aus der Tasche seiner Smokingjacke ragen, und als ich ging, nahm ich auch die mit. Ich weiß noch, wie ich meine Eltern einmal gefragt habe, wie das Steakhaus heiße, in dem Marcus arbeitete, aber sie wussten es nicht. Und auch nicht, um welche Zeit Steakhäuser für gewöhnlich schließen. Ich überlegte mir, dass es keinen Grund gab, im Steakhouse Smoking zu tragen und erst im Morgengrauen nach Hause zu kommen. Es dauerte eine Weile, bis ich erkannte, dass das blinkende Goldding ein Ohrring war, ein Ohrstecker, und der klebrige Teil ringsherum ein Stück von einem Ohr. Durch das Plastik hindurch reibe ich daran; es ist steinhart. Kurz nachdem ich es an mich genommen hatte, verschwand Marcus. Geheimnisse – wo es eines gibt, gibt es noch mehr, echt wahr. Ungefähr zum Millionsten Mal lese ich, was auf der Karte steht. Vielleicht wird es Zeit, dass ich herausfinde, was es bedeutet.

28

Wir, die Jungs aus der 8E, werden über die Lautsprecheranlage ins Büro gerufen. Wir sind immer noch im ersten

Monat des neuen Schuljahres, aber ich habe schon damit gerechnet. Ein paar neue Jungs, die den Stock noch nicht zu schmecken bekommen haben – das konnte sich der alte Volper nicht allzu lange ansehen. Er hält uns einen Gruppenvortrag über Höflichkeit, und dann müssen wir aus dem Büro rausgehen und nacheinander wieder rein. Während man draußen darauf wartet, dass man selbst dran ist, hört man durch die Tür jeden Peitschenhieb und das Klatschen, wenn er auf die Hose trifft – es klingt wie eine Kombination aus Gary Player, der seine Golfabschläge übt, und einem Dienstmädchen, das einen Teppich ausklopft. Aber wir alle grinsen, zwinkern uns zu und tun so, als wäre das alles nichts, auch wenn ich weiß, dass wir uns alle fast in die Hose machen. Hinterher treffen wir uns im unteren Klo, um Hintern und Oberschenkel zu vergleichen und zu überprüfen, wer am meisten blutet und die tiefsten Wunden hat. Mit Kompassnadeln ziehen wir den lilafarbenen Faden hinten an unseren Krawatten raus und fabrizieren zur Erinnerung an das Ereignis einen schwarzen Streifen mit vier Querstrichen, einen für jeden Jungen, der Prügel bezogen hat. Ich habe schon sechs separate schwarze Streifen für sechsmal Stockhiebe, was in etwa dem Durchschnitt für Achtklässler entspricht. Die Neuen hatten natürlich noch keinen einzigen schwarzen Streifen, aber ein paar in unserer Klasse sind ja nicht mehr neu. Zum Beispiel Boris Levin (LVK Distiller Holdings, Pty. Ltd.), der heute den Sieg für die schlimmste Wunde davonträgt, weil bei ihm das Blut bis zu den Socken runterläuft und die Schnitte an seinen Oberschenkeln so tief aussehen, dass man eine Zwei-Cent-Münze reinstecken könnte. Die Jungs machen sich gegenseitig übereinander lustig und lachen über den alten Boris. Der schaut mich an und sagt: »Wenigstens bin ich kein Benefizfall, so wie Helger.« Alle werden still, und ich fühle mich beschissen. Nicht dass ich nicht damit gerechnet hätte. Boris ist ein dämlicher Trottel und hat nur darauf gewartet, die Katze aus dem Sack zu lassen. Dass er Froschaugen und schon jetzt so dünnes Haar hat, dass er garantiert früh eine Glatze kriegen wird, ist in dem Moment kein großer Trost für mich. Mir steigt die Hitze ins Gesicht, und ich habe einen Kloß im Hals – obwohl mir sowieso keine passende Antwort eingefallen wäre. Big Spunny kommt näher, den riesigen runden Kopf zur Seite gelegt, und sieht mich ganz verwirrt an. Mit diebischem Vergnügen erzählt Boris ihm und allen, die es hören wollen, dass mich die Schule nur aus reiner Wohltätigkeit aufgenommen hat und ich eigentlich nicht hierhergehöre, dass mein Bruder in Ordnung gewesen sei, weil er der beste Rugbyspieler aller Zeiten war, aber ich, ich würde hier nur anderen den Platz wegnehmen, das wüsste jeder in der Schule. Spunny grinst Boris an. Dann schlägt er ihm auf den Kopf. »Wie viel Platz haste da oben, hä, Boris? Ich glaub, da drin ist ganz viel leer, Glatzenarsch.« Jetzt lachen sich wieder alle kaputt, nur dass diesmal Boris errötet. Spunny dreht sich zu mir um und nimmt mich in den Schwitzkasten. »Okay, Jungs, auch wenn Helger ein Benefizfall ist, er gehört zu uns. Benefiz ist schwer in Ordnung.« Und dann kommt das Beste: Mouth verpasst mir auf der Stelle einen Spitznamen. »Benefiz!«, ruft er. »Benefiz! Ein Hoch auf die Nächstenliebe, Jungs!« Ich werde rumgewirbelt, dass mir die Luft wegbleibt, aber ehrlich, ich habe mich noch nie so glücklich gefühlt wie in dem Moment, als der Jubel von den harten weißen Fliesen widerhallte.

Ich cruise mit meinen neuen Kumpels durch die Tage und Wochen, und zusammen veranstalten wir jede Menge Blödsinn. Wir stecken den Müllhaufen in Brand. Wir veranstalten einen Wettbewerb, bei dem es darum geht, so laut wie möglich in das Mikrophon von Spazmaz Cohens neuem Tonbandgerät zu furzen und den Lautstärkemesser so hoch wie möglich zu jagen (bis Katzelbaum sich zu sehr anstrengt und in die Hose kackt). Wir überfallen kleine freche Sechstklässler. Wir geben zerknitterte Seiten eines aus dem Ausland reingeschmuggelten *Penthouse* herum – wobei Pornos strengstens verboten sind (schon bei einer Brustwarze rückt die Polizei an). Freitags stimmen wir ins allgemeine Kriegsgeschrei für den Schulkampfgeist ein.

Aggah baggah aggah baggah!
Ii ah! Aggabaggah!
Aggah baggah aggah baggah!
Ii ah! Aggabaggah!
Ein Hoch auf das Wissen!
Scheiß auf den Rest!

Es kursiert das Gerücht, dass es zu einem großen Kampf kommen wird. Big Beefus Blitzer will als Stärkster an der Schule antreten. Jede Menge Wetten werden darauf abgeschlossen, und als es klingelt, rennen wir rauf zu den Rugbyfeldern, um uns einen guten Blick auf den Platz vor dem Schulkiosk zu sichern. Alles Wichtige an der Solomon scheint sich rund um den Schulkiosk abzuspielen. Die Fläche davor ist mit Schiefer gepflastert, und die Vertrauensschüler drängen die Schüler beiseite, um Platz zu schaffen.

Und da kommt auch schon Lionel »Beefus« Blitzer (Blitzer Petrochemical) und lässt seine kurzen, dicken Arme kreisen. Beefus hat ein breites, dunkles Gesicht, dem man ansieht, dass er sich schon mehr als einmal am Tag rasieren muss. Und da kommt Crackcrack. Wir, die Jungs aus der 8E, stehen hinter dem Rugbyzaun oberhalb des Platzes und schauen von dort aus hinunter. Ich beobachte, wie sich die beiden Kon aufwärmen, mit Schattenboxen und Demonstrationen dessen, was sie dem anderen antun werden. Der gedrungene Beefus schlägt weite linke und rechte Haken, der schlaksige Crackcrack zieht immer wieder die dicken Lippen hoch und fletscht die Zähne, wodurch er ehrlich gesagt aussieht wie gehirnamputiert. Dabei übt er schnelle, hohe Kniestöße, hundertmal, und ich hoffe, der gute Beefus denkt daran, seine Kronjuwelen zu schützen. Aber er scheint sich keinerlei Sorgen zu machen. Beefus ist stark wie ein Ochse; er wird definitiv in diesem Jahr als Lock, als Zweite-Reihe-Stürmer, in der Ersten Rugbymannschaft aufgestellt werden. Bei den Zuschauern ist Beefus klar der Favorit. Alle finden, dass Crackcrack eine Abreibung verdient, und zwar nicht zu knapp. Crackcrack steht in dem Ruf, grausam zu sein (was mich nicht weiter überrascht), besonders gegenüber den Kleinen in den unteren Klassen. Dann treten die Vertrauensschüler zurück und geben das Zeichen: Los! Beefus startet durch und holt weit aus, und als er danebentrifft, verliert er das Gleichgewicht. Crackcrack stürzt sich auf ihn. Es gibt ein wildes Gefuchtel von Armen und Beinen, und dann gehen sie zu Boden. Crackcrack bekommt Beefus' Krawatte in die Finger. Ich bin sicher, dass er das im Voraus geplant hat, er selbst hat nämlich seine Krawatte ausgezogen. Er zieht am Knoten von Beefus' Krawatte und fängt an, sie wie verrückt zu verdrehen, während er im Judostil die Beine um Beefus legt, damit der nicht wegkann. Er würgt Beefus mit seiner eigenen Krawatte – ein Murren geht durch die Menge, und schon werden die ersten Buhrufe laut. Die Vertrauensschüler wirken unsicher, ob sie das Ganze beenden sollen oder nicht. Andere streiten mit den Buhrufern. Die einen halten diesen neuen Trick für Betrug, die anderen für einen Geniestreich. Inzwischen ist Beefus' Gesicht aufgedunsen: Seine Lippen sind lila, sein Gesicht ist dunkelrot. Seine Arme erschlaffen, und er schließt die Augen. Es kommt zu einem Gedränge, als die Kumpels von Beefus versuchen, ihrem Mann zu helfen, und Crackcracks Anhänger sie aufhalten wollen. Es dauert lange, bis sie Crackcrack von Beefus loskriegen. Sie müssen ihn regelrecht abschälen, eine Hand nach der anderen, als wäre er eine verdammte Krabbe, die sich mit den Zangen in der Krawatte festgebissen hat.

Crackcracks Kumpel heben ihn hoch und jubeln. Ich sehe Sardines Polovitz unter ihnen, der auch an jenem Tag am Emmarentia-Damm war. Der andere, Russ Herman, ist mit seiner Familie nach Texas emigriert. Sie tragen Crackcrack auf den Schultern herum, als würde er heiraten oder so. Der arme Beefus humpelt davon, auf einen anderen gestützt. Ich ärgere mich über die Leute. Auf einmal sind alle Fans von Crackcrack, dem Gewinner. Wäre es umgekehrt gewesen, hätten sie Beefus zugejubelt. Es gibt keinen Funken Loyalität unter ihnen, sie sind alle wie Schafe, die dem Sieger hinterherlaufen. Das macht mich echt fertig. Ich schüttle den Kopf, verziehe das Gesicht, und plötzlich, bing!, schaue ich Crackcrack genau in die Augen. Ich weiß, dass ich wegucken sollte. Zwischen uns gibt es diesen ungeschriebenen Vertrag der Scham, nach dem Tag am Emmarentia-Damm – *ich tue so, als ob du nicht existierst, und du tust, als ob ich nicht existiere* –, aber stattdessen verziehe ich verächtlich das Gesicht und lasse ihn so richtig abfahren. Ich sehe ihm an, wie überrascht er ist, wie überrumpelt, aber dann runzelt er die Stirn. Er atmet schwer, er schwitzt, er hätte gerade beinahe einen anderen Jungen umgebracht, und das ist wahrscheinlich der größte Moment seines traurigen Lebens, und da komme ich, Helger, und erinnere ihn an das, was an jenem Tag am Damm passiert ist. Ja, ich verspotte ihn geradezu. Er schüttelt die Faust in meine Richtung und schreit, brüllt, mit heiserer Stimme: »Dich krieg ich auch noch, Helger! Du bist als Nächster dran!« Dann drehen sie sich um und tragen ihn auf die andere Seite.

Spunny stößt mich an. »Sieht aus, als hättest du einen neuen Freund gefunden, hey, Benefiz. Gratuliere. Du solltest Diplomat werden, wenn du groß bist. Hast echt Talent dafür.«

»Benefiz«, mischt sich Kackwurst ein, »hat ganz klar Todessehnsucht.«

»Benefiz, Benefiz«, sagt Schnitz und schüttelt den schmalen Kopf. »Wann lernst du endlich, dich zu benehmen, Mann? Wann, um Himmels willen?« Schnitz hat eine coole Raucherpose und die Angewohnheit, sich seitlich an einen anzuschleichen und in abgehackten Salven zu sprechen. Er lässt gerne raushängen, dass er den totalen Durchblick hat. Er zwinkert so oft, dass es wie ein Tic wirkt. Ja, genau, ihn muss ich fragen. Ich trage es schon so lange mit mir herum, habe immer auf den richtigen Augenblick gewartet, dass ich den Mut dazu aufbringe. Scheiß drauf, ich mach es jetzt einfach.

Unterwegs zurück zum Klassenzimmer verwickle ich Schnitz in ein Gespräch, damit er an meiner Seite bleibt, und falle unauffällig hinter den anderen zurück. Dabei halte ich die Karte sorgfältig in der geschlossenen Faust – es fühlt sich fahrlässig an, sie so offen herumzutragen, weit weg vom Sandy-Loch. Ich atme tief durch und tippe Schnitz an, um ihn in seinem Monolog über die verschiedenen Kategorien von Vaginen zu unterbrechen. Als er mich ansieht, drehe ich die Faust, öffne sie und zeige ihm die Karte, ohne ihn sie anfassen zu lassen. Eine seiner Augenbrauen schießt hoch und zuckt wie die Hand eines Strebers, der im Unterricht eine Frage hat. »Nicht meine Szene«, sagt er. »Ich gehe lieber ins *Thunderdome*.«

Also ist es ein Club. Ich versuche, mir meine Überraschung nicht anmerken zu lassen, aber im Inneren flitzen meine Gedanken wie eine Flipperkugel zwischen allem hin und her, was ich über die Clubs weiß, alles, was ich je gehört habe. Denn das *Thunderdome* ist ein Club, und ein Club ist ein Nachtclub, eine Art Disco in der Stadt. Die coolen Typen von der Solomon gehen in Clubs; sie kommen rein, selbst wenn sie noch unter achtzehn sind. Clubs sind gefährlich und glamourös. Ich kenne die Namen und die Legenden, aber natürlich war ich noch nie in einem. Ich habe vom *Q's* auf der Market Street und vom *Idols* auf der End Street gehört, das einen Balkon hat. Vom Junction ganz in der Nähe und dem verrückten *4th World*. Dem The Doors in der Nähe des Carlton Centre, dem *Bella Napoli* und dem

Chelsea Hotel, wo die angesagteste Band Südafrikas, ëVoid, ein paar berüchtigte Konzerte für ihre seltsam gekleideten Fans gegeben hat, die sich Fadgets nennen. Aber von einem Club namens Xanadu habe ich noch nie gehört. »Was hast du gegen das Xanadu?«, frage ich Schnitz. Nur dieses eine Wort steht auf der Karte, sonst nichts. Schnitz greift danach, aber ich habe sie schon wieder eingesteckt.

Schnitz bleibt stehen und wirft mir einen total schrägen Blick zu. »Du bist wohl ein Xanadu-Typ, was?«

»Klar, Mann«, behaupte ich. »Ist echt cool da.«

Schnitz lächelt. »Glaubst du, ja?« Dann erzählt er von seinen wilden Nächten in den Clubs. Den Runden brennender Sambucas. Den männergeilen Schicksenschlampen, die unter den Discokugeln rumhüpfen. Dem dreckigen Sex auf den Toiletten, den Miami-Vice-Anzügen und dem einen Mal, als Myron Shekelovitz seine Suzuki durch das Spiegelglasfenster an der Vorderseite des *Jackal's* gefahren hat. Er erzählt, wie viel es kostet, die Türsteher zu bestechen, damit sie einen reinlassen. »Aber du«, sagt er, plötzlich hinterhältig, »du hast bestimmt einen gefälschten Ausweis, stimmt's? Vergoldet, oder? Ein alter Clubber wie du. Eh klar, oder?«

»Na sicher doch«, antworte ich automatisch, der Bullshit fließt mir nur so aus dem Mund.

Schnitz schnaubt. »Benefiz. Jetzt mach mal halblang, mein Freund. Warst du überhaupt schon mal in einem Club? In irgendeinem? Jemals im Leben?«

Ich tue so, als wäre ich verwirrt, und meine Augenlider flattern wie Mottenflügel. »Was soll das heißen?«

Er grinst. »Benefiz, hat dir deine Mami nicht beigebracht, dass man nicht lügen soll?« Als er sich umdreht und weggeht, würde ich ihn am liebsten am Hemd packen, schütteln und sagen: Nimm mich mit, wenn du das nächste Mal gehst! Aber dafür bin ich zu cool. Ich stecke die Hände in die Taschen und fange an zu pfeifen. *Too cool for school.*

29

Ich habe jetzt einen Schulspitznamen -- Benefiz --, aber mir noch keinen *Namen gemacht*. Daran muss ich noch arbeiten, muss noch den richtigen Ansatz finden. Aber je mehr Zeit vergeht, desto mehr denke ich an die Mädchen in der Jules Township, an den *Struggle,* und plötzlich bin ich einfach nur zutiefst dankbar für die Ausbildung, die mir auf einem Silbertablett geboten wird, die Qualität der Lehrbücher und der Lehrer, und die fiesen Sachen werden unwichtig. Vielleicht hat es etwas damit zu tun, dass ich bald siebzehn werde, aber zum ersten Mal in meinem Leben nutze ich meine Privilegien, konzentriere mich im Unterricht und mache gleich nach der Schule meine Hausaufgaben, anstatt die Nachmittage mit nutzlosem *Spielen* zu verplempern. Außerdem trainiere ich jeden Morgen mit Liegestützen, mache mein Bett, hänge zu Hause meine Schuluniform ordentlich auf und setze mich anständig an den Tisch zu einem richtigen Mittagessen, »wie ein *gentlyman*«, sagt Zaydi immer. Ich übe sogar Schattenboxen mit nacktem Oberkörper in der Sonne und versuche, mich an das wenige zu erinnern, das Marcus mir beigebracht hat. Dass man immer an die Verteidigung denken muss. Ellbogen hoch, Fäuste über den Augenbrauen. Dreh dich von deinem Gegner weg.

Links, rechts. Er kann dir nicht weh tun. Nelson Mandela war Boxer. Er macht Liegestütze in seiner Zelle.

Am Nachmittag beschließe ich, zum Schrottplatz zu gehen; meine Hausaufgaben kann ich nach dem Abendessen machen. Ich will in der Firma helfen, mich nützlich machen. Ich nehme den Stadtbus an der Barry Hertzog Avenue und steige in Vrededorp aus. Hinten auf dem Hof arbeitet Isaac allein bei den Oldtimern, genau wie beim letzten Mal, als ich mit dem verrückten Captain Oberholzer im Schlepptau hier war. Ich reiche meinem alten Herrn eine Weile seine Werkzeuge, bis mir auffällt, dass Silas' Sachen nicht da sind, und ich frage Isaac danach. Er hebt den Kopf, ein Auge gegen die Sonne zugekniffen, und sieht mich an, als könne er nicht glauben, dass ich das nicht weiß. Aber mir erzählt ja keiner was. Er sagt, dass Silas vor zehn Tagen plötzlich verschwunden war. Es dauerte eine Woche, bis sie herausfanden, was passiert war. Er war mit seinem Peugeot 404 Kombi auf einer Autobahnausfahrt hinten in einen Lastwagen reingekracht. Er wurde ins Baragwanath Hospital in der Riesen-Township Soweto gebracht, wo er auf dem Boden liegen gelassen und wegen einer Verwechslung nicht behandelt wurde. Irgendwann spürte ihn seine Familie auf, und es stellte sich heraus, dass er sich das Genick gebrochen und dazu noch eine schwere Lungenentzündung und Herzprobleme zugezogen hatte. Als Isaac herausfand, wo er war, veranlasste er, dass Silas in eine Privatklinik in Illovo gebracht wurde, als erster nichtweißer Patient überhaupt. »Sie haben ihn nur aufgenommen, weil ich extra zahle«, sagt Isaac. »Außerdem ist der Krankenhausmanager ein Neffe von Errol Kramer. Du kennst Errol.« Ich nicke. Errol kauft seit ewigen Zeiten Abgassysteme von uns. Irgendwann hat er in seiner Werkstatt drei Räuber erschossen und war in der Zeitung. Isaac sieht traurig aus, und das überrascht mich nicht. Silas und er arbeiten schon jahrzehntelang am Schrottplatz eng Seite an Seite. »Wie geht es ihm jetzt?«, frage ich.

»Willst du ihn besuchen?«

Also fahren wir nach Illovo, und mir stockt kurz der Atem, als ich Marcus' Wagen auf dem Parkplatz sehe. Ich brauche eine Sekunde, bis mir wieder einfällt, dass es nicht mehr seiner ist. Er gehört jetzt Victor Mabuza, Silas' Sohn. Mein Vater hat ihn ihm geschenkt, nachdem Marcus das Undenkbare – das vielleicht Unverzeihliche – getan hatte und zur Armee gegangen war. Wir gehen rein. Silas schläft, an unzählige Schläuche angeschlossen. Isaac hat mir bereits gesagt, dass er im Grunde genommen Hospizpflege erhält. Silas ist kein junger Hüpfer mehr, und wir müssen akzeptieren, dass er nicht mehr auf die Beine kommen wird. Victor sitzt am Bett, und ich merke, dass Isaac ihm etwas sagen will. Ich behaupte, dass ich zur Toilette muss, lausche aber draußen an der Tür. Ich kann mit Mühe verstehen, was Isaac sagt, seine Stimme klingt ganz gepresst. »Es tut mir sehr, sehr leid.« Victor antwortet: »Es war ein Unfall.« Und Isaac sagt: »Ja, ich weiß. Aber ich hätte gründlicher nachforschen sollen, gleich von Anfang an. Er hätte nie daliegen dürfen, wie ein Hund auf dem Boden. Ich hätte nachforschen sollen, als er nicht zur Arbeit kam. Dein Vater … Ich hätte ihn sofort hier reinbringen können … Vielleicht ist es … Es tut mir leid, es tut mir so leid!« Auf dem Weg nach Hause sind die Augen meines Vaters immer noch gerötet.

»Es ist schrecklich, was mit ihnen geschieht«, sagt er, halb zu sich selbst. »Einfach nur schrecklich. Ein Mann sollte von vernünftigen Ärzten behandelt werden. Schrecklich. Als ich noch ein Kind war, das vergesse ich nie ...« Aber er redet nicht weiter, und ich dränge ihn nicht.

Am nächsten Morgen wird mir bewusst, dass wieder Mittwoch ist. Es macht mich nicht mehr nervös; seltsam, wie ängstlich ich beim ersten Mal war. Zu Viljoen hinunterzugehen ist zur Routine geworden; nie finde ich eine Nachricht von Annie in den Büchern. Inzwischen frage ich mich, ob ich weiter tatenlos warten soll oder ob ich nicht lieber selbst die Initiative ergreifen sollte. Durch Nichtstun kann man sich keinen Namen machen. In der ersten Pause gehe ich in den Medienanbau, wo, ordentlich aufgereiht, unsere Commodore-64-Computer stehen und wo sich unsere Bibliothek und unser Filmsaal befinden. Ich habe die ganze Nacht darüber nachgedacht – im Bett war es mir deutlich einfacher erschienen. Obwohl ich zittere, hole ich das Stahllineal aus meiner Tasche und schraube mit einer Ecke die Platte einer Steckdose ab, ziehe sie heraus und lasse sie runterhängen. Dann gehe ich rauf in den ersten Stock. Mr Gordon ist ein kleines Arschloch und lebt mehr oder weniger da oben im Medienanbau, seinem kleinen Königreich. Ich frage ihn, ob ich vielleicht beim Videoclub mitmachen könne, und er schaut auf und erwidert ganz langsam, als wäre ich schwachsinnig, dass ich eigentlich wissen müsste, dass der nur für Oberstufenschüler ist und nur ganz wenige es schafften, sich dafür zu qualifizieren. Ich schenke ihm ein nettes Lächeln und informiere ihn darüber, dass irgendjemand unten eine Steckdose kaputtgemacht hat, was ihn noch mehr in Rage bringt, als ich gehofft hatte. Als er hinunterläuft, um es sich anzusehen, schlüpfe ich schnell an seinem Schreibtisch vorbei und durch die Akkordeontüren rein ins Videolabor. Es gibt einen Videoschneideplatz und eine Kamera auf einem Stativ, die auf eine grüne Leinwand gerichtet ist. Eine Stahltür in der Ecke steht einen Spalt offen. Dahinter liegt ein Lagerraum voller Zubehör. Kameras, Lampen, Mikrophone und auf der anderen Seite ein Stapel Videorecorder, vom Boden bis zur Decke. Hallelujah! Ich balle triumphierend die Faust. Ich höre Mr Gordons Schritte auf der Treppe und haue über die Feuerleiter ab. Kaum bin ich wieder zu Hause, verfasse ich mit Hilfe von Annies Hebräisch-Code eine Nachricht an sie: EINSATZBEREITES VIDEO-EQUIPMENT GEFUNDEN. Ich lege sie zwischen Seite 100 und 101 von *Sinn und Sinnlichkeit,* gehe damit sofort runter zu Viljoen und tausche wie immer mit Dolf die Bücher aus. Und, ist das Initiative oder nicht, Amerikanerin?

30

Sonntag ist natürlich *braai*-Tag. Morgens fahre ich mit Isaac zusammen zum Checkers an der Berry Hertzog Avenue, um im kosheren Teil hinten im Supermarkt Fleisch zu holen. T-Bone-Steaks, Lammspießchen und ein Glas Monkey-Gland-Sauce (Annie hat sich fast übergeben, als sie den Namen zum ersten Mal hörte, und sich erst beruhigt, nachdem ich ihr erklärt hatte, dass die Sauce nicht aus Affen gemacht wird, sondern nur aus Gewürzen, Tomaten- und

Worcester-Sauce und solchem Zeug). Als wir zurückkommen, steht ein roter Jaguar xj6 vor der Tür. Und das kann nur eins bedeuten. Und tatsächlich sitzt Hugo Bleznik in unserem Garten mit einem sehr großen Scotch in der Hand und einer wesentlich jüngeren Frau an seiner Seite, die ich noch nie zuvor gesehen habe, was mich nicht weiter überrascht. Hugo hat einen Bauch wie ein Bierfass, etwa fünfundzwanzig Schwabbelkinne unter seinem echten und trägt heute einen weißen Anzug mit einer Nelke im Hutband. Er war von Anfang an Isaacs Partner, aber mir fallen keine zwei Männer ein, die gegensätzlicher sein könnten als diese beiden. Isaacs Platz ist auf dem Schrottplatz, als König des Rostes und der Wracks, während Hugo in vornehmen Restaurants, eleganten Hotels und schicken Bars arbeitet. Sein warmer Händedruck und sein unerschütterliches Keramiklächeln sind seine Markenzeichen. Er kennt jeden in Joburg, der für das Geschäft von Bedeutung ist, und wahrscheinlich auch die meisten anderen, die es nicht sind. Er war nie verheiratet und besitzt sieben Rennpferde, die er im Rennstall von Turffontein hält, ein riesiges Haus im Hyde Park und ein weiteres Ferienhaus mit Boot am Vaal River. Er muss auf die achtzig zugehen, hat aber erstaunlich viel Energie und ist immer noch lieber unterwegs als in seinem Büro in der Firma. Er fährt nicht nur quer durchs ganze Land, akquiriert neue Großkunden und besucht Händler, sondern fliegt auch nach Los Angeles und Tokio, um Geschäfte für den Versand von gebrauchten Motoren und Neuteilen abzuschließen.

Ich helfe Arlene, den Tisch unter den Pflaumenbäumen zu decken, und nachdem wir gegessen haben und sich fette blaue Fliegen auf den abgenagten Knochen niederlassen, wendet sich Hugo an mich. Isaac ist ins Haus gegangen, wo auch Arlene vor einer Weile verschwunden ist, um noch eine Flasche zu holen. Hugos neue Freundin ist tief in die Betrachtung ihrer langen Nägel versunken, Zaydis Augen sind geschlossen. Hugo sagt zu mir: »Ich muss mal ein ernstes Wörtchen mit dir reden, Boyki.« Er deutet mit dem abgespreizten kleinen Finger am Glas auf mich. »Du weißt, dass du jetzt an der Reihe bist. Es hängt an dir, hey.«

»Was meinst du?«

»Die Firma. Nicht dein Bruder wird sie übernehmen, sondern du.« Ich lache auf. Hugo sagt: »Stell dein Licht nicht unter den Scheffel. Mach was aus dir; das kannst nur du, kein anderer. Du schaffst das, du kannst die Firma sehr gut weiterführen, eines Tages. Da mache ich mir gar keine Sorgen.« Er dreht sich umständlich auf seinem Stuhl herum, um nach Isaac Ausschau zu halten, aber der Rasen ist leer. »Nur zwischen dir und mir und dieser Gartenmauer. Dein Vater wäre böse auf mich. Er kann dir gegenüber nicht – wie heißt das gleich noch – objektivistisch sein.«

»Objektiv?«

»Genau. Es gibt etwas, bei dem ich dich dabeihaben will. Etwas, das dir zugutekommt.«

»Was denn?«

»Es hat etwas mit der Lösung eines Problems zu tun. Wenn du die Firma übernimmst und nicht Marcus, wovon ich momentan ausgehe, dann musst du noch viel darüber lernen. Das kann dir keine Schule und kein Buch beibringen. Und ehrlich gesagt geht es dabei um ein Problem, das du uns aufgehalst hast, wenn ich es recht verstehe.«

»Ich?«

»Ein Problem, das du irgendwie verursacht hast, Martin. So wie ich das verstehe, um ehrlich zu sein.«

Ich starre ihn an und warte auf ein Zeichen, dass er mich auf den Arm nimmt.

»Der Polizist«, sagt er. »Den du auf den Schrottplatz gebracht hast.« Das Wort »Polizist« trifft mich wie ein Tritt in die Magengrube.

»Du musst nicht gleich so blass werden«, beruhigt mich Hugo. »Das kriegen wir schon hin. Ich bin jetzt erst mal wieder für ein paar Wochen unterwegs. Aber wenn ich zurückkomme, machen wir uns am folgenden Sonntag gleich nach dem Mittagessen zusammen auf den Weg. Ich komme allein. Nur du und ich. Du musst dir eine Ausrede einfallen lassen. Ich warte dann um die Ecke auf dich.«

»Ach komm, Hugo.«

»Das ist kein Scherz, Martin. Du sagst es niemandem, auch nicht deinem Vater.«

Ich kratze mir die Nase. »Wohin willst du fahren?«

»Entweder ja oder nein. Aber ich rate dir, ja zu sagen. Meiner Meinung nach hast du kaum eine andere Wahl.«

»Was soll das alles, Hugo?«

»Ich hab's dir doch gesagt. Dein Polizist. Captain Oberholzer. Denk drüber nach. Und wenn ich zurückkomme, begleitest du mich, dann wirst du schon sehen. Wir beide machen uns zusammen auf den Weg, lösen dein Problem und bringen die Sache in Ordnung.«

Dann kommt Isaac. Hugo tippt sich mit dem kleinen Finger an die Stirn und zwinkert mir zu. Als er nach einer Unterredung mit Isaac drin im Haus wieder geht, trägt er einen Schuhkarton unter dem Arm. Mir fällt plötzlich auf, dass er, solange ich denken kann, jeden Sonntag Schuhkartons mitgenommen hat. Aber ich habe mich nie gefragt, was wohl darin ist.

Die Zeit bis zum Mittwoch zieht sich. Ich bin mir ziemlich sicher, dass ich eine Nachricht von Annie erhalten werde, aber trotzdem macht mein Herz einen Sprung, als ich das Buch aufschlage und tatsächlich ein kleiner, quadratisch zusammengefalteter Zettel auf mich wartet. Ich schnuppere vergebens an dem Papier nach ihrem Duft. Dann zeichne ich das Gitter und beginne mit der Decodierung des hebräischen Texts. Buchstabe um Buchstabe wie bei einem umgekehrten Striptease erscheinen Annies Worte vor meinen Augen. DU BIST TOLL KOMM SA FLOHMARKT TEEKANNENSTAND 11.00.

DU BIST TOLL. Was so ein kleiner Vorstoß bewirken kann! Ich weiß, welchen Flohmarkt sie meint, und das wiederum wusste sie. Der Flohmarkt findet auf dem Parkplatz vor dem Market Theatre in Newtown statt. Annie. Ich werde sie treffen, ganz in echt. Ich fühle mich, als würde ich schweben, als wäre mein ganzes Blut durch Helium ersetzt. *Annie.*

Doch am Donnerstag wird in den Nachrichten von einem Bombenanschlag in Fordsburg berichtet – nicht weit vom Flohmarkt entfernt. Zwei Tote. Anschläge passieren andauernd, aber dieser hier fühlt sich an wie eine Botschaft an mich. Er erinnert mich an das, was auf den Videokassetten ist, und das nagt an mir. Als ich am Freitag nach der Schule in den Stadtbus nach Vrededorp steige, geht mir auf, wohin der Bus weiterfährt. Also steige ich nicht an meiner

Haltestelle in Vrededorp aus, sondern bleibe bis Fordsburg sitzen. Diese Gegend ist auch hauptsächlich Afrikaans geprägt, aber kommerzieller als die Wohngebiete, man sieht viele indische Gesichter. Es gibt Teppichläden, Schneidereien, Curryrestaurants. Das Oriental Plaza – das indische Einkaufszentrum – ist ganz in der Nähe. Ich weiß nicht, ob Inder auch hier wohnen dürfen –, ich glaube eher, es ist ein reines Weißenviertel, aber ich bin mir nicht sicher. Ich komme an einer Ecke heraus, an der Polizeiautos geparkt sind. Früher war hier ein Wimpy-Hamburger-Laden, aber die fröhlichen Farben sind alle schwarz verkohlt. Ich sehe zerbrochenes Glas und geschmolzene Tischplatten auf der Straße hinter dem Flatterband der Polizei. Ein paar Leute lungern herum und gaffen. Das Feuer der Explosion ist hoch aufgelodert und hat das Mauerwerk bis in den zweiten Stock verkohlt. Dann erhasche ich einen Blick auf eine Speisekarte, die über die Straße geweht wird, laminiert, halb verbrannt und mit Blasen, aber ich kann immer noch Teile davon lesen. *Cheeseburger mit Pommes frites R 2.50 … Grillteller R 3.75 … Shanty-Salat für die schlanke Linie … Hey Kinder! Macht mit beim Wimpy-Wiz-Club …* »Wieder einer«, sagt eine Frau in meiner Nähe. Eine Männerstimme bemerkt: »Die müssen einen echten Hass auf Cheeseburger haben, hey.« Es sollte ein Witz sein, weil immer wieder Wimpy-Schnellrestaurants ins Visier genommen werden. Ein Mann vor uns dreht sich um und sagt: »Halt die Klappe! Etwas mehr Respekt, bitte.« Der Erste erwidert: »Willst du was von mir?«, und im nächsten Augenblick gehen die beiden Typen mit den Fäusten aufeinander los. Typische südafrikanische Freundlichkeit. Die Frauen strecken ihre Arme aus und rufen: »Hey, hey, hey, hey, heyyyyyy! Hört auf! Hört auf damit!« Ein Polizist steigt aus einem der geparkten Autos und schlendert herüber, um die beiden Streithähne zu trennen. Der Anblick der Uniform schlägt mir sofort auf den Magen, das war früher nie so. Ich weiche zurück. Plötzlich werde ich am Arm gepackt. Ein quadratisches, behaartes Gesicht nähert sich meinem, viel zu dicht. Ich rieche süßlichen Alkohol im Atem des Mannes, und die Augen blicken seltsam unscharf, als sähe er nicht mich an, sondern seine eigene Nasenspitze. »Stavros Christou mein Name«, sagt der Typ leise und undeutlich. »Bin aus Larnaka in Zypern 1960 hergekommen, weil ich ein besseres Leben wollte, verstehen Sie. Ich habe seit dreißig Jahren ein *cafi* in der Plein Street. Wissen Sie, wie oft ich von denen ausgeraubt wurde? Wenn ich neunmal sage, würde Sie das nicht wundern, aber es war noch öfter, ein Dutzend Mal. Hier, schauen Sie sich das mal an …« Er zieht seinen Hemdkragen hinunter. Ich will gehen, aber er verfolgt mich, hält mich fest, nicht grob, eher sanft. Er spricht leise mit mir, als würden wir uns seit einer Million Jahren kennen. »Sehen Sie das hier? Fünfundzwanzig Stiche. Zwei Zentimeter von der Halsschlagader entfernt, haben die gesagt. Den Schraubenzieher habe ich nicht mal gesehen. Wie immer hab ich zu ihnen gesagt, nehmt, nehmt, nehmt alles. Ich habe kein Problem damit. Ich hab ihnen die Kasse aufgemacht. Aber die sind von Natur aus gegen das menschliche Leben. Wissen Sie, dass mit dieser Bombe zwei Mädchen getötet wurden? Sie haben den Sprengstoff im Mülleimer deponiert und sind rausgegangen. Es waren zwei kleine Mädchen, die sich nach der Schule hier einen Hamburger holen wollten.

Mädchen in Schuluniform, genau wie Sie eine tragen. Sir, die Bombe hat sie hier auf die Straße geschleudert wie Müll. Dreizehnjährige Mädchen. Meine Cousine kennt die Familie von einer von ihnen. Anständige Leute, Sir, ich garantiere es Ihnen. Richtig nette Leute. Die Mädchen wurden in Stücke gerissen. Aber die eine hat noch geatmet, als der Krankenwagen kam. Ich sage Ihnen ehrlich, Sir, es ist ein Segen, dass sie gestorben ist, sonst wäre sie Gemüse im Rollstuhl gewesen. Und das nur wegen eines Hamburgers? Was für ein Ort ist das hier? Ein anderer Mensch wurde am ganzen Körper verbrannt und liegt im Krankenhaus. Jetzt will ich Sie mal was fragen, Sir. Sie haben ein ehrliches Gesicht. Legt ein Mensch eine Bombe in einen Hamburgerimbiss? Um Schulmädchen zu töten? Würde ein Mensch so etwas tun? Sagen Sie es mir ehrlich, Sir, denn ich muss es wissen …«

»Lassen Sie mich los«, sage ich zu ihm, denn er atmet mir ins Gesicht, und ich habe fast das Gefühl, dass er blind ist oder so. Er macht mir Gänsehaut. »Würden Sie mich jetzt endlich loslassen, ja? Bitte?«

Aber er tut es nicht, er klammert sich weiter an mich und redet leise auf mich ein. »Sehen Sie denn nicht, dass die Regierung zu lasch ist? Sie sehen vernünftig aus. Wenn es keine Menschen sind, finden Sie dann nicht auch, dass wir sie alle an die Wand stellen müssen, weil es sonst niemals aufhört? Ist das nicht ganz eindeutig …«

Eine Art Betäubung, eine tiefe Benommenheit hängt an mir genau wie dieser Fremde, bis zum Samstagmorgen. Ich kann sie nicht abschütteln. Ich muss mich zwingen, morgens aufzustehen. Es ist verrückt, ich weiß, ich sollte aufgeregt sein, weil ich Annie wiedersehe – aber ich bin überhaupt nicht im Reinen mit mir. Ich fahre mit einem anderen Bus zum Market Theater, eine Art liberales Zentrum von Joburg, wo Anti-Apartheid-Stücke wie *Sarafina!* aufgeführt werden. Hier hat der junge weiße Jude Johnny Clegg angefangen, mit dem ehemaligen Gärtner Sipho Mchunu Zulu-Musik zu machen, bevor sie mit der Band Juluka berühmt wurden. Es gibt auch einen Jazzclub gegenüber dem Theater, und dort habe ich zum ersten Mal Schwarze und Weiße zusammen gesehen, wie sie miteinander Umgang hatten, ohne dass die Schwarzen die Getränke serviert hätten. Keine Ahnung, irgendwie scheinen hier die Apartheidsgesetze einfach außer Kraft gesetzt zu sein, Abrakadabra. Als ich unter der M1-Überführung bin, sehe ich schon die Tische und Menschen, den Flohmarkt. Aber in meinem Inneren dröhnt noch immer die Stimme dieses Mannes aus Zypern, und ich sehe den Typen mit dem Palästinensertuch und den mit der Sturmhaube und Genosse Shaolin vor mir. Auf dem Flohmarkt wabert die Hitze auf dem heißen Asphalt um die Stände herum, und mir steigt stechender Kräutergeruch in die Nase, wahrscheinlich *Dagga*, das die Leute hier rauchen, und dazu der vertrautere Geruch von Tabak sowie das süßliche Aroma von Bier. Aus mehreren Lautsprechern dröhnen ein Dutzend verschiedener Songs, dazu höre ich ein Live-Saxophon irgendwo, eine Gitarre anderswo, Straßenmusiker, die für Kleingeld spielen. Die Gesichter in der Menge sind kohlschwarz und schweinchenrosa und alles dazwischen, die Leute sind groß, klein, dick, dünn, kräftig. Der Stand, den ich suche, ist am anderen Ende, in Richtung der Glaswolkenkratzer.

Doch als ich dort ankomme, ist Annie nicht da. Ich schaue auf die Uhr und stelle fest, dass ich zu früh dran bin. Ich gehe zum Theater. Im Eingangsportal liegen Stapel von Gratiszeitungen. Ich sehe die *Vryheid*! Daneben liegt eine namens *Liberation*. Ich nehme ein Exemplar und lese von einem Aufstand des MDM, des Mass Democratic Movement. Auf der Titelseite sind Bilder von einer Demonstration in der Stadt. Ein Ozean von marschierenden Menschen. Ich kann mich nicht erinnern, dass darüber im Fernsehen oder im *Star* berichtet wurde. Ich blättere um, und ein Artikel mit den Worten DIE JUDEN fällt mir ins Auge. DIE JUDEN, so heißt es, seien die größten Slum-Lords Südafrikas. DIE JUDEN seien die HAUPTAUSBEUTER DER MASSEN. Soweto und alle anderen Townships gehörten in Wirklichkeit den JUDEN. Jüdische Banken, so lese ich, seien der Grund dafür, dass es Apartheid gebe. Alles gehe auf den Burenkrieg und die Rothschilds zurück, die in Wirklichkeit das britische Empire kontrolliert hätten ... Das haut mich um. Es fühlt sich genau an wie damals, als ich als Kind von der *Schul* nach Hause ging und sie uns hinten aus einem Auto raus angeschrien haben: SCHEISSJUDEN! Ich lege die Zeitung hin, gehe weg, bleibe stehen und drehe mich noch einmal um. Ich muss an die vielen Leute denken, die sich so eine Zeitung nehmen, sie lesen, den Inhalt wiederholen und weitergeben werden. Ich gehe weiter, ohne es bewusst zu entscheiden. Wie in einem Schwebezustand. Irgendwann stehe ich wieder vor dem Stand. Ich sehe viele Teekannen, aber immer noch keine Annie. Irgendwie bin ich erleichtert. Dann tippt mir jemand auf die Schulter und sagt: »Ich glaube, sie wartet auf dich.« Ich schaue mich um und sehe einen alten blauen vw. Dunkle Locken hinter dem Lenkrad, eine dunkle Sonnenbrille, und eine Hand, die mir lebhaft zuwinkt.

31

Sie trägt ein ärmelloses Shirt, so dass ich ihre gebräunten Schultern bewundern kann, und ein Paar riesige Kreolen. Ich frage nicht, wohin sie mich mit dem kleinen Käfer bringt, und sage auch nichts zu ihren Fahrkünsten – sie schwenkt abrupt von einer Fahrspur auf die andere, als wollte sie uns umbringen, und behandelt das Bremspedal, als wäre sie allergisch dagegen. Wir brausen die ganze Jan-Smuts-Avenue hinunter bis nach Saxonwold, biegen in die Chester Road ein, drehen um und umrunden den Zoo Lake. »Wenn du dich verfahren hast«, sage ich, »gib es einfach zu. Ich kann dir den Weg zeigen. Du musst mir nur sagen, wo wir hinwollen.« Sie grinst mich an. »Ach, halt doch die Klappe, Martin.« Ich zucke gespielt gelangweilt mit den Achseln. »Na klar, was weiß ich schon? Ich bin ja nur hier aufgewachsen.« Sie winkt ab. »Jeder ist ein verdammter Experte«, sagt sie. »Lehn dich zurück, und nimm eine Beruhigungspille.« Also halte ich die Klappe, und wir fahren noch eine Runde, bis sie schließlich auf den Parkplatz hinter dem Zoo Lake einbiegt und zu einem schattigen Plätzchen unter den Pinien am anderen Ende fährt; weit und breit ist niemand zu sehen. »Ich wollte nur sichergehen, dass wir nicht verfolgt werden, wenn du es unbedingt wissen willst«, erklärt sie, schnallt sich ab und dreht sich, um mir ins Gesicht zu sehen. »Martin, Martin Helger. Leibhaftig. Ha!« Sie nimmt ihre Sonnenbrille ab, sieht mir in die Augen, und wham!, trifft's mich, und ich denke, das ist es also. Das ist es, worum es in all den Songs und Filmen geht. In mir brodelt es wie in einem Wasserkocher.

Ich lege meine Hand auf ihren braunen, glatten Arm und sage mit erstickter Stimme: »Ich habe dich vermisst.«

»Wow, du siehst gut aus«, sagt sie. »Hast du trainiert, Martin?« Ich denke an meine morgendlichen Liegestütze und nicke. »Du bist hier muskulöser geworden«, bemerkt sie und berührt meinen Hals, meine Schulter. »Sieht aus, als wärst du auch in der Sonne gewesen, hast ein bisschen Farbe bekommen. Schön. Und überhaupt … Du hast dich verändert, wirklich.«

»Tatsächlich?«

»Du bist gewachsen. Du siehst gut aus.«

Ich nicke und denke an meine neuen Freunde in der Schule. »Hey, ich weiß«, sage ich. »Am Montag werde ich siebzehn.« Am 6. März ist es so weit – seit der Granatapfelbank habe ich sie nicht mehr gesehen, zwei Monate ist das her.

»Wirklich? Herzlichen Glückwunsch.«

Ich grinse sie an, und dann öffne ich meinen Sicherheitsgurt, umarme und küsse sie. Sie legt eine Hand auf meine Brust und wehrt mich ab. »Hey, langsam«, sagt sie. »Ich muss mich wohl vor dir in Acht nehmen, was?« Ich grinse nur wie der letzte Depp, während sie mir meine Hände in den Schoß legt. »So«, sagt sie dann, »und jetzt erzähl mir mal, wie wir das machen wollen. Was für ein Equipment hast du? Wann können wir die Videos kopieren?«

Ich brauche eine Sekunde, um mich zu fangen. »Hast du mich denn nicht auch vermisst?«, will ich wissen.

Sie reckt das Kinn vor. »Die Videos, Martin«, erwidert sie. »Die Videos.«

Also erzähle ich ihr in allen Einzelheiten und gebe ein bisschen damit an, wie ich in das Videolabor der Schule gekommen bin, was ich da gesehen habe und was man meiner Meinung nach mit den Geräten anfangen kann. Ich berichte ihr auch von den Sicherheitsvorkehrungen an der Solomon. Den Betonmauern und der bewaffneten Security, den Kameras, Alarmanlagen und Abläufen.

Sie nickt. »Okay«, sagt sie. »Also, und wie willst du es machen?«

Ich schaue sie nur an. »Ich?«

»Was hast du denn gedacht? Dass du uns den Weg zeigst und wir den Rest erledigen?«

Ich stottere einen Moment herum. »Nein, ich hab noch nicht darüber nachgedacht. Ich wollte dir nur sagen, dass es dort alles gibt, was man braucht.«

»Jetzt hör mir mal gut zu, Martin. Du bist unsere einzige Möglichkeit, okay? Wir rennen immer wieder gegen die Wand hier. Wir haben eine Mission, aber wir kommen mit dem Kopieren nicht weiter und sind im Rückstand. Ich hätte nie gedacht, dass es so schwer sein würde. Du bist derjenige, der die Masterbänder hat. Du musst da reingehen und es so machen wie gestern, okay? Du hast es schließlich schon einmal geschafft, oder?«

»Aber nur für einen Augenblick. Mr Gordon ist immer da.«

»Nach dem Unterricht?«

Ich nicke. »Ja, bis spätabends. Und nach der Schule findet oben im Mediengebäude immer eine AG statt; es ist bis etwa fünf Uhr belegt. Außerdem gibt es eine Ein- und Ausgangskontrolle durch die Wachen am Tor, und am Ende des Tages müssen die Zahlen übereinstimmen. Eine Vorsichtsmaßnahme gegen Entführungen. Ich kann mich also nicht irgendwo in der Schule verstecken und später in den Medienraum schleichen. Und selbst wenn, wie würde ich wieder rauskommen?«

Sie hat ihre großen Karamellaugen zu Schlitzen zusammengekniffen. »Was willst du mir damit sagen?«

»Ich sage dir nur, wie es ist.«

»Du machst Witze, oder? Deswegen hast du mich den weiten Weg hierher geholt? Um mir zu sagen, dass es unmöglich ist? Was soll das, Martin? Herrgott noch mal!«

Ich spüre, wie mein Rücken steif wird, und ich erröte. »Na ja, schließlich wolltest du dich mit mir treffen.«

»Weil ich dachte, du hättest gute Nachrichten und wir könnten das machen! Damit wir zusammen alles durchplanen können, persönlich. Pah!« Ihre Wut, ihre Verachtung – das ist schlimmer als jeder Rohrstock, ehrlich.

Ich verschränke die Arme. »Na schön, dann hast du dich wohl geirrt.«

Für einen Moment sitzt sie mit offenem Mund da. Dann sagt sie: »Wage es nicht, Martin! Wage es nicht, mich so zu behandeln, okay?«

»Ist das ein Befehl?«

»Ich gebe dir einen kostenlosen Rat, Kleiner. Kein Mensch auf der Welt kann Arroganz leiden.«

»Ich bin nicht …«

»Das ist egal. Unsere Emotionen spielen keine Rolle. Wir sind Soldaten, und wir sind hier, um einen Job zu erledigen. Wir müssen die Videos kopieren, Martin ... Was ... Was ist jetzt?«

»Nichts.«

»Was hast du?«

»Nichts«, wiederhole ich. »Du solltest bloß mal zum Wimpy in Fordsburg fahren, das ist alles.«

»Was soll das heißen?«

»Nichts. Bestell dir einen Cheeseburger, schön verbrannt.«

»Wie bitte?«

»Nichts. Du weißt es ja nicht mal.« Dann sage ich: »Die jagen Kinder in die Luft, Annie. In dem Fall zwei Mädchen. Und soweit ich weiß, könnte die Anleitung zu der Bombe von einem deiner Fireseed-Bänder stammen.«

Sie schweigt eine Weile. Und dann: »Was willst du, Martin? Dass ich Mitleid habe? Hast du vergessen, welche Zustände in Jules herrschen? Um was es hier *geht*? Wir sabotieren hier eine Riesenmaschinerie, Martin. Das ist ein Krieg. Und die andern sind diejenigen mit der Armee, vergiss das nicht.«

»Was haben diese Schulmädchen mit irgendeiner Maschinerie zu tun?«

»Zivilisten sind nicht die Ziele.«

»Komisch, auf die Idee wäre ich jetzt nicht gekommen.«

Sie holt tief Luft und schließt die Augen. Dann schlägt sie sie wieder auf und sagt: »Martin, wenn weiterhin Burgerläden explodieren, bleiben die Leute zu Hause, und die Firmen gehen pleite. Das ist eine Tatsache. Ob dir das passt oder nicht. Es verbreitet Angst, erhöht den Druck. Hitze und Spannung. Eine Revolution ist wie Popcorn machen. Eine bestimmte Temperatur muss erreicht werden, bevor die Leute anfangen, in Massen aufzuspringen.«

»Menschen sind kein verdammtes Popcorn, Annie!«

»Das war eine Analogie, okay? Solange sich die Weißen mit der Apartheid wohl fühlen, warum sollten sie daran irgendetwas ändern, Martin? Sie hatten es zu lange zu leicht. Es wird Zeit, dass sie ihre eigene verdammte Medizin zu schlucken bekommen.«

»Diese Bomben sprengen auch Schwarze in die Luft«, erwidere ich.

Sie zuckt mit den Schultern. »Unsere Mission ist es, dieses Land unregierbar zu machen. Es führt kein Weg daran vorbei, dass Blut vergossen wird – aber das ist nicht unsere Entscheidung. Das liegt am Regime.«

»Ich weiß nicht«, entgegne ich.

»Martin. Hey. Sieh mich an. Erinnerst du dich, was du mit mir im Garten vereinbart hast, als ich dir vorgeschlagen habe, dich da rauszulassen? Ich hätte damals die Bänder mitgenommen, aber du hast mir etwas versprochen. Jetzt scheint mir, dass Martin Helgers Versprechen nur einen Haufen Scheiße wert sind.«

Das tut weh. »Ich bin hier, oder nicht?«

»Die Welt ist voller Heuchler, Martin. Sei kein Heuchler. Denk an Mandela. Benimm dich wie ein Erwachsener, wie ein Mann. Mach deinen Job. Tu, was du mir versprochen hast, Martin. Sieh zu, dass meine verdammten Videos kopiert werden!«

Yesod

32

Das Malcolm Steinway Memorial befindet sich in der Ecke des Marmorfoyers und besteht aus Stehtafeln mit Fotos. Ich bin nicht hier, um mir den ersten Teil anzusehen, aber ich kann nicht anders. Im Jahr 1982 waren unsere Busse ungepanzert, und der Name unserer Schule stand darauf – keine gute Kombination. Auf den Fotos vom 29. September sieht Bus Nummer 5 aus, als wäre er von einem riesigen Dosenöffner attackiert worden, gefolgt von etwa zwanzig hyperaktiven Schneidbrennern. Der Fahrer, Ezra Thenjwayo, 56, Vater von vier Kindern, verlor sein Augenlicht und seinen linken Arm. Malcolm Jerome Steinway, 14, ein Überflieger auf dem Weg zum Vertrauensschüler, las gerade einen Mathetext. Er wurde in eine nahegelegene Palme geschleudert. Die Umstehenden wurden ohnmächtig, als sie sahen, was von ihm übrig war und heruntertropfte. Eine sowjetische Haftmine hat das angerichtet.

Damals gab es an unserer Schule noch keine Wachleute, und sie war nur von einem Maschendrahtzaun umgeben, der nicht mal ganz herumreichte. Die Bombe veränderte alles; sie konfrontierte uns mit der Tatsache, dass wir ein Angriffsziel sind. Der Vorstand beschloss einen Notfallfonds und flog ein Team von Militärpionieren aus Israel ein, um uns die bestmöglichen Schutzwälle zu bauen. Die Mauer. Als ich an den Stellwänden entlanggehe, sehe ich auf den Fotos, wie sie entstanden ist. Riesige Betonplatten, die von Kränen abgesenkt wurden, Männer, die mit Breithacken Drähte und Schaltkreise, Kameras und NATO-Drahtspiralen verlegen. Es gibt einen gerahmten, ganzseitigen Artikel aus dem *Gold City Zionist* und von den Ingenieuren unterschriebene Blaupausen. Darauf gibt es Markierungen mit den Bezeichnungen *Ursprüngliche Schutzanlagen*. Der Artikel erwähnt die »unvollendeten, nie benutzten Schutzanlagen aus den sechziger Jahren«, die die Schulbehörde »nicht fertigstellen würde«. Man wollte deutlich machen, dass die »älteren Sicherheitsstrukturen« »in keiner Weise Teil des neuen Sicherheitsplans« waren, der als »hochmodern« und als »auf dem neuesten Stand der Technik« bezeichnet wird.

Ich trete zurück und sehe mir das Gesamtbild an, und dabei dämmert es mir langsam – alle Sicherheitsmaßnahmen konzentrieren sich auf den Außenbereich. Sämtliche Kameras sind nach außen gerichtet, keine einzige befindet sich auf unserem Gelände. Kaum eine Tür im Inneren besitzt ein Schloss. Die Wachleute lassen sich nie im Schulgelände blicken, nur am Tor. Sie dürfen nicht rein, außer im absoluten Notfall. Die Bauherren wollten in der Schule selbst ein normales Klima bewahren. Sie haben wohl nie an eine Giftbiene im Bienenstock gedacht.

Ich beschließe, einmal die ganze Mauer entlangzugehen, auf der Innenseite. Vielleicht gibt es ein Tor, eine Lücke oder irgendetwas, von dem niemand weiß und das auf keinem Plan verzeichnet ist. In jeder Pause gehe ich ein Stück weiter. Ich schleiche mich bei den Rugbyunterständen im Unkraut hinter den Fieberbäumen entlang. Ich zerreiße mir die Hose an den Dornenbüschen auf der anderen Seite des Schwimmbades. Die Betonwand ragt stets rechts von mir auf, so hoch, dass sie den Blick in den Himmel verwehrt. Mich beschleicht das gruselige Gefühl, dass mich das Ding beobachtet und auf mich herabschaut. Wie ein riesiger Steingötze, der hoch über dem Land thront und mich fragt, was ich Winzling von ihm will. An den Abschnitten, die von der Schule aus gut zugänglich sind, wurden die Betonplatten im Laufe der Jahre von den Schülern im Kunstunterricht mit Wandmalereien verziert. Ein Wandbild zeigt den Förderturm einer Goldmine, ein anderes einen hüpfenden Springbock, ein weiteres unseren Schulgründer mit Uhrkette und üppigem Schnurrbart. Daneben gibt es noch Bilder von den besten Rugbymannschaften, den Tennis- und Kricketteams und den landesweiten Debattiermeistern. Mitarbeiterporträts.

Heute gehe ich den steilen Granitweg neben dem westlichen Teil der Mauer hinunter, vorbei an den Tennisplätzen, und dahinter kommt das *Veld,* eine freie Fläche mit struppigem gelbem Gras. Das ist ein Teil der Schule, in den sich kaum je einer verirrt, und ich bin allein. Hier ist ein Wandbild von meinem Bruder, das hatte ich fast vergessen. Ein großes. Aber als ich näher komme, sehe ich, dass irgendetwas nicht stimmt. Für dieses Wandbild haben die Kunststudenten ein Foto von Marcus aus dem Jahrbuch von ich glaube 1985 kopiert; er läuft darauf mit dem Ball unter dem Arm und wehrt mit dem anderen Arm einen

Tackler ab. Man sieht die Sehnen an seinem dicken Hals und die schwellenden Muskeln an seinem Unterarm. Doch als ich jetzt davorstehe, stelle ich fest, dass irgendein widerlicher Scheißkerl hingegangen ist und mit Sprühfarbe einen großen gelben Schwanz an seinen Mund gemalt und *»Helgers suck«* danebengeschrieben hat. Über seinen Beinen steht *Fuck Helgers*. Ich stehe so lange da, bis es klingelt.

Am nächsten Morgen warte ich, bis der Appell beendet ist vor unserem Klassenzimmer beim Pickel auf The Gooch. Im Flüsterton erzählte ich ihm von meiner Entdeckung, und sein Gesicht wirkt immer gequälter. »Heilige Scheiße! Das ist nicht dein Ernst, oder?«, sagt er.

»Doch, ich fürchte schon, Sir.«

»Das ist dein Bruder, das ist Marcus Helger, von dem wir hier reden?«

»Richtig, Sir.«

»Das darf sich auf keinen Fall rumsprechen. Marcus ist unser großes Vorbild.«

»Verstehe, Sir.«

»Ich gebe dir unter der Hand meinen Ersatzschlüssel. Ich werde dir nicht sagen, wie du persönlich mit der Sache umgehen sollst. Sei schnell, blitzschnell, und kein Sterbenswörtchen. Zu niemandem, absolut niemandem!«

»Ja, Sir.«

Das Büro von The Gooch befindet sich hinter dem Schwimmbad. Im Drahtpapierkorb neben seinem Schreibtisch liegen zerdrückte Dosen Lion Lager und ein paar leere Tablettenröhrchen. Ein langer Korridor führt nach hinten, an dessen Wänden nummerierte Schlüssel an Nägeln hängen. Im Lagerraum am anderen Ende steht ein Sammelsurium von Poolpflege- und Gartengeräten: Seile mit Schwimmern, um die Bahnen bei Schwimmwettbewerben abzutrennen, Schwimmwesten und Styropor-Boogie-Boards, Rasenmäher und Gießkannen sowie Dünger und Schubkarren. In der Pause nehme ich mir, was ich brauche, stecke alles in einen Blecheimer und gehe zum Wandbild. Die Sonne ist stärker als gestern, brennt heiß, und der Beton leuchtet so grell, dass er mir wie Funken in die Augen sticht. Das Veld liegt staubig und trocken da, fahlgelb wie ein Löwe. Ich stelle mir vor, wie ein verwundeter Löwe darin geduckt wartet, nach meinem Blut dürstend. Ich erreiche das Wandbild und mache mich an die Arbeit. Gooch hat mir erklärt, dass die Wandmalereien mit einem Schutzlack versiegelt sind, so dass ich die Sprühfarbe entfernen kann, ohne das Wandbild darunter zu beschädigen. Dennoch ist es eine harte, fummelige Arbeit, die gelbe Farbe mit einer in Terpentin getauchten Zahnbürste zu entfernen, ein winziges Quadrat nach dem anderen. Ich schwitze, meine Hand schmerzt, und ich brauche Wasser. Ich strecke den Rücken durch und blicke hinüber zur Schule, deren Gebäude jenseits des Tennisplatzes wie eine Fata Morgana über dem heißen Veld schweben. Ich wische mir mit der Krawatte den Schweiß von der Stirn und nehme die Abkürzung über das Veld. Man läuft über kantige Steine, alles ist voller Eidechsen, Glasscherben und rostigen Dosen. Das Gelände fällt leicht ab, und auf einmal gelange ich zu meiner Überraschung an einen breiten Streifen von weißlichem Sand mit dem typischen glattgefegten Aussehen eines trockenen Flussbetts. Zu meiner Linken geht es bergauf bis zum hohen Zaun und den Flutlichtern der Tennisplätze. Zu meiner

Rechten geht es hinunter zu einer Konstruktion, die wie ein kleiner Backsteinofen aussieht. Ich lecke mir über die trockenen Lippen und gehe hinunter. Es ist kein Ofen, es wird vorn von einem Gitter verschlossen. Als ich in die Knie gehe, entdecke ich Reste von getrocknetem Gras und Dreck, die zwischen den Stäben am Boden hängen. Ich schütze meine Augen gegen die Sonne und blinzle, um zu erkennen, was sich dahinter befindet – die Öffnung eines Metallrohres, das in die Erde hinabführt. Meine Augen passen sich an das Halbdunkel an, und ich sehe, dass das Rohr aus Wellblech besteht. Irgendetwas daran kommt mir bekannt vor. Ich lehne mich zurück und betrachte das Gitter genauer. Es hat Scharniere an der einen und einen Riegel auf der anderen Seite. Außerdem ist eine kleine Kunststoffbox angebracht, von der aus ein Kabel in die Erde führt. Seitlich an der Box befindet sich ein Schlüsselloch und ein Etikett mit Ziffern: 253.

Das Rohr geht mir den ganzen Tag nicht aus dem Kopf, keine Ahnung, warum. Nach der Schule nehme ich den Stadtbus zum Schrottplatz in Vrededorp. Ich möchte Isaac helfen, ihm Werkzeuge anreichen, damit er ohne Silas nicht so allein ist. Aber als ich dort ankomme, sagt Arlene, er sei in die Stadt gefahren, zu Harry Steed, seinem Anwalt. Sie kann mich mit nach Hause nehmen, fährt aber erst in einer Stunde, deshalb wandere ich durch das Lager im Obergeschoss, während sie in ihrem Büro im Erdgeschoss arbeitet. Dieses Rohr – woran liegt es, dass mir ein im Boden versenktes Abflussrohr aus Wellblech vertraut vorkommt, obwohl ich es nicht kennen kann? Ich stehe am hinteren Fenster und denke nach, als ich das laute Röhren eines Motors höre, der nur zum ehemaligen Auto meines Bruders gehören kann.

Unten fährt der Barracuda auf das hintere Tor zu. Es muss Victor Mabuza sein; vielleicht gibt es Neuigkeiten von Silas. Ich laufe die Hintertreppe hinunter und durch die Schrottautos hindurch. Als ich das Tor erreiche, hat sich eine Gruppe von vielleicht zehn Leuten um Victor geschart, und der Ausdruck auf seinem Gesicht lässt mich innehalten. Die Männer reden laut auf ihn ein. Er schüttelt den Kopf, rudert mit einem Arm und wird ebenfalls laut. Ich verberge mich hinter einem abgewrackten Isuzu Bakkie und beobachte sie. Einige halten Werkzeuge in der Hand. Einer der Arbeiter, Sammy Nongalo, ein großer, junger Mann, greift nach Victors Handgelenk und fängt an, daran zu zerren, aber Victor gibt nicht nach und schüttelt weiter den Kopf. Die anderen werden lauter. Victor versucht, seinen Arm zu befreien, aber Sammy lässt nicht los. Die anderen Männer scharen sich dichter um ihn. Ich habe kein gutes Gefühl dabei, und am liebsten würde ich weggehen und so tun, als hätte ich nichts gesehen, aber ich denke daran, wie sich mein Vater bei Victor in der Klinik entschuldigt hat, an seine geröteten Augen, deshalb richte ich mich auf und gehe auf sie zu.

Keiner sagt mehr ein Wort, als ich Victor mit einem Lächeln begrüße. Sein Blick flackert unruhig, er fährt sich mit der Zunge über die Lippen. Ich rieche seinen Schweiß und bemerke, dass sein ganzes Hemd davon feucht ist. Sein Kinn zittert. Ich sehe die anderen an, aber niemand erwidert meinen Blick. Sammy spricht in einer afrikanischen Sprache mit Victor, der daraufhin sagt: »Auf Wiedersehen.

Ich muss jetzt los.« Er dreht sich um und geht durch das Tor. Ich rufe seinen Namen, aber er geht einfach weiter. Ich laufe ihm nach, hole ihn ein. »Bist du nicht gerade erst gekommen?«

»Alles in Ordnung«, sagt er. »Alles gut.«

»Ihm geht's gut«, sagt eine Stimme direkt hinter mir, und als ich mich umdrehe, stelle ich überrascht fest, dass mir die anderen gefolgt sind. Ein Typ namens Phala hat das gesagt. »Alles in Ordnung«, wiederholt er. »Okay, okay.«

»Ist schon gut«, sagt Sammy neben ihm.

»Ja, alles gut«, sagt Victor. »Ich gehe jetzt.«

»Er geht jetzt«, sagt Phala.

Ich würde gern allein mit Victor reden, aber die anderen stehen dicht neben uns, als er in den Barracuda steigt. Mir fällt auf, dass er neue Radkappen und eine fette neue Antenne hat. Der Barracuda ist ein krasses Teil, Marcus liebte ihn heiß und innig. Ganz schön viel Prestige für einen jungen Schwarzen. Ich bin sogar ein bisschen neidisch auf ihn und frage mich schon, was für ein Auto Isaac mir schenken wird, jetzt, wo ich siebzehn bin und meinen Führerschein machen kann. Ich beobachte, wie Victor den Rückwärtsgang einlegt und losfährt. Der dicke Motor brummt wie ein hungriger Leopard. Die anderen kehren auf den Hof zurück. Ich hole Phala und Sammy ein und frage: »Worum ging es da gerade? Was habt ihr zu ihm gesagt?«

»Er wollte nur mal kurz hallo sagen«, erwidert Sammy.

»Genau«, sagt Phala. »Alles in Ordnung.«

Ich glaube ihnen genauso, wie ich glaube, dass die Erde eine Scheibe ist, aber was soll ich machen? Mit mir redet ja keiner.

33

Am nächsten Morgen nach dem Appell erstatte ich dem Gooch auf dem Pickel noch vor dem Unterricht Meldung über meine Fortschritte mit dem Wandbild, aber die Arbeit ist mörderisch. »Du musst dich beeilen, Martin«, erwidert er. »Jeden Tag könnte es jemand entdecken, und was dann?«

Ich reibe mir die Nase. »Sir, ich glaube, ich weiß, wer das war, wer es getan hat. Ich bin mir zu neunundneunzig Prozent sicher, dass es Lohrmann war. Johnny Lohrmann. Aus der Oberstufe.«

Der Gooch verzieht das Gesicht, dreht den Kopf weg und seufzt. Er trägt kastanienbraune Shorts, die er hoch über die Hüften gezogen hat. Seine Knie sind mit Kilometern von Bandagen umwickelt, und um seinen Hals hängen mindestens ein Dutzend Trillerpfeifen, als wäre er der Mr T. des Rugby. »Was soll das, Mann?«, fragt er. »Solchen Tratsch will ich wirklich nicht von dir hören.«

»Aber finden Sie es denn nicht wichtig, herauszufinden, wer es war, Sir?«, erwidere ich. »Damit so was nicht noch mal passiert?«

»Das wird es nicht«, entgegnet er. »Aber wenn du die Aufmerksamkeit darauf lenkst, provozierst du so was ja. Es gibt Gerede, und die Leute gehen hin und schauen es sich an. Wenn du die Sache auf sich beruhen lässt, erledigt es sich von selbst.«

»Aber Sir!«

»Petzer kann niemand leiden, Martin.«

Er sieht mich immer noch nicht an, und wir bleiben eine Weile schweigend stehen. Die Röte klettert an meinem Hals hinauf wie ein Affe. »Okay«, sage ich schließlich. »Okay, Sir. Bitte vergessen Sie, was ich gesagt habe.«

»Ich wünschte, ich hätte es gar nicht erst gehört, Martin. Aber ich kann es nicht ungeschehen machen.«

»Ich nehme es zurück«, sage ich.

Seine Pfeifen klappern, als er den Kopf schüttelt und sich an seinem Tom-Selleck-Schnurrbart kratzt. »Geht nicht, mein Freund. Ich muss mich jetzt damit beschäftigen.« Er macht sich klappernd auf den Weg, und seine stämmigen, bandagierten Beine ragen krumm wie Klammern aus der Shorts hervor.

Als ich in der ersten Pause in sein Büro komme, wandern meine Augen die Nagelwand mit den Schlüsseln entlang, und ich stecke mir den mit der Nummer 253 in die Tasche. Auf dem heißen Veld hocke ich mich vor das Gitter und halte den Schlüssel an die Box. Meine Hand zittert, als würde unter mir die Erde beben. Ich versuche, nicht groß darüber nachzudenken, und stecke ihn ins Schloss. Halb hoffe ich, dass er nicht richtig passt, irgendwie, aber er flutscht in das Schlüsselloch wie eingefettet. Ich wische mir die verschwitzten Hände am Hemd ab und starre die Box mit dem Schlüssel noch ein wenig an. Womöglich löse ich einen Alarm aus und rufe die Wachen innerhalb von Sekunden her – richtig bewaffnete Security. Vielleicht sogar einen Bombenalarm. Eltern werden benachrichtigt, ich fliege von der Schule. Vielleicht zeigen sie mich sogar bei der Polizei an, und was dann? *Halt die Klappe,* sage ich laut. *Halt einfach mal für eine Sekunde die Klappe.* Ich beiße in die Haut meines Unterarms und drehe dann den Schlüssel. Ein lautes Klicken. So. Fertig. Ich warte auf eine Reaktion, schwitze wie ein Grillhähnchen, aber nichts passiert. Ich öffne die Verriegelung, ziehe am Gitter, und es knarrt schwer, aber lässt sich öffnen. Ich stecke den Kopf in den schräg abfallenden Tunnel. Feuchter, muffiger Geruch von Erde und Fäulnis schlägt mir entgegen. Die Wellen auf dem Boden sind mit Sand und Steinen gefüllt. Ich drehe mich auf den Rücken, bleibe liegen und atme diesen fast vertrauten Geruch, dieses Gefühl ein. Ich hebe die Hand und berühre die Oberseite des Rohres, fahre mit den Fingern über die Unebenheiten im Stahl, klopfe mit dem Fingerknöchel darauf, und bei dem Geräusch – *bink* – weiß ich plötzlich, wo ich diesen blechernen Klang schon einmal gehört habe.

Ich setze mich so abrupt auf, dass ich mir den Kopf anstoße, aber es macht mir nichts aus. Ich erinnere mich an den Tag, als Marcus und ich noch klein waren und mit Sandy im Brandwag Park spazieren gingen. Und an den grellweißen Blitz und die Flutwelle, die den Bach vor unseren Augen anschwellen ließ. Man hatte uns immer eingeschärft, uns vor solchen Flutwellen in Acht zu nehmen. Jedes Jahr würden Kinder, die auf den Minenhalden oder in den Abwasserleitungen spielten, darin wie Ratten ertränkt, hieß es. Ich erinnere mich an die Gegenstände, die der über die Ufer tretende Fluss an jenem Tag rasend schnell an uns vorbeiführte: einen Pick-'n'-Pay-Einkaufswagen, einen Sechserpack Castle Lager, einen Reifen, einen Schuh. Und dann brach langsam das ganze Flussufer ein, rutschte ins Wasser und wurde weggespült, und was zurückblieb, war ein herausragendes Stück Rohr, so lang wie ein Auto.

Das Wasser drückte unablässig dagegen, und immer, wenn Treibgut dagegenprallte, gab es diesen blechernen Klang – *bink*! Irgendwann bog sich das Rohr knarrend und brach ab, klappte einfach weg und ging in den Wellen halb unter. Marcus schlüpfte aus seinen Sandalen, johlte und lachte wie verrückt, befahl mir, mich an Sandy festzuhalten, und zog sein Hemd aus. Und schon sprang er in den reißenden Bach und schwamm dem Rohr hinterher. Er erwischte es tatsächlich und lehnte es ans Ufer wie eine Rutsche. Und er rutschte wirklich durch, jubelnd und schreiend. Er war so frei und wild damals, als wir klein waren. Als der Sturm aufhörte und die Sonne wieder rauskam, war es, als würde ein neuer Tag anbrechen. Alles war frisch gewaschen, überall tropfte es, und wir gingen zurück zu der Stelle, an der das Rohr abgebrochen war. Wir konnten erkennen, dass das andere Ende tief in die Erde führte. In dem schwarzen Loch schimmerten winzige kleine Flecken Tageslicht. »Ich wette um eine Million«, sagte Marcus, »dass es von ganz da oben kommt.« Und ich erinnere mich jetzt wieder daran, wie er hoch über die Wipfel der Bäume zu den weißen Dächern in der Ferne zeigte. Zur jüdischen Schule.

34

Am Samstag gibt Isaac mir eine Fahrstunde. Ich überlege, ihm davon zu erzählen, dass Victor am Schrottplatz war, aber im Grunde ist ja nicht viel passiert, und ich will ihn nicht beunruhigen. Nach dem Unterricht fahren wir zu Silas in die Klinik in Illovo. Es ist anders als beim letzten Mal.

Silas ist halb wach und bewegt die Lippen, und Isaac fasst ihn an der Schulter und legt sein Ohr nahe an seinen Mund, um verstehen zu können, was er flüstert. Außerdem ist eine Frau im Zimmer, die ich noch nie zuvor gesehen habe. Sie sagt, ihr Name sei Gugu, sie sei eine von Silas' Töchtern aus KwaMashu bei Durban in Natal. Silas hat mehrere Frauen. Gugu hat ein Baby dabei, das auf einer Decke mit quietschenden Gummitieren spielt. Die weiße Krankenschwester schaut zwischendurch immer wieder herein, beäugt das Kind, schnalzt mit den Lippen, schüttelt den Kopf und murmelt: *Also wirklich, diese Leute.* Silas schläft ein, und Isaac macht sich auf die Suche nach einem Arzt, um mit ihm zu reden. Ich setze mich neben Gugu. »Sag mal«, beginne ich. »War Victor heute hier?«

»Ja, natürlich. Ich wohne bei ihm. Er hat mich heute hergefahren.«

Ich frage sie, ob mit Victor alles okay ist. »Was meinst du mit okay?«, fragt sie. Ich erzähle ihr, dass er am Freitag auf dem Schrottplatz war. Sie wirft mir einen Seitenblick zu und fragt mit veränderter Stimme, was passiert sei. Ich frage zurück: »Was ist los, Gugu?« Sie schaut zur Tür. Ich verspreche ihr, meinem Vater kein Wort zu sagen. Sie fasst mich am Arm. »Das darfst auch du nicht«, beschwört sie mich flüsternd. Ich verspreche es ihr. Sie rät mir, mit Victor zu reden.

»Was ist da zwischen ihm und den anderen?«

»Ich weiß es nicht«, erwidert sie.

»Doch, du weißt es«, erwidere ich. »Du hast nicht mal gefragt, welche anderen. Du wusstest, dass ich von der Sache in der Firma rede.«

Sie erstarrt, richtet sich auf und verschränkt die Arme. »Dann frag doch sie. Diese Scheißkerle da.«

»Warum nennst du sie Scheißkerle, was ist mit ihnen?«

»Das weißt du doch ganz genau. Was haben sie denn gemacht, als Victor in die Firma gekommen ist, hä? Du hast selbst gesagt, du hast es gesehen.«

»Ich weiß es nicht genau. Er musste gehen.«

»Na klar. Denn die sind das. Die sind schuld.« Und sie starrt den armen Silas an, der mit eingefallenem Gesicht im Bett liegt und an Schläuchen hängt. Bevor ich noch etwas fragen kann, höre ich Isaacs Schritte im Flur.

Ich halte mein Versprechen und rede nicht mit Isaac über den Victor-Zwischenfall, und auch mit sonst niemandem. Außerdem habe ich sowieso anderes im Kopf. Es liegt mir im Magen wie ein Bleiklumpen. Am Sonntagnachmittag nach dem Grillen, als alle beschäftigt sind – Zaydi schläft in seinem Zimmer, Isaac poliert die Samoware mit Brasso, Arlene liest einen ihrer dicken Buchclub-Liebesromane –, gehe ich mit meinem leeren Schulranzen zum Sandy-Loch und packe ein paar Sachen ein. Dann lasse ich mein Fahrrad mit einem Seil über die Gartenmauer, damit niemand die Tore hört, klettere hinterher, fahre nach Regent Heights und überquere den verlassenen Fußballplatz. Ich schlüpfe durch ein Loch im Zaun und folge einem Trampelpfad bergab durch das hohe Gras. Schließlich gelange ich in den Brandwag Park. Es ist ein klarer Tag, wie meistens hier in Joburg, und ich kann den ganzen Hang hinunterblicken bis zu der Stelle, an der jetzt der schmale Bach in der Sonne glitzert. Eine Gruppe von schwarzen Gläubigen in blauweißen Gewändern steht am Wasser und singt.

Ich schließe das Fahrrad zwischen den Bäumen an, gehe zu Fuß weiter und versuche mich daran zu erinnern, wo genau das Rohr war, indem ich die Ereignisse von damals noch einmal der Reihe nach durchgehe. Man kann sich kaum vorstellen, dass der kleine Bach jemals ein reißender Fluss war. Welche Kräfte das Wasser entfalten kann, sieht man aber daran, dass der Bach am Boden einer steilen *Donga* entlangrieselt, einem Graben, den nur jahrelange Überschwemmungen erschaffen konnten, so tief, dass die Wände höher sind als ich. Ich steige hinunter und gehe am Wasser entlang. Früher oder später muss ich auf das Rohr treffen. Aber es funktioniert nicht wie geplant. Ich gehe in beide Richtungen auf und ab, weiter, als wir an jenem Tag gegangen sein können, finde aber nichts. Allmählich befürchte ich, dass das Rohr nicht mehr existiert. Vielleicht wurde es nach dem Sturmschaden damals nie repariert und stattdessen ein neues verlegt oder so. Ich gehe noch einmal zurück, aber es hat keinen Sinn – ich sehe immer nur rote Erde. Es macht mich müde und traurig. Ich hätte wirklich gern etwas für Annie gehabt.

Ich gebe auf und will zu der Stelle zurück, an der ich reingeklettert bin, und dann, auf halbem Weg, entdecke ich weiter vorn etwas Hervorstehendes aus Metall, fast ganz oben am Ufer des Grabens. Ich habe es übersehen, weil ich die ganze Zeit nach *unten* geschaut habe. In meiner Erinnerung ragte das Rohr knapp über der Wasseroberfläche empor, aber ich habe nicht daran gedacht, dass das Wasser an diesem Tag bis dort oben stand. Ich *schlemiel*! Ich renne los, und da ist es: ein Rohr aus verbeultem Wellblech, das dünn und instabil aussieht und vielleicht einen halben Meter aus dem steinigen Ufer hervorragt. Es zeigt nach unten und ist innen dunkel, der Boden mit Sand bedeckt, genau das, wonach ich gesucht habe, allerdings schmaler als in meiner Erinnerung. Es hat etwa den Durchmesser der leeren Ölfässer, die wir an der Solomon als Mülleimer verwenden. Groß genug. Jetzt kommt der schwierige Teil. Ich schaue mich um, weil ich sichergehen will, dass ich unbeobachtet bin, bevor ich die Taschenlampe hervorhole und in das schwarze Loch leuchte. Proktologe Dr. Helger schaut in den Arsch der Erde. Sieht für mich ziemlich gesund und unverstopft aus, aber ich wünschte, ich hätte ein Ganzkörperkondom, weil es definitiv nicht sauber ist. Ich atme durch, greife tief hinein und hieve mich hoch, platt auf dem Bauch. Das ist die einzige Möglichkeit, denn mit dem Ranzen auf dem Rücken kann ich nicht auf allen vieren kriechen. Ich ziehe mich tiefer hinein, und plötzlich erfasst mich nackte Angst. Ich hatte keine Ahnung, dass ich enge Räume so sehr hasse, aber es fühlt sich an, als kriegte ich keine Luft mehr, als wäre ich wieder im Kofferraum des Chevy. Ich versuche, an Jules zu denken. Ich tue es für die Kinder. Na klar – Annies Titten haben nichts damit zu tun, du Heiliger. Ich zwinge mich weiterzurobben, winde mich ein heißes, schmutziges Rohr empor und schürfe mir dabei an den Wellen im Blech Ellbogen und vor allem die Knie auf. Der Strahl der Taschenlampe erhellt das schwarze Loch, das sich vor mir zurückzieht wie das Auge eines rückwärts weichenden Ungeheuers. Widerlich sind vor allem die Spinnweben, die mir in den Mund geraten, so dass ich ausspucken muss. Plötzlich sehe ich etwas Peitschenartiges über den Sand huschen. O Gott, eine Schlange! Das Vieh ist sofort weg, aber ich kann längere Zeit nicht mehr weiter, bleibe zitternd liegen und frage mich, in welchen Schlamassel ich mich gebracht habe. Irgendwann krieche ich weiter, weil es mir viel schlimmer erscheint, auf dem Bauch rückwärtszurobben. Wer weiß, was sich alles hinter mir verbirgt, was ich erst bemerke, wenn ich dagegenstoße. Wer weiß, was sich jetzt schon anschleicht! Ich krieche schneller. Das Rohr führt immer weiter; ich schürfe mir die Haut blutig. Es geht steiler bergauf und wird anstrengender. Ich bin so erschöpft, dass ich mich ausruhen muss, und bekomme plötzlich Angst, dass es endlos so weitergeht. Ich setze meinen Weg fort, aber langsamer. Ich schätze, dass ich inzwischen mindestens fünfzehn Minuten gekrochen bin. Ich verzweifle allmählich. Was, wenn ich auf einmal feststecke? Oder mir der Sauerstoff ausgeht? Ich höre Marcus' Stimme im Kopf, die mir sagt, dass Panik alles nur noch schlimmer macht. Wird der Strahl der Taschenlampe schwächer, oder bilde ich mir das nur ein? Was, wenn die Batterien ihren Geist aufgeben? Was, wenn ich in eine Sackgasse gerate? Ich höre mein eigenes Schluchzen, das von den Wänden widerhallt. Ich bin komplett nass geschwitzt. Ich sehe fingerlange Parktown Prawns, die zischelnd um mich herumhuschen, und auch ein paar fette Ratten. Aber ich bin zu müde, um auszuflippen. Ich krieche einfach weiter bergan. Mir bleibt nichts anderes übrig.

Irgendwann erkenne ich in der Ferne ein Fleckchen Tageslicht und schmecke die Kühle der frischen Luft. Eine Welle der Erleichterung durchflutet mich und verleiht mir neue Energie. Als ich mich dem Licht nähere, stelle ich fest, dass es von schräg oben nach unten auf den Rohrboden fällt. Der letzte Abschnitt führt steil aufwärts, und oben ist ein Gitter. Noch nie hat mich ein Anblick so glücklich gemacht. Ich stemme meinen Fuß seitlich gegen die Wand, und irgendetwas verschiebt sich. Rechts unten bewegt sich ein Abschnitt des Rohres beim Dagegendrücken, als wäre da eine Art Klappe, aber ich muss die ganze Kraft meines Fußes und mein gesamtes Gewicht einsetzen, um es auch nur um ein paar Zentimeter zu verschieben. Ich versuche es eine Weile lang, dann klettere ich bis ganz nach oben. Am Gitter angekommen, mühe ich mich damit ab, den Schulranzen zu öffnen und den Schlüssel rauszuholen. Schmutziger Schweiß rinnt mir in die Augen. Der Schlüssel – 253 – ist der, den ich aus Goochs Büro mitgenommen und im Sandy-Loch aufbewahrt habe. Nächste Woche lasse ich ihn nachmachen und hänge ihn wieder zurück. Jetzt zwänge ich meine Hand durch das Gitter, lasse aber den Schlüssel fallen, verliere ihn fast und muss noch mal von vorn anfangen. Ich brauche mehrere Anläufe, um den Schlüssel in die Plastikbox zu stecken, die wie eine Mesusa draußen an der Seite des Gitters hängt, aber dann lässt er sich mühelos drehen, und das Schloss geht ganz leicht auf. Ich krieche raus unter den blauen Himmel ins Freie und keuche wie ein Halbertrunkener, der den rettenden Strand erreicht hat. Ich bin von oben bis unten verdreckt. Auf zittrigen Beinen richte ich mich auf. Ich blicke über die Tennisplätze zu den Gebäuden dahinter – keine Menschenseele zu sehen. Ich mache mich auf den Weg. Es ist wie in einem Zombiefilm. Weltuntergang. Ich bin der letzte Mensch auf Erden. Keine Pausenklingel, keine Stimmen, nichts und niemand außer mir und dem Wind. Es sei denn, der alte Volper lauert mit seinem Rohrstock in der Hand nur darauf, rauszustürmen und zu schreien, dass ich mich bücken soll.

Ich gehe bis nach hinten zum Schwimmbad. In der Umkleidekabine, in der JT Mendelovitz sich gerne nackt an einer Stange hochzieht, die Beine hochschwingt und den Nächstbesten mitten ins Gesicht furzt, wo Linky Shapiro der unbestrittene König im Handtuchflitschen ist, stelle ich mich unter die Dusche. Schwarzes Wasser rinnt über meine Füße. Ich trockne mich ab und gehe mit dem Handtuch um die Taille raus. Jetzt bin ich schon entspannter, ganz allein hier in dem offenen Raum, der niemandem gehört außer mir. Ich wasche meine Kleidung und hänge sie zum Trocknen auf die Ständer neben dem Schwimmbecken. Dann gehe ich zum Kiosk. Die Tür ist offen, also gehe ich rein und nehme mir, worauf ich Lust habe – Aerobars, Lunchbars, Bar Ones, Chomps, Damaskus-Nougats, ein paar Dosen Creamsoda, eine Rolle Simba-Chips. Genau wie der Junge in *Charlie und die Schokoladenfabrik,* in echt! Ich gehe zurück zum Schwimmbecken und schwimme ein wenig, lege mich in die Sonne und stopfe mich mit Süßigkeiten voll, bis meine Kleidung trocken ist. Dann gehe ich mit meiner Tasche zum Medienanbau. Das Lager im Videolabor ist nicht abgeschlossen. Zwölf Videorecorder stehen darin. Fünf davon hole ich für den Anfang raus, aber es dauert eine Weile, bis ich kapiere, wie man sie gleichzeitig mit dem Schneideplatz verbindet. Glücklicherweise gibt es jede Menge Kabel, genug, um jeden Recorder anzuschließen, aber das Problem ist, dass ich nicht zu viele leere Kassetten aus dem Lager mitgehen lassen will, damit es niemandem auffällt. Am Ende entscheide ich mich für acht Bänder, so dass ich nur sieben Maschinen an den Schneideplatz anschließen muss. Ich hole Annies Masterbänder aus der Tasche und fange an. Während die 45-minütigen Sequenzen kopiert werden, halte ich ein gemütliches Nickerchen und lasse mich vom Wecker meiner Casio-Uhr wecken, wenn es Zeit wird, ein Band zu wechseln.

Bevor ich gehe, hole ich einen alten Trainingsanzug aus der Fundgrube und ziehe ihn über meine gewaschene Kleidung. Nachdem ich aus dem schmutzigen Rohr raus bin, entsorge ich den verdreckten Anzug und hole mein Rad. Montags beende ich die Reinigung des Wandbildes, kopiere nachmittags die Schlüssel (von Goochs Büro und Nummer 253), kaufe mir einen Bergarbeiterhelm mit Kopflampe, besorge mir einen Overall vom Schrottplatz, kaufe in einem BMX-Shop Knie- und Ellbogenschoner und anschließend eine ganze Schachtel leerer Videokassetten im gegenüberliegenden Elektronikladen. Das Ganze lagere ich im Sandy-Loch. Mein Wecker klingelt um zwei Uhr morgens, und wieder lasse ich mein Fahrrad außen an der Gartenmauer runter und fahre durch Greenside bis nach Regent Heights. Ich bin noch nie im Dunkeln mit dem Rad auf der Straße unterwegs gewesen. Es herrscht Totenstille, und ich sehe nichts außer den gelben Straßenlaternen und den langen Mauern. Manchmal flackert ein Fernseher wie ein Gespenst am Fenster, oder ein Hund heult wie ein Wolf. Die Wahrscheinlichkeit ist hoch, dass gerade jemand ermordet oder vergewaltigt wird. Bewegungsmelder leuchten über NATO-Draht. Ein Schwarzer liegt schlafend oder vielleicht auch tot mit seinem Hut auf dem Gesicht im Unkraut, vor einem grünen städtischen Stromkasten mit dem Warnschild Danger! Gevaar! Ingozi! Im Brandwag Park klettere ich in den Graben, ziehe meinen Overall und die Schützer an, steige ins Rohr und schalte die Kopflampe an meinem Helm ein. Es wäre so viel leichter, das hier nicht zu tun. Ich atme tief durch und krieche los. Diesmal habe ich die Tasche unter meinen Bauch geschnallt, wodurch ich etwas höher komme und krabbeln kann. Ellbogen und Knie werden von den Polstern geschützt, und diesmal weiß ich, was mich erwartet. Der Aufstieg dauert genau dreizehn Minuten. Ich kehre kurz vor fünf Uhr auf demselben Weg zurück und fahre auf einem taufeuchten Fahrradsitz nach Hause, während der Himmel sich erhellt und die ersten Vögel zwitschern. Es kommt mir vor, als würde schon eine Minute nach dem Einschlafen wieder der Wecker klingeln, aber es ist halb acht, und ich habe zwei Stunden geschlafen. Am Mittwochnachmittag hole ich eine neue Nachricht bei Viljoen ab, und nachts bin ich wieder in der Schule, ebenso Donnerstagnacht. Und Sonntag und Montag. Am Mittwoch packe ich sämtliche kopierten Kassetten – achtundvierzig Stück – in eine große Apfelkiste, lege Bücher obendrauf und bringe sie runter zu Viljoen, wo Dolf sie mir abnimmt. Danach verfalle ich in eine gewisse Routine, die Tage werden zu Wochen. Montag bis Donnerstag heißt es früh ins Bett; der Wecker ist auf eins gestellt. Wenn er mich weckt, schleiche ich mich aus dem Haus, hole mein Fahrrad und gehe zum Sandy-Loch, wo ich meine Tasche mit den Rohrklamotten hole. Ich lasse das Fahrrad draußen an der Mauer runter und fahre zum Rohr. Anstelle der vier Mastertapes verwende ich jetzt eine einzige 180-minütige Kopie als Original, so dass ich drei Stunden am Stück schlafen kann. Etwa um fünf Uhr dreißig bin ich mit zwölf neuen Exemplaren zurück. Jeden Mittwoch bringe ich eine weitere Kiste mit etwa fünfzig Kassetten bei Viljoen vorbei.

Durch diese ganzen außerschulischen Aktivitäten fahre ich nicht mehr oft raus zum Schrottplatz. Isaac sagt nichts, aber ich glaube, er ist gekränkt. Manchmal spricht er davon, Silas in der Klinik zu besuchen, er möchte, dass ich ihn begleite. Silas hält irgendwie weiter durch. Aber ich bin zu müde für Gewissensbisse oder um darüber nachzudenken, was passiert ist, als Victor in die Firma kam. In der Schule setze ich Tests und Klassenarbeiten in den Sand, weil ich keine Hausaufgaben mache und im Unterricht einschlafe. »Benefiz hat seinen Schwung verloren«, bemerkt Spunny. »Er braucht entweder Drogen oder Ferien.« Meine Kumpels warnen mich, dass mir bald eine Tracht Prügel bevorsteht. Angeblich hat Volper mich auf dem Kieker. Und es heißt, Crackcrack Lohrmann hätte es auf mich abgesehen. Ich tue mein Bestes, um ihm aus dem Weg zu gehen, indem ich in den Pausen in der Bibliothek bleibe. Ich brauche den Schlaf sowieso, und hinten in der Fantasy-Ecke gibt es einen Sitzsack. Als die Durchsage kommt, dass ich ins Büro kommen soll, kann ich nicht behaupten, dass es mich überrascht. Ich wünschte nur, ich hätte Unterhosen aus Edelstahl an. Volper sitzt hinter seinem riesigen Schreibtisch und sagt, er wolle mich daran erinnern, wie wichtig die achte Klasse sei, und dass sich die Faulenzer »entweder auf den Hosenboden setzen« und sich anständig auf die Oberstufe vorbereiten müssten oder sie »ins Unerträgliche absinken«. Er dulde keine »faulen Äpfel«, die »seinen« Notendurchschnitt runterzögen. Er sei sehr stolz auf »seinen«

Abi-Schnitt, der seit Jahrzehnten gewahrt würde. Er deutet auf meine Nase. »Man kann ein Pferd zum Wasser führen, aber zum Trinken zwingen kann man es nicht. Ich weiß, dass ihr Helgers ein Sonderfall seid mit euren andersgearteten Verhältnissen. Aber deine Herkunft sollte kein Hindernis für dich sein, sondern im Gegenteil ein Ansporn. Wenn nicht, können wir dir gern einen ganz anderen Ansporn verpassen, bevor wir dich fallenlassen. Und du kannst Gift drauf nehmen, dass das passieren wird. Es sei denn, wir erkennen eine Veränderung bei dir, und zwar bald. Ist das klar, Martin Helger?« Ich nicke und glaube schon, ich komme mit einer Gardinenpredigt davon, aber Volper befiehlt mir, mich zu bücken, und versetzt mir zwei Hiebe, nur damit ich aufwache, wie er sagt. Als ich mir unten im Klo das Blut auf meinem Hintern ansehe, schwöre ich mir, dass es mir jetzt reicht, dass ich mich nicht mehr auspeitschen lassen werde. Aber ich mache mir was vor; es gibt keine Möglichkeit, dem zu entgehen. Die Polizei kann legal Prügelstrafen austeilen, die tausendmal schlimmer sind als die jedes Schulleiters. Und würde man einen Schulleiter bedrohen, würde genau das passieren. Außerdem erwartet mich dann die Armee. Um mich herum gibt es so viel Schlimmeres als Volper.

Als ich ins Klassenzimmer auf dem Pickel zurückkehre, ist noch kein Lehrer da, und die Jungs toben draußen wie üblich rum. Dice Lewinsky steht am Rand der Müllkippe und angelt Müll, eine neue Sportart, die Spazmaz erfunden hat und bei der man mit einer Schnur, an die ein Haken aus alten Cola- oder Limo-Dosen gebunden ist, Gegenstände aus der Müllhalde fischt. Froggy Greenburg piesackt Baffboy, indem er ihm den Song aus der Milchwerbung vorsingt. *Werde groß, kleiner Mann / du wirst alles haben, kleiner Mann / eine große Welt wartet auf di-iich.* Baffboy ist klein und hat Komplexe deswegen. Ich entdecke Schnitz und die anderen, als ich um die Ecke biege, wo brennende Feuerzeuge ihre Gesichter erhellen. Ich mahne Schnitz, dass seine Lunge innen ganz schwarz wird. »Wäre cool«, erwidert er. »Etwa so, wie einen schwarzen Gürtel im Karate zu bekommen. Dafür muss man zwanzig Jahre lang ungefähr sechzig Stück am Tag rauchen. Echte Hingabe.« Er bietet mir eine Benson & Hedges an. »Nimm dir eine, Benefiz. Ein bisschen Gift wird dir guttun.«

»Benefiz qualmt nicht«, erwidert Bogroll Chernikov (C&S Minerals). »Er spart sich seine Lunge für die Richtige auf.«

»Benefiz sieht aber gar nicht gut aus«, bemerkt Schnitz. »Was ist los mit dir?«

Ich erzähle ihnen von den Prügeln, die ich gerade bekommen habe, und dass Volper es auf mich abgesehen hat. Schnitz legt seinen Arm um meine Schultern und führt mich weg, als würden wir eine Verschwörung aushecken. Er flüstert mir zu: »Pass auf, Bruder, ich habe Mitleid mit dir. Willst du immer noch in die Clubs gehen, hey?«

»Ja. *Ja.*«

»Also dann nächstes Wochenende. Ich rufe dich vorher rechtzeitig an und sage dir Bescheid. Aber blamier mich nicht, okay?«

»Natürlich nicht, *bru*«, sage ich. »Auf keinen Fall.« Mir klopft das Herz, und ich habe nur noch einen Gedanken: Xanadu.

35

Annie verlangt mehr Kassetten, und zwar schneller. Ich schreibe ihr zurück, dass ich schon am Rande meiner Kapazitäten bin, aber wenn sie rauskäme und mir helfen würde, könnten wir wahrscheinlich einen Weg finden, die Produktion zu steigern. Zum Beispiel können wir zu zweit und mit einem Auto unsere eigenen Recorder mitnehmen, sie anschließen, und sie könnte die überspielten Kassetten noch in derselben Nacht mitnehmen. Sie schreibt zurück, sie würden versuchen, jemanden zu finden, und ich antworte, dass sie es selbst machen muss, weil ich keinem anderen traue. Das meiste davon ist Blödsinn – die Wahrheit ist, dass ich sie unbedingt sehen will. Sie sehen muss.

Wir haben inzwischen April, und in den Nachrichten ist ständig vom Abzug unserer Truppen aus Südwestafrika die Rede, was das Ende des Krieges gegen die Kubaner an der Grenze zu Angola bedeuten könnte. Isaac tritt den Lederpouf windelweich und schreit: »*Bladdy Bullshit!*« Er behauptet, in Südwest gäbe es viel zu viele Diamanten, als dass die Chatteisim das Land jemals aufgeben würden. Ganz zu schweigen davon, dass es dort von ihren Afrikaaner-Kumpeln nur so wimmle. »Wenn Südwest zu Namibia wird«, unkt er mit absichtlich übertriebener afrikanischer Aussprache, »dann ist es nur noch eine Frage der Zeit, bis wir zu scheiß *Azania* werden, das kannst du mir glauben! Deswegen sage ich dir, dass sie sich in einer Million Jahren nicht zurückziehen.«

»Aber Da, es wird doch überall darüber berichtet!« Die

Nachrichten zeigten sogar anrückende UN-Truppen, die über unseren Abzug wachen.

»Mach dich nicht lächerlich, verdammt noch mal!«, erwidert Isaac. »Das ist alles nur für die Kameras, Martin. Glaub mir, die Chutis haben in Wahrheit immer noch die Zügel in der Hand. Die haben das Sagen. Und die Chutis werden nie lockerlassen.« Ich glaube, er hat vergessen, dass der alte Botha einen Schlaganfall hatte und sein Gesicht auf einer Seite schlaff hinunterhängt. Botha hat im Fernsehen behauptet, er werde nicht zurücktreten, er sei immer noch Staatspräsident, und die Leute glauben ihm, ich meine, nicht umsonst wird er Die Groot Krokodil – Das große Krokodil genannt. Aber ich bin mir nicht so sicher. Ich habe von Stroppy Davidson in der Schule gehört, dass Schlaganfälle Menschen tiefgreifend verändern können, was zum Beispiel mit seiner netten Tante passiert ist, die über Nacht total fies wurde. Wenn das geht, muss doch auch das Gegenteil möglich sein.

Am nächsten Tag nach der Schule raffe ich mich auf und fahre zum Schrottplatz. Als ich Isaac am heißen Nachmittag Werkzeug anreiche, fallen mir die Augen zu, und ich muss mir die Beine vertreten. Die Sonne wird von den zerbrochenen, glitzernden Spiegeln und dem verbogenen Metall reflektiert. Die kaputten Maschinen sind wie Leichen, mit Kraftstoffpumpen als Herzen. Mit gesenktem Kopf wandere ich zwischen ihnen umher und wäre beinah gegen Phala geprallt, und ich sage auf Zulu *sawubona,* was wörtlich »Ich sehe dich« bedeutet. Es ist, als wären sie nicht daran interessiert, was in deinem Inneren vorgeht, wie es einem geht – *how are you* –, sondern als wollten sie nur die augenscheinliche Tatsache feststellen, simpel und wahr. Ich sehe dich. Phala nickt. Ich frage ihn noch einmal nach Victor. Er runzelt gespielt ahnungslos die Stirn. »Welcher Victor?«

»Du kennst doch Victor«, erwidere ich. »Silas' Sohn. Er war neulich hier. Fährt den Barracuda.«

Phala schüttelt den Kopf. Ich stelle immer wieder dieselbe Frage, aber er schüttelt nur den Kopf, zuckt mit den Achseln und sagt nichts. Während ich mit ihm rede, sehe ich jedoch Winston Mathenjwa hinter ihm. Er ist einer der ältesten Mitarbeiter. Winston wirft mir im Vorbeigehen einen vielsagenden Blick zu. Ich lasse Phala stehen und gehe durch die Altautos zurück. Als ich Winston allein erwische, rufe ich ihn leise und frage, was neulich am Tor passiert ist. Er blickt sich um, will sichergehen, dass wir allein sind, und sagt: »Du darfst es nicht deinem Vater sagen.« Ich verspreche es ihm. Winston sagt: »Ich glaube, Victor, er ist hergekommen, weil er sie zur Rede stellen wollte.«

»Zur Rede stellen?«

»Weißt du, es war gut, dass du rausgekommen bist.«

»Warum?«

»Sie wollten ihn …« Winston fährt sich mit den Fingern über den runzligen Hals.

»Was meinst du damit?«

Er wiederholt die Geste. »Sie hätten ihn erledigt«, sagt er. »Glaub mir.« Er meint es ernst. Ich kann es kaum fassen, aber er scheint sich ganz sicher zu sein, und ich denke an Victors Gesichtsausdruck, wie sehr er gezittert und geschwitzt hat. Dass er schnell weggefahren ist.

Ich frage: »Aber warum sollten sie das tun?«

Winston antwortet: »Er glaubt, dass sie es getan haben.

Er sagt, sein Vater wäre niemals mit solchen Bremsen herumgefahren. Er will ihn sich mit eigenen Augen ansehen, den kaputten Peugeot, und dachte, er wäre vielleicht hier. Er wollte nachschauen.«

»Er denkt, sie haben es getan?«

»Ja, ja! Aber du darfst es nicht deinem Vater sagen!«

»Aber Winston …«

»Tu es nicht, das wäre auch für ihn gefährlich. Wie wir sagen: Auch wenn der Fluss ruhig daliegt, können Krokodile darin lauern. Verstehst du? Diese Kerle – die jungen Männer hier …« Er deutet mit einer weitgreifenden Geste über den ganzen Hof und pfeift leise zwischen den Zähnen durch. »Die wollen diese neue Gewerkschaft für uns durchsetzen. Sie sagen, es ist höchste Zeit. Die Alten wie ich und Silas und Oscar und so, wir wollen das nicht, wir sind für deinen Vater, er ist ein guter Mann. Aber die Neuen haben keinen Respekt, vor nichts. Silas war ein Problem für sie. Denn die meisten folgen ihm, auch die Jungen, und er hat gesagt, wir sollten uns von der Gewerkschaft fernhalten, also …«

»Also glaubst du, sie haben seine Bremsen manipuliert, damit er verunglückt?«

»Äh – ja«, sagt er und nickt schwerfällig. »So ist es gewesen.«

Stimmen und Schritte nähern sich. Winstons Wange zuckt. Ich nicke ihm zum Dank zu, und er dreht sich um und geht weg. Den ganzen restlichen Tag geht mir diese Geste für das Kehledurchschneiden nicht mehr aus dem Kopf. Ich wünschte, ich würde ihm nicht glauben, aber ich tue es. Das Problem ist, dass ich nicht weiß, was ich mit dieser neuen Information anfangen soll. Ich fahre mit Arlene statt mit Isaac nach Hause, weil ich Angst habe, dass ich ihm sonst etwas verrate oder dass er mich zu Silas ins Krankenhaus mitnimmt und Victor vielleicht da ist – ich kann damit im Moment einfach nicht umgehen.

Meine Mutter sitzt müde am Steuer ihres Mazda. Sie fragt mich, was mit mir los ist, und sagt, sie fände, dass ich mich verändert habe. Sie nennt mich Toppers, wie früher, als ich klein war, und ich sehe ihr an, dass sie in einer ihrer verträumten Stimmungen ist. Als wir an einer roten Ampel anhalten, spielt sie mit den Fingern Klavier auf dem Armaturenbrett und summt vor sich hin, bis ich lache. Ich glaube, mein *Spiel*-Gen habe ich von Arlene geerbt. Sie ist in Kapstadt aufgewachsen, und als junges Mädchen wollte sie Primaballerina am Londoner Theater werden. Ihre Eltern, die Cossingtons, waren aus England eingewandert, und sie redet bis heute davon, eines Tages dorthin zurückzukehren. Zu dem wunderbaren Stil und der Kultur, die sie dort haben. Isaac und sie haben sich in der »Snake Pit« kennengelernt, einem Abschnitt am Strand von Muizenberg, wo sich in den Dezemberferien alle Juden trafen. Nur so zum Spaß frage ich sie jetzt danach. »War Isaac nicht viel älter als du?«, necke ich sie. Ich kenne ihre Antwort, weil ich sie schon eine Million Mal gehört habe. Dass er grob aussah, rauh und wild, und dass er eine schauderhafte Cabanjacke trug. »Er war wie ein Höhlenmensch. Er hat mir auf den Kopf gehauen und mich an den Haaren bis nach Joburg geschleppt. Autsch. *Joburg*.« Und sie tut so, als würde sie schaudern, und lacht wieder, denn jeder weiß, dass keiner Johannesburg so sehr hasst wie die Leute aus Kapstadt. Meine Großeltern von Arlenes Seite sind schon vor meiner Geburt gestorben. Ich weiß, dass die Familie sehr arm war, obwohl sie in England Vermögen hatte, bevor sie pleiteging. Früher haben sie mit Kristall gehandelt, waren Hoflieferanten der Königin. (Andererseits meint Isaac, hätten sie sich in die eigene Tasche gelogen, denn es gäbe keine schlimmeren Antisemiten als die Engländer, und Mamas Familie hätte versucht, englischer als die Engländer zu sein, und vergessen, dass sie Juden waren, bis man sie in ihre Schranken verwies.) Ich glaube, Arlenes Eltern wollten, dass ihre Tochter in die beste Gesellschaft hineinwuchs. Sie investierten ihr ganzes Geld in sie, in ihren Unterricht und ihre Kleidung und so. Isaac hat ihre Eltern nie leiden können, weil sie immer auf ihn herabblickten, obwohl er so gut im Geschäft war. Er ist immer noch irgendwie verbittert, wenn es um Arlenes Eltern geht. Ich glaube, Arlene wäre begeistert, wenn ich in London leben würde, und wahrscheinlich wollte sie, dass Marcus und ich auf die Solomon gehen, damit wir eine gute Bildung bekommen, in der richtigen Gesellschaft landen und eines Tages zurückkehren können. Plötzlich würde ich sie gerne fragen, warum sie Isaac geheiratet hat, wenn er so grob war. Aber ich tue es nicht, denn ich glaube, ich kenne die Antwort. Sie hat mir erzählt, dass ihre Familie einmal, als sie noch klein war, im jüdischen Armenhaus an der High Level Road schlafen musste. *Wir hatten immer zu kämpfen,* so drückt sie sich aus.

Der Mittwoch kommt, und den ganzen Tag in der Schule denke ich darüber nach, ob wohl eine Nachricht von Annie bei Viljoen auf mich wartet. In der zweiten Pause halte ich mein Sitzsacknickerchen in der Bibliothek, bis mich die

Klingel aufschreckt. An der Solomon klingelt es immer zweimal. Das erste Mal bedeutet, dass man sich sputen soll, zum zweiten Mal klingelt es etwa drei Minuten später. Wenn man dann nicht in seinem Klassenzimmer ist oder wo immer man beim zweiten Klingeln sein sollte, wird man zu Volpers Büro geschickt, um sich seine Tracht Prügel abzuholen. Ich hieve mich aus dem Sitzsack, recke mich, gähne und mache mich auf den Rückweg. Mit den Händen in den Taschen gehe ich den unteren Flur entlang, als ich aus dem Nichts plötzlich hart von der Seite gerammt und an die Backsteinwand rechts von mir gedrückt werde. Irgendein Scheißkerl hält meinen Hals umklammert und presst wie verrückt auf die Druckpunkte hinter meinen Ohren, während er mir mit der anderen Hand den Arm von hinten festhält. Er fängt an, meinen Kopf gegen die Wand zu schlagen. »Du hältst dich wohl für den ganz großen Macker, was?«, keucht er. Es ist Crackcrack. »Wo ist dein großer Bruder jetzt? Du kleine Petze. Rennst zum Gooch und erzählst Scheiße über mich. Das hast du jetzt davon!« Und dann verpasst er mir ein Eisbein vom Feinsten. Gute Eisbeine sind eine Kunst, und ich muss zugeben, dass er ein Meister darin ist, denn er trifft mich mit dem Knie genau am Nervenende meines Oberschenkels, so dass der Schmerz nach oben schießt und mein Bein lähmt. Ich reiße meinen Kopf los, stoße mich mit der freien Hand von der Wand ab, hole aus und verpasse ihm einen kleinen Kopfstoß, während wir aneinandergeklammert umhertaumeln. »Hey, Jungs! Ihr da!« Crackcrack lässt mich los und zieht Leine. Ein Lehrer ist am anderen Ende des Flurs erschienen. Ich humple, so schnell ich kann, zur Treppe und schleppe mich hoch, bis ich außer Sicht bin. Nach dem Unterricht kann ich wieder normal laufen, aber es tut immer noch verdammt weh, und es wird ordentlich blau werden. Diese Geschichte mit Crackcrack verfolgt mich noch die ganze Zeit – bis ich mit einem Buch von Viljoen zurückkomme, denn ich finde eine Nachricht darin. Von Annie. Und nicht nur irgendeine, sondern eine, in der genau das steht, was ich mir gewünscht habe, und von da an zählt nichts anderes mehr, nichts ist auch nur annähernd so wichtig.

36

Ich wache auf, bevor der Wecker klingelt, mit weitgeöffneten Augen und einem Kribbeln im ganzen Körper. Beinahe wäre ich nach hinten gegangen und hätte mein Fahrrad geholt, bis mir einfällt, dass ich es heute nicht brauche. Ich hole meinen Schulranzen mit sämtlichen Rohrutensilien aus dem Sandy-Loch und kontrolliere alles sorgfältig. Ich nehme den Schlüssel heraus, sehe ihn mir an und sage mir, dass die Schule mir gehört, solange ich ihn in meinem Besitz habe. Das darf ich nicht vergessen. Dann klettere ich über die Gartenmauer. Ich rechne damit, dass ich warten muss, aber Annies vw steht schon da. Der Motor springt an, und die Scheinwerfer leuchten auf, bevor ich mich umgedreht habe. »Du bist spät dran«, sagt sie, als ich einsteige. Ich schaue auf die Uhr. »Vier Minuten?« Sie lächelt nicht. »Das sind vier verdammte Minuten zu viel.« Ihr Haar ist zurückgebunden, so dass ihre zarten Gesichtszüge und ihr glatter Hals betont werden, die olivfarbene Haut, die im

Laternenlicht gelblich schimmert, die prallen, glänzenden Lippen. Sie duftet genau wie auf der Granatapfelbank, nach einer Mischung aus Zitrone und warmem Moschushauch. Mein Mund ist trocken, und ich weiß nicht, was ich sagen soll. Als sie losfährt, schiebt sie eine Kassette in das Autoradio. Der alte Juluka-Hit »Scatterlings«; die Zulu-Stimme, tief und rhythmisch – *yim-boh! yim-yim-yim-yim-yim-boh!* – und im Hintergrund die weichere und höhere jüdische – *oh-la-la-la! oh-la-la-la!* – singen davon, dass wir alle Flüchtlinge sind und aus Mama Afrika kommen. Ich zeige Annie mit einer Hand den Weg, werfe ihr Blicke aus den Augenwinkeln zu. Ich könnte ihr in den Hals beißen, ich schwör's! Ich könnte ihr auf der Stelle die Kleider vom Leib reißen. Stattdessen schaue ich aus dem Fenster auf die wie ausgestorben daliegende Vorstadt draußen, die Mauern.

In Regent Heights parkt sie am Ende des Schotterplatzes oberhalb des Fußballfeldes. Wir steigen aus, und ich überprüfe, was sie mitgebracht hat, Schützer und Overall. Sie hat die Schwimmbrille vergessen; ich trage jetzt immer eine, weil ich es satthatte, Zeug in die Augen zu kriegen. Ich will ihr meine überlassen, aber sie lehnt ab. Sie hat einen Seesack mit etwa fünfzig leeren Videokassetten mitgebracht, viermal so viele, wie wir bespielen können. Dadurch schleppen wir eine Menge unnötigen Ballast mit, aber ich beschließe, nichts zu sagen, weil ich weiß, wie empfindlich sie sein kann. Wir gehen durch ein Wäldchen von Eukalyptusbäumen, klettern durch das Loch im Zaun und folgen dem Trampelpfad hinunter zum Kanal. Ohne Probleme lotse ich uns geradewegs zum Rohr. Annie betrachtet es wortlos. Ein verbeultes, dünnwandiges Metallrohr vom Durchmesser eines Ölfasses. Ihr Blick ist finster. Mir gefällt diese Anspannung nicht. Ich muss mir etwas einfallen lassen, um die Stimmung zwischen uns aufzulockern, oder ich kann jede Chance auf Sex heute Abend begraben. Im Flüsterton besprechen wir, wie wir den Seesack am besten mitschleppen, und am Ende stecke ich meinen Ranzen hinein und binde mir das Ding um die Taille. Ich rücke meine Brille zurecht, schalte meine Helmleuchte ein und drehe mich zu ihr um. »Das wird sich ganz schön klaustrophobisch anfühlen da drin, beim ersten Mal. Als wärst du eingesperrt. Lass dich davon nicht abschrecken. Denk einfach an etwas anderes, tu so, als würde es Spaß machen. Es kommt jede Menge Sauerstoff rein, es ist ganz ungefährlich. Und vor allem darfst du nicht in Panik geraten! Bleib ganz ruhig.«

»Danke für den Ratschlag, Dad«, erwidert sie.

Ich erröte, krieche in die Öffnung. Das Seil, mit dem ich die Tasche hinter mir herziehe, schneidet mir in die Taille. Ich höre, wie Annie mir folgt, und die Spannung des Seils lässt nach, als sie die Tasche von hinten anschiebt. Ich krieche weiter, und wir finden einen gemeinsamen Rhythmus, ziehend und schiebend, begleitet vom Kratzen und Klopfen unserer Knie- und Ellbogenschützer auf dem Wellblech. Als wir das Ende fast erreicht haben, drehe ich mich um, um ihr Bescheid zu sagen und nachzufragen, wie es ihr geht. Doch mir bleiben die Worte im Hals stecken. Sie schiebt von hinten die Tasche gegen mich und fragt: »Martin, was ist?«

»Pscht, leise!«

Ich habe etwas gespürt. Ich bleibe reglos liegen und halte die Luft an. *Ich habe etwas gespürt.* Bitte, lieber Gott, nur das nicht! Bitte nicht! Aber da ist es schon wieder. Ich schnelle vorwärts, kralle mich mit beiden Händen fest, krieche, so schnell ich kann, zerre am Seil wie ein tollwütiger Schlittenhund. Ich habe Annie ermahnt, keine Panik zu kriegen, aber ganz ehrlich, bis jetzt hatte ich keine Ahnung, was Panik *ist*. Annie schreit mich an: Was machst du da?, aber alles, was ich höre, ist wieder dieses Geräusch, weit weg, ein lautes BUMM, das die Erde und die Wände des Rohres durchdringt und meine Hände vibrieren lässt. Das kann nur Donner sein. Ohrenbetäubender afrikanischer Donner. Ich glaube, ich habe das laut gerufen, aber es ist egal, denn schon spüre ich Nässe an den Fingern und sehe, wie Wasser aus der Schwärze vor mir heraussickert. Eine Blitzflut. Und sie heißt nicht umsonst so – innerhalb kürzester Zeit donnert es so heftig und in schneller Folge, dass es sich anfühlt, als würden wir von riesigen Händen geschüttelt, und dann verwandelt sich die Nässe an meinen Händen in fette Wasserschlangen, die sich kalt über meine Arme schlängeln und meine Oberschenkel hinabrinnen. Äste, Zweige, Plastiktüten und Blechdosen rieseln auf mich herab; das Wasser steigt, und damit kommen auch Lebewesen aus der Dunkelheit. Ein ganzer Schwarm wuseliger Nagetiere, die alle miteinander verschlungen sind und wie verrückt zappeln, Massen jener schwarzen Raupen, die wir Shungululus nennen, sind überall, und dann treiben fette Parktown Prawns, Eidechsen und peitschende Schlangen vorbei, aber ich schwöre, ich schaue sie nicht mal an. Ich denke nur noch: weiter, weiter, weiter! Das verdammte Seil schneidet mir in die Taille und bremst mich, und ich versuche, es zu lösen, aber das geht nicht, ohne anzuhalten, die Knoten sind zu fest. Ich wünschte bei Gott, ich hätte ein Messer zur Hand, aber es steckt in meiner Tasche, die im Seesack ist. Ich glaube, dass ich sterben werde, ich habe echte Todesangst, und ich stammle Ma-Ma-Ma, oh Mommy-Ma, keine Ahnung, warum. Das Wasser steigt bis über meine Schultern, und ich muss das Kinn heben, um Luft zu kriegen. Es steigt noch weiter an und ich ziehe den Helm aus, um meinem Kopf etwas mehr Platz zu verschaffen, indem ich mein Kinn zur Seite drehe. Die Lampe am Helm in meiner Hand leuchtet jetzt aufwärts, und ich stelle fest, dass wir die letzte Biegung erreicht haben. Das Wasser stürzt hier in der Krümmung mit voller Wucht herein. Ich atme noch einmal tief durch die Nase ein, und dann füllt das kalte Wasser die ganze Röhre, und ich werde überflutet – ich versuche, mich weiterzukämpfen, kann aber die Krümmung nicht überwinden, in die das Wasser mit seiner ganzen Gewalt hineinschießt. Der Seesack trifft mich von hinten. Annie stößt wie wild von hinten, aber es gibt keinen Ausweg. Plötzlich erinnere ich mich an das bewegliche Stück in der Rohrwand. Es ist rechts, unterhalb von mir. Ich brauche dringend Sauerstoff und greife mit beiden Händen hinunter, taste herum und spüre sofort einen starken Saugstrom. Das Licht auf meinem Schutzhelm leuchtet immer noch, ganz seltsam unter Wasser, und durch meine Brille kann ich die Klappe klar sehen – weit aufgesperrt wie ein Maul, an dem das Regenwasser vorbeirauscht. Die Lampe flackert und geht aus. Ich lasse den Helm los und stecke erst den einen, dann den anderen Fuß durch die Öffnung, setze mich auf, greife nach der oberen Kante und ziehe und schiebe, bis meine Taille gerade so durchpasst. Metall schrammt mir über den Rücken, und ich falle ins Nichts. Das Seil hält mich, und ich pralle gegen eine Wand. Aber hier gibt es Luft, und ich schnappe danach. Ich baumle frei hängend, drehe mich um, stemme mich mit den Beinen gegen die Wand, ziehe den Seesack durch die Öffnung, und dann folgt Annie, und wir stürzen beide hart in eine flache Pfütze auf Betonboden. Hinter uns ist eine Mauer, ich stütze mich keuchend dagegen. Es ist dunkel, aber von irgendwo fällt etwas Licht herein, und ich kann erkennen, wie vor uns der Wasserstrahl von oben auf das flache Becken trifft, in dem wir uns befinden. Annie ist ebenso wie ich gegen die Wand gesunken, und trotz des rauschenden Wassers höre ich, wie sie heftig, fast schluchzend nach Atem ringt. Es dauert eine Weile, aber aus dem Wasserstrahl wird ein Rinnsal an der Wand, und die Pfütze läuft ab, bis nackter Beton zum Vorschein kommt. Meine Augen gewöhnen sich allmählich an die Dunkelheit – wir stehen an der Rückwand eines Betontunnels mit einer flachen Decke. Als ich zu der Klappe hinaufblicke, durch die wir gekommen sind, sehe ich, dass sie fast vollständig geschlossen ist. Auf dieser Seite befinden sich starke Federn. In der jetzt eingetretenen Stille frage ich Annie, ob es ihr gutgeht, und sie antwortet mit einer Art Grunzen. Ich ziehe die nasse Tasche über meine Beine und öffne den Reißverschluss. Ich hole meinen Schulranzen heraus und finde die kleine Taschenlampe. Ich rechne nicht damit, dass sie funktioniert, aber sie flammt gleich beim ersten Versuch auf. Ich krame auch das Schweizer Offiziersmesser hervor und öffne damit den Knoten um meine Taille. Die Videokassetten sehen gut aus, sie sind brandneu und alle in Folie eingeschweißt, nur wenige von ihnen sind zerdrückt.

Ich grabe in der Tasche, bis ich die Sachen finde, die ich für meine Nacht der Leidenschaft mit Annie eingepackt habe. Eine Flasche Sekt aus der Hausbar und ein 1-Liter-Tetrapack LiquiFruit-Orangensaft. Ein Wunder, dass die Flasche nicht kaputtgegangen ist. Ich reiße die Ecke der Orangensaftpackung auf. Annie seufzt erleichtert, als sie sie sieht. Ich nehme einen tiefen, süßen Schluck und reiche den Saft an sie weiter. Wir trinken ihn abwechselnd aus, und ich spüre, wie mich neue Energie durchströmt, aber auch wesentlich größere Schmerzen, während die kalte Taubheit allmählich schwindet. Ich habe mich am Rücken verletzt und bin überall aufgeschürft und grün und blau gestoßen. Ganz zu schweigen davon, dass mein Oberschenkel wieder pocht, wo mich dieses Arschloch von Crackcrack mit dem Knie erwischt hat.

Ich stehe auf und leuchte mit der Taschenlampe. Von irgendwoher sickert diffuses Licht herein, obwohl nirgendwo eine Öffnung zu sehen ist, außer der Klappe oben, die sich jedoch inzwischen vollständig geschlossen hat. Ein breiter Tunnel erstreckt sich vor uns, mit grauen, schimmligen Betonwänden, die etwa alle zwanzig Meter von vertikalen Trägern gestützt werden. Er scheint lang zu sein; jedenfalls ist das Ende im Schein der Taschenlampe nicht zu sehen. Annie fragt, ob ich weiß, wohin er führt. Ich erwidere, dass ich nicht einmal eine Ahnung habe, was das ist, aber Gott sei Dank gibt es den Tunnel, sonst wären wir tot. Ich versuche, mich an die Blaupausen der Malcolm-Steinway-Ausstellung zu erinnern. Annie bückt sich und hebt den Seesack auf. Ich nehme den anderen Griff, und ohne ein weiteres Wort tragen wir die Tasche zwischen uns und machen uns auf den Weg durch den leicht abfallenden Tunnel. Ich entdecke meinen durchnässten Schutzhelm, sammle ihn auf und drücke auf die Kopflampe, aber sie ist tot wie ein Dodo. Die Luft im Inneren des Tunnels ist nicht abgestanden, sie kommt irgendwo von draußen, ebenso wie das schwache Licht, aber ich spüre keinen Luftzug. Ich weiß, dass wir in östlicher Richtung gehen, vielleicht unter dem Pickel hindurch, und ich versuche, mich an einen Abfluss irgendwo dort an der Oberfläche zu erinnern, aber auf so etwas habe ich nie geachtet. Nach einer Weile stupst mich Annie an. Im Strahl der Taschenlampe tauchen verrostete Vorsprünge an der Wand auf, je zwei parallel, wobei der untere weiter hervorragt als der obere und der obere halbmondförmige Rillen hat. Annie fragt mich, was das ist, aber ich habe keine Ahnung. Wir gehen weiter, und dann bleibe ich plötzlich stehen und drehe mich um. Mir fällt etwas ein, eine Erinnerung an das Aquarium, das Innere des Gebäudes am John Vorster Square. »Das ist für Waffen«, sage ich. »Sie werden da reingestellt.« Ich zeige es ihr mit meinem Arm, und Annie sagt: »Ach so. Das sind Gewehrständer.« Sie schnaubt durch die Nase und fragt: »Hast du noch nie was von einer Waffenkammer unter deiner Schule gehört?«

»Nein, noch nie«, antworte ich, aber eine vage Erinnerung nagt an mir, als wir weitergehen. Wir erreichen das Ende des Tunnels, eine nackte Wand. Das Wasser steht hier noch knöchelhoch und fließt gurgelnd durch eine große Bodenrinne ab. Wir drehen um und platschen auf demselben Weg, den wir gekommen sind, wieder zurück. Als ich zufällig nach links leuchte, fällt mir dort ein dicker dunkler Streifen auf. Ich sehe genauer hin und entdecke eine schmale Öffnung. Ich leuchte in den schwarzen Schlitz hinein. Backsteinwände rechts und links, dichte Spinnweben und nach etwa fünfzehn Metern eine dumpfgrüne Wand, die nicht aus Backsteinen besteht. »Auch 'ne Sackgasse«, sage ich.

Annie zittert, sie hat beide Arme um sich geschlungen. »Augenblick mal«, sage ich. Wieder meldet sich die vage Erinnerung in meinem Kopf. Noch einmal leuchte ich auf die verrosteten Gewehrständer. »Ich schätze, ich weiß, was das hier sein könnte. Ich hab's auf einem Plan gesehen. Es müssen die ursprünglichen Schutzeinrichtungen sein.«

»Schutzeinrichtungen?«

»Ja. Aus den sechziger Jahren.«

»Noch bevor hier eine Schule stand?«

»Nein. Die Solomon gibt es schon seit der Jahrhundertwende.«

Annie schüttelt den Kopf. »Waffen unter einer Highschool.«

»Ja, es ist ein Dingsbums – ein Bunker, ein Luftschutzbunker. Gibt es in Amerika nicht auch Atombombenschutzräume? Falls die Russen kommen, oder so? Ich weiß, dass es sie in Israel gibt. Jede Schule muss einen haben.«

»Ich weiß nicht«, erwidert Annie. »Aber das ist doch eher ein Tunnel, der irgendwo hinführt, als ein Bunker, in dem man sich verstecken kann.«

»Ich glaube, das liegt daran, dass die Anlage nie fertiggebaut wurde. Stand auf dem Plan: ursprüngliche Schutzeinrichtungen, unvollendet. Sie wurden nicht Teil des neuen Sicherheitssystems, das nach 1982 gebaut wurde – die Mauer und so.« Ich leuchte mit der Taschenlampe auf den gurgelnden Abfluss am Ende. »Das Ding hat eine Entwässerung. Sie haben es einfach mit dem Regenabflussrohr verbunden, mit dieser Klappe. Das ist ein Sturmventil.«

»Und was ist das?« Sie meint den Schlitz in der Wand.

»Keine Ahnung. Aber es würde mich doch ziemlich interessieren.« Ich zögere, und sie versucht, mir die Taschenlampe abzunehmen, also atme ich tief aus, drehe mich seitwärts, zwänge mich in den Spalt und schiebe mich durch die Spinnweben. Der grobe Mörtel zwischen den Backsteinen schabt mir Brust und Rücken auf. Ich darf gar nicht an Ratten oder Schlangen an meinen Knöcheln denken. Sie könnten mich zernagen oder totbeißen, ohne dass ich nach unten greifen könnte. Ich gelange ans Ende zu der grünen Wand. Sie besteht aus Metall, ist aber dünn, lässt sich eindrücken und springt wieder zurück. »Was ist denn da hinten?«, ruft Annie. Ich klopfe mit der Taschenlampe dagegen. Es klingt hohl. »Martin!«, ruft Annie. Ich glaube, ich weiß, was das ist. Ich drücke fest dagegen, mit gestrecktem Arm, und das Blech gibt nach, kommt aber wieder zurück. Ich drücke noch mal, da fällt es mit lautem Krachen um und Staub wirbelt auf. Ich bin froh, dass ich meine Schwimmbrille noch trage, aber trotzdem kitzelt mich der Dreck in der Kehle, obwohl ich mir Mund und Nase zuhalte. Ich muss heftig husten. Hinter mir ruft Annie immer noch laut und will wissen, was los ist, als ich durch die Öffnung trete.

37

Der Strahl der Taschenlampe wandert über Kisten, aufein-
andergestapelte Kunststoffstühle und Holztische, Kleider-
ständer. Ich bin über einen umgekippten Aktenschrank
gestiegen. Im Licht der Taschenlampe tauchen weitere, auf-
rechtstehende Metallschränke auf, und der Strahl huscht
über Hebräisch auf Buchrücken und vergilbte *taléjßim*, Stapel von alten Papieren, Fotos und Jahrbüchern. Die Wände
um diesen ganzen Schrott herum sind aus massivem Beton, genau wie die Decke. Es gibt eine Lampe, aber als ich
den Schalter an der Wand finde und ihn drücke, passiert
nichts. Annie schreit mir aus dem Dunkeln zu, dass ich ein
Arschloch bin, ein Mistkerl etc., weil ich sie dahinten in
völliger Finsternis zurückgelassen habe. Ich rufe ihr zu, sie
soll durchhalten, während ich in den Stahlschränken suche
und eine Schachtel mit *jórzeit*-Kerzen und ein paar Lion-
Streichhölzern finde. Ich zünde Kerzen an, stelle sie ringsum auf und leuchte mit der Taschenlampe dann in den
schmalen Durchgang für Annie. Fluchend quetscht sie sich
durch. Mit großen Augen blickt sie auf das Sammelsurium
im Kerzenschein. »Gruseliger Scheiß«, lautet ihr Kommen-
tar. Dann legt sie einen Finger unter die Nase und blinzelt.
Ich sage »Gesundheit«, noch bevor sie heftig niest. »Hier
kann man ja Asthma kriegen«, bemerkt sie. Alles ist mit
einer dicken Staubschicht bedeckt: gerahmte Fotos, Männer in schmalen Anzügen mit Hornbrillen und Frauen mit
Hüten und Handschuhen. Auf einem Stapel von Zeitungen
liegt eine Ausgabe von *Drum* mit John F. Kennedy auf dem

Cover. Es gibt ein Radio aus Bakelit und Pokale für schulische Leistungen. Ein paar alte Jahrbücher mit gewellten Seiten. Ich schiebe einen Stapel mit dem Fuß beiseite und versuche dabei, nicht noch mehr Staub aufzuwirbeln. Eine Zeitungsschlagzeile lautet: BARNARDS HERZTRANSPLANTATION GEGLÜCKT. 3. Dezember 1967. Ich schaue mir die hebräischen Bücher genauer an. Die meisten sind Siddurim, Gebetbücher. Auf einem Buchrücken entdecke ich das Wort Yesod, das Fundament bedeutet. Muss ein hebräischer Grammatiktext oder ein Werk der Kabbala sein. Der erste hebräische Buchstabe des Titels ist durch den Staub fast unleserlich, so dass sich beinahe die Bedeutung »Geheimnis« ergibt. Ich schaue Annie an. »Ich glaube, ich weiß, wo wir sind.«

»Wo? Gibt es einen Ausweg?«

Ich nicke und zeige nach oben. »Die Himmelsleiter hoch.«

Ich will sie damit zum Lachen bringen, aber sie verzieht bloß genervt das Gesicht. »Ich bin verdammt müde, Alter. Red Englisch mit mir, okay?«

Ich inspiziere die Decke genauer. Auf der anderen Seite des Raums befindet sich eine Metallplatte mit Griff. Annie hilft mir, einen Schreibtisch hinzuschieben. Sie klettert als Erste drauf; ich halte die Taschenlampe und beobachte, wie sie den Griff dreht und versucht, daran zu ziehen. Gerade als ich ihr einen Rat geben will, drückt sie stattdessen, und die Klappe geht auf. Dahinter verbirgt sich ein rechteckiger Kamin mit Wänden aus Holzbohlen und einer Holzplatte obendrauf. Er ist nur etwa einen Meter hoch. Annie bittet mich um einen Stuhl. Ich stelle ihn auf den Schreibtisch, und sie klettert drauf. So kommt sie leicht an die Holzplatte und klopft dagegen. »Taste mal an den Rändern entlang«, sage ich. Sie befühlt sie rundum und findet etwas, einen Haken, fummelt daran herum, und die Platte klappt beiseite. Annie richtet sich auf dem Stuhl auf. Mondlicht strömt herein, begleitet von frischer Luft. »Oh, mein Gott!«, stößt Annie hervor. »Schau dir das mal an!« Ich klettere nach ihr hinaus und stehe auf der Bima, der Haupttribüne unserer Schulsynagoge. Ich habe vermutet, dass wir unter der Synagoge sind, aber keine Sekunde daran gedacht, dass das Fundament der Bima ein unterirdischer Betonbunker sein könnte. Wir beide stehen da, als wären wir bereit, einen Gottesdienst zu halten, nur dass die Synagogenbänke leer sind, der Mond durch die Fenster scheint und eine Frau niemals auf der Bima sein dürfte – was mir noch mehr das Gefühl vermittelt, in einem verrückten Traum gefangen zu sein. Es wird noch schräger, als ich mir ansehe, aus was wir herausgeklettert sind – aus der Bank. Auf der Seite der niedrigen Glaswand steht eine ledergepolsterte Bank neben der Bima, und die haben wir von unten geöffnet. Das ist normalerweise Volpers Platz, dort sitzt freitags morgens der Ehrengast der Woche, bevor er seine Ansprache hält.

Annie zittert und schlingt die Arme um sich. Wir sind nass und schmutzig. Ich steige noch mal runter, sammle den Seesack ein, lösche die Kerzen, klettere wieder hoch. Als ich rausklettere und den Bankdeckel schließe, rastet er ein. Ich knie mich auf den Bima-Teppich und beleuchte die Bank von unten. Es dauert eine Weile, aber schließlich finde ich ein fingergroßes Loch, durch das man einen kleinen Hebel für den Schließmechanismus betätigen kann. Ich ziehe die verschwitzte Brille aus, und wir gehen mit unseren Taschen von der Bima hinunter und quer durch die *Schul* zur Hintertür hinaus. »Willkommen in meiner Schule«, sage ich zu Annie und gehe mit ihr ins Empfangsbüro des Verwaltungstrakts, wo Volpers Sekretärin Mrs Brune hinter einer Glasscheibe mit einem Loch darin residiert. Die fiese Mrs Brune, die hämisch grinst, wenn man auf dem Weg zum Rohrstock ist und am liebsten sterben würde. Gegenüber von Volpers Bürotür – bei deren Anblick ich selbst jetzt mitten in der Nacht Bauchweh bekomme – befinden sich die Personaltoiletten. Ich rubble mich bei den Herren ab. Annie findet bei den Damen einen Fön, und wir trocknen damit unsere Kleidung, während wir, nur mit Handtüchern umwickelt, danebenstehen. Ich habe plötzlich Lust, sie zu küssen und überrasche mich selbst, indem ich den Versuch wage. Noch überraschender ist, dass sie den Kuss erwidert. Ich verliere jedes Zeitgefühl, überlasse mich ganz dem Rausch, und es geht ordentlich zur Sache. Wahrscheinlich sind unsere Körper durch die Todesnähe im Fortpflanzungsmodus. Aber Annie unterbricht das Ganze, und wir ziehen uns wieder an. Plötzlich fange ich an zu kichern wie ein Verrückter, und Annie will wissen, was los ist. Ich schüttle den Kopf und sage, nichts. Sie will es unbedingt wissen. Ich will nicht, dass sie denkt, dass ich über sie lache oder so, also sage ich ihr die Wahrheit, nämlich dass ich über mich selbst lache, den großen Romeo. Schließlich hatte ich mir eine ausgeklügelte Verführungsstrategie zurechtgelegt. Sobald der Kopiervorgang lief, wollte ich Sekt und Orangensaft hervorzaubern und uns leckere Mimosas mixen, die, wie ich gelesen habe, ein unwiderstehliches Aphrodisiakum sein sollen. Ich zeige ihr den Sekt, und dann kriegen wir einen Lachkrampf, bis wir kaum mehr Luft kriegen. Wahrscheinlich kommt diese Albernheit auch daher, dass wir dem Tod von der Schippe gesprungen sind. Annie erwidert: »Du hättest dir stattdessen lieber den Wetterbericht anhören sollen«, und damit erstickt sie jeden Spaß im Keim, denn sie hat recht. Ich habe mich als Experten für die Rohrexpedition aufgespielt, dabei wären wir meinetwegen beinahe ertrunken.

Gemeinsam gehen wir zum Medienanbau. Annie wirft einen Blick in die Bibliothek und berührt einen der Commodore 64 im Computerraum. »Ein kleines bisschen mehr, als wir in Jules haben, was?«, sagt sie. »Nur ein klitzekleines bisschen.« Ich zeige ihr das Videolabor mit dem dazugehörigen Lager und den zwölf Recordern. Dann demonstriere ich ihr, wie man sie an den Schneideplatz anschließt, damit wir ein Dutzend Kopien gleichzeitig ziehen können. Bei drei Stunden Spielzeit schaffe ich nur eine Schicht pro Nacht. Annie nickt und fragt, ob es kein High-Speed-Dubbing gibt, aber ich schüttle den Kopf – bei Videos geht das nicht. Sie schaut sich den Schneideplatz an und meint, man könne die Fireseed-Bänder leicht auf zwei Stunden kürzen, ohne dass sie an Effektivität verlieren. Ein zweistündiges Band würde zwei Kopierdurchgänge pro Sitzung ermöglichen – womit wir die Produktion verdoppeln könnten. Gute Idee, aber noch während sie ganz aufgeregt weiter darüber redet, dämmert mir etwas anderes, und ich stoße mehrmals hintereinander das F-Wort aus und unterbreche sie damit. Ich habe überhaupt nicht mehr an das Mastertape gedacht. Es steckt tief unten in meiner Tasche, und es ist nicht in Folie eingeschweißt wie die neuen Bänder. Als ich es hervorhole, stellen wir fest, dass es voller Sand ist. Ich reinige es, so gut ich kann, aber als wir es abspielen, stehen Sturmhaube und Palästinensertuch in einem wilden Schneesturm. Annie schickt noch ein paar F-Wörter hinterher. Jetzt können wir heute Nacht gar nichts mehr tun. Genauso gut können wir gleich wieder gehen, aber anstatt es anzusprechen, mache ich den Sekt auf. Wir reichen die Flasche hin und her. Nach einer Weile steht Annie mit der Flasche auf und wandert zurück in den Lagerraum, wo unter anderem jede Menge Kameras und Filmbänder rumliegen. Sie fragt mich, ob wir das Video auf Film kopieren könnten. »Keine Ahnung«, erwidere ich. »Das hab ich mir noch nie überlegt.« Annie will wissen, ob ich schon mal von einem Spaza-Bioskop gehört habe. Ich zucke mit den Schultern. »Ein Bioskop ist hier bei uns nichts anderes als ein Kino.« Da erklärt sie mir, dass ein Spaza ein kleiner Township-Laden ist, den die Leute bei sich zu Hause betreiben. Und genauso gibt es Wohnzimmerkinos in normalen Häusern oder Kirchen. »Der Eintritt kostet meistens einen Rand«, erklärt sie, »und manchmal kommen ein paar hundert Leute zu einer Vorstellung. Auf dem Land wird einfach ein weißes Tuch als Leinwand an einen Affenbrotbaum gehängt, und das ganze Dorf guckt zu. Wenn wir unsere Kassette auf Film überspielen könnten, erreichen wir diejenigen, die an keinen Videorecorder drankommen.« Ich verspreche ihr, mir zu überlegen, ob es machbar ist. Inzwischen haben wir die Flasche gekillt, stehen rum, und ich finde, eigentlich könnten wir jetzt mit dem Küssen weitermachen. Annie scheint meine Gedanken zu lesen, denn sie lächelt schief mit ihrem Schmollmund und geht raus in die Bibliothek.

Ich folge ihr wie ein kuschelbedürftiges Haustier. Sie zeigt mir ein Buch von einem Typen namens Lasky, einem berühmten Anthropologen. Er sei es gewesen, der ihr Interesse für Politik geweckt habe. Er habe ihr die Augen dafür geöffnet, dass die USA für Südafrika verantwortlich seien, weil sie das Apartheidregime seit Jahren unterstützten. Sie sagt, es seien ihre Steuergelder, was bedeute, dass sie mit verantwortlich sei. Ich frage sie, ob sie aus dem Grund hergekommen ist. »Ich muss zugeben, dass der Drecksack der Anfang war«, sagt sie. »Obwohl er bloß ein Riesenheuchler ist, der von den Tantiemen seiner Bücher an der Upper East Side residiert. Er ist genau wie alle anderen, er macht *gar nichts*.« Sie erzählt mir, welche Bedeutung Afrika für die USA hat. Dass ihr Land von afrikanischen Sklaven aufgebaut wurde. Dass Filme, Musik, Mode und Slang von Schwarzen mit afrikanischen Wurzeln beeinflusst wurden. »Afrika ist unsere Mutter, der Sklavenhandel unsere Nabelschnur«, meint sie. »Es ist quasi unser Fleisch und Blut. Deshalb ist mir das, was hier in Südafrika geschieht, so verdammt wichtig. Und so sollte es für alle Amerikaner sein.« Sie spricht vom Kongress, von Wahlen und von Reagan, aber ich kann ihr nicht so recht folgen. Genauer höre ich hin, als sie von den Südafrikanern »im Exil« erzählt, die sie im Ausland kennengelernt hat, Schwarze und Weiße, gute Freunde (vielleicht mehr als das, so wie sie von manchen spricht), derentwegen sie sich für mein Land engagiert. Sie hat alles aufgesaugt, was sie über Südafrika in die Finger bekommen konnte, und sagt, obwohl sie erst seit wenigen Monaten hier sei, sei sie schon seit Jahren auf dem Weg hierher gewesen.

»Ist es so, wie du es dir vorgestellt hast?«, frage ich.

»Nein«, erwidert sie. »Es ist anders. Es ist überwältigend.«

Der Sekt steigt mir jetzt ordentlich zu Kopf, und ich rücke immer näher an sie heran. Mit einem eleganten Tanzschritt weicht sie mir aus. »Also«, sagt sie. »Wir haben ja jetzt viel Zeit. Willst du mir nicht mal deine Schule zeigen?« Und so mache ich die große Runde mit ihr, am Busdepot vorbei zum Schwimmbad hinauf und über die weitläufigen leeren Rugbyfelder unter dem wilden Mond rüber zu meinem Klassenraum auf dem Pickel. Dann geht es weiter zur Aula, wo wir uns einmal pro Woche treffen, unsere Kriegsschreie ausstoßen, unsere beiden Flaggen hissen und beide Hymnen singen. Mrs Stanz legt ihre langen Finger auf das Klavier und begleitet uns, wenn wir zuerst *haTikwa* auf Hebräisch und dann *Die Stem* auf Afrikaans anstimmen, erst »Die Hoffnung«, dann »Die Stimme«, erst wird die blauweiße Flagge Israels und dann die vierfarbige der Republik Südafrika gehisst. Wir kehren zurück in die vordere Lobby, und Annie will das Büro des Rektors sehen. »Hier heißt das Schulleiter«, erkläre ich und gehe voraus zu Volpers Büro, aber als ich vor der Tür stehe, fange ich an zu zittern. Annie schaut mich an, dann umarmt sie mich. Wir gehen rein. Als Erstes fällt mein Blick auf die Ecke, in der man sich bücken muss. Mit wildklopfendem Herzen öffne ich die Schranktür. Annie sagt, heilige Scheiße. Sie steht dicht hinter mir und betrachtet das Gestell mit Volpers Rohrstöcken, alle aufgereiht wie Billardqueues. Ich erzähle ihr, wie es ist, verprügelt zu werden. Sie nimmt einen Stock heraus und hebt ihn hoch. »Verdammte Scheißkerle!«, stößt sie hervor. »Das ist doch krank.« Wir gehen zu dem wuchtigen Teakholzschreibtisch, wo sie die gerahmten Fotos von Volpers Frau und Töchtern beäugt. Sie geht darum herum, und ich folge ihr. Ich habe den Schreibtisch noch nie von dieser Seite gesehen, der Lederthronseite mit dem großen Fenster im Rücken, so dass die Sonne in die Augen des Gegenübers auf dem Teppich fällt. Dem Opfer. Ich probiere den Stuhl aus, und es fühlt sich ganz falsch an. Ich springe auf, als wäre ich dadurch beschmutzt worden. Rechts steht ein niedriges Sideboard, und obendrauf ist die große Sprechanlage mit dem Mikrophon auf einem Ständer daneben. Es gibt reihenweise Schalter, einen für jede Klasse. Volper kann seine Stimme von hier aus ertönen lassen, um sich jeden beliebigen Jungen herzurufen und ihm Schmerzen zuzufügen. Als wäre er so etwas wie ein Gott. Oder er spricht zur ganzen Schule. Diese hallende Stimme. Volper – schon der Name allein macht mir noch elendere Bauchschmerzen, und ich will raus hier. Aber Annie zieht an den Schubladen, die jedoch abgeschlossen sind. Sie nimmt eine Büroklammer aus einem Glas und biegt sie auf. Sie will wissen, ob an anderen Schulen auch geschlagen wird. Ich erkläre ihr, dass unsere Schule als liberal gilt – dass wir es im Vergleich zu den staatlichen Schulen gut haben. »Ein ganzes Land, aufgebaut auf Peitschenhieben«, bemerkt sie. »Von oben … bis unten.« Sie bohrt mit dem Klammerdraht in einem Schubladenschloss herum. Sie beherrscht Fähigkeiten, von denen ich nichts geahnt habe – doch dann erinnere ich mich wieder daran, wie sie damals unsere Hausbar geöffnet hat. Auch diese Schublade kriegt sie auf, und wir finden das Strafregister. Ein Vermögen an Schmerzen hat sich in diesem Ding angesammelt, Unmengen von Stockschlägen über Jahrzehnte hinweg, in Volpers Sauklaue festgehalten, so viele, dass mir ganz schwindelig wird. Dann findet Annie einen Schlüsselbund. Sie konzentriert sich auf einen seltsam geformten Schlüssel, einen achteckigen Zylinder. »Die sind für Tresore«, erklärt sie mir. »Diese kleinen hier.«

»Woher weißt du das?«

»Was denkst du?«

»Du bist für so was ausgebildet worden.«

»Hilf mir bei der Suche«, sagt sie. Wir schauen hinter den Bildern an der Wand nach, finden aber nichts, bis Annie den Teppich hochrollt und aufs Parkett stampft. An einer Stelle sind die Bretter lose. Sie hebt sie an und verkündet: »Hab ich's nicht gesagt?« Und tatsächlich ist ein kleiner Safe in den Beton eingelassen. Sie steckt den Zylinderschlüssel hinein, öffnet ihn und reicht mir einen Stapel Umschläge. Ich lege sie auf den Schreibtisch. Darin befinden sich Fotokopien von Geburtsurkunden sowie Versicherungsunterlagen, ein paar glänzende Krügerrands in Plastikhüllen und eine Kopie von Volpers Arbeitsvertrag mit dem Vorstand. Wir finden etliche handgeschriebene Notenblätter, vermutlich Volpers eigene Kompositionen, denn ich erinnere mich, dass er früher Musik unterrichtet hat. Eine wunderschöne Piaget-Uhr kommt zum Vorschein – aber das war's dann auch.

Doch als wir alles wieder zurücklegen wollen, befühlt Annie den Boden des leeren Safes – ein Stück Teppich auf Holz. Sie hebt ihn an, und darunter befindet sich eine kleine Holzkiste, die mit Schnitzereien von Nashörnern und Mopani-Bäumen verziert ist. Im Inneren liegt eine Goldkette auf Samt. Ich hätte die Kiste gleich geschlossen, aber Annie sagt: Warte, schüttelt sie und nimmt dann die Samteinlage heraus.

Die Zeit scheint stehenzubleiben. Ich breche das Schweigen zuerst.

»Heilige Scheiße!«

»Nimm sie«, sagt sie.

»Ich weiß nicht.«

»Du kannst dir das zunutze machen, Mann!«

»Schon«, erwidere ich. »Aber will ich das denn?«

Xanadu

38

Wir haben jede Menge Mitfahrgelegenheiten: Mouths Cousin, Spunnys Onkel, die Mutter von irgendwem. Aber dann wird es immer später und später, und der Cousin nimmt den Porsche, in dem kein Platz ist, Spunnys Onkel hat keine Lust, und die Mutter von irgendwem kriegt einen Anfall, wenn sie erfährt, wohin wir wollen. Kein Problem, Leute, sagt Spunny. Es gibt Taxis, und ein paar von unseren Kumpels haben ihre eigenen Fahrer. Aber die Fahrer haben heute alle frei, und wer soll das Taxi rufen, und wir kommen am Telefon nicht durch, und was soll das auch an einem Samstagabend, verdammt? Dann sagt Mouth, dass ein Taxi rufen sowieso was für Weicheier ist. Ihm reicht's jetzt mit dieser blöden Diskutiererei, und es nervt ihn tierisch, wenn die Leute sich nicht auf eine simple Lösung einigen können. Wir seien schlimmer als ein Haufen Weiber. Wenn wir Männer wären, richtige Männer, sagt er, würden wir wie Männer in die Stadt *trampen*. So machen es alle, schon immer. Sunny sagt, *alright*. Und ich? Wer bin ich schon, um etwas dagegen einzuwenden?

Und so latschen wir schließlich zu dritt am Rand der Empire Road entlang, halten den Daumen hoch, aber niemand stoppt außer den Schwarzentaxis, in die Mouth uns aber nicht einsteigen lässt. Diese Kleinbusse seien Todesfallen, sagt er. Und abgesehen von den Unfällen: Hätten wir denn nicht von den drei Teenagern gehört, die neulich entführt worden seien, nachdem sie in ein solches Taxi eingestiegen waren? Das kam im Fernsehen, in *Polizeiakte,* Mann. Mouth redet noch schneller als sonst, so dass ich schon befürchte, er könnte sich einen Zungenmuskel zerren. Er erzählt uns, wie die Taxitüren hinter den Teenagern verriegelt wurden und man sie zu einem Feld bei einem verdammten Township am East Rand brachte, wo schon ein Medizinmann mit Stricken und scharfen Messern wartete. Im Polizeibericht hieß es, sie seien alle noch am Leben gewesen, als man ihnen die Eingeweide rausschnitt, man hätte an den Blutspritzern erkennen können, dass die Herzen noch geschlagen hatten. »Die *Sangomas* brauchen die Körperteile frisch, um gute *Muti* draus zu machen«, erklärt Mouth. »Sie hacken dir den Schwanz ab und stecken ihn in ein Einweckglas. Das nimmt dann einer, um viele Ehefrauen zu kriegen.«

»Na toll«, sagt Spunny. »Und eines Tages verwechselt ein Typ das Ding mit einer sauren Gurke und klatscht es aus Versehen auf seinen Hotdog.«

»Extra-Protein«, sagt Mouth.

Wir ignorieren weiterhin die Toyota Hiace-Busse voller Schwarzer, die für uns bremsen, und es wird immer später, bis irgendwann ein Weißer mit einem Ford Escort XR3 anhält. Klar nimmt er uns mit zu the Brow – Hillbrow, wo die Post abgeht. Er ist ein junger Afrikaaner und erzählt uns, dass er gerade seinen Wehrdienst beendet hat, zwei Jahre in der Armee. Er spielt laute afrikaanse Gospelmusik und beichtet uns, wie oft er über Selbstmord nachgedacht hat, aber mit ein bisschen *vasbyt* – Durchhaltevermögen – hätte er es geschafft. Und mit der Hilfe von Jesus Christus, seinem Herrn und Retter – versteht ihr? Mouth sitzt vorne auf der Beifahrerseite und fragt ihn, wie es beim Militär so ist, und der Typ erzählt uns, wie schrecklich es war, ein *lelike, kak vretende troepie* zu sein – ein hässlicher, Scheiße fressender Infanterist, der *altyd afgekak en opgefok* – ständig mies behandelt und schikaniert – wurde. Doch das Gebet zu Jesus Christus, seinem Herrn und Retter, habe ihm sehr geholfen, und ob wir denn zu Jesus beteten? Mouth erzählt ihm daraufhin natürlich brühwarm, dass wir Juden sind, worauf Spunny ihn durch die Lehne des Beifahrersitzes ins Kreuz tritt. Aber unser Fahrer ist ganz begeistert, echte Juden in seinem Ford zu haben, und bevor er uns auf der Smit Street rauslässt, drückt er uns ein paar von seinen Kirchenblättchen in die Hand.

Die Stadt sieht nachts ganz anders aus durch die vielen Lichter und dunklen Schatten. Es sind viele Leute unterwegs, die man tagsüber nicht zu Gesicht bekommt, manche in schicken Klamotten, andere in Lumpen. Wir gehen zu Fuß runter zum Thunderdome, wo wir uns mit ein paar anderen Jungs verabredet haben. Das Thunderdome ist ein langes weißes Gebäude mit einem überdimensionalen Neonblitz obendrauf und Scheinwerfern, die bunte Strahlen hinauf zu den Sternen schicken. Vor der Tür hat sich eine Schlange von Leuten gebildet, und ganz vorne, rechts und links neben den Türen, stehen vier kräftige Typen, die ich wie gebannt anstarre. »Sie tragen Smokings«, sage ich laut.

»Schaut euch Benefiz an«, sagt Spunny. »Der Junge steht unter Schock. Hat noch nie in seinem Leben einen Smoking gesehen.«

»Das sind die Türsteher, Benefiz«, erklärt Mouth in Zeitlupe. »Tür-ste-her.«

»Starr sie nicht so an, Benefiz.« Ich spüre Spunnys Hand auf meiner Schulter. »Das Erste, was du über die Clubs lernen musst, ist die Sache mit den Türstehern. Die Türsteher sind hier die Herrscher der Nacht. Sie arbeiten alle zusammen.«

»Nicht nur in den Clubs«, fährt Mouth fort. »Die Türsteher kontrollieren hier alles, hey. Vergiss die Poras und die Lebs« – die portugiesischen und libanesischen Banden – »und alle anderen. Die Türsteher sind die Strippenzieher hier. Vergiss die Bullen; samstags abends lassen die sich hier nie blicken, und außerdem würden sich die Bullen auch nicht an Türstehern vergreifen. Alle scheißen sich vor ihnen in die Hosen.« Ich frage die anderen, ob nur Türsteher Smokings tragen. Spunny schnaubt. »Jetzt hör mal gut zu, Benefiz, wenn du einen kräftigen Typen im Smoking siehst, ist er garantiert nicht auf dem Weg in die Oper. Mach einfach einen Bogen um ihn.« Die anderen schauen mich an, als hätte ich nicht alle Tassen im Schrank – sie können meine Gedanken nicht lesen und erahnen, dass sie sich nur um meinen Bruder im Smoking drehen, dessen Jacke im Morgengrauen am Rohr hing.

Trotz unserer Transportprobleme sind wir die Ersten, deswegen schlage ich vor, beim Xanadu vorbeizuschauen. Spunny erwidert, nur faltige alte Schachteln würden ins Xanadu gehen, alle *lekker* Chicks kämen hierher. Mouth stimmt ihm zu. Aber ich entgegne, dass ich nur mal sehen will, wie es da ist, und dass ich mich jetzt auf den Weg mache. »Du kannst da nicht allein hingehen«, warnt Spunny. »Du hast doch von nix 'ne Ahnung.« Ich sage: »Wirst schon sehen«, und gehe los. Sie laufen mir nach, beschimpfen mich als Schmock und Vollidioten, sagen, ich würde echt zu weit gehen, aber schließlich gehen wir alle zusammen die Claim Street rauf. Stellenweise wird's ein bisschen unheimlich, und ich bemerke, dass Mouth und Spunny schneller laufen und nichts mehr sagen. Wir passieren Gassen, in denen jede Menge Leute auf Zeitungen schlafen – Annie hat recht, dass sich hier in der Stadt allmählich alles vermischt, Schwarze strömen herein, die Apartheid bröselt wie ein verstopfter Ölfilter. Weiter oben sehe ich einen betrunkenen Mann, der eine Frau schlägt, während eine betrunkene Frau auf ihn einprügelt mit etwas, das wie ein Teekessel aussieht. In einem Minipark liegen Leute rum, und ich beobachte, wie ein erwachsener Mann einen barfüßigen Jungen in Shorts belästigt. Der Mann fasst ihm in den Schritt, und der Junge weint. Aber ich gehe genauso schnell weiter wie die anderen – all diese Szenen sind wie Bilder aus einer anderen Welt, der schwarzen Welt, und wir können uns nicht einmischen, können diese Grenze nicht überschreiten, sonst werden schlimme Dinge passieren. Wir haben es jedenfalls so sehr verinnerlicht, so zu tun, als existierten sie nicht, dass sich unsere Reaktion verselbständigt hat. Wenn Annie nicht gewesen wäre, hätte ich wahrscheinlich keinen Gedanken an diese Menschen verschwendet.

Wir kommen an der Pretoria Street vorbei mit den Billardcafés, dem Hillbrow Record Centre und der Milky

Lane, wo man Milchshakes trinken kann. Ein paar Blocks weiter oben biegen meine Kumpels um eine Ecke, ich folge ihnen, und da ist es. Ein Neonschild über einer Tür – Xanadu. Unter dem Schild haben sich zwei Türsteher in Smokings neben dem Eingang aufgebaut. Ein Job, bei dem man im Morgengrauen mit einem blutigen Stück Ohr im Haar nach Hause kommt. Spunny und Mouth stöhnen auf, denn auch vor diesem Laden hat sich eine Schlange gebildet. »Egal, wo man hingeht«, beschwert sich Mouth, »immer steht da schon ein ganzer Rattenschwanz.«

»Okay, warten wir«, schlage ich vor.

»Du spinnst wohl!«, erwidert Spunny. »Worauf willst du warten? Wenn wir am Eingang sind, müssen wir schon wieder zurück zum Thunderdome.« Er schlägt vor, dass wir uns irgendwo was zu mampfen besorgen, vielleicht ein Brathähnchen im Fontana. Mouth sagt, nee, lass uns zurück zur Pretoria Street gehen und ein bisschen Billard spielen, bis wir wieder zum Thunderdome gehen. Mouth erinnert mich daran, dass das Xanadu sowieso ein Scheißladen ist. Es ist unten in einem Keller, es ist klein und schmutzig. Früher war es mal ein berühmter Jazzclub, aus der Zeit hängen noch ein paar Fotos an den Wänden. Ich höre das Wummern der Boxen, es klingt nach House, fette Bässen, bei denen ich an eine Riesenunke denken muss, die in einer Höhle rülpst. Jetzt kommt ein Dancefloor-Mix von *Need You Tonight* von INXS, und plötzlich mache ich mich auf den Weg die Straße entlang. Spunny und Mouth rufen mich und fragen, wohin ich will. Ich hebe die Hand und antworte, dass ich gleich wieder da bin, gehe auf die andere Seite und an der Schlange zu meiner Rechten vorbei bis ganz nach vorne.

Manche Frauen haben dunkelviolett geschminkte Augen und Glitzer auf den Wangen, und Haare, die in glatt gegelten Spitzen vom Kopf abstehen wie Dornen. Manche Männer tragen braune Lederjacken, deren Ärmel sie bis zu den Ellbogen hochgezogen haben; einige haben Tennisstirnbänder um, und alle sind weiß. Ein paar von ihnen rufen mir etwas zu. »Hey, Kleiner, hier drüben ist die Schlange!« – »Wo willst du hin, du Scheißer?« – »Schau dir diesen kleinen Wichser an.« – »Ja, los, Junge, zeig ihnen, wo der Hammer hängt!« Sie lachen. Ganz vorne stehen Verkehrskegel und dahinter die beiden Männer im Smoking, einer mit Vokuhila. Er ist derjenige, der mich ansieht, als ich sage: »Ich würde euch gern was fragen.« Da sagt der Erste in der Schlange hinter mir: »Hey, was soll das denn, für wen hält sich der kleine Scheißer eigentlich? Wir sind die Nächsten, Mann! Wir warten hier schon ewig!« Der Türsteher mit dem Vokuhila beult die Wange mit der Zunge aus und sagt zu mir: »Verschwinde, verdammt noch mal!«

Ich sage: »Ich will doch nur was fragen, Mann.«

»Er will dich was fragen«, sagt der andere, ohne mich anzusehen.

»Ich will nur wissen, ob ihr jemanden kennt«, versuche ich es weiter. »Der früher mal hier gearbeitet hat.«

Vokuhila sagt zum anderen: »Die hören alle schlecht. Ist dir das schon mal aufgefallen?«

»Hast recht, hey«, stimmt der andere zu. Vokuhila dreht mir halb den Rücken zu, das Gesicht im Profil, um mich im Auge zu behalten, ohne dass es offensichtlich ist, und als ich noch ein weiteres Mal den Mund aufmache, um den Namen meines Bruders zu nennen, macht Vokuhila einen Schritt zurück und rammt mir den Ellbogen direkt unter mein Brustbein. Er ist ein starker, erwachsener Mann und schlägt mit voller Wucht zu. Ein fieser Trick, sich vorher so wegzudrehen, denn er trifft mich vollkommen unvorbereitet, mit entspannten Bauchmuskeln. Mir bleibt die Luft weg; ich klappe in der Mitte zusammen wie eine zuschnappende Mausefalle und falle auf die Knie. Kriege keine Luft. Der Schmerz ist überall. Ich halte mir den Bauch und kippe seitlich auf die schmutzige Straße. Ich sehe eine Aura um die Straßenlaterne, wie eine orangefarbene Blase. Aus dem Augenwinkel bemerke ich Mouth und Spunny hinter fahrenden Autos, wie sie darauf warten, die Straße überqueren zu können. Dann höre ich jemanden sagen: »Hintenrum?«

»Ja, besser hintenrum.«

»Du checkst seine kleinen Kumpel ab, okay?«

»Klar, mach ich.«

Eine Hand packt mich am Kragen, und dann werde ich über den Bürgersteig erst bis an die Ecke geschleift und dann rechts in eine Gasse, wo es nach Müll riecht. Das Letzte, was ich sehe, als ich von der Straße gezogen werde, ist der andere Türsteher, der vor Mouth und Spunny steht und sie mit ausgestrecktem Arm wegscheucht. Unsicher stehen sie vor ihm. Er deutet nochmals mit gestrecktem Arm. Dann bin ich umgeben von Schatten, bin wie gelähmt. Wie ein junges Gnu, das von einem Krokodil in die Tiefe gerissen wird. Ein paar Leute aus der Küche machen gerade Zigarettenpause; sie verstummen, als ich vorbeigezogen werde, ein weißer Jugendlicher, den ein weißer Mann hinter sich herschleift – jetzt bin ich es, der Teil einer anderen Welt ist, und sie schauen in diese Welt hinein und beschließen, dass sie das nichts angeht. Meine einzige Hoffnung sind Mouth und Spunny, aber der andere Türsteher wird dafür sorgen, dass sie nicht bis zu dieser Gasse kommen. Ich versuche, mich umzudrehen, meine Füße unter mich zu ziehen, schaffe es aber nicht.

Eine junge Stimme vor uns sagt: »Hi, Ray, na, alles klar?« Ray grunzt nur und schleift mich weiter hinter sich her. Dann sagt er: »Mach dich mal kurz vom Acker. *Oukay?*« Die Stimme antwortet: »Klar, Mann. Kein Problem.« *Ich habe diese Stimme schon einmal gehört.* Ich starre den Fremden an, als er an mir vorbeigeht. Im schwachen Licht erkenne ich dichtes, buschiges Haar und eine Nase, scharf wie eine Scherenklinge. Er wischt sich mit dem Handrücken darüber, und diese vertraute Bewegung fügt alle Puzzleteile zusammen. Und auf einmal erkenne ich das Bild – erkenne *ihn*. Ich kann es nicht glauben. Ich versuche, seinen Namen zu rufen, bringe aber nur ein Keuchen hervor. Verzweifelt rudere ich mit den Armen und stampfe mit den Füßen, und dadurch schaut der Typ zu mir herab, nur für eine Sekunde, aber das reicht. Er beugt sich nach vorne, kneift die Augen zusammen, und dann dämmert es ihm, und er läuft um uns herum und plappert wie verrückt auf diesen Türsteher namens Ray ein. Er sagt, hey, ich kenn diesen Typ, lass ihn bitte los, ich mach's wieder gut, ist ein Kumpel von mir, bitte, hey, bitte, der ist echt in Ordnung. Ich kann nicht richtig erkennen, was vor sich geht, aber ich glaube, er gibt Ray irgendetwas. Und dann höre ich Rays Stimme. »Okay, aber pass beim nächsten Mal auf ihn auf. Wenn er uns noch mal verarschen will, machen wir ihn fertig, egal, wem sein Kumpel der ist.«

»Alles klar, alles klar, Ray, Mann. Kapiert, Mann. Danke, hey. Tausend Dank, in echt jetzt.« Ray lässt meinen Kragen los, geht durch die Gasse davon, und ich werde hochgehievt und an die Backsteinmauer gelehnt. »Komm schon, *bru*«, sagt mein Retter. »Lass uns hier verschwinden, bevor sich das Arschloch umdreht und seine Meinung ändert.« Die Gasse endet mit Maschendrahtzaun und einem verschlossenen Tor, das er öffnet. Bis wir es erreichen, kann ich wieder mehr oder weniger alleine gehen. An einer Feuerleiter ist ein Vespa-Roller angekettet. Er dreht sich zu mir. »Spring auf, *bru*.« Er grinst von einem Ohr zum anderen. »Wer hätte das gedacht, was?« Ich gebe mir die größte Mühe, sein Grinsen zu erwidern, aber ich muss mir immer noch den Bauch halten. Er lacht und startet den Motor.

39

Die kalte Nachtluft, die mir ins Gesicht weht, tut mir gut, und die hohe, unbarmherzige Stadt zieht verschwommen an mir vorbei. Nach und nach weicht sie niedrigeren Gebäuden und dem üppigen Grün der Gartenvorstädte. Mir geht auf, dass wir in Linksfield sind, und bald darauf fahren wir auf ein hohes Stahltor zu, und der Fahrer schaltet den Motor der Vespa aus. Mit einem Sicherheitscode öffnet er das Tor, und ich helfe ihm, den Roller die Einfahrt hinauf und um das Haupthaus herum zu schieben. Es ist eine echte Linksfield-Luxushütte aus weißen Würfeln mit großen Fenstern. Wir lassen den Roller hinter den Dienstbotenzimmern stehen und durchqueren den Garten. Der Schwimmbadfilter summt, und der Kreepy-Krauly-Reiniger pocht unter Wasser wie ein Puls und saugt die geschwungenen Wände ab. Im Poolhaus stehen eine staubige Bar, eine Ledercouch und ein Billardtisch. Als er das Licht einschaltet, kann ich ihn zum ersten Mal richtig sehen. Er hat ein paar Bartstoppeln auf der Oberlippe, sieht viel knochiger und größer aus als früher und könnte seit ungefähr neun Monaten einen Haarschnitt gebrauchen, aber er ist es, gar kein Zweifel. Patrick Cohen. Das gleiche freche Grinsen, an das ich mich von damals so gut erinnere, als wir zusammen mit Ari Blumenthal im Foyer der Emmarentia-Synagoge Slinkers spielten.

»Na, was sagst du dazu, hey? Alles meins. Ich wohne hier ganz allein.«

»Ist das dein Ernst? *Shweet,* Mann!«

Pats trägt eine gebatikte Bauchtasche, die er jetzt abnimmt und auf den Billardtisch wirft. Er öffnet den Reißverschluss und beginnt, zusammengeknüllte Geldscheine herauszuziehen. Ich frage ihn, wem das Haus gehört. Er glättet die Scheine, sortiert und stapelt sie. »Verdammt, Kumpel«, sagt er. »Ich kann's echt nicht glauben. Der alte Marty Marts. Du musst ein Hufeisen im Arsch haben, weißt du das, Mart? Wenn ich nicht zufällig vorbeigekommen wäre, würdest du jetzt aus der Schnabeltasse trinken, ist dir das klar?«

»Sah ganz so aus, hey.«

»Allerdings. Glaub mir, ich kenne Ray McAlvin, und er ist ein kranker Irrer. Er wollte dir gerade das Gesicht eintreten, ohne Scheiß. Hey, wohnst du immer noch in Greenside?«

»Klar, Mann.«

»Und gehst du tatsächlich auf diese Schule? Die super-schicke Solomon. Wie läuft's da so?«

»*Jetzt* ist es ganz okay«, antworte ich. »Aber in den ersten Jahren war's echt hart.«

»Hast du Freunde gefunden?«

Ich nicke. Dabei denke ich: Schöne Freunde, wie man gesehen hat. Haben mich im Stich gelassen, hätten nichts dagegen getan, dass ich hinter dem Club zusammengeschlagen werde. Pats zählt die Scheine. »Bisher kein übler Abend«, stellt er fest. »In ein paar Stunden ziehe ich noch mal los, wenn's richtig rundgeht. Du wolltest wissen, wem das Haus gehört. Dem Freund eines Freundes. Ich glaube, er heißt Segal, er ist Chirurg oder so. Die Leute machen Urlaub im Ausland, für ein Jahr oder so, weiß nicht ganz genau. Nie jemand da.«

»Und wie bist du hier gelandet?« Er antwortet nicht; nur seine Lippen bewegen sich, während er weiterzählt. Ich frage: »Auf welche Schule gehst du, mit solchen Haaren? Auf das Milton?« Das Milton College ist eine Privatschule in der Stadt, die keine Uniformen vorschreibt und sich auf das Büffeln fürs Abi spezialisiert hat. Schulversager werden dorthin geschickt, um sie auf die richtige Bahn zu bringen, bevor es zu spät ist – oft genug habe ich befürchtet, selbst dort zu landen. Pats hebt den Kopf und wirft mir einen harten Blick zu, als hätte ich was Falsches gesagt. »Scheiß auf das alles«, sagt er. Dass er plötzlich so ernst wird, bringt mich aus dem Gleichgewicht, und ich sage nichts. Er fragt mich, ob ich schon mal einen *Zol* geraucht habe. Ich schüttle den Kopf und werde langsam nervös. Pats greift in die

Bauchtasche und zieht Plastiktüten mit dunkelgrünen Klumpen und Pillen heraus, dazu Papierchen wie Briefmarken, und verteilt alles auf dem Tisch. »Ich gönn mir jetzt mal 'ne weiße Tüte, um mich im Kopf ein bisschen zu entspannen«, sagt er. Dann lacht er über meinen Gesichtsausdruck. »Ein Witz, Mann«, sagt er. »Komm runter.« Eine »weiße Tüte« ist eine zerbröselte Mandrax-Pille, durch einen Flaschenhals geraucht. Es verwandelt einen auf der Stelle in einen sabbernden Zombie. »Mandrax ist die reinste Magie fürs Geschäft«, sagt Pats. »Wusstest du, dass es in keinem anderen Land der Welt so benutzt wird wie hier im guten alten *South Effica*? Wir sind Pioniere auf diesem Gebiet, Mann. Außerdem habe ich das beste Gras, das man kriegen kann. Von Farmern an der Wild Coast. Ich habe superfrische Transkei-Spitzen.« Er holt Papers heraus und legt etwas Gras aus einem Tütchen darauf, dazu etwas Tabak, dann leckt er am Paper und dreht einen Joint.

Ich denke an Patrick Cohen, den Schuljungen, der seltsame Bücher von seiner Schwester gelesen hat und über alles diskutierte. Ich erinnere mich daran, wie er an jenem Tag am Emmarentia-Damm still wurde, als Sardines Polovitz ihm einen Kopfstoß verpasste. Der Junge von damals scheint eine Million Kilometer von dem Pothead vor mir entfernt zu sein, und ich sage: »Kaum zu glauben, wie sehr du dich verändert hast.«

»Wenn du deinen Geist erst mal befreit hast«, sagt Pats, »gibt es kein Zurück mehr.« Er zündet den Joint an, inhaliert, setzt sich auf die Couch und winkt mich zu sich. Stattdessen frage ich ihn, woher er Ray, den Türsteher, kennt und woher das Geld kommt. Er erklärt mir, das mache er jetzt eben, Vollzeit, das sei sein Geschäft. Er kenne alle Türsteher, weil er seine Produkte an die Clubs liefere. »Produkte«, sage ich. Er lässt sich auf die Couch fallen und grinst mich an. »Genau wie in dem Song«, sagt er. »Ich bin der echte Sugarman.« Er meint den Riesenhit von Rodriguez über den Drogendealer mit dem magischen Dope.

Ich sage: »Hey, Pats, erinnerst du dich noch an den Tag am Emmarentia-Damm?«

»Das war echt scheiße von uns«, antwortet er. Wir schweigen, und ich weiß, woran er denkt, sich erinnert, aber er schüttelt den Kopf – er will sich nicht damit beschäftigen. Stattdessen sagt er: »War echt blöd von Ari und mir, dich hinterher so zu dissen, weil du auf die Solomon gegangen bist, hey. Aber egal, wie es da ist, ich schwöre dir, es ist nichts im Vergleich zu der Hölle, die dich auf einer staatlichen Highschool erwartet.«

»Echt?«, frage ich.

»Ja, kein Scheiß, Mann. Die Initiation, die Prügel … Direktor Fickgesicht hat seine Prügel öffentlich verteilt, Mann, bei der Schulversammlung. Es war ein beschissener Drill vom Anfang bis zum Ende. Marschiert hier lang, lauft da lang. Vom ersten Tag an landest du voll in der Wurstmaschine. Du wirst in das Scheißsystem reingepresst, und wehe, du spurst nicht. Bei uns war es Vorschrift, dass Kadetten jeden Morgen die Gänge rauf und runtermarschieren wie brave kleine Nazis. Und du willst gar nicht wissen, wie die Veld-Schule war. Die haben uns mit Afrikaanern in den Busch geschickt, die uns die Scheiße aus dem Leib geprügelt haben. Es war die reinste Gehirnwäsche: Wir wurden indoktriniert, Südafrika und die Apartheid gegen Angriffe von außen zu verteidigen und die Kommunisten mit *wortel en tak* auszurotten.« Mit tiefer Stimme ahmt er bei dem afrikaansen Ausdruck für »mit Stumpf und Stiel« den breiten Akzent der Afrikaaner nach. »Und als sie herausfanden, dass Ari und ich und ein paar andere ein Haufen *bliksem Jode* – verdammte Juden – waren, Kumpel, was dann los war, willst du echt nicht wissen. Aber an dieser Schule ging es sowieso übel zur Sache. Wir jüdischen Jungs haben eine Clique gebildet, und es gab jeden Tag heftige Prügeleien. Lebs gegen Juden und Poras gegen Griechen und Engländer, jeder gegen jeden. Einmal stand ein Kumpel von mir mit dem Rücken an der Wand und hat eine Mandarine geschält und gegessen, ganz ruhig und friedlich, da hat ihm jemand einfach so ins Gesicht getreten. Er wäre beinahe an der Mandarine erstickt; ihm wurden alle Zähne ausgeschlagen, und er hatte einen Schädelbruch. Ohne Scheiß. Ich kannte den Typen, seine Familie. Ein anderer hatte bei einem Rugbyspiel eine Pistole mit auf der Tribüne, die aus Versehen losgegangen ist. Peng! Mann, ich habe es so was von gehasst.«

»Und Ari?«

»Ari wurde religiös, hey, immer mehr *frum*. Viele von den jüdischen Jungs werden fromm in dieser Schule. Aber ich, Mann, ich hab die Kurve gekratzt! Genau in die andere Richtung. Mir ist ein Licht aufgegangen, als die Sache mit meiner Schwester passiert ist. Laurel, weißt du noch?«

»Na klar.« Die Schauspielstudentin mit den verrückten Haaren, schwarzen Kerzen in ihrem Zimmer und den Büchern über UFOs, Gandhi, Atheismus und Hexerei.

Pats inhaliert tief, verzieht das Gesicht, behält den Rauch

in der Lunge. Er winkt mich mit dem Joint zu sich. Mir
klopft das Herz, als ich mich neben ihn setze. Er sagt: »Sie
wurde verhaftet, weißt du.«

»Ernsthaft?«

»Ja, Mann, von der Sicherheitspolizei, drei Wochen
U-Haft. Zweiundzwanzigeinhalb Tage. Als sie rauskam,
war sie nicht mehr Laurel, hey. Sie ist nie wieder dieselbe
geworden. Sie kann keinem in die Augen sehen. Sie haben
ihr da drin furchtbare Dinge angetan, Mann. Nur weil sie
gegen Rassismus ist, aus keinem anderen Grund. Und danach wurde es zu Hause schlimm. Mein Vater ist ausgezogen, er hatte so eine Art Nervenzusammenbruch, und ich
rede irgendwie nicht mehr mit meiner Ma, weil … ach, es ist
einfach eine einzige Riesenscheiße.«

»Und was hast du dann gemacht? Bist du ausgezogen?
Hast du die Schule geschmissen?«

»Kumpel, an dem Tag, als unser stellvertretender Direktor in unsere Klasse kam und die Armeenummern für die
Einberufung an uns verteilt hat, hab ich gesagt: Fuuuuuu-
uuck it! Glaubst du, ich gehe zur Armee, nach dem, was sie
Laurel angetan haben? Ich meine, ich hätte gern studiert
oder so, aber als ich diese Nummer gekriegt habe – nein,
Mann – auf gar keinen Fall – ach, ich will lieber nicht darüber reden, was Laurel passiert ist, aber ich weiß, was sie ihr
angetan haben. Sie haben – du kennst doch diese Krokodil-
klemmen von einer Autobatterie? Die haben sie ihr an die –
ach, ist ja egal, hey, das glaubt ja sowieso keiner, aber ich
weiß, was passiert ist. Ich weiß, was abgeht. Dieses ganze
Scheißsystem ist verrottet, hey. Wir alle leben in einem großen Gefängnis, und das macht uns alle aggressiv. Das Beste,

was ich tun kann, ist, allen gute Drogen zu verkaufen. Es ist eine verdammte *mizwe*, Mann, eine verdammt gute Tat. Bringt alle dazu, sich zu beruhigen und es anders zu sehen. Ein bisschen Chemie, um das Scheißsystem von innen heraus zu boykottieren ...« Er rutscht auf dem Sofa zu mir herüber und reicht mir den Joint. Ich lege ihn an die Lippen und nehme einen tiefen Zug. Pats erklärt mir, dass ich den Rauch in der Lunge behalten muss. Der Raum beginnt sich zu drehen. Pats zieht, gibt mir den Joint, dann rauche ich wieder. Meine Kopfhaut beginnt zu kribbeln, und ich fühle mich, als ob ein Teil von mir in einen tiefen Brunnen sinkt. Ich bin zu schwach, um herauszuklettern, doch dann muss ich zu sehr kichern, um es überhaupt zu versuchen, und ich habe keine Kraft in den Händen, wie manchmal morgens nach dem Aufwachen.

Aber ich bin immer noch hellwach und konzentriere mich auf einen anderen Teil von mir. Ich frage Pats nach den Türstehern und wie er sie kennengelernt hat. Pats sagt – seine Stimme hallt in meinem Kopf wider und klingt, als käme sie von weit weg –, dass alles mit einem Typen namens Declan Stone angefangen hat, der auf seine Highschool ging. »Hast du noch nie was von den Stone-Brüdern gehört?«, fragt er, und ich nicke (ganz langsam), denn klar habe ich das, wenn auch nicht so genau. Ich weiß nur, dass es laut Schnitz mehrere Stone-Brüder gibt und sie die besten Straßenkämpfer von ganz Joburg sind. Das ist wahr, sagt Pats, und die drei ältesten Stone-Brüder sind Türsteher. Liam, Stuart und Conor. Der jüngste Bruder, Declan, geht immer noch auf Pats' alte Highschool. Pats sagt, dass Declan immer mit dem Motorrad zur Schule kam und seinen

Helm und die Handschuhe auf dem Sitz ließ, und niemandem wäre auch nur im Traum eingefallen, sich daran zu vergreifen. »Hast du mal in Englisch *Große Erwartungen* gelesen? Von Dickens, du weißt schon. Da gibt's auch diesen Anwalt, Jaggers, von dem es heißt, ganz London würde sich schon allein bei seinem Namen in die Hosen scheißen. Wenn ein Gauner mit einer gestohlenen Uhr erfuhr, dass sie Mr Jaggers gehört, ließ er sie fallen wie ein heißes Eisen.« Pats kichert, sein buschiger Kopf wackelt. »Mit dem Namen Stone ist es so ähnlich. Er ist Legende. Die Leute wissen Bescheid. Einmal hat zum Beispiel jemand Stuart Stone ins Bein geschossen, so dass er eine Weile auf Krücken gehen musste. Daraufhin haben zwei Typen beschlossen, ihn fertig zu machen, solange er schwach war. In Rosebank haben sie ihm aufgelauert und ihn überfallen, hey. Aber Stuart Stone hat mit seinen Krücken beide auf die Intensivstation gebracht. Einer der Typen war ein Schwarzgurt, dritter Dan, der andere hatte einen Hammer. Das stimmt, das weiß ich ganz genau. Es gibt Millionen solcher Geschichten über die Stones, und die meisten sind wahr.« Pats hatte an seiner staatlichen Highschool damit angefangen, fertig gedrehte Joints zu verkaufen. Das Gras kaufte er von einem Freund seiner Schwester, und irgendwann fiel er Declan auf, der nicht wollte, dass jemand an der Schule dealte. »Ich sagte, kein Problem, ich hör damit auf. Wenn er wollte, könnte ich ihn aber auch am Gewinn beteiligen. Damit war er einverstanden. Und so hab ich mit dem Dealen angefangen. So bin ich reingekommen, über Declan Stone.«

Ich gebe ihm den Joint zurück und nicke mit meinem kribbelnden Kopf. »Verstehe«, höre ich mich sagen, »weil er Türsteher ist, oder jedenfalls seine Brüder welche sind, so bist du in die Clubs …«

»Ja, genau, so ist es gelaufen.« Pats beugt sich vor. »Ich erklär dir mal, wie das funktioniert, Marts. Die Clubs sind der Drogenmarkt. Dort wird das ganze Zeug gekauft und an all die reichen Jungs und Mädchen vertickt, die aus den Vororten und vom gesamten Witwatersrand kommen, um am Wochenende in der Stadt einen draufzumachen. Die Türsteher kontrollieren die Clubs. Kein Club läuft ohne sie. Wenn es ein Laden im Alleingang versucht, wird er abgefackelt oder kurz und klein geschlagen. Wer versucht, seine eigene Security aufzustellen, kriegt es mit den Dynamite Boys zu tun.«

»Den Dynamite Boys?«

»Den Türstehern. Der Name kommt vom Dynamite Gym. Dort trainieren sie alle, sie kennen sich untereinander, sie sind Kumpel. Die Stone-Brüder, Jannie du Preez, Max Bronfstein, Goran Kijuc und die ganzen anderen. Sie arbeiten zusammen, aber sie haben keinen Chef oder so, sie bilden nur eine Einheit, weißt du. Es geht um den Ruf. Die Typen müssen sich ihren Ruf verdienen. Sie werden zu Türstehern, indem sie andere Türsteher fertigmachen. Man geht einfach hin und schlägt einen zusammen. Deswegen sind die, die drin sind, immer auf der Hut vor neuen Typen. Deshalb sind die alle so aggro und scheißparanoid.«

»Wie Mr Vokuhila«, sage ich und bemerke, dass mir der Bauch nicht mehr so weh tut wie vorhin. Ich ziehe mein Hemd hoch und sehe, dass die Gegend um meinen Solarplexus gelb angelaufen ist. Bis morgen bildet sich garantiert ein dicker Bluterguss.

»Ja, genau Ray McAlvin«, sagt Pats. »Der ist ein perfektes Beispiel. Als du auf ihn zugegangen bist, hat er sicher geglaubt, du wolltest mal dein Glück versuchen oder so. So ticken die. Ein ganz fieser Typ, dieser Ray.« Er schüttelt den Kopf. »Es geht dabei auch um viel Geld, und auf den Typen, den Türstehern, lastet großer Druck. Sie müssen die Härtesten, die Stärksten sein.«

Ich ziehe noch mal tief an dem Joint. »Okay, aber eins möchte ich mal wissen. Tragen die eigentlich alle Smokings?«

Er nickt. »Das ist ihre Uniform.« Mit dem Jointstummel steht er auf und geht raus.

Ich kann meine Lippen nicht spüren, als ich ihm hinterherrufe: »Ich habe Marcus gesucht. Deshalb … war ich … heut Amd …« Ich weiß nicht, ob er mich gehört hat, und mache für eine Weile die Augen zu.

Als ich aufwache, kommt Pats aus dem Badezimmer und stützt sich beim Gehen an den Wänden ab. Er bleibt stehen und runzelt die Stirn. »Was hast du grade gesagt – du warst beim Xanadu, weil du deinen *Bruder* gesucht hast?«

Ich schaffe es zu nicken. Ich bin im Sofa eingesunken wie ein Stein (deshalb heißt das also stoned) und fange an, von Marcus und dem Smoking zu erzählen. Von der Karte und dem Stück Menschenohr, dem Waschbecken unter dem frühen Morgenhimmel. Dass mein Bruder als Türsteher gearbeitet haben muss, vielleicht für das Xanadu.

»Das war vor meiner Zeit«, erwidert Pats.

»Seit er zur Armee gegangen ist«, erzähle ich, »hören wir nichts mehr von ihm. Er ist total abgetaucht, ich schwör's.«

»Außer, wenn er auf Heimaturlaub kommt«, sagt Pats.

»Ach, er bekommt nie Urlaub.«

»Aber ich habe ihn gesehen«, sagt Pats.

Ich schüttle meinen tonnenschweren Kopf. »Nein, hast du nicht«, entgegne ich.

»Doch, hab ich«, beharrt Pats. »Und zwar in der Nähe der Small Street Mall in der Stadt, ist noch gar nicht so lange her.«

»Das war nicht Marcus. Marcus hatte noch keinen Urlaub.«

»*Bru*«, sagt Patrick Cohen, »ich kenne Marcus. Sag mir nicht, wen ich gesehen habe. Er war es, das schwöre ich.«

40

Den ganzen Sonntagmorgen über habe ich Kopfschmerzen und befürchte, dass ich mit dem Rauchen von Drogen wichtige Gehirnzellen zerstört habe. Dann sehe ich Hugo Bleznik – er ist von seiner Reise zurück, und meine Eingeweide fangen an zu flattern wie nasse Laken im Schleudergang. Am Grill unter den Pflaumenbäumen zwinkert er mir immer wieder zu, und ich tue die ganze Zeit so, als würde ich es nicht bemerken. Ihn zu begleiten, um dieses Problem mit dem Polizisten zu »beheben«, wie er es mir bei seinem letzten Besuch angekündigt hat, ist wirklich das Letzte, wozu ich Lust habe. Es gelingt ihm schließlich, mir zuzuflüstern, dass er um die Ecke auf mich warten wird. Ich nicke, aber sage mir, dass er warten kann, bis die Hölle einfriert.

Dann, nachdem er gegangen ist, denke ich die ganze Zeit daran, dass *ich* dieses Chaos heraufbeschworen habe, da hat er völlig recht. In meiner Brust hämmern die Schuldgefühle. Also ziehe ich mich um und erzähle zu Hause, ich würde einen neuen Freund besuchen, um mit ihm für einen Physiktest zu pauken, und ich würde draußen darauf warten, dass seine Mutter mich abholt. Um die Ecke steht natürlich der rote Jaguar. Als ich einsteige und die Tür schließe, fragt Hugo, ob ich mir eine gute Ausrede ausgedacht habe, und ich nicke. Er tätschelt mein Bein, sagt mir, ich solle mir keine Sorgen machen, Kopf hoch, denn das Problem werde bald gelöst sein. Er greift nach hinten und keucht wie ein altes Akkordeon. Das Recken fällt ihm schwer, weil sein Bauch so verdammt dick ist, dass wahrscheinlich der Sicherheitsgurt nicht drumrum passt – nicht dass er das überhaupt versucht hätte. Er nimmt den Schuhkarton auf den Schoß. »Ich weiß, dass du gesehen hast, wie ich diese Kartons manchmal bei deinem Vater abgeholt habe. Du hast einen wachsamen Blick, also tu nicht so, als hättest du es nie bemerkt.« Ich nicke wortlos. »Hat dein Vater dir je erzählt, was drin ist?« Ich verneine. Hugo hebt den Deckel vom Karton – Top-Adidas-Rugbystiefel, Größe 12. Der Karton ist gefüllt mit Banknoten, Pinkies und Browns, Fünfzig- und Hundert-Rand-Banknoten. So viel Geld, dass ich nicht erraten kann, wie viel es insgesamt ist. Mehrere tausend Rand. Hugo sagt, ich müsse wissen, dass viele Geschäfte mit Bargeld abgewickelt werden. »Was die Leute in ihren Büchern angeben, ist die eine Sache«, sagt er, »aber nur Bares ist Wahres. Wenn du in unserer Gesellschaft irgendwas erreichen willst, drückst du den entsprechenden Leuten einen Umschlag in die Hand. Das ist meine erste Lektion für dich. Und genau das werden wir heute Abend tun.«

»Wohin fahren wir?«

»Zu deinem Polizistenfreund. Und dem gibst du dann das hier.«

»Wie bitte, ihm – persönlich?«

»Klar. Wem sonst?«

»Ich weiß nicht, als du gesagt hast, wir lösen das, habe ich nicht gedacht …«

»Wir fahren zu Oberholzer«, erwidert Hugo. »Und zwar jetzt gleich.«

»Um Gottes willen, Hugo, das kann ich nicht! Da würde mich umbringen. Er hat mir sogar verboten, seinen Namen je wieder auszusprechen.«

Hugo verspricht mir, dass Isaac nie davon erfahren wird, und erinnert mich daran, dass ich es war, der Oberholzer neulich auf den Schrottplatz gebracht hat. Seitdem sei eine Menge passiert, was der Firma schaden könne. »Meine Kontakte bei der Polizei haben mich wissen lassen, dass Oberholzer eine steile Karriere macht. Er drängt darauf, dass wir durchsucht und unsere Bücher geprüft werden. Er hat ein paar hochkarätige Freunde und kann uns das Leben zur Hölle machen. Er hat jetzt schon mehrere unserer Mitarbeiter abholen lassen. Wenn das so weitergeht, wird er uns am Ende in den Ruin treiben.«

»Ach Quatsch«, entgegne ich und runzle die Stirn, so verrückt klingt diese Vorstellung.

»Boyki, ich meine es todernst. Du musst verstehen, wie die Dinge in dieser Stadt laufen. Oberholzer hat Beziehungen und schreckt vor nichts zurück. Wenn sie uns unter die Lupe nehmen, weiß man nie, was dabei herauskommt. Die spielen ein dreckiges Spiel, diese Jungs. Hinter den Kulissen. Einer wie Oberholzer hat keinerlei Skrupel. Glaub mir.«

»Was meinst du damit, dass man nie weiß, was dabei herauskommt?«

»Boyki, wir tun, was wir tun müssen, wie jeder im Geschäft.« Er stupst den Schuhkarton an. »Das ist notwendig, um die Räder zu schmieren, damit sie richtig laufen. Für die Typen von der Versicherung, damit wir die Verträge für die Altautos bekommen, für die Inspektoren und die Lizenzen, für den Stadtrat, damit wir unser Gebiet behalten. Kannst du mir folgen?«

Ich nicke.

»Mit Oberholzer ist nicht zu spaßen. Er hat die feste Absicht, uns zu schaden.«

»Aber warum? Ich habe Da nach ihm gefragt, aber er hat sich geweigert, etwas zu sagen. Ich glaube, er kennt ihn.«

Hugo zieht ein Taschentuch heraus und wischt sich damit über das Gesicht. Er schüttelt seinen großen Kopf. »Das ist eine ganz lange *Megilla*«, seufzt er. »Es hat einen Oberholzer gegeben, der vor dem Krieg mit deinem Vater aneinandergeraten ist. Und ich sage nur so viel: Wenn dein Vater jemanden fertigmacht, dann gründlich. Das soll heißen: Mit Oberholzer gab es in jeder Hinsicht Ärger. Dieser Mistkerl war ein waschechter Nazi und hatte es auf deinen alten Herrn abgesehen. Und das hat er diesem Oberholzer vererbt, der zufällig sein *Sohn* ist. Verstanden? Der ist jetzt auf Rache aus, keine Ahnung, wie und warum. Ich glaube nicht, dass hier mit offenen Karten gespielt wird, wenn du weißt, was ich meine. Der junge Oberholzer ist ein gerissener Hund. Viel schlimmer als sein Vater. Er hat Köpfchen. Er ist ein Intrigant.«

»Was ist zwischen seinem Vater und Da passiert?«

»Ach, das wäre für jeden normalen Menschen Schnee von gestern, so lange ist das schon her. Aber nicht für seinen Sohn. Wie heißt er noch mal?«

»Bokkie«, sage ich.

»Stimmt. Bokkie wird er genannt. Gefährlicher Mann. Ein echter Mistkerl. Es ist wirklich Pech, dass er dich an diesem Tag verhaftet und eins und eins zusammengezählt hat. Du hast ihn daran erinnert, dass Isaac immer noch am Leben ist und es ihm gutgeht. Du warst der Grund, warum er dem Schrottplatz einen Besuch abgestattet hat, und soweit ich höre, verlief die Begegnung zwischen den beiden nicht gut. Jetzt stehen wir also ganz oben auf der Abschussliste von diesem langen Lulatsch, und das ist ein großes Problem, das behoben werden muss. Zum Glück hat Dr. Bleznik das Heilmittel.« Er nimmt den Schuhkarton in die Hand, schüttelt ihn, und das Geld raschelt, es klingt wie ein Instrument. »Deshalb werden du und ich jetzt da rausfahren und das hier dem Typen in die Hand drücken, und dann nimmt das ein Ende.«

»Meinst du wirklich?«

»Boyki, ich habe noch nie einen Mann getroffen, der sich nicht von einem Schuhkarton voller Bargeld überzeugen lassen hat. Vor allem keinen *chattis* mit Polizistengehalt.«

Als wir aufbrechen, frage ich Hugo, wohin wir fahren, und er erklärt mir, es wäre ein vertraulicher Treffpunkt fernab von neugierigen Augen, ganz nach Oberholzers Wünschen. Wir fahren auf der Autobahn N14 nach Westen, über zwei Stunden lang, bevor wir an einer Tankstelle anhalten. Dann nehmen wir eine andere Autobahn um Lichtenburg herum. Schilder zeigen die Richtung zur Grenze von Botswana an. Wir verlassen die Autobahn und fahren auf Schotterstraßen nach Süden, vorbei an Getreidesilos aus Beton und braunem Grasland, und dann wird das Land im orangefarbenen Licht der untergehenden Sonne richtig trocken. Überall Steine und hässliche, gewundene kleine Täler und Hügel aus Kies. Hugo erzählt mir, dass die Afrikaaner dieses Gebiet Klipveld nennen – Steinbusch – und dass es hier vor etwa siebzig Jahren einen großen Diamantrausch gegeben habe. »Diamanten, so groß wie die Eier eines Löwen, lagen überall rum, die konnte man einfach aufsammeln. Die Leute haben ein verdammtes Vermögen damit gemacht. Es gab Jidlach, die mit nichts als ihren Kleidern am Leib vom Schiff gestiegen sind und es zu Wohlstand gebracht haben. Übrigens hatte dein Vater einen …« Ich schaue ihn an, aber er hat sich abrupt unterbrochen. Große Kunst für die Sprechmaschine Hugo. »Einen was?«, frage ich. Hugo schüttelt nur seinen großen Kopf und erwidert, ich solle Da fragen. Ich versuche etwa fünf Minuten lang, ihn zum Weiterreden zu bringen, aber er lässt sich nicht erweichen. Ich frage: »Hat das irgendwas mit dem alten Cadillac in der Werkstatt zu tun?«

»Meine Güte!«, stößt Hugo hervor. »Du hast echt ein Talent, den wunden Punkt zu treffen, mein Sohn. Hör mal, dieser Cadillac ist eine ganz andere Nummer. Wie gesagt, frag deinen Vater. Aber ich an deiner Stelle würde es lassen. Ich schaue nicht in den Rückspiegel. Nur Verlierer im

Rückwärtsgang tun das.« Er bittet mich, seinen Flachmann aus dem Handschuhfach zu holen. Ich schraube die Kappe ab, und der Geruch von gutem Scotch steigt mir in die Nase, als ich den Flachmann rüberreiche. Hugo trinkt einen großen Schluck und bietet mir die Flasche an. Ich lehne dankend ab. »Braver Junge«, sagt Hugo. »Behalt einen klaren Kopf. Du bist hier, um was zu lernen.«

»Falls wir jemals ankommen«, unke ich und schaue aus dem Fenster.

»Nur Geduld«, mahnt Hugo, »sonst fällt's nur auf dich zurück.«

41

Irgendwann unterwegs sagt Hugo etwas von einem Bauernhaus. In meinem Kopf entsteht ein Bild wie in der Cadbury-Werbung (die mit dem Jingle: *Come to our dairy and taste the cream – Komm in unsere Molkerei und probier die Sahne*, den die Jungs der 8E gerne singen und dabei versaute Gesten machen) von einem alten Steinhaus auf einer grünen Wiese. Doch das tatsächliche »Bauernhaus« entpuppt sich als Betonkasten mit verrostetem Wellblechdach, das auf einem trockenen, flachen, steinigen Stück Land steht. Seitlich daneben parkt ein gelber Bakkie mit Überrollbügel, und eine Blechwindmühle dreht sich langsam, obwohl ich keinen Lufthauch spüre, quietsch, quietsch, quietsch. Ein Mann kommt heraus auf die Veranda; gegen das Sonnenlicht sehe ich nichts als die Jeans an seinen langen Beinen, die in Stiefeln stecken. Erst als wir näher kommen, erkenne ich das Gesicht des Mannes. Er sagt: »Na, wie läuft's bei dir, Junge?«

»Alles gut, vielen Dank, Captain«, antworte ich. »Und wie geht es Ihnen?«

»Trage ich etwa Uniform? Nenn mich Bokkie hier draußen.« Er geht ins Haus, und wir folgen ihm. Ich nehme einen süßlichen Geruch wahr, den ich nicht einordnen kann. Es dauert einen Moment, bis sich meine Augen an das Halbdunkel gewöhnt haben – ich sehe alte Möbel, einen Tisch mit Flaschen und Lumpen, Metallteile, ein Gewehr. Ein Stahlgegenstand mit genopptem Griff ist an einem Ende des Tisches festgespannt. Oberholzer bemerkt, wie ich ihn betrachte. »Das ist ein Nachlader«, sagt er. »Damit kann man seine eigene Munition herstellen.« Er lächelt Hugo an. »Damit spart man ein paar Schekel, stimmt's?« Hugo lacht, aber es klingt nicht echt, eher so, als würde er das keuchende Akkordeon quetschen, das sich nach meiner Vorstellung in seiner Brust verbirgt. Oberholzer nimmt das Gewehr in die Hand, zieht einen Lappen aus dem Lauf, und der süßliche Geruch wird stärker. »Ich war gerade dabei, Claudine zu ölen. Kommt raus, *mense*« – Leute –, »solange wir noch gutes Licht haben.«

Von der hinteren *stoep* – der überdachten Veranda – aus sieht man nichts als offenes Land und Himmel. Ein Schlafsack ist ausgelegt, und dort positioniert Oberholzer das Gewehr mit dem Lauf auf einem Zweibein und legt sich flach auf den Bauch in Schussposition, ein Auge am Zielfernrohr. Er gibt mir ein Fernglas. Ich schaue Hugo an, und er verdreht die Augen, tippt sich an die Schläfe und setzt sich auf einen Stuhl hinter uns. Er wischt sich das Gesicht mit seinem Seidentaschentuch ab, seine fetten Knie gehen auseinander, und der Adidas-Schuhkarton balanciert auf-fällig-unauffällig auf seinem linken Oberschenkel.

»Wonach halte ich Ausschau?«, frage ich Oberholzer.

»Nach Zielen«, antwortet er. »Unseren kleinen Freun-den.«

Ich schaue durch das Fernglas, und am Anfang erkenne ich nichts außer einem Wirbel von Farben und so was wie eine stachelige Monsterschlange. Ein Haar. Ich streiche es vom Objektiv, fummle am Scharfstellring, und auf einmal habe ich ein klares Bild vor Augen. Das gebogene Ende ei-ner Dorne. Harten roten und gelben großkörnigen Sand. Ich suche ein wenig herum, und da taucht etwas in meinem Blickfeld auf. Ein pelziges Tier, auf zwei Hinterbeinen wie ein Männchen, den glatten, langen Hals gereckt, schwarze Ringe im Fell um die zwinkernden Augen im hübschen, kleinen Kopf, Krallen an den Enden winziger Pfoten. Jetzt weiß ich, was Bokkie von mir will, aber ich sage nichts. Aber es hilft nichts, denn ich spüre, wie er mich ansieht, und er sagt: »Aha, du schaust nach links, hey?« Im nächsten Au-genblick kracht ein Schuss, und ich sehe den pelzigen klei-nen Kerl inmitten von Blutspritzern hochfliegen und auf den Rücken fallen. Bokkie sagt: »Schau nur weiter zu, jetzt geht der Spaß erst richtig los. Jetzt kommen seine Freunde und schauen nach, was los ist. *Nou sal die poppe dans.*« Er kichert. Die Afrikaans-Redensart bedeutet, dass jetzt die Puppen tanzen werden, dass jetzt die Hölle losbricht, aber mit der makabren Doppeldeutigkeit, dass die kleinen Ge-schöpfe wirklich wie tanzende Marionetten aussehen, als Bokkie anfängt zu schießen. Er ist unglaublich schnell und schießt kein einziges Mal daneben. Hinterher gehen wir raus und lassen Hugo auf der Veranda zurück, wo er sich mit seinem Hut Luft zufächelt. Tote Erdmännchen liegen im Abendlicht auf dem Boden verteilt. So heißen die kleinen Tiere nämlich, und Oberholzer erzählt mir, dass sie unter der Erde leben und aus ihren Löchern schlüpfen, um Insekten zu jagen, wobei einige von ihnen Wache stehen und damit perfekte Ziele für seine Claudine abgeben. Er stößt die kleinen Körper mit dem Lauf an. »Meine Claudine ist eine Anschütz-Spezialanfertigung«, erklärt er. »Ich habe ihren Kammerverschluss durch einen SPEED ersetzt. Lightweight-Munition Kaliber .22, was anderes braucht sie nicht. Entscheidend ist nicht die Durchschlagskraft, sondern die Präzision. Sie ist die perfekte Polizeiflinte; bei Aufständen kann man sich einen Anführer rauspicken, ohne jemanden hinter ihm zu gefährden. Wenn es kein tödlicher Schuss sein soll, kann man eine Kniescheibe oder einen Ellbogen durchlöchern und das Ziel präzise wie ein Chirurg außer Gefecht setzen. Ich habe schlechte Augen und bin kein geborener Schütze. Aber durch hartes Training bin ich zu einem geworden, und zwar zu einem verdammt guten. Ich war sogar Ausbilder für Scharfschützen an der Polizeischule. Wenn du hart genug arbeitest, wird eine Schwäche zu deiner größten Stärke. Die Erdmännchen sind ein gutes Training für weite Entfernungen mit zufällig auftauchenden Zielen. Strömungswiderstand und Geschossfall. Die eigene Stabilität. Deine Zielbildanpassung. Atmung. Kurze Distanzen, so wie hier, sind zu einfach für mich und Claudine. Schau mal hier.« Das Gewehr hat eine tiefe Einbuchtung im Schaft, so dass er es mit einer Hand bedienen kann.

Er hält es wie einen langen Zauberstab. Eine rostige Dose springt etwa fünfzig Meter entfernt vom Boden auf. Er schwingt herum, zielt wieder einhändig und lässt eine alte Papiertüte auffliegen. Dann streckt er den Arm aus und trifft alles, was er zuvor benennt: den glänzenden Stein da drüben, einen alten Nagel, ein Stück grünes Flaschenglas. Er wechselt das Magazin mit einer Bewegung und macht weiter, peng peng peng ping peng. Worauf er zeigt, das wird zerschossen.

Hugo ist auf den Beinen, als wir auf die *stoep* zurückkehren. Sein Lächeln ist unerschütterlich. »Nun, Bokkie, ich hoffe, Sie hatten eine gute Jagd.«

»Mit seiner Hilfe«, sagt Oberholzer. »Das hat dir gefallen, nicht wahr, Martin?«

Ich sage nur, ja, Meneer, während Hugos Augen wie Tischtennisbälle zwischen mir und Oberholzer hin und her springen. Oberholzer legt seine Hand auf meine Schulter. »Denken Sie unbedingt daran, seinem Vater Isaac zu sagen, was für ein guter Schüler sein Junge ist. Erzählen Sie ihm, wie Oberholzer ihm beibringt, was er zu tun hat. Sie werden ihm das ausrichten, ja?«

»Ähm, ja«, sagt Hugo. »Also. Wo wir von seinem Vater reden. In dem Zusammenhang würde ich gerne etwas mit Ihnen besprechen.«

Oberholzer streckt die Hand mit dem Gewehr aus und stößt mit dem Lauf gegen den Schuhkarton auf dem Stuhl. »Hat es zufällig etwas mit diesem Ding hier zu tun?«

»Ja, ganz zufällig, ha ha ha ha ha«, stößt Hugo, begleitet von seinem keuchenden Akkordeon, aus. Dann runzelt er die Stirn. »Sehen Sie, Captain, ich bin in meinem Interesse und dem meines Partners Mr Helger hier herausgekommen, der, wie Sie wissen, Direktor der Firma Lion Metals ist. Ich bin, mit Verlaub, gekommen, um alle Missverständnisse auszuräumen, die zwischen Ihnen und dem Unternehmen entstanden sind, welcher Art sie auch sein mögen. Captain, wir wünschen uns gute Beziehungen zu jedem Mitglied der südafrikanischen Polizei und …«

»Und hiermit wollen Sie klare Verhältnisse schaffen, was? Mit dieser Schachtel hier. Ich will Sie mal was fragen. Wo ist Isaac Helger jetzt, ist er zu Hause und genießt sein schönes Wochenende?«

»Captain …«

»Er geht bald in Rente, oder? Und dann hat er jeden Tag frei, jeder Tag wird ein angenehmer Sonntag für ihn sein.«

Hugo ringt sich erneut ein Lachen ab und sagt: »Na ja, an manchen Sonntagen arbeitet er hart, also wird es nicht ganz so sein.«

»Tut er das?«

»O ja, einen Sonntag im Monat fährt er in die Firma und macht persönlich Inventur.«

»Stimmt das?«, fragt Oberholzer.

»Ja, das stimmt«, antwortet Hugo, »aber wie ich schon sagte, Captain. Wir sind hier, um ein gutes Verhältnis zwischen unserer Firma und …«

»Schhhh«, macht Oberholzer, hebt das Gewehr und berührt mit dem Ende des Laufs Hugos Lippen, einfach so. Hugo zuckt zurück und blinzelt. Vor Schreck fährt mir ein Stich durch die Brust. Hat er das gerade wirklich getan? »Halt's Maul«, sagt Oberholzer. »Ich weiß, warum du hier bist. Ich weiß, was das ist.« Er schwenkt den Lauf wieder

314

zum Schuhkarton und schlägt ihn vom Stuhl, so dass das Geld herausflattert. »Ich will Ihnen mal was sagen, Mr Gute Beziehungen, der mit einem Karton voller Geld hier auftaucht.«

»Augenblick mal«, protestiert Hugo. »Sie haben uns doch eingeladen.«

»Ich sagte, halt's Maul!«, fährt ihn Oberholzer an, stößt in das Geld, rührt darin herum, verteilt es auf dem Boden. »Mein Vater, Magnus. Er ist da drüben gestorben, genau hinter Ihnen, Mr Gute Beziehungen. In dieser Hütte. Er hat sich totgesoffen. Im Bewusstsein der bitteren Wahrheit dessen, was in diesem Land vor sich geht. Ich weiß, wer ihn getötet hat. Ich kenne diejenigen, die hinter allem stecken. Die immer hinter allem stecken. Er hat mir das eingebleut, und er hatte recht. Er hat prophezeit, dass der Tag kommen würde, und hier sind wir. Also werde ich ihn jetzt stolz machen. Ich höchstpersönlich, wo Sie hier mit Ihrer Kohle auftauchen, hey. Mit Geld, genau wie er mir vorhergesagt hat, dass solche Leute wie ihr …«

»Oukay«, sagt Hugo und setzt seinen Hut auf. »Das reicht jetzt. Wir haben verstanden.« Er sieht mich an, ganz rot im Gesicht. »Boyki, lass uns gehen.«

»Und nehmt jedes Schnippselchen von eurem dreckigen Geld mit!«, befiehlt Oberholzer.

»Captain …«

»Jetzt machen Sie sich mal selbst die Hände schmutzig, Mr Gute Beziehungen. Heben Sie es auf.« Der Lauf ist wieder auf Hugo gerichtet, diesmal auf seine Brust. Ich trete einen Schritt vor, aber Oberholzer schaut mich an, und ich erstarre. »Immer langsam mit den wilden Pferden, Junior«, sagt er. »Du schaust zu und lernst.« Es dauert eine Weile, bis Hugo stöhnend das Geld eingesammelt hat, mit seinen schmerzenden Knien und seinem dicken Bauch. Außerdem wird es schon dunkel, und die Scheine sind für ihn mit seinen schlechten Augen schwer zu erkennen. Er keucht, als er sich mit der Schachtel aufrichtet. »Und jetzt haut ab«, sagt Oberholzer, »und kommt nie wieder.«

»Das tun wir, keine Sorge«, erwidert Hugo. »Aber eines möchte ich gerne wissen. Was wollen Sie eigentlich von uns? Sie haben mich um dieses Treffen hier gebeten. Hier bin ich. Und ich habe Martin mitgebracht, genau wie Sie es wollten.« Das ist mir neu. Wovon habe ich sonst noch keine Ahnung?

»Und genau das ist es, was ich wollte«, sagt Oberholzer. »Seinetwegen. Damit er das sieht.«

»Was hat er damit zu tun, Captain? Ich meine mit dem, was auch immer vor Jahren passiert ist –«

»Halt's Maul, Jude! Runter vom Land meines Vaters!« Er wendet sich an mich. »Und du gehst zurück zu deinem Daddy und grüßt ihn schön von mir. Sage ihm, dass Oberholzer derjenige ist, der dir gezeigt hat, wie ein Mann sich verhält – Oberholzer. Erzähle es ihm. Richte ihm aus, Oberholzer hat die Helger-Jungs im Auge. Von nun an wird er sich darum kümmern, dass sie richtig erzogen werden.«

42

Im Dunkeln lässt Hugo die Autoschlüssel fallen. Er ist so darauf erpicht, hier wegzukommen, dass er die Suche aufgibt und nach dem Ersatzschlüssel tastet, den er in einer kleinen angeschweißten Box unter dem Radkasten auf der Fahrerseite aufbewahrt, aber inzwischen habe ich die verlorenen Schlüssel gefunden. Er fährt sehr schnell – so schnell, dass wir bei Ventersdorp von einem Verkehrspolizisten angehalten werden und ich Angst habe, dass er uns verhaftet. Schon bei dem Namen Ventersdorp läuft es mir kalt den Rücken runter, denn dort ist der Sitz der AWB, der Afrikaner-Weerstandsbeweging, Typen mit Hakenkreuzen und braunen Safarianzügen. Ihr Anführer heißt Terre'Blanche – Weiße Erde – und ist ein Möchtegern-Hitler. Sie halten Kundgebungen ab, bei denen sie wütende Reden gegen die Regierung schwingen, weil die zu liberal sei, und verprügeln Leute. Aber Hugo gibt dem Afrikaaner-Cop ein Bündel Geld aus der Adidas-Schachtel, und der grinst und lässt uns weiterfahren. »Siehst du«, sagt Hugo, »das war ein vernünftiger Mensch. Eine vernünftige Person, mit der man Geschäfte machen kann. Dieser andere, dieser Oberholzer …« Er schaudert. Ich denke daran, wie er mir vorhin erzählt hat, dass Oberholzers Vater vor dem Krieg ein Nazi war, und jetzt kann ich mir das vorstellen, weil ich die AWB-Anhänger vor Augen habe: untersetzte, bärtige Afrikaaner mit rot-schwarzen Hakenkreuz-Fahnen, die im Wind flattern, und denselben blutroten Nazi-Emblemen auf ihren Armbinden wie in meinem Alptraum. Ich drehe mich zu

Hugo und frage ihn, was da auf der Farm eigentlich passiert ist. Er bittet mich, ihm den Flachmann zu reichen, trinkt ein paar tiefe Züge und wischt sich über die Lippen. »Er hat von seinem Vater geredet«, sage ich. »Der da gestorben ist oder so.«

Hugo seufzt. »Ja, Magnus hieß er. Das habe ich dir schon gesagt.«

»Du hast gesagt, Da hätte ihn erledigt.«

»Na ja, einerseits ja, andererseits nein. Sagen wir einfach, wenn du beißt, kannst du auch zurückgebissen werden.«

»Ich verstehe dich nicht.«

»Egal. Wichtig ist, was viel später geschah, damals in den siebziger Jahren. Dieser Magnus hatte eine ziemlich große Autowerkstatt am Laufen, und dein Vater hat davon erfahren. Er beschloss, Magnus etwas von dem heimzuzahlen, was er ihm vor langer Zeit, vor dem Krieg, angetan hatte. Isaac betrachtete es als Chance, ihn ein für alle Mal fertigzumachen. Ich habe ihm gesagt, er soll es vergessen, aber er wollte es nicht vergessen.«

»Was hat er getan?«

»Es war nicht weiter schwer. Magnus war kein guter Geschäftsmann. Isaac bat mich, mit ein paar meiner Freunde zu reden, die ihn beliefert haben. Sie sollten ihm den Kreditrahmen erhöhen und ihn mit Waren überhäufen. Dazu konnte er nicht nein sagen. Ich meine, es ist ja nicht so, als hätten wir ihm die Pistole an den Kopf gehalten. Wir haben ihm nur genügend Seil gegeben, damit er sich damit aufhängen konnte. Wir kauften insgeheim die Immobilie, übernahmen seinen Mietvertrag, lösten seine Schulden ab. Er hatte keine Ahnung, dass wir diejenigen waren, die alle Obligationen besaßen, dass er uns mit Haut und Haaren gehörte, bis dein Vater die Katze aus dem Sack ließ, seine Ansprüche geltend machte und ihn in den Bankrott trieb, bumm. Anschließend beauftragte er mich, alle unsere Lieferanten und Kunden zu bitten, keine Geschäfte mehr mit Magnus Oberholzer zu machen. Dazu sollte ich ein paar einschlägige Gerüchte ausstreuen, was nicht weiter schwer war, weil sie alle stimmten – aber darum ging es eben, jeden in der Branche wissen zu lassen, dass er keine Geschäfte mit ihm machen oder ihm einen Job geben sollte. Das gab dem alten Magnus den Rest. Es wundert mich nicht, dass sein Sohn sich jetzt meldet, wo er daran zerbrochen ist. Aber ich weine ihm keine Träne nach, und das solltest du auch nicht. Wie gesagt, der Mann war ein Nazi durch und durch. AWB hießen sie damals noch nicht, vor dem Krieg nannten sie sich Grauhemden. Aber es waren damals viel mehr als heute. Sie zogen durch die Straßen von Joburg. Sie schlugen in Bertram und Doornfontein Fensterscheiben ein. Sie unterstützten Hitler im Krieg und hatten viele Anhänger. Sie knüppelten Juden auf offener Straße nieder. Das waren harte Tage für die Juden in Joburg, das kann ich dir sagen. Und dieser Oberholzer senior, er war ein Grauhemd der allerübelsten Sorte. Ein riesengroßer Typ, ein Ochse von einem Mann. Und er hat deinem Vater damals das Leben zur Hölle gemacht. Am Ende hat er also nur bekommen, was er verdiente, weil er sich mit Isaac Helger angelegt hatte. Dein Vater hatte das letzte Wort.«

»Nur dass jetzt sein Sohn Bokkie das Maul aufreißt«, erwidere ich. »Stimmt's, Hugo?«

Hugo murmelt etwas Unverständliches, und daraufhin herrscht auf dem ganzen Rückweg ein seltsames Schweigen. Ich sollte um zehn zu Hause sein, und es wird spät, aber als wir in Joburg ankommen, ignoriert Hugo das und fährt zuerst zu seinem Haus in Hyde Park, seiner großen Tudor-Villa mit Reetdach. Die Garage war früher ein Stall. Hinten drin stehen eine Werkbank und ein kleiner Kühlschrank, so voller Staub, dass man mit dem Finger drin malen könnte. Dort setzen wir uns hin, nachdem Hugo den Wagen geparkt hat. Er holt zwei Bierflaschen aus dem Kühlschrank und gibt mir eine. »Das ist eine äußerst, äußerst beschissene Wendung«, stellt er fest. »Die Wendung aller Wendungen.« Er schaut weg, schließt die Augen und reibt sich das Gesicht. Dann trinkt er ein paar Schlucke Bier und fährt fort: »Aber zum Glück ist dein Onkel Hugo ein Mann, der für alle Fälle vorgesorgt hat.« Ich trinke von dem kalten Bier. »Es ist meine Schuld«, sage ich. »Wenn ich nicht mit Annie nach Jules gefahren wäre …« Irgendwie rechne ich damit, dass Hugo entgegnet, dass es ohnehin passiert wäre oder so, aber er stößt nur mit mir an und sagt: »So ist das Leben, junger Mann.« Ich hätte am liebsten losgeheult, aber reiße mich zusammen und versuche stattdessen zu lächeln. Doch Hugo scheint es mir anzusehen. »Liebe kann einem ganz schön den Kopf verdrehen«, redet er mir gut zu. »Du bist diesem amerikanischen Vögelchen hinterhergeflattert. Mach dir keine Gewissensbisse. Weißt du, als dein Vater noch jung war, hat er sich in eine Schickse aus Parktown verliebt, aber sie war nichts für ihn. Andere Liga. Eine andere Welt. Du hast mich nach dem alten Cadillac gefragt, der bei ihm rumsteht. Genau so einen besaß die Familie dieses Mädchens, und das hat er nie vergessen. Deswegen behält er ihn. Aber das bleibt unter uns.«

Es gibt so vieles, was ich nicht über Isaac weiß, so vieles aus der Vergangenheit, was bis heute eine Rolle spielt, aber er würde es mir nie erzählen. Ich trinke von meinem Bier, um meine Verwirrung zu verbergen. Hugo trinkt ebenfalls; dann stellt er die Flasche ab und klatscht sich auf die Oberschenkel. »Okay. Also. Jetzt lass uns alles noch mal durchgehen. Heute Morgen standen wir vor einem großen Problem. Wir haben eine Menge unternommen, um es zu lösen wie vernünftige Leute. Mehr kann man nicht verlangen. Aber es hat nicht funktioniert. Ganz im Gegenteil. Das Problem hat sich so sehr verschlimmert, dass man nicht mal mehr darüber lachen kann.«

»Sollten wir nicht lieber Da Bescheid sagen?«

»Bist du wahnsinnig?«

»Aber warum nicht?«

»Boyki, ich glaube, du hast es immer noch nicht verstanden. Wir haben es mit einem Polizei-Captain zu tun, der gerissen ist wie ein Fuchs. Er hat uns nur aus einem einzigen Grund in diese gottverlassene Gegend gelockt, nämlich um seinen Standpunkt klarzumachen, und wie lautet der? Dass diesen Mann nichts aufhalten kann. Kein Geld, gar nichts. Er wird alles daransetzen, uns zu ruinieren. Aber dein Vater darf nichts davon erfahren. Ich garantiere dir, dass Isaac sofort auf Konfrontation geht, und das wird böse enden. Für uns, meine ich. Oberholzer wartet auf ihn, er rechnet damit. Dein Vater könnte im Gefängnis landen, oder noch Schlimmeres, das schwöre ich dir. Nein, schau mich nicht so an. Ich meine das hundertprozentig ernst. Ich weiß, wovon ich rede. In einer solchen Situation gibt es nur drei Möglichkeiten. Du kannst versuchen zu kämpfen, oder du kannst den Mann bestechen. Wir haben versucht, ihn zu bestechen. Und kämpfen? Dabei gewinnt der Kerl von vornherein haushoch.«

»Und die dritte Möglichkeit?«

Hugo nimmt einen Schluck. »Ich erzähl dir mal eine Geschichte«, sagt er. »Es gab mal einen Arzt namens Teddy Shapiro, wir kannten uns schon aus der Schule. Er war der netteste Typ, den man sich nur vorstellen kann. Konnte keiner Fliege was zuleide tun, von Natur aus. Und er war ein weltweit anerkannter Spezialist für Infektionskrankheiten. Teddy war ein typischer liberaler Jude, der seine ganze Freizeit für die Armenklinik opferte, die er in Soweto betrieb. Er hatte jedes Mal Tränen in den Augen, wenn er von den Schwarzen sprach, die er dort behandelte, ich schwör's dir. Und das hat er jahrelang gemacht. Ich sage, dieser Mann war mehr als ein guter Mensch, er war praktisch ein Heiliger. Und was haben sie ihm 1976 angetan? In der Klinik, in der Teddy Shapiro nichts anderes tat, als die schreckliche Sünde zu begehen, sich umsonst um sie zu kümmern?« Jeder weiß, wie schlimm die Unruhen von Soweto im Juni 1976 waren, wie die Armee in die Townships einfiel und das Feuer eröffnete. Hugo erzählt, dass gleich am ersten Tag der Unruhen ein Mob die kleine Backsteinklinik umringte, in der Dr. Teddy Shapiro seiner Arbeit nachging. Sie steckten die Autos auf dem Parkplatz in Brand. Hugo erklärt, dass ein schwarzer Reporter vom *Star* vor Ort war, der alles in die Zeitung brachte – dass Dr. Shapiro die Leute draußen erkannte, ihre Namen wusste und rausging, um mit ihnen

322

zu reden. Wie sie ihn nackt auszogen, ihn mit Backsteinen bewarfen und mit Eisenstangen schlugen. »Dann haben sie ihn in die Klinik gesperrt und sie angezündet«, schließt Hugo. »Jetzt denk mal nach. Das haben sie mit einem gemacht, der ihnen geholfen hat. Stell dir mal vor, was sie mit allen anderen machen würden. Ich meine, Boyki, bin ich ein Schmock? Bin ich ein verdammter Narr? Nein! Ich habe damals auf der Stelle meine Entscheidung getroffen. Ich werde dieses Land verlassen; es ist ein sinkendes Schiff. Ich werde auswandern. Aber zuerst musste ich alles gründlich organisieren ...« Da unsere Regierung es Südafrikanern verbiete, ihr Geld ins Ausland zu transferieren, sagt Hugo, habe er angefangen, Scheingeschäfte mit seinen ausländischen Lieferanten in Japan und den Staaten abzuschließen. Er flog in die USA und fand einen guten Anwalt, Altenberg, der ein Büro am Battery Park in New York City hat. Sie entwickelten ein System, bei dem die ausländischen Lieferanten eine überhöhte Rechnung ausstellten, und das überschüssige Geld ging dann an Altenberg, der es für Hugo auf verschiedene Konten überwies.

»Ist es viel?«, frage ich.

»Boyki, ich habe seit 76 hart gearbeitet. Was meinst du wohl?«

»Weiß mein Vater davon?«

»Nein, natürlich nicht! Es interessiert ihn auch nicht. Er wird dieses Land nie verlassen. Aber ich, ich wusste immer, dass dieser Tag kommen wird. Du hast gefragt, was die dritte Option ist. Die dritte Option ist ganz eindeutig: von hier abzuhauen. Ich bin schon lange kurz davor, den Sprung zu wagen, ich habe dir gerade erzählt, seit wann. Diese Geschichte mit Oberholzer, das ist nur der letzte Tropfen, der das Fass zum Überlaufen bringt.«

»Du willst von hier weggehen?«

Hugo starrt mich an. »Verstehst du denn nicht? Ich dachte, du wärst ein kluger Junge. Es geht um *dich*. Martin Helger.« Hugo fischt aus einem Glas voller Schrauben einen Inbusschlüssel heraus. Er steckt den Schlüssel in ein Loch in der Werkbank, dreht ihn und zieht ein ganzes Brett weg. Darunter verbirgt sich eine längliche Metallkiste. »Raffiniert, was?«, fragt Hugo. »Hab ich bei einem Schreiner im Bez-Tal extra anfertigen lassen.« Aus der Kiste holt er einen Umschlag heraus und reicht ihn mir. Ich nehme ihn und sehe, dass in Schreibmaschine mein Name draufsteht. Drinnen steckt eine Urkunde mit einem Wappenadler-Emblem. United States Immigration and Naturalization Service. Ich überfliege die Worte »Betr.: Antrag für ausländischen Minderjährigen« und sehe, dass am unteren Rand eine Karte ähnlich einer Kreditkarte angeheftet ist. Mein Name und mein Geburtsdatum stehen darauf. *Alien Registration Receipt Card* steht da. Ich drehe sie um und sehe ein Foto meines jüngeren Gesichts neben einem Siegel und einem Fingerabdruck. Obendrüber steht *Resident Alien,* in Blau. Hugo fragt mich, ob ich mich an damals erinnere, vor langer Zeit in seinem Büro in der Firma, als ich einen Fingerabdruck für die Versicherung abgeben sollte. Nun ja, es ging nicht eine Versicherung, sondern um das hier. »Ich habe dir ja gesagt, dass ich mich seit 76 auf diesen Tag vorbereitet habe.«

»Was ist das?«

»Das ist eine wichtige kleine Karte, Martin. Sie heißt

Greencard, frag mich nicht, warum, grün sieht sie ja überhaupt nicht aus. Es hat Jahre gedauert, eine für dich und Marcus zu bekommen. Hat viel Geld gekostet. Sie verleiht euch das Recht, euch in Amerika niederzulassen, wann immer ihr wollt. Ihr könnt dort arbeiten, dort leben, solange ihr wollt. Und sie verliert nie ihre Gültigkeit. Ich habe gehört, dass es da eine Änderung geben wird, neue Karten, die später in diesem Jahr ausgestellt werden, laufen irgendwann ab, aber deine – diese hier – ist unbegrenzt gültig. Mit Brief und Siegel. Niemand kann sie dir wegnehmen.«

»Willst du damit sagen, dass du sie für *mich* gekauft hast?«

»Du weißt, dass ich keine eigenen Kinder habe, denen ich etwas geben könnte. Mein südafrikanisches Vermögen wird an einige der wunderbaren Frauen gehen, die ich in meinem Leben gekannt habe, wofür ich dankbar bin – es waren wilde Zeiten –, aber nächste Angehörige habe ich keine. Ich weiß nicht, ob dir dein alter Herr jemals erzählt hat, dass ich im Waisenhaus aufgewachsen bin. Ich bin mit dreizehn von diesem schrecklichen Ort abgehauen und habe nie zurückgeblickt. Das war meine einzige Bar-Mitzwa. Ich kenne nichts anderes, als auf der Straße zu arbeiten. Im Vertrieb. Als Vertreter. Das war mein Leben. Dann bin ich deinem Vater begegnet, und wir haben den Schrotthandel aufgezogen. Ich habe deinem Vater viel zu verdanken. Wenn ich ehrlich bin, alles. Also, ihr beide – für mich seid ihr wie meine eigenen Söhne, du und Marcus.«

Das ist zu viel für mich, mir fehlen die Worte, mein Verstand dreht sich wie ein Jo-Jo. Hugo schlägt vor, ein bisschen rauszugehen und frische Luft zu schnappen. Wir nehmen einen Weg in den Garten, und Hugo bleibt an einer hohen Palme stehen, halb von den Sicherheitsscheinwerfern beleuchtet. Er deutet auf etwas. »Hast du sie gesehen?«

»Was?«

»Schau noch mal genau hin.«

Hugo bückt sich mühsam und hebt einen Stein auf. Er wirft ihn an die Palme und mit lautem Flügelschlagen steigen Vögel auf, ein flatternder Schwarm dieser schwarzen Joburg-Vögel mit den gelben Schnäbeln. »Sieh dir das an. Das sind wir, Junge. Das ist wie mit den Juden. Ein Baum ist hier fest in der Erde verwurzelt, siehst du? Wurzeln töten dich. Wurzeln sorgen dafür, dass du mit Steinen beworfen wirst. Aber die jüdischen Vögel fliegen davon. Es geht ihnen gut. Wir wissen, dass Fliegen Überleben bedeutet. Zumindest die Klugen tun es.«

Hugo erzählt mir, sein Plan sei es zu verschwinden, ohne einer Menschenseele etwas zu sagen, einfach weg. Das sei der beste Weg, ein sauberer Bruch. Er sagt, ich solle dasselbe tun. Ich hätte einen Pass, meine Eltern hätten ihn für uns besorgt, als wir nach Israel geflogen seien, um Tante Rively und Onkel Yankel zu besuchen. Ich solle nach New York gehen, zu Altenberg. Dort würde ein Bankkonto auf mich warten. »Alles ist für dich vorbereitet, geschmeidig wie Kuchenglasur.« Für mich klingt das alles verrückt, aber Hugo meint es ernst. »Wo bleibt deine Abenteuerlust?«, fragt er. »Du bist jetzt siebzehn. Als ich in deinem Alter war, war ich schon jahrelang auf der Straße unterwegs. Denk an Amerika, Mann! Es liegt dir zu Füßen! Du wirst dort eine eigene Wohnung haben, dein eigenes Geld. Du kannst zur Schule gehen und jeden beliebigen Beruf erlernen, du kannst dir einen Job suchen, dir ein Auto besorgen und durch das ganze Land fahren. Weißt du, wie riesig Amerika ist? Amerika ist eine Welt für sich. Amerika – das ist das Gegenteil von Afrika. Du kannst das Chaos vergessen, das bei uns herrscht. Amerika bedeutet Zukunft. Afrika ist nichts als eine lange Vergangenheit, die uns immer weiter nach unten zieht.«

»Und du? Wo willst du hin?«

»Ach, New York ist etwas für die Jungen. Wenn du ein alter Knacker wie ich bist, suchst du dir ein ruhiges Leben irgendwo, mit einer Menge guter Ärzte.«

»Du meinst es ernst, oder, dass ich einfach gehen soll?«

»Nichts war mir jemals ernster.«

»Und was soll ich meinen Eltern sagen?«

»Hast du mir denn gar nicht zugehört? Du erzählst ihnen genau gar nichts. Der Einzige, der etwas erfährt, bin ich, damit wir beide gleichzeitig verschwinden können. Du steigst ins Flugzeug ein und in New York wieder aus, und von da aus kannst du ihnen einen Brief schicken. Liebe Mami, lieber Papi, ich bin ein Mann, und das ist mein Leben und meine Entscheidung.«

»Da bringt dich um, Hugo. Wenn er davon erfährt.«

»Wirst du es ihm sagen?«

»Und was ist mit Marcus?«

»Er hat seine Entscheidung, hierzubleiben, getroffen, als er zum Militär gegangen ist. Ich habe auch eine Karte für ihn, ich wollte sie ihm eines Tages zeigen – aber das hat jetzt keinen Sinn.«

Am Ende verspreche ich Hugo, dass ich darüber nachdenken werde. Ich werde den Umschlag nicht mitnehmen,

nicht jetzt. Er verspricht mir, dass er ihn für mich aufbewahren wird. »Aber du beeilst dich besser mit deiner Entscheidung, Martin. Es könnte der Tag kommen, an dem das
Telefon in meinem Haus klingelt und ich nicht mehr hier
bin, um dranzugehen. *Farschtéjst?*«

»Ich verstehe.«

»Schieb es nicht zu lange hinaus, Martin. Ich war dabei,
als dein Vater und deine verstorbene Großmutter wie die
Verrückten darum gekämpft haben, ihre Verwandten aus
Litauen rauszuholen, damals, 1939. Aber sie schafften es
nicht, es war zu spät. Und du weißt genau, was dort passiert
ist. Die verdammten Deutschen und die Litauer haben alle
Juden wie Hunde erschossen, sie in ein Loch im Wald geworfen und sie verrotten lassen. Babys und Frauen und alle
anderen. Ich will dir nur sagen, dass solche Dinge wirklich
passieren. So ist das Leben. Ich sage dir, wenn man sieht,
wie ein Steinewerfer wie Oberholzer ausholt, wartet man
nicht ab. Boyki, Martin – es ist Zeit für dich, das Nest zu
verlassen.«

Wenn nicht jetzt

43

Am Montagmorgen in der Schule reden die Jungs alle über die Samstagnacht in den Clubs. Wie sie so richtig einen draufgemacht haben. Die Shots mit brennendem Sambuca. Die legendären Exzesse, die plötzlich ausbrechenden Prügeleien – die sie beobachtet haben. Schnitz reißt die Klappe am weitesten auf. Er behauptet, der Letzte gewesen zu sein, der das Thunderdome im Morgengrauen verlassen hat, und als er rauskam, hätte er mit eigenen Augen einen nackten Mann gesehen, der auf dem Dach eines fahrenden Mercedes 500 SEC stand, ohne Scheiß, Mann, er ist darauf geritten wie ein Durban-Surfer auf einer verdammten Welle. Ich stehe in der Tür und beobachte das alles, als Stan Lippenshmecker mich plötzlich bemerkt, sich umblickt und alle anderen sich ebenfalls umdrehen und die Klasse still wird. Ich gehe an meinem üblichen Platz vorbei und setze mich wortlos auf einen neuen Stuhl in der Ecke. Ich hole ein Buch raus und stecke die Nase rein. Allmählich setzt das Gelaber wieder ein.

Zwischen den Unterrichtsstunden bleibe ich an meinem Ecktisch sitzen, und in der ersten Pause gehe ich zur Bibliothek, aber draußen wartet Spunny mit dem großen Kopf.

Mit den Händen in den Taschen und den Blick auf seine Schuhe geheftet, sagt er: »Bin froh, dass es dir gutgeht.«

Ich frage: »Wo ist dein feiger Freund Mouth? Beim Lauftraining? Du solltest mitmachen.«

Spunny errötet. »Hey. Ich wollte doch nur sagen, wie froh ich bin, dass es dir gutgeht.«

»Tut es aber nicht«, erwidere ich. »Ich musste ins Krankenhaus. Notoperation. Mich hat's am Sack erwischt, Alter. Die Ärzte haben gesagt, dass ich keine Kinder mehr zeugen kann.«

»Oh, mein Gott!«, stößt Spunny hervor. Dann kneift er die Augen zusammen. »Du blöder Arsch. Du warst gar nicht im Krankenhaus.«

»Woher willst du das wissen? Schließlich hast du dir nicht die Mühe gemacht, nach mir zu sehen.«

»Benefiz, wir konnten wirklich rein gar nichts machen, Mann!«

»Ihr hättet Hilfe holen können. Ihr hättet bleiben und zumindest versuchen können rauszufinden, was mit mir passiert ist. Und die anderen auch, die im Thunderdome ihren Spaß hatten. Ihr hättet meine Eltern anrufen können. Stattdessen habt ihr euch verpisst, scheißegal, ob ich in einer dunklen Gasse ermordet werde!«

»Jetzt hör mal – du hättest ja nicht zu diesen Türstehern hingehen müssen. Wir haben dir gesagt, du sollst es lassen.«

Jetzt spüre ich, wie ich rot werde. »Na klar, ist alles meine Schuld. Ich hab's nicht anders verdient.«

»Wenn du es unbedingt so willst, Martin, bitte. Wir wollten nur nett sein und dich mit in die Clubs nehmen. Vielleicht haben die anderen doch recht mit dem, was sie über dich sagen.«

Als er sich umdreht und weggeht, pfeife ich ihm laut auf den Fingern hinterher. »Hey, großer Held!« Er dreht sich um, und ich ziehe mein Hemd hoch und zeige ihm meinen Bauch mit dem violetten Bluterguss, so groß wie ein Kohlkopf. Dann zeige ich ihm den Mittelfinger.

Nachts holt mich Annie ab, und ich sehe ihr an, wie nervös sie ist. Sie erzählt mir, dass sie sich ungefähr eine Million Mal die Wettervorhersage angehört hat, und als wir am Rohr ankommen, erbricht sie sich fast, bevor sie sich dazu überwinden kann reinzusteigen. Doch der Aufstieg verläuft ohne Zwischenfälle. Im Videolabor arbeiten wir konzentriert zusammen, kürzen das Fireseed-Band auf neunzig Minuten, und als wir fertig sind, umarmt sie mich ganz glücklich. Ich versuche, sie auf den Hals zu küssen, aber sie springt auf. »Toll, Martin! Jetzt kannst du mit dem neuen Mastertape loslegen! Zwei Kopierdurchgänge pro Nacht, Baby!«

»Ja«, sage ich. »Wir haben's geschafft.«

»Du schaffst vier Sessions pro Woche, oder?«

»Klar, das schaffen wir«, antworte ich. »Locker.«

»Wir, na klar«, erwidert sie, als hätte ich einen Witz gemacht. »Vierundzwanzig mal vier, das macht hundert pro Woche.« Sie grinst. »Junge, ich werde es echt vermissen, mich durch dieses dreckige Rohr zu schlängeln.«

Meine Kehle schwillt zu, und mein Lächeln fühlt sich steif und dumm an. Mir steigt die Hitze ins Gesicht.

»Und du kannst auch mit dem Sechzehn-Millimeter-Material arbeiten«, fügt sie hinzu. Dann fragt sie: »Was ist los?«

»Nichts«, sage ich. »Nichts. Du kommst nicht wieder, oder?«

Verwirrt runzelt sie die Stirn. »Aber Martin, du schaffst das doch allein. Ich vertraue dir voll und ganz.«

»Danke«, sage ich. Ich drehe mich um und eile quer durch die Schule zum Rohr, wo meine Schultasche wartet. Ich schnalle gerade die Polster um, als Annie mich einholt.

»Was hast du denn?«, fragt sie. »Schau mich an, bitte.« Als ich ihr gegenüberstehe, sagt sie: »Das hier ist kein Date, Martin. Ich habe die ganze Woche vielleicht zwölf Stunden geschlafen. Ich unterrichte in der Schule und fahre ansonsten kreuz und quer im East Rand herum und versuche, Fireseed zu organisieren. Ich treffe mich mit den Genossen und bringe deine Kassetten unters Volk. Auf mich wurde geschossen, ich wurde beinahe festgenommen, und es sind zwei Schulkinder direkt vor meinen Augen für die Sache gestorben. Also lass uns realistisch bleiben, ja?«

Meine Stimme zittert, als ich erwidere: »Du solltest es nicht für so selbstverständlich halten, dass ich immer mitmache.«

»Was stört dich, Martin? Findest du, du hättest eine Belohnung verdient, ja? Was willst du denn?«

Ich habe jetzt so einen Kloß im Hals, dass ich überhaupt nicht mehr sprechen kann, also schüttle ich nur den Kopf, stütze die Hände in die Hüften und reibe mein Kinn an der Schulter. Annie schaut mich eine Weile lang an und streckt dann die Hand aus und legt sie warm zwischen meine Beine, einfach so. »Ist es das, was du brauchst? Das kann ich dir geben, wenn es dich glücklich macht.« Und sie öffnet meinen Overall, zerrt an meinem Gürtel und bückt sich. Ich schlage ihre Hände weg. »Hör auf damit.« Sie schaut zu mir auf. »Doch nicht? Was denn dann?« Sie richtet sich auf, schaut mir in die Augen und schüttelt dann langsam den Kopf.

Meine Augen tränen. Ich öffne das Gitter und zwänge mich in das Rohr. Auf der anderen Seite ziehe ich den Overall aus und stopfe ihn wieder in meine Tasche. Ich gehe zur Uferwand, trete und schlage dagegen, schürfe mir die Knöchel auf. Nach einer Weile höre ich sie herunterrutschen, schwer atmend, und wische mir schnell das nasse Gesicht. Ich versuche, gelangweilt auszusehen, als sie herausklettert und anfängt, sich aus ihrem Overall herauszuschälen. Dann geht Annie anstatt wie immer zurück in Richtung Fußballverein in die andere Richtung, durch das Flussbett tiefer in den Park. Verwundert folge ich ihr. Wir klettern hinaus und gehen bergab durch eine Gruppe von Eukalyptusbäumen, bis ich den niedrigen Zaun aus grünen Holzstämmen am Rand des Parks sehe und den Verkehrslärm dahinter höre. Zwischen den Bäumen verbirgt sich ein kleiner Parkschuppen. Er ist verschlossen, aber Annie zieht die Fiberglasscheibe direkt unter dem Dach zurück und winkt mich näher. Auf Zehenspitzen kann ich leicht in die Lücke dort oben hineinschauen. »Dolf kann keine Kassetten mehr weitergeben, nur noch Nachrichten. Also leg die Bänder in einen Müllsack und schieb sie stattdessen hier rein. Sie werden abgeholt. Okay?« Ich nicke. »Gut«, sagt sie. »Also ist alles in Ordnung? Sind wir wieder auf Kurs?« Ich nicke wieder. »In Ordnung«, sagt Annie. »High five.«

44

Morgennebel steigt von unserem Rasen auf, der von kleinen Sandhaufen gesprenkelt ist. Die Maulwurfsgrille ist wieder da. Wir vernichten sie, indem wir Waschlauge in die Gänge füllen. Die Tiere krabbeln heraus, legen sich auf den Rücken und sterben, ertrunken im giftigen Schaum. Als Marcus und ich klein waren, war das unser Job, aber jetzt fällt mir wieder ein, dass Marcus sich irgendwann sträubte, weil ihm die Tiere leid taten. Derselbe Mann, der mit einem Stück menschlichem Ohr im Haar nach Hause kam, war früher ein Kind, das nicht einmal ein paar Insekten verletzen wollte. Jetzt bin ich der Rückkehrer in der Morgendämmerung, so wie er damals, mit meinen eigenen großen Geheimnissen. Eines der Geheimnisse liegt im Sandy-Loch, nämlich das, was Annie und ich in der Nacht mit der Blitzflut im Safe unter Volpers Teppich gefunden haben. Ich starre es eine Weile lang an. Mein Gott. Ich besitze das wirklich. Was für eine Macht. Aber es vertieft meinen Kummer nur noch mehr, erweitert ihn. Ein Gefühl der Hoffnungslosigkeit. Ich packe es wieder weg, verberge meinen Schulranzen und meine Rohrausrüstung und schleiche mich leise an der hohen Hecke entlang, die wir mit den Greenbaums teilen. Hinter Glorias altem Zimmer verläuft eine Mauer, und ich klettere hinüber in den Hinterhof und wasche mich am Außenbecken – wieder wie mein Bruder und mein Vater.

Plötzlich eine Stimme: »Ruhe da drüben! Der verdammte Hund soll endlich aufhören zu kläffen!« Ich richte mich auf und laufe zum hinteren Zaun. Ich weiß, was als Nächstes kommt, wenn ich nicht schnell genug reagiere. Durch die Lücken zwischen den Latten sehe ich Mr Stein, der gerade eine große Messingglocke anhebt, um sie zu läuten. Damit wird er meine Eltern wecken und dafür sorgen, dass ich auffliege. Ich zische ihn an wie eine Schlange. »Hören Sie auf, Mr Stein! Hey! Aufhören!« Der alte Mann hält inne und verzieht misstrauisch das Gesicht. »Hier drüben, Mr Stein! Hier! Ich bin's, Martin.«

»Häh?«, macht er. »Wer ist da? Zeig dich, du Schwein.« Er trägt einen gelblichen, untertassenförmigen Helm aus dem Zweiten Weltkrieg mit schimmeligem Kinnriemen und einen uralten Bademantel, den er mit einem Stück Zwiebelsackschnur zugebunden hat. Er hebt die schwere Glocke. »Ich schlag dir den Schädel ein, wenn du einen Muckser machst!« Er hat Augenbrauen wie zwei fette, haarige Raupen, ich schwör's. Ich habe noch nie derart buschige Brauen gesehen. Ein Symptom für Wahnsinn?

»Mr Stein, ich bin's. Martin. Martin Helger.«

»Okay, dann sag eurem dämlichen Hund, er soll mit dem Kläffen aufhören, Junge.«

»Wir haben keinen Hund, Mr Stein.«

»Den ganzen Tag kläfft die blöde Töle.«

»Mr Stein, Sandy ist schon vor Jahren gestorben.«

»Was sagst du da?«

»Gestorben. Sandy ist tot. Schon ganz lange.«

Sein verrücktes Auge starrt mich durch die Lücke im Zaun an. »Ich schwöre auf meine jüdische Thora, Mr Stein – sie ist nicht mehr da. Wir haben sie in eine Plastiktüte gesteckt, und Ma hat sie zu Dr. Kruger gefahren. Er betreibt ein Krematorium für Tiere.«

»Was ist passiert?«

»Altersschwäche, hat Dr. Kruger gesagt.«

»Und ihr habt keinen neuen Hund?«

»Nein.«

»Du lügst, Junge. Ich höre ihn.«

»Nein, ich lüge nicht, ehrlich. Hören Sie mal genau hin, da bellt niemand. Lauschen Sie einfach mal.« Mr Stein dreht seinen ergrauten alten Kopf zur Seite. Dann lässt er die Glocke fallen. Sie ist so schwer, dass sie einen Abdruck auf dem weichen Boden hinterlässt, und ich bin dermaßen erleichtert, dass ich für eine Sekunde die Augen schließe. Als ich sie wieder öffne, hat Mr Stein seine Unterarme auf den Zaun gelegt und stützt seinen Kopf darauf. Er fängt an zu weinen, und das erschreckt mich, denn ich habe noch nie einen alten Mann weinen hören. »Mr Stein?«, frage ich. »Alles in Ordnung, Mr Stein?« Er antwortet nicht, und jetzt mache ich mir doppelt Sorgen, dass er anfangen könnte, zu jammern oder auszuflippen, oder vielleicht die Glocke wieder aufhebt. Also klettere ich auf den Zaun, den gleichen Zaun, den ich in meinem Alptraum, mit Zaydi auf dem Rücken und von den Nazis verfolgt, nie ganz erreiche. Ich stelle fest, dass ich den Alptraum, seit der Nacht nicht mehr hatte, als Annie mir erklärt hat, was er bedeutet, während wir auf der Granatapfelbank saßen, was mir ebenfalls allmählich vorkommt wie ein Traum, wie eine andere Annie.

Vom Zaun aus kann ich Mr Steins ganzes Grundstück überblicken. Sein Haus liegt an der Clovelly Road und hat keine hohe Mauer wie die meisten anderen Häuser an der Straße. Stattdessen hat er quer über seinen Rasen Angelschnüre gespannt, an die Blechdosen gebunden sind. Sein

Haus hat ein Flachdach, auf dem er Sandsäcke gestapelt hat, bereit zum letzten Gefecht. Als ich nach unten blicke, sehe ich, wie sich sein Helm vom Zaun löst. Er dreht sich um und schlurft zurück zum Haus, wobei er einen Pantoffel und die Glocke zurücklässt. Ich zögere einen Moment, und dann hänge ich mich an meine Arme und lasse mich das letzte Stück fallen. Ich hebe den Pantoffel und die Glocke auf und folge ihm auf seinem Zickzackkurs, wobei ich sorgfältig darauf achte, in seinen Fußstapfen zu bleiben, denn man weiß nie, welche Fallen er links und rechts seines Weges aufgestellt hat. An der Hintertür ruft Stein nach Elizabeth, seiner Maid. »Lizbeth! Lizbeth! Komm und mach Tee!« Er legt seine dicken Finger an die Mesusa am Türrahmen und küsst sie. Wenn Stein nicht so ein Einsiedler wäre, würde er bestimmt ständig in die *Schul* rennen. Er nimmt seinen Stahlhelm ab, setzt sich an den Küchentisch und schaut mich unter seinen Raupenaugenbrauen hervor an, als wäre er keineswegs überrascht, mich dort stehen zu sehen. Nach einer Weile lege ich die Glocke und den Pantoffel hin und setze mich. Mr Stein beginnt, über Gloria zu sprechen. Wir hätten ja immer noch kein neues Dienstmädchen, sagt er. Das habe Elizabeth ihm erzählt. Und unser Gartenboy Jesaja, der käme auch nicht mehr. Was denn bei uns drüben los sei. Ich antworte, dass mein Vater es so entschieden habe. Nachdem Gloria gestorben war, wollte Isaac einfach kein Dienstmädchen und keinen Gärtner mehr, die die Hausarbeit für uns machten.

»Warum nicht?«, fragt Stein.

»Gute Frage«, erwidere ich. »Die sollten Sie meinem Vater stellen.«

Plötzlich sieht er mich an. »Und dein Bruder? Wo ist der geblieben?«

»Der ist beim Militär«, antworte ich. »Aber Mr Stein, was Sie da fragen – das ist doch schon seit Jahren so.«

»Ich hab ihn in letzter Zeit nicht mehr gesehen.«

Ich nicke. Stein lehnt sich nach vorne, und seine Stimme verändert sich, wird leise und gruselig. »Deine Leute«, flüstert er, »ersetzen nichts.« Es klingt wie eine schreckliche Anschuldigung. »Alles«, sagt er, »geht vor die Hunde.«

Elizabeth kommt schniefend reingeschlurft, kocht Wasser auf, gießt es in eine Teekanne, fügt Five-Roses-Teebeutel und eine Riesenportion Zucker hinzu. Dazu knallt sie uns einen Teller mit Zwieback und Teegebäck hin. Mr Stein gießt sich eine Tasse Tee ein. »Sie hat die Milch vergessen, die dumme Nuss«, murmelt er. »Wird allmählich alt und *ibberbottle*.« Er steht nicht auf, daher schlürfen wir unseren Tee schwarz. Plötzlich schlägt er auf den Tisch. »Habt ihr einen neuen Hund, einen Welpen?«

»Nein.«

»Ein neues Dienstmädchen?«

»Nein.«

»Gärtner?«

»Nein.«

»Wenn man die Dinge, die verschwinden, nicht ersetzt, was bedeutet das, hä? Das bedeutet, dass man selbst verschwindet. Was machen wir dann noch hier? Wenn wir uns verschwinden lassen?«

Ich ringe mir ein Lächeln ab. »Ich bin gespannt.«

Mr Stein versteht nicht, dass ich einen Witz mache. Er verzieht wütend das Gesicht. Seine behaarten Hände fahren in die Luft wie zwei aufspringende Taranteln. Sein Stuhl schabt über den Boden. »Sie kommen, um uns zu holen!«, sagt er warnend. »Du solltest dich besser bereitmachen. Ich habe es vorausgesehen, ich habe Visionen gehabt wie die Nev'iim, unsere heiligen Propheten, verstehst du? Es wurde mir geweissagt. Schon *morgn in der fri* könnte es so weit sein, vielleicht schon heute Nacht! Kein Strom mehr. Kein Radio mehr. Dann wird dir der Spott vergehen, glaub mir, Junge. Kein fließend Wasser mehr. Wir wachen auf, schauen aus dem Fenster, und da kommen sie die Straße runter, direkt vor unserer Tür, hunderttausend, eine Million von ihnen. Wie die Wellen eines dunklen Meeres. Sie werden singen, ihre Speere schwenken und pfeifen, wie sie es immer machen. Jom-hadin, mein Junge. Der Tag des Jüngsten Gerichts. Sie werden kommen und jedes Auto auf der Straße umschmeißen und in Brand stecken. Sie werden in die Häuser eindringen, sie werden keines auslassen. Für uns gibt's keinen Ausweg. Eine Million von ihnen. Ach, was red ich, eine Million! Zehn Millionen. Die Gerechtigkeit des Herrn ist schärfer als jedes Schwert. Sie werden uns finden, wo wir uns auch verstecken. Die Gossen werden rot vor Blut sein. In den Swimmingpools werden dicht an dicht die Leichen treiben, und Bäume werden brechen vom Gewicht der Gehenkten. Sie werden alles Weiße aus diesem Land ausbrennen. Von uns wird nichts übrig bleiben. Wie die Geschichte von König Saul und den Amalekitern. Saul hätte sie von der Erde tilgen sollen. Das hatte ihm der liebe Gott befohlen. Und weißt du, wir sind für die wie die Amalekiter. Sie werden uns erschlagen und verbrennen. Bis ins letzte Glied. Verflucht ist der weiße Mann an diesem verfluchten

Ort. Verflucht ist er bis zum Ende, bis zum Jüngsten Gericht ...«

Vielleicht sollte ich mich entschuldigen, aber er hört einfach nicht auf und schaukelt mit geschlossenen Augen unablässig auf seinem Stuhl vor und zurück, und deshalb stehe ich auf, schleiche mich wortlos raus und mache mich auf den Weg zurück zum Zaun. Gott sei Dank löse ich unterwegs keine Sprengfallen aus. Der verrückte Mr Stein. Seit seine Frau an Krebs gestorben ist, wohnt er allein. Lebt von seiner Pension, trägt seinen alten Blechhelm. Isaac hat immer gesagt, er hätte Waffen und Dynamit und Gott weiß was in seinem Haus. Halte dich von ihm fern, Martin. Eines Tages fliegt da drüben noch alles in die Luft.

45

Dienstagmorgen. Der Gooch ruft beim Anwesenheitsappell die Namen einzeln auf, obwohl unsere Klasse so klein ist, dass ein Blinder sehen könnte, wer fehlt. Berman, Manfred, sagt er. Cohen, Charles, sagt er. Jemand pikt mich ins Bein. Spazmaz stupst mich unter dem Tisch mit einem Stahllineal. Ich schaue hinunter und sehe, dass ein Stück Papier am Ende klebt. Ich ignoriere es, aber er pikt weiter, und jetzt fällt mir auf, dass mich alle rundum beobachten, alle mit dem gleichen verkniffenen Grinsen, als wären sie kurz vor dem Explodieren, als würde auf diesem Stück Papier der größte Witz aller Zeiten stehen. Ich nehme den Zettel, aber mit dem Gefühl, dass dieser Witz, wenn es einer ist, auf meine Kosten geht. Davidson, Peter, sagt der Gooch.

An Johnny Lohrmann, esq. St. 10C
Von Martin Helger (dem wirklich stärksten Schüler)

Hallo »Crackcrack«,

du bist eine feige Schwuchtel. Ich könnte dich jeden
Tag mit einer Hand hinter meinem Rücken fertigma-
chen, wenn ich wollte. Aber du hast ja nicht den Mut,
mir gegenüberzutreten. Du hast nämlich überhaupt
keine Eier, sondern eine Vagina!

Wir treffen uns in der ersten Pause vor dem Kiosk, aber
ich weiß, dass du nicht kommen wirst, weil du dich
drückst, du jämmerlicher Schlappschwanz.

Mit freundlichen Grüßen
Martin Helger
Der wirklich stärkste Schüler

Ein Stück Kreide prallt gegen die Fertigbauwand über meinem Schreibtisch. »Helger, Martin«, sagt der Gooch. »Zum
dritten Mal. Helger, Martin!« Ich hebe den Blick, und der
Gooch starrt mich an. »Zum vierten Mal. Helger, Martin.«
Ich höre mich sagen: »Hier, Sir«, aber es geht fast im Rauschen des Blutes in meinen Ohren unter. »Sieht gar nicht
so aus«, erwidert der Gooch. »Dein Kadaver ist vielleicht
hier, aber dein Gehirn anscheinend nicht, wie üblich. Wach
lieber auf, Freundchen. Ich sag's dir nicht noch mal. Zieh
den Finger aus deinem Hintern, oder wir machen es für
dich.«

»Ja, Sir.«

»Kaminsky, Stephen.«

Der Zettel ist eine Fotokopie. Als es zum ersten Mal klingelt, stehe ich, gleich nachdem der Gooch weg ist, mit dem Ding in der Hand auf. Mein Herz klopft wie wild. »Wer hat das geschrieben, Leute? Wo ist das Original? Im Ernst?«

»Was ist denn los?«, fragt Kackwurst. »Du siehst ein bisschen nervös aus, Kumpel. Ein wenig besorgt, wenn du mich fragst.« Alle heulen auf – das ist die Explosion, die sie zurückgehalten haben.

»Warst du das?«, frage ich Schnitz. »Hast du das geschrieben?«

»Was soll der Quatsch?«, fragt Schnitz zurück. »Das ist deine Nachricht, Alter. Das sieht doch jeder.«

»Das ist nicht meine Handschrift. Wer hat das geschrieben? Jetzt kommt schon. Das ist nicht lustig, hey. Ihr habt ihm das nicht wirklich geschickt, Leute, oder? Das kann nicht euer ernst sein.«

»Man munkelt«, sagt Baffboy Noshkin, »dass dein Brief da nach dem Gebet überbracht wurde. Ich habe gehört, er wurde an Crackcracks Klassenzimmertür geklebt.«

»Das habt ihr nicht getan«, stöhne ich.

»Nein, nicht wir!«, sagt Mouth. »Es ist *dein* Brief, Alter. Schieb nicht anderen die Schuld in die Schuhe, hey. Übernimm die Verantwortung für dein Handeln.« Daraufhin brüllen wieder alle los. Boris Levin mit seinem schütteren Haar grinst wie Jack Nicholson in *Shining,* als er am Ende die Axt in seine wahnsinnigen Hände bekommt. »Helger, du Schmock«, sagt er. »Crackcrack hat schon eine Nachricht zurückgeschickt. Es ist eine abgemachte Sache. Du bist der Einzige, der nicht weiß, was los ist. Der Kampf steht. In der ersten Pause. Die ganze Schule weiß es, die Präfekten sind bereit. Wenn ich du wäre, würde ich anfangen, mich aufzuwärmen.«

»Wenn du er wärst«, sagt Stan Lippenshmecker, »würdest du jetzt deine Unterwäsche wechseln.« Er schaut mich an. »Du tust mir echt leid, Helger. Crackcrack ist ein absolutes Tier.«

Plötzlich schießt mir mein Frühstück in den Hals, und ich muss die Hände vor den Mund pressen, während ich zur Tür renne. Die anderen johlen und schreien hinter mir her. »Los, Alter!« – »Schnapp ihn dir, Helger!« – »Mach ihn fertig, bru!« Ich schaffe es rechtzeitig nach draußen, um mein Frühstück auf die rote Erde zu kotzen. Als ich mir den Mund abwische, höre ich knirschende Schritte, und die Mathelehrerin Mrs Snopes, die wir in der ersten Stunde haben, fragt, ob es mir nicht gutgeht. Ich sage ihr, ich fühle mich nicht besonders, und mit einem Blick auf das Erbrochene gibt sie mir die Erlaubnis, ins Krankenzimmer zu gehen.

Ich gehe die Treppe vom Pickel hinunter, und unten angekommen, renne ich los. Ich laufe schnell, aber denke noch schneller. Es gibt keine Möglichkeit, aus der Sache rauszukommen – wenn ein Kampf abgemacht ist, dann ist er abgemacht, und die ganze Schule wird mich hintragen, wenn es sein muss. Selbst wenn ich mich jetzt drücke, verschieben sie den Termin einfach und kriegen mich dann später dran. Ich muss was unternehmen. Aber wenn ich es so machen will, wie ich glaube, dass es funktionieren kann, muss ich unbedingt zu Hause noch die geheime Sache holen, die ich im Sandy-Loch versteckt habe, weil ich das hinterher brauchen werde. Das Hinterher ist entscheidend. Die Zeit drängt. Ich renne zum Münztelefon im Flur hinter der Synagoge und rufe Arlene im Büro auf dem Schrottplatz an. Sie geht beim ersten Klingeln dran. Ich behaupte, mir drohe Riesenärger, weil ich meine Hausaufgaben zu Hause vergessen hätte, und sie müsse mir einen großen Gefallen tun, sonst müsste ich womöglich das ganze Jahr wiederholen. Arlene ist beschäftigt, aber nach einigem Betteln ist sie bereit, mich abzuholen. Als sie am Haupttor ankommt, unterschreibt sie für mich, und die Kamera protokolliert meinen Weggang. Im Haus laufe ich direkt zum Sandy-Loch, hole das raus, was ich haben wollte, und stecke es vorsichtig in die Innentasche meines Blazers. Als Arlene mich wieder an der Schule absetzt, ist der Unterricht noch lange nicht zu Ende. Die Stunden vor der ersten Pause sind eine Qual. Jede Bewegung des Minutenzeigers fühlt sich an wie eine Umdrehung auf einem unsichtbaren Rad. Zehn Minuten vor der Pausenklingel stehe ich auf und gehe zur Tür. Adon Spitzer, unser Hebräischlehrer, schreit mich an, aber ich ignoriere ihn und renne los, der Ranzen hüpft auf meinem Rücken. Ich zwinge mich, langsamer zu laufen, als ich die Treppe hinauf zu den Rugbyfeldern gehe. Ich will nicht so erschöpft sein, dass ich nicht klar denken kann. Ich zähle die Stufen, um mich abzulenken. Siebenundsechzig, achtundsechzig. Obwohl ich mich zurückhalte, keuche ich, als ich oben ankomme. Ich gehe noch langsamer, als ich das weite Rugbyfeld mit dem braunen, trockenen Gras überquere. Ich merke, dass ich immer noch meine Schritte zähle. Zweihundertelf. Ganz ruhig, denk nach! Der Kiosk befindet sich in einem gelben Backsteingebäude mit Flachdach. Davor liegt der Schieferplatz, aber dahinter wächst auf einer größeren Fläche buschiges Unkraut, das alle nur die *Mielies* nennen, weil es wie trockene Maisstengel aussieht, gelb und welk in der Sonne. Auf der anderen Seite befindet sich der große Leichtathletik-Lagerraum. Als ich dessen Türen erreiche, merke ich mir die Nummer am Schloss, gehe dann zum Büro vom Gooch und spreche ein Stoßgebet. Ich habe meinen nachgemachten Büroschlüssel dabei, aber die Tür ist offen, und mein kleines Gebet wurde erhört, denn weit und breit ist niemand zu sehen, als ich mich hineinschleiche und mir einen Schlüssel aus der Reihe im Flur hinter dem Büro angle.

Als ich zurück in den Lagerraum komme, bricht mir der Schweiß aus. Die Pausenklingel ertönt. In ein paar Minuten strömt die ganze Schule auf die Rugbyfelder wie ein überlaufendes Schaumbad. Meine Hände zittern so stark, dass ich mehrere Anläufe brauche, um den Schlüssel ins Schloss zu stecken. Im Lager finde ich, was ich brauche, hole es heraus und schließe die Tür ab. Ich wate in das Unkraut, lege meinen Schulranzen ab, gehe tief in die Hocke und mache das Ding bereit. Dann stehe ich wieder auf, ziehe meinen Blazer aus, falte ihn zusammen und lege ihn auf die Tasche. Ich gehe aus dem Unkraut und krempel dabei die Ärmel hoch. Einen Augenblick später kehre ich noch einmal um, überprüfe das Ding erneut, kerbe mit der Ferse am Rand des Unkrauts eine Markierung in den Boden und gehe dann zurück. Weit hinten, jenseits des Rugbyfelds, kommen jetzt neben der Treppe die Ersten heraus. Ich stehe da, spüre, wie meine Beine zittern, und beobachte, wie sich die lilafarbenen Blazer vermehren. Ein Gesetz unserer Schule lautet, dass man seinen Blazer außerhalb des Unterrichts jederzeit tragen muss. Wird man ohne erwischt, kriegt man drei Hiebe von Volper mit einem Stock seiner Wahl. Viele Blazer drängen jetzt in Richtung Kiosk, aber einige von ihnen sehen mich, bleiben stehen, starren mich an und deuten in meine Richtung. Es dauert eine Weile, bis sich die Nachricht verbreitet, dass Helger dort drüben bei den *mielies* ist. Als Erstes erreicht mich eine aufgeregte Gruppe kleiner Sechstklässler, die um mich herumhüpfen, einige von ihnen mit Cola- und Limodosen in den Händen. »Willst du wirklich gegen Crackcrack Lohrmann kämpfen? Du musst echt bescheuert sein.« – »Der macht dich fertig, Alter.« – »Du kriegst die Hucke voll.« Ich ignoriere sie, und auch das wird kommentiert. »Er ist der schweigende Held, er macht auf Dirty Harry.« – »Dirty Harry war stark wie ein Baum, dagegen ist Helger eine Bohnenstange. Ich wette mit euch um fünf Mäuse, dass Crackcrack ihn in weniger als zehn Sekunden umhaut.« – »Nee, hey. Der hält keine fünf durch …«

Dann tauchen die Präfekten auf und fragen mich, wann ich runter zum Kiosk gehe, Crackcrack warte da auf mich. Ich erwidere: »Sagt ihm, dass ich hier warte. Sagt ihm, wenn er nicht kommt, ist er ein Feigling.«

»Kämpfe finden immer vor dem Kiosk statt, das weißt du.«

»Sagt ihm, ich warte genau hier.«

Die Präfekten holen den Schulsprecher, Neville Shankster. Der Schulsprecher ist der Präfekt der Präfekten, Volpers Lieblingsprinz mit seiner Nickelbrille und seinem perfekten Krawattenknoten. Er erklärt mir, dass Kämpfe immer vor dem Kiosk ausgetragen werden. »Ich bleibe hier«, entgegne ich. »Sag dem Wichser, er soll sich entscheiden. Ich warte und habe nicht den ganzen Tag Zeit.« Neville sagt mir, dass ich ein Arschloch bin. »Es gibt so etwas wie Respekt«, sagt er. »Ich kann gut verstehen, warum dich hier keiner leiden kann.«

»Geh einfach und hol ihn«, sage ich. Ich laufe jetzt hin und her, damit niemand sieht, wie sehr meine Beine zittern. Ich atme keuchend durch die Nase und bebe im Inneren, so schnell wummert mein Herz. *Bleib ruhig und konzentrier dich.* Ich blicke mich immer wieder um und überprüfe, ob ich die Markierung sehen kann. Dann ziehe ich mich irgendwie mehr in mich zurück, senke den Blick, vergesse den Lärm und die Helligkeit um mich herum, und als ich wieder aufschaue, umgibt mich eine ganze Wand aus Blazern und Gesichtern in einem großen Halbkreis. Die Präfekten drängen die Leute zurück. Spunnys großer Kopf ist in der zweiten Reihe – er zeigt mir den Mittelfinger. Dann teilen sich die Reihen der Blazer, und durch die Gasse kommt Crackcrack, der stärkste Schüler, gefolgt von Sardines Polovitz und einigen anderen seiner Kumpels, von denen ich nicht genau weiß, wie sie heißen. Crackcrack steht mir gegenüber. Er fängt an, auf und ab zu springen, mit seinen langen Armen zu rudern, die Zähne zu zeigen und in die Luft zu beißen. Neville steht zwischen uns und sagt etwas, aber ich kann es nicht verstehen. Dann tritt er zurück, schreit irgendetwas, und die Zeit fühlt sich klebrig an, als ob ich versuchte, so schnell wie möglich zu reagieren, mich aber durch Honig bewege. Crackcrack reißt seine Krawatte ab und stürmt auf mich zu. Er hat bis zur letzten Sekunde gewartet, um die Krawatte auszuziehen, damit mir nicht einfällt, das Gleiche zu tun. Ganz schön geschickt von ihm, wie ich zugeben muss, wenn ich daran denke, was er mit Beefus gemacht hat. Jetzt ist es zu spät, um meine auch auszuziehen.

»Arrrrr!«, schreit Crackcrack, als er mit einem Arm nach vorn gestreckt, den andern mit der knöchernen, gelben Faust nach hinten angewinkelt, auf mich zusprintet. Er hat die Distanz zu mir schon zu drei Vierteln hinter sich, als ich mich umdrehe und ins Unkraut laufe. Das muss ihn ausgebremst haben, denn ich höre ihn rufen: »Ach komm schon, du verfickte Muschi, was soll das denn?« Dann nimmt er die Verfolgung auf. Inzwischen habe ich mich gebückt, suche wie verrückt auf dem Boden herum und scheiße mir für einen Moment fast in die Hosen, weil ich es nicht zu fassen kriege. Ein Fußtritt zerfetzt das Unkraut, und eine Profilledersohle streift meinen Oberschenkel, aber dann erwische ich es, ich habe es, und ich wirble herum, das Ding fest in beiden Händen, und ich sehe, wie sich Crackcracks Gesichtsausdruck verändert. Dann stürze ich mich auf ihn durch die klebrige Honigzeit, ziehe es voll durch, und während er zurückspringt, fühle ich, wie es trifft, und ich hole noch einmal aus und stürze mich wieder auf ihn, jetzt nicht mehr im Unkraut, sondern draußen unter der gleißenden Sonne. Hinter Crackcrack reißen alle die Münder auf vor Entsetzen, als er stolpert, sich hinsetzt und versucht, mit ausgestreckten Armen rückwärtszurutschen. Blut fließt, rot, so rot. Auf den Staub, auf das weiße Hemd. Er schreit, während er auf dem Arsch rückwärtsrutscht, und ich stürze mich wieder auf ihn, und alles dauert so verdammt lange, und dann schreit noch jemand, jemand in der Nähe, in der Menge, ein schreckliches Geräusch, wie ein kreischendes Mädchen, warum bringen sie die nicht zum Schweigen? Aber als ich den Mund an meiner Schulter abwische, fühle ich, wie er sich bewegt, und ich weiß, wer da so schreit. Ich bin es.

46

Niemand sonst gibt einen Mucks von sich. Alle stehen nur da wie in der Vollversammlung – eine ganze Schule, wie gelähmt. Nur Crackcrack wimmert und schluchzt. Er liegt jetzt auf der Seite, krallt sich mit einer Hand in den Boden und kriecht weg, die andere Hand an die Seite gepresst. Neville löst sich langsam aus den Reihen, steigt über Crackcrack hinweg und bleibt mit ausgestreckten Armen vor mir stehen. Er ist der Erste, der etwas sagt. »Leg ihn hin, Martin. Leg ihn hin.« Ich blicke hinunter auf meine Arme. Ich halte den Speer noch immer mit beiden Fäusten umklammert. Er steht wie eine überdimensionale Nadel von mir ab, jetzt mit rotgefärbter Spitze. Während ich ihn anstarre, tropft etwas von der roten Farbe ab. Ich hebe den Blick und sehe, wie mich Präfekten von allen Seiten umringen. Ich öffne die Fäuste. Der Speer fällt zu Boden. Der erste Rugby-Tackle trifft mich von links – ein richtig guter, tief und mit voller Wucht, der Gooch wäre stolz. Neville springt mich von vorne an, als ich zusammensinke, und dann stürzen sich alle auf mich und drücken mich mit ihrem Gewicht zu Boden. Ich versuche, ihnen klarzumachen, dass ich mich nicht wehre, aber sie wollen nichts wissen, und selbst wenn sie es täten, hätte ich nicht genug Luft, um mir Gehör zu verschaffen. Sie heben mich hoch. Die Menge ruft nach dem Sanitäter. Neville sagt, bringt ihn ins Büro, und sie stoßen mich ein paar Meter vor sich her, die Hände auf den Rücken verdreht, bis ich mich in den Boden stemme. »Augenblick mal, Leute«, sage ich. »Mein Blazer liegt da noch. *Ich brauche meinen Blazer!*« Ich versuche, mich aus der Umklammerung zu winden, bis einer sagt, er hat ihn, und ihn mir überwirft. Und so bringt man mich bis ins Büro, meinen Billigpolyesterblazer wie einen Schleier über dem Kopf. Keiner sagt etwas, nur Neville spricht. »Dafür wirst du verhaftet«, sagt er. »Volper wird die Bullen rufen, das muss dir klar sein. Du wanderst in den Knast. Du bist völlig krank im Kopf!«

Am Vorzimmer angekommen, stehen wir vor der Glaswandscheibe mit der kleinen Öffnung. Die anderen lassen mich los und treten ein wenig zurück. Ich rolle die Hemdsärmel runter und ziehe den Blazer an. »Du bist echt ein Stück Scheiße«, sagt ein Präfekt, ich glaube, er heißt Abramson. »Der letzte Dreck bist du.« Er klingt irgendwie erstaunt, als hätte er etwas entdeckt, das er noch immer kaum glauben kann. Ich ignoriere ihn und richte den Kragen meines Blazers, als Mrs Brune, dieser faltige Gartenzwerg, hinter ihrer Scheibe auftaucht und mit Grabesstimme flüstert: »Er ist jetzt so weit. Er wartet im Büro.« Ich gehe durch die Tür rechts neben der Scheibe in den weißen Flur. Als ich an Brunes Tür vorbeikomme, schnalzt sie angewidert mit der Zunge. Sie meint mich. Die Tür zu Volpers Büro steht halb offen. Ich halte einen Augenblick inne und streiche über meinen Blazer, befühle die Tasche, obwohl ich genau weiß, dass alles da ist, weil ich es an meinen Rippen gespürt habe. *Bleib ruhig und konzentrier dich!* Das ist der wichtige Teil. Du hast das eine geschafft, jetzt schaffst du auch das andere, Martin. Konzentriere dich, kon…

»Komm rein!«

Ich trete ein, schließe die Tür hinter mir, und als ich mich umdrehe, steht Volper in Hemdsärmeln da und drückt einen Telefonhörer an die Brust. Er winkt mich näher, setzt sich in seinen Ledersessel und schwenkt herum, weg von mir. »Ja … gut … in Ordnung«, sagt er. »Gut. O ja, das werde ich. Ich danke Ihnen.« Er schwenkt zurück, legt auf und sagt zu mir: »Das war Mrs Dalgleish aus dem Krankenzimmer. Sie haben einen Krankenwagen für Lohrmann gerufen.« Er starrt mich an, und meine Augen wandern über den riesigen Teakholzschreibtisch, bis sie an den Fotos mit den Silberrahmen hängenbleiben. »Das ist Ihre Frau, oder?«, höre ich mich heiser über das Pochen meines Pulses in meinen Ohren hinweg murmeln.

»Wie bitte?«, fragt Volper zurück. »Was hast du da gesagt?«

Ich gehe näher an den Schreibtisch heran, bis ich direkt davorstehe, und sage mit allzu leiser Stimme zu ihm: »Ich habe. Etwas. Für Sie.«

Er starrt mich an und kneift die Augen zu Schlitzen zusammen. »Hast du Drogen genommen?«

Ich antworte nicht. Ich hebe die rechte Hand und fahre damit unter meinen Blazer. Volpers Blick richtet sich auf meine Brust. Ich lasse meine Hand unter dem Blazer.

Volper zwinkert rasch hintereinander und springt auf die

Füße. Eine Schulter beginnt wie eine Nähnadel auf und ab zu zucken. Er runzelt die Stirn, als hätte ich gerade mit ihm Japanisch gesprochen oder so. Langsam ziehe ich meine Hand aus meinem Blazer, und als er sieht, was ich darin halte, entspannt sich sein ganzes Gesicht wieder. Ich blicke auf den gelben Umschlag mit den Gummibändern, und mir geht auf, dass man ihn auch für ein Kuvert mit Bestechungsgeld halten könnte, und das bringt mich wiederum zu Hugo auf der Veranda von Oberholzers Farm. *Runter vom Grundstück meines Vaters, Jude!* Volper sagt: »Ich rufe die Polizei erst, wenn ich heute ein für alle Mal mit dir fertig bin und dir die Lektion deines jungen Lebens erteilt habe. Du wirst heute mit einem Polizeiauto nach Hause gebracht, junger Mann. Denk darüber nach.« Ich bringe einfach kein Wort heraus, deshalb halte ich weiter den gefalteten Umschlag hoch und schwenke ihn in seine Richtung. Er fragt: »Was soll dieser Unsinn?« Dann sagt er: »Du bist doch auf Drogen, oder? Deine Eltern werden – ach, keine Ahnung, was sie tun werden, ganz ehrlich. Diese Helgers.« Er schüttelt den Kopf und schaudert. Dann sagt er: »Los, in die Ecke. Ich werd dir jetzt mal ein bisschen Vernunft einbleuen. Und dann setzt es noch mehr Prügel. Ich werde dich verdreschen, bis mir der Arm abfällt. Du hättest den Jungen umbringen können! Du hättest wegen Mordes vor Gericht kommen können! Du verdammter Schwachkopf!« Aber ich bleibe, wo ich bin, und halte ihm weiterhin den Umschlag vors Gesicht. »Helger!«, schreit er mich an. »Hörst du mich, Hel-gerrr!«

Ich werfe ihm den Umschlag aus dem Handgelenk heraus hin, aber durch meine Anspannung bin ich so ungeschickt, dass er zwischen uns auf dem Schreibtisch landet. »Nehmen Sie das«, höre ich mich krächzen. Volper hört mir gar nicht zu, er wiederholt: »Los, ab in die Ecke! Und zwar sofort!« Ich räuspere mich und sage: »Ich schlage vor …« Aber ich bin immer noch zu leise, und Volper fängt wieder an zu schreien. Ich räuspere mich noch einmal, und als er innehält, deute ich auf den Umschlag. Mit lauter Stimme sage ich: »Ich rate Ihnen, da mal reinzuschauen.« Ich deute reglos darauf, bis Volper fragt: »Was ist das?« Er beugt sich vor, stupst den Umschlag an, und dann nimmt er ihn in die Hand, streift die Gummis ab und öffnet ihn. Er greift mit der adrett manikürten Hand hinein und zieht die fotokopierten Seiten heraus, an denen mit Büroklammern die Fotos hängen. Die Fotokopien habe ich alle auf dem Nashua-Kopierer in der Bibliothek im Obergeschoss angefertigt, und die Fotos sind Farbabzüge der Originale, die ich im Fotolabor gemacht habe, in den Stunden nach Mitternacht, wenn die Schule mir gehört, mir allein. Volper wiederholt ständig *was soll der Unsinn,* während er die Briefe und die Fotos durchblättert, und es klingt ganz seltsam, weil er es immer wieder sagt, als würde sich sein Mund unabhängig von ihm bewegen, und es wird immer leiser. Plötzlich lässt er den Packen fallen, als wäre er glühend heiß. Aber seine Hände sind wie gelähmt, die Finger weit über die Seiten gespreizt. Ich sage: »Ich habe von allem Kopien angefertigt. Sie wissen, woher ich sie habe.« Ich schaue auf das Parkett in der Ecke, das jetzt unter dem Teppich verborgen ist. Volper dreht seinen Kopf und sieht dabei aus wie eine hölzerne Marionette. Seine Lippen sind weiß geworden – weiß wie Lux-Seife, wie ich es noch nie bei einem Menschen gesehen habe. Er sieht die verstreuten Fotos und Briefe an, stößt ein merkwürdiges, kehliges Geräusch aus und greift nach ihnen, aber dann erstarrt er wieder, schwankt vor und zurück und stößt neun-, zehn-, zwölfmal das Wort »Nein« aus. Ich zähle nicht genau mit. »Doch«, erwidere ich. »Ich habe Kopien von allem. Viele. Und ich werde diese Kopien überallhin verschicken. An alle.«

»Das kannst du nicht machen«, sagt Volper. Er setzt sich. Jetzt sind nicht mehr nur seine Lippen so komisch weiß, sondern er kriegt auch im Gesicht merkwürdige Flecken.

»Tut mir leid«, erwidere ich. »Ich will nur von jetzt an in Ruhe gelassen werden.« Ich senke den Blick auf die Abzüge. Von dort, wo ich stehe, sehe ich das Foto von Volper mit dem lächelnden jungen Mann mit den kräftigen Brustmuskeln. Nackt, engumschlungen, schauen sie in die Kamera. Halb darunter verborgen sieht man denselben jungen Mann, wie er Volpers Hals küsst. Daneben liegt das Bild mit dem anderen jungen Mann, der nackt auf dem Bauch liegt. Der Schatten des Fotografen fällt neben ihn, und zugleich sieht man den Mann mit der Kamera – es ist Volper – im Spiegel. Er ist nackt und hat einen Ständer; sein steifes Ding ragt unter seinem fetten Bauch hervor, und durch die Tür erkennt man einen Swimmingpool. Das erinnert mich daran, wie Annie und ich diese Sachen in der kleinen Holzkiste im Safe gefunden haben, dieses Gefühl, etwas schier Unglaubliches zu erleben: Konnte das wirklich wahr sein? Sind die wirklich echt? Und dann die Erkenntnis, dass sie es waren. Ein paar Zeilen der Briefe weiß ich sogar auswendig. *Ich träume von dir und sehne mich nach dir. Immer wenn ich allein bin, denke ich an dich, ich will dich, nur dich und ich bin eifersüchtig auf die Schlampe.* Das stammte von dem jungen Mann mit der zackigen Handschrift; der andere schrieb fließender. Dieser hatte geschrieben: *Ich bin dein Liebling, ich bin deine Hure, ich bin so, wie du mich haben willst, Arn. Mit unendlicher Liebe.* Ich denke daran, wie Annie und ich die Namen der jungen Männer in alten Jahrbüchern nachschlugen und herausfanden, wer sie waren – ehemalige Schüler. Einer ist jetzt ein bekannter Anwalt, verheiratet, mit eigenen Kindern. »Ich sage Ihnen jetzt mal was«, sage ich zu Mr Volper. »Ich werde jetzt gehen, okay? Ich schicke die Sachen an niemanden. Und ich verrate auch niemandem etwas. Sie brauchen nichts weiter zu tun, als mich in Ruhe zu lassen. Einverstanden?«

Volper hebt den Blick, immer noch schwankend. Als hätte er gerade von meinem Bruder einen rechten Haken an die Schläfe bekommen, es aber irgendwie geschafft, auf den Beinen zu bleiben. Seine Stimme klingt gepresst. »Woher hast du die?«

»Ich war mal hier, und Sie haben mich allein gelassen. Da habe ich den Safe gefunden. Sie hatten ihn offen gelassen. Und ich habe hineingeschaut.«

Er runzelt die Stirn. »Wann? Nein, nein. Wie hast du das gemacht?«

»Ich habe Kopien angefertigt und die Originale zurückgelegt.«

»Das ist unmöglich.«

»Tja, aber ich habe sie. Sie müssen nicht glauben, was ich sage. Aber sehen Sie selbst.«

»Unmöglich. Wer hat sie dir gegeben? War es – einer von ihnen?«

»Nein, niemand hat sie mir gegeben. Ich habe sie aus dem Safe. Niemand außer mir weiß davon. Ich bin der Einzige. Ich weiß von dem Safe, das sehen Sie doch selbst, ich kann Ihnen genau sagen, wo er ist. Denken Sie mal darüber nach.«

Wieder blickt er auf die Fotos hinab. Sein Vogelscheuchenkopf mit den dicken gelben Strohhaaren nickt zitternd auf seinem gedrungenen Hals, als hätte er plötzlich Parkinson oder so. »Was bist du für ein widerliches Wesen«, sagt er zu seinen erstarrten Händen. »Ja, eine Made bist du. Ein schmutziges, dreckiges, ekelhaftes Individuum. Oh. Du dreckiger Helger.«

»Schon okay«, sage ich. »Sie können mich nennen, wie Sie wollen. Solange Sie mich in Ruhe lassen, und zwar absolut in Ruhe. Sie rufen nicht die Polizei. Und Sie sorgen dafür, dass ich nicht angezeigt werde. Reden Sie mit den Eltern oder wem auch immer. Aber gehen Sie ganz sicher. Von jetzt an werde ich nie wieder für etwas bestraft. Solange Sie sich daran halten, ist alles in Ordnung. Ansonsten wissen Sie, was passieren wird. Ich schicke Kopien davon an den Vorstand, an Ihre Frau. An die Zeitungen, an die Bullen, an die Regierung, einfach an jeden.« Ich weiche langsam zurück zur Tür, und als ich sie erreicht habe, laufen Tränen über Volpers weißes, zittriges Gesicht.

»Warte«, sagt er. »Warte!«

»Lassen Sie mich einfach nur in Ruhe«, sage ich. »Dann lasse ich Sie in Ruhe. Das ist alles.«

47

Arlene brät Kingklip zum Abendessen, als das Telefon klingelt. Sie nimmt den Hörer vom Wandapparat neben dem Brotkasten. Ich lese zum ungefähr neunzehnten Mal *Jock of the Bushveld,* die Geschichte des treuen Hundes in den Zeiten des Goldrauschs, weil mir die Geschichte irgendwie ein Gefühl der Geborgenheit vermittelt, und das kann ich echt gebrauchen. Mein Gott, was für ein Scheißtag! Dann sagt Arlene, der Anruf wäre für mich, und es fühlt sich wie ein neuer Tritt in den Magen an. Ich bin mir sicher, dass es die Bullen sind, mit der Nachricht, dass Crackcrack gerade abgekratzt ist. *Mama, ich habe einen Mann getötet, genau wie in dem Song von Queen, was sagst du dazu, Ma?* Ja, das stimmt, ich habe ihn mit einem Wurfspeer erstochen, als wollte ich aus dem Kerl einen *Sosatie* machen. Ich habe nicht sehr tief reingestochen, sondern nur mit dem spitzen Ende, hab ihn ein-, zweimal in die Leber gepikt, (denn der Arsch hatte es nicht anders verdient), aber die Wunde hat sich entzündet, und das hat ihn umgebracht, oder ich habe eine Arterie getroffen, oder – »Haaalloo«, sagt Arlene im Singsang, »Erde an Martin, Mar-tin!«

»Wer ist denn dran?«

»Keine Ahnung.«

»Ist es was Offizielles?«

Stirnrunzelnd sieht sie mich an. »Nein. Warum?«

»Ja oder nein?«

»Was ist los? Hat sich angehört wie ein Freund von dir, das ist alles.«

Ich ziehe das Telefonkabel bis raus in den Flur und halte die Hand vor den Mund. »Hallo, wer ist da?«

»Martin, bist du das? Warst du beim Zahnarzt oder was?« Pats. Oh, Gott sei Dank! Da fällt mir auch wieder ein, dass ich ihm am Samstagabend meine Telefonnummer gegeben habe. Er ruft an, um mir zu sagen, dass ich absolut recht hatte und er sich geirrt hat, als er glaubte, er hätte Marcus gesehen.

»Aber du warst dir doch so sicher«, erwidere ich. »Und du hast gesagt, du würdest dich umhören. Und was ist mit dem Dynamite Gym? War er Mitglied bei denen?«

Ein langes Schweigen tritt ein, und dann sagt er: »Martin, ist es wirklich wichtig, was dein Bruder vor langer Zeit getan hat? Ich habe mich geirrt, sage ich dir, er war es nicht.« Ich höre Knistern und ein leises Rauschen – er raucht. »Hör mal, Alter«, sagt er. »Ich bin beim Dynamite vorbeigegangen, *oukay*? Ich war höchstpersönlich dort, und diese Typen, die haben mir unmissverständlich klargemacht, dass ich nicht herumschnüffeln soll.«

»Na und?«

»Hör mal, wenn diese Typen dir sagen, dass du etwas lassen sollst, dann lässt du es auch.«

»*Oukay.* Weißt du was? Ich gehe selbst hin …«

»Hey hey hey. Das wirst du nicht tun. Du wirst absolut gar nichts tun, Mann, Martin! Das meine ich ernst! Denk daran, was dir beim Xanadu beinahe passiert wäre.«

Danach helfe ich Arlene, den Tisch zu decken, bin aber mit den Gedanken die ganze Zeit bei Marcus. Ich sehe wieder vor mir, wie er auf den Sandsack eindrischt und wie er am Steuer des Barracudas sitzt. Der wortkarge Marcus mit seinem breiten Hals und seinem Doppelleben. All diese Geheimnisse verleihen ihm Schwere. In Physik haben wir gelernt, dass eine große Masse Anziehungskraft ausübt; das nennt man Schwerkraft. Marcus besitzt Schwerkraft. Er muss nicht einmal hier zu Hause sein, damit sich alles um ihn dreht.

Als Isaac heimkommt, sehen wir ihm sofort an, dass er düsterer Stimmung ist. Ich gebe ihm einen extragroßen Whisky, während er sich wäscht, ohne mit irgendjemandem ein Wort zu reden. Dann kommen die Sechs-Uhr-Nachrichten mit dem guten alten Michael de Morgan, und das Hauptthema sind die »fruchtbaren Gespräche«, die unser Außenminister Pik Botha mit der Thatcher-Regierung geführt hat. Der alte Pik mit seinem gestutzten Schnauzer, dem Hitler-Seitenscheitel und seiner energischen Haltung. Alles ist supertoll, erklärt der alte Pik. Er spricht in die Kamera, die Commonwealth-Nationen sollten erst einmal vor ihrer eigenen Tür kehren, bevor sie Südafrika kritisierten, zum Beispiel sollten die Kanadier mal überdenken, wie sie mit ihren eigenen Ureinwohnern umgingen. Das Seltsame ist, dass ich kein Stampfen oder Schreien von Isaac höre. Ich schaue ihn aus dem Augenwinkel heraus an und bemerke, dass Arlene von ihrem Sessel neben seinem aus dasselbe tut. Isaac hat die Füße hochgelegt wie immer, hält aber die Beine ruhig. Er sitzt einfach nur da und starrt vor sich hin, in den Kissen versunken, das Kinn auf der Brust und das Whiskyglas auf dem Bauch, reglos und ohne ein Wort. Die Nachrichten ziehen vorbei – eine Autobombe ist vor dem Ellis-Park-Rugbystadion hochgegangen, ein schwarzer Polizist wurde von einem Mob auf einem Township-Friedhof lebendig begraben, als er außerdienstlich die Beerdigung eines Freundes besuchte und als Polizist denunziert wurde – und kein einziger Ausruf ertönt, kein »bladdy Schmocks« oder »blöder Homo« oder »dämlicher Idiot, verdammter« von Isaac, es kommt nicht einmal ein richtig markiges, lautes *Bullshit*! Das Ganze ist so merkwürdig, dass ich mir Sorgen um ihn mache und mich frage, ob er nun doch einen Herzinfarkt hatte oder so. Arlene geht wohl etwas ganz Ähnliches durch den Kopf, denn bevor wir nach den Nachrichten zum Abendessen aufstehen, fragt sie ihn, ob es ihm gutginge. Sie muss ihn zweimal fragen, bis er aus seiner Benommenheit erwacht. Er schaut sich um und sagt, dass er auf dem Heimweg in der Grand Lion Tavern vorbeigeschaut hat. Arlene sagt nichts, zieht aber die Augenbrauen hoch – Isaac hat schon vor Jahren aufgehört, in Kneipen zu gehen, weil es überhandgenommen hatte. Jetzt behauptet er, das ganze Gerede da im Grand Lion hätte ihm echt zugesetzt. Die Leute hätten erzählt, sie würden sich Waffen besorgen, Krügerrand-Münzen kaufen und Konserven und sonst was horten. Sie würden ihre Flucht für den Notfall planen. Sie hätten über Visa für Neuseeland und Australien gesprochen – das sei ja nichts Neues, aber jetzt wären auch noch Argentinien und Uruguay hinzugekommen, Hauptsache Ausland. Und er sagt, er hätte auf der Heimfahrt mal auf die vielen Umzugs-LKWs und die Verkaufsschilder vor den Häusern geachtet, anstatt so zu tun, als wären sie nicht da. Und der Goldpreis sei schon wieder gefallen, und der Rand habe gegenüber dem Dollar an Wert verloren. Wir müssten uns eingestehen, dass die Sanktionen allmählich anfingen, wirklich weh zu tun. Wir könnten nicht ewig Öl aus Kohle gewinnen wie bisher, um die Wirtschaft am Laufen zu halten. Wir könnten nicht alles selbst herstellen. Und es wäre zwar richtig, dass Botha schon mit einem Fuß im Grab stehe, aber dieser de Klerk, sein designierter Nachfolger bei den Nats, wäre auch nicht anders, einfach nur der nächste Hardliner, der nächste hartgesottene Afrikaaner, und es wäre doch immer dasselbe und würde ewig so weitergehen. Es erinnere ihn alles an Rhodesien in den letzten Jahren unter Ian Smith, als das Land versuchte, es allein zu schaffen. Aber man könne nicht alles alleine schaffen, so ist es doch …

»So kenne ich dich ja gar nicht, Ize!«, unterbricht ihn Arlene. Das stimmt. Wenn das Thema Auswanderung zur Sprache kommt, schneidet immer sie es an, und dann nennt Isaac sie eine Defätistin und erwidert, Emigration komme für ihn nie, nie, niemals in Frage. Aber nicht nur was er sagt, sondern auch wie er es sagt, klingt überhaupt nicht nach ihm selbst. Seine Stimme klingt heiser und erschöpft. Arlene fragt: »Ize, warum bist du in die Kneipe gegangen? Was ist los? Ist etwas passiert?« Seine Augen sind gerötet – und plötzlich fällt mir ein, wann ich sie zuletzt so gesehen habe, und ich weiß, was er sagen wird, noch bevor er den Mund aufmacht. »Ob etwas passiert ist?«, fragt er. »Ja, allerdings. Es ist etwas Schlimmes passiert.«

Arlene schlägt die Hand vor den Mund. Ich sehe ihr an, dass auch sie weiß, was geschehen ist. »O nein!«, stößt sie hervor. »Es tut mir so leid.«

»Schon okay«, sagt Isaac und schaut weg. »Schon okay.« Aber das ist es ganz und gar nicht.

48

Ich glaube, wir sind die einzigen Weißen hier, aber es ist gar kein komisches Gefühl, weil wir von unseren Mitarbeitern umgeben sind. Da drüben steht Winston Mathenjwa und dort Thomas Kgase. Es überrascht mich kaum, dass Dube, Orbert und Sammy nicht gekommen sind, ja fast keiner der Jüngeren, obwohl Isaac Taxis organisiert und die Firma heute Vormittag aus Respekt für den Verstorbenen geschlossen hat. Die Frauen stimmen ein neues Lied an. Ihre Stimmen klingen so kraftvoll; manche führen, dann fallen die anderen ein, mit einer Melodie, die sich aufbaut wie eine riesige Ozeanwelle kurz vor dem Brechen, so dass ich eine Gänsehaut kriege. Wir stehen alle auf einem offenen Feld, das eigentlich nur aus Staub und Kreuzen besteht. Ein Priester wartet neben einem tiefen Rechteck in der Erde unter dem weiten, diesig blauen Himmel. In der Ferne sehe ich Stromleitungen und die Dächer von Orlando East, einem Teil der Township Soweto. Ganz in der Nähe sieht man ein kleines Backsteingebäude mit Spitzdach von hinten – die Apostles' First African Church. Das Lied endet, und der Priester, der ein weißes Gewand mit einer blauen Schärpe trägt, hält eine Ansprache in einer afrikanischen Sprache. Die Trauernden tragen Schwarz; ich sehe Gugu in einem schwarzen Kleid, das in der Sonne glänzt, und Silas Mabuzas Frauen – Witwen – stehen in der Reihe neben ihr, mit breitkrempigen schwarzen Hüten auf dem Kopf. Der Sarg ruht vor ihnen auf dem Boden. Ich schaue nach links. Isaac mit seinen roten Augen steht ganz außen, Arlene neben mir und Hugo zu meiner Rechten. Jetzt heben die Männer den Sarg an und lassen ihn an den Seilen in die Grube hinunter. Victor ist unter ihnen. Dann geht es weiter wie bei einer jüdischen Beerdigung: Die Männer sollen nacheinander je eine Schaufel Sand auf den Sarg werfen. Aber Isaac zieht seine Jacke aus, reicht sie Arlene, eilt ans Grab und nimmt dem Ersten rasch die Schaufel aus den Händen. Er fängt an, wie eine Maschine zu schippen. Als andere Leute ihm auf den Rücken klopfen, weil sie auch an die Reihe kommen wollen, ignoriert er sie und macht weiter, und schließlich lassen sie ihn in Ruhe. Er arbeitet wie ein Berserker, keuchend und schwitzend, bis sein Hemd feuchte Flecken hat und das Loch ganz gefüllt ist. Arlene weint jetzt, und ich lege den Arm um sie. Die Kirchenfrauen haben die ganze Zeit gesungen, doch auf einmal schweigen sie einen Moment und setzen dann mit einem neuen Lied ein, das förmlich aus ihren Mündern explodiert, ich schwör's, und es packt mich, als würden sich Krallen in meine Brust schlagen. Ich schließe für ein paar Sekunden die Augen, und als ich sie wieder öffne, sehe ich, wie sich die Leute umdrehen.

Auf der trockenen Straße nähert sich inmitten einer Staubwolke ein Fahrzeug. Ach, du Scheiße! Es ist ein Ford Cortina. Er parkt an der Kirche. Isaac hat für einen kleinen Empfang dort bezahlt, und vorne beim Grill wurden Tische und Bänke aufgestellt, und gusseiserne Dreibeinkessel mit *Mieliepap* warten. Als wir hinübergehen, steht ein hochgewachsener Mann an den Tischen. Er hat die Plastikabdeckung über dem Fleisch und dem Amaranthgemüse hochgehoben und schaufelt sich mit bloßen Händen Essen in den Mund. Captain Bokkie Oberholzer, in der schneidigen blauen Uniform der Bereitschaftspolizei mit dem quadratischen Käppi und den gelben Rangabzeichen auf den Schultern. Die Leute reagieren irritiert, als sie den Polizisten sehen, aber Oberholzer richtet sich auf und schüttelt dem Priester die Hand. Dann geht er zu Victor hinüber und begrüßt ihn und anschließend einige Verwandte ebenfalls mit Handschlag. Von da aus schlendert er auf uns zu, baut sich mit seiner großen Gestalt vor meinen Vater auf und hält ihm die Hand hin. Isaac schaut ihn nur an – genau wie an dem Tag auf dem Schrottplatz. Arlene durchbricht die Spannung, ergreift Oberholzers Hand und schüttelt sie. Inzwischen sind die übrigen Trauergäste zu den Tischen gegangen und häufen Essen auf ihre Pappteller.

»Das macht ja ordentlich was her, oder?«, sagt Oberholzer und sieht mich dabei an. Arlene fasst Isaac am Arm und zieht ihn schnell weg. Oberholzer blickt ihnen nach und fährt fort: »Ein ganzes Lamm am Spieß, extra für diese Gelegenheit geschlachtet, wie ich sehe. Bestimmt hat es hier in Orlando seit Ewigkeiten keine solchen Leckerbissen mehr gegeben. Das ist ja sogar besser als das, was wir haben. Dein alter Herr ist wirklich wer, oder? Was?«

»Ja, Kaptein«, antworte ich.

»Ja, *Kaptein*«, äfft er mich nach und lacht über meine Aussprache des Afrikaans. »Warum denn so nervös, junger Mann? So nervös! Wie geht's dir denn so, Martin?« Ich sehe, dass Isaac uns vom Tisch aus beobachtet und rot anläuft. Hugo ergreift das Wort, aber Oberholzer hebt nur die Hand, ohne ihn anzusehen. Zu mir sagt er: »Ich habe dich schon so lange nicht mehr gesehen. *Long time no see*, wie die Amerikaner sagen.« Er kichert. »Die haben ein paar lustige Sprüche, diese Amerikaner, hey. Aber du kennst dich natürlich am besten damit aus, stimmt's?«

»Ich?«

»Na klar, du mit deiner knackigen amerikanischen Freundin.«

»Ich habe keine Freundin.«

»Ach, wirklich«, erwidert Oberholzer. »Na, dann habe ich mich wohl getäuscht.« Hinter ihm am Tisch sehe ich, dass Arlene ihre Hand auf Isaacs Arm gelegt hat. Er zieht ihn weg. O nein, er kommt wieder zu uns, mit gesenktem Kopf. Oberholzer muss es meinem Gesicht ansehen, denn er blickt sich um. »Ah, da kommt ja der alte Herr«, sagt er. »Will wohl *lekker gesels,* sich nett mit mir unterhalten. Das freut mich, mit Isaac Helger habe ich immer viel zu bereden.«

Hugo mischt sich ein: »Captain …«

Oberholzer dreht sich lächelnd zu Hugo um und erwidert honigsüß: »Halt die Klappe, Fettsack.« Hugo schweigt, und Oberholzer wendet sich an Isaac und sagt: »Nochmals guten Tag, Mr Helger!«

»Können Sie mir mal bitte sagen, warum Sie hier sind?«

»Ach, was für ein Zufall«, erwidert Oberholzer, »genau dasselbe wollte ich Sie fragen. Sie sind nämlich hier in meinem Zuständigkeitsbereich. Haben Sie Genehmigungen dabei, um sich hier aufhalten zu dürfen?«

Winzige Schweißperlen dringen aus der gummiartigen Gesichtshaut meines Vaters. »Hören Sie mal«, sagt er. »Silas war ein guter, angesehener Mann. Wir erweisen ihm hier nur die letzte Ehre, das ist alles.«

»Tja«, sagt Oberholzer, »das ist ja sehr rührend. Aber Sie

befinden sich hier zufällig im Kriegsgebiet. Sie stehen auf einem Schlachtfeld.«

»Ach, kommen Sie schon, Mann«, wirft Hugo ein.

Oberholzer nimmt seinen Hut ab und blickt grinsend an den beiden Männern vorbei, als Arlene auf uns zukommt. Äußerst widerstrebend, wie man ihr ansieht. Bestimmt will sie meinen Vater wieder von hier weglotsen. Oberholzer sagt: »Hallo, Mrs Helger! Wie geht es Ihnen? Wie geht es Ihrem Sohn dort oben an der Grenze, der dafür sorgt, dass wir alle ruhig schlafen können? Es sind die echten Grensvegters, die wahren Kämpfer wie Marcus Helger, vor denen ich wirklich meinen Hut ziehe.« Und er wackelt mit dem Hut in seiner Hand.

Arlene lächelt schmallippig. »Vielen Dank. Sie kennen den Namen meines Sohnes?«

Oberholzer sagt: »Natürlich. Ich kenne *alle* Helgers.« Er schaut uns der Reihe nach an, und ein seltsames Schweigen tritt ein. Er reißt die Augen auf, als wolle er noch etwas sagen, aber dann überlegt er es sich anders und setzt einfach seinen Hut wieder auf.

»Nun, es geht ihm gut«, sagt Arlene, »Gott sei Dank. Ich wünschte nur, er würde mehr Urlaub bekommen und uns besuchen.«

»Ja, der Krieg ist verdammt hart«, sagt Oberholzer. »Ich bin nur aus Sorge um Ihre Sicherheit vorbeigekommen, wissen Sie? Das sieht ja alles sehr nett aus mit dem ganzen Essen und den freundlichen Leuten, aber Sie geben hier draußen ein Ziel ab. Beerdigungen ziehen Terroristen an wie Scheiße die Schmeißfliegen. Erst halten sie ihre netten kleinen Reden, und dann holen sie die AK-Maschinengewehre raus, takka-takka. Und dann muss ich es ausbaden, wenn eine komplette weiße Familie, die nicht hätte hier sein dürfen, an einem Mittwochmorgen niedergemäht oder sogar mit Benzinreifen um den Hals lebendig verbrannt wurde.«

»Ach, Captain«, sagt Arlene, »hier droht uns ganz bestimmt keine Gefahr.«

Oberholzer schnippt mit den langen Fingern. »Das kann so schnell gehen, Madam. Im Bruchteil einer Sekunde. Glauben Sie mir.«

»Oukay«, sagt Isaac. »Sie haben Ihren Standpunkt klargemacht. Wir bleiben noch ein paar Minuten und machen uns dann auf den Weg.«

»Nein«, entgegnet Oberholzer. »Ich glaube, Ihre Zeit hier ist abgelaufen. Euer Schrottboy ist jetzt unter der Erde, und das war's.« Er schaut auf seine Uhr, dann zieht er die Nase hoch und spuckt einen Flatschen grünen Rotz auf den Boden.

Isaac schaut ihn an, hebt den Blick und sagt: »Wissen Sie was, Captain? Das hier ist die Beerdigung von Silas Mabuza, sonst nichts. Wir wollen keinen Ärger. Alles, was ich will – nein, Arlene, lass mich, ich will das sagen –, ist, an diesem Morgen einen Mann in Würde zu begraben. Das ist alles.«

»Ja, ja«, sagt Oberholzer. »Wie rührend. Ich verstehe das hundertprozentig. Wissen Sie, ich hatte mal einen Hund, einen tollen Hund. Ich weiß noch gut, wie er starb und wir ihn dort draußen auf unserem Land begraben haben. Das war auch ganz herzzerreißend. Wir nannten ihn Kaffirtjie, weil er so ein schwarzes Fell hatte …«

Isaac stürzt sich auf ihn, und Arlene und Hugo werfen

sich dazwischen. Isaac ruft: »Halt den Mund! Halt dein dreckiges Maul! Du redest nicht so über ihn! Ist mir scheißegal, ob du eine Uniform anhast …«

Oberholzer hört die ganze Zeit nicht auf zu grinsen; vermutlich genießt er die ganze Szene, und er sagt ganz ruhig: »Moment, Moment, Moment. Wir wollen doch jetzt nicht die Beherrschung verlieren. Dieses jüdische Temperament! Hahaha. Jetzt hören Sie mir mal zu. Ganz im Ernst, Mr Isaac Helger. Ich kann Sie ja verstehen, *denn auch ich glaube nicht, dass es ein Verkehrsunfall war.*«

Es wird ganz still, bis auf ein Keuchen. Es kommt weder von Arlene noch von Hugo, sondern von mir. Isaac runzelt die Stirn, und Oberholzer zwinkert mir zu, so schnell, dass ich mich frage, ob ich richtig gesehen habe. Isaac sagt: »Was soll das heißen?«

Gespielt verständnislos fragt Oberholzer zurück: »Was das heißen soll?«

»Was Sie gerade gesagt haben. Dass es kein Verkehrsunfall war.«

»Da«, sage ich, »lass uns einfach gehen, ja?«

»Schon okay, Junior«, sagt Oberholzer. »Ich erteile Ihnen die Erlaubnis, noch eine Minute zu bleiben.« Er wendet sich an Isaac. »Das war nur so mein Eindruck, wissen Sie, nachdem ich mir die Akte angesehen habe.«

»Welche Akte? Was sagen Sie da?«

»Da«, sage ich, »Da, lass gut sein.« Ich gerate allmählich in Panik, weil ich daran denke, was Gugu und Winston mir erzählt haben. Aber Isaac streckt den Arm nach mir aus, bringt mich zum Schweigen und wiederholt seine Frage an Oberholzer. Der antwortet: »Vielleicht ist es keine gute

Idee, einen Verdacht zu schüren. Gegenüber diesen jungen Männern.«

»Von wem reden Sie?«, fragt Isaac.

»Sie wissen schon. Sammy Nongalo. Dube Gumede. Orbert Vezi.«

In dem folgenden Schweigen sehe ich Hugo an, der die Hand über die Augen gelegt hat. Arlene steht mit offenem Mund da. Isaac fragt: »Woher kennen Sie diese Namen?«

»Weil sie in der Akte stehen«, antwortet Oberholzer. »Das sind Kommunisten, die Ihre Firma infiltriert haben. Sie gehören zum ANC. Wiegeln die Arbeiter auf.«

»Das ist doch eine verdammte Lüge!«

»Diese Jungs wissen alles über Bremsleitungen. Und was man damit machen kann. Es wundert mich, dass Ihnen noch keine Gerüchte zu Ohren gekommen sind. Wenn sie eine Gewerkschaft durchsetzen wollen, schrecken diese Leute vor nichts zurück. Na ja, wie dem auch sei, einen schönen Tag noch, hey.« Er tippt an seinen Hut. »Genießen Sie den Rest der Beerdigung.«

49

Arlene besteht darauf zu fahren, mit dem Argument, Isaac sei zu aufgebracht und hätte zu viel getrunken. Sie will auf direktem Weg nach Hause, damit Isaac sich ausruhen kann. Hugo indessen nimmt mich mit zum Jaguar. »Ich habe gar nichts mehr von dir gehört, Junge. Was ist los? Wann rufst du mich wegen deiner Greencard an? Hast du schon Pläne gemacht?«

Ich steige schweigend ins Auto. Hugo wuchtet seinen Bauch schnaufend hinter das Lenkrad und schlägt mit beiden Händen darauf. »Hast du das gesehen? Was gerade passiert ist? Dieser Polizist ist komplett durchgeknallt! Er ist auf einem Rachefeldzug. Ich habe beobachtet, wie er dich angeschaut hat. Wie eine Hyäne, Gott verdammt noch mal. Das ist kein Spiel, Martin! Du kommst jetzt sofort mit zu mir nach Hause und nimmst deine Greencard mit!«

»Nein«, erwidere ich und beobachte, wie Arlene mit meinem Vater davonfährt, »wir müssen erst zum Schrottplatz.«

»Warum?«

»Falls sie dahin fahren, anstatt nach Hause.«

»Und was ist, wenn sie das machen?«

»Da könnte da was anstellen. Ich muss erst mit ihm reden, ihn beruhigen.«

»Wenn du meinst. Viel Glück!«

Hugo nimmt die lange Route nach Vrededorp und geht mir während der Fahrt auf den Wecker. Er versucht, mir seine Idee zu verkaufen, nach Amerika zu gehen und Südafrika so schnell wie möglich zu verlassen. Na ja, er ist schließlich Verkäufer, er hat das drauf. »Du musst den Sprung jetzt wagen, Mann!«, redet er mir zu. »Tu es! Warte nicht länger. Dieser Oberholzer ist ein gerissener, gefährlicher Hurensohn, das sage ich dir.«

»Das hast du bereits gesagt, Hugo. Und nicht nur einmal, fünf- oder zehnmal.«

»Die Wahrheit kann man nicht oft genug wiederholen.«

Ich schaue zum Fenster hinaus auf eine Straße mit niedrigen Geschäftsgebäuden und Schaufensterfronten. Um den Highway zu umgehen, sind wir von South Joburg aus in die Stadt reingefahren. Ich sehe schmutzige Gassen, NATO-Draht und rissige Ziegelmauern. Ich sehe abblätternde Farbe und Firmenschilder. »Augenblick mal«, sage ich. »Ist das die Marshall Street?«

»Ja, genau.«

Ich starre auf die nächste Hausnummer. »Hey, Hugo, tust du mir einen Gefallen?«

»Was denn?«

»Hier gibt's einen Laden, den ich mir kurz mal ansehen möchte. Da lang.«

»Was denn für einen Laden?«

Ich nenne ihm die Hausnummer. Ich habe die Adresse in den Gelben Seiten nachgeschlagen, einen Tag nachdem Pats mir vom Dynamik erzählt hatte. Hugo fährt langsamer und parkt gegenüber von einem niedrigen, weißgetünchten Gebäude mit offenen Garagentoren. Im Inneren sehe ich Männer in grellbunten Trainingsklamotten Gewichte stemmen. Einer macht mit einer Hantelstange auf den Schultern Kniebeugen. Man sieht den unteren Teil eines Boxrings, in dem Kämpfer umhertänzeln, gegeneinanderprallen und zurückspringen. »Weißt du was?«, fragt Hugo. »Hier hat dein Daddy früher gearbeitet, ganz am Anfang, als er Karosseriebauer gelernt hat.«

»Ach wirklich?«

»Ja! Schon komisch, wie sich alles so entwickelt.« Er schnaubt. »Also, was ist, willst du jetzt Boxer werden wie dein Bruder? Dir das Gehirn schön weichklopfen lassen?«

»Hugo, hast du schon mal von diesem Laden gehört?«

»Von dem da? Nein, Boxen ist nichts für mich, mein Junge. Ich bin mehr für den Sport der Könige. Die Ponys.«

Dann sagt er: »Dynamite, wie?« Er liest das Schild. Neben dem Namen ist das Logo groß abgebildet, zwei Stangen Dynamit in einer Faust. Ich frage Hugo, ob bei ihm was klingelt bei diesem Namen. Er schüttelt den Kopf. »Nein. Warum, sollte es?«

»Nein, wohl eher nicht«, sage ich. »Ich wollte es mir nur mal anschauen. Könnte sein, dass Marcus hier trainiert hat.«

»Ich bin mir nicht sicher«, sagt Hugo, »ob mir die Gegend hier gefällt, Boyki.« Er schaut in den Rückspiegel. Ich drehe mich um und sehe einen Mann, der die Straße überquert. Er erreicht den Bürgersteig auf unserer Seite und kommt auf uns zu, ein großer weißer Typ mit Bürstenschnitt, kräftig und muskulös, in einem Trainingsanzug und mit Goldketten. »Er sieht aus, als wolle er was von uns«, meint Hugo, die Augen auf den Spiegel gerichtet. »Was ist das für ein Laden?«

»Vielleicht solltest du dich mal umhören, Hugo«, sage ich zu ihm. »Bestimmt hast du Freunde, die was darüber wissen.« Daraufhin schnellen Hugos Augenbrauen hoch. Er nimmt den Fuß von der Bremse und lässt den Wagen anrollen. Der Bodybuilder schaut uns hinterher, die Hände in den Hüften.

50

Beim Schrottplatz angekommen, sitzt Arlene draußen vor dem Tor in ihrem Auto. Hugo lässt mich aussteigen und fährt weiter, weil er noch ein Meeting in Randburg hat. Arlene ist sauer und sagt, sie hätte Isaac gerade abgesetzt. »Er hat darauf bestanden. Du weißt ja, wie dein Vater ist. Er lässt dann nicht mit sich reden. Er wollte, dass ich nach Hause fahre. Soll ich dich mitnehmen? Ich muss aber zuerst noch zum Pick'n'Pay.« Ich schüttele den Kopf und erwidere, dass ich mit Isaac nach Hause komme. »Du kannst dich zu Hause umziehen, und ich bringe dich zur Schule«, schlägt sie vor. »Dann verpasst du nicht den ganzen Tag.«

»Nein, ich muss mit Da reden.«

Mein Vater sitzt auf der Treppe vor dem Hinterausgang und schnürt seine stahlkappenverstärkten hohen Arbeitsstiefel. Auf der Treppe neben ihm liegen ein Schweißerhandschuh und eine Ritzelwelle, ein schweres Ding aus fettigem Stahl. »Was machst du hier?«, fragt er. »Fahr nach Hause, Martin. Geh zur Schule.«

»Da«, sage ich, »du hast mir immer beigebracht, dass man erst mal etwas runterkommen soll, weißt du noch? Dass man nie überstürzt handeln sollte, wenn man so *hizik* ist. Weil man Dinge hinterher nicht mehr ungeschehen machen kann. Und du hast einiges getrunken.«

Er schaut zu mir auf. »Es ist gut, Martin. Fahr nach Hause. Ich muss hier was klären.«

»Wie denn?«

»So wie immer, wenn es sein musste.«

»Sei nicht albern, Da. Dieser Oberholzer will uns doch bloß aufhetzen. Er hasst uns wegen … wegen dem, was du seinem Vater angetan hast.«

Isaacs Hände halten inne. »Von wem weißt du das?«

»Von Hugo.«

»Dieser Schwätzer! Hugo mit seiner großen Klappe, der ändert sich nie!« Er schnürt weiter seine Stiefel.

»Da, kann ich ehrlich zu dir sein? Mir sind auch gewisse Gerüchte über Dube und Orbert und die anderen zu Ohren gekommen.«

»Dir ist also etwas zu Ohren gekommen? Und warum hast du mir nichts gesagt? Niemand sagt mir was auf meinem eigenen Schrottplatz.«

»Genau deswegen, Da. Weil es wahrscheinlich nicht wahr ist, aber du gehst sofort hoch wie eine Rakete. Du musst dich beruhigen, Da. Bitte. Die Leute haben es dir nicht gesagt, weil sie Angst haben, dass du am Ende den ganzen Schrottplatz schließt. Verstehst du denn nicht, dass Oberholzer genau das will?«

»Red keinen Mist. Ich würde diese Firma nie schließen, niemals!« Er knotet den letzten Schnürsenkel zu und erhebt sich in seinen schweren Stiefeln. »Diese Firma sind *wir*, Martin. Wenn es ein Krebsgeschwür gibt, schneide ich es raus. Ich weiß, wie man damit umgeht. So wie wir es immer getan haben. Ich und Silas.« Als er seinen Namen sagt, glänzen seine Augen. Dann bückt er sich und hebt den Handschuh und die Ritzelwelle auf. »Da, warte«, sage ich. »Da!« Aber er stürmt bereits türenknallend davon, so dass ich ihm nur noch hinterherlaufen kann. Ich folge ihm durch die Schrottautos, und im Gehen ruft er nach Thomas und Winston, aber die sind wohl immer noch bei der Beerdigung, denn stattdessen kommt nur der alte Oscar, ruhig und ernst. »Ja, Baas?« Und Isaac sagt zu ihm: »Hol alle, die hier sind. Egal, was sie gerade machen. Ich will sie alle dort drüben beim Crusher. Jetzt gleich. Alle.« Ich muss immer wieder kurz joggen, um mit Isaac Schritt zu halten, obwohl seine Beine im Vergleich zu meinen so kurz sind. Es ist, als

374

hätte er Sprungfedern unter den Füßen. »Da«, flehe ich, »lass es, bitte! Wenn es stimmt, wenn sie das wirklich getan haben, dann ist das ein Fall für die Polizei. Wir können Anzeige erstatten.« Er schnaubt. »Dass ich nicht lache! Oberholzer *ist* die Polizei. Sie haben sogar eine Akte, hat er gesagt, du hast ihn ja gehört. Nichts wird dabei rauskommen, außer dass meine Jungs den Respekt vor mir verlieren. Das darf nicht passieren.« Er sieht mich an, und es ist fast so, als wäre er überrascht, dass ich noch da bin. »Was machst du hier? Geh wieder rein, Martin. Ich will nicht, dass du das mit ansiehst.« Ich sage nichts und gehe einfach weiter hinter ihm her, bis er stehen bleibt. »Martin. Ich habe gesagt, das ist nichts für dich.«

»Was ist dann was für mich, Da?«

»Für dich ist die gute Schule, auf die ich dich schicke. Für dich sind eine gute Ausbildung und eines Tages ein schönes Büro, wo du deine weichen Hände sauber halten und deine Tage damit zubringen kannst, schön zu reden. *Das* ist was für dich, Martin.«

»Vielleicht wird aber das hier mein Büro, Da. Wenn Marcus das Geschäft nicht übernimmt.«

Er mustert mich mit halb zusammengekniffenen Augen. »Martin, hier geht es manchmal recht rauh zu. Du musst es in dir haben, oder du gehst unter. Es ist nicht schön, aber es muss sein.«

»Ich weiß, Da.«

»Wirklich?«

»Ja, wirklich.«

»Wir werden sehen«, sagt er, geht weiter, und ich folge ihm. Wir erreichen den Crusher bei der hinteren Mauer und dem Schiebetor zur Straße, das jetzt offen ist. Isaac steht da und wartet, während ich mich im Hintergrund halte. Nach einer Weile sieht er wohl meinen Schatten, denn er bedeutet mir, mich weiter zurückzuziehen. Ich gehorche. Die Mitarbeiter trudeln in kleinen Gruppen ein, stehen herum und wirken nervös. Die meisten der Älteren sind noch auf der Beerdigung, daher wendet sich Isaac jetzt an lauter junge Leute. »Okay. Ich will Dube und Orbert und Sammy. Kommt her.« Er deutet auf sie, und sie treten drei Schritte vor. »Diese Männer wissen genau, was sie getan haben. Sie waren es, die Silas ins Krankenhaus gebracht haben. Sie haben seine Bremsen manipuliert, damit er einen Unfall hat. Warum? Weil sie hier in unserer Firma, in unserer Familie, eine scheiß Gewerkschaft durchsetzen wollen! Bildet euch bloß nicht ein, dass ich das nicht mitgekriegt habe. So. Ich habe euch alle immer verdammt gut behandelt. Silas und ich waren von Anfang zusammen und haben das alles hier aufgebaut, aus dem Nichts. Ich habe euch immer besser bezahlt als alle anderen, euch ohne Papiere eingestellt …« Er spricht in einer anderen Sprache weiter, vielleicht Zulu, aber wahrscheinlich eher im Arbeiterslang, Fanagalo genannt, und dann sagt er: »… und jetzt ist Silas fort. Tot. Die Beerdigung ist vorbei, er ist von uns gegangen. Diese drei hier – seid still, ihr da! Haltet den Mund! –, diese drei haben es getan, und jetzt ist Zeit für die Abrechnung. Jetzt ist der Zeitpunkt gekommen. Erstens, ihr drei seid raus hier, und zwar für immer. Ihr habt Glück, dass ich euch nicht anzeige, aber wir regeln das hier in der Familie.«

»Aber wir haben das nicht gemacht!«, sagt Dube plötzlich. »Wir waren das gar nicht. Es waren diese anderen …«

»Halt die Klappe!«, ruft Isaac. »Ich weiß genau, dass du es getan hast! Jetzt steh auch dazu!« Dann spricht Sammy neben ihm ein paar Worte. Seine Stimme klingt tief und gelassen, und Dube beruhigt sich. »Ich weiß genau, dass du es getan hast!«, schreit Isaac. Die Venen an seinem faltigen Hals treten hervor, und sein Gesicht sieht aus, als würde es von heißem Blut überkochen. »Wir wissen es alle! So sicher, wie Gott kleine grüne Äpfel gemacht hat, seid ihr Dreckskerle diejenigen gewesen, die die Bremsschläuche durchgeschnitten haben! Vielleicht wolltest du ihn nicht umbringen – aus keinem anderen Grund kommst du so leicht davon. Aber du wirst jetzt den Preis dafür bezahlen. Wir regeln das wie Männer. Du weißt, was du verdient hast!« Während er spricht, zieht er mit einer Hand den dicken Handschuh und mit der anderen die Ritzelwelle aus der Gesäßtasche. Als Nächstes wirbelt er die schwere Ritzelwelle aus der verdeckten Hand hoch. Er zieht den Schweißerhandschuh über, fängt das Ritzel auf, schnellt auf Dube zu und schlägt ihn mit dem Stahlschaft mitten ins Gesicht. Ein dumpfes Knirschen, Dubes Kopf fliegt ihm in den Nacken, und er fällt mit verdrehten Augen der Länge nach auf den Boden. Ich sehe Zähne und rosa Blutflecken auf der Erde. Inzwischen springt Isaac schnell in seinen Stiefeln herum, wirbelt roten Staub auf und geht mit geballter, angezogener Handschuhfaust und gestrecktem linken Arm auf die anderen beiden los. Orbert steht am nächsten, und er jault komisch auf und versucht, seinen Kopf zu schützen und sich wegzudrehen. Isaac packt ihn an einem Arm und schlägt auf ihn ein, aber verfehlt ihn, weil Orbert sich ganz zusammengekrümmt hat. Er jammert, geht auf ein Knie runter, und Isaac flucht und tritt ihn in die Seite, hämmert auf seine Rippen ein wie auf eine Trommel. Orberts Hemdsärmel zerreißt in Isaacs Hand. Orbert springt auf und rennt weg, eine Hand auf die Seite gepresst. Die anderen stehen hinter ihm, und als Orbert auf sie zukommt, ruft Isaac ihnen zu: »Haltet ihn fest, haltet den Dreckskerl auf!« Es klingt wie ein Befehl, als würde er ihnen zurufen, sie sollten einen zerbeulten Ford zum Crusher bringen. Aber als Orbert mit einem Jammerlaut die Männer erreicht, macht keiner von ihnen Anstalten, ihn aufzuhalten. Orbert durchbricht ihre Reihe und rennt in vollem Lauf zum Tor. Isaac ruft: »Was macht ihr denn da?! Haltet den Scheißkerl auf! Haltet den verdammten Dreckskerl fest! Er haut ab! HALTET IHN FEST!« Aber die Männer stehen einfach nur da in ihren Lion-Metal-Overalls, schauen sich gegenseitig an, starren zum Himmel oder auf ihre Füße. »Er haut ab!«, ruft Isaac. »Er ist ein Mörder! Schnappt ihn euch!« Er steht da und keucht und starrt wild um sich. Sammy Nongalo ist inzwischen zu Dube gegangen, der auf dem Boden liegt. Sammy kniet neben ihm, hält seinen Kopf und spricht leise mit ihm. Isaac ruft Männer beim Namen und deutet auf sie. Er wirkt verwirrt. Orbert ist weg, durch das offene Tor verschwunden. »Was ist los mit euch?«, fragt Isaac. »Warum … warum … warum …«

Dann sieht er Sammy. Sammy schaut auf, als Isaac auf ihn losgeht, ohne zu rennen, aber mit langen, schnellen Schritten. »Du!«, sagt er. »*Wena! Umshaya wena!*« – Mann, ich werde dich schlagen, Mann – »Du bist an allem schuld, du steckst dahinter!« Sammy steht auf, und Isaac stürmt auf ihn los. Sammy streckt seine langen Arme aus, packt Isaac an den Schultern und hält ihn auf. Sammy ist sehnig und stark. Isaac atmet schwer, die Sohlen seiner schweren Stiefel rutschen im Staub aus. »Du kannst mich feuern«, sagt Sammy. »Ich gehe. Aber nicht schlagen.« Isaac versucht, ihm einen Kopfstoß zu versetzen, aber er ist meilenweit entfernt. Er versucht, Sammy mit den schweren Stiefeln gegen die Schienbeine zu treten, doch Sammy weicht ihm geschickt aus, und sie drehen sich im Kreis. Er sagt: »Wenn du aufhörst, werde ich gehen. Hör auf damit.« Isaac, hochrot und bebend, sagt: »Verdammter Mörder! Du hast die Bremsschläuche durchgeschnitten! Du hast seine Bremsschläuche durchgeschnitten!« Dann kämpft er wieder mit aller Kraft und gesenktem Kopf. Nach einer Weile ruft er den anderen zu: »Helft mir! Schnappt ihn euch! Haltet ihn fest!« Gefolgt von ein paar afrikanischen Worten. Aber keiner rührt sich. Isaac sagt: »Was ist los mit euch? Er ist ein Mörder!« Dann bricht seine Stimme, und er schreit nur noch: »Silas! Silas! Silas!« Und jeder Schrei klingt, als würde er aus ihm herausgerissen, das schwöre ich. Und ich sehe, wie die Tränen aus seinen Augen über seine harten, alten, faltigen Wangen rinnen. Ich will zu ihm laufen, um ihm zu helfen, aber als Isaac mich sieht, schüttelt er den Kopf. »Nein! Nicht du, Martin. Nein. Meine Jungs. Meine Jungs. Helft mir, meine Jungs.« Ich bleibe stehen. Sammy schiebt Isaac weg und tritt zurück. Keuchend sinkt Isaac auf ein Knie. Sammy schaut die Männer an. »Silas ist nicht mehr hier.« Er spricht Englisch, als wollte er das in der Sprache meines Vaters klarstellen: »Eine andere Zeit jetzt. Kein Baas mehr, keiner schlagen. Ich gehe, aber dieser Ort gehört ihm nicht. Dieser Ort gehört auch uns.« Dube setzt sich auf. Sammy geht zu ihm, hilft ihm auf die Beine, und die beiden treten durch die Reihe der Männer, die vor ihnen zur Seite weichen, und dann gehen sie durch das Tor hinaus.

Apokalypse

51

Zum ersten Mal im Leben kommt er mir wirklich alt vor. Etwas ist aus ihm verschwunden, und jetzt sitzt er, faltig und vom schweren Gewicht seiner siebzig Jahre niedergedrückt, in seinem weichen Sessel, trinkt Scotch und sagt kein Wort. Die Zeiten der Polsterhockermisshandlung sind vorbei und kommen nie wieder, da bin ich mir sicher. Ich meine, im Fernsehen heißt es, dass Botha zu einem Treffen mit Nelson Mandela bereit sei, und Isaac müsste eigentlich den Bildschirm anbrüllen und schreien, dass das alles ein verfluchter Schwindel ist, ein Haufen Scheiße, und dass Mandela wahrscheinlich längst tot ist! Aber das tut er nicht; er hockt einfach zusammengesunken da und trinkt. Seit Mittwoch ist er nicht mehr zur Arbeit gegangen, und jetzt ist Sonntag, und auch ich war die restliche Woche über nicht in der Schule, und Arlene sagt nichts dazu, weil – na ja, weil wir alle drei noch immer total unter Schock stehen. Für meinen Vater ist es ein dreifacher Schlag: erst der Tod von Silas Mabuza, dann die Ereignisse mit seinen Leuten auf dem Schrottplatz (von denen Arlene nichts Genaues weiß, und von mir wird sie auch nichts erfahren) und dazu noch das, was uns alle drei umgehauen hat: Als der unifor-

mierte Mann mit einem Umschlag an unserem Tor auf-
tauchte, für den wir unterschreiben mussten. Ein Schreiben
von Die Suid-Afrikaanse Weermag, The South African De-
fence Force. Adressiert an die Familie des Soldaten mit der
Magsnommer – der Armeeausweisnummer – 88350343BA.

Arlene hat die Nachricht zuerst gelesen, und Isaac las
über ihre Schulter mit, und dann nahm Isaac sie in die eine
Hand und hielt Arlene mit dem anderen Arm aufrecht, weil
sie gegen ihn sank, wie sie es noch nie getan hat, und ich
rannte in den Garten hinaus und begann wie verrückt zu
spielen. Ich hatte ewig nicht mehr *gespielt,* aber diesmal
hörte ich gar nicht mehr auf und versuchte, alles auszublen-
den und so zu tun, als wäre ich ein anderer, ein Superheld,
der durch die Zeit zurückfliegen und Dinge verändern
kann, aber es klappte nicht. Ich konnte mich nicht mehr in
meinem Spiel verlieren wie früher, wenn es mich mitriss, so
dass ich mich wieder unbeschwert und glücklich fühlte, es
ging einfach nicht, und ich glaube nicht, dass ich jemals
wieder *spielen* werde. Ich fühlte mich tot und leer im Inneren – so tot und leer, wie ich ganz sicher glaubte, dass mein
Bruder Marcus es jetzt war. Mein Vater musste herauskommen, mich holen und es mir sagen, er musste mir mit Gewalt die Hände von den Ohren ziehen und sagen, hör mir
zu, hör mir zu, Martin, in dem Brief steht nicht, dass er gefallen ist. Und ich fragte: Aber was dann? Was zum Teufel
steht darin?

In dieser Nacht schrieb ich ein Gedicht darüber, mein
erstes Gedicht seit langem. Es ist kurz, und ich habe es in
einem Zug geschrieben, ohne etwas zu ändern.

Von Martin Helger

Soldat vermisst
Missing in Action, Mann.

Nicht gefallen
ist alles,
was man sagen kann.

52

Es wird kälter. Die bunten Blätter fallen welk von den Bäumen, und morgens ist der Boden von Rauhreif bedeckt. Arlene hat Isaacs Scotch immer wieder in die Spüle geschüttet, aber er hat sich einfach neuen geholt und die Flaschen in den Schuppen gestellt, und inzwischen hat sie aufgegeben. Ich habe ihn nie betrunken gesehen, aber das beweist nur, dass er das Zeug verträgt wie Wasser. Seine alten Augen sind rot geädert, und manchmal rasiert er sich nicht oder müffelt. Er redet viel und wiederholt sich oft dabei, wie ich es bei ihm noch nie erlebt habe. Er redet davon, wie er es *immer wieder versucht hat, immer wieder,* meinen Bruder zur Vernunft zu bringen, damit er *verdammt noch mal endlich kapiert,* was für ein Scheiß die Armee ist, und *man verrückt sein muss, sich freiwillig zu melden, vollkommen verrückt.* Aber Marcus glaubte ihm nicht, *warum hat er mir nicht geglaubt?* Oder er fragt sich, wie es passieren konnte, dass ein netter jüdischer Junge, dem alles zuflog, der auf die allerbeste Schule geschickt wurde, wie es sein kann, dass so jemand sein Studium abbricht. Aus welchem Grund, warum nur, warum? *Als Kanonenfutter für die Chatteisim zur Armee zu gehen? Kannst du mir das erklären? Kann mir das irgendjemand sagen?* Die Armee und der Krieg – das ist das Schlimmste für Isaac, das hat er immer versucht von uns fernzuhalten, und deswegen hat er uns auf die Solomon geschickt. Weil er bei diesem anderen Krieg, dem großen Krieg mit den Nazis, dabei war und er dort Dinge erlebt hat, über die er nie sprechen wird, von denen ich aber trotzdem immer wusste, dass er sie in sich trägt. Ich spüre es. Ein Geheimnis wie eine wunde Stelle, wie ein Geschwür an seiner Seele, das niemals heilt.

Inzwischen ist Hugo wieder unterwegs, und Arlene nimmt Tabletten, die Dr. Slavin ihr verschrieben hat, und ihr Gesicht ist blass und aufgedunsen wie ein Champignon. Und ich gehe immer noch nicht wieder zur Schule. Seltsam ist auch, dass unser Haus jetzt voller Schlafloser ist. Früher war ich der Einzige, der nachts unterwegs war, der heimliche Filmkopierer – jetzt bin ich der Einzige, der schläft. Na ja, abgesehen von Zaydi. Isaac sitzt mit seiner Flasche und seiner Zeitung im Wohnzimmer, Arlene wandert im Schlafanzug händeringend umher wie ein Geist aus einem alten englischen Roman. Sie brüht sich tassenweise Tee auf und lässt ihn dann herumstehen und erkalten, ohne ihn zu trinken. Zaydi scheint der Einzige zu sein, der sich nicht groß verändert hat, vielleicht betet er noch mehr als sonst. Er verwechselt Marcus andauernd mit jemand anderem, ich glaube, seinem Bruder aus seiner Kindheit in Dusat, dem jüdischen Dorf, das nur in seinem Kopf existiert.

Ich höre mir seine Geschichten nicht mehr so gerne an, weil sie mich an das erinnern, was Hugo mir erzählt hat, an die in einem Massengrab verrottenden Leichen – an die ermordeten Juden und dass jetzt andere Leute in den Häusern wohnen, die ihnen gestohlen wurden. Sie wären nicht getötet worden, wenn sie vor dem Krieg das Land verlassen hätten, wenn sie das gekonnt hätten – so wie ich es könnte, wenn ich wollte. Ich würde so gerne mit jemand anderem als Hugo darüber reden. Irgendjemandem. Aber ich kann nicht.

Ich habe sogar zwei Mittwochsbesuche hintereinander bei Viljoen verpasst, um Nachrichten von Annie abzuholen, und ich gehe nachts nicht mehr raus. Ich kann nicht. Oder mache es einfach nicht. Ich weiß, Annie erwartet, dass ich ganze Tüten voll mit Fireseed-Kassetten in diesem Schuppen im Brandwag-Park deponiere, aber im Moment können die mir alle mal den Buckel runterrutschen. Ich schlafe die ganze Nacht wie ein Murmeltier, ich habe viel nachzuholen.

Jetzt versuchen wir, zu Abend zu essen. Arlene stochert in ihrem Teller herum und schlägt auf einmal die Hände vors Gesicht. Isaac steht ohne ein Wort auf und geht zur Hintertür. Arlene fragt ihn, wohin er geht. Durch das Fenster zum Hinterhof beobachten wir, wie er den Schuppen betritt. Mit der großen Holzaxt in den Händen kommt er wieder raus und geht den Flur entlang zu Marcus' altem Zimmer. Arlene rennt ihm nach, und ich folge ihr, nur Zaydi bleibt mit dem *gefilte Fisch* am Tisch sitzen. Isaac steht mit erhobener Axt vor der Tür mit dem Vorhängeschloss. »Ich will es sehen«, sagt er. »Ich will seine Sachen sehen. Ich will mir die Sachen meines Sohnes ansehen.« Aber Arlene packt den Stiel der Axt und lässt nicht locker. Sie ringen einen Augenblick miteinander, und dann baut sie sich vor ihm auf, wie ich es noch nie zuvor erlebt habe. »Nur er«, sagt sie. »Nur er darf da rein.« Isaac schaut sie an, und dann lässt er die Axt an Ort und Stelle auf den Teppich fallen, und Arlene umarmt ihn, und es ist mir peinlich, mit anzusehen, wie sie sich umarmen, es ist zu intim. Ich gehe zurück an den Tisch und setze mich zu Zaydi. Als Arlene zurückkehrt, sagt sie zu mir, es wäre an der Zeit für mich, wieder zur Schule zu gehen. Morgen früh. Genug sei genug. Ich nicke.

53

Von der Minute an, in der ich in den Schulbus steige, ist es da. Es ist bei mir, als ich durch die Sicherheitsschleuse und durch die Flure gehe, und es folgt mir in die Synagoge bis zu meiner Bank. Als wäre die ganze Schule zu einem riesigen Organismus geworden, wie eine Qualle mit einer Million Augen um mich herum, die mich beobachtet und flüstert … *Siehst du den Typen da? Das ist Martin Helger … Ist er das, Martin Helger? … im Ernst, hey, Martin Helger … Hey, da ist Martin Helger, schau mal … macht nicht viel her, aber … Ehrlich, hey, er ist es … du willst dich nicht mit ihm anlegen … Martin Helger … der Typ ist … der Typ ist … Martin Helger. Martin Helger. Martin Helger …* Es geht nicht mehr um meinen Bruder. Es geht um mich. Um mich! Ich bin derjenige, der Crackcrack Lohrmann ins

Krankenhaus gebracht hat, und er fehlt immer noch, aber ich bin zurück, und mir ist nichts passiert – der unverletzliche Martin Helger! Ich kann die Gerüchte, die Verschwörungstheorien förmlich spüren. Hast du gehört, sein Bruder wird vermisst. In echt jetzt. Ich habe gehört, Marcus sei ein Recce, ein Elitesoldat. Er wurde gefangen genommen und sitzt fest. An der Grenze. Ehrlich wahr … *Da ist er, hey, Martin Helger … Leg dich nicht mit diesem Typen an … er sieht nicht nach viel aus, aber er ist ein Mörder … er ist eiskalt, hey, er ist durchgeknallt … niemand kann ihm etwas anhaben … er ist hier der Chef, hey … sogar Volper hat Angst vor dem Typen …* Aber erst als Nilly Rossbaum, der Vorsänger, zu mir kommt, seine Hände nervös reibt und mich flüsternd fragt, ob ich heute Morgen die Ehre haben möchte, die Hagba zu übernehmen, wird mir klar, dass ich es geschafft habe. Ich meine, ich habe mir einen Namen gemacht, wie ich es immer wollte. Eine Wahnsinnssache, wie die magischen Worte, die uns vor Jahren am Emmarentia-Damm gerettet haben. Martin Helger – der Jüngste, der jemals die Hagba gehalten hat, der stärkste Schüler.

Ich steige die Bima-Treppe hinauf (als Einziger weiß ich, was sich darunter verbirgt) und greife nach den geschnitzten Griffen der Thora-Schriftrollen auf dem schrägen Pult und rolle sie auseinander. Ich ziehe an den langen Schriftrollen und erkenne, dass ich nicht in der Lage sein werde, sie hochzuheben, keine Chance, die Schriftrollen sind zu schwer für meine dünnen Handgelenke, aber es ist mir egal. Ich schaue durch die riesigen Fenster hinaus ins Sonnenlicht und stemme, so fest ich kann. Die heilige Thora hebt sich um etwa dreißig Grad und sinkt dann wieder. Ich höre, wie die ganze Schule aufkeucht und die Luft durch die Zähne einzieht. Rufe werden laut. Nilly springt mit beiden Armen ausgestreckt nach vorne. Er drückt von der anderen Seite, und allmählich kommen die Schriftrollen hoch. Ich schaffe es, sie ganz über meinen Kopf zu heben, gut ausbalanciert, und stehe breit grinsend da. Und dann fange ich an zu lachen. Die Leute zischen mich an, sie buhen mich aus, aber ich lache weiter. Ich sehe, wie alle da unten zu Volper schauen und darauf warten, dass er mich zum Schweigen bringt, ich *muss* bestraft werden! Aber Volper schaut einfach weg.

Als ich hinterher in die Klasse komme, wartet der Gooch schon auf mich und möchte mit mir unter vier Augen reden. »Das mit Marcus tut mir leid«, sagt er, »und es ist der einzige Grund, warum ich dir nicht ein paar Ohrfeigen verpasse. Schau nicht so selbstgefällig! Was bildest du dir eigentlich ein? Was ziehst du hier ab? Diese Blasphemie in der *Schul*. Und wie bist du überhaupt in meinen Leichtathletikschuppen gekommen? Du hättest beinahe jemanden mit einem von meinen Speeren getötet. Du hast den Schlüssel aus meinem Büro gestohlen.«

»Es war offen«, erwidere ich. »Sie sollten Ihren Jungs sagen, sie sollen richtig abschließen.«

Der Gooch packt mich am Schlafittchen. »Du kleiner Klugscheißer! Du entehrst deinen Namen. Höchste Zeit, dass du Vernunft annimmst!«

»Lassen Sie mich los, oder ich melde Sie.«

Der Gooch wird rot und zittert so sehr, dass seine Pfeifen klirren. »Du! Du widerst mich an! Hast du eine Entschuldigung für dein Fehlen?«

»Nein.«

»Geh zu Volper ins Büro!«

»Okay, mache ich«, sage ich und versuche wegzugehen. Aber er packt mich noch fester und schüttelt mich. »Was zum Teufel ist da zwischen Volper und dir?«

»Das geht Sie gar nichts an. Sir.«

»Du nimmst den Mund verdammt voll, Martin!«

»Schon möglich«, sage ich. »Aber jetzt sollten Sie mich lieber loslassen. Sonst werden Sie bei Volper gemeldet und nicht ich. Es wird Sie Ihren Job kosten, das können Sie mir glauben.« Der Gooch starrt mich an, dreht sich um, geht und stößt dabei die Faust durch die Fertigbauwand.

Im Unterricht nehme ich meinen Platz in der Ecke ein. Spunny schaut weg. Schnitz untersucht die Decke. Kackwurst pult an seinen Nägeln. »Ihr Wichser«, sage ich. Niemand antwortet. Ich wiederhole es, lauter diesmal. »Ein Haufen bescheuerte Wichser!«

54

Jetzt, wo ich Schlaf nachgeholt habe und wieder zur Schule gehe, denke ich auch wieder an die Fireseed-Bänder. Annie braucht mich. Es ist Zeit, dass ich mich wieder an die Arbeit mache. Ich finde in die alte Routine zurück und winde mich durch das Rohr wie ein Regenwurm. Der Wecker klingelt um Mitternacht. Sachen aus dem Sandy-Loch holen, das Fahrrad über die Mauer lassen. Dann durch Greenside rollen, mein Greenside, Zone der hohen Mauern, auf dunklen und stillen Straßen. Dann der Park bei Nacht, das Flussbett,

Schützer und Overall an, den Schlüssel für das Gitter mit einer Schnur um mein Handgelenk gebunden, damit ich ihn nicht suchen muss, wenn ich oben ankomme. Während die Videorecorder surren, stelle ich vor dem Bildschirm eine 16-Millimeter-Kamera auf und versuche, direkt auf Film aufzunehmen. Zuerst klappt es nicht, aber nach etwas Recherche in der Bibliothek und einigem Gefummel an der Einstellung des Equipments funktioniert es schließlich – die Filmempfindlichkeit muss synchronisiert werden, damit sie der Flimmerfrequenz des Videobildes entspricht. Es wird keine gute Kopie, aber sie ist verwendbar, und eine Tonspur, um die man sich kümmern müsste, gibt es ohnehin nicht. Allerdings ist es erschreckend, wie viel Film ich brauche, fast vier volle Rollen. Es ist wohl kaum praktikabel, das in großem Stil zu machen. Ich werfe die Filmrollen in den Schuppen, ebenso wie die neuen Kassetten, und radle nach Hause.

Am Mittwochnachmittag gehe ich zu Viljoen hinunter und erwarte eine verschlüsselte Nachricht von Annie – wegen der Filmrollen, aber wahrscheinlich auch einen Anschiss wegen der langen Unterbrechung. Ein gelber Webervogel baut sein Nest im Baum neben der Post an der Greenway Road. Ich halte einen Augenblick an, um ihn dabei zu beobachten – ich finde, es ist ein wunderschönes Nest, geformt wie ein Butternut-Kürbis aus verflochtenem Gras; aber meine Meinung zählt nicht. Das Webervogelweibchen wird den Bau inspizieren, und wenn er ihr nicht gefällt, wird sie ihn in tausend Stücke zerfetzen, und das Männchen kann wieder von vorn anfangen. Was für ein elendes Leben, hey. Ich gehe am Hundesalon im offenen

Einkaufszentrum am Ende des Parkplatzes vorbei und betrete das Viljoens. Sofort sehe ich, dass Dolf nicht da ist, sondern der alte Viljoen an der Theke steht. Ich bin selbst überrascht, wie gelassen ich reagiere; allmählich gewöhne ich mich wohl daran, meine Nervosität zu verbergen. Ich frage Dolfs Vater, ob ein Buch zur Abholung für mich bereitliegt. Ich will gerade meinen Namen nennen, aber er schneidet mir das Wort ab. »Ich weiß, wer du bist, Junge.« Er hat Flecken auf den Wangen und gelbe Haare in seinem weißen Schnurrbart. Aus der Brusttasche seines Hemdes schaut ein Päckchen Kirschpfeifentabak heraus. »Du kommst hier nicht mehr her, hast du mich gehört?«

»Wie bitte?«

»Du hast mich schon richtig verstanden«, erwidert er. »Wenn du was von meinem Sohn willst, geh rüber zu Mike's Kitchen. Da kannst du meinetwegen mit ihm reden.«

»Wie bitte, *Meneer*?«

»Hör auf, dich blöd zu stellen! Geh zu Mike's Kitchen, wenn du was von Dolf willst. Das ist alles! Und ich will dich hier nie wieder sehen, kapiert?«

Grinsend wie ein Dorftrottel, mit den Schultern zuckend, als wollte ich sagen, du bist verrückt, alter Mann, drehe ich mich um und gehe, aber meine ganze Ruhe ist dahin, und draußen auf dem Bürgersteig tanzt mein Herz wie dieser Dingsbums Baryshnikov und Gregory Hines im Film *White Nights – Die Nacht der Entscheidung*. Mike's Kitchen gehört zu einer Kette, und das Restaurant ist genau auf der anderen Straßenseite, auf der oberen Ebene. Ich habe keine Ahnung, was ich machen soll. Nach Hause gehen? So tun, als wäre nichts gewesen? Was hat Viljoen damit gemeint, als er gesagt hat, Dolf wäre da drin? Warum sollte er da sein? Irgendwann überquere ich die Straße, mit dem Vorsatz, nur mal durchs Fenster reinzuschauen. Das Gebäude hat eine Rampe anstelle von Treppen, und als ich raufkomme, steht die Restauranttür offen. Neben der Tür sitzt in einer Nische Captain Bokkie Oberholzer und schaut mir genau ins Gesicht. Ihm gegenüber sitzen zwei weitere Polizisten, je eine Flasche Lion Beer vor sich auf dem Tisch. Dolf ist nirgends zu sehen. Oberholzer winkt mir zu, als wären wir alte Kumpels und ich würde erwartet. Was tatsächlich der Fall ist, wird mir klar, und ich erstarre. Die beiden Polizisten, beide fett, ziehen ihre Mützen auf, hieven sich raus, und ich setze mich auf das warme Vinyl, auf dem sie geschwitzt haben.

»Wie geht's, wie steht's?«, fragt Oberholzer. »Wie läuft's denn so bei den Helgers?«

»Nicht so toll«, erwidere ich.

Er trinkt Fanta, kein Bier. Ich muss daran denken, dass er mir erzählt hat, sein Vater Magnus sei betrunken in diesem rostigen Bauernhaus im Klipveld gestorben, und ich wette, dass er deshalb nicht trinkt. Er und Genosse Shaolin – sie sind sich ähnlicher, als ihnen lieb ist. Er fragt mich, wie es meinem Vater geht. »Es geht ihm gut, Captain«, sage ich.

»Muss hart für ihn sein, nach dem, was mit deinem Bruder passiert ist.«

»Sie wissen davon?«

Er lächelt. »Als du hier reingetappt bist, hast du nach einem anderen gesucht, stimmt's?«

Ich sage nichts.

»Ich will deinem Gedächtnis mal auf die Sprünge helfen«, fährt Oberholzer fort. »Er ist ungefähr so groß. Dunkle Haare. Dreister kleiner Mistkerl. Ich kenne die ganze Familie, die Viljoens aus Linden. Jeder Einzelne von denen steht unter dem Pantoffel seiner Frau. Aber dein armer Freund Dolfie, der wird gar nicht erst in die Nähe einer Frau kommen. Das ist so ein Typ, der nur seine rechte Hand als Frau haben wird, du weißt schon, was ich meine. Sammelt als erwachsener Mann Comics! Traut sich nicht aufs Rugbyfeld, aber lässt sich mit Kommunisten ein, und meint, in der bescheuerten schwarzen Politik mitmischen zu müssen. Und ich kann dir genau sagen, warum: Wenn man sich mit Krüppeln abgibt, hat man nicht mehr das Gefühl, dass man selber humpelt, deshalb.« Oberholzer lehnt sich über den Tisch. »Schwarze Politik ist für Verlierer. Ich schau dich an, Martin Helger, und ich frage mich: Will er ein Verlierer sein, noch so ein armseliger Loser wie dieser Dolf Viljoen? Oder ist er wie sein Bruder?« Er hebt eine Faust und schüttelt sie. »Hart. Hart wie Diamant. Unzerbrechlich. Ein Gewinner.«

»Mein Bruder«, höre ich mich sagen. »Mein Bruder, er wird …«

»Ich weiß, was mit ihm passiert ist. Das ist nur ein Vergleich.« Oberholzer schneuzt sich in eine Serviette und lässt mich zappeln. »Ich erklär dir mal den Unterschied zwischen, sagen wir mal, einem Mann wie deinem Bruder und einem dummen Sackgesicht wie Dolf Viljoen. Nur mal rein hypothetisch. Du übst ein bisschen Druck auf einen wie Dolf Viljoen aus, und schon quillt alles aus ihm heraus, wie ein weicher Scheißhaufen, der er ja auch ist. Aber dein großer Bruder – der ist von einem ganz anderen Kaliber.

Man kann einen Kriegshelden nicht einfach so ausquetschen. Er ist aus ganz anderem Holz geschnitzt, das weiß ich genau. Er verbirgt ein Geheimnis tief in sich. Man muss die Schwachstelle finden. Jeder Diamant hat eine. Einmal draufklopfen – buff –, schon bricht er auseinander. Aber diese Stelle muss man finden. Mit roher Gewalt erreicht man gar nichts. Steck ihn in eine Maschine, und die Maschine wird zuerst kaputtgehen.«

»Ich weiß nicht, was Sie mir damit sagen wollen, Captain.«

»Red keinen Scheiß. Das weißt du ganz genau! Du hast dem kleinen Dolfie Viljoen bei der Verbreitung subversiver Schriften geholfen. Niemand beim Sicherheitsdienst hat ein Interesse an einem kleinen Fisch wie Dolf Viljoen. Er bildet sich nur ein, eine bedeutende Rolle zu spielen. Aber wenn ich in einem Protokoll über deinen Namen stolpere, horche ich auf, weißt du. Ich will wissen, wie du da reingeraten bist. Also hatten ich und Heulsuse ein väterliches Gespräch. Wie ich schon sagte, weich wie Scheiße. Quetsch-quetsch. Er hat mir alles erzählt.«

Alles. *Also auch alles über Annie?* Ich sage: »Ehrlich, ich habe keine Ahnung, wovon Sie reden, Captain. Ich hole mir Taschenbücher bei Viljoen, das ist alles. Ich bin ein begeisterter Leser. Oom Viljoen« – der alte Mann – »war heute da und hat mir gesagt, Dolf ist hier.«

Oberholzer lächelt schmallippig. »Das macht mich sehr ärgerlich«, sagt er. »Sehr, sehr ärgerlich. Ich dachte, wir wären Freunde, Martin. Ich habe sogar das hier für dich mitgebracht.« Er greift nach unten, holt eine dicke, mit Gummis zusammengehaltene Akte hoch, legt sie auf den Tisch und trommelt mit seinen langen Fingern darauf herum. »Weißt du, ich könnte dir das hier überlassen. Ich bin mir sicher, dass es ein großer Trost für deine Familie wäre.«

Ich muss heftig schlucken. »Ist das … Ist das die von meinem Bruder?«

»Kluges Kerlchen«, sagt Oberholzer. »Alle Achtung.« Er trinkt von seiner Limo, sein Adamsapfel hüpft, er wischt sich den Mund am Ärmel ab und rülpst. »Sag mal, hattet ihr als Kinder eigentlich ein gemeinsames Zimmer, Marcus und du?«

»Nein.«

»Wo war seins, neben deinem?«

»Auf der anderen Seite vom Flur. Mein Zimmer geht nach hinten raus, er hatte das Gartenzimmer.«

»Der große Bruder. Wie war sein Zimmer? Beschreib es mir.«

»Ich weiß nicht. Voller Boxerkram, roch nach Schweiß.«

»Irgendwelche Bücher?«

»Er hat früher viele Comics gelesen, er mochte die lustigen, *Beano* und so. Später, als er auf die Solomon ging, hat er hauptsächlich Boxzeitschriften gelesen. Er hat sich sehr verändert.«

»Sag mal, was war das Wichtigste für ihn? Ich meine, abgesehen vom Sport, vom Boxen. Ganz allgemein.«

»Was ihm wichtig war?«

»Ja, in seinem Leben im Allgemeinen. Ich meine, was hat ihm am allermeisten bedeutet?«

»Keine Ahnung.«

»Denk nach, Martin! Streng dein Hirn an! Es liegt in deinem Interesse, dein Bestes zu geben, glaub mir.«

Ich denke angestrengt nach, aber nicht über meinen Bruder. Ich versuche zu erraten, wie viel Oberholzer über die Operation Fireseed weiß, über die Hunderte von Kassetten, darüber, dass ich sie in der Schule kopiere – und über Annie natürlich, immer wieder Annie. Alles hängt davon ab, wie viel Dolf ihm erzählt hat, was Dolf weiß. Andererseits: Wenn sie alles wüssten, säße ich dann nicht längst im Präsidium am John Vorster Square und würde den hebräischen Code unter die Nase gerieben bekommen? Oder ... keine Ahnung. Und es ist mir ein Rätsel, warum er nach Marcus fragt. Und warum die Akte? Ich hüstle und sage: »Wissen Sie, mein Bruder – es fällt mir momentan zu schwer, an ihn zu denken, Captain. Wir stehen alle unter Schock. Vor allem meine Eltern. Es ist sehr schmerzlich für uns.«

»Oh, da bin ich mir sicher«, erwidert Oberholzer. »Da bin ich mir ganz sicher. Besonders für deinen Vater, nicht wahr?« Er beugt sich nach vorne. »Er muss fix und fertig sein, oder?«

Ich schaue weg und sage nichts.

»Martin, du musst mit mir reden. Wenn du es tust, kannst du diese Akte haben, du kannst sie mitnehmen. Wenn du es nicht tust, müssen wir eine andere Art von Gespräch führen. Und das bedeutet einen Abstecher in mein Büro. Verstehst du?«

Ich sehe ihn noch einmal an und nicke.

»Ich möchte, dass du dich bemühst, ihn mir genau zu beschreiben. Deinen Bruder. Es ist wichtig.«

Ich frage so höflich wie möglich: »Und warum, Captain?«

»Du fragst mich, warum? Weißt du das wirklich nicht,

Martin? Erkennst du das nicht? Weil mir an euch Helgers etwas liegt.« Er lächelt jetzt richtig und zeigt all seine gelben Zähne. »Weißt du, euer Schicksal ist mein liebstes Projekt.«

55

Anstatt nach Hause zu fahren, gehe ich zur Emmarentia-Bibliothek und suche mir einen ruhigen Tisch, um die Akte zu öffnen. Von außen sieht sie ziemlich dick aus, mindestens hundert Seiten. Aber als ich durchblättere, stelle ich fest, dass der Inhalt größtenteils geschwärzt ist. Selbst wenn ich die Blätter gegen das Licht halte, ist durch die dicken schwarzen Striche nichts zu erkennen. Alles Lesbare ist auf Afrikaans, auf einem hohen, technischen Niveau, das für mich schwer zu verstehen ist. Also hole ich mir ein Wörterbuch und einen Bleistift und beginne zu übersetzen, so gut ich kann. Es dauert eine Weile, aber langsam entsteht ein Bild von Marcus' militärischer Karriere. Zuerst haben sie ihn zur Grundausbildung zum 5. Südafrikanischen Infanteriebataillon in Ladysmith geschickt. Danach hat er sich freiwillig für die Fallschirmjäger gemeldet, die Auswahlprüfung bestanden und sich einer Fallschirmjägerbrigade in der Tempe-Kaserne bei Bloemfontein angeschlossen. Dann folgten sechs Monate Fallschirmjägerausbildung und ein Dutzend Sprünge, bevor er seine Rangabzeichen erhielt. Danach hat er sich wieder freiwillig gemeldet und erneut eine Reihe von Auswahlverfahren durchlaufen, um sich der 44. Aufklärungskompanie anzuschließen, in Murray Hill, südlich von Pretoria, und dort eine Spezialausbildung zu machen. Die Akte enthält ein Zeugnis von einem Kommandeur der Aufklärungstruppe. Ich lese das Wort *vertroulik* – vertraulich –, und darunter sind zehn Bewertungspunkte aufgelistet. Der erste lautet *verantwoordelikheid* – Verantwortungsbewusstsein –, der zweite *leierskap* – Führungskompetenz – bis hin zum zehnten, *aanbeveling* – Empfehlung – der besagt, dass der Kandidat *bevorder is,* also befördert wurde und seinen Dienst mit Wirkung zum 01.05.1988 antreten konnte. Die Bemerkungen zu den einzelnen Bewertungskategorien strotzen vor Attributen wie hervorragend, einwandfrei und erstklassig. Marcus wird als hochintelligent und besonnen, extrem diszipliniert und motiviert beschrieben. Unter Punkt 8, *lojaliteit,* heißt es jedoch, dass trotz seiner hervorragenden Leistungen als Soldat ein *kleines politisches Problem* aufgrund bestimmter Aussagen über die Mission der südafrikanischen Verteidigungstruppe sowie der jüdischen Herkunft des Kandidaten bestehe. Dennoch habe er sich in seinem Handeln als absolut vertrauenswürdig und als vorbildlicher Anführer erwiesen. Weiter hinten findet sich ein Eintrag über seine Versetzung zur Ondangwa-Basis in Südwestafrika; danach jedoch ist fast alles unkenntlich gemacht worden.

Ich schaue auf die Uhr und suche mir dann alle Bücher heraus, die ich über die Fallschirmjäger und die Armee finden kann. Ich blättere darin herum und mache mir beim Lesen Notizen. Als ich fertig bin, überlege ich, die Akte im Sandy-Loch mit meinen restlichen Geheimnissen zu verstecken – aber Marcus ist nicht nur mein Bruder, er ist auch der Sohn meiner Eltern. Als ich nach Hause komme, ist es schon spät, und sie sitzen bereits am Tisch und machen sich Sorgen um mich – was sie nicht getan hätten, bevor das mit Marcus passiert ist, aber jetzt ist alles anders. Ich sage ihnen die Wahrheit, nämlich dass ich in der Bibliothek war und Informationen über das Militär gesucht habe. Dann hole ich die Akte heraus und behaupte, ein Militärkurier habe sie abgeliefert und ich hätte dafür unterschrieben. Sie sind zu aufgeregt, um meine Geschichte zu hinterfragen. Alles, was Isaac sagt, als er die ganze schwarze Tinte sieht, ist: »Verdammte Arschlöcher.«

Doch zumindest haben sie zum ersten Mal eine offizielle Version von dem, was mit Marcus geschehen ist. Sie wussten, dass er bei den Fallschirmjägern war, sie wussten, dass er an der Grenze war. Durch seine zweizeiligen Nachrichten, die hin und wieder eintrudelten, hatten sie auch eine Ahnung, dass er einer Spezialeinheit zugeteilt war. Isaac sagt, er habe gedacht, Marcus sei »bei den Recces« gelandet, weil er immer »so verdammt gut in allem war«. Er würde sich nicht wundern, wenn sich herausstellte, dass man ihn gefangen genommen hatte, wie diesen berühmten Captain von der Aufklärungstruppe, Du Toit. Du Toit war 1985 in Angola verschleppt und fast drei Jahre lang in Einzelhaft gehalten worden, bevor er im Rahmen eines Gefangenenaustauschs freikam. Er war nach seiner Freilassung im Fernsehen gewesen: Knochig und klapperdürr, schüttelte er Botha die Hand. »Kannst du dir vorstellen, wie er in diesem Höllenloch gelitten haben muss?«, sagt Isaac.

»Oy Gott«, sagt Arlene, »ich will gar nicht darüber nachdenken!«

»Marcus ist nicht beim KSK«, erwidere ich und erkläre,

dass bei den Recces, dem berühmten Kommando Spezial-
kräfte, nur Berufssoldaten sind, keine Wehrpflichtigen, die
ihre zwei Jahre abreißen, so wie Marcus. »Oh, Gott sei
Dank«, seufzt Arlene, denn das bedeutet zumindest, dass er
sich nicht als Berufssoldat verpflichtet hat – als ob das jetzt
einen Unterschied ausmachen würde.

Inzwischen liest Isaac weiter. »Aber hier steht doch, er
wäre bei der Pathfinders-Aufklärungstruppe?«, erwidert er,
und ich erkläre meinen Eltern, was ich bei meinen Recher-
chen über die Pathfinders herausgefunden habe. Sie ope-
rieren ähnlich wie die Recces und werden für Einsätze in
kleinen Teams ausgebildet, aber es gibt nur sehr wenige
Pathfinders im Vergleich zu den Recces. Die Recces dringen
hauptsächlich hinter die feindlichen Linien vor und erkun-
den dort die Lage, während die Pathfinders dazu ausgebildet sind, Razzien und Angriffe durchzuführen. Sie werden
vor einer Operation abgesetzt, um den »Pfad zu finden«
und für die Truppen, die nach ihnen kommen, Landungs-
markierungen anzubringen. Isaac sagt: »Mit anderen Worten, diese Jungs sind die Ersten, die in die Scheiße greifen.«
Und ich antworte: »Im Prinzip ja, wahrscheinlich schon.«
Und als Arlene anfängt zu weinen, wie ich es noch nie zuvor erlebt habe, fühle ich mich schrecklich, weil ich diese
blöde Akte mit nach Hause gebracht habe. Mich verfolgt
die schreckliche Vorstellung, dass Oberholzer sich auf dem
ganzen Weg zurück zum John Vorster Square ins Fäustchen
lacht. Er hat mich dazu gebracht, dieses Dokument direkt
in das Herz meiner Familie zu tragen wie einen vergifteten
Pfeil.

Arlene geht inzwischen endlich wieder zur Arbeit. Das ist gut, finde ich, ja mehr als das – ich glaube, Beschäftigung brauchen die beiden mehr als alles andere. Aber Isaac zieht morgens immer noch nicht seinen Overall an, sondern liegt noch im Bett, wenn ich zur Schule gehe. Nach der letzten Stunde nehme ich den Bus zum Schrottplatz und setze mich zu Arlene in das Büro mit dem großen Stahltresor in der Wand, in dem sämtliche Einnahmen aufbewahrt werden. Sie kümmert sich um die Buchhaltung und anderen Papierkram, und dabei reden wir viel, ich glaube, mehr als je zuvor. Und wir reden auf eine Art und Weise miteinander, die so erwachsen ist, dass es mir fast Angst macht. Besonders nachdem ich ihr gestehe, was zwischen Isaac und dem Personal vorgefallen ist, damit sie versteht, warum ich das für den Hauptgrund halte, weshalb er nicht zur Arbeit zurückkehrt. Es ist ihm peinlich, seinen Leuten wieder unter die Augen zu treten. Ma macht sich Sorgen um ihn, und ich auch, und es ist viel einfacher, über ihn zu reden als über Marcus. Sie kann nicht mal den Namen meines Bruders aussprechen, ohne in Tränen auszubrechen. Also sitze ich da mit dem Kinn in den Händen, während Ma auf der Schreibmaschine klappert oder mit ihrem Stift kritzelt, und ich höre sie summen und sehe das Sonnenlicht über ihren langen Hals wandern. Sie rührt zwei Würfel Zucker in ihren Tee mit Milch; sie trinkt ihn nicht auf die russische Art wie Zaydi und Isaac, die ihn mit Zitrone und Marmelade nehmen. Sie wollte immer, dass wir nach England gehen, wo es sicher ist, Marcus und ich. Um Gentlemen zu werden. Um nach Cambridge zu gehen. Sie sagt mir oft, sie hätte sich immer gewünscht, wir hätten den *hopsy popsy* nach Großbritannien gemacht. Arlene hat ihre ganz eigene Ausdrucksweise; ein *hopsy popsy* ist ein Flug, und *dipsy doodles* sind das nervöse Kribbeln nachts in ihren Beinen, *wriggly boom booms* sind kleine Krabbeltiere, und mein Spitzname ist Toppers. Sie sagt oft: »Es gibt nichts Besseres als die Engländer, Toppers«, und ich weiß, dass sie ihren Stil und ihre kultivierte Art meint. Arlene ist nie Tänzerin geworden, wie sie es immer wollte, aber jetzt, während dieser langen Gespräche, werde ich traurig, wenn sie sagt: »Ich habe es nie ins West End geschafft, aber dafür habe ich dich und Marcus bekommen«, und ihre kühle Hand auf meine Wange legt. »Mein Toppers«, sagt sie. »Mein Marty-Mart. Ich habe dich bekommen, und du bist mehr wert, als jede Bühne es je hätte sein können. Du und dein Bruder, ihr seid wertvoller als eine Million Londons.«

Wir fahren zusammen nach Hause, und dort sitzt Isaac mit seiner Flasche und seiner Zeitung, in Unterhemd und Unterhose.

»Da, meinst du nicht, es wird Zeit, wieder zur Arbeit zu gehen?«

»Warum, bricht da ohne mich etwa alles zusammen?«

»Nein«, sagt Arlene. »Alles in Ordnung. Hugo, Mr Magid und ich, wir schaffen das schon.«

»Wofür werde ich dann gebraucht?«

Erst am letzten Wochenende des Monats tut sich endlich etwas. Die Sonntagsinventur ist fällig. Im Büro erzählt mir Arlene, dass sie mit Isaac darüber gesprochen hat und es sehe so aus, als würde er mit ihr kommen, um zu tun, was sie immer getan haben, die beiden allein sonntags morgens im Geschäft. Sie fahren seit jeher schon zeitig los, halten unterwegs an und holen sich ein paar frische Schokoladen-rugelach beim Bäcker in Doornfontein und machen dann Inventur. Sorgfältig überprüfen sie sämtliche Artikel im Lager und zählen sie. Dann kommen sie rechtzeitig zum Sonntags-*braai* zurück, für das sie auf dem Rückweg das Fleisch kaufen. Dieses Ritual halten sie unverändert ein, so-lange ich mich erinnern kann. Ich glaube, es ist sogar schon so alt wie ihre Ehe. Weil das Personal nicht da ist, meint Ma, wird es für Isaac wahrscheinlich einfacher, und sie hofft, es wird »das Eis brechen« und ihn dazu bringen, in der nächs-ten Woche wieder regelmäßig zur Arbeit zu gehen. Daher bin ich nicht überrascht, als ich ihre Stimmen schon ganz früh am Sonntag höre und dann die Autotüren zugeschla-gen werden. Der Himmel wird gerade blau, als ich hinaus-schlüpfe, auf den taufeuchten Feigenbaum klettere und ge-rade rechtzeitig über die Mauer schaue, um Isaacs rostigen Bakkie die Clovelly Road hinunterfahren zu sehen. Ich sehe den Hinterkopf von Ma neben dem von meinem Vater. Ich winke. Natürlich winken sie nicht zurück. Sie haben mich nicht gesehen.

Eine Hand drückt auf meine Brust. Ich öffne meine Augen. Zaydi steht über mich gebeugt neben meinem Bett. Ich glaube nicht, dass er jemals zuvor in meinem Zimmer war.

Er erschreckt mich, dieser alte Mann mit seinem zittrigen Mund und seiner faltigen Haut, die so weiß ist, dass er aussieht, als wäre sein Blut schon vor Jahren eingetrocknet. Ich frage ihn, was los ist, und er antwortet in seinem flüsternden Jiddisch, dass Soldaten über unsere Mauer klettern. Ich schließe die Augen, weil ich weiß, dass ich träume – eine neue Version des Alptraums hat letztlich begonnen, aber, mein Gott, das hier fühlt sich so *echt* an! Ich ignoriere Zaydi, der mich mit einer Hand anstupst. Aber dann höre ich ein Klopfen an der Haustür, laut und hartnäckig. Und ich höre Stimmen. Afrikaans, nicht Deutsch. Sie sagen: Machen Sie die Tür auf! Sie sagen: Polizei!

58

Vielleicht hat Annie Goldberg mit ihrer Interpretation des Alptraums ganz falsch gelegen, und es ging nicht nur um mich. Der Garten war nicht ich, und die Nazis, die eindrangen, waren nicht ich, und Zaydi war nicht meine Seele – vielleicht war der Alptraum in Wahrheit eine Vision, eine Art Prophezeiung. Nur lag sie ein kleines bisschen daneben, und mein Gehirn brachte die zukünftigen Darsteller durcheinander. Diese Typen sind keine Nazis, sie sind nur Polizisten in Uniform, und sie sind nicht hier, um mir weh zu tun – zumindest nicht körperlich. Sie sind hier, um leise mit mir zu reden, um mir nicht in die Augen zu schauen. Mich so zu behandeln, als wäre ich von einer Krankheit betroffen, so schlimm, dass man mir nur mit Mitleid begegnen kann. Ich steige hinten in das Polizeifahrzeug ein, und wir fahren nach Vrededorp. Es ist Sonntag, der 25. Juni 1989. Meine Augen schließen sich von selbst. Wenn ich hoch in der Luft über Johannesburg fliegen würde, könnte ich die Ponti-Türme sehen, die wie ein gigantischer Schornstein aus Stahl und Glas vom Rand aufragen, und dort unten neben ihnen führt die Harrow Road wie ein Band entlang, unter der Autobahn ragen große Felsbrocken aus dem Boden, an der Abzweigung nach Gordon Terrace und auf dem Weg hinunter nach Bertrams. Und dort drüben liegt Doornfontein mit der Beit Street, wo Isaac Helger aufgewachsen ist, und daneben erhebt sich der Riesenpilz des Ellis-Park-Stadions, aber ich fliege nach Westen, nach Vrededorp, und als ich darüberschwebe, falle ich im Sturzflug zu Boden. Ich sehe das große Dach, wo die De La Rey Street auf den Park der 5th Street trifft; es kommt immer schneller auf mich zu …

»Martin, Martin«, sagt eine sanfte Stimme, und ich öffne die Augen. Die beiden Polizisten haben sich auf den Vordersitzen umgedreht und schauen mich an. Ich scheine ihnen Angst zu machen, das sehe ich ihren Gesichtern an. Wir sind da, sagen sie. Sie fragen mich, ob mit mir alles in Ordnung ist. Alles okay? Ich nicke einmal, öffne die Tür und gehe über die Straße auf die grünen Eingangstore von Lion Metals Pty. Ltd. zu. Es ist ein schöner Sonntag, die Sonne steht direkt über meinem Kopf. Die Autos unter dem klaren Himmel glänzen so fröhlich im Sonnenlicht, blau und rot, und die Anwohner, die auf der anderen Straßenseite zusammengekommen sind, sehen mich mit ausdruckslosen Gesichtern an. Ich gehe auf den Hof, und plötzlich steht ein Mann vor mir, der einen Anzug trägt und sagt, sein Name sei Detective Sergeant van Rensburg. Er ist derjenige, der sagt: »Du kannst durchkommen, wenn du willst, aber …«

»Ja«, sage ich. »Ich habe ein Recht darauf.«

Wir setzen uns in Bewegung. Ich gehe auf dem vertrauten Weg an den Empfangstresen vorbei, nach links und den Gang entlang, über die zerkratzten Linoleumfliesen und vorbei an dem gerahmten Tretchikoff-Druck einer Frau mit einer Blume im Haar an der schmierigen Wand. Ich höre mich sagen: »Sind Sie auch vom Morddezernat in Brixton?«

»Ja.«

Vor der Tür streckt er den Arm aus. Sein Atem riecht nach Kaffee. »Bist du dir wirklich sicher?« Ich nicke und wir gehen rein. Die Tür des Austen-Petersen-Tresors aus dem Jahr 1928 mit einem Gewicht von, wie ich weiß, etwa fünfhundert Kilogramm steht weit offen. Es ist ruhig in diesem Raum, der das Büro meiner Mutter ist, abgesehen von den Geräuschen der Menschen, die sich darin bewegen, und dem Klicken des Fotoapparats aus dem Inneren des Tresors. »Du kannst von hier aus reinschauen, aber Vorsicht bitte, nicht reingehen! Und nichts berühren!«, mahnt van Rensburg. »Die Spurensicherung.« Ich trete näher und blicke von der Tür aus schräg in den Tresorraum. Die Polizei hat Scheinwerfer aufgestellt, so dass alles deutlich zu sehen ist. Ich träume. Ich träume. Ich träume. Ich sehe zwei Leichen, beide sind nackt. Die Haut sieht aus wie Wachs, und überall sind diese schwarzen Punkte, von denen mir klar wird, dass es getrocknetes Blut sein muss, als ich den üblen Metzgergeruch wahrnehme, wie Metall in der Luft. Die männliche Leiche ist ganz verdreht, so dass es aussieht, als forme sie einen Buchstaben aus einem Alphabet, das ich beinahe entziffern kann. Hebräisch. Denn das hier ist ein Traum, und alles ist ein Code in einem Traum, ein Symbol, sonst nichts. Die andere Leiche ist weiblich. Sie hat die Haare meiner Mutter. Die Gesichter der beiden gleichen einem dunklen Ballon; die Augäpfel quellen hervor. Die Münder sind weit geöffnet und die Bäuche geschwollen. Ich denke: Meine Mutter Arlene ist zwei Fingerbreit größer als mein Vater Isaac. Wir machen Witze darüber. Ich schaue mir ihre Finger an, und die Fingerkuppen sind schwarz.

Ich erinnere mich nicht daran, dass ich weggegangen bin oder mich abgewandt habe, wie kann ich jetzt im anderen Büro sein? Ich höre Mr Magids Stimme draußen auf dem Flur. Ich halte eine Dose Limo in der Hand, Fanta-Traube. Aber ich erinnere mich nicht daran, dass sie mir jemand gegeben hat. So ist es doch in Träumen. Stimmt's? Ein anderer Detektiv spricht. Meine Ma mag Ingwerplätzchen zu ihrem Tee. Sie hat nachts die *dipsy doodles* in den Beinen. Sie nimmt Milch und zwei Stück Zucker in den Tee. Ich bin aus dem Himmel gefallen und durch das Dach gestürzt. Die Soldaten sind über die Mauern geklettert und haben an die Tür geklopft, sie hatten eine Nachricht zu überbringen. Die Stimme des Detective erklärt, die Polizei habe einen anonymen Anruf erhalten; jemand habe gemeldet, er habe schwarze Männer gesehen, die aus der Firma geflohen seien. Die ermittelnden Beamten fanden Anzeichen eines Kampfes, und der Manager, Mr Magid, wurde ausfindig gemacht, um den Safe zu öffnen. Der Detektive sagt das Wort *Ersticken*. Jemand muss sie gezwungen haben, sich auszuziehen und in den Tresorraum zu gehen. Wahrscheinlich mit vorgehaltener Waffe. Es muss gleich nach ihrer Ankunft hier passiert sein, sagt die Stimme, möglicherweise wurden sie erwartet, oder sie haben jemanden bei einem Einbruch erwischt.

Ich höre mich sagen: »Erstickt. Das muss wie lange gedauert haben?«

»Dieser Tresorraum ist luftdicht, aber er ist so groß, dass zwei Personen hier, ich würde sagen eine Stunde, vielleicht mehr durchhalten. Aber sie haben eine Rauchbombe reingeschmissen.«

»Eine was?«

»Eine Art Granate. Der Brand hat wahrscheinlich den Sauerstoff aufgebraucht, und eine Rauchvergiftung kam dazu. Wir reden von ein paar Minuten, maximal. Als hätte man Gas reingeleitet.«

Und er zeigt mir den Brandsatz in einem versiegelten Plastikbeutel, ein verkohltes Rohr aus Stahl. Das hat meine Eltern erstickt. Ich träume nicht. Ich kopiere Videos, die Anleitungen zum Bau von Bomben wie dieser hier liefern. Ihre kühle Hand auf meiner Wange, ihre Ingwerplätzchen. Es ist ein *dipsy doodle,* Marty-Mart. Wenn du fest genug an Stahl kratzt, kannst du deine Fingerkuppen bis aufs Blut abschürfen. Ich setze mich ans Fenster. Wie ich dahin gekommen bin, weiß ich nicht mehr. Ich höre einen anderen Detective an der Tür mit dem anderen reden und eine Frage auf Afrikaans murmeln – wo ist er? Der andere schüttelt den Kopf und sagt: »*Daardie onnosel kameelperd. Hy't hierdie een gebring.*« Diese blöde Giraffe, er hat diesen hier mitgebracht. Ich nehme an, damit bin ich gemeint, und ich höre jetzt genauer hin, ohne es mir anmerken lassen. Auf Afrikaans sagen sie:

»Das ist der Sohn.«

»Das ist der Sohn?«

»Das ist der Sohn. Er hat ihn mit dem Wagen abholen lassen. Hast du sie ihm gezeigt?«

»Er wollte sie sehen.«

»Jesus!«

»Er sagte, er hätte ein Recht darauf, und das stimmt.«

Sie bringen einen Kassettenrecorder. Ich beantworte Fragen. Eine fette blaue Fliege klebt an der Wand. Ich frage mich, ob sie in Mas Büro, im Tresorraum war. Es kommen immer weitere Fragen, völlig monoton. Wer an einem Sonntagmorgen Zugang zum Gebäude hatte, was meine Eltern allein hier gemacht haben. Wer kannte die Kombination des Tresors, wie heißen die Mitarbeiter, welche Gegenstände fehlen? … Irgendwann erwähne ich Hugo, Hugo Bleznik.

»Weißt du, wo wir ihn erreichen können?«

Ich gebe ihnen Hugos Telefonnummer; ich weiß sie auswendig. Er wohnt in Hyde Park, sage ich. Aber plötzlich bin ich mir nicht mehr so sicher, ob das noch der Fall ist.

59

Einige Fragen an den Rabbiner: Lieber Rabbi, ich weiß, dass man nach einer Beerdigung sieben Tage *Schiwe sizn* soll, aber wie ist das nach einer doppelten? Summiert sich das dann auf vierzehn Tage? Denn während der *Schiwe* soll man doch die größte Trauer hinter sich bringen, oder? Aber wenn man doppelte Trauer verwinden muss, sollte man dann nicht auch die doppelte Anzahl von Tagen brauchen? Wäre das nicht logisch, lieber Rabbi? Für solche Fragen sollte ich in die Jeschiwe gehen, oder? Tja, wer hätte gedacht, dass ich mal so talmudisch denken würde … Die Beerdigungen fanden am Donnerstag statt. Normalerweise wären meine Eltern innerhalb von ein oder zwei Tagen begraben worden, so schreibt es das jüdische Gesetz vor, aber der Rechtsmediziner musste noch die Autopsie durchführen. Außerdem habe ich auf Tante Rively gewartet.

O Gott. Tante Rively.

Die ältere und einzige Schwester meines (verstorbenen) Vaters, die seit vierzig Jahren in Israel lebt, spricht immer noch das typisch südafrikanische Englisch und hat immer noch dieses nervöse Kichern, an das ich mich aus meiner Kindheit erinnere. Sie trägt auch noch die gleiche orangegelbe Perücke sowie lange, buntbedruckte Kleider kombiniert mit weißen Dunlop-Sportschuhen. Sie ist allein gekommen; Onkel Yankel und ihre sieben Söhne hat sie in Jerusalem gelassen. Bei ihrer Ankunft hatte sie als Erstes einen tränenreichen Wutanfall wegen der Autopsien. Autopsien seien *a groijße avejre,* eine große Sünde, und wie konnte *ich,* wie *konnte* ich das bloß zulassen? Wie konnte ich untätig erlauben, dass die Körper meiner eigenen Eltern, ihres eigenen Bruders zerschnitten wurden? Weißt du nicht, dass bei einer Autopsie die heilige menschliche Gestalt entweiht wird? Was hast du getan? Und der arme Zaydi, der miterleben musste, dass seinem eigenen Kind so etwas angetan wurde! Sie übernahm die gesamten Vorbereitungen für die Beerdigung, für alles. Es war mir egal. Ist es mir immer noch. Irgendjemand hat mir die Augen und Ohren und den Mund herausgenommen und sie alle durch dicke Watteballen ersetzt. Meine Arme und Beine werden per Fernbedienung gesteuert. Ich bin in einem großen Irrtum gefangen. Jeden Moment wird jemand dieses Video zurückspulen.

Die Beerdigung fand auf dem Westpark-Friedhof statt, in der Nähe der Rosengärten des Roosevelt-Park oberhalb des Emmarentia-Damms, nicht weit von der Stelle, an der meine Bobe Gitelle Helger, Zaydis Frau, begraben ist. Viele Leute kamen. Ich musste neben Tante Rively stehen und allen in der langen Schlange, die sich langsam auf uns zubewegte, die Hände schütteln. Jetzt sitzen wir *Schiwe* – insgesamt sieben Tage, so die Antwort des Rabbiners – bei mir zu Hause in Greenside, was bedeutet, dass jeden Abend gebetet wird und Leute kommen, um das mit uns gemeinsam zu tun. Tante Rively kümmert sich um die Verköstigung; sie hat auch ein Dienstmädchen eingestellt. Ich kenne kaum jemanden. Manche sind Freunde von Ma, andere Geschäftsfreunde. Aber es kommt auch ein Haufen Frömmler, die Tante Rively angeschleppt hat und von denen ich niemanden kenne. Es sind Chassidim, Schwarzhüte, Leute, mit denen wir nie viel zu tun hatten. Mir wird klar, dass Tante Rively zu einer von ihnen geworden ist. Sie haben überall Niederlassungen. Rively hat Kontakt zu denen in Joburg aufgenommen, und sie haben Abgesandte geschickt. Trotz meiner Wattestöpsel nervt mich das. Ich meine, ich kenne diesen komischen Rabbi gar nicht, den sie angeschleppt hat, um die Trauerfeiern zu leiten. Unser Rabbi, der Rabbi meiner Eltern, ist Rabbi Tershenburg von der Emmarentia-*Schul*. Er kommt, aber er wird beiseitegedrängt. Diese anderen haben das Kommando übernommen. Ständig sitzt ein Pulk mit schwarzen Hüten und Perücken um den Wohnzimmertisch herum, der sich unter geräuchertem Lachs, gehacktem Hering, Bagels und Frischkäse biegt. Sie wollen mit mir über ihren Rebbe und all die messianischen Wunder sprechen, die er vollbringt, sie wollen, dass ich ihre Synagoge besuche oder an irgendeinem Kurs teilnehme. Ich weiß, dass meine Eltern diese Fremden nicht hier hätten haben wollen. Aber ich bin mit Watte ausgestopft, und Tante Rively führt kichernd und strippenziehend Regie.

Jetzt ist die *Schiwe* vorbei, und Tante Rively verkündet mir, sie habe ein »anständig koscheres« Pflegeheim für Zaydi in Glenhazel gefunden. Die Fernbedienung meiner Gliedmaßen schickt mich ins Bett, und ich wälze mich größtenteils wach darin herum wie schon die ganze Woche. Heute Morgen führt Tante Rively einen Mann durchs Haus, der sich Notizen macht. Ich frage, wer das ist, und sie sagt, es sei der Immobilienmakler. Ich tappe barfuß in die Küche, um mir eine Schüssel Erdbeer-Pops mit Milch zu holen. Mir fällt auf, dass der Immobilienmakler einen schwarzen Hut trägt und *Zizijot* unter seiner Jacke hervorschauen – schon wieder einer dieser Frommen. Nachdem er gegangen ist, lege ich mich eine Weile mit einem Buch auf die Couch, und als ich die Tore höre, stehe ich rechtzeitig auf, um Mr Harry Steed auf dem Gartenweg in Richtung Haus kommen zu sehen, den Anwalt meines Vaters, bewaffnet mit zwei dicken Lederaktenkoffern. Tante Rively setzt sich mit ihm an den Esstisch. Als ich zu ihnen gehe, hören beide abrupt zu sprechen auf, und meine Tante fragt, ob sie etwas für mich tun kann. Dann kichert sie. Ich schüttle den Kopf und wende mich schon zum Gehen, als ich den leeren Sessel meines Vaters mit dem Lederhocker davor sehe, und plötzlich erscheint er klar und deutlich vor meinen Augen, wie er mit beiden Hacken darauf herumtrommelt und ruft: *Verdammte Schmocks!* Und ich höre, wie er mir ins Ohr flüstert: *Für wen zum Teufel halten sich diese Leute?* Also zwinge ich mich, zurückzugehen und mich an den Tisch zu setzen. Wieder schweigen beide. Harry schaut Tante Rively an, und Tante Rively kichert und fragt mich, ob es mir gutgeht. Ich teile ihnen mit, dass ich alles mit anhören will, worüber sie reden. »Ach, das ist nur Juristenkauderwelsch«, wiegelt Tante Riv ab. »Uninteressant für dich. Ich erzähle dir später das Wichtigste.«

»Nein, ich will es hören.«

Steed rollt die Augen in ihre Richtung und zuckt mit den Schultern. Er trägt Koteletten, wie sie seit etwa hundert Jahren aus der Mode sind. Eklige graue Haare stehen daraus hervor, und auf der Nase hat er irgendeine Hautkrankheit. Die Maid bringt Tee, und Steed klappt die Schnallen der Jumbo-Aktentaschen auf und holt einen Packen Papiere heraus. Er hat eine leise Stimme und spricht wie ein Auto, das nur im ersten Gang fährt. Es wäre einschläfernd, wenn ich mich nicht so sehr konzentrieren würde. Er rattert einen endlosen juristischen Sermon herunter, und dann stelle ich Fragen, und es dauert eine Weile, bis ich verstanden habe, wie es sich verhält. Dass der gemeinsame Letzte Wille meiner Eltern ist, dass Marcus und ich alles erben – das Haus, ihre Bankkonten, das Geschäft. Aber das Hauptproblem besteht darin, dass Marcus nicht tot ist, sondern nur vermisst wird, weshalb ich nicht alles bekommen kann (zumindest verstehe ich ihn so). Das zweite Problem besteht darin, dass ich mit siebzehn Jahren theoretisch noch minderjährig bin. Was uns zu anderen Verwandten bringt – da Arlene Einzelkind war, kann von ihrer Seite niemand Ansprüche erheben, aber Isaac – nun, da gibt es eine Schwester, Tante Riv. Auf der »Unternehmensseite« wird es dann sehr schnell sehr komplex. Es geht nicht nur um Lion Metals, sondern es gibt zusätzlich eine ganze Reihe von Holdinggesellschaften, von denen einige vor Jahren nur ihrer angehäuften Verluste wegen aus steuerlichen Gründen gekauft wurden, während andere von Hugo Bleznik aus Gott weiß welchem Grund (so Steed) gegründet wurden. Damit kommen wir zum Buchhalter, der Hugo Blezniks Mann war und »kürzlich *ferschliddst*« sei. Ich war mir nicht sicher, ob Steed Jude ist, bis er dieses Wort benutzte, jiddischer Slang für schnell weglaufen, verschwinden. Steed sagt, er habe sein Bestes getan, Hugos Chaos mit Hilfe der Bücher zu entwirren, die Tante Rively ihm gegeben habe.

»Augenblick mal«, werfe ich ein, »soll das heißen, dass du zum Schrottplatz gefahren bist und sie einfach genommen hast?«

»Natürlich«, sagt sie. »Einer *muss* doch das Geschäft schließen und die Leute entlassen.«

»Moment mal«, sage ich. »Moment mal!«

Mr Steed sagt, die Firma sei geschlossen; es musste sein, weil kein Geld auf den Girokonten war. »Vieles ist verschwunden«, sagt er. »Genau wie Hugo.«

Nachdem Steed weg ist, ignoriere ich Tante Rively und schließe mich in meinem Zimmer ein. Mein Kopf dreht sich wie ein Karussell. Das ist doch nicht richtig, ich werde einfach übergangen, und warum zum Teufel hat sich ein Immobilienmakler hier Notizen gemacht? Ich weiß, dass ich etwas unternehmen muss, aber ich weiß nicht, wo ich anfangen soll. Schließlich ziehe ich mich an und mache mich auf den Weg, ignoriere Tante Rivelys Fragen und gehe zur Barry Hertzog Avenue. Da ich fast kein Geld habe, nehme ich ein schwarzes Taxi zum Einkaufszentrum im Hyde Park und lege den Rest des Weges zu Fuß zurück, vorbei an den langen Mauern und den großen Rottweilern hinter den stachelbewehrten Toren, bis ich Hugo Blezniks Haus erreiche. Die Gegensprechanlage ruft eine Maid herbei, die sich an mich erinnert und mich hereinlässt. Die Tudorvilla wimmelt von anderen Dienstmädchen, die arbeiten, als sei nichts geschehen, denn sie haben offenbar keine Ahnung. Das Gleiche gilt für die Gärtner auf dem Rollrasen. Eine Maid erzählt mir, dass Hugo am Sonntag weggefahren ist. Die Taschen waren schnell gepackt und für ihn in den Kofferraum des Bentley geladen worden.

Ich schlüpfe in die Garage und schiebe das Tor hinter mir zu. Der rote Jaguar steht an seinem üblichen Platz. Hintendrin schalte ich die Arbeitsleuchte ein und wühle in dem Glas nach dem Inbusschlüssel. Das Brett gleitet heraus, aber in der Öffnung ist keine Blechkiste mehr. Die Enttäuschung fällt über mich wie eine kalte, feuchte Decke. Doch dann stecke ich die Hand hinein, und mein Herz klopft, als ich Papier spüre. Ich ziehe einen dicken Umschlag heraus. Darin befinden sich zwei dicke Bündel Bargeld und einige gefaltete Blätter – ein Brief, fehlerhaft mit der Maschine geschrieben.

Mart!!

Wenn ddu das hier in der Hand hältst, bist du auf dem richtigen Weg, wie ich es immer wusste, weil du bist die absolute Nummer 1 + vergiss das nie. Boyki 1., es tut mir unendlich leid mit deinen Eltern. Aber jetzt ist keine Zeit zum trauern! Jetzt ist es an der Zeit, schnell zu handeln. So wie ich es in der Sekunde getan habe, als ich die Nachricht bekam.

Hier drinnen sind etliche Scheinchen, mit denen du voererst auskommen kannst. Kontaktiere Webber Travel in Observatory. Maxie Webbers ein guter Mann. Habe bei ihm erste Klasse Ticket nach New York für dich gezahlt. Deine Green Card ist hier. Deinen Reisepass hast du. Ich glaube, es gibt jetzt jeden Tag einen direkten Flug. Jetzt! Ich selbst habe einen anderen Weg eingeschlagen, wie ich unten erläuten werde. Du kannst auch am Wochenende sogar samstags abends mit umsteigen fliegen. Boyki, ich rate dir, jetzt ist die Zeit zu handeln, denk nicht an die Toten denke an dein Leben. Später ist Zeit für Tränen, das ist jetzt hart, aber die Toten könen nicht wieder zum Leben erweckt werden. Oder wie man auf jiddisch sagt, a tayter nemt mir nit zurik vun besaylem. Einen Toten bringst du nicht aus dem »Grab« zurück, es ist ein One-Way-Ticket in den Friedhof. Was passiert ist, ist passiert, du musst jetzt aufwachen und an dich denken.

Vielleicht hast du inzwischen von diesem absoluten Schmock Steed oder einem anderen Anwalt gehört. Sie werden dich verunsichern, aber du lässt dich nicht ver-

unsichern, alles ist gut + geregelt zwischen mir und dir + du bist geschützt. Deine Konten sind alle da + koscher. Du hast Altenberg den Anwalt in New York. Ich habe dir seine Karte hinterlassen. Es ist alles für dich da, Boyki. Die Autoschlüssel zu deiner Zukunft. Du musst nur noch losfahren.

Wegen dem Anderen. Glaub nicht der Polizei, etc. was sie sagen, ist so nicht passiert + wenn ich nicht ganz schnell die Fliege gemacht hätte, wäre es mir wahrscheinlich auch so ergangen. *Ich will definitiv diesem Arsch von Captain nicht die Chance geben, mich allein in einer Zelle zu erwischen und* du darfst das auch nicht.

Ich weiss, dass du das verstehst, weil du das hier liest + das bedeutet, dass du klar denkst und dich aufgemacht hast. Gut! Weiter so.

Gehe zu Webber + verschwinde und zwar pronto. Du hast in diesem kaputten Land nichts mehr zu suchen. Denk an die schwarzen Vögel! Treff Vorkehrungen für deinen Grossvater, der Gute, du hast diese Kohle, mit der du für ihn bezahlen kannst. Aus dem Ausland kannst du mehr schicken. In New York wirst du gut versorgt sein. Vergiss nicht, dass ich jahrelang Dollar mit Rand gekauft habe, als der Rand viel stärker als der Dollar war. Du bist gut versorgt, aber du musst gehen + es dir holen!

Verschwende keine Zeit mit dummer Wut auf mich, falls du welche hast. Ich kümmere mich um dich, wie es dein Vater gewollt hätte, auch wenn er nicht verstanden hat, dass das nötig war. Jetzt erkennst du, dass dein lieber Hugo richtig lag + recht hatte + dass dein Vater falsh lag. Ich habe diesen Tag kommen sehen, besonders seit diesem schrecklichen Treffen mit du weisst schon wem + seiner Knarre, mein g-tt ein Wahnsinniger. Ich habe es so arrangiert, dass das, was ich + dein Vater aufgebaut haben, an ein sicheren Ort geschafft wurde, weg von den Klauen der Bösen, die unser Land regieren. Weine nicht um sie, dein Vater hatte recht, sie sind alle Abschaum, aber in der Zwischenzeit haben wir viel Steuern bezahlt glaub mir, aber niemand sollte das Recht haben, einem Mann zu sagen, wo er sein eigenes Geld hinschicken kann + das ist alles, was ich getan habe. Dein Vater würde das nicht verstehen, aber ich habe für dich vorgesorgt.

Boyki, ich selbst werde in wenigen Stunden in Gabs, Botswasna sein. Mein Plan ist jetzt zu fahren + so schnell wie möglich über die Grenze. Dieser Brief hält mich auf + es sind schlimme Nachrichten ich weiss + und du hast keine Ahnung wie weh mir das Herz tut denn ich habe deinen Vater + deine Mutter geliebt wir waren eine Familie, ich hatte nie eigene Familie, du bist jetzt mein einziger Verwandter nachdem Marcus auf die schiefe Bahn geraten ist + darum sorge ich für dich. Von Gabs aus fliege ich in ein Land, in dem ich den Rest meiner alten Tage verbringen werde. Meinen Namen lasse ich zurück. Ein guter friedlicher Ort ohne Gewalt + verrückte Polizei + all den verdammten Scheiss. Ruhe ist alles, was ich jetzt will. Ich möchte den Rest meines Lebens in Frieden verbringen. Dein Leben fängt grade erst an und ich rate dir, vergiss uns

*alle, alte Säcke wie mich, vergiss mich, du musst in
Amerika deinen Weg machen. Vielleicht sehe ich dich
eines Tages wieder, bevor ich an der Reihe bin abzu-
treten, aber wenn nicht, ich liebe dich, Boyki.*
Lebe! Auf das Leben!!!!!!!!
Hugo

*PS – – – du musst diese Seiten sofort verbrennen. Ver-
traue mir. Hinterlasse absolut keine Spuren.*
*PPS – – – Ich habe auch die »Green« Card deines Bru-
ders für dich zurückgelassen. Es gibt immer Hoffnung!!!! Man kann nie wissen!!!!*

Auf einem anderen Blatt stehen handschriftliche Notizen –
Kontonummern in Amerika, eine Karte des New Yorker
Anwalts mit einer Büroklammer angeheftet. Ein kleiner
Umschlag enthält die beiden laminierten Karten. *Resident
Aliens.* Eine für Martin und eine für Marcus. Ich lese alles
noch einmal durch, dann falte ich die Blätter zusammen
und stecke sie in meine Tasche, die Greencards in mein
Portemonnaie. Ich sehe nur verschwommen und wische
mir über die Augen. Ich stecke die Bargeldbündel ein, ziehe
eines noch einmal heraus, zähle ein paar Scheine für mein
Portemonnaie ab und stecke das Bündel zurück in die Tasche. Ich schiebe das Brett zu und kehre zum Haus zurück,
wo ich alle Dienstmädchen und die Gärtner in der Küche
versammle. Ich teile ihnen mit, dass Hugo fortgegangen
ist und nicht zurückkommt und dass niemand mehr da ist,
der ihnen den Lohn zahlt. Die Polizei wird wahrscheinlich
irgendwann kommen, und vermutlich werden am Monats-

ende dieses Haus und die Fahrzeuge von der Bank beschlagnahmt. Lastwagen werden kommen und sämtliche Möbel und alles andere von Wert abtransportieren. Als ich geendet habe, lächeln sie mich an, als hätte ich nicht alle Tassen im Schrank und sprechen in ihren Sprachen miteinander. Ich sage ihnen, wer ich bin, und gebe ihnen jeweils zweihundert Rand, was zu helfen scheint, ihre Meinung zu ändern. Ich sage ihnen, dass ich jetzt gehe, und empfehle ihnen, ebenfalls abzuhauen. Ich sage ihnen, an ihrer Stelle würde ich Hugos Sachen als Bezahlung mitnehmen. Nehmt die Teppiche, nehmt alle Wanduhren, sämtliche Armbanduhren, Schmuck, Möbel, alle Goldrahmen, was auch immer. »Nehmt es jetzt«, sage ich, »denn wenn ihr es nicht tut, werden es andere tun. Hugo ist endgültig weg. Er kommt nicht zurück.« Als ich gehe, streiten sie sich untereinander und gestikulieren mit den Armen. Ich blicke nicht zurück.

60

Zu Hause krieche ich sofort in das Papyrusgebüsch zum Sandy-Loch, um meine neuesten Geheimnisse darin zu deponieren. Das Foto des jungen Nelson Mandela starrt mich an, und ich denke an Annie und frage mich, ob ich versuchen könnte, sie irgendwie zu erreichen. Ich müsste zur Schule nach Jules fahren und nachsehen, ob sie dort noch unterrichtet – aber das werde ich nicht tun, wenn ich nur darüber nachdenke, bin ich schon erschöpft. Und ich habe so viele andere Probleme. Tante Rively wartet im Haus auf mich, regt sich auf und will unbedingt wissen, wo ich war.

Ich antworte nicht. Sie bittet mich, mich hinzusetzen, fängt an, über Zaydi zu reden, und erzählt mir Sachen, die ich längst weiß. Dass er im Altersheim glücklich sein wird, dass er Geld auf einem eigenen Konto hat und dass Isaac seine Ersparnisse verwaltet und sie für ihn angelegt hat. Gerade als ich mich frage, worauf sie hinauswill, kichert sie nervös und verkündet mir die »gute Nachricht«, dass ich mit ihr »nach Hause« kommen werde. Nach Eretz Israel, dem Land Israel, wo alle Juden hingehören. Sie hat mit Onkel Yankel und ihren Söhnen darüber gesprochen, und ein Zimmer und eine Schule warten dort auf mich. Wir könnten fahren, sobald sie das Haus hier verkauft habe, sagt sie. Ich stehe auf, ohne ein Wort zu sagen. Sie folgt mir zum Tor und redet auf mich ein, ich könne so nicht weitermachen, ich würde total verwildern, damit wäre jetzt Schluss. Ich brauche ein Zuhause und Struktur. HaSchem hat einen Plan für mich.

Diesmal nehme ich den Bus in die Stadt; ich fahre zu Harry Steeds Kanzlei in der Twist Street. Ich muss lange warten, bis mich die Sekretärin reinlässt. Steed bleibt stehen und schaut mich nicht an. Ich frage ihn immer wieder nach dem Haus, und er antwortet stur, darüber müsse ich mit meiner Tante reden. »Sie ist dafür verantwortlich«, sagt er. Er legt mir die Hand auf den Rücken und schiebt mich zur Tür. Ehe ich mich's versehe, stehe ich draußen auf der Straße. Ich ahne, dass er schon am Telefon hängt, mit Tante Rively – Steed wird mir keine Hilfe sein. Mir ist nach Weinen zumute, aber dann denke ich an meine Eltern, blicke mich um und sehe, dass genau gegenüber eine Post ist. Ich gehe rüber und schlage im Telefonbuch A wie Anwalt nach.

Ich bleibe an dem Namen Joski hängen, einfach nur, weil er mir gefällt. Ich rufe direkt an. Zurück zu Hause, hole ich ein Bündel Scheine aus dem Sandy-Loch und verstaue es in meinem Zimmer. Tante Rively klopft an die Tür, aber ich sage ihr, sie soll verschwinden. Am nächsten Morgen fahre ich wieder in die Stadt. Joskis Kanzlei ist schick, neu und sonnendurchflutet. Die Sekretärin benutzt sogar einen PC; durch die Tür hört man den Drucker surren. Joski ist ein junger Typ, und er lacht, als ich ihm das Geld zeige, und sagt, ich wäre doch nicht etwa ein Drogendealer, oder? Aber er macht nur Spaß, er nimmt etwas von dem Geld, legt mir eine Vereinbarung zur Unterschrift vor und sagt: »Ich helfe dir. Es ist an uns, ihr Chaos zu beseitigen.« Ich schüttle meinen Kopf, weil ich nicht verstehe, was er meint. Er erklärt mir, dass wir die jüngere Generation sind, die Zukunft, und es an uns sei, alles in Ordnung zu bringen, was die Generation vor uns vermasselt habe. Er zeigt mir ein Foto von seinem Vater, der ein berühmter Kronanwalt war, ein Politiker, sagt er, und auch er nehme gerne politische Fälle an, wenn er könne, um seinen Teil dazu beizutragen, »das Chaos zu beseitigen«. Zu Hause schotte ich mich ab; und Ende der Woche erhalte ich einen Anruf von Joski, der mir erklärt, er habe die von Steed angeforderten Dokumente erhalten und in meinem Namen einen Antrag bei Gericht gestellt. Wieder ein paar Tage später bringt mir ein Kurier eine Kopie des bewilligten Antrags mit einer Notiz von Joski. Mit dem Haus kann bis zu meinem achtzehnten Geburtstag nichts geschehen. Durch Joskis Hilfe habe ich bis zu meinem achtzehnten Geburtstag das Verfügungsrecht, wenn die Immobilie offiziell an mich übergeht. Sollte es irgendwelche Probleme geben, soll ich mich sofort an Joski wenden. Mit freundlichen Grüßen.

Ich behalte diese gute Nachricht für mich bis zu dem Tag, an dem der Immobilienmakler wieder kommt. Ich öffne, bleibe in der Haustür stehen und sage ihm, er soll verschwinden. Er lächelt mich an und fragt mich, wo meine Tante sei. Ich präsentiere ihm die Kopie der Gerichtsurkunde und wiederhole, dass er gehen soll. Tante Rively kommt an die Tür, schaut sich das Dokument an und wird total hysterisch. »Nein, Martin, nein!«, keucht sie. »Das ist ja unglaublich! Wo hast du das her? Wer hat dir das gegeben? Das kann doch nicht wahr sein!« Sie ruft Steed an, und er ruft zurück und klärt sie auf. Sie kann das Haus nicht verkaufen – niemand kann das. Es ist jetzt mein ständiger Aufenthaltsort. Ich wiederhole das noch einmal gegenüber dem Immobilienmakler, und diesmal geht er, aber Tante Rively hat es immer noch nicht kapiert. Sie redet auf mich ein, über Israel, meine Ausbildung, ihren Mann und meine Cousins. Wie gut ich in die Familie passe und dass ich ein neues Leben anfangen werde, ein jüdisches Leben, dort, wo ich hingehöre. Sie sei für mich verantwortlich. Sie behauptet, das hätte sie meinem Vater geschworen, aber ich bezweifle das, denn sie haben sich nie besonders nahe gestanden. Dann fleht sie mich beinahe an, spricht von meiner verstorbenen *Bobe* und wie sie kurz vor dem Krieg versucht hat, ihre Schwestern aus Dusat herauszuholen. Sie hört sich an wie Hugo. »Aber ich will es nicht nur versuchen«, fügt sie hinzu. »Ich will dich definitiv hier rausholen.« Sie fährt sich über das Gesicht, weint in ihre Hände und bittet: »Komm schon, Martin. Du bist ganz auf dich allein gestellt. Du hast keine Familie mehr. Komm mit mir. Was willst du denn sonst tun? *HaSchem will, dass du mit mir kommst.*«

Sie weigert sich, ohne mich abzureisen. Sie bleibt einfach und bleibt und zwingt mich schließlich, Joski anzurufen. Am Ende muss Steed kommen, um sie mit ihrem Gepäck zum Taxi zu begleiten, und wieder weint sie mit verrutschter Perücke. »Du machst einen schrecklichen Fehler«, sagt sie zu mir, als Steed die Tür des Taxis schließt. Ich bleibe hinter dem Tor stehen. Meinem Tor. Ich schließe es ab.

61

Ich entlasse das Dienstmädchen und bin zum ersten Mal allein in meinem Haus. Ich öffne die Hausbar, hole den Scotch meines Vaters heraus, gieße mir ein Glas ein und setze mich in seinen Sessel, um mir die Nachrichten anzusehen. Sein Geruch steigt aus dem Leder auf. Meine Füße liegen auf seinem Lederhocker. »Guten Abend«, sagt Michael de Morgan. »Guten Abend«, sage ich. Die chinesische Regierung wird nach ihrem brutalen Angriff auf die Demonstranten auf dem Platz des Himmlischen Friedens im vergangenen Monat weiterhin hart durchgreifen. Die polnischen Arbeiter demonstrieren. Dieser Gorbatschow mit seinem pflaumenroten Mal auf dem Kopf verspricht Reformen. Staatspräsident Botha hatte ein persönliches Treffen mit Nelson Mandela; danach wurde Mandela zurück in seine Zelle gebracht. Ich schaue meine Füße auf dem Hocker an; sie haben noch nicht mal gezuckt. Ich trinke den

Whisky meines Vaters, schlafe ein und wache vor dem Testbild auf. Ich schlafe viel, und wenn ich wach bin, versuche
ich, die Schränke meiner Eltern aufzuräumen. Ich will ihre
Sachen durchgehen, aber es fällt mir schwer, ich komme nie
besonders weit. Schließlich ist das Einzige, was ich weg-
nehme, mein eigener Pass, der in der Schublade lag, ebenso
wie die Pässe meiner Eltern, von damals, als wir alle zusammen nach Israel geflogen sind, um Tante Riv zu besuchen.
Ich bringe den Pass raus zum Sandy-Loch und stecke ihn in
den Umschlag mit den Greencards.

Die Zeit vergeht. Ich esse Dosenbohnen auf Toast. Das
Telefon klingelt – es ist Detective van Rensburg. Er will
mich auf dem Laufenden halten. Ich sage ihm, er soll vorbeikommen. Er erscheint mit einem zweiten Detective, und
wir setzen uns ins Wohnzimmer, und er teilt mir mit, dass
es ihrer Meinung nach Mitarbeiter von Isaac gewesen sind.
Ob ich wüsste, ob einer von ihnen irgendeinen besonderen Groll gegenüber meinem Vater hegte. Ich erzähle ihnen
von Sammy Nongalo und den anderen, die gefeuert worden
sind. Zunächst verschweige ich, dass er sie geschlagen hat,
weil ich nicht will, dass sie glauben, Isaac sei so ein Chef
gewesen, der seine Mitarbeiter geschlagen hat – denn so war
er nicht, ganz bestimmt nicht. Oder? Aber dann erzähle ich
ihnen alles. Sie scheinen nicht weiter überrascht zu sein. Sie
sagen, ja, sie wüssten von diesem Sammy, nach ihm wird
gefahndet. Seine Beschreibung sei an jede Polizeidienststelle gegangen, und er würde bald verhaftet, da seien sie
sich ganz sicher.

Nachdem sie weg sind, lege ich mich aufs Sofa und
schlafe, und als ich aufwache, weiß ich nicht, welcher Tag es

ist. Der Strom muss ausgefallen sein, alle Digitaluhren blinken. Das Licht draußen hat die Farbe von einem Bluterguss, und Regen klatscht gegen die Fenster. Ich trinke Whisky und schlafe wieder ein. Ich wache auf, toaste altes Brot auf und esse es mit Sardinen. Ich trinke Whisky. Ich schlafe. Das Telefon klingelt. Es ist Harry Steed, er will mir erzählen, was mit dem Schrottplatz passieren wird, da es kurz vor Monatsende ist. Ich denke: Was, schon? Wie kann das sein? Steed sagt etwas über den Mietvertrag mit einer Art Klausel, und es gebe Gläubiger. Er sagt, dass die Firma übernommen werden wird, »es sei denn, du hast noch andere brillante juristische Tricks im Ärmel«. Irgendwie überrascht es mich, dass er immer noch sauer auf mich ist wegen Joski und des Hauses. Aber dann überrascht er mich gleich doppelt, als er mit veränderter Stimme hinzufügt: »Martin, was hast du denn jetzt vor? Wie willst du weitermachen?«

»Sie klingen, als würde Sie das ernsthaft interessieren.«

»Martin.«

»Ich weiß nicht.«

»Ich glaube, du solltest wieder in die Schule gehen.«

Ich antworte nicht. »Du kannst natürlich machen, was du willst«, fährt Steed fort, »aber das ist meine Meinung.«

Ich sage: »Die Mitarbeiter. Was passiert mit ihnen?«

»Mit wem?«

»Den Männern vom Schrottplatz, den Arbeitern.«

»Oh. Die sind inzwischen ihrer Wege gegangen«, sagt Steed. »Für sie, für alle, ist die Ära von Lion Metals längst vorbei.« Was für eine pompöse Art, sich auszudrücken, als würde er eine Rede halten – wenn er an meine Gefühle appellieren wollte, muss ich zugeben, dass es ihm gelungen ist. Dann denke ich, scheiß auf sie, scheiß auf sie alle. Die Angestellten. *Die haben das getan, verdammt noch mal!* Die haben meine Eltern vergast. Und in meinen Kopf blitzt das Bild von den wachsartigen Leichen mit den schwarzen Punkten und den verunstalteten Fingerkuppen auf. Ich will dieses verdammte Gebäude in meinem ganzen Leben nie wieder sehen. Aber irgendetwas an diesem Morgen in der Firma, im Tresorraum, irgendein kleines Detail – das lässt mich einfach nicht los. Und was stand da in Hugos Brief? *Glaub nicht der Polizei etc. Was sie sagen, ist so nicht passiert.* Ich sollte angestrengter darüber nachdenken, aber ich bin zu müde. Ich lege mich wieder hin. Ein Auto funktioniert so, dass die Batterie den Motor startet und dann der Motor die Batterie auflädt. Aber wenn der Motor nicht mehr läuft, leert sich die Batterie. Man muss sich bewegen, um seine menschliche Batterie aufzuladen. Je mehr man rumliegt, umso weniger kann man noch etwas anderes tun, als rumzuliegen. Während ich herumliege, versinkt das Haus. Durch die Fenster strömt Wasser herein. Blau wie das Wasser im Aquarium am John Vorster Square. Ich treibe von der Couch hinunter und schwimme den Flur entlang. Warm wie Blut, so dass ich meine Haut nicht spüre, nicht merke, wo das eine endet und das andere beginnt. Ein Granatapfel driftet vorbei. Er bricht auf und ist voller kleiner Augen, die mich beobachten. Ich ziehe das Telefonkabel heraus. Die Tore sind abgeschlossen, die Mauer ist hoch. Ich weiß, dass im Kühlschrank Lebensmittel verfaulen, aber ich habe keinen Hunger. Meine Oberlippe ist stachelig. Ein Schneuzer will sprießen, und ich habe nicht die Energie, ihn davon abzuhalten. Ich bin verlottert, ich weiß. Während der Schiwe werden die Spiegel zugehängt. Gute Idee, finde ich, und decke sie wieder ab. Ich glaube, ich schlafe, und ich träume von einem Läuten, einer schweren Glocke. Ein Verrückter, der eine Glocke läutet, wie *Frè-re Ja-cques*. Ich träume nicht. Ich gehe raus und stelle fest, dass es früh am Morgen ist. Am hinteren Zaun, an den splittrigen Brettern, sage ich: »Ganz ruhig, Mr Stein.«

»Sie kommen!«, ruft er. »Sie kommen!« Ich spähe durch ein Loch und sehe eine seiner Hängebacken und eine Augenbraue, dick und grau wie eine alte Seidenraupe. Plötzlich starrt er mit einem Auge genau in meines. »Du hältst mich für verrückt. Alle halten mich für verrückt.«

»Nein«, erwidere ich gähnend. »Tue ich nicht, wirklich nicht. Nicht mehr.«

»Was ist denn da drüben bei euch los? Ich sehe keine Autos mehr.«

»Meine Eltern hat's erwischt«, sage ich.

Eine lange Pause. »Ich hab's gehört«, sagt er.

Ich denke ungefähr eine halbe Minute lang darüber nach. »Und es ist Ihnen nicht in den Sinn gekommen, die paar Meter zu uns rüberzugehen, Mr Stein? Hätten Sie nicht zu ihrer *Schiwe* kommen können, aus Respekt vor ihnen? *Sies, man!* Schämen Sie sich!«

»*Schiwe*«, wiederholt er.

»Respekt!« Es überrascht mich, wie zornig ich klinge, und mir wird plötzlich bewusst, wie wütend ich sein muss. »Sie *schtik drek!*«, beschimpfe ich ihn.

»Es tut mir leid«, sagt Stein. »Ich gehe nie mehr aus dem Haus. Ich habe so mein System.« Ich wende mich zum Gehen. »Warte«, sagt er. »Nein, warte, Martin. Warte hier, bitte. Ich habe etwas für dich. Lass es mich schnell holen gehen. Bitte warte!«

Jetzt stehe ich im Flur, vor der Tür meines Bruders. Ich erinnere mich an den Tag, als Marcus das Schloss angebracht hat, wie er Löcher in den Türrahmen bohrte. Ich hätte erwartet, dass sich Isaac darüber aufregt, aber es schien ihn eher zu amüsieren. Arlene schüttelte einfach nur den Kopf und sagte, sie würde aufgeben. Das Zahlenschloss hängt runter wie ein Metallhoden. Ich hole die Schachtel mit den Patronen aus meiner Tasche, sie sind apfelrot, fühlen sich wächsern an und haben Kupferböden. Meine andere Hand hebt das Ding an, das Mr Stein mir gegeben hat – es ist schwer, ja, aber nicht so schwer, wie ich gedacht hätte. Ich lege vorsichtig eine Patrone in die Kammer und lade. Mit dem Daumen löse ich den Sicherungshebel und ziele. Eine Stimme in meinem Kopf sagt: Stopp, hör auf damit! Mein Finger krümmt sich um den Abzug, ganz lang –

Bumm!

Die Explosion haut mir die Luft aus den Lungen, macht mich blind, und Holzspäne wirbeln um meinen Kopf. Ich bin halb taub, und meine Ohren klingeln. Ich lasse die lange Schrotflinte fallen und taumle ins Badezimmer. Mein Hemd ist zerrissen. Blut, Splitter. Ich schaue in den Spiegel und sage mir: Glück gehabt, dass es deine Augen nicht erwischt hat. Meine Schulter ist gerötet; das gibt blaue Flecken. Ich wasche mich mit zittrigen Händen, gehe zurück in den Flur und hebe die Flinte auf. Es riecht nach verbranntem Schießpulver und versengtem Teppich. Eine schwelende Stelle trete ich aus. Die Tür steht offen, um das Schloss herum völlig zerschreddert. Ich schiebe sie mit dem Fuß auf und betrete Marcus' Zimmer. Ich kann mich nicht mehr daran erinnern, wann ich das letzte Mal drin war. Auf der linken Seite befindet sich ein Wandschrank, auf der anderen Seite ein Stahltisch. Das Bett mit abgezogener Matratze steht an der Wand unter dem Fenster. Der Fußboden ist kahl bis auf die Stapel von Boxzeitschriften in einer Ecke, auf denen rissige Zwölf-Unzen-Boxhandschuhe liegen. Kampfposter an der Wand. Der Staub von Jahren. Was war sein großes Geheimnis? Warum musste er seine Tür abschließen? Ich schaue in den Schrank – nichts als ein paar ordentlich gefaltete Klamotten. Ich weiß nicht, was ich sonst erwartet habe. Ein Tagebuch? Wie in einem viktorianischen Roman der Brontë-Schwestern gesteht Marcus seine dunklen Geheimnisse in hübscher Prosa? Aber das Leben bietet keine hübsche Prosa, ja es ist nicht mal hübsch, und es gibt keine Geständnisse und auch kein Verständnis, es passiert einfach. Ich setze mich auf die Matratze, die Schrotflinte quer über meine Beine gelegt. Vermutlich steht die Polizei bald vor der Tür. Schon redet die ganze Nachbarschaft von einem Schrotflintenknall. Aber die Leute in Whiteland bleiben lieber in ihren Häusern. Langsam lasse ich mich seitlich auf die kühle Matratze sinken und rolle mich um die Flinte zusammen. Als ich die Augen aufschlage, scheint der Mond durch das Fenster. Ich werfe einen Blick auf die Schrotflinte, sie ist geladen und entsichert. Wow. Ich halte meine Gedanken nicht beisammen. Abgesehen von der Schrotflinte und der Patronenschachtel hat mir Mr Stein noch neun Blisterfolien mit rosa Pillen gegeben. »Nimm die mal lieber«, hat er mir geraten. »Amphetamine. Im Krieg haben wir sie Kampfpillen genannt. Lass dich von denen nicht

beim *schlofn* erwischen.« Ich drücke zwei auf meine Handfläche und schaue sie an.

Jetzt bin ich draußen auf Streife und kontrolliere mein
Gebiet, die geladene Schrotflinte in den Händen. Ich stelle
fest, dass der Briefkasten überquillt. Ich leere ihn und mache mit dem Inhalt ein Feuerchen im Grill. The Greenside
Shopper wirbt mit Angeboten, beim Spar gibt's Mozzarella
für 99 Cent. Die United Building Society hat ein spezielles
einmaliges Freundschaftstarifangebot für Mr I. Helger, Es-
quire. Auf der *Vogue* von diesem Monat klebt ein Adress-
etikett mit dem Namen Arlene Helger. Ich füttere die Zeitschrift und alles andere nach und nach den züngelnden
Flammen, als würde ich einem Dämon Fleischstücke zu-
werfen. Ich beobachte, wie ihre Namen schwarz und blasig
werden. Ich stochere mit einem Stock darin herum, damit
das Feuer alles restlos auffrisst, aber dann fällt mein Blick
plötzlich auf eine Postkarte, auf der mit Füller »Pats« steht.
Ich fische sie mit dem Stock heraus, aber bis ich die Flammen ausgetreten habe, ist sie schon größtenteils verbrannt.
Ich beuge mich nach vorn und lese: *Alles Gute, Kumpel.*
Ansonsten kann ich nur den letzten Teil entziffern: … *mit
deinen Eltern tut mir sehr leid, und ich wünsche dir ein
langes Leben. Wenn ich dir irgendwie helfen kann, kannst
du mich auf dem Pager unter der Nummer 784–112 erreichen…* Ich hebe den verkohlten Fetzen auf, wische ihn vorsichtig an meinem Bein ab und stecke ihn in die Tasche.
Dann werfe ich Sand auf die Flammen und gehe wieder
rein.

Das Problem ist, dass vor mir nichts als Zeit liegt, immer
weiter und noch mehr, wie eine unendliche Wüste. Wenn

ich Hunger bekomme, schmeiße ich ein paar Pillen ein, und dann verschwindet der Hunger, und das Gefühl der Leere ist nicht mehr ganz so schlimm. Erst nehme ich zwei Tabletten auf einmal, dann drei und dann vier. Danach fühle ich mich, als hätte jemand einen AN-Schalter in mir umgelegt. Lebendig. Andererseits machen sie mich ganz hibbelig und kribbeln unter meiner Haut. Ich patrouilliere viel mehr, das Laufen gefällt mir. Ich überprüfe das Sandy-Loch, mein Geld, meine Dokumente. Ich stecke die halbverbrannte Postkarte vorsichtig zwischen die Seiten eines Notizbuches und verberge sie dort zusammen mit meinen anderen Geheimnissen. Die Fireseed-Videokassetten. Geheimnisse haben ihre eigene Schwerkraft; sie ziehen weitere Geheimnisse an wie ein Schwarzes Loch. Sie türmen sich auf. Ich muss wachsam bleiben, am Leben bleiben.

Mir ist heiß. Ich sehe einen Swimmingpool vor mir und werde den Gedanken nicht los, ich könnte ein Loch ausheben und es mit Regenwasser volllaufen lassen, wie bei der Blitzflut im Brandwag Park. Irgendwie erscheint es mir vollkommen logisch, also hole ich eine Hacke und eine Schaufel aus dem Schuppen und fange an, ein Loch in den Rasen zu graben, so lange, bis meine Hände bluten. Ich lege mich hin, bin aber wach. Mir tut alles weh, und ich hinterlasse klebrige Blutflecken auf der Matratze und der Schrotflinte. Ich wache ernüchtert auf und habe das Gefühl zu ersticken. Ich spüle ein paar Pillen mit einer Dose Sprite runter, und meine Lungen öffnen sich wieder. Ich gehe mit der Schaufel raus, um meinen Pool zu graben, aber dann beschließe ich, den Garten von allem zu befreien, was die Sicht versperrt. Ich bin in der Dornenhecke, hacke und hacke. Der Baum muss fallen! Ich hacke mit der Schaufel auf den Stamm ein und lege feuchtes weißes Holz frei. Der Baum will einfach nicht umfallen. Ich nehme die Schrotflinte, ziele auf den Stamm und drücke den Abzug, aber es sind keine Patronen in dem Ding. Ich kann mich nicht daran erinnern, sie rausgenommen zu haben. Ich gehe rein, werfe ein paar Pillen ein, und dann lade und entlade, lade und entlade ich die Flinte so lange, bis meine Finger taub werden, während mein Verstand irgendwo weit weg ist. Es ist Tag, nein, es ist wieder dunkel. Ich mag die Hitze der glühenden Tage nicht. Aber wenn es dunkel ist, bohrt das Zirpen der Grillen in den Blumenbeeten in meinen Zähnen. Ich muss in irgendwas reinbeißen, auf etwas herumkauen. Mich verfolgt eine zwei Meter große Parktown Prawn. Ich muss die Schrotflinte immer bereithalten, muss ständig überprüfen, ob sie geladen ist. Ich muss meine Kampfpillen rationieren. Mein Kiefer schmerzt, ich kann nicht aufhören zu kauen. Ich bin jetzt wieder auf Streife und patrouilliere rings ums Haus. Mein Eigentum. Ich habe meine Waffe. Die werden versuchen, die Einbruchsgitter zu durchtrennen. Ich höre die Waldinsekten an der Baumrinde knabbern. Inzwischen hat Arlene in einer kleinen Blase tief in meinem Ohr angefangen zu singen. Ich versuche, das Ohr mit einem Ast auszuputzen, aber ich komme nicht an die Blase ran. Arlenes Stimme klingt ganz hoch, wie die einer Opernsängerin. Bald besingt sie alles, was ich tue. *Er dreht sich um, aber da ist keine Riesen-Parktown-Prawn!* Mir dämmert, dass menschliche Gedanken nichts anderes sind als ein Nest von kleinen Kakerlaken, die an der Schädelbasis leben, und die Wirbelsäule ist ein hohler Schlauch, in der die Kakerlaken auf und ab krabbeln. Das sind Gedanken. *Er entdeckt, was Gedanken sind!,* singt Arlene in den höchsten Tönen. Wenn ich etwas Scharfes, Antiseptisches hätte, könnte ich mein Gesicht aufschneiden und die Kakerlaken da drin ausräumen, aber ich habe Angst, dass sie durch andere Löcher in meinem Inneren schlüpfen und entkommen. Ich bin *in* meinem Fleisch gefangen, ich bin darin *begraben*. Ich esse Black-Cat-Erdnussbutter aus einem Glas und nehme dazu eine halbe Folie Pillen. Jetzt ist nur noch eine Folie übrig. Ich starre das Testbild im Fernsehen an und stelle fest, dass es ein riesiges Auge ist, ein digitaler Späher. Von der Regierung. *Er entdeckt die schreckliche Wahrheit im Testbild!,* singt Arlene in meiner Ohrblase. Es ist Zeit für eine Patrouille. Das muss sein. Dieses Quietschen in meinem Schädel ist das Knirschen meiner Zähne.

Ich höre Geräusche aus dem Carport, die Geräusche des Tors. Ich klettere über die Innenwand, geschickt wie eine Katze, und schleiche hinter dem Kaktusbeet entlang. Jemand spielt Jesus am Tor, die Arme ausgebreitet wie an einem Kruzifix, und rüttelt an den Gitterstäben. Dann ruft die Gestalt: »Mah-ten! Mah-ten! Bist du da drin?« Ein Terrorist, er hat Bomben zu seinen Füßen. Er ist hier, um mich rauszulocken. Ich schleiche näher ran und lege die Schrotflinte auf ihn an, von der Seite des Tores aus, wo er mich nicht sehen kann. Nicht besonders schlau, was, du mieser Terrorist? Ich krümme den Finger um den Abzug. *Oh, aber es ist böse, sehr böse, Leute zu erschießen!,* singt Arlene. *Schau erst mal nach, was er will! Ich bitte dich und flee-he-he dich an!* Halt die Klappe, Ma. Ich arbeite hier. Ich versuche zu überleben. Aber sie singt weiter schrill in der Blase

434

in meinem Ohr, bis ich aus meiner Deckung trete. Er keucht und reißt die Augen weit auf in seinem dunklen Gesicht. Ich stoße mit dem Lauf der Flinte durch das Gitter an seine Brust. »Nicht schießen!«, bringt er hervor. »Erschieß mich nicht! Ich habe es nicht getan, deshalb bin ich gekommen. Ich habe es nicht getan. Ich war es nicht. Deshalb bin ich hier, um dir das zu sagen. Bitte. Nimm das Gewehr runter. Bitte. Mah-ten.«

»Wer hat dich geschickt?«, frage ich. »Wo sind die anderen?«

Er antwortet nicht, bewegt sich nicht. Ma singt: *Vielleicht sind das keine Bomben, vielleicht sind das Einkaufsta-ha-schen.* »Halt einfach die Klappe, halt mal die Klappe«, sage ich laut, und zugleich wird mir klar, dass ich noch anderes Zeug gesagt, ja vielleicht sogar gesungen habe. »Du«, sage ich zu dem Mann. »Du. Komm näher. Wer bist du? Näher, hab ich gesagt.«

Das Haus ist sauber und ordentlich, die Fenster sind geöffnet, und ein Geruch nach Putzmittel weht durch die Räume und bauscht die Spitzenvorhänge. Es riecht nach Dandy-Bohnerwachs und Sunlicht-Seife. Die Sonne scheint, aber die Wetterlage ist das, was wir eine Affenhochzeit nennen, denn zugleich regnet es von einem anderen Teil des Himmels. Es tut gut, den sanften Regen zu spüren, die Wassertropfen auf meiner Haut, fein und kühl und frisch. Die Sonne bescheint das eine Ende des Gartens, die Wolken verdunkeln ihn am anderen Ende. Der Rasen wurde gemäht, er pikt meine nackten Füße. Mein Loch wurde aufgefüllt, und die Erde ordentlich glattgeharkt. Ein Mann kommt hinter dem Granatapfelbaum hervor; er zieht eine Segeltuchtasche hinter sich her. Er bleibt stehen, um sich das Gesicht mit der Rückseite seines Unterarms abzuwischen. Ich weiß, was hinten auf seinem Overall steht. Es ist Sammy Nongalo. Ganz ruhig kommt er auf mich zu. »Na, wie geht's dir?«, fragt er. Ich antworte nicht; ich denke mir, ich hätte den Abzug drücken sollen. Für meinen Vater. Für meine Mutter. Er schaut auf seine Armbanduhr. »Du hast … fünfzig Stunden geschlafen.« Ich stehe einfach nur da. »Wir haben ein paar Dinge zu besprechen«, sagt er.

»Ich glaube, die Polizei ist hinter dir her«, erwidere ich.

»Ja. Das ist wahr.«

Wir gehen hinein. Es ist das erste Mal, dass ich mit einer schwarzen Person hier am Esstisch sitze. Gloria hat nie mit uns am Tisch gesessen. Sie aß allein in der Küche oder in ihrem Zimmer. Sammy sitzt auf Zaydis Stuhl und ich ihm gegenüber, wo Marcus früher immer gesessen hat. Zwischen uns stehen Teetassen und ein offenes Woolworths-Dattelbrot, an dem ein gezacktes Messer lehnt. Sammy hat die Essensvorräte aufgefüllt. Er gesteht mir, dass er etwas Geld aus einer Schublade im Arbeitszimmer genommen hat. »Tut mir leid. Ich habe keins mehr«, sagt er.

Ich verschränke nur die Arme.

»Behaupten die, dass ich es war?«

»Ich weiß nicht«, antworte ich mit gesenktem Blick. Dann sage ich: »Ja.« Und dann: »Ich glaube auch, dass du es warst. Du hast es getan.«

»Bitte. Schaust du mich mal an, Martin?« Ich blicke auf, in Sammys ernstes Gesicht. Ich denke daran, wie ruhig er an dem Tag auf dem Schrottplatz war, wie er meinen Vater in den Dreck gestoßen hat.

»Warum auch nicht?«, frage ich. »Ich meine, nach dem, was du mit Silas gemacht hast.«

Sammy verlagert das Gewicht; sein Stuhl knarrt. »Das war etwas anderes«, erwidert er. »Aber es war nicht so …« Er hebt die Hände und lässt sie wieder sinken. »Okay, ich erzähle dir, was passiert ist. Die MOMSU-Typen –« Er schaut mich fragend an, ob ich weiß, wovon er redet, und ich nicke. MOMSU ist ein Akronym für die große Arbeitergewerkschaft. Er erzählt weiter. Zwei Männer von MOMSU seien auf den Schrottplatz gekommen und hätten versucht, die Leute gewerkschaftlich zu organisieren. Nicht nur, um für eine bessere Bezahlung zu kämpfen, sagt Sammy, sondern auch, weil das Teil des Freiheitskampfes sei, um die Wirtschaft für das Volk zu befreien. Aber die Angestellten wären geteilter Meinung gewesen. »Die Älteren haben die MOMSU-Leute vertrieben«, sagt Sammy. »Silas war ihr Anführer. Silas war sehr stark.«

»Und da hast du beschlossen … Okay, nennen wir es doch beim Namen, ja? Ihn zu … ermorden …«

»Nein, nein, nein! Nicht ich. Diese Männer, weißt du, die haben …« Und er erzählt mir, dass die Gewerkschafter behauptet hätten, sie würden ein Rad an Silas' Auto lockern und einen Unfall provozieren, nicht um ihn zu töten, sondern als Warnung. »Wir haben sie zum Auto gelassen, aber sie haben es getan.«

»Die Bremsen.«

»Sie haben nicht das gemacht, was sie gesagt hatten. Es war nicht das Rad. Stattdessen haben sie kleine Kittklümpchen auf die Bremsleitungen, das Sicherheitskabel und die Kupplungsscheibe geklebt. Sie hatten Ahnung, wie man so was macht, wir wussten das gar nicht. Diese Klümpchen lösen sich, wenn das Auto schnell fährt, und dann kann man mit dem Gang oder der Handbremse nicht bremsen. Wir hätten so was gar nicht gekonnt. Die waren das.«

Ich frage ihn, ob die Polizei das nicht hätte rausfinden müssen, als sie den Unfallwagen untersucht hat. Sammy zuckt mit den Achseln. »Ich weiß nicht, warum die Polizei nicht genau hingeschaut hat. Oder uns gefragt hat.«

»Victor. Als Victor an dem Tag auf den Hof kam, wollte er das Unfallauto sehen und es meinem Vater zeigen, stimmt's?«

Wieder zuckt Sammy mit den Schultern. »Ich hab keine Ahnung.«

»Aber du warst doch dabei. Du hast ihn vertrieben, ich habe es gesehen. Mir wurde gesagt, dass ihr ihn getötet habt. Du und Phala und die anderen.«

Sammy schnüffelt und reibt sich mit der flachen Hand über die Nase. »Ich war es nicht, aber die Polizei wird mich trotzdem dafür drankriegen. Diese Gewerkschafter, die haben mir gesagt, dass sie meine Fingerabdrücke auf den Teilen haben und behaupten werden, ich hätte es getan. Also muss ich mich schützen, verstehst du? Danach mochte ich diese Gewerkschaftsleute nicht mehr. Ich dachte, ich weiß eigentlich gar nicht, wer die sind, ehrlich. Wir haben sie danach nie mehr gesehen. Vielleicht steckt auch was anderes dahinter.«

»Was soll das heißen, was anderes?«

»Ich glaube, die beiden waren von der Polizei.«

»Na klar«, sage ich. »Sicher doch.«

»Du glaubst mir nicht.« Sammy lehnt sich nach vorne, beide Hände flach auf dem Tisch. »Egal. Ich bin nicht hier, um mit dir über Silas zu reden. Ich bin hier, um mit dir über deine Eltern zu sprechen. Ich habe das nicht getan. Ich würde so etwas nie tun. Ihnen das antun. Deiner Mutter. Nein, Martin.« Er greift über den Tisch nach dem gezackten Messer. »Ich bin hier, weil ich dir sagen will, dass ich das nicht getan habe. Es ist wahr, dass ich deinen Vater manchmal nicht gemocht habe. Und es stimmt, ich wollte eine Gewerkschaft. Aber ich bin nicht hingegangen und habe sie getötet, an diesem Morgen, ich war nicht da.« Er hebt das Messer an seine Kehle. »Wenn du willst, kannst du mich sogar töten, Martin. Aber ich war es nicht.« Das soll mich wohl beeindrucken, denke ich. Aber es bewirkt das Gegenteil. Ich komme mir vor wie in einer Seifenoper, als spielte er Theater.

Ich frage: »Warum sollte ich dir glauben, Sammy?«

»Deshalb bin ich hierhergekommen. Warum sollte ich herkommen? Wenn ich deine Mutter und deinen Vater getötet hätte, würde ich das tun?«

»Du kannst nirgendwo sonst hin«, wende ich ein. »Du wirst gesucht. Die kommen und holen dich.«

»Wenn ich ein Mörder wäre«, sagt er und deutet mit dem Messer auf mich, »könnte ich dich töten, und dann könnte ich mich hier verstecken.«

Ich schüttle den Kopf. »Das wäre blöd. Ich bin eine gute Tarnung für dich.«

»Du glaubst mir nicht?«

Ich schaue weg. »Ich weiß es nicht.«

63

Sammy Nongalo bringt ein paar Sachen aus dem Haus in Glorias ehemaliges Hinterzimmer und wohnt ab jetzt dort wie die ganzen Hausangestellten in der Nachbarschaft. Ab und zu gebe ich ihm etwas Geld aus dem Sandy-Loch, und er kauft Lebensmittel ein und hält das Haus in Ordnung. Ich sehe fern, schaue Videos. Ich schlafe. Lese. Ich nehme keine Kampfpillen von Mr Stein mehr, deswegen habe ich auch keine hohen Singstimmen mehr in meinen Ohren. Doch dann höre ich eines Tages hinten im Garten eine Frauenstimme, eine echte. Mit der Zeit kommen andere Stimmen hinzu. Ich sehe Gesichter, Leute tauchen auf. Sie kommen durch das Tor in den Garten. Viele von ihnen sind ehemalige Angestellte meines Vaters, die jetzt keine Arbeit mehr haben. Ich sage ihnen nicht, dass sie gehen sollen; ich erlaube ihnen, bei mir zu bleiben, bei meinem Schweigen. Kann sein, dass sich das rumspricht, denn immer mehr von ihnen kommen. Ich habe nichts gegen die Aktivität, den Menschenlärm. Ich bringe den Fernseher in das Zimmer meines Bruders und ziehe mich dorthin zurück. Viel Zeit vergeht; das sollte beängstigend sein, aber es ist mir egal. Haben wir August oder September? Ich weiß es nicht. Ich bemerke, dass der Strom öfter ausfällt, wenn sie die Leitungen überlasten. Ich bemerke, dass die Toiletten ab und zu verstopft sind. Eines Tages suche ich nach Sammy und kann ihn nicht finden. Der Garten ist zugewuchert. In jedem Zimmer schlafen Leute. Nachts höre ich Live-Musik. Ich stehe auf und sehe die Leute im Wohnzimmer tanzen, sie bewegen sich auf der Stelle, sitzen rum, trinken, rauchen, nicken mit dem Kopf. Unter ihnen ist auch eine Frau aus Mosambik. »Warum machst du das? Warum lässt du die ganzen Leute hier wohnen?«

»Warum nicht?«

»Es wird Ärger geben.«

»Alles bricht zusammen«, sage ich. Sie kommt in mein Bett.

Ich gehe im Morgengrauen hinten an den Zaun zum Pinkeln, als Mr Steins Raupenaugenbraue im Spalt zwischen den Brettern erscheint. »Gott sei Dank!«, sagt er zischelnd. »Du bist es! Los, beeil dich!«

Ich frage ihn, wovon er redet.

»Der einzige Grund, warum ich die Polizei nicht gerufen habe, ist, dass dann bloß wieder diese blauen Bullen reinstürmen. Die haben keine Ahnung, wie man bei Geiselnahmen vorgehen muss. Dann wird dir die Kehle aufgeschlitzt, noch ehe die drin sind. Aber um Himmels willen, jetzt beeil dich doch, Mann!«

Ich gähne. »Wir sehen uns, Mr Stein.«

»Sei doch nicht blöd, Martin! Geh nicht wieder rein. Das ist deine Chance! Hör auf mich, und klettere über den Zaun. Du musst es tun.«

»Ich bin keine Geisel, Mr Stein.«

»Sie haben dich einer Gehirnwäsche unterzogen«, erwidert Stein. »Stockholm-Syndrom.«

»Ich bin keine Geisel, ich bin Gastgeber.«

»Du bist was?«

»Ja«, sage ich. »Keine Filmsets mehr. Wir reißen alles ab.«
Das klingt in seinen Ohren so plemplem, dass selbst dem
verrückten Mr Stein nichts mehr dazu einfällt.

64

Jedes Mal das Quietschen der LKW-*Bremsen und das schwere
Keuchen des Diesels. Jedes Mal der sanfte Regen. Jedes Mal
in meinem eigenen Bett aufwachen und es für die Realität
halten. Dann aus der Dunkelheit das Dröhnen der großen
Megaphone und Scheinwerfer, die wie Lanzen durch den
Regen stechen. Das Trampeln schwerer Stiefel auf nassem
Asphalt, als die stahlhelmbewehrten Soldaten in ihren
dunklen Mänteln von der Ladefläche des* LKWs *springen und
auf unsere Mauern zustürmen.*

*»Achtung! Achtung! Alle Juden raus! Schnell! Juden
raussss!«*

Als ich richtig wach werde, regnet es nicht, aber draußen
quietschen tatsächlich Bremsen, und auch das Keuchen der
schweren Motoren ist echt. Dann wird auf das Tor eingeschlagen. Ich hole die Schrotflinte unter dem Bett hervor.
Draußen brüllt ein Diesel, dann folgt ein ohrenbetäubender Knall. Ich schleiche vorsichtig zur Haustür und höre
Schreie und das Splittern von Glas von der anderen Seite
des Carports. Frauen schreien draußen, Männer brüllen,
Kinder weinen, und ein Hund knurrt und bellt. Im Flur
und im Wohnzimmer kauern sich Leute eng zusammen
und sehen verängstigt aus. Dann fliegt die Haustür auf, ein

Scheinwerfer taucht alles in gleißend helles Licht, und Männer schreien mich an, ich soll das *fokken* Gewehr hinlegen. Ich lasse es fallen. Hände greifen nach mir und drücken mich runter, Handschellen schließen sich um meine Handgelenke. Ich werde hochgerissen und rausgeschleift. Ich bin in der Unterhose, und die Nachtluft streicht kalt über meine Haut. Sie stoßen mich durch den Carport. Zwei Polizisten halten einen Mann fest, während ein dritter immer wieder auf seinen Rücken springt; der Mann macht dabei ein seltsames, blökendes Geräusch. Ich erkenne ihn, er ist der Stille, der die *Lesiba* spielt. Als ich den kleinen Abhang hinaufblicke, sehe ich, dass die Vordertore aufgebrochen wurden und ein Mello Yello – ein Polizei-Casspir – davor parkt. Er fährt rückwärts raus, und ein Polizeitransporter biegt ein. Sie beginnen, Leute einzuladen. Ich werde in eine andere Richtung gedrängt, nach rechts. Auf der Straße stehen noch mehr Polizeifahrzeuge, und einige meiner Nachbarn haben sich draußen versammelt, gaffen, reden und nicken. Wird aber auch höchste Zeit, sagen sie bestimmt. Ich schaue zu Mr Steins Haus, aber da brennt nicht mal Licht. Die Straße fühlt sich steinig an unter meinen nackten Sohlen. Die Bullen schieben mich auf den Rücksitz eines geparkten Streifenwagens und lassen mich dort sitzen. Es vergeht etwa eine Stunde, und meine Arme werden schon taub, als ich vier große, quadratische Scheinwerfer hinter mir auftauchen sehe. Ein roter Jaguar xj6 fährt langsam vorbei. Ich brauche mir das Nummernschild nicht anzusehen – das ist Hugos Auto, mit Fahrer und Beifahrer darin. Es parkt vor dem Auto, in dem ich sitze. Der Fahrer schiebt sich heraus; er ist so groß, dass es aussieht, als würde ein Gerüst aufgebaut. Er trägt einen kastanienbraunen Blazer, dessen Ärmel zu kurz für seine Steckenarme sind. Bokkie Oberholzer. Ich beobachte, wie er vorbeigeht bis ans Tor. Dann lege ich den Kopf in den Nacken und schließe die Augen. Zeit vergeht. Ein Klopfen am Fenster weckt mich. Oberholzer öffnet die Tür; er trägt ein Bündel unter dem Arm und einen Schlüsselbund in der Hand. »Raus«, sagt er. Ich steige aus dem Streifenwagen, und er bedeutet mir, mich umzudrehen. Er nimmt mir die Handschellen ab und drückt mir das Bündel an die Brust. Es ist meine eigene Kleidung, um meine Nike-Sportschuhe gewickelt. »Zieh dich an.«

Ich ziehe die Kleider an und sage dann: »Captain.«

»Falsch! Kapierst du's nicht, Junge?« Er tritt zurück, streicht mit den Händen über seine Brust und hebt einen Fuß, um mir einen Cowboystiefel zu zeigen, um mir zu zeigen, dass er keine Uniform trägt. »Ich bin jetzt Major«, sagt er. »*Major* Bokkie Oberholzer. Special Branch, Staatspolizei!«

»*Masl-tow*«, sage ich.

»Ich habe mein Ziel erreicht«, sagt Oberholzer. »Und jetzt los.«

Da wir auf dem Bürgersteig direkt vor meiner Gartenmauer stehen, gehe ich davon aus, er will wieder zurück ins Haus. Aber als ich einen Schritt in Richtung des kaputten Tores mache, schnaubt er und führt mich zu Hugos Jaguar. Auf dem Beifahrersitz sitzt immer noch jemand. Er öffnet die Tür, und ich befürchte eine grauenhafte Sekunde lang, Hugo Bleznik würde aussteigen, aber es ist ein junger Weißer. Er trägt ein schwarzes T-Shirt, zerrissene, gebleichte Jeans, ochsenblutrote Doc Marten's und einen Ohrstecker.

Als er sich zu mir umdreht, erkenne ich im Licht der Straßenlaterne, wie sehr sich die Muskeln unter seinem T-Shirt wölben, dicke Strängen ziehen sich bis zu seinem breiten Nacken. Ein Bodybuilder. Oberholzer befiehlt mir einzusteigen. Der Muskelprotz wirft mir einen Blick zu und zündet sich eine Zigarette an. »Ist er das?«, fragt er Oberholzer. Man hört an seinem Akzent, dass er hier aus den nördlichen Vororten von Johannesburg stammt, genau wie ich. Oberholzer nickt ihm zu. Durch die Scheibe sehe ich, wie der Muskelprotz den Kopf schüttelt. Er stößt einen Pfiff aus, und beide Männer lachen. Als wäre ich der Witz, aber ich verstehe die Pointe nicht. Jetzt deutet der Muskelprotz auf das Haus und spricht mit Oberholzer. Sein Bizeps schwillt an, als er die Zigarette an den Mund hebt, und ich sehe eine Tätowierung innen an seinem Handgelenk – eine Faust mit zwei Dynamitstangen. Ich überlege, wo ich das Motiv schon einmal gesehen habe, während die beiden weggehen.

Oberholzer kommt allein zurück und setzt sich ans Steuer. »Na, gefällt dir mein Jaguar?«

»Nicht schlecht«, sage ich, »für einen Gebrauchtwagen.«

»Ha. Der war gut.« Er lässt den Motor an und fährt los. »Gegen deinen Mr Bleznik wird ermittelt, weil er nach dem Doppelmord an seinem Geschäftspartner und seiner Frau geflüchtet ist. Dieses Fahrzeug wurde beschlagnahmt. Wenn man bei der Staatspolizei ist, in der Abteilung C, so wie ich, kann man sich jedes beschlagnahmte Fahrzeug aussuchen, das man nur will. Denn die Leute sind hilfsbereit, wenn man bei der SB ist. Leute, die mich hinter meinem Rücken ausgelacht haben, lecken mir jetzt die Stiefel. Niemand will Ärger mit einem Major der sb. Ich bin jetzt ein mächtiger Mann, Martin. Ist es nicht ein gutes Gefühl für dich zu wissen, dass ich dein Freund bin?«

Ich überlege, ob ich ihn frage, wohin wir fahren, aber ich entscheide mich dagegen. Oberholzer fragt mich, wie es mir geht. Ich antworte nicht und denke daran, dass Hugo mir immer wieder eingeschärft hat, wie gefährlich dieser Mann ist und dass er uns im Visier hat. Und in seinem Brief stand: Ich will definitiv diesem Arsch von Captain nicht die Chance geben, mich allein in einer Zelle zu erwischen, und du darfst das auch nicht!

»Du bist durch die Hölle gegangen, ich weiß«, sagt Oberholzer. »Aber all das hat jetzt ein Ende. Ich bin hier, um dir zu helfen, Martin.«

»Natürlich«, sage ich.

Er sagt: »Ich verstehe, dass du verbittert bist. Dein Vater und deine Mutter sind von Bestien ermordet worden, und dann ist eine Bande von Landstreichern und Abschaum in dein Elternhaus eingefallen. Du kannst nicht richtig denken und bist verwirrt und allein. Du musst verstehen, dass ich auf deiner Seite bin, Martin. Ich bin derjenige, der diese Kaffern einbuchten wird, die deine Ma und deinen Da in den Safe gesperrt und umgebracht haben. Was für ein Ende! Die reinste Gaskammer. Und du bist nett und freundlich zu diesen Verbrechern? Diesen erbärmlichen ANC-*kieme*.« Es dauert einen Moment, bis mir einfällt, dass *kieme* Afrikaans für Bazillen ist, doch da ist er schon weiter und redet auf mich ein, er wäre als Einziger auf meiner Seite und würde »daardie bliksem naaiers«, diese verdammten Ficker, einsperren und sie für ihre Taten bezahlen lassen.

Wir fahren auf der M2 Richtung Osten. Ich sehe von hier aus die Kuppen der Minenhalden, die nachts nicht so gelblich leuchten wie bei Tag, der Sandberge, die wir seit etwa hundert Jahren aus dem Bauch von Mutter Erde holen, ihre *Kischkes* aus Gold, die wir rausreißen. Aus dem Funkgerät unter Oberholzers Sitz ertönen Stimmen. Ich schlucke und sage: »Der andere ist dageblieben, oder, Major?« Er antwortet nicht. Ich frage, wohin wir fahren. »Sei still«, sagt er.

Wir passieren die Abzweigung zum Jan-Smuts-Flughafen und verlassen die Autobahn an der nächsten Ausfahrt. Wir fahren auf einer schmalen Straße ohne Beleuchtung, die durch struppiges Grasland führt, und nach einer Viertelstunde erreichen wir ein mit Maschendraht umzäuntes Gelände, an dessen Tor eine Wache steht. Die Uhr im Armaturenbrett zeigt fünf nach drei Uhr morgens an. Ich sehe die hellen Lichter des Flughafens in der Ferne und höre das schwache Dröhnen von Triebwerken. Die Wache tritt an Oberholzers Fenster und lässt uns durch. Vor uns liegt ein quadratisches Gebäude aus rotem Backstein, eine Art Verwaltungsgebäude. Ich habe keine Schilder gesehen. Wir fahren darum herum, parken auf der Rückseite, und Oberholzer bringt mich zu einer Metalltür, die er öffnet. Ein widerlicher chemischer Geruch steigt mir in die Nase. Oberholzer schaltet Leuchtstoffröhren an der Decke ein. Grüne Bodenfliesen, nackte Ziegelwände. Mit dem Funkgerät in einer Hand führt er mich nach links durch einen Flur. Ich höre das Brummen von Maschinen. Oberholzer bleibt stehen, öffnet einen Schrank, nimmt eine Plastikschürze und ein Paar Handschuhe heraus und zieht sie an. Dann folge ich ihm durch eine Reihe von Schwingtüren in einen großen, kalten Raum. Es riecht intensiv nach Verwesung und dem Chemikaliengestank von eben. Eine Reihe von Klimaanlagenventilatoren rauscht in der gegenüberliegenden Wand. In der Mitte liegt eine große freie Fläche, und auf beiden Seiten stehen Metallgerüste an den Wänden mit Reihen von Stahlablagen, jede so lang, wie ich groß bin. Auf einigen der Ablagen sehe ich längliche Plastiksäcke. Volle Säcke mit unförmigem Inhalt. Oberholzer dreht sich um und winkt mich näher heran. Ich fühle mich grauenhaft; meine Haut kribbelt vor Kälte, mein Herz wummert. Aus irgendeinem Grund denke ich, dass er mir Arlene und Isaac zeigen wird – obwohl ich weiß, dass sie begraben sind. Aber vielleicht hat er sie ausgegraben, ja, das hat er getan. *Was für ein Ende. Gaskammer.* Ich trete vor, als er eine Ablage halb herauszieht. Der blaue Plastiksack hat oben einen Kordelzug, und er löst ihn und schaut mich an. »Es tut mir leid, Martin. Ehrlich. Aber es ist wichtig, dass du das siehst. Da wird sie reingelegt.« Er zeigt weiter nach hinten. Ich folge seinem Finger und sehe am Ende des Gerüsts einen Zinksarg auf einem Metallgestell mit Rädern stehen. »Ooch«, sagt Oberholzer. »Was für ein Jammer, hey. So eine Verschwendung.« Ich höre ein Rascheln, und als ich mich umblicke, packt Oberholzer mit einer seiner großen Plastikhände eine Handvoll dunkler lockiger Haare, während er mit der anderen die Plastikfolie über die Schultern zurückschlägt. Er legt den Kopf wieder auf die Bahre, und ich blicke Annie Goldberg an. Ihre schöne olivfarbene Haut sieht weiß aus und ist rings um Lippen und Augen grünblau verfärbt. Ihre Augen sind tief in den Schädel gesunken. Ihr Mund ist geöffnet. Oberholzer hält ihren Kopf mit seinen

Plastikfingern gerade. Ich stoße ungefähr zwanzigmal das Wort Nein! aus, wende den Blick ab, und als ich mich wieder umschaue, sage ich zu Oberholzer, dass sie das nicht ist, sondern jemand anderes, das ist nicht Annie. »Es tut mir leid«, sagt er, »das ist die Amerikanerin, Martin. Sie kommt in diesen Sarg und wird morgen nach Hause geflogen. Du musst sie dir ansehen. Ich möchte, dass du siehst, was sie mit ihr gemacht haben.« Er schiebt die Plastikfolie bis zu ihrer Taille hinunter. Die Gestalt gleicht einem schlechten Modell von ihr, aus kaltem Fett geschnitten. Nie wieder dieses strahlende Lächeln, dieses Lachen – *ha!* –, den Kopf in den Nacken geworfen.

»Stichwunden hier, hier, hier und hier«, sagt er. »Siehst du? Ich glaube, sie haben einen spitzen Schraubenzieher oder einen Eispickel benutzt.« Er dreht sie auf die Seite. »Die meisten Wunden sind in ihrem Rücken. Dutzende. Sie haben sie einfach abgeschlachtet. Sie ist wahrscheinlich gefallen und hat sich zusammengerollt.« Ich frage ihn, wer »sie« sind. Aber über das Rauschen der Ventilatoren hinweg hört er mich nicht, und ich muss meine Stimme erheben. »Was meinst du denn?«, fragt er zurück. »Die Leute, für die sie hergekommen ist. Um ihnen zu helfen. Schwarze Kommunisten, schwarze Terroristen. Sie dachte, die wären die Guten und wir die Bösen, wie im Film, wo immer Gut gegen Böse kämpft, aber wie man sieht, lag sie falsch. Sie hat ihre Lektion zu spät gelernt. Die sehen nur weiße Haut, sonst nichts. So ist es nun mal.« Er hebt den Blick. »*Genau, wie sie es mit deinen Eltern gemacht haben, Martin.*« Ich merke, dass ich schwanke und mir schwarze Flecken vor den Augen tanzen. Mit einer Hand halte ich mich an dem

Gerüst fest und spüre den eiskalten Stahl. Annies Kopf ist von mir abgewandt. »Ich sage die Wahrheit, Martin«, sagt Oberholzer. »Ich möchte, dass du verstehst, warum ich tue, was ich tue. Warum wir das alle tun müssen, wenn wir an diesem Ort gemeinsam überleben wollen. Alles in Ordnung mit dir?«

65

Das Tattoo. Die Faust mit den Dynamitstangen, die ich auf dem Handgelenk des Bodybuilders gesehen habe – sie fällt mir wieder ein, taucht auf wie eine Flasche, die im Meer versenkt wurde, während ich Oberholzer zurück durch den Flur mit den grünen Fliesen folge. Das Logo von Dynamite Gym in der Marshall Street. Der Bodybuilder muss einer von ihnen sein. Aber was macht ein Türsteher mit Oberholzer morgens um zwei bei mir zu Hause? Der Sicherheitsscheinwerfer beleuchtet den roten Jaguar, und Oberholzer steht da, und ich stehe neben ihm, als ein alter Valiant mit drei Schwarzen drin die Schotterstraße entlangholpert. Sie steigen aus, und Oberholzer spricht eine Weile auf Zulu mit ihnen, dann dreht er sich zu mir um und winkt mich näher. Ich schüttle den Männern die Hand. »Die sind auf unserer Seite«, erklärt Oberholzer. »Wir nennen sie Askaris, und sie haben einen Höllenjob. Nichts ist gefährlicher als verdeckte Ermittlungen.« Er spricht weiter in ihrer Sprache mit ihnen, sie lachen ein wenig und gehen dann zum Kofferraum. Sie öffnen ihn, ein Mann liegt darin, gefesselt und mit einem Jutemaissack über dem Kopf. Oberholzer gibt einen

Befehl, und sie heben ihn heraus. Er wehrt sich und zappelt wie ein Fisch, aber seine Hände sind an seine Füße gefesselt. Sie schlagen ihm ein paarmal auf den sackbedeckten Kopf. Dann tragen sie ihn zum Jaguar, und Oberholzer öffnet den Kofferraum. »Wir übernehmen ihn jetzt«, sagt er zu mir. Die Askaris holen mit ihm aus und lassen ihn grob fallen. Oberholzer zieht eine Taschenlampe heraus, grinst mich an und sagt: »Sag hallo zu deinem alten Kumpel, Martin.« Er zieht den Sack hinunter und leuchtet mit der Lampe Genosse Shaolin in die Augen, der sich wieder zu wehren beginnt. Sein Mund ist mit Isolierband zugeklebt. Oberholzer packt ihn an den Haaren, genauso wie er Annie eben gehalten hat. Die tote Annie. »Ich hatte diesen Scheißkerl schon lange im Visier. *Ons het hom nou.*« Jetzt haben wir ihn. Er stülpt ihm die Kapuze wieder über, knallt den Kofferraumdeckel zu und sagt zu den anderen: »Wie wäre es mit einem kleinen Umtrunk zur Feier des Tages, Leute?« Sie lächeln, und wir gehen rein; einer von ihnen bleibt bei den Autos zurück. Wir gehen in den zweiten Stock, wo es eine kleine, um die Zeit noch verlassene Kantine gibt. Oberholzer holt eine Flasche Klipdrift-Brandy, wir setzen uns an einen Plastiktisch, und er gießt den Klippies in drei Pappbecher und füllt sie dann mit Cola auf. Er selbst trinkt Cola pur. Er hebt seinen Becher und sagt prost, »auf einen harten Job, verdammt gut gemacht.« Alle stoßen an, ich auch. Wir trinken, und Oberholzer sagt lächelnd zu mir: »Na, wie läuft's denn mit den Killervideos, hä?« Ich verziehe keine Miene und sage nichts. »Die du für sie zu Dolfie Viljoen gebracht hast«, fährt er fort. »Videos, in denen gezeigt wird, wie man Bomben aus einfachen Materialien baut. Das Böse in Reinform. Kommunistisches Teufelszeug, schlimmer als Pornos, wenn man sich das anguckt.«

»Ich habe keine Ahnung, wovon Sie reden«, erwidere ich, mit derart zugeschnürter Kehle, dass ich krächze. Die anderen Männer lachen, Oberholzer grinst nur. »Wenn wir ausgetrunken haben, bringen wir beide deinen Kumpel an einen geheimen Ort auf dem Land. Eine nette kleine Farm, die wir für Leute wie ihn betreiben. Dort wirst du uns dabei helfen, ein paar Antworten aus ihm herauszubekommen, und dann werden wir dir zeigen, wie wir unser *vuilgoed* entsorgen.« Unseren Müll. Ich nehme einen großen Schluck Klippies. Oberholzer schenkt mir sofort nach. »Das wird der Anfang deiner Ausbildung«, fährt er fort. »Und du wirst dort jemand ganz Besonderen treffen. Jemanden, von dem ich weiß, dass du dich sehr freuen wirst, ihn zu sehen.«

Ich sage: »Captain …«

»Major!«

»Entschuldigung, Major.«

Er klopft sich auf die Brust. »Ich, zehnter Stock. *Oukay.* Vergiss das nicht. Major Oberholzer! Staatspolizei!«

»Entschuldigung, ich hab's verstanden.«

»Hab ich dir nicht gesagt, dass ich mein Ziel erreichen werde? Wenn du zielstrebig bist, wenn du an dich glaubst, kannst du alles erreichen. Und das wirst du bei uns lernen. Du willst diese Bazillen ausrotten, die deine Eltern und dein amerikanisches Mädchen ermordet haben, oder? Hey? Du bist ein Mann, oder? So fängt es an. Verdeckte Operationen. Wir führen einen Schattenkrieg. Und ich will dich auf unserer Seite haben, Mann. Auf der richtigen Seite. Auf der Farm kriegst du deine Ausbildung, im Schnellverfahren. Habe ich alles schon geklärt. Und dann schicke ich dich zurück an deine Schule, für deinen ersten Auftrag.«

»Schule?«

»Ja, genau. Deine Wisdom of Solomon.«

Ich starre ihn an, versuche zu verstehen, was er sagt, und er fährt mit einer Hand in seine Jacke, holt ein Notizbuch und seine Lesebrille heraus und leckt seinen Daumen an. »Zurück zu deinen kleinen Kumpels«, sagt er und liest vor. »Solovechik, Horvitz und Moskevitz und die ganzen anderen.«

»Was? Waren Sie an meiner Schule?«

»Ich habe mich sehr nett mit Schulleiter Volper unterhalten. Im Zusammenhang mit den Mordermittlungen. Dabei kam raus, dass du schon ewig nicht mehr da warst. Er hat mich herumgeführt. Eure Schule ist ja riesig! Das ist echt vom Allerfeinsten, was ihr jüdischen Jungs da habt, das muss man euch lassen. Nur das Beste ist gut genug. Sogar Computer, unglaublich. Kein Wunder, dass ihr uns anderen so weit voraus seid, hey. Jedenfalls – plötzlich dachte ich: Moment mal, man muss sich hier nur umsehen, mit diesen ganzen Familien hier ist ja quasi die halbe Wirtschaft unseres Landes versammelt. Wir müssen diese Kinder besser im Auge haben.« Oberholzer lehnt sich nach vorne. »Wenn du mit deiner Ausbildung fertig bist, Martin, wirst du meine Augen und meine Ohren da drin sein. Halte mich über alles, was die Kinder dieser einflussreichen Leute an deiner Schule tun, auf dem Laufenden, finde ihre kleinen Geheimnisse heraus, damit wir sie nutzen können. Wir werden zusammenarbeiten und Fortschritte machen. Du wirst sehen. Ich habe neue Ziele.«

»Okay«, sage ich. Ich denke an Annies Haut dort unten im Kühlraum, ihre traurigen, toten Titten, die seitwärts hingen, und es ist ein schreckliches Gefühl. Ich würde am liebsten kotzen. Ich nehme einen Schluck, um meinen Zustand zu überspielen.

»Dieser Volper. Er hat gesagt, ich solle mal vorbeikommen, um einen Vortrag zu halten. Ich schätze, das war ein Versuch, mich zu übertölpeln, ein Bluff, um mich dumm dastehen zu lassen. Du hättest sein Gesicht sehen sollen, als ich sagte, gut, *oukay*. Er kennt Bokkie Oberholzer schlecht. Ich suche immer nach Möglichkeiten, mich persönlich weiterzuentwickeln. Also werde ich hingehen. Der Termin steht schon. Ich bin der offizielle Ehrengast, und du wirst nicht glauben, wann! Am Freitag, den 29. September 1989 – der Tag vor eurem jüdischen Neujahrsfest. Rosh Hashoony. Apropos Ehrengast.« Er hebt die Flasche und gießt allen außer sich noch einmal ein. Ich werfe ihm ein schwaches Lächeln zu, als wüsste ich, dass er einen Witz macht. »Ich meine es ernst«, sagt er. »Ich werde diese Rede halten.« Er hebt seinen Becher. »Prost, hey. Auf die Helgers!« Wir alle trinken, und er hebt erneut den Becher. »Zum Gedenken an die Väter, auf die Kraft der Söhne!« Wir trinken. Er schenkt noch einmal nach. »Auf den Sieg!« Wir trinken. Er wendet sich an mich. »Hör zu, Martin. Ich möchte, dass du deine Chancen nutzt. Wir werden die Verbrecher kriegen, die das mit deinen Eltern gemacht haben. Und wir werden einen Mann aus dir machen. Du wirst lernen, wie man schießt. Wie man ein Messer benutzt. Wie man mit den Händen tötet. Du wirst Navigieren und Klettern lernen, Kajakfahren und Fallschirmspringen. Die werden dich von Grund auf ausbilden und dich zu einem richtigen Mann machen. Verstehst du, was das für eine Chance ist? Du wirst dir hohe Ziele setzen. Es wird nicht einfach, es ist ein hartes Training, und du bist eigentlich noch ein bisschen jung, aber ich glaube an dich, Martin Helger. Du wirst an mich berichten. Du wirst Teil der Action sein.«

»Major …«

»Wenn dein Bruder hier sitzen würde, meinst du nicht, er würde dir sagen, dass du das machen sollst?« Der Brandy ist mir zu Kopf gestiegen. Ich muss mich darauf konzentrieren, was er sagt: »Wie lautet deine Antwort? Willst du es? Denk an deine armen Eltern.« Ich schaue die anderen beiden an, und sie grinsen. Vielleicht sind es Zulu-Männer aus dem Hostel auf dem Hügel in Jules, die wir damals mit dem BMW fast überfahren hätten. Vielleicht waren sie selbst mal ANC-Kader, bevor jemand wie Oberholzer sie bekehrt hat. *Kop draai,* nennen sie das auf Afrikaans – den Kopf umkehren. Und jetzt bin ich derjenige, dem der Kopf umgekehrt wird. Oberholzer wird ganz zappelig. »Wie lautet deine Antwort, hey?«

»Ich weiß nicht.«

»Natürlich weißt du es. Du kommst mit mir.«

Meine Blase rettet mich und gibt mir die nächsten Worte ein. »Gibt's hier eine Toilette?« Oberholzer schnaubt, deutet in eine Richtung, und ich stehe auf und gehe zur anderen Seite der Cafeteria. Ich muss um die Theke herumgehen und sehe ein Tablett mit Messern und Gabeln. Blitzschnell schnappe ich mir ein Steakmesser. Ich rechne mit einem Schrei hinter mir, aber nichts geschieht, und als ich mich umblicke, reden und lachen die drei, während ich die

Schwingtür aufdrücke und die Toiletten betrete. Ich stecke die Klinge in meine Socke. Ich warte auf die richtige Gelegenheit – und dann? Ersteche ich ihn? Nein. Ich muss hier weg. Aber hier gibt es keine Fenster. Und selbst wenn ich rausklettern könnte, bewacht einer von ihnen unten die Autos, und das Gelände ist mit Maschendrahtzaun und einer Wache am Tor gesichert. Meine Blase pocht, ich pinkle. Mir bleibt nichts anderes übrig, als mit Oberholzer zu der Farm zu fahren, von der er erzählt hat. Ein Teil von mir, ein beängstigend starker Teil von mir, denkt sogar, dass der Mann möglicherweise recht hat – vielleicht sollte ich mich wirklich für meine Leute einsetzen. Ich bin zu weich. Ich habe Sammy nichts getan, obwohl er derjenige gewesen sein könnte, der sie vergast hat. Vielleicht sollte ich wirklich mit Oberholzer zu dieser Farm fahren und lernen, wie man sich rächt. Dann aber muss ich daran denken, wie er auf seiner anderen Farm das Gewehr an Hugos Lippen gedrückt hat. Und da ist noch etwas anderes, das mich schon die ganze Zeit unterschwellig beschäftigt – diese Detectives in der Firma meines Vaters sagten, eine »blöde Giraffe« hätte nach mir geschickt, an dem Tag, an dem meine Eltern starben. Eine Giraffe – wen sonst hätten sie meinen können? Und wenn er es war, warum wollte er, dass ich zum Schrottplatz gebracht werde? Es sei denn … aber meine Gedanken sind wieder bei seiner Farm, und ich bin ganz aufgeregt, als ich mich daran erinnere, wie er Hugo zwang, das Geld aufzusammeln, und wie Hugo, als wir draußen waren, die Autoschlüssel fallen ließ und sie nicht wiederfand, deswegen gab er auf und ging zum linken vorderen Kotflügel des Jaguars, *wo er immer einen Ersatzschlüssel aufbewahrte.*

Ich trete vom Pissoir zurück und schaue nach oben. Die Decke besteht aus diesen hässlichen weißen Quadraten, wie Styropor mit Dellen drin. Keine Zeit. Ich klettere auf das Waschbecken und drücke dagegen, haue ein paar Quadrate raus und stecke den Kopf unters Dach. Es riecht nach Staub. Ich sehe einen Stahlträger über mir und greife danach. Ich ziehe mich mit einem kräftigen Klimmzug hoch, erst den Oberkörper, dann schiebe ich meine Beine in den Hohlraum unter dem Dach. Ich stelle fest, dass ich mich mit einem guten Teil meines Gewichts auf den Platten unter mir abstützen kann; sie biegen sich durch, aber sie halten. Ich robbe auf dem Bauch los. Das macht einen ganz schönen Krach, aber es ist mir egal – der Brandy hilft mir, er betäubt meine Angst. Als ich sicher bin, dass ich über die Toilettenwand hinweg bin, trete ich die Paneele weg. Es ist dunkel im Raum darunter, ich sehe etwas Sperriges. Keine Zeit. Ich lasse los, falle und lande auf etwas Weichem, in das ich einsinke. Ein Sofa. Es gibt ein Fenster, das ich öffne. Es geht zwei Stockwerke nach unten. Ich klettere raus auf die Fensterbank und hänge mich daran, schaue hinunter und lasse los. Meine Füße treffen auf der Fensterbank darunter auf, für eine halbe Sekunde kratze ich am Fenster, und dann falle ich rückwärts, drehe mich und lande auf der Seite, auf Schotter, so hart, dass mir die Luft aus den Lungen gepresst wird. Sand dringt in meinen Mund, und meine Schulter schmerzt. Das Steakmesser ist aus meiner Socke gefallen. Ich hebe es auf und renne los. An der Ecke des Gebäudes halte ich an und schaue mich um. Jenseits des mit Flutlicht erhellten Parkplatzes ist die Nacht schwarz und undurchdringlich. Der Valiant steht neben dem Jaguar, und der Askari-Typ sitzt darin und raucht. Wahrscheinlich werden die anderen jeden Moment oben in der Toilette nachsehen, wo ich bleibe, und merken, dass ich abgehauen bin. Dann funken sie die Wache gleich an. Gebückt und so leise wie möglich husche ich hinüber. Wenn der Typ den Kopf dreht, sieht er mich wahrscheinlich, aber er schaut nach vorne. Als ich näher komme, lege ich mich auf den Bauch, rolle mich dann auf den Rücken und robbe direkt unter das Auto. Ohne Wagenheber hat man kaum Platz zum Arbeiten, aber ich höre die Stimme meines Vaters im Ohr, nach all den Jahren, in denen ich ihm Werkzeug angereicht habe, so dass ich, als ich auf den Motor des Valiant starre, bald die Verteilerkappe mit ihren vier Noppen aus Gummi entdecke, wo die dicken Drähte eingesteckt sind. Ich fahre mit dem Messer hinauf, durch sämtliche Teile, und hoffe inständig, dass der Typ jetzt nicht den Motor anlässt, weil sonst mein Arm zu Hundefutter verarbeitet würde. Ich muss weit hinaufgreifen, aber ich schaffe es, mit der gezackten Klinge dorthin zu gelangen, wo die Kabel am Motorblock befestigt sind. Dann fange ich an zu sägen. Gerade als das Messer die Isolierung durchschneidet, höre ich ein Funkgerät quaken und dann die Stimme des Mannes über mir. Ich beiße mir auf die Lippe, säge aber leise weiter, bis das Messer Metall berührt. Dieser Motor ist jetzt tot. Der Typ redet immer noch. Ich schaffe es, mich umzudrehen, wobei meine verletzte Schulter echt weh tut, winde mich hinten unter dem Auto hervor, husche rüber zum Jaguar und schnell auf die andere Seite. In den Fenstern im zweiten Stock geht Licht an, ich taste mit einer Hand unter den Radkasten, fühle aber nichts als Dreck unter meinen Fingern. Ich atme tief durch und zwinge mich, langsamer zu machen. Vielleicht haben sie das Auto durchsucht und das Kästchen entfernt. Beruhige dich. Langsam. Da. Hab dich! Das Kästchen ist hart, und bei dem Versuch, es zu öffnen, breche ich mir einen Fingernagel ab. Dann fällt der Schlüssel in meine Handfläche. Ich reiche nach oben und schließe die Fahrertür so leise auf wie möglich. Dann strecke ich den Arm in den Innenraum und schiebe langsam den Schlüssel in die Zündung. Ich höre, wie die Stahltür auffliegt, einer der anderen Askaris kommt heraus und ruft dem Typ im Valiant etwas zu. Der steigt aus und geht auf ihn zu. Ich winde mich auf den Sitz, tief gebückt, schließe leise die Tür hinter mir, lege eine Hand auf die Automatikschaltung und die andere um den Schlüssel. Ich atme zweimal rasch aus, drehe den Schlüssel, schiebe den Schalthebel auf D und trete das Gaspedal durch. Der große Jaguar macht einen Satz wie ein Bulle nach einem Stromschlag. Ich reiße den Lenker herum, der Motor heult kreischend auf, die Lichter des Gebäudes ziehen blitzartig an der Windschutzscheibe vorbei, und Staub und Steinchen wirbeln im Flutlicht auf. Im Spiegel sehe ich, wie einer der Typen die Hände hebt, und dann knallt es, als würden Steine auf den Stahl und das Glas hinter mir prallen. Als mir klar wird, dass das Schüsse sein müssen, reiße ich das Lenkrad herum, verlasse die Straße und biege in die Dunkelheit des offenen Feldes ab. Der Wagen schaukelt und hüpft wie verrückt. Ich höre schwere Schläge von hinten, wo Shaolin wahrscheinlich rumgeworfen wird, und ich rieche verbranntes Gummi. Die Flughafenscheinwerfer leuchten jenseits des Maschendrahtzauns. Ich fahre langsamer und merke, dass die Handbremse noch angezogen ist. *Schmock!* Deshalb der Geruch. Ich löse die Bremse, schalte die Scheinwerfer ein und sehe die Furchen eines Feldwegs, der parallel zum Zaun verläuft, direkt davor. Ich biege nach links ab und folge, so schnell es geht, dem Zaun, der nun zu meiner Rechten ist. Ich fahre an einem Tor vorbei und bremse. Das Tor ist verschlossen. Ich wende den Jaguar halb und fahre dann rückwärts auf das Tor zu, das Gaspedal bis zum Bodenblech durchgetreten. Im roten Schein der Rückfahrleuchten sehe ich das Kettenschloss und hoffe für einen Augenblick, dass Shaolin dabei nicht zerquetscht wird – aber ich kann nicht riskieren, die vorderen Scheinwerfer zu zerstören, indem ich das Tor mit dem Kühler zuerst ramme. Wir prallen mit einem klirrenden Knirschen dagegen, und die Tore fliegen auf. Ich wende in drei Zügen und stehe auf einem Schotterweg, der weiter in unwegsames Gelände führt und sich in der Schwärze verliert.

Nach zehn Minuten rumpliger Fahrt taucht eine richtige Straße auf. Ich halte an und drücke die Öffnungstaste für den Kofferraum. Das Heck ist eingedellt und verkratzt, aber ich schaffe es, die knarrende Kofferraumhaube zu öffnen. Ich habe immer noch mein Steakmesser und beuge mich hinein, um Shaolins Nylonfesseln durchzuschneiden. Ich ziehe die Kapuze ab und helfe ihm raus; er ist zu verkrampft, um groß mithelfen zu können. Ich trage ihn halb, lege ihn auf den Rücksitz und erkläre ihm, dass wir entkommen sind und ich das Auto geklaut habe. Er zieht das Klebeband vom Mund und fragt nach Wasser, aber ich schüttle den Kopf. Er fragt, wo wir sind, und sagt mir, ich solle zurück nach Joburg fahren. Wir fahren weiter und finden schließlich ein Schild in Richtung Autobahn. Ich nehme die Auffahrt der Autobahn nach Westen. Shaolin gibt von hinten Anweisungen. Wir wechseln auf die Autobahn nach Süden und biegen an einer Ausfahrt ab. Er lotst mich. Links, rechts, geradeaus, weiter geradeaus. Ich bin erschöpft; Adrenalin und Brandy kämpfen in meinem Organismus und trocknen mich aus. Jetzt haben wir eine Schotterstraße erreicht und fahren wieder durchs Buschland; die hellen Scheinwerferstrahlen fallen auf gelbes Gras. Wir gelangen zu einer Eisenbahnbrücke und parken darunter, schalten Scheinwerfer und Motor aus. Ich legte meinen Kopf auf das Lenkrad. Shaolin sitzt hinter mir, stöhnt und reibt sich die Handgelenke, massiert seine Beine. Er fragt mich, ob ich verhaftet wurde und wie ich entkommen bin.

»Du hast Glück«, sagt er, als ich es ihm erkläre.

»Stimmt«, sage ich. »Aber du auch.«

Er sagt: »Irgendwelche Waffen?«

»Was?«

»Bist du mit einer Waffe abgehauen? Oder liegt eine im Handschuhfach?«

Ich hebe den Kopf und sehe nach. »Nein. Ich habe nur dieses Messer.«

»Hilf mir mal.« Ich steige aus, gehe um das Auto herum, öffne seine Tür und ziehe ihn heraus. Sein Gesicht ist schmerzverzerrt. Er hat Schnitte rund um Mund und Augen, ein paar schöne dicke Beulen und dunkle Blutergüsse. »Ich muss da lang«, sagt er, aber er regt sich nicht, lehnt sich ans Auto und keucht.

»Wo willst du hin?«, frage ich.

»Mit dem Auto wirst du ruckzuck verhaftet. Du bist jetzt auf der Flucht, Greenside-Boy.«

461

»Ich weiß.«

»Was hast du vor?«

»Nach Amerika fliegen.« Und ich bin überrascht, wie einfach das jetzt zu sein scheint, obwohl ich es vorher nicht erkannt habe.

»Sie werden dich am Jan-Smuts-Flughafen aufhalten, falls du das versuchst«, wendet er ein. »Oberholzer wird deinen Namen auf eine Liste setzen.«

»Kann ich nicht über Botswana abhauen?«, frage ich und denke an Hugo. »Und von da aus weiterfliegen?«

Shaolin stöhnt, sein Gesicht verzieht sich wieder vor Schmerz. Dann sagt er: »Doch. Du kannst rüberlaufen. Oder über Swasiland. Jemand muss dir den Weg zeigen. Hast du einen Pass?«

»Kennst du jemanden, der das kann?«

»Hilf mir mal. Wir müssen weiter.«

Ich rühre mich nicht. Ich schaue ihn an und denke an Annie, sehe ihre Karamellaugen, die sich in tote Steine in ihrem kalten Gesicht verwandelt haben, rieche die Verwesung und den chemischen Gestank. »Er hat mir Annie gezeigt«, sage ich. »Sie ist tot, weißt du das? Erstochen. Einstiche am ganzen Körper.«

Er keucht eine Weile, ohne etwas zu sagen. »Ja«, sagt er. »Ich weiß es.«

»Er hat gesagt, ihr wart es – deine Leute haben das getan. Stimmt das?«

Er schaut weg, wischt seine blutenden Lippen mit der Handfläche ab. »Wir müssen los, Martin.« Er drückt sich vom Wagen ab und humpelt los, den Weg entlang. Er ist schlimmer verletzt, als ich dachte. Ich folge ihm.

462

»Hey«, ich schnauze ihn an. »Sag es mir, Shaolin!«

»Du kannst dem Opfer keine Schuld geben«, sagt er.

»Was soll das heißen?«

Er schnappt nach Luft wie ein Fisch auf dem Trockenen, beugt sich vor wie ein Rentner. Er muss alle paar Schritte anhalten. »Ich will nur wissen, wer es getan hat«, fordere ich.

Er atmet schnell und keuchend, die Hände auf den Knien. »Hilf mir!«

»Ich habe dich was gefragt.«

»Es waren die Bullen. Die haben das getan.«

»Das glaube ich nicht. Du sagst mir nicht die Wahrheit.«

»Ach, wirklich?«

»Ich sehe dir an, dass du lügst. Was ist wirklich passiert?«

»Hilfst du mir dann?«

»Was ist passiert?«

Er wischt sich wieder Blut von den Lippen. »Es gab eine Razzia. Annie war da. Ein paar von den Genossen sind ausgerastet. Total ausgeflippt. In denen hat sich eine Menge aufgestaut. Alles ging schief. Jemand hat auf Annie gezeigt. Es war nicht unsere Schuld. Ein paar sind außer Kontrolle geraten, alle Disziplin war weg. Sie haben Brüder und Schwestern verloren. Sie haben ihre Wut an ihr ausgelassen, einer Weißen. Jemand hat gesagt: Spitzel. Sie war zur falschen Zeit am falschen Ort.«

»Weißt du, wer es getan hat?«

Er schüttelt den Kopf, aber ich glaube ihm nicht. Plötzlich halte ich einen Stein in der Hand und hole weit aus. Mir ist schwindelig, der Brandy wirkt noch. Shaolin fragt mich, was ich da mache. Ich könnte es jetzt tun, ja, das könnte ich.

Niemand würde es je erfahren. Seine Leiche einfach hier liegen lassen und wegfahren. Wie Oberholzer gesagt hat: Zahl den Dreckskerlen heim, was sie euch angetan haben.

»Du bist wütend, Martin«, sagt er, ganz vorsichtig.

»Weißt du, was mit meinen Eltern passiert ist?«, stoße ich hervor. Es klingt wie das Bellen eines Kampfhunds, und er weicht zurück und hebt die Hände.

»Was ist passiert?«

Ich erzähle ihm von dem Tresorraum in der Firma meines Vaters, von dem Gas an einem Sonntagmorgen. »Sie haben gesagt, es war der ANC.«

»Kannst du das bitte mal hinlegen? Wer hat das gesagt?«

»Die Polizei.«

»Und das glaubst du?«

»Warum nicht? Deine Leute haben Annie umgebracht, das hast du doch gerade zugegeben!«

»Das war was anderes, das war eine Razzia, in dieser Situation … aber das mit deinen Eltern – Moment mal! Was für eine Art Bombe war es?«

»Was?«

»Du hast mir erzählt, dass jemand eine Rauchbombe in diesen Tresorraum geworfen hat. Ich will wissen, was für eine Art Bombe das war.«

»Keine Ahnung. Wen interessiert das?«

»Was für eine Bombe?«

Der Stein wird schwer in meiner erhobenen Hand, und ich lasse ihn sinken. »Der Detective hat sie mir gezeigt«, sage ich. »Sie war länglich, zylinderförmig.«

»Martin, das war eine Rauchgranate. Der ANC hat so was nicht. Die benutzen nur die Bullen und das Militär.«

»Und wenn sie geklaut war?«

»Was ist wahrscheinlicher, dass es der ANC war oder die Polizei? Wenn das ihre Bombe war? Überleg doch mal, Martin! Bitte! Aber wir müssen weiter. Lässt du das Ding jetzt mal fallen und hilfst mir?«

Ich schaue weg. »Ich kauf dir den ganzen Mist mit der Bombe nicht ab. Es war jemand, der für meinen Vater gearbeitet hat. Wer sonst hätte wissen sollen, dass meine Eltern an einem Sonntagmorgen dort sind?«

»Ach, glaubst du etwa, die wissen so was nicht? Die Bullen?«

»Aber woher …« Mitten im Satz breche ich ab. Denn plötzlich trifft es mich wie der Rückschlag der Flinte gegen die Brust. Damals auf seiner Farm hat Oberholzer etwas darüber gesagt, dass mein Vater jedes Wochenende frei hätte, aber Hugo hat erwidert, dass er an jedem letzten Sonntag im Monat Inventur mache. Und dann fallen mir die Detectives wieder ein. Die »Giraffe«, die nach mir geschickt hatte. *Jemand, der unbedingt wollte, dass ich sie sehe.*

»Bitte, Mann, Martin«, sagt Shaolin. »Ich war es nicht, ich hab weder deinen Leuten noch Annie etwas angetan. Annie war eine gute Genossin. Ich bin traurig über das, was mit ihr passiert ist. Alle aus dem Kader sind es.« Ich lasse den Stein fallen, gehe auf ihn zu, und er stößt einen komischen Schrei aus und versucht zu flüchten. Aber als ich seinen Arm packe, lege ich ihn mir nur um die Schultern, und wir machen uns gemeinsam auf den Weg.

Wir kommen zu einer Wellblechhütte, Motten summen um eine Paraffinlampe. Ich atme schwer, bin nassgeschwitzt. Ein Schild preist Lucky-Star-Ölsardinen in den höchsten

Tönen. »Warte hier«, sagt Shaolin. Das Adrenalin ist weg, und als Nachwirkung kündigen sich jetzt tierische Kopfschmerzen an. Shaolin kommt mit einer grünen Dose Cream Soda raus. Die Limo ist warm und süß, und ich schütte sie in vier Schlucken in mich hinein. Ein Taxi kommt und Shaolin fragt, ob ich Geld dabeihabe. Ich schüttle den Kopf, und er gibt mir einen Zwanziger und sagt: »Du hast mich heute Abend gerettet, Martin Helger.« Ich denke an das, was mich zu Hause möglicherweise erwartet, und das bringt mich auf eine Idee – ich frage Shaolin, ob es in dem Kiosk Biltong gibt. Er schaut mich an, als hätte ich nicht mehr alle Tassen im Schrank, geht aber rein und holt ein Stück. Das Taxi bringt mich bis nach Greenside. Ich lasse mich an der Mowbray Road absetzen, biege zu Fuß in die Shaka Road ab, bleibe am Tor der Greenbaums stehen, warte, bis ihre Jack Russels angerannt kommen, und füttere sie mit Biltongstückchen, bevor sie anfangen können zu bellen. Hunde lieben nichts mehr auf dieser Erde als ein *lekker stukkie* Biltong. Sie lecken das Salz und das Fett von meinen Fingern und halten die Klappe, während ich über die Mauer klettere. In der drei Meter hohen Hecke, die wir mit den Greenbaums teilen, ist ein Loch, das Isaac mit einem Brett verschlossen hat. Ich ruckle es los und krieche durch die Öffnung. Die Hunde winseln und drücken ihre kalten Schnauzen an meine Hände, während ich es wieder verschließe. Ich bin jetzt hinter Glorias altem Zimmer, in dem schmalen Durchgang, wo das gemähte Gras auf einen Komposthaufen geworfen wird. Ich klettere über die Innenmauer, die den Garten abgrenzt, und von dort aus auf das schräge Dach des Hauses. Flach auf dem Bauch krieche ich über die Ziegel bis zum First. Von hier aus kann ich hinunter in die Clovelly Road sehen und die ganze Shaka Road überblicken und auf einer Seite den Rasen des meschuggen Mr Stein, der von den silbernen Schnüren seiner Sprengfallen durchzogen ist. Gegenüber von meinem zertrümmerten Eingangstor parkt ein Auto auf der Straße. Es könnte theoretisch irgendjemandem gehören, aber die Leute lassen hier nachts ihre Autos nicht draußen stehen, weil sie gestohlen oder aufgebrochen werden. Ich schätze, da sitzt jemand drin, der das Haus beobachtet. Ich klettere vom Dach runter und schleiche hinter den Blumenbeeten an der Hecke entlang, bis ich die Ecke erreiche, wo der Papyrus wächst.

Am Sandy-Loch durchflutet mich eine Welle der Erleichterung – alles ist noch da. Ich stopfe mir die Taschen mit Hugos Geld voll und suche im Notizbuch nach der halbverbrannten Postkarte. Dann überprüfe ich, ob der Umschlag noch die amerikanischen Greencards sowie alle Kontodaten und den Brief von Hugo enthält. Und meinen Pass, einen schönen, dauerhaften, der fünfzehn Jahre lang gültig ist. Isaac hat extra dafür bezahlt, um uns allen solche Pässe zu besorgen. Die Abwasserrohrutensilien kommen raus, und ich stecke den Umschlag, das Notizbuch und mein Schweizer Messer in den Rucksack. Was noch? Die Schlüssel, die ich habe nachmachen lassen. Ich überlege kurz, ob ich die Fireseed-Mastertapes und die Volper-Papiere mitnehmen soll. Dann schiebe ich sie auch rein.

Ich schleiche mich auf dem gleichen Weg wieder davon und dann runter zu den Läden an der Greenway Road. Vor Georges Kiosk ist eine Telefonzelle, und der Kiosk hat schon vor Tagesanbruch geöffnet. Als ich reingehe, um Geld zu wechseln, bemerke ich drei weiße Jungs hinten an den Tetris- und den Space-Invaders-Spielautomaten. Erst sieht es so aus, als würden sie herumtanzen, vielleicht vor Freude über einen Highscore, aber dann sehe ich einen Schwarzen am Boden liegen, der versucht aufzustehen. Er sieht betrunken aus, und die Jungs kommen wahrscheinlich von einer durchgefeierten Nacht. Sie drücken ihn immer wieder runter und treten ihn. Ich sage zu George, der hinter dem Tresen steht: »Hey, wieso verbieten Sie denen das nicht?« Doch er kichert nur. Ich nehme mein Wechselgeld und rufe den Jungs zu: »Hey, hört auf damit! Sonst rufe ich die Bullen.« Sie lachen mich aus. »Die Bullen verleihen ihnen einen Orden«, meint George.

Draußen in der Telefonzelle grabe ich die halbverbrannte Postkarte aus und wähle die Nummer, die darauf steht. Die letzte Zahl ist verkohlt, deshalb muss ich alle durchprobieren. Ich erwische ein paar falsche Anschlüsse und kriege einige ausgesuchte Schimpfwörter zu hören, bis ich den richtigen Pager habe. Ich soll eine Nummer hinterlassen, also gebe ich die der Telefonzelle an, aber jetzt muss ich hier warten. Nach einer Weile kommen die weißen Jungs raus, klopfen an die Tür und drohen mir eine Tracht Prügel an. Ich halte mit den Füßen die Tür zu und drohe so lange mit den Bullen, bis sie abziehen. Dann verschränke ich die Arme und warte. »Los, komm schon, komm schon«, wiederhole ich immer wieder. Es gibt wirklich absolut niemanden, an den ich mich auch nur versuchsweise wenden könnte. Die Zeit vergeht, und irgendwann wankt der Schwarze aus dem Kiosk und torkelt in Schlangenlinien die Straße hinunter. Ich lasse mich auf den schmutzigen Boden rutschen, ziehe die Knie an die Brust und werde nach einer Weile vor Kälte ganz steif. Ich nicke zwischendurch ein und schlage bei den ersten Sonnenstrahlen die Augen auf, einem angenehmen zartrosa Licht, das mein Zittern etwas abmildert, je heller es wird. Ein schwarzer Junge ohne Schuhe bezieht Posten an der Kreuzung und verkauft die Morgenzeitung. Ein weiterer Bombenanschlag auf dem Titelblatt. Die Straßenlaternen erlöschen, die Zeit vergeht, Autos fahren vorbei, und Leute schließen ihre Geschäfte auf. Manche von ihnen werfen mir schräge Blicke zu. Ich will nicht noch einmal anrufen, falls er ausgerechnet dann versucht, mich zu erreichen. Ich ziehe mich hoch und stampfe mit meinen eingeschlafenen Füßen auf. Das Telefon klingelt. Ich schnappe es mir wie ein Honigdachs die Schlange. »Ich bin's. Martin«, sage ich.

66

Ich wache in einem heißen, stockdunklen Nebenzimmer auf, in dem die Fenster mit Alufolie verklebt sind. Als ich die Tür öffne, sticht mir das Sonnenlicht in die Augen, das vom Pool draußen reflektiert wird. Pats schlägt in der kleinen Küche hinter dem Snookertisch Eier auf. Er wirft mir einen Blick über die Schulter zu. Ich sage ihm, wie cool es ist, dass er mich abgeholt hat und ich hier pennen durfte. Er sagt: Kein Ding, und fragt, ob ich etwas essen möchte. Ich sage, klar doch, und rutsche auf einen Korbstuhl am runden Küchentisch. Pats hat eine große Kanne Tee gekocht, und ich gieße mir eine Tasse ein und gebe jede Menge Honig dazu. Pats bringt Rührei mit einer Flasche All-Gold-Tomatensoße und einem Teller Toast. Er isst schnell, und ich sehe zu, wie er etwas weißes Pulver auf den Tisch schüttet, als er fertig ist. Er trägt einen winzigen goldenen Löffel an seinem Schlüsselbund, fährt damit in das Pulver und schnieft es abwechselnd mit dem linken und rechten Nasenloch weg. Er schnauft und reibt sich das Zahnfleisch. »Woo«, sagt er. »Gutes Zeug, hey. Willst du auch was?« Ich schüttle den Kopf. Er schaut mich an. »Tut mir echt wahnsinnig leid, was mit deinen Eltern passiert ist, Marts. Es tut mir verdammt leid.«

»Ich weiß, hey.«

»Ich kann es immer noch nicht fassen. Ich habe … auch echt Schuldgefühle, dass ich nicht zur Beerdigung gekommen bin. Ich …«

»Ist schon gut, Mann«, sage ich. »Du hast mir die Postkarte geschickt, und dafür bin ich dir echt dankbar. Sonst säße ich jetzt noch tiefer in der Scheiße.«

Er schüttelt den Kopf. »Schon der Wahnsinn«, sagt er.

»Und es kommt noch schlimmer«, sage ich. »Marcus.«

Er reißt die Augen auf. »Nein!«

»Wird vermisst«, sage ich.

»O Gott.«

»Ja, wir haben es erst vor ein paar Wochen erfahren. Er könnte theoretisch also noch am Leben sein. Aber – seien wir mal ehrlich, das ist nicht sehr wahrscheinlich. Es war heftig für uns, für meine Eltern.«

»Kann ich mir vorstellen.« Er zieht an seiner Unterlippe und meidet meinen Blick.

»Was ist los?«

»Ach nichts«, sagt er.

»Stimmt nicht. Sag's mir.«

»Weißt du noch, wie ich dir erzählt habe, dass ich dachte, deinen Bruder in der Stadt gesehen zu haben? Aber dann habe ich dich angerufen und gesagt, ich hätte mich geirrt, nachdem ich im Dynamite Gym gewesen war.«

»Klar weiß ich das noch. Es hat sich allerdings irgendwie komisch angehört, so wie du es gesagt hast. Warum?«

Er nickt. »Tja, ich habe ihn aber wirklich gesehen. Ganz sicher. Er hatte bestimmt Heimaturlaub und wollte aus irgendeinem Grund nicht zu euch.« Er zuckt mit den Schultern. »Aber das ist ja jetzt auch egal.«

»Nein«, sage ich. »Ist es nicht. Gestern Abend war übrigens ein Typ aus dem Dynamite dabei.«

»Wo?«

»Bei mir zu Hause.« Ich erzähle ihm von dem Mann, der mit Oberholzer aufgekreuzt ist, der mit dem Tattoo am Handgelenk, der aussah wie ein Gewichtheber.

»Das ist Liam Stone, Alter«, sagt Pats sofort. »Der einzig Wahre. Der, zusammen mit den Bullen?« Ich nicke. »Das ist ja total schräg«, sagt er. »Die sind gestern Abend in dein Haus eingebrochen, und du bist weggelaufen, stimmt's? Jetzt sagst du, dass dieser Sicherheitsbulle, dieser Oberholzer, nach dir sucht und du dich mit irgendwelchen Terroristen eingelassen hast.«

»Genau«, sage ich.

»Martin, Alter, meinst du nicht, dass du … ein bisschen übertreibst?«

Ich schüttle den Kopf. »Fahr bei mir zu Hause vorbei,

und schau dir das Tor an, Pats. Schau dir das Auto an, das auf der anderen Straßenseite parkt und in dem ein Bulle sitzt.«

Er nagt an seiner Lippe, schnupft noch etwas von dem Pulver. »Dynamite-Typen und die Bullen. Dazwischen das mit deinem Bruder. Der auch beim Dynamite war, bevor er zur Armee gegangen ist.«

»Stimmt«, sage ich. »Beweis: der Smoking. Aber bist du dir wirklich ganz sicher?«

Pats schaut mich an. »Ja, er war dabei.«

»Na schön«, sage ich, »das ist ja schon mal ein Anfang.«

Pats setzt sich mit einem Ruck auf. »Wie bitte? Was für ein Anfang?«

Ich antworte nicht.

»Du fängst gar nichts an«, sagt Pats. »Als Nächstes schaffen wir dich rüber nach Gabs. So schnell es geht. Ende.«

»Okay. Aber zuerst …«

»Kein Aber, *bru*.«

»Pats, es gibt da noch ein paar Sachen, die ich unbedingt wissen muss.«

Er schüttelt den Kopf. »Warum? Er ist weg, Mann. Also wozu das Ganze? Vergiss es. Und jetzt hör zu. Ich kenne jemanden, der ein eigenes Flugzeug hat und ständig von Lanseria aus über die Grenze fliegt. Kennst du den kleinen Flughafen? Ungefähr eine Dreiviertelstunde von hier entfernt. Ich hau ihn mal an, er ist echt in Ordnung. Da draußen gibt's keine Probleme mit den Bullen oder so. Er hat mich schon oft nach Gabs gebracht. Er nimmt dich ganz sicher mit. *Oright?*« Ich sehe ihn an, und er sagt: »Okay?« Ich nicke.

Während er duschen geht und sich für die Arbeit umzieht, strecke ich mich auf der Ledercouch aus. Er hat ja nicht unrecht. Aber das Land zu verlassen, wenn man polizeilich gesucht wird, ist ein Schritt, den man nicht rückgängig machen kann. Niemals. Die Uhr auf dem Herd zeigt kurz vor vier an. Zeit für Pats, zur Arbeit zu gehen. Er sagt mir, ich solle im Pool schwimmen, mich beruhigen, Snooker spielen und mich von allem bedienen, worauf ich Lust habe. Im Wohnzimmer sind ein Fernseher und ein paar Videos. Falls ich etwas brauchen sollte, kann ich die zwanzig Minuten zu Fuß ins nächste Einkaufszentrum gehen. Da im Haupthaus niemand ist, ist das hier das perfekte Versteck für mich.

Als er angezogen herauskommt, sagt er: »Häng einfach ein bisschen hier ab, Alter. Ich organisiere den Flug für dich, versprochen.«

»Alles klar«, sage ich. Es scheint ihm nicht zu gefallen, wie ich das sage, denn er wirft mir einen schiefen Blick zu. »Martin?«, sagt er. »Was hast du vor, Mann? Los, sag's mir.«

»Nichts.«

»Hey. Sag es mir einfach.«

»Ach«, erwidere ich. »Ich will dich da nicht mit reinziehen. Ich mach das selber.«

»Was?«

»Keine Ahnung. Dahin gehen. In die Marshall Street, zum Dynamite Gym.«

Er schüttelt hektisch den Kopf. »Genau das habe ich mir gedacht. Dass du dich aufführen wirst wie ein verdammter Idiot. Jetzt hör mir mal gut zu, Alter. Halt dich von dem

Gym fern. Ich hätte mich beinahe selbst tief in die Scheiße geritten, als ich mich da neulich vorsichtig nach Marcus erkundigt habe. Und mich kennen die da immerhin. Ich sag's dir ganz klar, Martin, mach, was du willst, aber lass dich nicht im Dynamite blicken!«

»Es geht um meinen Bruder, Pats. Meine Eltern. Ich will es wenigstens versuchen. Ich will verstehen, was hier passiert ist, oder es wird mich für den Rest meines Lebens verfolgen.«

»Wenn du da hingehst, wirst du kein Leben mehr haben, Alter. Überleg's dir gut.«

Ich kann nichts anderes machen, als mit den Achseln zu zucken und wegzuschauen. Pats fummelt an seinem Rollerhelm rum und bleibt neben der Schiebetür stehen. »Versprich es mir, Martin«, sagt er.

»Ich kann es nicht versprechen«, entgegne ich. »Ich gehe hier weg, für immer, weißt du. Ich werde nicht zurückkommen können.«

»*Oukay*, hör zu. Ich sag dir was. Ich fahr kurz da vorbei und versuche noch mal, etwas für dich herauszufinden. Ich werde nach diesem Polizisten fragen, Oberholzer.«

»Nein. Ich gehe.«

»Ich weiß, was ich tue, Martin, du nicht. Erinnere dich an das Xanadu!«

Ich sage nichts, aber natürlich werde ich nie vergessen, wie dieser Schlägertyp mich in die Gasse geschleift hat.

»Hör zu«, sagt Pats. »Ich bin da rein und wieder raus, bevor irgendjemand es richtig checkt. Und dann weißt du Bescheid. Falls es irgendetwas rauszufinden gibt.«

»Nein.«

»Jetzt sei doch nicht bescheuert!«, erwidert er. »Lass mich das machen.«

Ich sehe ihn an, und dann nicke ich endlich und sage okay.

»Also habe ich dein Wort? Du bleibst hier und wartest auf mich?«

»Ja.« Und dann ist er weg, verschluckt von der Nachmittagssonne. Im Nachhinein fällt mir ein, dass ich mich nicht mal bei ihm bedankt habe.

67

Das Poolhaus-Telefon klingelt. Ich bin im Wohnzimmer, mitten in *Die Unbestechlichen*. Der neue De-Niro-Film, bei dem es um korrupte Cops in Amerika geht, deprimiert mich. Ich will einfach nicht glauben, dass es überall dasselbe ist, wo ich auch hingehe, ich will glauben, was Hugo mir erzählt hat, dass Amerika mir eine neue Zukunft bietet. Amerika, das Gelobte Land. Ich finde das verstaubte Telefon hinter der Bar. Es ist nach vier Uhr morgens, und Pats sagt, dass es ihm leidtut, falls er mich geweckt hat. Ich sage ihm, dass ich noch nicht geschlafen habe, und er meint, das sollte ich aber. Er kommt nicht nach Hause, er ist zu fertig, er schläft einfach da, wo er ist. Er wollte mir nur Bescheid sagen. Ich sage ihm, dass alles okay ist, und versuche, den Film weiterzusehen, bin aber nicht mehr bei der Sache, deshalb schalte ich den Fernseher aus, sitze einfach da und starre stundenlang vor mich hin, bis die Sonne aufgeht. Ich koche Tee und höre mir die Morgennachrichten an. Es gab letzten Monat eine Wahl (natürlich nur für Weiße), aber ich war so weit weg von allem, dass ich nichts mitgekriegt habe in meinem Haus voller Fremder. Aber es ist sowieso egal, denn die Nats haben wieder gewonnen. Neues Oberhaupt unseres Landes ist de Klerk. *Meet the new boss, same as the old boss,* wie es in dem Stück von *The Who* heißt. Ich hole meine Tasche, nehme die Bombenkassetten raus und spiele sie ab. Palästinenserfeudel und Skimaske erinnern mich an Annie. Ich habe kein Foto von ihr, nur Erinnerungen. Ich bin sehr traurig und fange an zu weinen. Ich wünschte, ich hätte Fotoalben von meinen Eltern und meinem Bruder, diese ganzen Sachen sind noch bei mir zu Hause, wohin ich nie zurückkehren werde. Vielleicht kann ich sie mir nach Amerika schicken lassen, wenn ich dort bin. Joski könnte das veranlassen. Aber wahrscheinlich klappt es nicht. Erstens wird Oberholzer es im Zweifelsfall verhindern, und zweitens hätte ich Angst, ihn wissen zu lassen, wo ich bin. Deren Arm reicht bis nach Amerika – Annie hat mir erzählt, dass sogar in Europa Anti-Apartheid-Kämpfer ermordet wurden. Der Morgen rückt weiter vor und verbrennt die Winterkälte, wie immer in Joburg. Ich nehme ein kaltes Bad im Pool, um mich aus meiner Betäubung zu reißen, und dann ziehe ich mich an und gehe zum Einkaufszentrum. Ich muss mir klarmachen, dass nicht alle Polizeieinheiten mit Flyern und Fahndungsplakaten nach mir suchen wie im Film. Ich stehe vermutlich nur auf einer Liste am Flughafen und an den Grenzübergängen. Im Einkaufszentrum kaufe ich einen Rucksack und fülle ihn mit neuer Kleidung und einem Kulturbeutel voller Toilettenartikel. Als ich zurückkomme, ist Pats da und isst einen heißen

Schinken-Käse-Toast aus dem Sandwichmaker. Er erzählt mir, dass er mit dem Typen gesprochen hat, der das Privatflugzeug hat. »Er hat gesagt, es wäre kein Problem«, sagt er. »Er kann dich am Freitag ausfliegen.«

»Diesen Freitag?«

»Nein, den in der Woche drauf. Es ist der …« Er schaut auf dem Kalender am Kühlschrank nach. »Der neunundzwanzigste. Freddie ist echt in Ordnung, er hat mir versprochen, dir von Gabs aus einen internationalen Flug nach Amerika zu organisieren, kein Problem. Solange du Kohle hast, hey.«

»Habe ich.«

Er grinst. »Na, das hoffe ich doch.« Dann gähnt er und kratzt sich am Kopf. »Bin echt platt«, sagt er. »Ich hau mich mal für ein paar Stunden aufs Ohr.« Er gibt mir einen Umschlag mit Zahlen darauf. Eine ist für das Tor im Zaun des Flugplatzes in Lanseria; darunter steht der Code für das Gate und dann die Flugzeugnummer, die seitlich auf der Maschine steht. Der Pilot heißt Fred und startet pünktlich um vier Uhr. Ich nicke und lächle, zwinge mich, dankbar auszusehen, aber ich muss an das Dynamite Gym denken – es sieht nicht so aus, als hätte er irgendwelche Erkundigungen eingezogen. Er scheint meine Gedanken zu erraten, weil er anschließend sagt, dass er nicht dazu gekommen ist, zum Sportstudio zu fahren, aber dass er das auf jeden Fall nachholen wird. Ich soll keinen Stress machen, wir hätten noch genug Zeit.

Nachdem Pats in Richtung Schlafzimmer getaumelt ist, ziehe ich mich wieder ins Wohnzimmer zurück, wo meine Tasche mit dem Zeug aus dem Sandy-Loch steht. Ich setze mich auf die Couch und ziehe ein altes Notizbuch heraus. Mein Blick wandert über Gedichte und Skizzen, gekritzelte kleine Notizen, zwischen denen Jahre liegen, verschiedenste Zeichnungen, Landkarten und Listen. Was für ein Mensch bin ich? Ich denke an Zaydi in seinem Altersheim, wo er wahrscheinlich imaginären Personen von Dusat erzählt. Vielleicht werde ich auch eines Tages so sein, dort in Amerika sitzen und Greenside, Greenside murmeln. Aber Dusat existiert nicht, es wurde von Judenhassern ausgelöscht. Solchen wie Oberholzers Vater und jetzt seinem Sohn. Und die gibt's auch in Amerika, ich darf mir nichts vormachen. Eines Tages könnte es in Amerika auch so werden wie hier, und ich muss wieder weg. Oder falls ich einen Sohn oder eine Tochter habe … Manches ändert sich wohl nie, oder? Vielleicht hatte Tante Rively teilweise recht mit Israel, aber da gibt es auch genug Judenhasser, und Krieg. Ich blättere durch die Briefe von Mr Volpers Liebhabern, die Fotos, die er mit ihnen gemacht hat. Es tut mir irgendwie leid für ihn, egal ob er ein sadistisches Arschloch ist oder nicht. Ich sehe mir die Kassetten noch einmal an, die Typen mit dem Palästinenserfeudel und der Skimaske. Ich weine um Annie. Ich schlafe ein, und als ich aufwache, ist es dunkel, und Pats ist verschwunden. Auf dem Tisch liegt eine Nachricht, dass er für ein paar Tage weg sein wird, und er erinnert mich daran, dass Steaks in der Kühltruhe sind und es draußen einen Grill gibt. Der *braai* steht neben dem Pool, ein Luxusteil aus Backsteinen, Holz und Holzkohle sauber darunter gestapelt. Ich mache ein Feuer, während die Sonne am Horizont verschwindet. Die Kohlen leuchten orangefarben, und ihre Wärme tut mir gut. Ich hole die

Volper-Briefe und die Fotos von drinnen. Dieses komische Mitleid, das ich für ihn empfinde – ich weiß nicht, ich werde richtig weich, habe das Gefühl, dass es schon genug Scheiße auf der Welt gibt und ich nicht noch unbedingt dazu beitragen muss. Also gebe ich die Blätter und die Fotos nacheinander ins Feuer und beobachte, wie sich das Papier zusammenrollt und zerfällt. Ich gehe wieder rein und hole die Fireseed-Kassetten. Lange Zeit bleibe ich sitzen und starre in die Glut.

Am Sonntagmorgen weckt mich das klingelnde Telefon, aber ich bin zu benebelt vom tiefen Schlaf und den Pillen. Als ich schließlich in dem heißen, stockdunklen Raum aufwache und in die blendende Sonne hinaustrete, fällt mir wieder ein, dass jemand angerufen hat. Die Pillen sind immer noch über die Bar verteilt. Ich habe sie in einem gefütterten Briefumschlag in Pats Sachen gefunden. Es sind Mandrax – die er (genau wie Stein) *buttons* nennt –, die, die er immer in Joints krümelt, um White Pipes herzustellen. Ich nehme sie ab und zu mit Orangensaft. Ich weiß, dass ich es nicht tun sollte, aber sie haben mich schlafen lassen und mich tagsüber betäubt. Zumindest treiben sie mich nicht dazu, auf Flintenpatrouille zu gehen, und mir trällert auch niemand Opernarien ins Ohr – noch nicht, jedenfalls. Ich drücke den Knopf des blinkenden Anrufbeantworters. Ich höre Verkehrslärm, undeutliches Gerede und dann Pats Stimme, ganz heiser, überdreht und laut – er ist betrunken oder zumindest etwas angeheitert. »Hey, Alter! Ich war da und hab mich mal bei den Jungs erkundigt, du weißt schon. War echt interessant, ey. Woo. Diese Typen …« – dann lacht er ungefähr zehn Sekunden lang, schnaubt, hustet und stößt ein paar wirre Worte aus – »… geh dann mal wieder rein und rede mit« – er sagt einen Namen, den ich nicht verstehe – »und klär das, o Mann, *lekker soos a cracker ek se*« – lecker wie ein Cracker, ich sag's dir, ein Slang-Wortspiel auf Afrikaans, ausgesprochen mit dickem, aufgesetztem Akzent. Ich nehme an, dass er mir damit sagen will, er hätte mit Afrikaanern rumgehangen, solchen, die so stereotyp sind, dass es einfach zu witzig ist. Aber so richtig werde ich nicht schlau daraus. Ich spiele die Aufnahme noch ein paarmal ab. Ich bemerke, dass ich an den Nägeln kaue und wieder Herzklopfen bekomme, und beschließe, ein paar Buttons zum Frühstück zu nehmen. Okay, eine, nur eine.

68

Im Traum sage ich zu Patrick: »*Patrick, träumst du manchmal vom See? Von dem, was passiert ist, von Crackcrack?*«

»*Warum fragst du, Blödmann?*«

»*Ich glaube, wir sind da falsch abgebogen. Wir müssen zurück!*«

»*Du weißt, dass das nicht geht. Was verloren ist, ist verloren. Jetzt lass mich los! Ich muss gehen.*«

»*Aber man kann nirgendwo rüber!*« *Auf allen Fahrbahnen rast der Verkehr, wir sind ringsum von Autobahnen umgeben.*

»*Lass mich los!*«, *schnauzt Patrick.* »*Dein Zaydi ist gegangen, er hat es geschafft, ich hab's gesehen. Lass mich los!*« *Er reißt sich aus meiner Umklammerung und rennt*

*weg. Ein roter Jaguar fährt ihn über den Haufen und rast
einfach weiter.*

69

In den letzten Tagen habe ich immer wieder auf Patricks
Pager angerufen, aber er meldet sich nicht. Allmählich wird
mir mulmig. Es ist jetzt Dienstagmorgen, und ich höre
Radio 5 – es läuft Werbung für Jungle-Oats-Frühstücksflo-
cken. Sie erinnert mich an Jet Jungle, den Superhelden in
den Hörspielen, die ich mir als Kind immer angehört habe.
Und dann folgen die Nachrichten. Sie bringen einen Bericht über einen Mord, und ich spüre, wie sich kalte Ringe
um meine Brust legen. Ich ziehe mich an, gehe zum Einkaufszentrum und kaufe die Morgenzeitungen. Ich lese sie
sorgfältig durch, aber über den Mord steht nichts drin.
Damit beruhige ich mich zunächst, aber Pats meldet sich
immer noch nicht auf meine Nachrichten. Später gehe ich
noch mal los und kaufe den *National*, das Abendboulevard-
blatt, regierungsfreundlich, sensationslüstern. Und da steht
es, wie mir mein Bauchgefühl schon gesagt hat. Auf Seite
drei, mit fetter Schlagzeile darüber. Eine blutrünstige Geschichte ganz nach deren Geschmack, in der die Schwarzen
als Wilde dargestellt werden.

von Tina Rourke (Redaktion)

Weißes Opfer des grauenvollen Ritualmordes mutmaßlicher Drogendealer

Der junge Mann, der gestern einem brutalen Überfall zum Opfer fiel, wurde inzwischen als Patrick Toviah Cohen, 18, zurzeit ohne festen Wohnsitz, identifiziert. Wie aus Polizeikreisen verlautet, war er ein bekannter Drogendealer.

»Ich kann bestätigen, dass gegen das Opfer bereits mehrmals wegen Drogendelikten ermittelt wurde«, sagt Stabsfeldwebel Kobus le Roux. »Cohen war zwar nicht vorbestraft, aber wir haben Grund zu der Annahme, dass er in den Handel mit Ecstasy, Cannabis, Kokain und anderen gefährlichen Substanzen verwickelt war.«

Es ist jedoch unklar, ob der Mord mit dem Drogenhandel zu tun hat. »Bisher gibt es keine Beweise dafür«, sagt Officer le Roux. »Diese Art der Leichenverstümmelung ist in der Drogenszene jedenfalls unüblich. Möglicherweise war er einfach nur zur falschen Zeit am falschen Ort.«

Cohens Leiche wurde gestern im Park an der Ecke End Street, Hillbrow und Beit Street in Doornfontein gefunden, unweit mehrerer bekannter Nachtclubs. Nach ersten Erkenntnissen des Gerichtsmediziners sind seine lebenswichtigen Organe, Augen und Genitalien sowie beide Hände entfernt worden.

Laut Polizei könnte der Mord das Werk einer Gruppe von Angreifern unter der Leitung eines erfahrenen Mediziners gewesen sein. Die entsprechenden Körperteile würden einen hohen Preis auf dem Schwarzmarkt erzielen. »Muti, menschliche Körperteile, denen Zauberkraft nachgesagt wird, sollen mächtige Magie ausüben. Wer die Hand eines Weißen besitzt, soll beispielsweise nie für einen von ihnen arbeiten müssen«, sagt Officer le Roux. »Andere Körperteile werden als Zaubermittel benutzt, um beispielsweise vor Kugeln, Krankheiten, Verhaftung und so weiter zu schützen.«

Die Ermittler gehen davon aus, dass die Täter den Raum Johannesburg bereits verlassen haben. »Wir glauben, dass sie versuchen werden, in ihre Homelands oder vielleicht nach Lesotho oder Swasiland zurückzukehren. Gefahndet wird nach einer Gruppe von vier oder fünf Personen, die möglicherweise zusammen reist.«

Ohne es zu merken, habe ich die Seite zerknüllt. Ich streiche sie glatt und sehe in Patricks grinsendes Gesicht. Sie haben zwei Fotos abgedruckt, ein altes, wahrscheinlich aus seinem Schuljahrbuch, mit der Bildunterschrift: *Vielversprechende Zukunft – ein Bild aus besseren Tagen. Cohen war ein Spitzenschüler an der Emmarentia Extension High School, bevor er ausstieg, um ein Leben auf der Überholspur zu führen – Nachtclubs und Drogenhandel, nach Aussage der Polizei.* Das andere Foto zeigt eine Plane mit bleichen darauf verteilten Körperteilen, die meisten mit schwarzen Balken und dem Wort ZENSIERT verdeckt. Darunter steht LEICHENFUND: *Cohens grausames Schicksal durch die Hände von Muti-Killern.*

Schon wieder!, denke ich. Schon wieder.

Ich liege auf dem Boden. Ich kriege keine Luft. Das muss aufhören!

Und dann denke ich: *Oberholzer.*

Wer durch Feuer sterben wird

70

Ich bin heilfroh, dass ich meine Schlüssel behalten habe, als ich das Gitter öffne und herauskrieche, schwitzend in meinem neugekauften Overall und den Knie- und Ellbogenschützern. Hinter mir her ziehe ich einen Rucksack, den ich an ein Seil gebunden habe. Endlich richte ich mich auf Solomon-Boden auf. Ich bin seit drei Monaten nicht mehr hier gewesen, seit Ende Juni, als ich noch Eltern hatte. Die Scheinwerfer des Tennisplatzes gleichen im silbernen Mondlicht Giraffenhälsen. Ich schleppe den Rucksack über das freie, grasbewachsene Grundstück bis zu einem Hügel aus Steinen, an den ich mich gut erinnere. Ich wälze einen großen Stein beiseite, grabe mit dem Schweizer Messer ein Loch und stecke den Rucksack hinein. Ich öffne den Reißverschluss, hole die kleinere Tasche heraus und gehe dann zu Goochs Büro. Dort lasse ich den Strahl meiner Taschenlampe über das Lager hinten wandern – Gartenscheren, Rechen, Mäher –, bis er auf die Säcke mit Wonderwerk-Dünger in der Ecke fällt. Mit dreien von ihnen auf einer Schubkarre folge ich dem Hauptweg zur Synagoge hinunter. Dann gehe ich zurück zum Busdepot, hole eine große Stahltonne mit der Aufschrift DIESEL und rolle sie zu den

Säcken. Ich kehre noch einmal zurück und organisiere eine Busbatterie, ein Dutzend Dosen Farbe und drei Tüten mit Nägeln. Im Wissenschaftslabor im unteren Flur hole ich mein verschwitztes Notizbuch hervor und lese mir noch einmal meine Aufzeichnungen durch. Ich habe mir nämlich die Anleitung von Skimaske und Palästinenserfeudel aufgeschrieben, indem ich die Kassetten immer wieder angehalten und zurückgespult habe, bevor ich sie verbrannte. Ich hole einige Zutaten wie Magnesium aus dem Vorratsraum hinter der Tafel. Draußen vor der *Schul* leere ich die Hälfte des Diesels in einen Abfluss, schlitze die Düngemittelsäcke auf und gebe den Inhalt in das Fass. Mit einem Stab rühre ich die Mischung um, gebe weitere Zutaten hinein und rühre dabei ständig wie in einem Kuchenteig. Als ich fertig bin, leere ich die Farbdosen. In meiner Tasche befinden sich fünf hohle Stahlrohre, die mit schwarzem Isolierband umwickelt sind. Die Drähte ragen an ihren Enden heraus. Ich fülle die Dosen mit der Mischung aus dem Fass. Dann schließe ich sie, stanze Löcher in die Deckel und schiebe die Rohre hinein. Ich nehme mir die Zeit, meinen Arbeitsplatz aufzuräumen, und bringe dann die gefüllten Dosen in die Synagoge.

Im Inneren wird die Bima, die das Zentrum des großen Saals bildet, von weißen Mondstrahlen wie mit Scheinwerfern erhellt. Ich steige hinauf, finde den versteckten Hebel an der Bank und hebe den Deckel an. Der Hohlraum darunter sieht genauso aus, wie ich ihn in Erinnerung habe, und führt zu der geschlossenen Metallfalltür. Darauf staple ich die vollen Dosen und fülle das Innere der Bank mit ihnen aus. Rings um die Dosen stopfe ich die Tüten mit den

Nägeln und stelle dann die Autobatterie daneben. Jetzt beginne ich mit der Verkabelung. Ich verbinde die Kupferenden mit Drahtklammern, und dann hole ich die Leiterplatte heraus. Ich habe sie im Poolhaus mit einem Lötkolben, einem Wecker und der Fernsteuerung eines Spielzeugautos hergestellt – alles im Einkaufszentrum gekauft. Das Fireseed-Video zeigte, wie man die Fernbedienung auf die Leiterplatte lötet. Ich verbinde die Leiterplatte noch nicht mit den Dosen, schalte aber die Funkeinheit ein.

Ich schließe den Deckel, gehe durch die Bänke und setze mich in die hintere Reihe des Abschnitts für die achte Klasse, die Funkfernbedienung in der Tasche. Erstaunlich, wie klein sie ist, wenn man sie aus dem Joystick-Kästchen holt. Ich benutze einen kleinen Schraubendreher, um sie zu bedienen. Ich schalte sie ein und lausche – ich kann das schwache Zwitschern des Weckers in der Bank hören. Ich schalte ihn aus. Ich probiere es von mehreren anderen Plätzen her aus – kein Problem, ich kann den Sprengsatz von überall innerhalb der *Schul* aktivieren. Als ich jedoch hinaus in den Marmorflur gehe, durchdringt das Signal die Teakholztüren nicht. Also ist es so, wie ich dachte, ich muss im Inneren sein, um es zu tun. Das ist eigentlich perfekt. Es bedeutet, dass ich es mit meinen eigenen Augen sehen werde, und so sollte es sein.

Ich gehe zurück zur Bima und öffne den Bankdeckel. Jetzt tritt mich mein Herz wie ein wildes Zebra in die Rippen, als ich das Pluskabel von den Dosen zur Leiterplatte führe. Ich nehme den kleinen Schraubendreher und drehe die Schraube, bis sie den Draht fest einklemmt. Dann atme ich tief durch und tue das Gleiche mit dem Minuspol. Ich

sitze eine Minute lang da. Schließe meine Augen und spreche das *Schma Jisrael,* das erste Gebet, das man lernt, das
wichtigste. Dann schlage ich die Augen wieder auf und
schalte die Funkfernbedienung ein. Nichts passiert. Ich
atme aus. Palästinenserfeudel und Skimaske wussten, was
sie taten. Ich hocke mich wieder auf die Fersen und nehme
mir Zeit, mir in aller Ruhe eine richtige, scharfe Bombe anzusehen. Dieses Ding, das nur auf mein Signal wartet. Ich
schaue intensiv hin und denke an die Menge in den Dosen –
habe ich sie richtig berechnet? Habe ich ausreichend oder
zu wenig oder zu viel reingetan? Ich denke an den Spreng-
radius und die Nageltüten. So, wie ich es berechnet habe,
werden die dicken Glasbausteinwände rings um die Bima
die Explosion nur auf die unmittelbare Umgebung der
Bank beschränken. Niemand sonst in der *Schul* wird davon
betroffen sein, nicht einmal in den ersten Reihen. Einige
könnten Trommelfellschäden davontragen, aber das ist alles, es sei denn, jemand kriegt vor Schreck einen Herzinfarkt. Ich schaue auf meine Uhr. In wenigen Stunden, um
etwa 8 Uhr 30 heute Morgen – am 29. September 1989, dem
Beginn der Zehn ehrfurchtsvollen Tage von Rosch Haschana, dem jüdischen Neujahrsfest, das bis zum Jom Kippur geht, dem Tag der Buße, an dem HaSchem, der All-
mächtige, alle Männer und alle Frauen richten und ihr
Schicksal bestimmen wird, wie viele diese Erde verlassen
und wie viele sie betreten werden, wer leben und wer sterben wird, wer durch Wasser und wer durch Erwürgen, wer
durch das Schwert und wer durch Hunger. Dann, um
8 Uhr 30, wird die einzige Person, die auf dieser Bima steht,
der Ehrengast der Woche sein, ein gewisser Major Wilhelm

»Bokkie« Oberholzer von der Spezialeinheit der südafrikanischen Polizei. Er wird eine Ansprache an die Schüler halten, weil Bokkie Oberholzer daran glaubt, dass man als Mensch wachsen, sich Ziele setzen und sich Herausforderungen stellen müsse.

Das glaube ich auch, Bokkie. Ich auch.

Ich schaue hinüber zum Aron Ha-Kodesch, zum Thoraschrein, der heiligen Lade, wo die Zehn Gebote auf Kupfertafeln gemalt sind. Da steht nicht: Du sollst nicht töten. Da steht: Du sollst nicht morden. Das ist ein wichtiger juristischer Unterschied. Manchmal sind Morde erlaubt. Manchmal sind sie notwendig. Mein ist die Rache, spricht der Herr. Gerechtigkeit, Gerechtigkeit, Gerechtigkeit sollst du anstreben.

Ich denke an die Hagba, das Heben der Thora. Ich werde ihnen zeigen, was ich diesmal für sie anheben werde. Auf einer Säule aus Feuer und einer Stimme aus Donner. Sie werden schon sehen.

71

Zurück zum Rucksack. Den Overall stecke ich rein und hole eine Plastiktüte heraus. Ich lasse den Rucksack in dem Loch unter den Steinen, um ganz sicherzugehen, dass ihn niemand findet. Dann gehe ich in die Schwimmbadumkleide und nehme eine heiße Dusche, schrubbe den Dieseldreck von meiner Haut und aus meinen Haaren. Als ich sauber bin, trockne ich mich mit einem steifen Handtuch vom ordentlichen Stapel ab und hole meine frische Kleidung aus der Plastiktüte. Ein Paar robuste schwarze Bata-Lederschuhe. Ein weißes Hemd. Neue Unterwäsche. Neue graue Socken. Eine graue Flanellhose. Ein violetter Polyesterblazer, flach zusammengelegt. Das alles habe ich im Einkaufszentrum erstanden. Aus der Kiste mit den liegengebliebenen Sachen vorne habe ich eine gestreifte Krawatte gefischt, deren Besitzer laut der schwarzen Streifen auf der Rückseite elfmal mit dem Stock versohlt wurde. Mit der Spitze meines Schraubendrehers löse ich das Schulwappen von einem Trainingsanzug und hefte es mit Stecknadeln aus meinem neuen Hemd an die Blazertasche. Vor dem Spiegel kämme ich ordentlich mein nasses Haar. Alles läuft reibungslos. Alles ist in Ordnung. Alles ist … Doch auf einmal hängen meine Hände seitlich an mir hinunter, ohne dass ich mich daran erinnern kann, wie sie dorthin gekommen sind. Mein Gesicht ist kalkweiß. Es sieht gar nicht mehr aus wie mein Gesicht. Meine Uhr scheint falsch zu gehen. Aber die Wanduhr sagt, dass sie die richtige Zeit anzeigt. Ich war eine Weile vollkommen abwesend. Ich muss aufpassen – womöglich wirken die Mandrax noch.

Ich fahre über meine Taschen und stelle sicher, dass ich die Fernbedienung, den Schraubendreher und die Ohrstöpsel habe. Ich stecke meine gebrauchte Kleidung in die Plastiktüte und gehe den Hang hinunter. Der Himmel ist dunkelblau, die Farbe meiner Habonim-Uniform aus dem Sommerlager damals, vor langer Zeit. Noch etwa anderthalb Stunden, dann kommen die ersten Autos durch das Sicherheitstor. Und dann Oberholzer. Ehrengast der Woche Oberholzer. Ich will sein Gesicht sehen, wenn er mich dort sitzen sieht. Ich werde auf einer der Bänke sein, und er

oben auf der Bima, während ich die Hand auf der Fernbedienung habe und auf die richtige Sekunde warte. Im Namen von Isaac Helger und Arlene Helger, im Namen von
Marcus Helger, Annie Goldberg und Patrick Cohen. In
ihrem Namen und dem vieler anderer. Wenn die Bombe
hochgeht, wird Chaos entstehen. Aber ich werde ruhig wie
ein Klotz sein. Ich werde zurück zum Steinhügel gehen,
den Rucksack ausgraben, den Overall anziehen, das Gitter
öffnen und mich auf den Weg machen. Leb wohl, Solomon,
auf Nimmerwiedersehen. Um fünf Uhr heute Nachmittag
werde ich in Botswana sein. Danach geht es weiter nach
New York. Eine neue Welt, ein neues Leben, alles neu.
Danke, Hugo.

Schwarze Vögel flattern aus dem trockenen Gras der
Rugbyplätze auf, als ich sie überquere. Mir wird klar, dass
ich schon wieder irgendwie weg gewesen bin. Dauernd
habe ich zwischendurch Blackouts. Das sind bestimmt die
Nerven, und vielleicht auch die Mandrax. Gleich geht's mir
bestimmt wieder besser. Ich habe auch schon lange nicht
mehr richtig geschlafen, nicht mal mit den Tabletten. Ver-
schwommene Gebilde treiben über meine Netzhaut. Ich
ignoriere sie. Ich gehe runter zu den Müllcontainern und
stecke die Tüte mit meiner Unterwäsche tief hinein. Als ich
zurücktrete, überfallen mich plötzlich Bauchkrämpfe, so
schlimm, dass ich mich krümme. Ich eile im Laufschritt zur
Schul. Die Krämpfe werden immer heftiger – ich habe echt
Angst, mir in die Hosen zu scheißen. In der Marmorlobby
biege ich sofort in die Toiletten ab. Lange Zeit sitze ich
stöhnend in einer Kabine. Als der Durchfall endlich aufgehört hat, will ich zum Waschbecken gehen, um mir die

Hände zu waschen. Aber merkwürdigerweise kann ich nicht geradeaus laufen. Ich wasche mich und spritze mir kaltes Wasser ins Gesicht. Bin immer noch kreidebleich – als hätte mich ein Vampir ausgesaugt. Ruhig bleiben, *bru*. Tu, was du tun musst. Ich klopfe auf meine Blazertasche. Fernbedienung, Schraubendreher, Ohrstöpsel. Ich könnte die Ohrstöpsel doch eigentlich jetzt gleich einstecken, warum nicht? Gesagt, getan – eine Sache weniger, an die ich denken muss. Ich darf nicht vergessen, mir einen Platz am Gang zu suchen, damit derjenige, der neben mir sitzt, nicht sieht, wie ich mit der rechten Hand in meiner Blazertasche herumfummle. Wenn es so weit ist. Wenn Oberholzer anfangen hat, seine Rede zu halten, und sich da oben auf der Bima wohl und sicher fühlt.

Meine Beine zittern. Ich muss mich eine Minute setzen und mich zusammenreißen. Ich hätte was essen sollen; ist noch Zeit, mir etwas Süßes vom Kiosk zu holen? Nein. Sei nicht so blöd. Warte einfach hier. Es ist fast so weit. Am anderen Ende der Toiletten stehen ein paar aufgestapelte Plastikstühle, die mit einer Plane bedeckt sind. Ich hebe die Plane an und nehme mir einen Stuhl. Als ich mich hinsetze, bekomme ich Schüttelfrost und befürchte, wieder zur Toilette rennen zu müssen. Ich wickle mich in die Plane. Meine Zähne klappern. Nach einer Weile wärmt mich die Plane, und ich spüre, wie meine Anspannung langsam nachlässt.

72

Ich stehe auf, es wird Zeit. Ich gehe rüber zum Spiegel. Ich lasse mir Wasser über die Finger laufen und reibe mir über das Gesicht. Ich bin ein junger Mann in Blazer und Krawatte. Ein kluger junger Mann, der scharf aussieht. Es gibt nichts auf dieser Welt, was einen coolen jungen –

Im Spiegel legt Zaydi einen Arm um meine Schultern, und ich schreie auf. Ich renne zu den Teakholztüren. Zaydi sitzt auf meinem Rücken, versucht mich zu erwürgen und sagt mir, ich solle aufhören, aufhören. Ich stürme durch die großen Türen. Dieser Zaydi ist nicht zerbrechlich, dieser Zaydi stößt einen Schrei aus und drückt noch fester zu. Ich kriege keine Luft. Ich fummle mit der Hand in der Tasche herum, aber die verdammte Fernbedienung funktioniert einfach nicht. Ich renne hinauf auf die Bima, krieche auf den Knien zur Bank und öffne den Verschluss. Ich hebe den Bankdeckel an, und es gibt einen blauen Funkenblitz und Stromstöße schießen durch meine Arme. Mein Körper zuckt. Ich werde rückwärtsgeschleudert. Flammen verbrennen eine Seite meines Gesichts. Ich fuchtle wild mit den Armen und schreie. Feuer frisst sich in meinen Kiefer, die Hitze …

73

»Alles klar mit dir?«

»Hey, wenn das nicht Martin Helger ist!«

»Was machst du hier, Mann?«

»Macht ihm mal Platz, Leute. Er sieht echt nicht gut aus, ey.«

Die Stimmen klingen gedämpft. Ich hebe den Kopf und spüre, wie mir die Plane von den Schultern rutscht. Ein Oberstufenschüler steht vor mir; mir fällt ein, dass er Owen Roth heißt. Er beugt sich über mich. Neben ihm steht noch einer – Labner, so heißt er, glaube ich, Jamie Labner. Roth ist blond, Labner rothaarig. Ich sitze komisch zusammengekrümmt auf dem Plastikstuhl, und eine Gesichtshälfte tut mir weh. Ich habe mit dem Kopf an einem heißen Rohr gelegen. Ich höre mich fragen, wie spät es ist. Meine Stimme hallt merkwürdig in meinem Kopf wider. Meine Ohren sind verstopft. Ich erinnere mich, dass ich Stöpsel reingesteckt habe. Ich erinnere mich, dass ich eine Armbanduhr habe. Ich schaue darauf, während ich auf meine Tasche klopfe. Ich bin eingeschlafen, und die Ohrstöpsel haben verhindert, dass ich geweckt wurde. Ich Schmock! Ich Idiot! Owen Roth fragt mich immer wieder mit dumpfer Stimme, ob ich irgendetwas habe. »Ich habe gedacht, du wärst von der Schule abgegangen«, sagt Labner. Noch zehn Minuten bis zum ersten Klingeln. Alles in Ordnung. Ich umklammere die Fernbedienung. Alles ist gut, ich bin in den Toiletten, und gleich werde ich zur Tür raus, quer durch die Lobby und in die *Schul* gehen. Ich werde mich hinsetzen. Auf einen Platz am Gang. Möglichst weit hinten. Die Fernbedienung funktioniert von jedem Platz aus. Die Batterien sind stark genug. Die Bombe ist an die Busbatterie angeschlossen. Es ist Freitag, und Oberholzer ist Ehrengast und Redner. Bleibe ruhig und sei aufmerksam, genau so, wie es auf der Bombeninfotafel steht. Bleibe aufmerksam, bleibe am Leben. Ich stehe auf. Ein weiterer Oberstufenschüler kommt rein. »Hey, das ist ja Martin Helger! Du bist wieder in der Schule!« Sein Gesicht glänzt vor Aufregung. »Er ist unterwegs, Martin!«

»Wer?« Ich straffe den Rücken. Jetzt bloß nicht wieder Krämpfe kriegen! Ich brauche was zu trinken. »Volper«, sage ich. »Meinst du den?«

»*Volper*«, äfft mich der Typ nach, und alle drei fangen an zu lachen. Labner fragt: »Was hast du hier eigentlich gemacht, Mann? Warum hast du hier geschlafen?« Er dreht sich um. »Leute, er hat da in dem Stuhl gepennt, als wir ihn gefunden haben!«

»Nein, weißt du, wer unterwegs ist? Dein bester Freund«, sagt der andere Oberstufenschüler. »Dein größter Fan, hey.« Wieder lachen alle.

»Mein Gott, stimmt irgendwas nicht mit dir, Helger? Kein Witz, Mann, du siehst ziemlich fertig aus. Und was ist das da in deinem Ohr?«

Einer der anderen sagt, sie sollen die Klappe halten, ob sie denn nicht wüssten, was mit Martins Eltern passiert sei. Inzwischen trinke ich aus dem Wasserhahn. Als ich zur Tür gehe, macht Jamie Labner eine Riesenshow daraus, mit erhobenen Händen von mir zurückzuweichen. »Du willst doch nicht etwa kneifen, oder?«, fragt er. Ich bleibe stehen und blinzle – was will er damit sagen?

Dann fliegt mit einem Knall die Tür auf, und Sardines Polovitz kommt rein. Er wirft nur einen Blick auf mich, und dann läuft sein Gesicht rot an, als würde ihn die Neuigkeit gleich zum Platzen bringen. Er wirbelt herum und ruft: »Er ist es! Er ist hier!«

Ich gehe auf ihn zu und sage: »Lass mich durch, Polovitz.« Aber Polovitz ruft weiter, mit dem Rücken zu mir, und versperrt mir die Tür. Er ruft und ist so aufgeregt, dass er sich am ganzen Körper schüttelt wie ein Hund, der aus dem Wasser kommt. »Er ist hier, Leute! Es ist wahr! Er ist hier drinnen, ich schwöre es! Kommt schnell!«

Ich höre, wie jemand angerannt kommt. Ich strecke den Arm aus, um Polovitz beiseitezuschieben, aber dann weicht er von selbst beiseite, und Johnny »Crackcrack« Lohrmann betritt die Toiletten und baut sich vor mir auf. »Na, wen haben wir denn da?«, feixt er.

74

Polovitz und die anderen Typen stehen mit dem Rücken zur geschlossenen Tür und halten sie zu. Sie grinsen. Die andern stehen an den Pinkelbecken, mit todernsten Gesichtern, einige mit verschränkten Armen. Crackcrack rollt mit den Schultern, geht auf mich zu, und ich weiche zurück. Einer der Typen, die an der Seite stehen, sagt: »Er hat seine Eltern verloren, hey. Vielleicht solltest du ihn einfach in Ruhe lassen.« Crackcrack bleibt stehen und dreht sich um. »Glaubst du, das interessiert mich?«, fragt er. »Diese kleine Muschi hat versucht, mich mit einem Speer aufzuspießen! Mich umzubringen! Vielleicht habt ihr das vergessen, aber ich nicht!«

Ich frage: »Was willst du?« Ich klinge heiser.

Crackcrack hat mich nicht mal gehört; er zieht sein Hemd hoch. »Schau dir das an!«, ruft er. Rauh bricht seine

Stimme hervor und hallt im gekachelten Raum wider. Eine Narbe zieht sich über seine Brust und eine über den Bauch, wie eine fette rosa Schlange. Wo eine Brustwarze hätte sein sollen, auf der rechten Seite, ist nur ein Fleck Narbengewebe, auf den er jetzt deutet. »Du hast versucht, mich umzubringen«, grollt er. »Du hast mit dem Speer auf mich eingestochen. Ich habe meine Brustwarze verloren! *Ich habe meine Brustwarze verloren!*« Die Augen in seinem totenkopfähnlichen Schädel glitzern, als wäre er komplett durchgeknallt. Und es dämmert mir, dass es nie aufhört, dass jede Tat zu einer anderen führt, wie eine Reihe fallender Dominosteine. Denn vor Jahren bin ich mit Patrick Cohen und Ari Blumenthal runter zum Emmarentia-Damm gegangen, und ich habe einen Solomon-Rugbypullover zwischen den Weiden am schlammigen Ufer gesehen, und es waren Crackcrack, Russ Herman und Sardines, die dort geraucht haben. Sie hätten uns alle in das dreckige Wasser geschmissen, aber Ari hat den Namen meines Bruders genannt, und ich habe die Macht gespürt, die ein Name haben kann. Dort hätte es enden sollen, aber das tat es nicht. Eine Tat löst die nächste aus wie ein Dominostein den benachbarten umwirft, und so geht es immer weiter, und jetzt passiert es hier, um acht Uhr morgens, am Tag vor Rosch Haschana, in den Foyertoiletten der Wisdom of Solomon High School für jüdische Jungen, und Crackcrack zieht seinen Blazer aus und streift seine Krawatte ab. »Und anschließend bin ich auch noch suspendiert worden!«, schreit er. »Ich! Dieser scheiß Volper hat mich ausgeschlossen! Ihr – ihr Helgers, ich weiß nicht, wie ihr das macht, aber ihr beschissenen Helgers zieht überall die Fäden! Hinter den

Kulissen. Aber jetzt hab ich dich – jetzt wirst du bezahlen, Junge – und zwar gewaltig!«

Alles, was ich brauche, sind fünf weitere Minuten, dann wird es klingeln, und wir müssen alle in die *Schul* gehen. Ich trete einen Schritt nach links. Ich denke angestrengt nach.

»Lass mich gehen, oder ich schwöre ...«

»Was schwörst du?«

»Ich schwöre, dass ich allen hier erzählen werde, was am Damm passiert ist. Ich erzähle es ihnen, Crackcrack.«

Crackcrack antwortet nicht, aber er bleibt stehen, und das Blut weicht ihm aus dem Gesicht.

»Ich werde es allen hier erzählen«, fahre ich fort. »Und auch sonst allen, die es hören wollen. Ich schwöre, das mache ich, Crackcrack. Alle werden es erfahren!«

Es vergeht etwa eine Sekunde, in der ich glaube, dass es funktionieren könnte, dass er einen Rückzieher macht, sich umdreht. Aber als er herumwirbelt, wird mir klar, dass er lediglich weit ausgeholt hat – er zielt mit einem Monsterschwinger auf mich. Ich hebe die Ellbogen, die Fäuste über den Augenbrauen, so wie es mir Marcus vor langer Zeit beigebracht hat, und Crackcracks knochige Faust trifft mich mit voller Wucht, so dass mein Unterarm taub wird. Nicht wegdrehen! Aber seine Fäuste hämmern, Schläge hageln auf mich ein. Manche durchbrechen meine Deckung, erwischen mein Auge, meine Lippe platzt auf, mein Ohr wird hart getroffen. Ich spüre, wie ich mit dem unteren Rücken gegen ein Waschbecken pralle, und ich werfe mich blindlings nach vorn und kralle nach meinem Angreifer. Unsere Arme verschlingen sich, und wir ringen miteinander. Crackcrack ist viel stärker als ich, aber seine Füße in den handgearbeiteten Lederschuhen rutschen, während meine billigen Bata-Schuhe mir besseren Halt auf den Fliesen verschaffen. Plötzlich erwischt er meine Polyesterjackenaufschläge.

Polyesterboy, so hat er mich am Ufer des Emmarentia-Damms genannt, nachdem er das Etikett in meinem Sonntagshemd gelesen hatte. Ich hatte vorher nicht gewusst, wie sehr Wörter schmerzen können. Und das Wasser war dreckig, und wir hatten denen gar nichts getan, wir hatten sie nur etwas gefragt, aber nun war Patricks Stirn dick angeschwollen, und ich werde nie vergessen, wie Lohrmann mir ins Gesicht geschlagen hat. Das war einfach gemein. Er nannte Ari einen Shoch und beschmierte sein Gesicht mit schwarzem Matsch. Wir hatten das Wasser im Rücken, und sie hätten uns dort reingeworfen und Gott weiß was mit uns angestellt. All das muss man bedenken. Man muss bedenken, dass er es herausgefordert hat.

Crackcrack schleudert mich an meinem Blazer gegen die Keramikwaschbecken und rammt mich tief mit der Schulter in den Bauch. Ich schlage ihm auf den Rücken, aber ohne jede Wirkung. Er versucht, mir die Beine wegzureißen und mich auf den Boden zu werfen. Ich halte mich an den Waschbecken fest, bleibe irgendwie oben und versuche, ihn von mir wegzutreten.

Er sah mich mit einem so vernichtenden Blick an, wie ich es nie wieder gesehen habe, nachdem ich ihm befohlen hatte, sich auszuziehen. Komplett. Er tat es, weil er glaubte, dann wäre es vorbei. Aber solche Geschehnisse haben ihre Eigendynamik. Er zog die handgearbeiteten Schuhe, die Instinct-Hosen, das Lacoste-Shirt und die Calvin-Klein-Unterhosen

aus. Seine ganze Rüstung an Markennamen, und er war
groß und gemein genug, uns alle zusammenzuschlagen, aber
jedesmal, wenn er drauf und dran war, brauchte ich nur
Marcus Helger zu sagen. Das reichte. Und dann sagte ich:
Du hast meinen Freund gezwungen, seine Jarmi zu holen
wie ein Hund, aber jetzt bist du der Hund, weißt du. Auf
alle viere, Hund! Auf alle viere, und dann bell! Nachdem er
das getan hatte und wir alle lachten, fing Crackcrack an zu
heulen, während ein Sonnenstrahl durch eine Lücke in den
Weiden auf sein Gesicht fiel. Es war Ari, der das alte Seil
fand, eine Schlinge eines halbversunkenen Hanfseils, das
zusammengerollt im Schlamm und im Schilf lag. Die Ober-
seite war mit rissiger, getrockneter Entenscheiße bedeckt.
Ich hob es mit einem Stock raus. Schleim hing davon hinun-
ter. Und ich zwang Crackcrack, ein Ende wie ein Halsband
umzulegen.

Crackcrack lässt meine Beine los, richtet sich auf und
rammt mir ein Knie in den Bauch. Ich lasse das Waschbecken los, das ich umklammere wie ein Ertrinkender, der am
Rand eines Schwimmbeckens verzweifelt Halt sucht, und
falle auf alle viere zu Boden. Crackcrack lässt sich auf meinen Rücken fallen und drückt mich auf den Bauch. Ich
spüre, wie er nach irgendetwas sucht. Und auf einmal dämmert es mir.

Sag: Ich bin ein Hund, befahl ich ihm. Sag uns, was du
bist. Er muss das lernen, sagte Ari, und nur Patrick Cohen
schüttelte den Kopf. Ich hielt das Seil, schnalzte mit der
Zunge, führte Crackcrack in das schmutzige Wasser und
befahl ihm, davon zu trinken. O Gott, bitte hör auf!, flehte
er. Ich hab's doch nicht so gemeint. Und Ari sagte: Quatsch,

*klar hast du es so gemeint, du wolltest uns wie Müll da rein-
werfen, und das hast du jetzt verdient.*

Ich greife nach meiner Krawatte. Nach dem Knoten.
Gleichzeitig greift auch Crackcrack danach. Wir erwischen
sie beide. Crackcrack reißt daran, zieht sie nach hinten und
verdreht sie. Ich umklammere sie mit aller Kraft. Crackcrack stemmt ein Knie auf meinen Unterarm, stützt sich
darauf, und meine Hand wird kraftlos. Nach und nach wird
die Krawatte aus meinen Fingern gezogen, und Crackcrack
dreht alles ineinander, was er kriegen kann. Wir keuchen
beide, vollkommen konzentriert auf diesen Kampf der
Hände, die Krawatte. Aber Zentimeter um Zentimeter
kriecht sie weg von mir. Dann gibt Crackcrack einen festen
Ruck, und sie ist weg – ich greife noch einmal danach, aber
schon ist der Knoten hinten in meinem Nacken und wird
gedreht.

*Das Ende eines Baumstamms lag unter Wasser dicht ne-
ben seinem Kopf. Ich sah es, schlang das Seil darunter hindurch, stellte einen Fuß auf den Baumstamm, lehnte mich
zurück und zog. Crackcrack schlug um sich, aber der Baumstamm war schwer und eingeklemmt und verlieh mir Zug-
kraft. Ari nahm einen Stock und drückte damit auch Crackcracks Kopf unter Wasser. Ich hielt ihn eine Weile mit dem
Seil fest, und dann ließ ich ihn ein Stückchen hochkommen,
nur so weit, dass er nach Luft schnappen konnte, und dann
zog ich wieder, und er ging unter. Ich machte das ein paarmal. Ich weiß nicht, sie war irgendwie süchtigmachend, diese Rache. Und seine Gegenwehr wurde schwächer.*

Die Krawatte zieht sich fest um meinen Adamsapfel, so
fest, dass keine Messerklinge zwischen sie und meine Haut

passen würde. Ich spüre, wie mein Kopf sich mit Blut füllt und anschwillt. Meine Lippen werden dick, und ich fühle meinen Puls darin pochen. Mein Blickfeld verengt sich, an den Rändern wird alles schwarz. Von der Seite, ganz von ferne, höre ich Schreie. Jemand versucht, Crackcrack aufzuhalten, aber Polovitz geht dazwischen. Es wird nicht aufhören. Crackcrack würgt mich noch fester.

Aris Stock war glitschig vor Schlamm, und okay, ich war es, der zu Ari sagte, ich glaube nicht, dass er ein Hund ist, ich glaube, er ist eine Hündin. Ich hatte ihn immer noch am Seil, aber Ari rührte sich nicht. Er hat dich einen Shoch genannt, sagte ich. Er hätte uns beinahe ersäuft. Ich war verrückt vor Zorn. Wir beide sahen Patrick Cohen an, aber Patrick sagte kein Wort, betastete nur die Beulen an seiner Stirn und schaute weg. Er hat es so gewollt, sagte ich. Er ist selber schuld. Ari schwankte, das sah man ihm an, aber er konnte nicht. Also sagte ich, gib mir den Stock. Nimm du das Seil. Also nahm Ari das Seil und hielt es fest, und ich nahm den Stock. Kurz darauf begann Crackcrack zu schreien.

Ich höre auf, an der Krawatte zu kratzen. Ich kann meine Finger kaum noch spüren, als ich um mich schlage und kralle. Ich sehe jetzt nichts mehr bis auf einen kleinen Fleck, kürbisfarben, so groß wie eine Münze, und mir wird warm, und ich kippe seitlich um und falle, falle … Weit weg greife ich mit einer Hand in die Tasche meines Blazers, wo ich die Fernbedienung spüre und daneben den kleinen Schraubendreher, den ich ganz vergessen hatte. Ich hebe den Arm und spüre den verdrehten Griff an meinem Hinterkopf; Crackcracks Hände wie einen Knoten aus Fleisch und Blut. Ich hole mit dem Schraubenzieher aus, steche zu und spüre, wie er eindringt. Als ich ihn so fest reingestochen habe, wie es geht, ziehe ich am Griff, hänge mich daran, indem ich mit der anderen Hand mein Handgelenk umklammere. Der Druck auf meine Kehle lässt abrupt nach, das Blut fließt aus meinem Kopf und meinem Gesicht, und ich kriege wieder Luft. Ich höre Crackcrack schreien. Genauso, wie er am Damm geschrien hat. Ich versuche aufzustehen. Ich sehe das weiße Waschbecken und das glänzend verchromte Metallknie darunter. Es ist wie ein U geformt und hat ein Ventil in Form eines kleinen Sterns, und als ich mich hochziehe und mich umdrehe, ist da ein Schatten. Etwas Dunkles. Das ganz schnell größer wird. Riesig. So groß wie die Welt und plötz –

Nichts

Genesis

I

Am Anfang war die Dunkelheit, und dann erschuf er sich selbst, und er sah Licht, und es war seltsam. Das Licht war draußen, aber die Dunkelheit im Inneren, und er bewegte sich über das Gesicht der Dunkelheit und sah nichts darin. Jetzt wird er umgedreht und wieder gewaschen. Pulver und Latexschnappen. Der stechende, immer intensivere Gestank seiner Ausscheidungen im Raum. Er ist sich der Kunststoffteile bewusst, die nicht er sind, weil er dort endet, wo Drähte und Schläuche beginnen. Die braunen Hände gleiten über die weißen Stangen, und die weißen Stangen sind seine Teile. Ein süßlicher, aufdringlicher Geruch, chemisch – sie reiben über die Haut. Dunkle Hände flüstern mit blassen Handflächen, rissige Handflächen mit Schwielen.

Er liegt auf der Seite. Der schreckliche Eispickel dieses winzigen, bohrenden Lichts, der auf ihn herunterstößt, in verschiedenen Winkeln. Er erkennt ein rosafarbenes, behaartes Handgelenk darunter: den Controller.

Es ist nicht das erste Mal. Aber das hat er vergessen.

2

Die Zeit ist ein fester Klumpen, der anfängt, sich in chaotisch herumliegende Stücke aufzulösen. Es gibt eine Frau, die ihm Dinge in die Hände legt – einen flauschigen grünen Ball, ein geschnitztes Holzdings von einem Brett mit schwarzweißen Feldern, einen Stock mit einem weichen Ende, den sie in Farben eintaucht und mit dem sie, indem sie seine Hand führt, Striche auf perfektes Weiß macht. Sie spielt Musik und bewegt seine Arme und Beine im Takt. In einem anderen Fragment schnallt ihm ein Mann einen Helm auf dem Kopf fest. Dann schmiert er Paste in einen Plastikhalbkreis und drückt diesen auf seine obere Zahnreihe. Das Zahnding schmeckt nach dem Metallrohr, das der Mann ihm anschließend in die Hand drückt. Die Finger umwickelt er mit Klebeband. Dann kommt ein grünes, breites Ding über Mund und Nase, und der Mann dreht einen Hahn an einer Gasflasche, und es gibt ein leises Zischen, wonach die Luft kühl und dünn wird. Er atmet ein, und es fühlt sich an, als ob das Bett kippt. Der Mann steckt Kabel in einen Kasten, dreht einen Schalter. Jetzt brummt es, und er spürt, wie sich alles Mögliche in ihm bewegt, in seinen Knochen, wie seine um das Rohr festgeklebte Hand kribbelt, und seine Muskeln zittern und ziehen sich überall zusammen. Ein weiteres Fragment: Sie rollen ihn aufrecht durch einen breiten Korridor. Ein roter Schlauch hängt aufgewickelt hinter Glas neben der Tür. Seine Gummireifen quietschen. Draußen im grellen Licht gibt es Gras, und es gibt große Bäume und Blumen mit Farben, die die Luft wie

Kohle verbrennen. Er sieht Menschen in weißen Gewändern, schaut nach unten und stellt fest, dass er auch so eines trägt. Und dann der sprechende Mann mit dem runden Gesicht und der Glatze. Der Controller. Er ist in den Fragmenten immer anwesend, spricht immer.

3

Allmählich beginnt sich die zertrümmerte Zeit zu ordnen, die Fragmente nehmen eine Reihenfolge ein. Erst passiert eines, dann kommt etwas anderes, und er kann zurückblicken und sich daran erinnern, wie alles zusammenhängt. Allmählich weiß er im Voraus, wie sich gewisse Dinge abspielen, noch bevor sie geschehen, und spürt, wie er über Minuten, Stunden und Tage vorwärtslebt. Das Gleiche geschieht auch mit den Worten; sie bilden eine Ordnung.

»Wenn Sie mich verstehen, zwinkern Sie zweimal. Also, zweimal blinzeln, so, sehen Sie, für Ja. Ach, du meine Güte! Jetzt dreimal blinzeln – dreimal bedeutet Nein. Wissen Sie, was eine Katze ist? Gut. Beantworten Sie nun diese Frage. Bin ich eine Katze, ich, der mit Ihnen spricht? Nein? Gut. Bin ich eine Frau? Nein. Gut. Sind Sie ein Mann? Ja. Ausgezeichnet. Wundervoll! Ich könnte heulen, ganz ehrlich!«

Morgens waschen ihn verschiedene Frauen, reiben seine Haut. Aber die, die seine Gliedmaßen verdreht, ist jedes Mal dieselbe, und er hat immer Angst vor ihr wegen der Schmerzen. Die Frau, die am Nachmittag mit dem Spielzeug und der Musik kommt, ist auch immer dieselbe. Wenn das Licht schwindet, erscheint der Mann mit dem Helm und der Gasflasche. Und zwischen diesen Leuten taucht der vierschrötige kahle Controller auf, der die ganze Zeit redet.

»Erkennen Sie die hier? Nehmen wir mal den Ersten. Ich gebe ihm verschiedene Namen, und Sie blinzeln und stoppen mich, wenn Sie glauben, dass ich den richtigen Namen für das Ding gesagt habe. Okay? Dee. Eff. Zee. Ka. Jott. A. A … Sind Sie sicher? Ja, das sind Sie! Ich sehe das! Und Sie haben recht. Das ist ein A. Wunderbar! Einfach wunderbar.«

Nach dem Erwachen hatten die meisten Dinge noch keine Namen. Also brachten sie ihm Gegenstände und Bilder von Gegenständen und Lebewesen und baten ihn, ihre Namen zu nennen. Ein Wasserkocher, ein Strand, ein Elefant, ein Ei. Sie trugen die Welt in winzigen Teilen zu ihm hin, und er gab der Welt Namen, Fragment um Fragment, und baute sie so zusammen, vergaß und erinnerte sich und erinnerte sich wieder. Die Frau, die seine Gliedmaßen so schmerzhaft dehnt, ist Ms Roberts. Die Frau mit der Musik ist Mrs Lobenza. Der mit dem Helm ist Mr Rajbunsi. Und der kahle Controller ist Dr. Norman Meltzish. Sagen Sie Dr. Norm zu mir. Dr. Norm zeigt zwei behaarte Fäuste mit aufgestellten Daumen, die er im Licht, das durch das Fenster fällt, vertikal zusammenhält.

»So sieht ungefähr ein menschliches Gehirn aus. Etwas weniger als eineinhalb Kilo feuchtes Material, das in etwa einhundertfünfzig Gramm Liquor schwimmt. Als Leonardo da Vinci 1504 zum ersten Mal das Gehirn sezierte, dachte er, die menschliche Seele befände sich in den zerebralen Ventrikeln. Heute glauben wir es besser zu wissen, aber die

Wahrheit ist, dass wir immer noch blind sind – und vielleicht wird das in der Neurologie auch immer so bleiben. Das menschliche Gehirn kann eine Uhr oder ein Herz verstehen, weil es komplexer ist als diese einfachen Dinge. Wir können auf sie hinabblicken und sie vollständig erforschen. Ebenso kann nur etwas Komplexeres als das Gehirn es verstehen. Etwas muss auf uns herabblicken, um den wahren Sitz der Seele zu finden. Aber so etwas existiert nicht. In dieser Hinsicht sind wir verdammt. Wir werden den menschlichen Verstand nie erfassen, weil wir ihm nie entkommen können.«

Es strengt ihn sehr an, Dr. Norm zuzuhören, der, unablässig redend, am Fenster steht und hinausblickt. Ihn beschäftigt viel mehr, wie sein eigener Name lautet. Wer ist er? Seit kurzem formt er wortartige Laute, ungeschickt mit der Zunge im Mund herumtastend. Stöhnende Geräusche, die ihn selbst erschrecken.

»Sie sind vom Joburg General hierherverlegt worden. Dort sind Sie damals aufgenommen worden, in der Notfallambulanz, und nachdem Sie lange dort gelegen hatten, hat man Sie als Hospizfall zu uns geschickt. Um ehrlich zu sein, gab es keine Zustimmung der Familie, die Apparate auszuschalten. Wenn es eine gegeben hätte, wären Sie wahrscheinlich nicht hier. All das ist vor meiner Zeit passiert. Patient Nummer 975-A12–89 – das sind Sie. Das ist alles, was Ihre Akte uns über Sie verraten hat.«

Sein Name ist Patient. Er ist ein komplizierter, geschädigter Organismus und seine Essenz: reines Warten.

»Wir haben keine weiteren Informationen über Sie. Alles, was am Joburg General über Sie bekannt gewesen sein mag, ist mit Papierakten verlorengegangen, die nicht mehr existieren. Es tut mir leid. Ich kann Ihnen sagen, dass Sie wegen schwerer Schädelfrakturen behandelt wurden, einschließlich eines Schädel-Hirn-Traumas dritten Grades auf der rechten Seite. Man hat offensichtlich eine Operation durchgeführt, um die Schwellung und die Blutungen um den Hirnstamm zu lindern.«

Der Garten ist terrassenförmig angelegt und fällt in Ebenen zur hohen Backsteinmauer am Ende hin ab. Die Sonne scheint auf rote Erde, und die Steine sind gelb. Sie grenzen die Terrassen an den Rändern ab und sind zwischen ihnen zu Stufen verbaut. Unten, hinter den Blumenbeeten und den großen Bäumen, befinden sich ein versunkenes Gewächshaus, das einst ein Tennisplatz war, und ein Kaktusbeet in Form eines Swimmingpools. Jenseits des Gartens und der hohen Mauer sieht man die Stadt, grün getupft von den Baumkronen, ein von Dächern unterbrochener Wald, der sich in Richtung des diesigen, staubigen Horizonts erstreckt.

»Wie heißt diese Stadt? New York, London, Amsterdam, Marokko, Tokio, Johannesburg, Moskau. Moskau? Nein. Falsch. Das ist nicht Moskau. Das ist Johannesburg. Wir haben es Ihnen schon so oft gesagt, aber Sie haben es vergessen. Johannesburg. Jo-han-nes-burg. Joburg. Das ist der Brixton Tower. Aus dieser Stadt müssen Sie kommen, Patient. Vielleicht sind Sie sogar hier geboren.«

Aber er kann noch so viel in seinem Inneren forschen, er findet keine Orte. Es gibt nur das, was er hier sieht, die Einrichtung, die große Villa aus Stein mit Schornsteinen auf dem Dach und einem abfallenden Garten davor. Die anderen Patienten tragen Weiß wie er und das Personal Grün. Dr. Norm trägt Cord und keine Krawatte. Er hält ihm einen kleinen Zeigestock hin, und der Patient öffnet seinen Kiefer wie ein rostiges Tor, um ihn zwischen die Zähne zu nehmen. Mit viel Mühe und Übung schafft er es, damit auf die Tafel mit den Buchstaben zu zielen. Mühsam kommuniziert er: WO WIR??

»Sie wissen genau, wo wir hier sind. Wir haben es Ihnen schon zigmal gesagt. Jetzt strengen Sie sich an, versuchen Sie, sich zu erinnern!« Der Patient blinzelt zweimal und wartet. Dr. Norm holt tief Luft. »Das hier ist das Linhurst Institute. Wir sind in Upper Parktown, Johannesburg, Südafrika. In einem wohlhabenden Viertel. Oben auf dem hohen Grat, wo die Randlords ihre Claims abgesteckt haben. Die Linhursts sind eine reiche, ursprünglich englische Familie. Dies hier war ihr Familiensitz, den sie für die Erforschung möglicher Behandlungsmethoden für Gehirnerkrankungen gestiftet haben. Meine Arbeit konzentriert sich auf Schädel-Hirn-Traumata.« Er lächelt. »Ähnlich wie Ihres – und doch ganz anders.«

Er wohnt in Zimmer Nummer 253. Das bedeutet, dass es im zweiten Stock liegt. Das Erste, was er nach Mund und Kopf wieder bewegen kann, ist der Zeigefinger seiner rechten Hand. Von dort breitet sich seine Bewegungsfähigkeit aus wie ein fortschreitender Hautausschlag, der sich allmählich am Arm hinaufzieht. Dr. Norm zeichnet ein Diagramm und erklärt dem Patienten, was die Glasgow Coma Scale bedeutet. »Sie lagen bei drei«, sagt er. »Es ist das niedrigste mögliche Ergebnis.« Dadurch versteht der Patient, dass eine niedrige Punktzahl keine gute Sache ist. Koma, denkt er. Das Wort ragt steil in ihm auf, unangreifbar, wie ein Turm aus Edelstahl, den er zu besteigen versuchen muss. Dr. Norm deutet auf den unteren Teil der Skala: keine Reaktion, keine verbale Reaktion, keine Reaktion auf Schmerzreiz. Tiefes Koma. »In diesem Zustand waren Sie«, sagt er. »Aber für einen Fall wie Ihren, Mr Patient – für den gibt es keine Skalen. Denn normalerweise passiert so etwas nicht. Ihr Erwachen ist so unwahrscheinlich wie die spontane, vollständige Heilung von Krebs im Endstadium.«

Der Patient versucht sich zu konzentrieren, um den Zeigestock mit seinem kribbelnden rechten Arm wieder anzuheben, denn er muss eine wichtige Frage stellen. Aber die Frage ist zu groß in ihm, genau wie dieses aufragende, stählerne Wort Koma. Er schwitzt und zittert. Der Zeigestock fällt.

4

Erst als die Kopfschmerzen aufhören, wird ihm bewusst, dass er fast ständig welche gehabt hat, und dass sie immer am stärksten sind, nachdem Rajbansi, der Helmmann, ihn verlassen hat. Er erzählt es Dr. Norm, und Dr. Norm sagt, dass der Helm der Grund ist, warum er sich erholt hat. »Ich habe ihn erfunden. Die Meltzish-Methode. Sauerstoff in Verbindung mit leichten Stromstößen. Zur Stimulierung der neuronalen Regeneration. Meine These ist, dass das Gehirn wie ein biologisches Elektronikgerät funktioniert. Betrachten Sie es als einen Laptop mit Akku im Vergleich zu einem mit Stromkabel. Sobald Sie den Stecker ziehen, wird der Bildschirm schwarz, und der Computer arbeitet nicht mehr. Steckt man ihn ein, leuchtet das Display auf, und der Computer fährt sich hoch. Meine Methode ist ein Versuch, Ihr Gehirn wieder zu booten.«

Mühevoll, zitternd, stöhnend und sabbernd, deutet der Patient auf Buchstaben: LAP TO???? Dr. Norm schüttet sich aus vor Lachen, und es dauert eine Weile, bis sein Heiterkeitsausbruch abebbt. »Ach ja, natürlich! Tut mir leid. Ein Laptop ist ein tragbarer Computer. Klein genug, um ihn auf dem Schoß zu benutzen, daher Laptop. Ich bringe mal einen mit und zeige ihn Ihnen.« Dann beugt er sich mit zusammengekniffenen Augen nach vorn. »Sie wissen, wie Computer ausgesehen haben, Patient. Sie können sich daran erinnern. Können Sie sich an Computer erinnern? Doch, das können Sie.«

Der Patient blinzelt dreimal. Dr. Norm windet sich. Dann hebt der Patient schwerfällig seinen steckenartigen, guten Arm zur Buchstabentafel: KO MA

»Ja, genau, Koma. Komatös. Das sind Sie die ganze Zeit über gewesen.«

WIE

LANK?

Dr. Meltzish sieht ihn mit seiner kugelrunden Glatze von einer Seite an. »Sie wissen das, Patient. Ich habe es Ihnen gesagt. Sie tragen das Wissen in sich.«

SAG

Dr. Meltzish schüttelt den Kopf. »Diesmal nicht. Sie müssen darum kämpfen. Suchen Sie nach Assoziationen. Finden Sie diese Erinnerungen. Sie sind da drin.«

SAG!!!!!!!!!!

»Gute Nacht, Patient.«

Niemand versteht genau, was eine Gehirnerschütterung bewirkt. Es ist eine unsichtbare Schädigung der Gehirnzellen, vergleichbar mit einem elektrischen Kurzschluss oder einem Notabsperrventil. Einige glauben, sie sei arterieller Natur und habe mit der Blutversorgung zu tun, mit dem Kaliumaustausch und der Kalziumaufnahme. Dr. Norm spricht von Schleudertrauma und Aufprall von außen, der zu Stößen von innen gegen die Schädelwand führt. Schockwellen durch Gelee. Aber nach dem Rückgang der Schwellung bleiben nur noch Symptome, mit denen man umgehen muss, keine sichtbaren Schäden.

»Meiner Ansicht nach entstehen Schäden auf Zellebene im mikroskopischen Bereich, die wir nicht erkennen können. Vielleicht eines Tages, wenn die bildgebenden Verfahren entsprechend verfeinert worden sind. Bis dahin arbeiten wir weiter, Sie und ich. Und veröffentlichen unsere Ergebnisse. Erweitern wir die Grenzen des Wissens. Vorwärts!«

Mrs Lobenza bringt ihn jeden Tag in den Keller. Auf den Matten und Bänken, rings um die Hantelständer und Gummibänder, wird er gezwungen zu versuchen, sich hochzuziehen oder gegen ihren Widerstand zu drücken, während sie ihn beugt und verdreht, bis er zittert und ihm der Schweiß von der Stirn perlt. Anschließend wird er gebadet und mit pflegenden Lotionen massiert, gegen die wundgelegenen Stellen, die ihn noch immer plagen. Dann gibt es ein reichhaltiges Frühstück nach Dr. Norms Vorgaben. Das Gehirn braucht Fett: in Butter gebratene Eier und Avocado, dick auf seinen Toast gestrichen. Lachs, Lamm oder Wurst zum Abendessen, Nüsse zum Knabbern für Zwischendurch. Sardinen zum Mittagessen. Nach dem Frühstück wird er auf den Balkon im zweiten Stock geschoben. Das ist seine Lieblingszeit. Wenn es kühl ist, legt ihm die Krankenschwester eine seidige Sotho-Decke über die Beine, aber normalerweise scheint die Sonne hell und warm. In dieser Zeit beschäftigt er sich mit einem der Bücher in übergroßer Schrift und versucht, wieder lesen zu lernen. Immer ein Wort nach dem anderen. Ein Komma nach dem anderen. Er versteht die einzelnen Einheiten, aber sein Verstand verliert immer wieder den roten Faden in einer Zeile, einem Satz. Irgendwann legt er das Buch beiseite, blickt hinaus über den terrassierten Park des Linhurst Institute und versucht, seine Aggressionen zu zügeln. Immer ist da diese unterschwellige Wut. Sie wallt in ihm auf wie giftiger Rauch und lässt sich nicht bändigen. Ebenso wenig kann er das herzzerreißende Schluchzen und die tiefe Trauer kontrollieren, die ihn ohne Vorwarnung überfallen.

SAG WIE LANK!

»Sie sind der junge Mann, der hier eigentlich gar nicht sitzen dürfte. Sie sollten Gemüse sein. Wir wissen nichts über das Gehirn. Eine Frau in England wurde von einem Auto angefahren. Lag elf Monate im Koma. Als sie erwachte, sprach sie Englisch mit starkem japanischen Akzent. Sie war nie in Japan gewesen, hatte nie irgendwelche Japaner kennengelernt. Es gibt keine Erklärung.«

WIE LANK?

»Versuchen Sie sich zu erinnern, Patient!«

SAG DOCH

»In Ordnung. Schauen Sie mich an. Achten Sie auf meine Lippen. Sind Sie bereit?«

JA!

»Sechs Jahre. Neun Monate. Drei Tage. Der Wunder-knabe.«

5

Die Zeit vergeht, und andere Gliedmaßen erwachen zu-ckend zum Leben, Faser um schmerzende Faser, ebenso wie die Fasern der Erinnerung innerhalb seines Schädels beginnen, zu zucken und zu ziehen. Dr. Norm sagt, dass Erinnerungen als lange Ketten in den Gehirnzellen gespei-chert sind. Wenn eine Zelle geheilt sei, würde sie auch ihre Nachbarn dazu anregen, sich zu regenerieren. Er sagt, dass der Patient in sich hineinhorchen muss, still und aufmerk-sam, um die winzigen Blitze der Erinnerung zu erhaschen. Diese seien Zellen, die in einer toten Kette »funkten«. Der Patient solle sich von diesem Prozess ermutigen lassen und nicht die Hoffnung aufgeben. Der Patient fragt sich, wie Erinnerungen in Zellen leben können, die er sich wie gelee-gefüllte Seifenblasen vorstellt. Wie kann Geschmack dort eingespeichert sein? Licht, Geräusche, Gefühle und Ge-sichter?

»Wir wissen nichts. Es wird passieren.«

Seine Reden am Fenster. Seine behaarten Fäuste. Der Pa-tient versteht diese Monologe nicht, aber er ist dankbar für sie, denn solange Dr. Norm Reden schwingt, testet er ihn nicht in irgendeiner schmerzhaften Weise, und das Ende ei-ner weiteren anstrengenden Sitzung rückt näher. Er möchte Dr. Norm gerne mit seinen Fortschritten Freude machen, aber immer wieder enttäuscht er ihn. Jedenfalls kommt es ihm so vor. Dr. Norm und seine Pläne für »ihre« Veröffentlichung, die die Welt in Erstaunen versetzen wird. Die Meltzish-Methode. Der Patient weiß, was für ein Glück er hat, dass er hier ist, dass sein Fall ernst genug und er allein genug war, um als Fallstudie ausgewählt zu werden. Er muss sich ermahnen, dankbar zu sein.

Die Monate gleiten vorbei wie das Streichen der seidigen Sotho-Decke über seine Schienbeine. Er wird hinausgefahren, um sich zusammen mit anderen Patienten musikalische Darbietungen anzusehen. Einmal sieht er die Noten, die metallischen Klänge eines Saxophons, wie Sirup in der Luft. Dr. Norm sagt, solche temporären visuellen Halluzinationen seien »Teil der Heilung«. Vieles ist Teil dieser Heilung. Die Tatsache, dass der Patient sich noch immer an so gut wie nichts erinnert und dass sich die Funken weigern, sich zu etwas Kohärentem zusammenzufügen, sei auch »Teil der Heilung«, und dass die Muskeln des Patienten hartnäckig atrophiert bleiben – auch das sei »Teil des Heilungsprozesses«. Der Patient sagt – spricht jetzt, bringt jedes Wort langsam hervor, als hätte er eine heiße Kartoffel im Mund –: »Warum bin ich? Hier? Wie bin ich hierher?«

»Ich habe es Ihnen schon so oft erzählt! In Ihrer Akte stand nichts, außer dass Sie Patient Nummer 975-A12–89 sind. Und ich weiß nur, dass ich 1992 begonnen habe, sie mit meiner Methode zu behandeln, ohne je die Hoffnung zu verlieren. Und hier sind wir, mein Freund. Und schreiben Geschichte.«

»Meine … Familie.«

»Wir wissen nichts über sie.«

Endlich werden die Helmbehandlungen eingestellt, und die Kopfschmerzen hören ganz auf. Dr. Norm zeigt dem Patienten ein Albumcover mit einem Foto von George Michael, eine Filmankündigung für *Top Gun* mit Tom Cruise und Kelly McGillis, eine Wilie-Walie-Brotdose, einen blauen Zwei-Rand-Schein mit dem Konterfei von Jan van Riebeeck, eine gestreifte Kricketkappe von einer Grundschule, einen Super-M-Milchkarton, grün für Limettengeschmack, einen Zauberwürfel. »Erinnern Sie sich!«, fordert er ihn auf. »Erinnern Sie sich an diese vergessene Welt!«

6

Draußen ist schlechtes Wetter, und die Kälte zieht in das große Steinhaus, so dass überall mobile Radiatoren aufgestellt werden, als der Patient beginnt, alleine zu laufen. Die Schmerzen sind so groß, dass er fast betet, seine gottverdammten Beine mögen wieder einschlafen, für immer und ewig. Mrs Lobenza stellt ihn aufrecht zwischen zwei Barrenstangen, und er muss sich daran entlanghangeln, indem er einen Teil seines Gewichts auf die Arme und die vorwärtshüpfenden Hände verteilt. Seine Arme sind inzwischen dicker geworden, sogar die Handgelenke. Die vielen fettreichen Mahlzeiten werden in nützliche Sehnen, Knochen und Muskeln umgewandelt. Der Überlebenswille des Körpers ist unfassbar. Er arbeitet weiter. Irgendwann läuft der Patient ohne Hilfe. Zu der Zeit ist es heiß draußen, eine andere Jahreszeit, und Schweiß durchtränkt seine Hemden. Dr. Norm ist lange fort gewesen. Er hat zwischendurch immer mal hereingeschaut, wirkte aber stets geistesabwesend. Inzwischen kann der Patient mehr als eine Seite lesen, manchmal sogar mehrere hintereinander, und den Sinn zusammensetzen und behalten. Auf einmal erinnert er sich an einen Hund mit einem Namen, der ihm wie ein Flüstern zugehaucht wird, knapp unter der Oberfläche seines Bewusstseins, bis er von ihm träumt und ihn sieht: Sandy. Von allen Familienmitgliedern ist es ausgerechnet die Hündin Sandy, an die er sich zuerst erinnert. Er weiß noch, dass er in Windeln auf ihr geritten ist und eine Frau ihn dabei gehalten hat, mit warmen braunen Händen um seine Taille. Diese ersten Erinnerungen verändern alles. Er erkennt, dass Dr. Norm höchstwahrscheinlich recht hat, und sein Selbstvertrauen und seine Hoffnung wachsen. Seine Gehirnzellen bauen sich wieder auf, dort, über seinen Augen, und verdrahten sich neu. Es waren zwar unglaublich kostspielige Renovierungsarbeiten, aber inzwischen erwachen einige Lichter wieder flackernd zum Leben und zeigen ihm Dinge, die er in diesen düsteren, chaotischen Räumen, die er nicht sehen kann, weggepackt hatte. Nach und nach kehren Eindrücke einer Kindheit zurück. Das Dienstmädchen im Backsteinzimmer hinten am Haus; sie war diejenige, die ihn auf Sandy festgehalten hat. Sie hatte einen großen, weichen Busen. Und er erinnert sich an einen alten Mann, der eine Sprache sprach, die er nicht verstand, aber für den er Zuneigung empfand und der auf einem seufzenden Plastikkissen unter braunen Zweigen saß, durch die Sonnenstrahlen fielen, und die Zweige gehörten zu zwei Pflaumenbäumen auf der anderen Seite des Gartens hinter seinem Haus. Das Telefon im Haus war grün und hing in der Küche an der Wand. Sein Zimmer lag zum Garten hin und hatte einen Metallschreibtisch. Er hatte ein Hängeschloss an der Tür angebracht. Er kann sich nicht vorstellen, warum er das getan haben sollte. Seine Mutter hatte ihr eigenes, lustiges Vokabular – »Kribbelkrabbel« und die »Zwinkerzehen« – und eine verträumte Art. Und er erinnert sich an den Mann des Hauses, der ihr Ehemann, der sein Vater gewesen sein muss, mit einem zerknautschten, verbrauchten Gesicht, großen, unförmigen, abstehenden Ohren und karottenrotem Stahlwollehaar. Er erinnert sich an einen blauen Saal mit einer hohen, hallenden Decke. Ein Männerchor, der in einer mysteriösen Sprache sang. Ein Gefühl der Ehrfurcht. Weiße Roben. Buchstaben einer unbekannten Sprache.

»Das ist eine *Schul*«, stellt Dr. Norm fest und schaut den Patienten an. »Eine Synagoge. Sie sind Jude. Das überrascht mich nicht.«

»Warum nicht?«

Etwas verlegen antwortet er: »Sagen wir mal, der Stammesrüssel gehört zu unserem gemeinsamen Erbe. Sie sind beschnitten. Außerdem hatte ich von Anfang an so ein Bauchgefühl.«

»Es ist, als würde ich versuchen, eine Brücke über ein Nebeltal zu bauen. Ich höre Leute auf der anderen Seite nach mir rufen.«

»Interessant«, sagt Dr. Norm. Er ist nach weiterer Abwesenheit wieder zurück, wirkt aber keineswegs ausgeruht. Er schreckt oft zusammen, sein Gesicht ist blass, und er hat violette Tränensäcke unter den Augen. Er ist nicht mehr der fröhliche Mann von früher und hat sichtlich an Spannkraft verloren. Er schenkt sich ein großes Glas Wein ein – auch das ist neu – und erzählt, dass er Flaschen aus dem Keller klaut. Exzellente Burgunderjahrgänge da unten. Diese Linhursts hatten Geschmack. »Ihre Brückenanalogie klingt wie eine Metapher für die neuronalen Verbindungen, die sich in Ihrem Gehirn bilden, während wir miteinander sprechen. Alte Zellketten werden wieder aktiv. Aber es gibt immer noch tote Stellen von suboptimalem Gewebe, die umgangen oder repariert werden müssen.«

»Okay«, sagt der Patient und fragt rundheraus: »Aber kommt denn nun alles wieder oder nicht?«

Dr. Norm gähnt und wendet den Blick ab. »Doch, das wird es, zweifellos«, sagt er. In der Woche darauf erscheint er nicht.

7

Die Fortschritte verlaufen nicht linear. An manchen Tagen macht er sogar Rückschritte und ist so schwach, dass er den ganzen Tag im Bett liegen muss und sich nur bewegt, um sich zu übergeben. Dann wieder ist es genau andersherum, und er erlebt eine sprunghafte Verbesserung. So antwortet er etwa Dr. Norm eines Tages in einer solchen Geschwindigkeit, dass ihm schier angst und bange wird und er sich fühlt wie auf einem kippeligen Fahrrad, auf dem er das Gleichgewicht halten muss, und dann hält Doktor Norm ein *Ding* hoch. »Kommen Sie, denken Sie nach! So eins stand eben auf Ihrem Frühstückstisch. Es ist ein …«

»Ein Dings.«

»Drei, zwei, eins. Diese Runde haben Sie verloren.«

»Nein, nein! Warten Sie. Ich schaff das. Einen Moment!«

»Beruhigen Sie sich!«

»Warten Sie! Verdammte Scheiße! Was für ein Drecksding ist das?«

»Setzen Sie sich, mein Lieber. Lassen Sie das! Bitte beruhigen Sie sich.«

Doch es ist zu spät, der Wutanfall hat ihn erfasst, und er heult und hämmert mit den Händen auf den Möbeln herum, während sich Dr. Norm seufzend über das Gesicht reibt. Diesmal schlägt der Patient mit einem Hocker gegen einen Aktenschrank, mit üblen Folgen. Der Schaden überrascht ihn, da er so lange so schwach gewesen ist. »Ihnen ist immer noch nicht klar, was aus Ihnen geworden ist«, meint Dr. Norm daraufhin. »Nicht in letzter Konsequenz.«

»Ach wirklich?«

»Mein Freund, Sie sind jetzt ungefähr fünfundzwanzig Jahre alt. Sie sind ein ausgewachsener Mann. Sie haben noch nicht gespürt, was das bedeutet, weil Ihr Körper so stark athrophiert war. Aber jetzt sind Ihre Muskeln gewachsen. Ihr Nervensystem kalibriert sich, Ihr Hormonspiegel hat sein altersgemäßes Niveau erreicht. Aber zugleich hält Ihr Gehirn Sie noch immer für einen Teenager. Geistig sind Sie ungefähr auch auf diesem Stand.« Der Patient mustert sein Gesicht in der Fensterscheibe. Das markante Kinn, die schwarzblauen Stoppeln, die zu einem Bart sprießen würden, wenn man sie ließe. Dadurch, dass er oft in der Sonne gesessen hat, hat er Farbe bekommen, und seine Schultern sind breit.

»Ich glaube, ist wird Zeit«, sagt Dr. Norm hinter ihm.

»Für was?«

»Dort hinauszugehen!«, antwortet er und deutet auf die Glasscheibe und die Welt jenseits der Reflexion.

8

Doch der Patient geht nirgendwohin, denn Dr. Norm verschwindet erneut. Diesmal gibt es in seiner Abwesenheit keine Stellvertreter, keine weiteren Krankenschwestern, nur Mrs Lobenza – und die Arbeit mit ihr ist nicht länger Rehabilitation, sondern ein vollwertiges Training. Der Patient kann laufen und Liegestütze machen. Er kann sich bis übers Kinn an einer Stange hochziehen. Es liegt ein tierischer Genuss in dem herrlichen Gefühl dieser körperlichen Meisterschaft, der reinen Schönheit der Bewegung. Sein Körper erinnert sich daran, wie es war, der Boxer zu sein, der er früher war, und auch der Rugbyspieler, und jeden Tag fühlt er sich robuster und stärker – andererseits verbringt er auch viele Stunden mit geschlossenen Augen, die Finger an den Schläfen, und er reibt und drückt und versucht sich zu zwingen, sich zu erinnern.

Erinnere dich!

So viele Monate vergehen, dass er schon zu glauben beginnt, Dr. Norm würde diesmal nicht mehr wiederkommen. Aber dann taucht er auf. Und der Patient kann es nicht erwarten, ihm von seinen Neuigkeiten zu berichten. »Ich glaube, ich weiß, womit mein Name anfängt, mein Familienname!« Dr. Norm ist unrasiert. Er müffelt und hat Flecken auf dem Kragen. Er trinkt Shiraz aus einer Kaffeetasse. »Womit er anfängt«, lästert er. »Und das ist alles, was Sie herausgefunden haben – nach wie langer Zeit?«

»Ich weiß nicht, einer langen Zeit.«

»Sie haben vor – Moment mal, wann war das noch? – zwei Jahren die Augen geöffnet.«

»Mein Name, Dr. Norm. Er hat etwas mit *hell* oder *höll* zu tun.«

Dr. Norm verschluckt sich, stößt rülpsend ein gutturales Kichern aus und beugt sich nach vorn. »Aha! Sie heißen also Hölle?«

Die Miene des Patienten erstarrt. »Ich glaube, ja.«

»*Hell!* Tja, zur Hölle, Mann, Mr Hell oder Höll. Jetzt schauen Sie mich doch nicht so entsetzt an.«

»Ich finde das nicht lustig. Ich glaube, es stimmt wirklich.«

»Ganz bestimmt«, erwidert Doktor Norm. »Sie sind nach dem benannt, worin wir alle sitzen.«

»Dr. Norm!«, protestiert der Patient. »Was ist denn mit Ihnen los?«

Der Arzt schwenkt die Tasse. »Nichts«, sagt er. »Überhaupt nichts, Genosse. Ende der Sitzung. Schluss für heute.«

»Aber …«

»Raus hier, *Hellboy*! Und machen Sie verdammt noch mal die Tür hinter sich zu.«

Beim nächsten Mal hat Dr. Norm in seinem Büro einen Fernseher und einen DVD-Player aufgebaut. DVD steht für Digital Video Disc – die gibt es jetzt statt der Videokassetten. Der Patient spürt, dass es irgendetwas Wichtiges im Zusammenhang mit Videokassetten gibt, aber er hat keine

Ahnung, was. »Ziehen Sie die Vorhänge zu«, sagt Dr. Norm. Sie setzen sich aufs Sofa. Er hat zwei DVDs mitgebracht: eine mit einer Dokumentation über Südafrika, die andere mit Filmaufnahmen von einer Hochzeit und Hochzeitstagen und mit Kindern, die fröhlich im Wasser plantschen, irgendwo in einem See in der Nähe eines Ortes namens Vaal Dam. Der Patient braucht nicht zu fragen, woher Dr. Norm das so genau weiß, denn es ist offensichtlich, dass er der Kameramann war und dass die Kinder seine sind. Die Frau ist dieselbe wie bei seiner Hochzeit, nur mit mehr Falten, kürzerem Haar und breiteren Hüften. Während sie die Dokumentation und die Familienaufnahmen ansehen, trinkt Dr. Norm Wein aus der Flasche und schluchzt zwischendurch so heftig, dass der Patient beruhigend den Arm um seine zuckenden, runden Schultern legt. Dr. Norm springt immer wieder zurück und schaut sich die gleichen Passagen mehrmals hintereinander an.

In der ersten sehen sie einen oben abgeflachten Berg am Meer. Kapstadt. Ein Teil von Südafrika: unserem Land. Sie sehen einen Konvoi von Fahrzeugen, ein Meer von Kameras, Hubschrauber. Eine Stimme berichtet vom Victor-Verster-Gefängnis. Sie sehen einen schmalen, alten afrikanischen Mann im Anzug, der aus Gefängnistoren heraustritt, Hand in Hand mit einer Frau, die ihr schwarzes Haar hochaufgetürmt trägt. Er hebt die Faust. Seine Mundwinkel sind hinuntergezogen, sein Gesicht tief zerfurcht. Sein Haar ist weiß. Er sieht hart aus, ernst. Dr. Norm weint. »Nelson, Nelson«, schluchzt er.

Die Dokumentation handelt unter anderem von Nelson Mandela. Der Name löst bei dem Patienten ein seltsames

Kribbeln in der Brust aus, weckt aber keine Erinnerungen. Mandela hatte siebenundzwanzig Jahre lang im Gefängnis gesessen, weil er um gleiches Wahlrecht für alle gekämpft hatte: Weiße, Schwarze, Farbige und Asiaten. Doch schließlich hatte man ihn freigelassen und allgemeine, freie Wahlen abgehalten. »Es hätte der totale Krieg werden können«, erklärt Dr. Norm. »Blutvergießen auf den Straßen. Stattdessen stellten wir uns in einer Reihe auf und wählten gemeinsam. Nach meiner Hochzeit mit Janine und den Geburten von Jamie und Simone war das der wunderbarste Tag meines Lebens.«

Sie sehen die Schlangen der Leute vor den Wahllokalen, Schwarz und Weiß gemeinsam. Die Tränen laufen Dr. Norm über das Gesicht und tropfen auf sein Hemd. Erneut schauen sie seinen Hochzeitsfilm, und dann noch einmal. Es ist stickig im Zimmer. Zwischendurch öffnet er eine neue Flasche Wein, und Tropfen mit dem süßlich-fauligen Aroma fermentierter Trauben laufen ihm über das Kinn. Wieder Nelson Mandela, der aus dem Gefängnis kommt. Er hat seine Überzeugungen nie verraten, hat nie geschwankt, er war eher bereit, dort drin zu sterben, als nachzugeben, und er war im Recht. Er wurde freigelassen. Die Gerechtigkeit hatte gesiegt. Ein Sprung zurück: Da war er wieder, erhob die Faust. Triumph. Und dann wurde er der erste Präsident des neuen Südafrika. Seine Lebensgeschichte hat ein Happyend. »Wunder«, sagt Dr. Norm. »Zeichen und Wunder.« Dann sagt er: »Ach, scheiß auf die Zyniker. Die sollte man auch bekämpfen. Die sogenannten Realisten.« Anschließend fügt er hinzu: »Nur weil es wie ein Märchen klingt, heißt das nicht, dass es nicht passiert ist. Märchen gibt's. Und Happyends. Schau es dir an. Da! Da siehst du es!« Wieder sehen sie Nelson Mandela. Sie sehen, wie Südafrika den Rugby World Cup gewinnt und Mandela mit der Mannschaft auf dem Spielfeld steht. Wieder sehen sie die ersten freien Wahlen. Sie sehen, wie der ehemalige Gefangene Präsident wird. Die Geschichte ist abgeschlossen, das Happy End unwiderruflich. Und zurück zur Hochzeit. 1969 hatte Dr. Norm noch alle seine Haare und keinen Bauch – aber man erkannte ihn. »Wir glaubten an dieselben Dinge. Wir hatten uns der Bewegung verschrieben, dem Kampf für eine nicht rassistische Gesellschaft. Wir haben unsere Kinder zur Ausbildung nach Swasiland geschickt und lebten, so gut es irgend ging, nach unseren Prinzipien. Ich war kein Held, aber ich wurde verhaftet und Janine ebenfalls. Wir haben beide Gefängnisstrafen abgesessen. Als politische Gefangene. Ich kann dir gar nicht sagen, wie oft wir ganz kurz davorstanden zu gehen.« Er schläft mit dem Kinn auf der Brust ein und schnarcht. Der Patient steht auf, legt ihn auf die Seite, schaltet den Fernseher aus und verlässt das Zimmer.

9

Er hat seinen Körper wieder und nutzt seine Energie, um seine Erkundungsgänge durch die Flure der Einrichtung auszudehnen und hinter verschlossene Türen zu schauen. Er entdeckt alte Kisten voller Dokumente im Ostflügel, verstaubte Stapel ohne System. Er wühlt darin herum, liest tagelang und findet Patientenakten, medizinische Unterlagen und Dokumente. Er sucht alle mit H heraus, forscht nach Namen, die mit Hell- oder Höll beginnen – aufgrund seines Gefühls, die Silbe könnte der Beginn seines Nachnamens sein –, und nach einer Woche der Suche trifft er schließlich auf einen Vermerk mit dem Hinweis auf einen Patienten namens Helger. M. Helger. Ein zweites Dokument trägt denselben Namen. Die Patientennummer lautet 975-A12–89 – es ist seine! Als Dr. Norm zurückkehrt, erzählt er es ihm: »Helger – ich muss M. Helger sein! Vielleicht Michael? Das muss ich sein! Das bin ich!«

Dr. Norm schnüffelt und reibt sich die Bartstoppeln. »Und, hat der Klang des Namens Ihnen geholfen, sich an irgendetwas Neues zu erinnern? Haben Sie Assoziationen?«

»Nein.«

»Wo haben Sie die Akten eigentlich aufgestöbert?« Er nickt, als M. es ihm erklärt, und lacht dann leise. »Unglaublich. Die haben die Dokumente ausgelagert, als das Institut auf EDV umgestellt wurde, waren aber zu faul und zu desorganisiert, um die alten Informationen zu übertragen.« Er blickt auf. »Kommissar Patient«, sagt er. »Ich meine, Kommissar Helger.« Er schüttelt den Kopf. »Na dann, ziehen Sie sich an, und machen Sie sich bereit.«

»Bereit?«

»Ja, ziehen Sie Klamotten an, mit denen Sie rausgehen können.«

In Dr. Norms Mercedes fahren sie die lange Zufahrtsstraße hinunter, und eine uniformierte Wache öffnet das Tor. »Ich wusste gar nicht, dass das Gelände bewacht ist«, sagt M. »So weit war ich noch nie.«

»Alle haben heutzutage scheiß Security«, erwidert Dr. Norm. Früher hat er nie geflucht, aber auch das hat sich geändert. Er klingt so verbittert, dass M. ihm unwillkürlich einen Seitenblick zuwirft. Die steile Straße führt an menschengemachten Klippen aus gelbem Gestein vorbei, bis sie die Ebene erreichen und durch die flache, üppig mit Bäumen bestandene Landschaft fahren, über die er so lange vom terrassierten Park aus geblickt hat. Im gesprenkelten Schatten unter den Baumwipfeln sieht er an allen Toren und Mauern Schilder, die davor warnen, dass bei unbefugtem Betreten geschossen wird. Manche Straßen sind abgesperrt, die Tore scharf bewacht. Außerdem fallen ihm überall dünne Drähte über den Mauern auf – Dr. Norm erklärt ihm, dass sie unter Strom stehen. Er fährt M. zu verschiedenen Sehenswürdigkeiten, weil er möchte, dass er »sich geistig entspannt«, um »die Assoziationen hereinfließen zu lassen«, und dass er »auf seine Emotionen achtet«. Er sagt, durch Emotionen sende der unbewusste Teil des Gedächtnisses wichtige Signale an den bewussten Teil. Diese Signale führten zu Reaktionen, die dem Überleben dienten. M. erwidert: »Und was soll man tun, wenn man einfach nur traurig ist?«

»Da muss man dann eben durch«, entgegnet Dr. Norm so verbittert und schnell, dass M. ihn stirnrunzelnd anblickt. Eigentlich wollten sie durch die Gegend fahren, ab und zu anhalten und aussteigen, damit M. Dinge berühren und Gerüche einatmen kann. Sie wollten die Bibliothek aufsuchen und nach Informationen über die Familie Helger suchen. Stattdessen parkt Dr. Norm vor einem Haus in Northcliff. Er hat eine Flasche zwischen den Beinen, trinkt daraus und starrt das Haus an. M. sieht ein Stahltor und wiederum Stromdrähte. Ein Mangobaum wächst über die Mauer, und vor dem Haus steht ein »Zu verkaufen«-Schild. Als Dr. Norm die Flasche an seinem Gesicht reibt, verursachen die grauschwarzen Stoppeln ein kratzendes Geräusch am Etikett. Er ist inzwischen von Wein auf Mainstay umgestiegen – Zuckerrohrschnaps. Sie fahren zu einer Highschool, parken dort, und Dr. Norm starrt auf ein leeres Rugbyfeld. Sie fahren zum Campus der Universität Witwatersrand. Sie besuchen einen Wohnblock in Killarney. »Und jetzt?«, fragt M. »Was ist das hier?« Er erwartet keine Antwort, denn er hat auch bisher keine erhalten. Dr. Norms Augen sind gerötet. »Unsere erste Wohnung«, sagt er. Er fängt an zu weinen. Er wischt sich die Nase mit der Flaschenhand ab und trinkt einen tiefen Zug.

»Was heißt unsere?«, fragt M.

Dr. Norm fährt schweigend zurück zum Institut und setzt ihn dort ab.

10

Er erhält einen Stapel alter Zeitungen von den Mitarbeitern und erfährt, dass Nelson Mandela noch am Leben und wohlauf ist, aber nicht länger Staatspräsident. Er hat sich bei den zweiten freien Wahlen in diesem Jahr, 1999, nicht mehr aufstellen lassen. Der neue Präsident heißt Mbeki. Mandela hat auch eine neue Ehefrau und sich von der früheren, Winnie Mandela, die ihn vor den Gefängnistoren abgeholt hat, scheiden lassen. Sie war des Kindesmords angeklagt und wegen Entführung verurteilt worden. Sie soll Mittäterin in einem Fall gewesen sein, bei dem ein Vierzehnjähriger aus einer Township, der verdächtigt wurde, ein Polizeispitzel zu sein, entführt und tagelang in ihrem Haus gequält wurde. Anschließend brachte man ihn in den nahe gelegenen Busch und tötete ihn mit einer Heckenschere. M. liest noch von weiteren im Nachhinein entdeckten Greueltaten – furchtbaren Dingen, die die weiße Regierung den schwarzen Bürgern angetan hat, aber auch von Verbrechen der Freiheitskämpfer. Allmählich destilliert er aus den Seiten des *Star, Sowetan* und *Citizen,* der *Mail & Guardian,* der *Sunday Times* und des *Express* eine bestimmte Denkweise heraus. Genauso wie er ringt das ganze Land um seine Erinnerung, darum, geheime, verborgene Wunden zu finden und sie ans Licht zu bringen. Es gibt eine Art Tribunal, vor dem Menschen öffentlich ihre Untaten beichten, die Wahrheits- und Versöhnungskommission – der Dr. Norm der Nation. Aber als M. diese Analogie zur Sprache bringt, will Dr. Norm nichts davon wissen. »Ach, das interessiert doch keinen mehr. Jeden Nachmittag die gleiche Taschentuchparade, damit Bischof Tutu den liberalen Wichsern in London was vormachen kann. Was soll das? Entweder man hängt die Apartheidverbrecher, oder man lässt sie laufen.« Dr. Norm sieht inzwischen aus wie eine Bulldogge, aufgequollen und mit dicken Tränensäcken unter den Augen. Ungepflegte Locken sind über die kahle Stelle auf seinem Schädel drapiert.

»Was ist los mit Ihnen, Dr. Norm?«

»Kümmern Sie sich um Ihren eigenen Scheiß.«

»Und was ist mit mir?«, fragt M. »Wann wollen wir endlich die Wissenschaft von der Gehirnerschütterung revolutionieren?«

»Wenn ich das publiziere, was ich getan habe, werfen sie mich wahrscheinlich wieder ins Gefängnis. So wie das heutzutage hier zugeht. Bitte machen Sie die Tür hinter sich zu, wenn Sie rausgehen.«

»Haben Sie irgendetwas über die Helgers rausgefunden?«

»Nächstes Mal.«

Es ist wie bei einer Schiffschaukel: Dr. Norm fällt ins Bodenlose, während er in sich hoch hinaufschwingt, fliegt. Jeden Morgen erwacht er mit einer Flut neuer Erinnerungen. Das Gesicht eines Jungen dicht vor ihm, mit hochgezogenen Lippen. Ein Gewehr. Ein Fluss mit Hochwasser, auf dem ein abgebrochenes Stück Rohr in den Wellen hüpft. Inzwischen kommen auch größere Fragmente auf einmal zurück. Er ist ein Helger – so viel ist sicher. Er ist in der Shaka Road Nummer zwei aufgewachsen, in der Vorstadt Greenside. Sein Vater mit dem zerfurchten Gesicht heißt Isaac. Isaac Helger. Seine Mutter heißt Arlene. Er erinnert sich daran, dass er sich an einem Waschbecken hinten im Hof gewaschen hat, genau wie sein Vater Isaac es jeden Abend tat, wenn er mit seinem klapprigen alten Datsun-Bakkie nach Hause kam. Von dem Schrottplatz, der ihm gehörte. Während er, M. Helger, einen Smoking besaß. Er liebte das Boxen, er war gut darin. Er erinnert sich daran, dass er Seil gesprungen ist und auf den schweren Sandsack eingedroschen hat. Er war stark, schnell und gefährlich. Er hatte einen grünen Sportwagen besessen und dessen Hässlichkeit und Power geliebt.

Eines Tages sagt er zu Dr. Norm: »Ich hab's! Ich weiß, wie ich heiße!«

»Michael? Mendel?«

»Nein. Marcus. Ich heiße Marcus Helger. Ohne zweiten Vornamen.« Er berührt den Doktor am Arm. »Wie wär's, wenn Sie Ihren Autoschlüssel holen?«

II

Die Stromdrähte, die *Armed Response*-Schilder, die Wachen. Vor dem Haus in Northcliff steht kein »Zu verkaufen«-Schild mehr. »Hier haben wir neunzehn wunderbare Jahre verbracht«, erzählt Dr. Norm. »Janine, ich, Jamie und Simone. Unsere Familie. Wir haben uns an der Universität kennengelernt, der UCT. Wir haben so oft überlegt, das Land zu verlassen, vor allem nach unserem Abschluss. Das System bot uns keine Hoffnung, wissen Sie. Doch wir entschieden uns dazu, zu bleiben und zu kämpfen. Wir waren eigentlich beide typische jüdische Liberale, wie viele in Johannesburg, aber an der Uni haben wir uns radikalisiert. Ich habe den Wehrdienst verweigert. Ich hatte einen akademischen Abschluss, ich wäre gleich im Rang eines Captain eingestiegen. Man hat mir sogar angeboten, eine Garnison auszusuchen und meinen Wehrdienst auf ein Jahr zu verkürzen. Aber ich sagte nein, und sie haben mich für drei Jahre ins Gefängnis gesteckt. Aber ich habe überlebt. Janine und ich haben Aktivisten in unserem Haus versteckt. In diesem Haus, das Sie hier vor sich sehen. Die Nachbarn würden jetzt noch einen Herzinfarkt kriegen, wenn sie das

wüssten. Wir waren offizielle ANC-Mitglieder mit Partei-
buch, zu einer Zeit, als auf die Mitgliedschaft zwanzig Jahre
Zwangsarbeit stand. Der Geheimdienst hat unsere Telefone
angezapft und uns zum Verhör abgeholt. Wir haben Botschaften für die ANC-Führung in London übermittelt. Wir
haben mit aller Kraft gegen die Apartheid gekämpft, jeden
einzelnen Tag unseres Lebens, und sind dabei ein hohes Risiko eingegangen.«

»Aber?«, sagt Marcus.

Dr. Norm reibt sich den Bart. Er trägt eine gelbe Sonnenbrille. »Aber was?«

»Ich weiß nicht. Es klang nur so, als käme ein Aber.«

Höhnisch grinsend, atmet Dr. Norm aus. »Welche Bedeutung manches hat, erkennt man oft erst, wenn es nicht mehr
da ist. Der Kampf war unser Leben. Er gab ihm Sinn und
Bedeutung. Wir waren ein Team; unsere Geheimnisse, unsere Ziele schweißten uns zusammen. Es war … ein Leben
lang standen wir mit dem Rücken zur Wand. Dann wurde
die Wand eingerissen, und wir sind einfach umgekippt, lagen am Boden. Und konnten uns nicht mehr aufrichten.«

»Was ist passiert?«

»Nur eine weitere verschuldensunabhängige Scheidung
im neuen Südafrika. Unterschreiben, Hände waschen, fertig, aus.«

»Das tut mir sehr leid, Dr. Norm.«

»Verschuldensunabhängig. Keiner hat Schuld. Und der
Familienrichter entscheidet, dass der natürlichen Ordnung
zufolge die Kinder bei Mommy bleiben, nie bei Daddy. Das
ist passiert. Ich bin ein weißer männlicher Dinosaurier,
Marcus. Dass ich Jude bin, zählt nicht – ganz im Gegenteil.

Die wünschten, ich würde endlich auf natürliche Weise aussterben.« Er startet den Mercedes und fährt los. Er redet endlos von der Bewegung. Er erzählt, dass der neue Präsident Frederik Willem de Klerk am 2. Februar 1990 mit einer bahnbrechenden Rede ein neues Kapitel in der Geschichte Südafrikas aufschlug. »Es war wie ein Traum, als er diese Worte aussprach. Ich kann sie bis heute auswendig. ›Ich möchte es unmissverständlich sagen, dass die Regierung beschlossen hat, Mr Mandela ohne jede Auflage freizulassen.‹«

»Stopp! Halten Sie an!« Marcus beugt sich nach vorn und presst die Handballen gegen die Stirn. In ihm löst sich etwas. Botha. Glatzköpfig, Mund wie ein dünner Strich. Er sprach im Fernsehen. Und die Polizei. Eine Township ist eine Siedlung aus Wellblechhütten mit Steinen auf den Dächern, und er ist dort gewesen. Er rannte, die Polizei war hinter ihm her. »Ich war dabei!«, stößt er hervor. »Ich war auch am Kampf beteiligt!«

»Aber Sie waren doch noch ein halbes Kind, Marcus«, erwidert Dr. Norm. »Das bilden Sie sich nur ein.«

»Nein!«

Dr. Norm zuckt mit den Schultern und fährt weiter, in die Stadt und dann durch Hillbrow. Er ermahnt Marcus, das Fenster geschlossen zu halten und zu überprüfen, ob die Türen verriegelt sind. Sie fahren die Claim Street hinunter und die Twist hinauf. Ein zerbrochenes Schild mit der Aufschrift *Xanadu* liegt auf einem Schutthaufen. Die gesamte Umgebung kommt Marcus vollkommen fremd vor. »Ich erinnere mich nicht«, sagt er. »Ich erkenne hier nichts wieder.«

»Ich auch nicht«, erwidert Dr. Norm. »Was du hier siehst, ist nicht mehr wie in der Vergangenheit.«

Sie befinden sich in den Straßen einer afrikanischen Stadt. Die Fahrbahnen sind verstopft mit Minibustaxis, auf den Bürgersteigen drängen sich die Leute um Essensstände, fliegende Händler, Bettler und Obdachlose, die auf dem Boden schlafen. Kaputte Straßen, schlammgefüllte Schlaglöcher. Die Leute sind alle schwarz, sehen aber nicht so aus wie die Schwarzen, die er kennt oder an die er sich erinnern kann. Er sieht langgliedrige, hellhäutige Leute aus Äthiopien und tiefschwarze mit runden Köpfen aus der Äquatorregion und Westafrika. Überall exotische, lebhaft bunte Gewänder. Die Fenster der Gebäude sind mit Brettern vernagelt, und vor den Häusern türmen sich Müll und Schutt. Zerbrochene Backsteine, bröckelnde Mauern, Graffiti. Wenn er hinschaut, starren die Leute zurück. Sie sind die einzigen Weißen in dieser Umgebung. Im Joubert Park schneiden Männer anderen die Haare mit elektrischen Trimmern, die an Autobatterien in Einkaufswagen angeschlossen sind. Marcus beobachtet einen barfüßigen Mann, der in einen Mülleimer greift und aus der hohlen Hand etwas isst. Entlang der ganzen Front des Parks drängen sich zerlumpte Menschen, Männer, die an den Eisengittern lehnen, schlafende Kinder. »Hier ist es gefährlich für uns«, erklärt Dr. Norm mit seltsamer Stimme. »Einige aus meiner Bekanntschaft sind hier in dieser Gegend Opfer von Carjacking geworden. Einem wurde dabei in den Kopf geschossen. Mehrere Frauen wurden vergewaltigt.«

»Wer sind all diese Leute?«

»Als die Apartheid stürzte, sind sie von überall her ins

Land geströmt. Asylsuchende, alles Mögliche. Wir haben jetzt eine humane Verfassung, besser als die von Schweden. Zugleich haben wir die höchste Aidsrate der Welt. Wir sind Weltspitze bei Überfällen und Raub. Auch bei Morden. Ja, wir sind eine Demokratie, aber die gewalttätigste der ganzen Welt. Eigentlich hätte man erwartet, dass wir uns zuerst auf die Lösung unserer eigenen Probleme konzentrieren, ehe wir die Grenzen öffnen.«

Wieder fahren sie zwischen hohen alten Gebäuden hindurch, und Marcus blickt an ihnen hinauf. »Oh, mein Gott!«, stößt er entsetzt hervor.

»Ja, die ehemaligen Besitzer haben sie aufgegeben. Da drin gibt's weder Strom noch Wasser. In jeder Einheit leben drei Familien. Bei Dunkelheit zünden sie Kerzen an, und scheißen tun sie in Eimer. Den Müll schmeißen sie aus dem Fenster oder einfach ins Treppenhaus. Ich zeige Ihnen nur, wie es ist. Wenn wir nach Einbruch der Dunkelheit hier entlangfahren würden, liefen wir Gefahr, von dort oben beschossen zu werden oder einen Kühlschrank auf den Kopf zu bekommen. Das hier ist das Carlton Centre, früher eine Luxus-Shopping-Mall, jetzt verbarrikadiert und verlassen. Ein regelrechtes Katastrophengebiet – hey!« Ein Taxi schwenkt abrupt vor ihnen heraus und knallt gegen den Kotflügel des Mercedes. Dr. Norm zuckt zusammen, verzieht aber keine Miene. »Na, was meinen Sie, sollen wir anhalten und mit dem Herrn reden? Führerschein- und Versicherungsdaten austauschen? Sollen wir?« Er stößt ein hartes, sarkastisches Lachen aus. »Okay, ich glaube, wir haben unser Glück jetzt lange genug strapaziert.« Er wendet und tritt aufs Gas. »Und, reicht Ihnen das fürs Erste?«, fragt er. »Mir reicht's, das sag ich Ihnen. Jahrelang habe ich in einer Zelle geschmort, und wofür? Für das hier?«

12

Als sie den Joe Slovo Drive entlangfahren, steigen plötzlich Erinnerungen in ihm auf. Er weiß wieder, dass er hier öfter entlanggefahren ist, sonntags nachmittags mit seinem Vater. Aber damals hieß die Straße nicht Joe Slovo Drive, sondern Harrow Road. Slovo stammte aus Doornfontein, erklärt Dr. Norm. Das war früher das jüdische Viertel, wo sich alle Juden aus Litauen niederließen. Slovo sei in der kommunistischen Partei zu einem »hohen Tier« aufgestiegen, einem Helden der Befreiung. Marcus erinnert sich, dass Isaac ihm das Haus an der Ecke Buxton und Beit Street gezeigt hat, wo er aufgewachsen war. Er erinnert sich, dass sein Vater ihm im Feinkostladen an der Straße hinter dem Alhambra Theatre heißes Rindfleisch auf Roggenbrötchen gekauft hat. Als er das Ponte-City-Hochhaus sieht, erinnert er sich auch daran, nur dass der Turm damals sauber und elegant aussah und nicht schmutzig mit zerbrochenen Fensterscheiben. Wie ein riesiges Kanonenrohr ragt er über sie empor. Er erinnert sich an die Synagoge in Doornfontein, als er sie sieht, die Lion *Schul,* die jetzt grün eingerüstet ist. Doch Dr. Norm sagt, sie würde immer noch benutzt und sei von innen schön. »Ich glaube, mein Vater ist dorthin gegangen«, sagt Marcus, aber er ist sich nicht ganz sicher. Dr. Norm fährt in der Wolmarans Street an einer weiteren *Schul* vorbei, die inzwischen aber nicht mehr benutzt wird.

Die markante Kuppel existiert noch, aber das Gebäude selbst wurde in eine Art afrikanische Kirche umgewandelt. »Im Inneren steht ein Thron mit Leopardenfell, genau da, wo früher der Thoraschrein war, dahinter stehen immer noch die ursprünglichen hebräischen Inschriften. Schau, vor der Tür kann man Ziegencurry kaufen und seinen Feind verfluchen lassen.«

Marcus erinnert sich daran, wie es in dieser *Schul* war. Die Ältesten trugen Zylinder und saßen vor der Bima in einer Art Holzkiste, wie die Kapitäne eines seltsamen gestrandeten Schiffes. Die Bima – wieder ein Flackern, dann ist es weg. Irgendwie sind sie wieder in Killarney gelandet und stehen vor dem Wohnhaus. Dr. Norm weint, die Hände vor das Gesicht geschlagen. »Janine«, schluchzt er. »O Gott, Jamie! Simone!«

»Warum kehren Sie immer wieder hierher zurück, wenn Sie vergessen wollen?«

»Weil ich nicht vergessen kann«, erwidert Dr. Norm. »Deswegen.«

»Sie sollten es wenigstens versuchen«, rät Marcus. »Ich bin ein Meister des Vergessens, vielleicht kann ich Ihnen helfen.«

»Gute Idee. Schlagen Sie mir auf den Kopf.«

Wäre es nicht gut, wenn die Erinnerung wie ein Haufen Sand wäre?, denkt Marcus. Dann könnte Dr. Norm seine einfach auf mich abladen. Eine Win-win-Situation. Er sagt: »Dr. Norm, vergessen Sie nicht, dass wir hier im Wunderland sind. Das haben Sie mir selbst gesagt. Ein Happyend ist möglich. Märchen können wahr werden.«

Dr. Norm schnieft, setzt seine Sonnenbrille wieder auf.

»Glauben Sie?« Er wirkt fast erbärmlich, am Boden zerstört. Er klammert sich daran fest, dass Janine und die Kinder zurückkommen. Marcus könnte ihm einreden, dass sein Traum wahr werden wird, damit er sich besser fühlt. Stattdessen sagt er: »Dr. Norm, ich glaube, es wird Zeit, mich zu dem Haus zu bringen, in dem ich früher gewohnt habe, um meine Familie zu suchen. Wirklich. Ich bin jetzt so weit.«

Sie fahren nach Norden und dann nach Westen in Richtung Greenside, aber Dr. Norm verirrt sich und muss noch einmal durch Regent Heights zurückfahren. Heftige Gefühle toben in Marcus' Brust. Dann sieht er die fahlweißen Betonmauern, auf denen Kameras hocken wie Geier. »Das kenne ich!«, ruft er. Dr. Norm sagt nichts, wird aber langsamer und biegt auf die De Villiers Road ab. Sie fahren entlang der hohen Mauer und dann ganz langsam an dem massiven Stahltor auf der Vorderseite vorbei, über das sich ein schwarzer Schmiedeeisenbogen mit Schulwappen und -motto spannt. *Wisdom of Solomon High School for Jewish Boys.*

Gerechtigkeit ist Solidarität, Solidarität ist Stärke.

. »Sie haben gesagt, Ihr Vater hätte einen Schrotthandel betrieben und Sie hätten in Greenside gewohnt. Ich bezweifle, dass Sie auf diese Schule gegangen sind.«

»Doch, ich war hier!«, erwidert Marcus.

»Echt?«

»Ja, das war meine Schule!«

Sie fahren langsam weiter. »Schauen Sie sich einfach weiter um.«

»So geht es die ganze Zeit weiter. Mauer, Mauer, Mauer. Noch mehr Mauer.«

»Nur das Beste, was?«, bemerkt Dr. Norm. »Ich wäre da niemals reingekommen. Mein Vater war Zahnarzt, Ma Hausfrau. Die Buren haben uns Juden nie belästigt, solange wir parierten wie brave kleine weiße Jungen und Mädchen. Außerdem haben sie eine Weile lang ziemlich lukrative Waffengeschäfte mit Israel abgeschlossen. Aber jetzt, da wir Postrassisten sind und Mandela im Ruhestand ist, hört man viel Gerede. Über Israel und die Juden. Sie sagen Zionisten, meinen aber Scheißjuden. Das tut mir weh, hey. Ich habe Jahre meines Lebens geopfert, ich meine, Juden waren lange Zeit praktisch der weiße Kern des *Struggles*. Aber heutzutage scheinen manche von den früheren Genossen von mir zu verlangen, dass ich auf Israel spucke und andere Juden anprangere, um ihnen meine Loyalität zu beweisen.« Er schüttelt den Kopf. »Vielleicht geht das mit allen Wundern so. Irgendwann fangen sie an zu verrotten. Wie die Fische, die Jesus gemacht hat.«

Er wendet den Mercedes, fährt zurück zum Tor und hält davor an. Ein Wachmann mit Sturmgewehr kommt raus. »Los, steigen wir aus und machen Männchen«, sagt Dr. Norm. Marcus holt Luft und fasst den Türgriff. Durch den eisernen Torbogen sieht er die Spitze eines Gebäudes, Winkel aus Edelstahl und hohe Glasfenster. Er starrt hinüber, und dann krümmt er sich plötzlich vornüber, die Arme auf den Bauch gepresst. »Was ist los, was ist los, Marcus? Marcus, hören Sie mich?« Marcus keucht und versucht zu erklären, was er hat. Es ist etwas in seinem Inneren. »Haben Sie Angst?«

»Ich habe eine Scheißangst!« Genau, das ist es – es wird ihm klar, sobald er es ausgesprochen hat: Da drin, hinter diesen Mauern, lauert ein Schrecken, etwas Unheilvolles mit großer Strahlkraft. »Ahh!«, ruft Dr. Norm. »Ausgezeichnet! Jackpot! Jetzt gehen wir definitiv rein.«

»Nein!«

»Marcus, da drin warten wichtige Assoziationen, die Sie erforschen müssen!«

»Nein!« Marcus weigert sich. »Fahren Sie, bitte!«

Dr. Norm steigt aus. Marcus beobachtet, wie er mit der Wache redet. Die Wache nickt, deutet hinter sich und legt mit der anderen Hand das Sturmgewehr in die Schlinge. Dr. Norm kommt zurück und beugt sich vor dem Fenster herunter. »Ich habe ihm gesagt, dass Sie ein ehemaliger Solomon-Schüler sind. Wir tragen uns in der Besucherliste ein und gehen ins Sekretariat.«

»Nein!«

»Reißen Sie sich zusammen, Mann! Sie haben Stresssymptome, das ist alles. Mit Ihnen ist alles in Ordnung. Sie müssen stark sein und sich dazu zwingen.«

»Ich kriege Durchfall! Ich muss kotzen!«

»Alles ein gutes Zeichen. Der Magen ist wie ein zweites Gehirn.«

»Was?«

»Neuronenartige Zellen im Verdauungstrakt. Los, kommen Sie schon, raus mit Ihnen!«

Er öffnet die Tür, und Marcus fängt an zu schreien.

13

Sie halten an den Geschäften von Greenside, um auf die Toilette zu gehen, einen Kaffee zu trinken und etwas Süßes zu essen. Um wieder zu sich zu kommen. Am Tisch bemüht sich Dr. Norm, den Zwischenfall »neu zu bewerten«. Die Panikattacke sei keine Niederlage gewesen, sondern ein »mutiger erster Schritt«. Dr. Norm bezeichnet sie als »Aversionstherapie« und sagt, sie würden sie »wie jede andere Phobie behandeln«, durch »zunehmende Exposition gegenüber dem Auslöser«. Mit anderen Worten: Gehen Sie wieder hin und versuchen Sie es noch mal. »Macht nichts, dass es beim ersten Mal nicht geklappt hat«, sagt er. »Sie können nichts dafür.« Als der Kellner nicht hinschaut, schüttet er eine Miniflasche Johnnie Walker Red in seinen Kaffee. Marcus widerspricht seiner Analyse nicht. Dass er nichts dafür konnte, ist richtig: Es war eine körperliche Reaktion, gegen die er machtlos war. Dabei hatte der Gebäudekomplex selbst nicht einmal konkrete Erinnerungen in ihm hervorgerufen. Er erschauert, obwohl die Sonne scheint. Draußen auf dem Bürgersteig bleibt er stehen, um einen Blick auf die Schaufenster an der Greenway Road zu werfen, eine Shisha-Lounge und die Post und Woolworth im offenen Einkaufszentrum; und etwas anderes, versteckt im hinteren Bereich, ja, eine Buchhandlung – sie war einmal wichtig für ihn, oder? ... aber sie ist weg. Er steigt ins Auto.

Sie fahren weiter, und Dr. Norm biegt in einer Schleife zurück auf die Hauptstraße ab. Er scheint es nicht eilig zu haben, zur Shaka Road zurückzukehren, vielleicht aus

Angst vor einer weiteren Episode von Geschrei und Würgen in seinem Mercedes. Sie passieren eine riesige Moschee mit goldener Kuppel und einem hohen Minarett, die früher nicht dort stand, denn als Marcus sie sich ansieht, erinnert er sich daran, dass früher dort eine Tankstelle war. Dr. Norm erklärt ihm, dass inzwischen überall große Moscheen errichtet werden und die meisten Restaurants Halal-Gerichte auf der Speisekarte hätten. Dieser goldene Riesentempel, sagt er, sei mit Geld aus Saudi-Arabien erbaut worden. »Wo Sklaven gepeitscht und Frauen in Säcke gesteckt werden. Aber dafür gibt es keine Sanktionen. Man darf es nicht mal kritisieren, denn das ist schließlich ihre *Kultur*. Alles ist jetzt Kultur. Früher konnten sich die Weißen alles erlauben, jetzt ist es genau andersherum.« Er murmelt etwas vor sich hin, was Marcus nicht richtig versteht. Sie fahren weiter, und Dr. Norm schlürft seinen Kaffee mit Schuss. »Ach, scheiß drauf«, sagt er. »Ich habe einfach das Gefühl, dass es nicht schaden kann, einfach mal das Kind beim Namen zu nennen. Ich habe genug von der Heuchelei, das sage ich Ihnen. Mir reicht's, mir ständig Gedanken darüber machen zu müssen, was politisch korrekt ist. Alles, was man heutzutage braucht, ist das richtige Etikett, und das klebt man dann drauf, und alles ist paletti. Ein Drecksloch wird zum Neubauprojekt. Ein Mörder zum benachteiligten Opfer. Ein Totenkult zur Kultur. Früher war alles ganz einfach. Schwarz und Weiß. Böse Apartheid und die Guten dagegen. Inzwischen weiß niemand mehr, welcher Weg nach oben und welcher nach unten führt. Es gibt nur noch eine chaotische Meinungsvielfalt. Keiner weiß mehr, wer der Feind ist. Ich glaube, deshalb flüchten sich viele wieder in die Religion. Die Menschen brauchen ihren unsichtbaren Gott im Himmel mehr denn je.«

»Die Juden auch?«, fragt Marcus.

»O ja, die werden auch immer frommer. Diejenigen, die hiergeblieben sind. Aber nicht hier in dieser Gegend. Schauen Sie, was ich Ihnen zeigen wollte …« Sie fahren an einer Art Bürokomplex vorbei. »Früher hatte es ein anderes Dach. Sehen Sie das? Erinnern Sie sich daran?«

»Nein.«

»Das war eure große Emmarentia-Synagoge, Marcus.«

Marcus nickt und schließt die Augen. Ein Eindruck schattiger Kühle, die von einer großen Fläche aus poliertem Stein ausgeht. Ein Kronkorken schlittert über den Boden. Jungsstimmen, die unter der hohen, dunklen Kuppel widerhallen. Dr. Norm macht eine Kehrtwende und fährt noch einmal zurück. »Synagogen verschwinden, Moscheen sind auf dem Vormarsch«, murmelt er. Er biegt erst rechts und dann links auf die Clovelly ab. In Marcus blitzen immer mehr Erinnerungen auf, sie kommen jetzt schnell hintereinander. Das ist die Bibliothek da unten, ja, und jetzt kommt die lange gerade Straße, rechts und links flankiert von Jacarandabäumen. Hier ist er immer mit seinem Vater im klappernden Bakkie entlanggefahren, und in der Blütezeit bildeten die Jacarandabäume einen lila Tunnel von erstaunlicher Schönheit. Aber diese Jacarandas sehen trocken und kahl aus. Er sagt: »Also, wo sind die Juden jetzt, wenn sie nicht mehr hier sind?«

»Die Jiddluch haben sich in Glenhazel hinter Shtetl-Mauern verschanzt. So dass man zu Fuß in die *Schul* und koschere Restaurants gehen kann. Hier sind wir. Shaka

Road.« Er hält den Wagen an, sieht Marcus forschend an. »Und, wie fühlen Sie sich diesmal?«

»Mir geht's gut.«

»Wirklich?«

»Ja.«

»Dann mal los.«

Marcus erinnert sich an einen Carport. Aber da ist kein Carport. Er erinnert sich an einen Rasen. Stattdessen gibt es einen Swimmingpool und Waschbetonplatten. Er erinnert sich an einen Garten, aber es ist nur noch wenig davon übrig – genug allerdings, um sein Herz höher schlagen zu lassen. Nicht aus Angst wie vor der Schule, sondern ein Pochen stiller Freude. Die Mauern – ja, das waren sie, abgesehen von den Stromdrähten obendrauf. Eine ältere Frau namens Mrs Siddiqui hat sie hereingelassen. Sie betreut vier kleine Kinder. Er erinnert sich plötzlich an einen Granatapfelbaum, aber er ist weg; ein Klettergerüst steht in der Ecke. Das Innere des Hauses ist in leuchtenden Farben gestrichen, und es riecht nach Kreuzkümmel und Curry. Die Möbel sind niedrig. Moment. Sein ehemaliges Zimmer unten am Ende des linken Flurs hatte ein Vorhängeschloss. Er eilt hin und findet ein Zimmer ohne Tür und voll mit Etagenbetten. »Die Mädchen«, sagt die alte Frau, als ob das eine Erklärung wäre. Der Hinterhof verursacht einen Knoten in seinem Bauch. In einer Ecke befindet sich ein Waschbecken, in dem ein Dienstmädchen die Wäsche wäscht. Er hat sich dort gewaschen, sich mit nacktem Oberkörper darübergebeugt, gespritzt und geschrubbt. Das Gefühl von heißem Seifenwasser und kühler Luft auf der Haut. War es Nacht? Und noch etwas anderes. Nein. Er wendet sich ab. Irgendwie hat alles hier ein Doppelleben – eines, das er im hellen Sonnenlicht sieht, und ein anderes, das sich in ihm wie ein dünner Schatten wiederholt, eine Vertrautheit, die sich verliert, wenn man direkt hinschaut. Oder es versucht. Vorne im Garten fragt er Mrs Siddiqui, wann sie das Haus gekauft haben. Sie fängt an, sich über den schrecklichen Zustand zu beklagen, in dem es sich befand. Eine Schande. Das Gras, so hoch! »Wir haben Tausende reingesteckt.« Er fragt sie, von wem sie es gekauft haben und ob sie die Helgers gekannt habe. Sie wirft ihm einen schiefen Blick zu. »Warum wollen Sie wissen? Wir haben bei einer Auktion gekauft.«

»Natürlich«, sagt er.

»Sie gehen jetzt.«

Auf dem Weg nach draußen sagt sie: »Sie sind Juden, nicht wahr?«

Er nickt, und sie wedelt mit beiden Händen. »Alle sind weggezogen. Außer den Alten. Sie gehen nach Israel. Sie besetzen Palästina.«

Dr. Norm schnaubt. »Das bezweifle ich. Sie gehen nach Australien.«

»Sie haben viel Geld«, sagt die Frau lachend. »Sie haben das ganze Geld.« Am Auto seufzt Dr. Norm. »Tja, so geht es überall. Sie erzählen dir, wer und wie du bist. Völlig egal, was du sagst.« Er leert seinen Kaffee und schüttelt den Kopf. »Vergessen Sie es einfach. Was sollen Sie sonst machen?«

»Haben Sie mir gerade gesagt, ich soll vergessen?«

»Ha, ha.« Er schließt das Auto auf. »Marcus?«

Marcus ist stocksteif stehen geblieben, getroffen von einem Erinnerungsblitz. »Sandy ...«

»Das war Ihr Hund, oder? An den haben Sie sich zuerst erinnert.«

»Ich muss noch mal da rein.« Sandy hatte rötliches Fell und er ist in der Windel auf ihr geritten. Aber dann sind Ameisen über ihre schwarzen Lippen gekrochen, während er mit einem Stöckchen ihr lebloses bernsteinfarbenes Auge anstieß. Die alte Frau, gekleidet in ihren Shalwar Kameez, steht jetzt mit verschränkten Armen da und gibt gackernde Laute von sich. Dr. Norm reicht ihr etwas Geld durch das Tor. Marcus geht schnell hinein und sieht sofort, dass das Papyrusdickicht noch da ist, auf der anderen Seite des Pools, den es damals nicht gab, in der Ecke, die jetzt kleiner aussieht und auf einer Seite vom Glasfasergehäuse eines Poolfilters eingeengt wird. »Wehe, Sie treten auf meine Blumen!«, keift Mrs Siddiqui. Die Kinder finden es spannend, was er da macht. Mrs Siddiqui ruft sie zurück, als sie mit Dr. Norm ankommt. Marcus geht auf die andere Seite des Schilfes, hockt sich in den Schlamm und tastet vorsichtig herum. Als er die Lücke im Dickicht findet, ist sie viel kleiner als in seiner vagen Erinnerung, und er muss sich mit beiden Schultern hindurchzwängen. Er hört die Kinder durch die Papyrusstengel, und Mrs Siddiqui schreit, dass er rauskommen soll. Dr. Norm sagt »hier«, und sie sagt: »Fünfzig Rand. Was kann man heutzutage für fünfzig Rand kaufen?« Das Summen des Poolfilters wird lauter, als er durch den Schlamm kriecht, eine freie Stelle findet und mit bloßen Händen gräbt. Der kalte, feuchte Boden ist wie ein Flüstern, das ihm sagt, weiter, weiter! Als er auf ein Holzbrett stößt, erschrickt er nicht – Schatten und Realität sind verschmolzen. Er hört Dr. Norm sagen: »Hey, Marcus, das alte Mädchen hier draußen wird etwas haarig. Wir machen uns besser vom Acker.«

»Ich rufe Polizei!«, kreischt die Frau.

»Fast geschafft«, sagt Marcus mit zusammengebissenen Zähnen, obwohl ihn niemand hört, und wühlt weiter. Fast geschafft.

14

Er öffnet die Plastiktüte nicht vor Dr. Norm, sondern legt sie auf seinen Schoß und sagt nichts, den ganzen Weg zurück zum Institut. Dr. Norm drängt ihn zu nichts. In seinem Zimmer packt Marcus die Tüte vorsichtig aus. Mit der Tasche war das Loch unter dem Brett ausgekleidet gewesen. Sie enthält eine Quality-Street-Dose, einen schmutzigen Overall, einen Bergarbeiterhelm, Knie- und Ellbogenschützer, eine Schutzbrille. Die Dose enthält nur wenige Dinge: ein uraltes, eingerissenes Kondom, einen Münzbeutel von der Bank mit etwas Schwarzem, Hartem, Nussähnlichem darin, eine alte Boulevardzeitung in Afrikaans namens *Vryheid*, ein Notizbuch, das er mit gespannter Erwartung aufschlägt, aber leer findet – bis ein Foto herausfällt. Er starrt das Bild minutenlang an.

Er schläft unruhig in jener Nacht. Immer wieder steht er auf, schaltet das Licht ein, nimmt die Sachen in die Hand und betrachtet sie. Dr. Norm kommt am nächsten Tag nicht ins Institut, und Marcus befürchtet schon, dass er wieder einmal länger wegbleibt.

Als er tags darauf den Mercedes von Dr. Norm vor der

Tür stehen sieht, eilt er in sein Büro. Sagt kein Wort, sondern reicht ihm nur das Foto. Dr. Norm starrt es an. »Woher haben Sie das?«

»Das können Sie sich doch denken. Ich hatte es schon als Teenager.«

»Das ist ja unglaublich«, sagt Dr. Norm kopfschüttelnd. »Ich kenne diese Aufnahme. Ich hatte genau das gleiche Foto, damals, als es verboten war.« Er ist sichtlich bewegt. Marcus sagt: »Dr. Norm, ich bin auch keine Jungfrau mehr.« Dr. Norm blickt auf. Marcus fährt fort: »Sie haben mich doch einmal gefragt, ob ich glaubte, dass ich noch Jungfrau wäre. Ob ich mich an irgendwelche sexuellen Erfahrungen erinnere.«

»Und, erinnern Sie sich?«

Marcus nickt. »Ich weiß wieder, dass mir eine Frau das Foto geschenkt hat. Sie war älter als ich. Sie hatte dunkle Haare und war sehr hübsch. Ihr Englisch klang amerikanisch. Ich weiß nicht, woher ich sie gekannt haben könnte, aber sie war diejenige.« Dr. Norm schaut erneut das Foto an, sein Mund zuckt. Marcus erzählt ihm, dass er ebenfalls Teil der Bewegung war, genau wie er. Es kam durch die Frau. Sie war diejenige, die ihn in eine Township mitgenommen hat. Es flogen Molotow-Cocktails. Und da war ein Polizist. Er erinnert sich daran. Der Polizist war groß und mager … Und irgendwie gab es ein Buch mit einem Code, der nach dem hebräischen Alphabet verschlüsselt war – doch inzwischen hat Dr. Norm die linke Augenbraue hochgezogen, und das ist kein gutes Zeichen. »Oright, okay«, sagt er. »Jetzt machen wir mal halblang mit dieser hebräischen Geheimschriftgeschichte. Man muss zwischen Phantasie und Erinnerung unterscheiden. Es ist sehr wichtig, das zu lernen. In dieser Hinsicht muss in Ihrem Kopf strikte Apartheid herrschen.«

»Ich weiß, Dr. Norm. Aber ich bilde mir das nicht ein.«

»Sie haben eine ungewöhnlich starke Vorstellungskraft, darüber haben wir geredet. Denken Sie an Ihre Phantasiespiele.« Er atmet tief aus und lehnt sich in seinem hohen Sessel zurück. »Marcus, Sie machen mich fertig, mein Junge.« Marcus tigert nervös auf und ab. »Ich war dabei, ich schwöre es! Ich erinnere mich an Brandbomben. Ich erinnere mich, dass ich im Gefängnis war.«

Dr. Norm blickt resigniert zur Decke. Schließt die Augen. »Das«, erwidert er, »erscheint mir nicht plausibel.«

»Aber wenn ich es Ihnen sage, ich erinnere mich daran!«

»Dass ein Schüler der Solomon High daran beteiligt war, in einer Township Brandbomben auf die Polizei zu werfen und dass das irgendwie mit einem hebräischen Code und einer amerikanischen Frau zusammenhing? Dass Sie im Gefängnis waren? Kommen Sie schon! Sie erinnern sich wahrscheinlich an einen Film, Marcus. Deswegen ist es so wichtig, dass Sie nicht vor der Realität davonlaufen.«

»Davonlaufen?«

»Ja, etwa vor der Schule. Sie dürfen diese Konfrontationen nicht scheuen, Marcus. Ganz im Gegenteil. Genau die tragen zu Ihrer Entwicklung bei.«

»Okay. Morgen.«

»Okay?«

»Ja. Wir machen es morgen.«

Doch am nächsten Tag ist Dr. Norm nicht da.

15

Mit das Erste, was Dr. Norm je zu ihm gesagt hat, war: »Sie wissen, dass Sie ein Wunder sind? Und das sage ich als absoluter, überzeugter Atheist. Ein Wunder!«

Er ist ein Mensch, der als Junge in einem Land eingeschlafen und als Mann in einem anderen Land wieder aufgewacht ist, mit einer anderen Flagge, einem anderen Aussehen, einfach vollkommen anders. Dr. Norm hat ihm einmal gesagt: »Ihr Problem liegt nicht im Gehirn. Sie können sich erinnern, wenn Sie wollen. Aber Sie blockieren sich selbst.«

Und er hatte geantwortet: »Das ist doch Quatsch!«

Aber vielleicht ist es kein Quatsch. Vielleicht will er nicht tiefer graben, weil er dadurch die Fundamente dessen, was er ist und was er bisher wieder zurückerlangt hat, unterminieren würde. Andererseits ist es so, als könne er sich ohne das Wissen um seine Vergangenheit nicht dazu bringen, irgendetwas zu tun. Dr. Norm kommt wochenlang nicht wieder, aber das muss er auch nicht unbedingt, denn Marcus ist hier kein Gefangener. Er könnte das Institut verlassen und allein die Schule besuchen. Doch in der Praxis steckt er in seinen sicheren und bequemen Abläufen fest. Ein weiterer Monat vergeht, und der dritte bricht an. Marcus isst sein fettiges Frühstück und macht seine Übungen. Er schläft und liest. Er stellt fest, dass die Patienten weniger und die Mitarbeiter mehr werden. Sie scheinen ihre Tage damit zu verbringen, Karten zu spielen oder Musik über blechern klingende Radios zu hören. Die Oberschwester sitzt am liebsten im Schwesternzimmer und sieht fern. In der Kantine stapelt sich schmutziges Geschirr, und in den Fluren liegen dicke Staubmäuse und Katzenhäufchen herum. Das Gras verdorrt in der Sonne und wuchert im Schatten hoch auf. Die Tomaten vergammeln an den Stauden im Gewächshaus.

Wie viel Zeit ist vergangen? Vier Monate, seitdem Dr. Norm nicht erschienen ist – eine ganze Jahreszeit –, und dann kommt ein Brief an. Ohne Absender. Europäische Briefmarken.

Ich grüße Sie, lieber Marcus,

ich hoffe, dieser Brief erreicht Sie und wenn, dann bei guter Gesundheit. Andererseits hoffe ich fast, dass Sie ihn nicht erhalten, weil Sie das Institut verlassen haben. Ja, ich hoffe, Sie sind weitergezogen, junger Mann. Wie ich Ihnen bereits gesagt habe, werden Erinnerungen überschätzt. Sie haben Ihre Blockaden, aber vielleicht brauchen Sie den Code gar nicht zu knacken. Was weiß ich schon? Was weiß einer von uns schon? Das Gehirn ist ein Schwarzes Loch, das wir nie verstehen werden, und das ist eine Tatsache, die ich nie vor Ihnen verborgen habe, lieber Marcus. Ich weiß, dass Sie niemanden haben und es eine böse Überraschung für Sie gewesen sein muss, dass ich mich einfach bei Nacht und Nebel davongemacht habe. Aber ich weiß auch, dass Sie eine sensible Seele sind, junger Marcus, und gesehen haben, wie ich gelitten habe, und dass es nicht gut gewesen wäre, so weiterzumachen.

Ich habe erkannt, dass ich meiner eigenen seelischen Gesundheit zuliebe den Absprung schaffen musste, einen schnellen, sauberen Bruch, bevor ich lange zögern und dann doch davor zurückschrecken konnte. Um meinem Gehirn die Möglichkeit zu geben, sich von seinen vielen lähmenden neuronalen Assoziationen zu befreien, musste ich meine Erinnerungen aushungern, sie nicht immer wieder mit vertrauten Bildern füttern, und das konnte dort einfach nicht geschehen.

Also habe ich das getan, was ein gutes, radikales offizielles Parteimitglied des ANC niemals tun sollte, nämlich mich so weit erniedrigt, dass ich ausgekniffen bin. Ja, boet. Ich habe die Mücke gemacht, mich verpisst, genau wie die vielen anderen weißen Hosenscheißer. Und, um es kurz zu machen: Nein, ich komme nicht mehr wieder. Nicht, weil ich meine Heimat nicht von ganzem Herzen lieben würde, denn das tue ich natürlich, sondern weil ich meinen Verstand ein klitzekleines bisschen mehr liebe.

Komisch. Wir haben immer gesagt, dass wir nicht an eine Utopie glauben. Während des gesamten Freiheitskampfes haben wir gesagt, dass wir keine Utopisten sind, sondern nur ein ganz normales Land wollen. Aber wissen Sie was? Das war eine Illusion. Der Struggle war es, der uns zu etwas Besonderem gemacht hat. Wir glaubten, wir hätten die Antwort auf alle Probleme. Aber jetzt stehen wir vor einer Million Probleme, und kein Mensch weiß, wie sie sich lösen lassen. Und sie sind unser Alltag. Es gibt kein großes Drama mehr, keinen großen Krieg des Guten gegen das Böse.

Nur das profane Gesetz von Angebot und Nachfrage. Denn das ist es, was wirtschaftliche Entwicklung bedeutet, wissen Sie. Ich baue einfach mehr Wasserpistolen aus Kunststoff oder was auch immer, um sie nach Amerika oder China zu liefern. Oder ich drehe blöde Filme, in denen Leute so tun, als würden sie sich gegenseitig umbringen.

Ich weiß nicht, wie ich es sonst erklären soll, aber um es offen zu sagen, das Neue Südafrika ist eine Enttäuschung. Ich hätte nie geglaubt, dass ich so etwas mit Überzeugung schreiben könnte. Aber es ist jetzt einfach alles so verkommen. Überall herrschen Korruption und Gier. Überzeugte Genossen in den mageren Jahren sind zu fetten Bonzen geworden, nicht besser als die anderen Geldhaie mit ihren Villen in Houghton und ihren Konten in der Schweiz. Das Verhältnis von Armen zu Reichen ist genauso krass wie früher oder sogar noch krasser, nur die Hautfarben haben sich etwas geändert. Und das Morden geht weiter, nur jetzt sind die Opfer Migranten, wenn es sich nicht um einen der gewöhnlichen 500 wöchentlichen Morde aus den üblichen kriminellen Gründen handelt. Ganz zu schweigen von den Überfällen, Vergewaltigungen und Entführungen. Und ein Polizistenmord alle hundert Stunden.

Das Happyend der Mandela-Geschichte war also kein »Und sie lebten glücklich bis ans Ende ihrer Tage«. Die Geschichte geht weiter. Und weiter.

Ich habe gehasst, was früher war, aber ich sehe tagein, tagaus, dass ich das, was kommt, genauso sehr hassen werde. Ich habe dafür gekämpft, dass die erste Welt größer wird, nicht kleiner.

Meine Kinder werden mir natürlich am meisten fehlen, aber die traurige Tatsache ist, dass ich sie sowieso kaum zu sehen bekommen habe. Noch trauriger ist, dass ich glaube, dass ich ihnen jetzt am besten helfen kann, indem ich eine neue Staatsbürgerschaft annehme, die sie vielleicht eines Tages nutzen müssen. Es wird schwer für die mit blasser Haut, Jobs in Südafrika zu bekommen, und es wird wahrscheinlich nur immer noch schwerer werden; aber da die Unterschiede weiterhin bestehen, wird es zu mehr populistischer Wut kommen, die gegen sie gerichtet ist. Ich halte es nur für gerecht, dass sich der Wind gedreht hat, aber wenn es um das eigene Fleisch und Blut geht, ist historische Gerechtigkeit kein Trost.

Doch genug davon. Reden wir von Ihnen, Marcus Helger. Ich will, dass Sie Ihren Arsch schnellstmöglich aus dem Institut rausbewegen. Auf Anordnung Ihres Arztes. Niemand dort wird Sie rauswerfen. Die Einrichtung wird bis zum Anschlag privat finanziert, und niemand ist daran interessiert, schlafende Hunde zu wecken. Es sei denn, die Lage hätte sich drastisch verändert, aber ich glaube nicht, dass man sich in dieser Hinsicht Sorgen machen muss. (Ich glaube nicht mal, dass Sie dort in den Büchern stehen!)

Aber, Marcus, bitte, bleiben Sie nicht in diesem goldenen Käfig sitzen! Treten Sie sich in den Hintern. Gehen Sie wieder zur Schule, lernen Sie! Füllen Sie Ihre Tabula rasa mit neuem Wissen. Lernen Sie Leute kennen. Unternehmen Sie etwas. Sie sind auf sich allein gestellt, ich weiß, aber Sie sind ein cleveres Kerlchen. Stress bedeutet Wachstum. Der Druck ist es, der Kohlenstoff zu Diamanten macht.

Ich bin auch allein hier in diesem fremden Land. Aber auch ich bin ein kluger Kerl. Ich habe das Erinnern aufgegeben, und das sollten Sie ebenfalls. Ich habe keine Bilder aus meinem früheren Leben. Ich bin der ultimative Immigrant! Ich werde eine neue Sprache lernen. Wie eine Computerfestplatte werde ich meine Software löschen und ein neues Betriebssystem installieren. Ich will, dass die alten Gesichter, die in mir stecken, so bald wie möglich verschwinden und sterben. Die alten Wörter. Das haben Sie schon erreicht, und ich rate Ihnen, dass Sie auf dem Erreichten aufbauen, der mysteriösen Säule, die Ihr früheres Leben darstellt.

Natürlich können wir die Veröffentlichung unserer wissenschaftlichen Arbeit vergessen. Die Neurowissenschaft wird auch ohne mich prima zurechtkommen! Ich will nichts Besonderes mehr erreichen; ich will nur noch unbedeutend und glücklich sein.

Marcus. Ich möchte Ihnen sagen, dass ich aufrichtige Zuneigung für Sie empfinde. Sie sind eine gute Seele. Viel Glück, bleiben Sie gesund, und werden Sie glücklich!

Herzlich wie immer
Ihr Dr. Norm

ps: Anbei eine Bankkarte. Falls Sie noch da sind, dachte ich, Sie könnten sie gut gebrauchen. Die PIN *habe ich Ihnen in einem separaten Umschlag geschickt. Sie können bis zu 2500 Rand pro Tag abheben, bis das Konto leer ist. Seien Sie nicht so dumm, nachts oder an unsicheren Orten an den Geldautomaten zu gehen. Fahren Sie in eine sichere Gegend wie Sandton City, hübsch und sicher hinter Elektrozäunen.*

Ich umarme Sie.

Als die PIN eintrifft, verlässt Marcus das Institut, um Bargeld abzuheben, und geht zu Fuß die kurvenreichen Straßen von Parktown hinunter zu den Geschäften. Es gibt eine kleine Bibliothek, und er betritt sie und sucht nach dem Namen Helger in alten Telefonbüchern, den normalen und den Gelben Seiten, und in Straßenverzeichnissen. Dabei stößt er auf die Adresse von Lion Metals Pty. Ltd. Es gibt ein Computersystem namens Internet, von dem die Bibliothekarin sagt, dass es helfen könnte, aber sie haben noch keinen Anschluss in dieser Filiale. Er durchsucht periodische Verzeichnisse und konsultiert Mikrofiches auf surrenden Lesegeräten. Dadurch erfährt er, dass seine Eltern beide tot sind. Ein Indexeintrag verweist auf einen Artikel im *Gold City Zionist:* »Doppelmord an jüdischem Ehepaar«. Es gibt keine alten Ausgaben des *Zionist* in dieser Bibliothek, aber er durchsucht den *Star* im entsprechenden Zeitraum und findet einen kurzen Absatz auf einer Seite ganz hinten, in einer Spalte namens *Kriminalität in Kürze.* *Isaac Helger, 70, und seine Frau Arlene Helger, geb. Cos-*

*sington, 54, sind offenbar Opfer eines Raubmords gewor-
den. Das Ehepaar sei im Tresorraum ihres Schrotthandels in
Vrededorp eingesperrt worden und erstickt, sagt Polizei-
sprecher Lieutenant Hennie Strydom.* Er starrt die Worte an
und schließt dann die Augen. Was hat Dr. Norm geschrieben? *Ich will, dass die alten Gesichter, die in mir stecken,
so bald wie möglich verschwinden und sterben. Die alten
Wörter. Das haben Sie schon erreicht.* Marcus macht sich
Notizen und verlässt mit rauschenden Ohren die Bibliothek. Von einem öffentlichen Telefon aus bestellt er ein Taxi
und fährt zur De La Rey Street in Vrededorp. Das Gebäude
ist nicht mehr Sitz von Lion Metals, sondern eine Art Lagerhaus, dessen Vorderseite mit geschweißten Stahlplatten
und NATO-Draht-Spiralen rings um das gesamte obere
Stockwerk gesichert ist, um potentielle Eindringlinge am
Hinaufklettern zu hindern. Wie ein befestigtes Fort. Überall Graffiti. Männer schlafen im Park daneben. Das Firmen-
schild ist chinesisch.

Marcus bittet den Taxifahrer, langsam hintenherum zu
fahren. Er erinnert sich an draußen geparkte Lastwagen,
an ein Büro im Obergeschoss, an seine Mutter Arlene. Er
steigt aus und berührt die Wand. Sie wurde mit neuen Reihen grauer Ziegelsteine erhöht, darüber weitere Schlingen
von messerscharfem Stacheldraht. Das Bild eines dicken
Mannes kommt ihm in den Sinn. Hugo. Hugo, und weiter?
Hugo Bez. Blez. Er lässt sich vom Taxi zum West-Park-
Friedhof bringen. Es dauert eine Weile, den Hausmeister
und dann die Gräber der Helgers zu finden. Seine Mutter
und sein Vater sind nebeneinander begraben, aber der
Großvater, der 1990 zuletzt beerdigt wurde, liegt nicht ne-

ben der Großmutter. Graue Felsen im Sonnenschein. Hebräische Buchstaben eingraviert. Sie haben euch da reingesteckt, und ihr seid nie wieder rausgekommen. Als du damals darüber nachdachtest, es dir angesehen hast, war es erstaunlich. Du musstest dich zwingen zu realisieren, dass dir das auch eines Tages passieren wird. Er schlägt das Notizbuch auf und setzt mehrmals den Stift an, aber am Ende schreibt er nichts außer den Worten ICH BIN MARCUS HELGER. Als er in das Taxi steigt, fragt er den Fahrer, einen Weißen, einen Afrikaaner, ob er weiß, wo die Solomon High School ist. Der Fahrer fragt zurück: »Das ist die in den Nachrichten, oder?«

»In den Nachrichten?«

»Ja, die der große Mann besuchen wird.«

»Ich habe keine Ahnung«, gesteht Marcus.

Sie halten genau bei Schulschluss vor dem bombensicheren Tor. Eine Schlange von Autos wartet. Marcus bittet den Fahrer, ein paar Minuten stehenzubleiben. Der Taxifahrer sagt, sein Name sei Dirk, und fragt, ob er rauchen darf. Marcus nickt, und Dirk zündet sich eine Gunston an und pfeift leise durch die Zähne. »Nicht übel, was?« – »Wie meinen Sie das?« – »Ich zähle drei Rolls und drei Bentleys. Schauen Sie sich mal den Porsche Carrera an, Mann. Ich glaube, es ist das brandneue Modell, dieses Jahr erst rausgekommen.« Marcus beobachtet die Schüler beim Herauskommen. Dirk sagt: »Kein Wunder, dass er hierherkommt.«

»Wer?«

»Na, der alte Nelson, wie ich schon gesagt habe.«

Einige Autos in der Schlange fahren los. Marcus bittet Dirk, näher heranzufahren. Auch die Schulbusse starten jetzt, alle ohne Aufschrift oder besondere Kennzeichen, jeweils in einer anderen Farbe und mit Sicherheitsgittern vor den Fenstern. Es gab einmal einen Bombenanschlag – daran erinnert er sich jetzt wieder. Ein Bus wurde in die Luft gejagt. Jetzt sind sie in der Nähe der Einfahrt. Die Jungen strömen aus einem Drehkreuz, in ihren violetten Blazern, ihren grauen Hosen. Wie in einem Traum steigt Marcus aus dem Taxi und geht auf sie zu, wobei sich irgendetwas in seinem Bauch wie eine Faust zusammenzieht. Je mehr er sich dem Wachhäuschen nähert, desto stärker wird dieses bedrohliche Gefühl. Die Gesichter sind so jung. Manche schauen ihn an, aber für die meisten ist er nichts als ein Erwachsener, der dort herumsteht. Eine Wache tritt heraus und schaut ihn durch eine verspiegelte Sonnenbrille an. Marcus versucht zu lächeln, aber er zittert. Durch den Eisenbogen über dem Tor sieht er eine Spitze aus emporstrebendem Glas und Stahl – die Schulsynagoge. Und plötzlich stürmen die Erinnerungen auf ihn ein wie ein aggressiver Bienenschwarm. Er dreht sich um und eilt zurück zum Taxi.

Er geht in eine andere Bibliothek, um alte Ausgaben des *Gold City Zionist* zu finden. In *Observatory* gibt es sie in gebundener Form, nicht auf Mikrofiches, aber die Sammlung ist unvollständig, und er findet die Ausgabe mit dem Artikel über den Tod seiner Eltern nicht. Die neueren sind jedoch lose gestapelt, und als er die Titelseiten überfliegt, stößt er auf ein Foto, das ihn innehalten lässt.

Madiba hält eine Rede in der Solomon
von Candice Milner

Ex-Präsident Nelson Mandela wird nächsten Monat eine Rede vor den Mitarbeitern und Schülern der Wisdom of Solomon High School halten.

Die Ansprache findet an einem Freitagmorgen in der Schulsynagoge statt – so ist es seit knapp einem Jahrhundert in der elitären Privatschule Tradition, wenn besondere Gäste empfangen werden.

»Madiba hat seine herzliche Verbundenheit mit der jüdischen Gemeinde immer wieder zum Ausdruck gebracht«, sagte Schulratspräsident Samuel Leibowitz, als Zeichen des Respekts Mandelas Clannamen gebrauchend. »Es ist ein Thema in seinem Leben, das bis zu seiner ersten juristischen Ausbildung in einer jüdischen Firma zurückreicht und bis zu den jüdischen Genossen, die die Last der *Struggle*-Jahre mit ihm teilten.«

Schulleiter Arnold Volper sagte, dass die Schule »Mandela stets unterstützt habe«. Er betonte, an der Solomon High würden die Werte der Gleichberechtigung gelten, denn »als Juden haben auch wir im Laufe der Zeit gelitten, deshalb ist es für uns nur natürlich, Mitgefühl für die Notlage derjenigen zu empfinden, die unter ähnlichen Bedingungen leben mussten«.

Das Farbfoto, das ihn hat innehalten lassen, zeigt Schulleiter Volper. Bei seinem Anblick erinnert er sich sofort an den Rohrstock, die pfeifenden Hiebe. Volper ist noch dicker geworden und sein dichtes, gelbes Vogelscheuchen-haar beinahe weiß, aber das Kinn trägt er hocherhoben wie immer, wobei inzwischen mehrere Doppelkinne darunter schwabbeln, und er hält dabei die geweiteten Nasenlöcher in die Kamera, ohne zu lächeln. Marcus liest Volpers Zitat und schnaubt – er erinnert sich, dass sie Hymnen auf die nationalistische Regierung sangen, während Mandela als Terrorist galt. Damals verurteilten Volper und seinesglei-chen die Juden, die Mandela unterstützten, heute preisen sie sie. Die Stiefellecker der alten Regierung hatten neues Le-der zum Wienern. Im Hintergrund ist die Schulsynagoge zu sehen, wobei die Aufnahme durch den Gang zwischen den Bänken hindurch die Empore mit der Bima zeigt. Mar-cus liest, dass Mandela an der traditionellen Stelle dahinter stehen wird. Man sieht es auf dem Foto nicht, aber er weiß, dass die niedrige Mauer um die Bima herum aus Glasbau-steinen besteht. Er erinnert sich.

Er kehrt ins Institut zurück. Seine Eltern sind tot, sie wurden ermordet. Die Polizei hat bestimmt eine Akte dar-über. Er nimmt sich vor nachzufragen. Morgen. Vielleicht. Er geht ins Bett.

16

Er hat das Gefühl, angebunden zu sein wie ein Hund an einer Stange. Seine Leine hängt an einem Gedächtnis, ei-nem bruchstückhaften Gedächtnis. Es muss das Wissen sein, dass seine Eltern ermordet wurden – aber nein, daran liegt es nicht. Ohne deutliche Erinnerungen an seine Eltern fällt es ihm schwer, echte Trauer zu empfinden. Andererseits muss er immer wieder an das Foto von der Synagoge denken, die Mandela besuchen will. Irgendetwas an dieser Sache ist wichtig und besorgniserregend, aber er weiß nicht, was. Er träumt davon, dass Feuer aus einem Loch im Boden schießt. Die Frau mit den dunklen Haaren ist dabei. In einem alten Nachrichtenmagazin liest er, wie Mandela das Land 1993 vor dem Zusammenbruch bewahrt hat. Ein Weißer hatte einen populären schwarzen Anführer ermordet. Es war kurz vor der ersten Wahl und hätte der Auslöser für schlimme Rassenunruhen, ja einen Bürgerkrieg sein können. Aber Mandela hielt im Fernsehen eine Rede an die Nation, in der er sich an Schwarze und Weiße wandte und sie vom Rande des Abgrunds zurückriss. Doch Marcus lässt die Frage nicht los, was passiert wäre, wenn Mandela nicht da gewesen wäre. Angenommen, er wäre getötet worden? Er redet mit Thilivhali, einem älteren Patienten aus dem ehemaligen Homeland Tohoyandou. »So was darfst du nicht sagen«, widerspricht Thilivhali. »Wir brauchen ihn! Wenn wir ihn verlieren würden, wäre das sehr schlimm.«

»Inwiefern schlimm?«

»Uns würde alles um die Ohren fliegen.«

»Was?«

»Dieses Land.«

Er widmet sich wieder den Gegenständen, die er aus dem Garten geborgen hat. Ein Schutzhelm mit Kopflampe, wie für Bergarbeiter. Eine Schutzbrille. Warum? Und die Knie- und Ellbogenschützer – seltsam. Alles völlig verdreckt. Und er hat die Sachen in einem Loch im Garten aufbewahrt, einem geheimen Ort. Warum? Wenn er sie benutzen wollte, holte er sie heraus. Oder hatte er sie nur gefunden? Nein. Er hat sie benutzt. Er spürt das. Er hat einen Traum, in dem er in die Synagoge auf dem Foto hineinschwebt. Die hübsche Frau mit dem dunklen lockigen Haar, die ihm das Mandela-Foto geschenkt hat, ist bei ihm. Ihr Name ist Annie. Folge mir, sagt sie. Sie führt ihn siebenmal um die Bima herum. Wie die Mauern von Jericho zerfallen die Glasbausteine. Da drin ist Feuer, sagt sie zu ihm.

Als er aufwacht, breitet er den Overall auf dem Boden aus, hockt sich darüber und tastet ihn sorgfältig ab. Er stößt auf etwas Hartes, das er für einen Knopf gehalten hat, aber es steckt in einer Innentasche des Overalls. Er fasst vorsichtig hinein und zieht einen Schlüssel an einem Stück Schnur hervor. Man könnte ihn damit ums Handgelenk binden. Nach einer Weile steht er auf und zieht den Overall an, dann steht er da und zittert.

Bei Tagesanbruch sitzt er in einem Taxi. Sobald er die Schulmauer sieht, bittet er darum, abgesetzt zu werden. In der taufrischen Kühle, der Vogelgesangruhe des neuen Tages, geht er daran entlang. Den Schlüssel hält er in der Hand; sein Herz schlägt wie wild. Er sieht die Kameras oben auf der Mauer, die auf ihn herabblicken, die NATO-Drahtwindungen. Je näher er dem Tor kommt, desto schlimmer wird seine Übelkeit. Er spürt einen unwiderstehlichen Zug, einen Zwang. Überlass dich deinem Körper, er weiß Bescheid. Er biegt ab, überquert die Straße, umrundet einen bewachten Komplex von Stadthäusern und schlägt dann einen öffentlichen Weg ein, der zu den Bäumen hinunterführt. Dahinter liegt eine offene, unbebaute Fläche. Auf einem Schild steht Brandwag Park. Er geht weiter. Irgendetwas dort unten in der Senke hat mit dem Schlüssel in seiner geballten Faust zu tun. Nicht nachdenken, folge einfach dem Impuls! Als er das Flussbett mit dem Bach sieht, stößt er einen Laut aus, fast wie ein Schrei, und rennt los. Hier gab es einmal eine Flutwelle. Und ein Rohr brach ab und wurde weggespült …

Von einer öffentlichen Telefonzelle aus ruft er bei der Polizei an. Er will mit dem Beamten sprechen, der für die Township Julius Caesar zuständig ist. Er hat den großen Polizisten gekannt, der für diese Region verantwortlich war. Von dort kamen die Brandbomben, und Annie hatte ihn mit hingenommen. Vielleicht war es dieser Polizist, der ihn verhaftet hat. Aber derselbe Polizist ließ ihn auch wieder gehen, fuhr ihn nach Hause und schien irgendwie in einer engen Beziehung zu seinem Vater zu stehen. Bestimmt kann er dem Polizisten davon erzählen, woran er sich erinnert, und sich von ihm Rat holen. Denn er darf jetzt auf keinen Fall verhaftet werden, falls das, woran er sich erinnert, wirklich wahr ist. Aber melden muss er es. Er kann es nicht einfach auf sich beruhen lassen. Am Telefon muss er lange warten und wird immer wieder weiterverbunden, bevor er erfährt, dass es sich bei dem Zuständigen um einen gewissen Superintendent Lukhele handelt. Das ist ein Swasi-Name, obwohl der große Polizist weiß war. Nach dem Mittagessen fährt er zur brandneuen Polizeidienststelle, deren Adresse man ihm genannt hat, einem Glaswürfel am Peter Mokaba Crescent im neuen Vorort, der an die Julius Caesar Township angrenzt. Am Schalter sagt er, er habe einige sehr wichtige Informationen für den Superintendenten, und nennt seinen Namen, Marcus Helger. Nachdem man ihn gemeldet hat, wird er sofort ins Dienstzimmer gebracht, vorbei an einer langen Schlange von Wartenden. Auf dem Schild an der Tür steht COMMUNITY FACILITATOR, JULIUS CAESAR DEVELOPMENTAL REGION, SUPERINTENDENT JOSEPH BUZWE LUKHELE. Er tritt ein und sieht, wie der Mann am Schreibtisch ihn anstarrt. Mit aufgerissenen Augen richtet er sich abrupt auf und springt auf die Füße. Er ist kahl und ziemlich kräftig, hat einen dicken Hals und ein rundes Gesicht. »Danke, dass Sie sich Zeit für mich nehmen«, sagt Marcus. Lukhele starrt ihn wortlos und mit offenem Mund an. Dann sagt er: »Man hat mir Marcus gemeldet.« Seine Stimme klingt erstickt, gedämpft.

»Ja, mein Name ist Marcus Helger.«

Lukhele verzieht das Gesicht, neigt den Kopf rückwärtsseitwärts, und seine Augen quellen hervor. »*Marcus*«, wiederholt er.

»Ja. Und … Na ja, ich sollte das wahrscheinlich von vornherein sagen, bevor wir – ich meine, ich möchte gerne vorausschicken, dass ich lange in medizinischer Behandlung war. Ich hatte eine Gehirnverletzung, lag für eine ganze Weile im Koma …« Lukheles verzerrtes, zurückgeneigtes Gesicht wirkt entsetzt, als blicke er auf ein Ungeheuer. »Ich verstehe nicht«, sagt er.

»Es ist auch schwer zu erklären. Aber ich wäre Ihnen wirklich dankbar für Ihre Hilfe. Würden Sie mich bitte anhören, Superintendent?«

»Marcus«, wiederholt er erneut.

Mit diesem Mann stimmt etwas nicht, denkt Marcus. »Ja, ganz richtig. Wie ich schon sagte, Marcus Helger.«

»Äh …«

»Ja?«

»Kennen Sie mich?«, fragt Lukhele.

»Wie bitte?«

»Schauen Sie mich an«, sagt Lukhele. »Kennen Sie mich?«

»Nein. Ich meine, ich glaube nicht. Ich …«

»Sie kennen mich nicht. Das ist kein Scherz.«

»Entschuldigung?«

»Sie waren also im … Krankenhaus? Mit einer Gehirnverletzung, sagen Sie?«

»Ja, genau. Im Linhurst-Institut. Ich lag im Koma …«

»Im Koma. Wie lange?«

»Fast sechseinhalb Jahre.«

»Nein!«

»Ja, ich weiß, es klingt … unglaublich, Superintendent, aber so war es. Aber ich bin … geheilt – auf dem Wege der Heilung. Und genau deshalb bin ich zu Ihnen gekommen.«

»Zu mir«, sagt Lukhele. »Weil …«

»Weil man mir sagte, Sie wären zuständig für Julius Caesar. Tja, um die Wahrheit zu sagen, habe ich eigentlich jemand anderen gesucht. Damals, vor Jahren, war noch ein Kollege von Ihnen verantwortlich, an den ich mich erinnere. Ich hatte gehofft, dass ich mit ihm reden könnte. Aber …«

»Wer war das?«

»Ich erinnere mich nicht an seinen Namen, aber er war für Jules zuständig.«

»Zuständig.«

»Ja. Er war sehr groß, ungefähr so. Weiß. Hager.«

»Warum wollen Sie mit ihm reden? Marcus.« Als er

»Marcus« sagt, zuckt einer seiner Mundwinkel. Dann sagt er: »Setzen Sie sich. Marcus.« Marcus dankt ihm und nimmt Platz, ebenso wie Lukhele. Marcus findet das Verhalten des Polizisten immer noch merkwürdig. Er starrt ihn fortwährend mit großen Augen und steifem Rücken an, während er sich niederlässt. Marcus sagt: »Tut mir leid. Habe ich Sie zu einem schlechten Zeitpunkt erwischt, Superintendent?«

»Nein. Nein, haben Sie nicht. Marcus. Was kann ich für Sie tun?«

»Es gibt keine andere Möglichkeit für mich, als es geradeheraus zu sagen. Aber ich will ehrlich sein. Ich muss darauf vertrauen, dass ich nicht verhaftet werde oder so.«

»Warum, haben Sie etwas getan?«

Marcus lehnt sich nach vorne. »Das weiß ich nicht. Als ich aus dem Koma durch das Schädel-Hirn-Trauma erwachte, konnte ich mich an kaum etwas erinnern. Nicht einmal an meinen eigenen Namen. Es hat viel Mühe und sehr viel Zeit gekostet, um meine Funktionen wiederzuerlangen, aber ich bin immer noch nicht … hundertprozentig da. Was meine Erinnerungen angeht.«

»Was ist mit Ihnen passiert? Was hat Sie ins Krankenhaus gebracht?«

Marcus zuckt mit den Achseln. »Man hält einen Verkehrsunfall für die wahrscheinliche Ursache des Schädel-Hirn-Traumas.«

»Und Ihre Familie? Hat Sie denn niemand besucht?«

»Nein. Aber vielleicht war das mein Glück. Jemand hätte auftauchen und die Maschinen abschalten können.«

»Ach, jetzt kommen Sie!«

»Nein, ehrlich. Meine Eltern sind tot. Sie wurden ermordet.«

»Ai. Es tut mir leid, das zu hören. Was ist mit anderen Verwandten, Onkel, Cousins – vielleicht einem Bruder?«

Marcus schüttelt den Kopf. »Nicht dass ich wüsste. Ich suche immer noch nach Aufzeichnungen, versuche immer noch, diese Erinnerungen zu finden, falls es sie gibt.«

»Aber Sie erinnern sich an keine anderen Familienmitglieder?«

»Nein, noch nicht. Ich habe nur ein paar vage Bilder von meinem Vater und meiner Mutter im Kopf. Das war's, wirklich.«

Lukhele setzt sich zurück, das Kinn auf der Brust, eine Hand auf dem Mund, die andere darum gelegt. »Ich glaube, Sie sagen die Wahrheit«, sagt er schließlich.

»Ja, das tue ich«, sagt Marcus. »Ich weiß, es klingt verrückt, aber Sie können sich beim Linhurst-Institut vergewissern, wo ich, wie ich schon sagte, behandelt wurde.«

»Marcus, Marcus, Marcus«, sagt Lukhele.

»Ja?«

»Marcus Helger.«

»Ja. Was ist denn?«

Lukhele starrt ihn immer noch an.

»Was?«

»Marcus Helger. Sie sind sich hundertprozentig sicher, dass Sie so heißen.«

»Ja, natürlich.«

»Wegen der Amnesie, meine ich. Woher wollen Sie wissen, dass das Ihr richtiger Name ist?«

»Es gab Unterlagen.«

»Verstehe.«

»Aber ich bin aus einem ganz anderen Grund hier. Ich kann mich nämlich an eine, äh, eine Bombe erinnern.«

»Eine Bombe?«

»Ja. Ich meine schon. Das war damals, vor dem Unfall. Ich glaube, dass ich hier, ich meine in der Township Julius Caesar, irgendwie in den *Struggle* verwickelt war. Sie wissen schon, die Anti-Apartheid-Sache.«

»Das glauben Sie.«

»Äh, ja. Das tue ich. Aber ich war noch jung, wissen Sie. Ich ging noch zur Schule. Und zwar auf die Wisdom of Solomon High School. Sie liegt in …«

»Regent Heights. Jeder kennt diese Schule. Madiba besucht sie demnächst.«

»Genau. Und deshalb bin ich eigentlich hier. Weil ich diese Erinnerungen habe. Ich glaube, ich war früher, äh, irgendwie daran beteiligt, also, na ja, eine Bombe gelegt zu haben.«

»Sie meinen Sprengstoff.«

»Ja. Eine selbstgebaute Bombe. Möglicherweise war ich es, der sie dort platziert hat.«

»Wo?«

»In der Schule. Genauer gesagt in der Synagoge. Ich meine, daran kann ich mich erinnern. Ich bin heute an der Schule gewesen, und mir ist einfallen, dass ich früher durch ein unterirdisches Abwasserrohr hineingekrochen bin, ohne dass mich jemand erwischte, denn die Solomon wird sehr streng bewacht. Ich habe im ehemaligen Haus meiner Eltern sogar Sachen gefunden, die ich benutzt habe, um durch das Rohr zu kriechen.«

»Sachen?«

»Ja, einen Overall, einen Helm mit Kopflampe und so weiter. Und einen Schlüssel.«

»Einen Schlüssel.«

»Tja, ich weiß, das klingt total verrückt …«

»Schon okay. Marcus. Erzählen Sie weiter.«

»Mit dem Schlüssel kann man die Stäbe, äh, wie heißt das noch gleich, oben am Ende des Rohrs aufschließen, ohne Alarm auszulösen. Und so kommt man in die Schule. Das Gelände selbst ist nicht bewacht. Das weiß ich noch genau. Und so muss ich es gemacht haben. Vielleicht zusammen mit anderen. Ich weiß nicht, wie viele wir waren. Aber ich weiß, dass es eine Bombe gab. Und wir haben sie versteckt. Also, ich habe das getan. Unter der Bima.«

»Der was?«

»Der Bima. Das ist eine Art Empore in einer *Schul,* einer Synagoge. Jede hat eine Bima. Und in der *Schul,* von der Bima aus, sprechen die Ehrengäste. Deshalb bin ich hier, sehen Sie. Ich musste kommen. Ich meine, das ist der Hauptgrund. Ich habe Angst.«

»Warum?«

»Na ja, um ihn«, erwidert Marcus. Und zeigt auf die Wand. Lukhele schaut hin. Dort hängt das gerahmte Porträt des ehrenwerten Nelson Mandela, der entspannt lächelt. »Verstehe«, sagt Lukhele. »Sie wollen mir also sagen, dass Sie glauben, sich daran zu erinnern, eine Bombe an dem Ort platziert zu haben, an dem Madiba eine Rede halten wird.«

»Ja. Genau. Genau da, wo er reden wird. Ich erinnere mich, dass ich durch den Tunnel gekommen bin. Ich erinnere mich, dass ich die Bombe platziert habe …«

»Würden Sie mich einen Moment entschuldigen?« Lukhele lässt Marcus allein im Zimmer zurück, und als er wiederkommt, informiert er ihn darüber, dass er die Berichte aus den achtziger Jahren überprüft hat und es keinerlei Erwähnung von einer Bombe an der Solomon High gab. Er sagt, mal angenommen, es gäbe dort wirklich eine Bombe und es sei nicht nur ein Hirngespinst von Marcus aufgrund seiner Schädigung. Das würde bedeuten, dass sie dort seit Jahren liegt. Sie würde nicht plötzlich genau in dem Moment hochgehen, in dem Mandela freitags morgens eine halbe Stunde lang dort stehe. Die eigentliche Gefahr bestehe darin, dass sie jederzeit hochgehen und Schuljungen töten könne. Falls sie existiere.

»Wenn etwas passieren würde«, sagt Marcus, »könnte ich mir das nie verzeihen.«

»Sie haben die richtige Entscheidung getroffen, Marcus. Aber wir müssen jetzt genau überlegen, wie wir bei der Überprüfung vorgehen. Wir wollen nicht ohne Grund Panik verbreiten.«

»Ich verstehe.«

»Also wird nichts davon aus diesen vier Wänden hinausdringen, einverstanden?«

»Auf jeden Fall, Superintendent.«

»Gut. Bis ich recherchiert habe.«

»Aber, Superintendent …«

»Ja?«

»Ich habe Angst, dass man mir die Schuld geben wird – ich meine, dass ich vor Gericht komme, wenn …«

»Vor Gericht? Marcus, Sie glauben, Sie haben für den *Struggle* eine Bombe in dieser Schule gelegt – nicht, um jemanden zu töten, sondern um Schaden anzurichten, solange die Schule verlassen ist, um den Unterricht im Apartheidssystem zu boykottieren, oder?«

»Ich ... ja, ich glaube schon.«

»Dann würde man Ihnen eher einen Orden verleihen. Heutzutage sind es Leute wie ich, die anklagen und richten.«

»Wie Sie. Verstehe.«

»Ja. Weil ich selbst ein Kader des Umkhonto we Sizwe war. Den dieser Mann gegründet hat.« Er weist mit einem Nicken auf das Mandela-Porträt. »Ich war übrigens auch der Jugendleiter der Freiheitskämpfer hier, in der Township Julius Caesar. Wissen Sie?« Er zieht die Augenbrauen hoch und blickt Marcus abwartend an. Marcus schüttelt den Kopf. Lukhele schnaubt und fährt fort. »Nach der Befreiung ging der MK in unseren Streitkräften auf, und wir wurden Offiziere, sogar Verteidigungsminister. Ich erhielt diesen Posten hier. Meine ehemalige Führungsposition wurde entsprechend der offiziellen Rangstruktur angepasst. Man wurde mit Fahndungsplakaten gesucht, und am nächsten Tag gaben sie einem ein eigenes Büro.« Er zuckt mit den Achseln und legt die Hände zusammen. »Zwei Gegensätze kommen so zusammen, lassen etwas Neues entstehen, eine neue Epoche der Geschichte. Bis alles von vorne anfängt.«

Die Geschichte geht weiter, denkt Marcus und erinnert sich an den Brief von Dr. Norm. Sogar die Mandela-Geschichte. Er fragt: »Und der große Polizist, an den ich mich zu erinnern glaube, wissen Sie, wer das war? Er war möglicherweise der Zuständige für Julius Caesar.«

Lukhele lächelt. »Dann könnte ich wetten, dass er versucht hat, mich zu verhaften.«

Marcus erwidert sein Lächeln. »Und, wissen Sie, wo er jetzt ist?«

Lukhele zuckt mit den Achseln, macht mit den Händen eine Rollbewegung. »Hält sich über Wasser«, sagt er. »Wie wir alle.«

Offenbarungen

17

Am Sonntagmorgen bei Tagesanbruch fährt Lukhele in einem silbernen BMW vor dem Linhurst Institut vor und holt Marcus ab. Es dauert eine Weile, bis sie den Fußballplatz in Regent Heights finden, weil Marcus sich nur bruchstückhaft an dessen Lage erinnert. Sie parken, und Lukhele nimmt eine lederne Sporttasche vom Rücksitz und schlüpft durch ein Loch im Zaun in den Brandwag Park. Marcus trägt alte Jeans und ein T-Shirt, Lukhele ein Seidenhemd über der Hose – oben offen, so dass man Goldketten sieht –, eine gebügelte Khakihose, Schlangenlederslipper und eine mit Glitzersteinen besetzte Lederbaseballkappe. Er riecht aufdringlich nach Eau de Cologne. Die Wiesen im Park leiden unter der typischen Highveld-Trockenheit: loses gelbes Gras, hartgebackener rötlicher Sand. Marcus geht voran zu dem zu einem Rinnsal ausgetrockneten Bach im tiefen Flussbett, und sie steigen hinunter und gehen so lange, bis Marcus das Rohr findet. Lukhele öffnet den Reißverschluss der Tasche und holt einen neuen, auf Kante gefalteten Overall, Kniepolster und Taschenlampen, Latexhandschuhe und -überschuhe sowie Haarnetze und Schutzbrillen heraus.

»Was ist das alles?«

»Das wissen Sie doch.«

»Warum gehen wir nicht vorne rein?«

»Nein. Wir müssen hier durch, damit Sie mir alles genau zeigen können.«

»Sie verarschen mich.«

»Nein. Wir müssen es so machen.«

Marcus zieht langsam die Ausrüstung an und mustert das schmutzige Rohr. Hier liegt der Hase im Pfeffer, würde Dr. Norm sagen. Da musst du durch. Aber ohne Lukhele könnte er es nicht – ohne seine offiziellen Anweisungen und seine physische Präsenz. Wenigstens ist es leichter für ihn, als durch das Vordertor zu gehen, jedenfalls fühlt es sich momentan so an. Er klettert in die Dunkelheit und fängt an, sich vorwärtszuschlängeln, mit einer Taschenlampe in der Hand.

Er robbt weiter, hört seinen eigenen Atem, während er über Dreck und Steine, Zweige und Rattenkötel kriecht. Endlich fällt Sonnenlicht herein, und es geht steil aufwärts. Dann sperrt er mit zitternden Händen mit dem Schlüssel das Gitter auf, steigt aus dem Tunnel und dreht sich um, um dem schweratmenden Lukhele zu helfen. Sie stehen auf Solomon-Boden. Plötzlich kämpfen Erinnerungen in ihm darum aufzusteigen – während ein anderer Teil von ihm versucht, sie um jeden Preis zu unterdrücken. Ihm prickelt kalter Schweiß im Nacken. Er verbirgt seine Übelkeit vor Lukhele. Sie ziehen ihre nasse Kunststoffausrüstung aus und gehen los. Etwas Beängstigendes tobt jetzt in ihm, etwas bricht sich Bahn. Ein überwältigendes Gefühl von Falschheit scheint von allem hier auszustrahlen. Dem hohen Gras, den Tennisplätzen, den entfernten Gebäuden. Sie gehen eine Treppe hinunter und überqueren ein offenes, sonnenbeschienenes Grasstück. Es herrscht Totenstille, nichts regt sich, außer schwarzen Vögeln, die am blauen Himmel kreisen, mit ausgebreiteten Schwingen in einer Brise hin und her segelnd, die er nicht spüren kann. Sie erreichen die Synagoge, gehen weitere Stufen hinunter und durchqueren die Marmorlobby in Richtung der Teakholztüren.

Lukhele geht jetzt voran, und Marcus folgt ihm in die gedämpfte Kühle des Gotteshauses – die dicken roten Teppiche, die Sonnenstrahlen, die durch die großen Fenster hoch oben fallen. Marcus schwitzt und hat das Gefühl, jeden Moment umzukippen. Er steigt die sieben Stufen zur Bima hinauf und tritt durch die Öffnung in der niedrigen Glasbausteinwand. Das Lesepult ist gegenüber. Er erinnert sich daran, wie er dort die Thora hochgehoben hat. Er war der stärkste Junge der Schule. Ein Toprugbyspieler, ein Boxer. Mein Name ist Marcus Helger, und man fürchtet mich. Jedes Flackern einer Erinnerung wird von einer Welle der Panik begleitet. Dieser Riss in ihm darf nicht bersten und eine Flut freigeben. Ein Teil von ihm klammert sich am Bekannten fest, als hinge sein Leben davon ab.

Dort ist die kleine Bank, genau wie in seiner Erinnerung. Er kniet sich vor sie hin und versucht, den Deckel anzuheben, aber er bewegt sich nicht. Er tastet ringsherum nach einem Hebel. Es dauert. Lukhele lässt ihn nicht aus den Augen. Schließlich findet Marcus den Mechanismus und klappt langsam den Deckel hoch. Hinter ihm pfeift Lukhele durch die Zähne. »Jo-jo-jo!«, sagt er anerkennend. »Wow,

Mann!« Die aufgestapelten Farbdosen sehen viel kleiner aus als in Marcus Erinnerung und sind dick mit weißem Staub bedeckt. Mit Klebeband umwickelte, torpedoförmige Rohre ragen aus dem oberen Teil der Dosen heraus, und mit Plastikklemmen verbundene Drähte ziehen sich zu einer Leiterplatte auf einer Autobatterie, die rechts daneben liegt. Die Zwischenräume ringsum sind mit Tüten voller Nägel ausgestopft. »Sehen Sie?«, ächzt Marcus. »Ich hab's Ihnen doch gesagt!«

»Fassen Sie nichts an. Lassen Sie den Deckel offen, ja, genau so.«

Draußen im hellen Morgenlicht holt Lukhele ein Motorola-Funkgerät aus seiner Tasche. Mit einem Handzeichen bedeutet er Marcus zu warten und entfernt sich, während er in das Funkgerät spricht. Marcus beobachtet ihn einen Moment und kehrt dann in die Lobby zurück. Diese Falschheit, diese Falschheit! Alles hier belastet ihn. Und Lukhele – was ist mit ihm? Er benimmt sich irgendwie komisch … In der Ecke hängen einige Tafeln. Er geht hinüber. Malcolm Steinway. Die Busbombe – genau! Er erinnert sich an diese Ausstellung. Und dort drüben ist die Tür zu den Toiletten. Als er hinübergeht, ist es, als gellte in seinem Nervensystem ein schriller Alarm, wie ein Metalldetektor. Am liebsten würde er umdrehen und weglaufen, aber er zwingt sich, darauf zuzugehen. Wieder läuft ihm kalter Schweiß den Rücken hinunter, genauso wie neulich am Eingangstor. Er bleibt vor der Tür stehen und senkt den Blick. Eine Blutlache quillt unter dem Türspalt hervor. Er tritt einen halben Schritt nach vorn, die Fingernägel in die Handballen gepresst. Er hört etwas, neigt den Kopf schief.

Eine Art Stöhnen, im Inneren. Seine Schuhsohlen sind klebrig vom Blut. Nicht die Tür aufmachen! Er kann es sowieso nicht, hat nicht die Willenskraft, aber gerade als er sich umdrehen will, erfasst ihn Schwindel, und er kippt nach vorn. Er stützt sich mit der Hand ab, und die Tür schwingt nach innen auf.

Der Toilettenraum ist leer und weiß. Kacheln, Waschbecken. Eine Pissrinne und Toilettenkabinen. Kein Blut mehr, keine Gespenster. Aber die Luft fühlt sich dünn und kalt an! Er zwingt sich, zum Waschbecken zu gehen. Das Gefühl zu zerbrechen, diese lauernde Falschheit, von allen Seiten! Es gibt einen Grund dafür, dass sich all seine Erinnerungen *falsch* anfühlen. Er sieht sein bleiches Gesicht im Spiegel. Marcus Helger. Ich war schon einmal hier. Die Tür geht auf, er dreht den Kopf und sieht einen Jungen in Uniform hereinkommen. Einen großen, schlaksigen, gelbhäutigen Jungen mit dicken Augenbrauenwülsten. Ich kenne dich. Es sind noch andere da, ebenfalls in Schuluniform. Als er in den Spiegel schaut, trägt auch er eine. Er dreht sich um, und der schlaksige Typ kommt auf ihn zu, mit grimmiger Miene, und holt mit einem Bein aus, als wolle er mit voller Wucht gegen einen Fußball treten. Aber da ist kein Fußball. Er, Marcus, kniet auf allen vieren vor ihm. Durch den Tritt knallt er mit dem Kopf gegen das Abflussrohr unter dem Waschbecken, und beim nächsten Tritt wieder, und dann noch einmal. Er sieht sich selbst hilflos schwanken. »Du bringst ihn um!«, ruft jemand. »Du ermordest ihn!« Irgendwann zerren die anderen den tretenden Typen von ihm weg. Doch ihm läuft Blut aus Augen und Ohren und einer Kopfwunde.

Die Tür fliegt mit einem lauten Knall auf und lässt ihn zusammenzucken. Lukhele. Er will wissen, ob es ihm gutgeht. Marcus nickt. Lukhele legt den Arm um ihn und bringt ihn hinaus in die Sonne. »Ich glaube, ich muss nach Hause«, sagt Marcus. Lukhele redet ihm zu, sich auf den Rasen zu setzen, gibt ihm eine Flasche Wasser und zeigt ihm das Funkgerät. »Wir müssen noch eine Weile hierbleiben.«

Marcus trinkt gierig und wischt sich den Mund ab. »Warum?«

»Wir müssen auf sie warten.«

»Auf wen?«

»Auf die großen Jungs. Das SEK. Die schicken bestimmt den Kampfmittelräumdienst. Und das SEK. Garantiert. Kennen Sie die Leopards?«

Marcus schüttelt den Kopf. Lukhele erklärt, dass die Leopards eine Elitetruppe der Nationalpolizei sind, ausgebildet zur Terrorismusbekämpfung. »Diese Männer wissen am besten, wie man mit so etwas hier umgeht. Sie werden sehen. Aber wir müssen jetzt hier warten. Bis die Kollegen kommen und den Fundort sichern.«

Marcus schützt seine Augen vor der Sonne und blinzelt. »Kenne ich Sie von irgendwoher?«

»Was?«

»Kenne ich Sie? Von damals, meine ich.«

»Geht es Ihnen wirklich gut?«, fragt Lukhele. »Sie sehen irgendwie …«

»Ich weiß nicht«, erwidert Marcus. Er fühlt sich benommen, und ihm fallen in der Hitze die Augen zu.

»Wir müssen hier warten«, hört er Lukhele sagen. »Bis die Leopards kommen.«

18

Marcus erwacht aus einer tiefen Bewusstlosigkeit. Das war kein normaler Schlaf.

»Hast du ihm zu viel gegeben?«, fragt eine Stimme.

»Sonst hätte es nicht lange genug gewirkt.«

»Wie lange ist er schon weg?«

»Den ganzen Tag. Ich sag's dir, Mann.«

»Der sieht ja aus wie tot.«

»Versuch, ihn zu wecken.«

Marcus spürt, wie man ihn stößt und an ihm zerrt. Er kämpft sich aus der Dunkelheit nach oben ans Licht, ist fast da. Jetzt öffnet er die Augen und sieht, dass der Himmel orangefarben leuchtet. Es ist schon spät, das Tageslicht schwindet. Zwei Männer in Uniform und mit Sturmhauben über den Gesichtern stehen neben Lukhele und beugen sich über Marcus, als er sich aufsetzt und sich über das Gesicht reibt. Er fragt, wie spät es ist. Sieben, sagt einer. Sein Mund fühlt sich an, als wäre er voller Sand. Lukhele reicht ihm eine Wasserflasche. Er trinkt. Lukhele nimmt ihm die Flasche wieder ab. »Das reicht«, sagt er. Jetzt kommen zwei weitere Männer mit Sturmhauben von dorther, wo der Pickel liegt. Sie bewegen sich schwerfällig in ihrer Gefechtsausrüstung und mit dem zusätzlichen Gepäck. Dunkelgrüner Körperschutz, Helme mit Visieren – der Kampfmittelräumdienst. Lukhele hilft Marcus auf, und alle zusammen gehen in Richtung der Synagoge. Marcus fragt sich, warum die Männer von dieser Seite gekommen sind. Mit der Ausrüstung! Sind sie nicht von der Straße aus hereingefahren?

In der Lobby blickt er hinüber zur Toilettentür und erinnert sich daran, was er gesehen hat. Dr. Norm hat ihm einmal erklärt, dass das Unterbewusstsein träumen kann, während man wach ist – man nennt das eine Vision. Jetzt betreten sie die Synagoge und gehen hinauf auf die Bima. Marcus sieht zu, wie die Männer einen Scheinwerfer auf einen Ständer montieren und ein Stromkabel verlegen. Die Sonne geht unter, und es wird immer dunkler. Die Männer richten einen grellweißen Scheinwerfer auf die offene Bank, die staubigen Farbdosen, die Drähte und die Batterie. Er sieht zu, wie sie die alte Bombe lange betrachten, leise miteinander reden und sie dann vorsichtig mit ihren Handschuhen berühren und Klemmen und Drähte an Messgeräte anschließen. Es dauert so lange, dass sie irgendwann vollständige Dunkelheit umfängt. Marcus sagt zu Lukhele, dass er nicht hier sein will. Er ist doch vollkommen überflüssig. Warum sollte er untätig neben einem arbeitenden Bombenentschärfungskommando rumstehen? Und Lukhele kann ja auch nichts ausrichten. »Ich bleibe bei Ihnen«, sagt Lukhele. »Und sie brauchen Sie. Sie werden Ihnen Fragen stellen.«

»Aber ich weiß nichts.« Sein Kopf fühlt sich leicht an. Er schwebt. Er bemerkt jetzt, dass noch mehr Leute da sind. Weitere Männer mit runden schwarzen Sturmhaubenköpfen stehen hinter der Bima im Dunkeln. Sie stehen einfach nur herum, reglos, schweigend. Beobachtend. Lukhele hält ihn am Arm fest. Die vier Bombenentschärfer rollen Plastikplanen aus. Sie nehmen die Farbdosen eine nach der anderen heraus, ganz langsam, nehmen Proben von dem schwarzen Zeug im Inneren, träufeln eine Flüssigkeit aus einer Pipette darauf und sehen zu, wie sich die Farbe im weißen Scheinwerferlicht verändert. Einer von ihnen hebt die Batterie heraus. Dann legen sie die Farbdosen wieder in die Bank. Sie tun noch andere Dinge, die er nicht erkennen kann, weil sie genau vor der Bank stehen und dadurch ihre Handlungen verdeckt werden. Marcus versucht, Lukhele etwas zuzuflüstern, aber es kommt viel zu laut heraus, weil ihm seine Zunge nicht gehorcht. »Warum tragen die alle Skimasken?«

»Die Leopards bekämpfen Terroristen. Sie halten ihre Identität streng geheim.«

Als sich die Techniker aufrichten und beiseitetreten, spürt Marcus, wie Lukhele ihn am Arm zupft und ihn in Richtung des Scheinwerfers zieht. Er hält eine Videokamera in der Hand und befestigt ein dünnes Kabel an Marcus' Hemdkragen. »Sagen Sie etwas. Wir müssen einen Stimmtest machen.«

»Was geht hier vor?«

»Gut. Das war gut. Wir möchten, dass Sie eine Videoaussage machen. Gehen Sie hinüber zur Bombe.«

»Warum?«

»Keine Sorge. Ich sage Ihnen, was Sie sagen sollen. Ist für die Dokumentation.«

Erst muss er sagen, dass er die Kamera und den Scheinwerfer aufgestellt habe, um eine Aussage aufzuzeichnen. Und er muss das Datum nennen. Er blickt auf Anweisung zu Boden und sieht im hellen Licht kleine Würfel aus gelblichem, mörtelartigem Material auf einer Plastikfolie vor der offenen Bank liegen. Lukhele sagt ihm, er solle sie aufheben, und das tut er – sie sind schwerer, als sie aussehen. Es liegen auch einige längliche silberne Zylinder dort, die an Stromdrähte angeschlossen sind, und Lukhele trägt ihm auf, diese ebenfalls aufzuheben. Dann soll er die Zylinder in den Mörtel stecken. »Was ist das?«, fragt er und versucht, wieder einen klaren Kopf zu bekommen, zu verstehen, was hier vor sich geht.

»Bitte tun Sie es einfach.«

»Aber warum sollte ich das?«

»Als Beweis«, sagt Lukheles Stimme. Marcus kann jetzt nichts mehr erkennen außer dem grellen weißen Scheinwerferlicht, und Lukheles Stimme außerhalb des Lichtkreises weist ihn an, nicht so viel zu blinzeln. »Als Beweis?«, fragt Marcus. »Was soll das heißen, als Beweis? Für was?«

»Ihre Unschuld, natürlich. Für die Unterlagen. Dass Sie mit uns kooperieren. Wir sind die Polizei, oder? Wir brauchen das für die Akten, für die Ermittlungen. Fertig?«

»Ich verstehe das nicht.«

»Marcus, das hier ist alles legal. Keine Sorge. Machen Sie einfach, was ich Ihnen sage. Alles in Ordnung. Wir sind die Polizei. Aber bitte blinzeln Sie nicht so viel. So, noch mal von vorn.« Marcus nimmt die Würfel in die Hand und steckt die Zylinder in die gelbliche Masse. Dann wird er gebeten, die Würfel in die Bank oben auf die Sprühdosen zu legen. Statt der alten Leiterplatte soll er eine neue daneben platzieren. Sie lassen ihn die Kamera halten, sich damit umherbewegen und sie auf das Innere der Bank richten, während er die neue Leiterplatte für sie verdrahtet. Sie erklären ihm, wie der Sender funktioniert. Und dann bitten Sie ihn, diese Erklärung für die Kamera zu wiederholen. Das ist nicht die Bombe, die er hergestellt hat, seine Bombe war anders, aber sie wollen, dass er sagt, dass er diese Bombe gebaut hat. Er schwitzt, und sein vernebelter Verstand funktioniert nur eingeschränkt. Lukhele, Lukhele. »Ihr Name«, sagt er ins grelle Licht, »das ist nicht Ihr richtiger Name. Sie heißen … Ich kenne Sie! Ich habe solchen Durst …« Er versucht, aus dem Lichtkreis zu treten, wird aber wieder zurückgedrängt. In den glühend heißen Kreis. »Bitte!«, sagt er. »Wasser!«

»Wenn Sie mit Ihrer Aufgabe fertig sind. Tun Sie jetzt, was ich Ihnen gesagt habe.«

»Ich kenne Sie«, hört er sich sagen. Das weiße Licht brennt sich mitten in sein Gehirn, durch seinen Augenhintergrund hindurch. Als er nur diese Stimme gehört hat, ohne etwas zu sehen, hat sich etwas in ihm verschoben und neue Erinnerungen freigelegt. Irgendwo in ihm spricht diese Stimme zu ihm, hält einen Monolog, vor langer Zeit. Sie sagt so vieles. Wieder schüttelt ihn heftiger Brechreiz. »Ich sage Ihnen meinen anderen Namen, wenn Sie Ihre Aufgabe erledigen«, sagt Lukhele. Er spricht ihm Worte vor, und Marcus wiederholt sie, ohne zu wissen, was sie bedeuten. Er deutet auf die Bombe und erklärt ihre Wirkungsweise. Wie sie explodieren wird. Wozu sie dienen soll. Wie er durch einen unterirdischen Tunnel in die Schule gelangt ist. Als er fertig ist, schwankt er. »Ich hab solchen Durst«, stößt er hervor. Aber das ist nicht die Bombe, die er gebaut hat. Das ist eine andere. Nichts stimmt hier. »Wie heißen Sie?«, ruft er ins Licht. »Ich kenne Sie!«

»Schon gut, schon gut«, sagt die Stimme beruhigend. »Ich sage Ihnen, wie ich heiße. Und ich gebe Ihnen eine Flasche schönes kaltes Wasser. Aber jetzt machen Sie das hier erst mal zu Ende. Wir sind gleich fertig. Schauen Sie hierher, und sagen Sie, dass Sie diese Bombe gelegt haben, um Nelson Mandela zu töten. Dass das der Grund ist, warum Sie die Bombe hier platziert haben.«

Marcus starrt ins Licht.

»Sagen Sie es!«, fordert die Stimme.

»Sind Sie wahnsinnig?«, erwidert er. »Warum sollte ich eine Bombe legen, um Mandela zu töten? Das hab ich doch gar nicht getan.« Aber was hat er denn getan? Warum hat er es getan? Die Erinnerung ist fast zurück. Sie haben ihm etwas gegeben, das ihn benommen macht, aber die Wirkung lässt nach.

»Sie müssen das nur aus juristischen Gründen sagen«, fährt Lukhele fort. »Es bedeutet gar nichts, wir machen das einfach so, wissen Sie. Das sind juristische Formalitäten, nur für alle Fälle, okay? Das ist jetzt zu kompliziert, um es zu erklären, aber es wird vieles für Sie leichter machen, glauben Sie mir. Ansonsten könnten Sie mächtigen Ärger bekommen und vor Gericht gestellt werden.«

»Lukhele, Lukhele. Nein, es war etwas anderes. Ich kenne Sie … Ich kenne Sie …«

»Sagen Sie: Ich habe diese Bombe gelegt, um Nelson Mandela zu töten. Wir sind jetzt beinahe fertig. Sagen Sie es, dann können Sie aufhören und Wasser trinken.«

»Nein!«

»Doch, Sie tun das jetzt. Beruhigen Sie sich, und sagen Sie es. Es ist ganz bedeutungslos.«

»Nein! Ich kenne Sie … Es fällt mir wieder ein …« Marcus dreht sich von dem brennenden Licht weg, presst die Augen gegen die Handballen und krümmt sich zusammen.

Die Bilder in seinem Kopf fluten jetzt herein, blubbern stoßweise wie Wasser aus einem kaputten Schlauch – Fragmente, Blitze – Annie mit ihrem schwarzen Haar im Mondlicht auf der Bank im Garten zu Hause, unter einem Granatapfelbaum, und das war die Nacht, in der sie ihm das Buch gab, und ihr vollständiger Name lautet … Annie … Annie Goldberg. Mein Gott, Annie! Eine amerikanische Austauschschülerin, die hier unterrichtet hat. An der Leiterhoff-Schule. In der Jules Township. Und unten am Abhang lag der Slum, und da waren die Polizisten und die Brandbomben, an jenem Tag, und dann hat er ihn getroffen – er ist es, dieser Glatzkopf, aber er hieß nicht Lukhele, sondern es war irgendetwas Chinesisches, er hieß, er hieß –

»Shaolin!«, ruft er. »Genosse Shaolin!«

Eine Hand packt ihn im Nacken, schüttelt ihn und zieht ihn hoch. »Ach, genug jetzt!«, sagt eine Stimme mit hörbar afrikaansem Akzent. »Schluss damit!« Marcus versucht, sich aus dem Griff zu befreien. Daraufhin wird er von allen Seiten gepackt. In seinem Kopf bricht alles zusammen. Der Scheinwerferständer kippt um, und er sieht Männer in Kampfanzügen, schwarzen und dunkelblauen, schwarzen Masken, mit Maschinenpistolen. Dann wird das Licht wieder eingeschaltet, jemand hält ihn von hinten im Schwitzkasten, und vor ihm sagt die afrikaanse Stimme: »Wenn das so weitergeht, dauert das die ganze Nacht! Setzt ihn auf seinen Hintern, hier.« Er wird runtergezogen, an den Armen festgehalten, und ein maskiertes Gesicht kommt seinem ganz nahe. Es ist der mit dem afrikaansen Akzent, sein Atem riecht fleischig, und Marcus weiß, dass er auch diese Stimme kennt. In seinem Kopf wirbeln die Erinnerungen weiter durcheinander ... Genosse Shaolin hielt eine Rede, in einem großen Raum, und Annie hatte eine Videokassette mitgebracht, eine Fireseed-Kassette. Dann sieht er seinen Vater auf dem Schrottplatz, zusammen mit dem großen Polizisten – dem großen weißen Polizisten ... »Gee my daardie ander lig« – Gebt mir das andere Licht, sagt jetzt der auf der Bima mit der Stimme, an die er sich ebenfalls erinnert ... In der Toilette hat er sich selbst gesehen, auf dem Boden, blutend, aber in dem Moment hat er nicht begriffen, was ihm da gezeigt wurde, nämlich das, was mit ihm geschehen ist, wodurch er ins Koma gefallen ist. Er war noch ein Jugendlicher und ging auf diese Schule. Und fast jede Nacht ist er hier eingebrochen, manchmal zusammen mit Annie, durch das Abwasserrohr. Entweder sie holte ihn mit ihrem vw ab, oder er nahm sein Fahrrad ... »Hou sy bene oop« – Spreizt seine Beine, sagt die Stimme jetzt ... Und er hat Kopien von den Kassetten gemacht. In den Videos kam auch jemand mit einer Skimaske vor. Die Fireseed-Kassette. Eine Anleitung zum Bau echter Bomben ... »Jetzt hör mir mal gut zu, Mr Martin Helger. Helger junior. Du machst, was wir dir sagen, okay? Hörst du mich? Weißt du noch, wer ich bin? Natürlich weißt du das. Denn ich glaube nicht an deine bescheuerte Geschichte von irgendeiner bescheuerten Amnesie, nicht eine Sekunde, Kumpel. Nicht eine. Du kennst mich, und du weißt genau, dass ich keine Scherze mache. Stimmt's?«

Martin?

Martin?

Martin.

Er spürt etwas Kaltes zwischen seinen Beinen. Er wehrt

sich, aber sie halten ihn fest. Derjenige vor ihm zwängt etwas Metallisches in seine Hose, kalter Stahl in seinem Schritt. »Das ist ein Halogenscheinwerfer, Junge. Über tausend Grad heiß. Du willst mit uns spielen? Prima, ich habe die ganze Nacht Zeit.« Dann folgt ein Klicken und ein Summen, und dann sieht er Licht durch seine Jeans hindurch, und praktisch sofort wird es heiß. Er versucht, um sich zu treten, aber sie halten ihn fest im Griff. »Nein!«, schreit er. »Ahh! Nein, hören Sie auf!« … der süßliche Geruch von Gewehröl und überall tote Erdmännchen im Sand und Hugo Bleznik in seinem roten Jaguar. Und sein Name ist Martin. Und Hugo hat ihm einen Brief hinterlassen. Bankkonten. Die Bombe war nicht für die Schule bestimmt. Die Bombe war für diesen hier gewesen, den vor ihm, den großen Mann. Für ihn. Und sein Name ist, sein Name ist … Schmerz, greller unglaublich stechend heißer brennender Schmerz seitlich an seinem Penis und, schlimmer noch, an der weichen faltigen Haut seiner Hoden, und er fängt an zu schreien und um sich zu schlagen, aber sie halten ihn zu fest, der Scheinwerfer brennt. »Aufhören! O Gott, hören Sie auf!« Das Licht wird ausgeschaltet. »Wir machen hier keine Witze, Junge«, sagt der Afrikaaner. »Ich brenn dir deinen Schwanz ab, mit einem Lächeln auf dem Gesicht, wenn du nicht machst, was wir dir sagen. Na, wirst du schön gehorchen?« – »Ja! Ja! Ja!« – »Ich glaube nicht, dass du das ernst meinst.« – »Doch, das tue ich! Nein, bitte nicht!« Doch wieder leuchtet der Scheinwerfer in seiner Jeans auf, dieser Übelkeit erregende, blaue Schein. »Denk daran«, sagt die Stimme, »während du tust, was man dir sagt.« Es fängt sofort an zu brennen, Metall und Glas sind schon heiß. Es brennt so sehr, dass sich Rauch aus dem Jeansstoff kräuselt. Irgendjemand neben ihm kichert, und er fängt an zu schreien und sich aufzubäumen, und während er schreit, zerbricht irgendetwas in seinem Verstand, er spürt den sauberen Bruch. Und durch die Öffnung stürzt eine Lawine, eine rasende, heranstürmende Lawine, während weit weg eine leise Stimme schreit, eine Stimme, die er kennt und die immer wieder dieselben Worte wiederholt: »Sie sind Oberholzer! Sie heißen Oberholzer! Oberholzer! *Oberholzeeer!*«

19

O Gott, es brennt so sehr an den Stellen, wo mein Schwanz und meine Eier verbrannt sind, es pocht höllisch schmerzhaft in jeder Sekunde, und ich bin auf einer Bima gefangen, umzingelt von einer Horde Verrückter mit Maschinenpistolen, die versuchen, mich dafür dranzukriegen, dass *Nelson Mandela in die Luft gesprengt wird,* aber trotzdem fühle ich im Inneren ehrlich gesagt nichts als Erleichterung, Erleichterung, Erleichterung. Ich schwöre. Denn die Blockade hat sich gelöst. Alles Eingesperrte in mir hat sich befreit. Und was mit der Flut allgemeiner Erinnerungen mit hereingeströmt ist – endlich! –, bin *ich.* Es gibt kein schöneres Gefühl, als endlich wieder man selbst zu sein. Ich erkenne jetzt, dass ich mich seit dem Koma wie ein Fremder von außen betrachtet habe. Ich habe eine Rolle gespielt und mich flüsternd durch ein betäubtes Leben bewegt. Und alles nur, weil ich zu große Angst hatte, den Erinnerungen ins

Auge zu blicken, die die ganze Zeit in mir waren. Es hat das hier gebraucht, es brauchte den Schmerz und eine Nahtoderfahrung, um diese Erinnerungen aus der Tiefe zu befördern, um die Blockaden zu sprengen. Und jetzt bin ich hier, ich bin zurück, und ich bin Martin Helger, ich bin nicht Marcus, mein Bruder, der in den Fluss gesprungen ist, im Hinterhof geboxt hat und sich im Morgengrauen Blut von seinem Smoking gewaschen hat, und ich werde hier als Martin Helger sterben, höchstwahrscheinlich, und es ist besser, als so zu leben wie in letzter Zeit, ganz im Ernst. Nichts ist schlimmer, als sich selbst zu verlieren.

Ich blicke in die Kamera, sage meinen Namen und wiederhole die Worte, dass Nelson Mandela sterben muss. Oberholzer führt jetzt Regie. Er verlangt eine weitere Aufnahme, mit mehr Gefühl. Na klar doch. *Nelson Mandela muss sterben!* »Schon besser«, sagt er. »Jetzt machen wir noch eine, in der du erklärst, wie du hier reingekommen bist, vielleicht können wir diese Szene auch noch verbessern.«

»Ich habe vergessen, dass Sie auch Videoregisseur sind«, bemerke ich. »Damals, als Sie noch der König von Julius Caesar waren.«

»Na ja, ich war bei der Internen Sicherheit. Videoaufnahmen waren nur ein kleiner Teil meiner Aufgaben.«

»Sind Sie noch Major?«, frage ich.

»Im Neuen Südafrika werden wir *Police Directors* genannt. Um uns die militärischen Zähne zu ziehen und uns unseren Rang zu nehmen. Ich sollte Oberst sein. Aber mein Rang spielt keine Rolle. Nenn mich Bokkie. Wie in den alten Zeiten. Und jetzt los.«

Ich spiele meine Rolle, deute auf die Bombe. Erkläre, wie ich reingekommen bin, dass ich Dünger benutzt habe, um die Sprengkraft zu verstärken, Dünger gemischt mit Dieselkraftstoff. »Okay, *cut*«, sagt Oberholzer. »Das machst du sehr gut, Martin. Bei der nächsten Aufnahme sagst du in die Kamera, dass du Mitglied eines zionistischen Elitekommandos bist.«

»Eines was?«, frage ich.

»Eines zionistischen Elitekommandos. Sag in die Kamera, dass Südafrika auf den rechten Kurs gebracht werden muss. Dass sich Nelson Mandela weigere zu tun, was man ihm sagt, und dass er das Land auf einen falschen Weg führt. Er schmiert den Feinden des globalen Zionismus, Israels und der Vereinigten Staaten Honig um den Bart ... Hinterher schneiden wir ein paar Szenen von anderen maskierten Männern rein. Ohne zu übertreiben. Nur eine Andeutung. Verschwörungen brauchen solche Andeutungen.« Ich weiß nicht, was ich zu dieser Art von Wahnsinn sagen soll, deswegen reibe ich mir nur das Kinn. Oberholzer fährt fort: »Du brauchst das Wort Israel nur einmal zu sagen. Es ist besser, alles ein bisschen vage zu halten. Die Kriminaltechniker werden sowieso feststellen, woraus der Sprengsatz bestanden hat.«

»Ich muss mal kurz pinkeln, Chef«, sagt ein maskierter Mann. »Kann ich?«

Oberholzer, der am Rande des Lichtkreises steht, lehnt sich kurz zur Seite. »Ja, los. Aber beeil dich, Pienaar.«

»Ist gut, Chef.«

»*Die zionistische Macht ist ungebrochen!* – versuch das mal«, sagt Oberholzer zu mir. »Bist du bereit?«

»Aber was hat das denn mit Mandela zu tun?«

»Also, wenn es ein Bure wäre, ein Afrikaaner wie ich, der so was macht, wäre das nur wieder dasselbe wie früher. Weiße Rechtsradikale. Aber wenn die Juden ihn ermorden, in einem ihrer eigenen Tempel – das wird so richtig einschlagen, hey. Dann hassen euch alle. Eine Verschwörung. Israel und die Juden erobern die Welt. Das ist perfekt!«

Ich räuspere mich. »Ich weiß nicht recht.«

»Nein? Du wirst schon sehen. Ich bin dir meilenweit voraus, Kumpel. Denk daran, dass du diese Bombe gebaut hast, um mich zu erledigen – und jetzt schau dich bloß mal um.« Er lacht auf.

Ich nicke. »Wie ist die Rede gelaufen, Bokkie?«

»Wie bitte?«

»Ihre Rede hier, damals, vor zehn Jahren.« Ich hole mit einem Arm weit aus wie ein Matador.

»Wunderbar, danke der Nachfrage. Direktor Volper hat mir den roten Teppich ausgerollt, und ich habe viel Applaus geerntet. Ich habe darüber geredet, dass junge Leute Ziele bräuchten, auf die sie konzentriert hinarbeiten müssten.«

»Super«, sage ich.

»Werd bloß nicht frech! Denk an deine Eier. Fertig für die Aufnahme?«

»Was passiert hinterher mit mir?«

»Jetzt sei doch nicht so egoistisch«, erwidert Oberholzer. »Denk lieber an dein Land. An den Lauf der Geschichte. Du wirst unsere Initialzündung, Martin. Wir brauchen unseren brennenden Reichstag, und nachdem die Zionisten Mandela umgebracht haben, werden wir ihn bekommen. Ihr werdet so richtig eins aufs Maul kriegen. Aber glaubst du, Israel und Amerika werden das einfach so hinnehmen? So zettelt man einen Krieg an – der eigentlich schon 93 hätte ausbrechen müssen.« Er steigert sich derart in seine Hasstirade hinein, dass er in den Lichtkreis tritt und ich Speicheltröpfchen auf meiner Stirn spüre, als ich zurückweiche. Ich stoße gegen wartende Hände, drehe mich um und stehe Lukhele gegenüber – nein, dem Genossen Shaolin. Er schmatzt vor sich hin, und ich glaube, ich kann sogar seine Kaugummimarke erraten, denn ich weiß noch, dass er mir an jenem Tag auf dem Hügel in Jules, als er mich über Annies Kassette ausfragte, Stimorol angeboten hat und sagte, er möge frischen Atem, bevor seine Leute die Plane von den verkohlten Leichen wegzogen. Der Lauf der Geschichte, hat er damals gesagt. These und Synthese und Karl Marx.

»Dafür habt ihr also gekämpft«, sage ich zu ihm. »Dafür euer heroischer *Struggle*.«

»Du hast ja keine Ahnung«, erwidert er.

»Ich war dabei. Shaolin.«

»Halt die Klappe.«

»Meine Leute, mein Land, das hast du gesagt.«

Er schnaubt. »Das einzige Land, das zählt, ist das Land von Joseph Lukhele.«

»Und deine Genossen?«

»Meine Familie, das sind meine Genossen.«

Oberholzer tritt aus der Dunkelheit und legt die Hand auf Lukheles Schulter. »Siehst du«, sagt er. »Da hast du's. Sogar ein überzeugter ehemaliger ANC-Mann sagt dir, wie es ist. Los, sag es ihm, Joe.«

Lukhele schüttelt fluchend seine Hand ab, und Oberholzer kichert und dreht sich weg. Lukhele schaut mich an, das Gesicht verzerrt, rot angelaufen. »Urteile nicht über mich, Junge«, sagt er. »Ich habe mein Blut für die Sache gegeben, und was hat sich geändert? Nur die Gesichter an der Spitze. Die anderen sind unten im Dreck, wie seit jeher.« Er schlägt sich mit der Faust auf die Brust, so dass es klingt wie eine hohle Trommel. »Aber nicht ich!«, sagt er. »Nicht mehr.«

»Aber Mandela!«, wende ich ein. »Nelson Mandela!«

Weiße Zähne blitzen wie zerklüftete Mauern im bedrohlichen dunklen Oval seines Gesichts auf. »Inwiefern ist der was Besonderes? Er da in seiner großen Luxusvilla in Houghton.«

Ich sehe ihn blinzelnd an, erinnere mich. »Ich habe dir das Leben gerettet, Shaolin.«

»Du hast sie nicht mehr alle«, erwidert er. »Ich heiße nicht mehr Shaolin. Du bist nicht bei Verstand. Kommst in mein Büro und faselst davon, du wärst dein Bruder.«

»Ich weiß es noch genau! Der rote Jaguar.«

»Ich will mal was sagen – weißt du, wer mich in dieser Nacht überhaupt erst in den Kofferraum verfrachtet hat? Marcus, jawohl, dein Bruder! Er hat nämlich damals für ihn gearbeitet, er war sein Elitesoldat!« Er deutet mit dem Daumen hinter sich auf Oberholzer. »Also schulde ich euch Helgers nichts. Gar nichts.«

Oberholzer schlendert wieder herüber, angezogen von den wilden Gesten. »Mann, das waren noch Zeiten«, sagt er. »Und Marcus war verdammt gut. *The machine* nannten wir ihn. *Machine* Marcus. Meine Maschine.«

»Er wollte dich in dieser Nacht zu ihm hinbringen«,

fährt Lukhele fort, »zu Marcus, ins Trainingscamp. Du solltest da auch ausgebildet werden.«

»Hätte wunderbar geklappt«, fügt Oberholzer hinzu. »Aber du bist damals ausgebüxt, Martin. Ist nicht schlimm. Eine Tür geht zu, eine andere geht auf. Alles geschieht aus einem Grund. Du bist wieder da, und du hast uns das hier mitgebracht – was für ein Geschenk, hey!«

Plötzlich verstehe ich, und mir wird eiskalt. Ich drehe mich zu Lukhele um. »Nachdem ich in dein Büro gekommen bin, bist du sofort zu ihm gerannt. Du wusstest, dass ich mein Gedächtnis verloren hatte. Du hast mich verraten!«

»Wenn eine gute Gelegenheit zur Tür reinspaziert«, sagt Lukhele, »muss man schnell handeln.«

»Wo ist Pienaar?«, fragt Oberholzer jemand anderen.

»Er kommt, Chef.« Ein maskierter Mann deutet in die entsprechende Richtung. Ich starre ihn an, die Quelle der Stimme, denn den Mann unter dieser Maske kenne ich auch, und ich sage zu ihm: »Du auch? Hier geht es um Mandela, Mann!«

Der Maskierte lacht so laut auf, dass es wie ein Schrei klingt. »Sein Schwarzgeldkonto ist ihm wichtiger als Mandela«, sagt Oberholzer zu mir. »Das gilt für sie alle. Sie sind nicht wie ich – ich tue es aus Prinzip. Das Prinzip der Vergeltung. Auge um Auge, genau wie es eure heilige Rolle hier besagt. Aber ich sorge gut für meine Leute.« Er tritt wieder aus dem Lichtkreis und geht auf die Kamera zu. Er hat unglaublich lange Beine. Dasselbe Gewehr wie früher hängt über seiner Schulter. Es hatte einen Namen, einen weiblichen. Er erschoss damit Erdmännchen in der Wüste bei

Sonnenuntergang. Lukhele und ein anderer stoßen mich zurück auf meinen Platz vor der Bank, in die Helligkeit. Die Verbrennung in meinem Schritt schmerzt fürchterlich. »Also los, dallidalli«, sagt Oberholzer. »Sag irgendetwas wie: Mein Name ist Martin Helger, und ich bin der Anführer unseres zionistischen Elitekommandos. Wir legen diese Bombe, um für unsere Weltordnung und ein freies Südafrika zu kämpfen. Versuch das mal. Wir spielen dann damit. Schau genau in die Kamera, Mann! Drei, zwei, eins und … Action!«

Ein nasses Klatschen, und ein Mann, dem etwas aus dem Kopf spritzt, stürzt in den Lichtkreis.

20

Der Scheinwerfer schwingt herum, und in seiner grellen Hitze sehe ich einen maskierten Mann mit seiner schwarzen Maschinenpistole an der Wange. Aus dem Ende des langen, runden Laufs flackert es gelb, und man hört nichts als ein dumpfes Husten, als er herumgeschwenkt wird. Ringsum gellen Schreie, Männer werfen sich zu Boden, und dann geht das Licht aus, es knallt, und Glas splittert. Ich spüre Dinge durch die Luft fliegen und ein lautes Prasseln, als würden Kieselsteine gegen Metall geworfen. Ich werfe mich im Dunkeln zu Boden, halb blind nach dem Erlöschen des grellen Scheinwerfers. Ein schwerer Körper landet auf mir, das Zischen kommt aus nächster Nähe, und heiße Patronenhülsen fallen auf meine Wange. Ich schaue nach rechts. Ein weiterer Maskierter stürzt zu Boden. Er fällt aber nicht rückwärts um wie im Film, sondern bricht auf der Stelle zusammen wie eine Marionette, deren Fäden abgeschnitten werden. Jetzt packt mich der Typ auf mir am Nacken und schleift mich hinter sich her über den Fußboden der Bima. Er sagt: »Bleib dicht bei mir, Martin. Duck dich!« Es ist seine Stimme, und sie lähmt mich. Er flucht, greift hinter sich, zerrt mich wieder mit sich und ermahnt mich aufzuwachen. Wir rutschen über Leichen mit ausgebreiteten Gliedmaßen. Mit einer Hand packe ich in eine viskose Pfütze von etwas Warmem mit Bröckchen darin. Wir erreichen die Glasbausteinwand und schleichen mit dem Rücken daran entlang zu den Stufen – eine Öffnung in der Wand. Plötzlich ein *suup*-Geräusch und ein lautes Krachen ganz in der Nähe, und er schreit vor Schmerzen auf und zuckt zurück. Das Mondlicht ist hell, meine Augen passen sich dem Halbdunkel an, und ich sehe, dass die Bima jetzt verlassen ist, abgesehen von den Leichen der gefallenen Männer, zerbrochenem Glas, Metallpatronenhülsen und uns beiden, gegen die Wand gekauert. »Scheiße!«, flucht er. »Verdammte verfluchte Scheiße!« Er reißt sich die Maske runter und betastet panisch eine Seite seines Kopfes. Er hat keine Haare mehr, und sein Kopf ist runder, sein Gesicht dicker, aber er ist niemand anderer als mein Bruder, mein Blutsverwandter. Der wahre Marcus Helger. Er hat einen Handschuh mit dem Mund abgestreift. Ich sehe, dass der obere Teil seines Ohres verschwunden ist, und die Blutung sieht im Mondlicht ölig schwarz aus. Ich sage ihm, dass es nur das Ohr ist, und er öffnet ein Päckchen mit den Zähnen, eine Kompresse, und sagt, ich soll sie festhalten, während er Klebeband rund um den Kopf wickelt und sie damit fixiert.

Er sagt: »Verdammt guter Schuss. Gottverfluchte Scheiße, verfluchte!«

Oberholzers Stimme steigt von den Bänken auf, der offenen Schwärze auf der anderen Seite der Glaswand – er könnte überall dort draußen sein. »Hey, hey, Martin! Bewegt er sich noch, da bei dir? Er ist verletzt, oder? Du bist jetzt auf dich gestellt, Martin.« Ich sage nichts, und Oberholzer fährt fort: »Es war dein Bruder, oder? Der echte Marcus. Er trägt Pienaars Kampfanzug. Er dachte, er könnte mich reinlegen, aber ich bin zu fix.«

Ich höre, wie Marcus mit den Zähnen knirscht und murmelt: »Wie viele, wie viele, wie viele! Zwei, drei, vier! Verdammte Scheiße. *Vier!*« Mir wird klar, dass er die Leichen auf der Bima zählt, während die Stimme Oberholzers wieder zu uns herüberhallt. »Ich hab ihn erwischt!«, sagt er. »Er ist tot, oder er stirbt grade da oben, was? Ich schieße nie daneben. Ich habe ihm ein Loch in den Kopf verpasst und kann dasselbe mit dir machen. Das weißt du genau. Also los, Hände hoch, Martin! Steh langsam auf, die Hände über dem Kopf.«

Ich schaue meine Hand an, die mit diesem öligen schwarzen Zeug verschmiert ist, und ich schaue die Leichen an und rieche stechendes Kordit. Es war eine Sache von Sekunden. Mein Bruder eröffnete das Feuer, und er hätte alle erwischt, aber dann musste Oberholzer den blendenden Scheinwerfer auf ihn geschwenkt haben und von der Bima gesprungen sein. Und andere mit ihm – deswegen hat Marcus gezählt. Drei von ihnen sind dort draußen, einschließlich Oberholzer, der schon in Deckung und verteidigungsbereit auf uns wartete, als mein Bruder die Treppe erreichte. *Verflucht gu-*

ter Schuss. Ich denke daran, wie er damals auf seiner Farm einhändig geschossen hat und eine Kugel in alles jagte, was immer er wollte. Ich wische mir die klebrige Hand an der Jeans ab. Wir haben das Überraschungsmoment verspielt und sind jetzt auf einer Bühne ohne Ausgang gefangen.

»Martin, komm raus. Du weißt, ich bin ein vernünftiger Mann. Lass uns zusammenarbeiten. Ich denke immer positiv – eine Tür geht zu, eine andere Tür geht auf.«

Marcus wirbelt blitzschnell herum, und die MP hustet erneut. Ich sehe gerade noch, wie jemand in Deckung geht, als Kugeln die Glasbausteinwand schräg gegenüber treffen, dass die Glassplitter fliegen. Marcus wechselt das Magazin. Oberholzer schreit etwas auf Afrikaans. Er ruft jemandem namens Jannie zu, dass er mich lebend braucht. Jannie ruft zurück: *Daar is twee van hulle!* (Sie sind zu zweit!), und Oberholzer fragt: »Marcus? Marcus? Du bist noch da, was? Du bist es doch, oder?« Marcus antwortet nicht, knirscht nur mit den Zähnen. Oberholzer ruft: »Wahnsinn, dass ich dich nicht erwischt habe! Das war Judenglück, Sergeant. Hast du immer gehabt. Du erscheinst aus dem Nichts, wie wir es dir beigebracht haben. Du musst Pienaar im Scheißhaus aufgelauert haben. Guter Plan. Seine Ausrüstung anzuziehen und uns alle in den Rücken zu schießen. Aber jetzt hör mir gut zu, Marcus Helger. Hör mir zu, du verdammter jüdischer Verräter! Du hast versagt! Du hast uns nicht alle erwischt. Ich bin auf dieser Seite, und Jannie ist auf der anderen. Und der alte Joe Lukhele ist die Treppe rauf zur Frauentribüne gelaufen. Er muss gleich oben sein. Mit einer wunderbaren Aussicht auf euch. Und dann geht der Spaß erst richtig los!«

Es folgt eine kurze Stille, dann lautes Wummern, gedämpft und gleichmäßig – etwas Schweres, das auf Holz trifft. Es muss Lukhele oben vor den verschlossenen Teakholztüren sein, die zur Frauengalerie führen. Ich sehe sie vor meinem inneren Auge. Sie sind groß und solide, aber wenn er einen Vorschlaghammer oder etwas Ähnliches benutzt, wird es nicht lange dauern, bis er sie aufgebrochen hat. Marcus verzieht das Gesicht und ruft mit rauher Stimme: »Das glaube ich nicht, Bokkie. Du eröffnest das Feuer, und das Ding hier macht bumm.«

»Verarschen kann ich mich selber«, erwidert Oberholzer, »Lukhele putzt dich glatt weg.«

»Ich zünde die Bombe höchstpersönlich. Es sei denn, du ziehst dich zurück!«

»Wie du willst – draußen wird uns nichts passieren, wir sind außerhalb des Explosionsradius. Bist du jetzt zum Selbstmörder geworden, *Machine*? Und was ist mit deinem kleinen Bruder, nimmst du ihn mit? Es ist vorbei, Mann. Hände hoch! Wir haben dich.«

Jetzt verwandelt sich das Hämmern in ein Reißen und Splittern. Nach einer kurzen Pause geht das Hämmern weiter, schneller jetzt, *bangbangbang* – Lukhele muss fast durch sein, und das Gefühl des Gefangenseins und der Verzweiflung, das mich überfällt, kenne ich aus meinen frisch zurückgekehrten Erinnerungen von damals, als Annie Goldberg und ich im Abwasserrohr feststeckten und eine Sturmflut drohte, uns zu ertränken. Rasch stoße ich meinen Bruder mit dem Ellbogen an und gestikuliere hektisch mit den Händen, aber er versteht mich nicht, und ich muss den Mund dicht an sein gesundes Ohr legen, um ihm zu sagen, was ich will, damit er sich endlich bewegt. Wir schlüpfen beide hinüber zur Bank, die immer noch offen steht, heben vorsichtig die selbstgebaute Bombe in einem Stück heraus und stellen sie ab. Ich beuge mich vornüber und greife tief in die Öffnung hinein, unter heftigen Schmerzen in meinen verletzten Weichteilen, und ziehe die Metallfalltür hoch. Dann klettere ich tief geduckt in die halbdunkle Öffnung darunter. Meine Füße finden den Stuhl, genau den, den Annie und ich vor vielen Jahren dorthin gestellt haben. Das Hämmern oben hat aufgehört, und ich sehe vor mir, wie Lukhele die geschwungene Treppe hinauf zur Galerie rennt, immer drei Stufen auf einmal. Ich trete vorsichtig auf den Tisch, blicke auf und sehe, dass Marcus herunterklettert und über sich die Falltür schließt. Er schaltet eine Taschenlampe ein. Oberholzer ruft erneut nach uns; seine Worte klingen gedämpft. Ich steige vom Tisch. Der Staub und das Sammelsurium liegen unverändert vor mir, genau wie damals, sogar die halbgeschmolzenen Kerzen sind noch da. Ich gehe hinüber zur anderen Seite, wo der Aktenschrank auf dem Boden liegt und der hohe Spalt in der Backsteinmauer klafft. Als ich mich zu Marcus umschaue, sehe ich, dass er sein linkes Bein nicht richtig belasten kann, denn er hüpft ungelenk vom Tisch, stolpert, und der Stuhl fällt krachend auf die Metalloberfläche – sehr laut in dem kleinen Raum. Wenn ich Oberholzers gedämpfte Stimme durch die Falltür hören kann, müssen die da oben den Lärm gehört haben. Ich flüstere meinem Bruder zu, dass er mir die Taschenlampe geben soll, und dann zwänge ich mich, so schnell ich kann, durch den schmalen, rauhen Spalt. Spinnweben streichen mir über das Gesicht.

Als ich den Haupttunnel erreiche und mich umdrehe, ist Marcus genau hinter mir. Ich leuchte in den Spalt hinein. Mist – ich habe vergessen, ihm zu sagen, dass er den Aktenschrank hinter uns aufrichten soll. Aber es ist zu spät, um noch einmal zurückzukehren. Ich renne los, halte aber dann inne. Mit einer Hand gegen die Wand gestützt, um sein verletztes Bein zu entlasten, hopst er hinter mir her. »Bist du getroffen worden?«

»Ist nicht schlimm. Weiter. Weiter!« Ich beleuchte sein Bein und sehe das Blut auf seinem linken Schienbein vorne und der Wade hinten, wo die Kugel ausgetreten sein muss. Ich beleuchte ihn in Brusthöhe, damit ich sein Gesicht sehen kann. »Wie kannst du überhaupt hier sein?«, frage ich. »Wieso lebst du noch, Mann? Wo zum Teufel bist du die ganze Zeit gewesen?«

»Wo führt das hin?«, entgegnet er und deutet mit dem Kinn in die Richtung vor uns.

»Zurück zum Abwasserrohr. Bist du durch das Rohr reingekommen?«

»Ja. Genau wie sie. Ich bin ihnen gefolgt.«

Sie sind alle durch das Rohr gekrochen, so dass ihr Kommen und Gehen nicht registriert werden konnte. Mein grotesker Fehler war gewesen, mich an Lukhele zu wenden. Aber woher hätte ich wissen sollen, wer er ist und was er getan hat? Was aus ihm geworden war? Ihr Plan war wasserdicht – die Bombe würde Mandela töten und das Video erklären, wer es getan hatte und warum. In der Hoffnung, dass sich das Neue Südafrika daraufhin selbst zerstörte. Oberholzer würde sich für all den Schmerz und die Wut rächen, die sich in ihm aufgestaut haben. Er wäre der absolute Sieger und ich der absolute Verlierer, wie damals, wenn wir Slinkers spielten, Ari, Pats und ich, im Foyer der Emmarentia *Schul* – armer Pats. Ich stütze Marcus jetzt, eine Schulter unter seine Achsel geschoben, und wir eilen den Tunnel entlang, hinter dem wildhüpfenden Taschenlampenstrahl her. Es dauert nicht lange, bis sein gelbes Auge auf eine kahle Wand vor uns trifft. Als ich die Federklappe herunterwill, durch die sich Annie und ich damals mit einer Tasche voller Videokassetten gezwängt haben, stelle ich fest, dass sich jetzt eine Stahlstange darunter befindet, die sie daran hindert, zu weit aufzuschwingen.

»Ganz ruhig«, sagt Marcus. »Leuchte mir mal.« Er wühlt in seinen Gürteltaschen herum. O Gott, er hat die Weste mit den Taschen auf der Bima zurückgelassen. Er zieht drei Granaten aus dem Gürtel, zwei runde schwarze und eine längliche. »Phosphor«, sagt er mit einem Blick auf die längliche. »Rauch. Diese beiden sind Splittergranaten.« Er blickt hinauf zur Stahlstange. »Alles klar«, sagt er. Er legt die Granaten nieder und holt die Rolle Klebeband heraus, die er für seinen Verband benutzt hat, findet ein Stück losen Beton, wickelt Klebeband darum, zieht ein langes Stück ab und wickelt dieses um eine der Splittergranaten. Dann erstarrt er. Ich habe es auch gehört – ein langsames, gleitendes, leise knirschendes Geräusch in der Dunkelheit hinter uns. Marcus schaltet die Taschenlampe aus. Er presst mich mit dem Arm quer über meine Brust gegen die Wand neben sich. Es ist sehr dunkel, aber nicht ganz. Schwaches Mondlicht sickert herein, vielleicht aus Abflüssen und Rissen über uns. Betonträger stützen etwa alle fünfzehn Meter die Wände ab, jeweils auf beiden Seiten, und Marcus bewegt sich jetzt zentimeterweise zum Schatten des nächsten. Seine Füße treffen auf etwas, und er reicht mir die Maschinenpistole, die ich an der dicken Mündung nehme. Mir wird klar, dass das ein Schalldämpfer sein muss – deshalb sind die Waffen so leise. Marcus richtet sich auf und hält etwas in der Hand, das wie ein Brett aussieht, ein altes Stück Holz, ungefähr einen Meter lang. Er nimmt die Maschinenpistole wieder an sich, drückt mir die Taschenlampe in die Hand und flüstert mir ins Ohr: »Dich werden sie nicht erschießen, im Gegensatz zu mir. Wenn ich es dir sage, gehst du auf sie zu. Schalte die Taschenlampe ein, und hebe die Hände, aber leuchte sie die ganze Zeit an. Verstanden?«

Ich nicke. Das Gleiten kommt näher. »Das ist total Banane«, sage ich und fühle mich betäubt und wie im Traum, während mein Herz schlägt wie verrückt. »Ich muss sie sehen«, erklärt er mir. »Wenn du mit erhobenen Händen hervortrittst, werden sie sich zeigen. Aber du musst sie anleuchten, egal, wie. Auf mein Kommando springst du dann so schnell wie möglich zu dieser Seite und duckst dich. Aber halte die Taschenlampe auf sie gerichtet. Auch noch im Wegspringen. Sie werden nicht auf dich schießen. Wiederhole das.« Dann geschehen zwei Dinge praktisch gleichzeitig. Ein erneutes knirschendes Gleiten, ganz in der Nähe, und Marcus lehnt sich vor und feuert eine Salve aus der Maschinenpistole ab, wonach er sich gegen die Wand drückt. Im gelben Feuerschein aus der Pistole sehe ich nur einen leeren Tunnel. Sie müssen sich hinter die Betonpfeiler geduckt haben, ebenso wie wir. Laut tönt es aus der Dunkelheit: »Hey, Arschlöcher! Kommt raus! Ihr steckt in der

Falle, es gibt keinen Ausweg!« Es ist Lukhele. »Hände hoch und kommt raus!«

Dann spricht jemand mit afrikaansem Akzent; das muss Jannie sein. Er sagt: »Du hast deinen Rucksack stehenlassen, Marcus. Wir wissen, dass du nichts dabei hast. Du hast keine Chance!«

»Wirf uns die Pistole zu!«, verlangt Lukhele. »Legt die Hände auf den Kopf, und kommt rückwärts raus!«

»Alles klar!«, ruft Marcus. »Ich muss nur erst Martin beruhigen.«

»Sofort!«, erwidert Lukhele.

»Er hat Angst!«, behauptet Marcus. »Sagt ihm, dass ihr nicht auf ihn schießen werdet!«

Pause. »Martin«, sagt Lukhele. »Wir werden nicht auf dich schießen, okay?«

Währenddessen flüstert mir Marcus rasch noch einmal seine Instruktionen ins Ohr. Immer weiterleuchten. In Deckung springen und ducken. »Und rufe laut, wenn du wegrennst!«

»Rufen?«

»Ja, schrei dir die Kehle aus dem Hals!«

»Marcus!« Wieder Jannies Stimme. »Wir haben Gasmasken. Ich werf jetzt eine Gasgranate rein.«

»Schon gut, Kumpel«, ruft Marcus. »Hier ist meine Waffe.« Und er legt die Maschinenpistole auf den Boden und tritt vorsichtig dagegen, so dass sie klappernd hinaus in den Tunnel schlittert. »Wir sind unbewaffnet!«, ruft er.

»Kommt raus! Hände auf den Kopf! Kommt rückwärts auf uns zu!«

Für einen Augenblick glaube ich, dass Marcus mich umarmt, aber stattdessen drückt er mir Klumpen von irgendwelchem gummiartigen Zeug in die Ohren, dann schaltet er die Taschenlampe in meiner Hand ein und schubst mich hinaus in den Tunnel. Ich gehe los, hebe die Hände über den Kopf und folge dem schräg nach unten zeigenden Taschenlampenstrahl durch die Dunkelheit. Sie werden nicht auf dich schießen. Rufe ertönen aus der Dunkelheit und sagen mir, ich solle mich umdrehen, umdrehen!, aber ich gehe langsam weiter. Ich warte auf den Befehl von Marcus hinter mir, warte darauf, dass sie auftauchen, wie er gesagt hat, aber da ist nur Dunkelheit, die sich vor mir zurückzuziehen scheint. Ich gehe immer weiter. Ich entferne mich weit von meinem Bruder. Dann taucht links von mir ein riesiges Insekt auf, und ich stoße einen Schreckensschrei aus und lasse fast die Taschenlampe fallen, bevor ich erkenne, dass es Lukhele ist, der irgendeine glotzäugige Maske über das Gesicht gezogen hat. Eine einzelne Linse – ein Nachtsichtgerät. Mit einer Hand hat er die Maschinenpistole auf meine Brust gerichtet, mit der anderen Hand bedeutet er mir, die Taschenlampe fallen zu lassen, fallen lassen! Jannies Stimme kommt von der anderen Seite: »Ich niete ihn um, Marcus! Ich tue es! Hörst du mich, Marcus? Komm raus, dahinten!«

Ich weiche ein wenig nach rechts aus, und dann sehe ich ihn, Jannie, er hockt hinter einem Pfeiler, die dicke Mündung seiner Waffe vor sich. »Marcus!«, ruft er. Aber Marcus ist nicht da, nur ich bin da, Martin, und die Waffe ist auf mich gerichtet, und ich ergebe mich rückhaltlos. Marcus wollte ja auch, dass ich mich ergebe, er kann nichts machen …

»*Los, Martin, los!*«

Die Stimme trifft mich von hinten, eine Stimme, die so tief versunken ist wie meine Kindheit, und schon schnelle ich von ihr getrieben los wie ein Segelboot in einer plötzlichen Windböe. Ich sprinte zum nächsten Stützpfeiler und denke zu spät an die Lampe. Ich fuchtle mit dem Arm, und der Strahl hüpft wild hin und her. Meine Verbrennung im Schritt sticht wie ein Dolch. Ich pralle mit der Schulter gegen die Wand und halte die Taschenlampe krampfhaft wieder gerade. Ich habe vergessen zu rufen. Am Rande meines Gesichtsfelds, hinter mir, taumelt etwas Kleines durch die Luft wie ein verwundeter Vogel. Marcus tritt heraus und schwingt die Planke. Die Aufmerksamkeit der anderen ist auf mich gerichtet, ich habe sie auf mich gezogen, während Marcus hinter mir das Ding mit der Planke trifft, er hat damit weit ausgeholt wie mit einem Kricketschläger, und ich höre den lauten Knall des Aufpralls, wonach Marcus schnell in Deckung geht. Ich kauere mich tief zusammen, und dann höre ich ein lautes Krachen auf der anderen Seite, praktisch unmittelbar von einem Echo gefolgt, und ich erhasche einen Blick auf Lukheles Insektenkopf, der nach hinten gerissen wird, und einen dunklen Brocken, der davon wegfliegt, und kleine Steinchen tanzen im flackernden gelben Licht über die Wand – Jannie feuert, tritt heraus, um Marcus zu erwischen, und dann wird es im stockdunklen Tunnel auf einmal taghell.

21

Ich liege mit einer Wange auf dem Boden und habe einen brenzligen Geruch in der Nase. Es ist ein Gefühl, als ob die ganze Welt gerade von einem Meteor in der Größe Johannesburgs getroffen wurde und alle Steine der Erde immer noch nachvibrieren. Aber es sind nur meine Ohren, trotz der Klebmasse, und ich blicke in das gelbe Auge des Taschenlampenstrahls an der Wand, ein zuckendes Auge, weil die Lampe immer noch auf dem Boden hin und her rollt. Ein Schatten auf der anderen Seite entfaltet sich, richtet sich auf. Es ist Marcus. Er hebt die Taschenlampe auf, beleuchtet damit die Maschinenpistole, die er eben weggetreten hat, hebt sie ebenfalls auf und eilt hüpfend den Tunnel hinunter. Ich sehe wieder das teuflische gelbe Flackern, zweimal blitzt es auf. Ich stehe auf, gehe hin, und Marcus hinkt auf mich zu. Er versetzt mir einen Schubs, um mich umzudrehen, aber er hat die Lampe in der Hand, und sie erhellt den Tunnel, und ich sehe, was er sich gerade angesehen hat. Superintendent Joseph Lukhele, alias Genosse Shaolin, der Mann ohne Land, lehnt seltsam verdreht an der Wand, das Kinn auf der Brust und der Schädel auf einer Seite offen, so dass man hineinsehen kann. Der andere Typ, Jannie, liegt auf dem Boden und sieht aus wie geschlachtet. Tja, so wirken Granaten. Ich helfe Marcus jetzt, bis zur Wand zu hüpfen, und er beleuchtet die andere Granate, die er mit Klebeband an ein Stück Beton gebunden hat. Er hatte zwei dicke runde Granaten, von denen er eine Lukhele mit dem Holzbrett ins Gesicht gedonnert hat. Er hat sie aus der Entfernung mit solcher Kraft und Präzision geschlagen, dass sie ihn umwarf wie ein harter Punch und ihn in dem Bruchteil einer Sekunde ausschaltete, die sie brauchte, um weiter zu Jannie abzuprallen und zu explodieren. Das hat Marcus getan. Ich habe es genau gesehen. Die an das Betonstück geklebte Granate wirft er jetzt, sie kreiselt durch den Lampenstrahl, und das Klebeband wickelt sich um die Stahlstange. Die Granate hängt dort, während wir schnell in Deckung gehen. Ich presse beide Finger auf die Ohrenstöpsel. Durch meine geschlossenen Lider sehe ich den orangefarbenen Blitz. Diesmal bin ich besser gegen das Erdbeben gewappnet.

Das Rohr ist aufgerissen, und Mondlicht ergießt sich herein wie strömendes Wasser. Ich helfe Marcus hinaufzuklettern, indem ich ihn auf die Schultern hebe. Er bearbeitet das verbogene Blech mit dem Gewehrkolben, damit er sich nicht schneidet, und klettert dann hinein, hält mir die Hand hin und hilft mir seinerseits in das Rohr. Dort legen wir eine kurze Pause ein, zusammengekauert auf engstem Raum, beide keuchend. Hinter Marcus führt das Rohr in die Erde hinein. Wir brauchen jetzt nur loszukriechen, dann können wir in zehn Minuten im Brandwag Park sein. Weniger. Doch ich schaue in die andere Richtung, hinauf zum Mondlicht am Ende des letzten steilen Stücks. Wer auch immer zuletzt hindurchgekrochen ist, hat das Gitter oben weit offen stehen lassen, und ich kann den Himmel und die Sterne sehen, sogar die Spitzen des wuchernden Grases. Plötzlich fällt mir ein, was da draußen ist – auch das ist plötzlich zusammen mit all meinen anderen Erinnerungen wiederaufgetaucht. Schon mache ich mich auf den Weg nach oben. Marcus hält mich an der Wade fest. »Ich habe da oben was vergraben!«, flüstere ich ihm zu. »Damals. Das muss ich holen!«

»Lass es liegen!«

»Bargeld!«, keuche ich, als mir alles wieder klar vor Augen steht. »Meinen Pass und eine Greencard für Amerika!«

»Was?«

»Ja, wirklich, Marcus. Und noch eine Greencard, für dich!«

»Du stehst unter Schock. Du redest wirres Zeug. Komm, wir müssen los!«

Ich schüttle seine Hand ab. »Für Amerika«, wiederhole ich. »Hugo hat sie für uns organisiert. Ich kann es dir jetzt nicht erklären, aber ich muss die Sachen sofort holen!« Marcus erreicht mich, als ich schon ganz oben bin, und wirft mich draußen der Länge nach in den Sand. »Blöder Idiot!«, zischt er. »Oberholzer!«

Ich erstarre. »Wo?«

»Er war nicht im Tunnel. Das bedeutet, dass er hier oben geblieben ist. Er checkt die Ausgänge, um uns den Weg abzuschneiden. Garantiert hat er die Granaten gehört. Er kommt! Wir müssen hier weg!«

Ich schüttle den Kopf. Ich kann nicht – werde nicht – vergessen, dass ich in diesen Rucksack alles gepackt habe, was ich brauchen würde, in der eisigen, berechnenden Stimmung, die mich überkam, nachdem Patrick Cohen ermordet worden war. Wie ich ihn unter Steinen vergraben habe, zusammen mit dem Overall, um nach der Explosion nach Botswana abzuhauen.

Marcus zieht ein Motorola-Funkgerät aus seiner Hüft-

tasche. »Pienaars«, flüstert er. Er drückt auf den Sende-
knopf, lauscht, drückt erneut auf den Knopf, lauscht wieder. Aber es kommt nur Rauschen. Er murmelt etwas auf
Afrikaans in das Gerät. Immer noch nichts. Er steckt das
Funkgerät weg, dann nimmt er einen Stock und stülpt eine
leere Handgranatentasche darüber, hält das Ganze hoch
und lässt es ein wenig auf und ab hüpfen wie einen Ballon.
Nichts passiert. »Er ist nicht da«, flüstere ich.
    »Er ist schlau«, erwidert Marcus.
    »Ich gehe jetzt, Marcus«, sage ich. »Dauert nur eine
Minute.« Ich krieche los, aber er packt mich und hält mich
fest, trotz meiner heftigen Gegenwehr. Endlich sagt er:
»Okay, beruhige dich. Wie weit ist es?«
    »Siehst du die Tennisplätze? Ungefähr halb so weit.« Ich
deute in die entsprechende Richtung. »Da lang.«
    »Ich gehe voran. Keinen Mucks! Wenn ich vom Kurs
abkomme, tippst du mich an und gibst mir ein Zeichen.« Er
macht sich auf den Weg, ohne auf meine Antwort zu warten, und ich krieche ihm hinterher. Er bewegt sich sehr
langsam, Zentimeter für Zentimeter, so dass es ewig dauert,
und meine Arme zittern, als ich endlich die pyramiden-
förmige Anhäufung kleiner runder Steine entdecke. Sie ist
noch da, Gott sei Dank! Aber wir müssen bis dahin noch
ein offenes Stück überqueren. Marcus schüttelt andauernd
den Kopf, aber ich gehe in die Hocke und renne los, und
auch Marcus richtet sich auf. Ich denke an sein verletztes
Bein, kehre um, stütze ihn, und wir beide erreichen gleichzeitig den Steinhügel. Marcus lässt sich mit dem Rücken
dagegenfallen. Ich beginne, die schwereren Brocken umzudrehen und darunter zu graben. Nichts. Ich habe Angst,

dass ich mich irre, dass mein Verstand mir wieder Streiche spielt oder dass jemand mein Versteck im Lauf der Jahre gefunden hat. Aber ich schaffe es, mich zu beruhigen, krieche zum äußeren Rand des Haufens und entdecke, dass ich ein paar große Blöcke übersehen habe. Als ich sie anhebe, schlägt mir ein modriger Geruch entgegen, und auf der Unterseite der Steine haben sich Würmer und Schimmel angesammelt. Aufgeregt grabe ich weiter, und dann fühle ich es, Plastik, einen Reißverschluss, einen Riemen. Ich grabe ihn aus – den Rucksack. Der Stoff an den Riemen ist verrottet, aber die Plastikinnentasche noch so gut wie intakt. Ich schwinge sie herum zu Marcus und öffne den Reißverschluss. Im Inneren finde ich eine Mappe, und darin ist alles genau so wie in meiner Erinnerung. Der Ausdruck mit den Kontoinformationen, der Brief von Hugo, den ich eigentlich verbrennen sollte. Die Bündel mit Bargeld, der Pass und der andere Umschlag mit den amerikanischen Greencards. Mein Rücken ist verkrampft, und ohne nachzudenken, richte ich mich auf, die Tasche im Arm, den Umschlag noch in der Hand. Ein Schlag gegen das Papier, ein lautes *suup!*, ein Aufprall im Gras hinter mir, und Marcus reißt mich mit einem Ruck runter auf die Steine. Ich halte den Umschlag noch in der Hand, und genau unter meinem Daumen gähnt jetzt ein kleines Loch, das vorher nicht da war. Marcus hat sich auf die Ellbogen gerollt, seine Maschinenpistole im Anschlag. Er zieht sein Funkgerät aus der Hosentasche und schaltet es ein. Wir hören es leise rauschen und knistern, und dann kristallisiert sich eine Stimme heraus. »Hey, Helger-Jungs«, sagt Oberholzer. »Was habt ihr da, Helger-Jungs? Was ist in dem großen Umschlag und in diesem Rucksack, Martin?« Etwas Schlimmes passiert mit meinem Bruder. Er hat die Augen fest zugekniffen und zittert, als wäre ihm eiskalt. Seine Zähne klappern. Oberholzer redet weiter: »Claudine und ich hätten euch jederzeit kaltmachen können, aber wir haben euch ein wenig rumkriechen lassen. Um zu sehen, was ihr vorhabt. Was habt ihr da ausgegraben? Was ist in der Tasche, Martin Helger? Waffen? Noch mehr Bomben? Gold? Was steht in dem Brief?«

Marcus murmelt etwas, gibt mir das Funkgerät und kriecht dann langsam auf den Steinhügel. »Ich werde euch jetzt mal eine kleine Lektion erteilen«, sagt Oberholzer, »wo wir doch immerhin in einer Schule sind. Was wir hier haben, ist ein Wahnsinnstatort. Fünf Leopards wurden kaltblütig ermordet, und noch dazu ein Superintendent der südafrikanischen Polizei und ehemaliger ANC-Kriegsheld. Wir haben eine Bombe, mit der ein gewisser ehemaliger Staatspräsident namens Nelson Mandela getötet werden sollte. Möglicherweise hast du von ihm gehört. Ein Knopfdruck, und in fünf Minuten wimmelt es hier von SEKs. Und wisst ihr, was sie feststellen werden? Dass die Helger-Jungs eine Bombe gelegt haben, mit der sie den heiligen Mandela in eine Million klebriger Fetzen sprengen wollten. Zwei Juden, wohlgemerkt! Von denen einer bei der Geheimpolizei war während der Apartheid. Tja, Marcus Helger, du hast ganz schön Dreck am Stecken, vergiss das nicht! Aber die Leopards, die hatten eine Spur, die haben heute Abend ermittelt, deswegen sind wir hier reingeschlichen. Plausible Erklärung, stimmt's? Tja, und die Jungs bei der Kripo? Sind alles alte Bekannte von mir. Also, wem werden sie wohl glauben, was meint ihr? Die Sache ging schief, als ihr das Feuer auf uns eröffnet habt, weil wir euch auf frischer Tat ertappt haben. Unsere Männer sind im Kampf gefallen, weil sie euch verhaften wollten, um das Attentat zu verhindern. Was sie alle zu verdammten Helden macht! Ihr habt Helden umgebracht, ihr Dreckschweine! Ihr seid Attentäter, Bombenleger. Wir sind die Helden und haben nur unsere Pflicht getan, indem wir versuchten, Nelson Mandela zu beschützen. Ihr seid diejenigen, die lebenslang ins Gefängnis wandern werden.«

Ich starre das Funkgerät an. Marcus späht vorsichtig an den Felsblöcken oben auf dem Hügel vorbei. »Hört ihr mich, Jungs?«, fragt die Stimme. »Ihr kommt jetzt mal besser raus, mit erhobenen Händen und mit eurer Tasche. Los, machen wir einen Deal!« Wieder sehe ich das Funkgerät in meiner Hand an, und in einem Impuls drücke ich den Sprechknopf und sage: »Wir werden schon sehen, wer wem glaubt, wenn wir die Wahrheit sagen!«

Pause. Mein Bruder versucht, mich von dort oben aus zum Schweigen zu bringen, und kriecht vorsichtig wieder herunter. »Hallo, Martin«, sagt Oberholzer. »Die Wahrheit? Keine Ahnung, was du meinst. Es gibt nur eine Wahrheit. Wir Leopards sind nationale Helden, und dein Bruder hat gerade vier von ihnen kaltblütig erschossen und einen weiteren und einen Superintendent mit einer Handgranate in die Luft gejagt. Das warst du, Marcus! Marcus, hörst du mich? Marcus, die Maschine – du bist der einzige Mörder hier heute Abend. Du bist ein kaltblütiger Killer, *Machine*. Das liegt in deiner Natur. Es ist das Einzige, was du gut kannst. Du und ich, wir kennen die Wahrheit über alles, was du getan hast. Warte nur, bis alle andern sie auch herausfinden. Du kannst dir genauso gut gleich deine Knarre in den Mund stecken, Marcus, und den Abzug drücken –« Marcus hat mich erreicht, nimmt mir das Funkgerät weg, presst aus Versehen die Sprechtaste, und Oberholzer schweigt. »Rede nicht mit diesem Teufel«, flüstert mir Marcus zu. »Der will dich nur beeinflussen.«

»Hast du ihn gesehen?«

Er schüttelt den Kopf. »Ich hasse Heckenschützen. Er beobachtet uns mit einem Nachtsichtgerät.« Marcus betrachtet das Loch im Umschlag. »Er hat absichtlich danebengeschossen, nur dass du's weißt.« Das Funkgerät krächzt. »Hey, Helger-Jungs. Hört mir zu. Ich habe die Kamera dabei, und ich bin ein Meister der Schnitttechnik. Wisst ihr, was ich mache? Ich bleibe einfach hier sitzen und halte euch in Schach, während ich hier auf der Kamera ein bisschen herumschneide. Und wenn ihr aus eurer Deckung kommt, dann wird meine Claudine sich ein bisschen mit eurem Rücken unterhalten. Inzwischen werde ich gewisse Teile überspielen und nur die übrig lassen, in denen Martin sagt, Mandela muss sterben, und alles über die Bombe erzählt und wie er sie dort platziert hat. Und das ist schließlich die Wahrheit, du hast diese Bombe gelegt, Martin Helger. Du bist durch den Tunnel gekrochen wie eine Kanalratte und hast eine Bombe gelegt, denn so macht ihr das schließlich. Wenn die Kollegen kommen, werde ich der Held sein, der Mandela gerettet hat. Dieses Video ist mein Beweis. Also bleibt schön still sitzen, während ich mich an die Arbeit mache.«

Es wird still. Marcus' Gesicht ist wieder verzerrt, und er

zittert furchterregend. »Marcus!«, rede ich ihm zu. »Marcus!« Aber er antwortet nicht. Im Mondlicht sehe ich ihn zum ersten Mal ganz deutlich und kann in Ruhe sein Gesicht betrachten, jetzt, wo er die Augen geschlossen hat. Er ist wirklich mein Bruder, und er ist hier bei mir, in diesem Moment. Er sieht nicht mehr jung aus; das Leben hat tiefe Spuren hinterlassen und sein weiches Haar durch diese knochige Rundung ersetzt. Aber er ist zurückgekehrt.

Ich wische mir über das Gesicht und blicke mich in unserer Realität um. Wir sitzen fest, hier hinter diesem Hügel, aber ich denke an die Wachen am Eingangstor – vielleicht kommen sie nachsehen und retten uns. Doch sie sitzen ganz hinten auf der anderen Seite der Schule in ihrer Betonhutschachtel. Ob das Grollen der unterirdischen Handgranaten gereicht hat, um sie zu alarmieren? Wahrscheinlich nicht. Ich schaue das Funkgerät an, das auf Marcus' Brust liegt. Ob es eine Möglichkeit gibt, die Frequenz zu ändern und um Hilfe zu rufen? Auf einmal knistert es wieder, und Oberholzers blecherne Stimme ertönt: »Ich sag euch mal was. Ich gebe euch Clowns eine Chance, weil ich so ein gnädiger Typ bin. Vielleicht kann ich mit dem, was in eurer Tasche ist, die ihr da ausgegraben habt, etwas anfangen. Hey? Los, antwortet!«

Ich schaue Marcus an, aber er ist immer noch weggetreten, daher nehme ich ihm das Funkgerät vorsichtig aus der Hand und drücke die Sprechtaste. »Was wollen Sie damit sagen?«

»Hallo, Martin«, antwortet er prompt. »Dich kann ich gehen lassen. Ich bin ganz ehrlich: deinen Bruder nicht, aber dich. Dein Bruder ist ein Verräter und ein Mörder. Verdammt, er allein hat heute Abend sechs gute Leute umgebracht! Aber du – das kann ich durchgehen lassen. Mit fünfzig Prozent Verlust kann ich leben. Sag ihm, dass ich das ernst meine, *machine*. Du weißt Bescheid.« Marcus kommt wieder zu sich, raus aus dem Abgrund, in den er gefallen ist, wie immer der aussehen mag. Er nimmt das Funkgerät wieder an sich, sieht mich an und schüttelt den Kopf. Oberholzer redet weiter: »Sagt mir einfach, was in der Tasche ist. Und in dem Umschlag, sind das Dokumente?«

Marcus flüstert: »Die Tasche beschäftigt ihn. Ein loses Ende. Er ist unglaublich vorsichtig, dieser Scheißkerl.«

Das Funkgerät knistert. »Martin! Martin! Komm, wir machen einen Deal.«

Ich frage Marcus, ob wir das Funkgerät eventuell dazu benutzen könnten, um um Hilfe zu rufen, doch er schüttelt den Kopf und erklärt mir, dass die Geräte für andere Frequenzen gesperrt sind. Dann kriecht er wieder auf den Hügel. Er schützt die Augen mit einer Hand und schaut durch einen kleinen Spalt zwischen den Steinen. »Martin? Ist das alles Wiese bis rauf zu den Plätzen, oder liegt noch ein Weg dazwischen?«

»Früher war da kein Weg«, antworte ich. »Das Gras wächst bis zu den Plätzen.«

»Gut«, sagt er, lässt sich herunterrutschen und keucht. Er befeuchtet einen Finger und hält ihn hoch.

»Was machst du da?«

»Wind«, sagt er. »Aber zu schwach.«

»Ich verstehe nicht, was …«

Er beugt sich nach vorn und zieht die dritte Granate heraus, die lange, zylindrische. »Die wird fünftausend Grad heiß. Und es ist ein verdammt trockener Sommer.«

Ich blicke über das hohe Gras ringsum. »Verstehe.«

22

Marcus bleibt oben und hält Ausschau. Wir warten jetzt darauf, dass der Wind auffrischt – mehr können wir nicht tun. Eine Weile lang knistert das Funkgerät, und Oberholzer schwadroniert weiter, aber dann folgt nur noch Schweigen, und ich denke daran, wie er uns im grünen Licht des Nachtsichtgeräts beobachtet, an seinen Aufnahmen arbeitet und sich amüsiert. Ich blicke auf und frage: »Wusstest du eigentlich die ganze Zeit, dass ich in diesem Institut war? Du hast mich nie besucht.«

»Ich dachte, du wärst Gemüse und es hätte keinen Sinn.«

»Du galtest als vermisst.«

»War ich aber nicht.«

»Aber wir haben doch das Schreiben bekommen!«

»Das war eine Täuschung.«

»Wir haben geglaubt, du wärst tot! Du warst nicht mal auf Mas und Das Beerdigung.«

»Ich konnte nicht kommen.«

»Was ist mit dir passiert?«

»Eine Menge«, erwidert er.

»Oberholzer hat dich *machine* genannt. Er hat gesagt, du hättest für die Geheimpolizei gearbeitet, den SB.«

Marcus antwortet nicht. Ich frage ihn, wie er mich hier gefunden hat und wie es sein konnte, dass er so plötzlich aufgetaucht ist. Er ignoriert mich weiterhin. »Hey«, sage ich, »du kannst doch nicht einfach – hey! Du schuldest mir eine Antwort, Marcus!«

Langsam senkt er den Blick.

»Ich will wissen, was mit dir passiert ist.«

»Nicht jetzt.«

»Ich habe es verdient«, sage ich. »Und es kann sein, dass wir keine Zeit mehr haben.«

Er berührt die Kompresse auf seinem Ohr und nickt langsam. Schweigend lässt er sich nieder und beginnt dann, stockend und mit rauher Stimme zu erzählen. Er erzählt mir, wie ihn Oberholzer 1988 auf Sonderantrag hin von dem Luftwaffenstützpunkt Ondangwa aus, oben an der Grenze, wo er stationiert war, hat einfliegen lassen. Marcus war froh, denn er hatte den Krieg satt. In Joburg bot ihm Oberholzer einen Posten in einer Undercover-Einheit an – Verbindungsmann in einer Türsteher-Gang, bei den berüchtigten Dynamite Boys. Er brauchte sie für politische Zwecke, schmutzige Einsätze gegen Anti-Apartheid-Gruppierungen. Unwichtige zivile Muskelmänner, inoffiziell, mit keiner nachweisbaren Verbindung zu den Behörden. Doch er brauchte einen eigenen Mann dort, weil sie einem Bullen nicht vertraut hätten.

»Und das warst du?«

»Ich habe mich lange geweigert.«

Plötzlich fällt mir die Situation in Mike's Kitchen wieder ein, und das, was Oberholzer mich damals gefragt hat, ergibt im Nachhinein Sinn. Oberholzer suchte ein Druckmittel, um Marcus dazu zu bringen, seine Meinung zu ändern. »Aber irgendwann hast du zugestimmt. Schon klar.«

»Du weißt, warum, Martin.«

»Ach, wirklich?«

»Du bist der Einzige. Nach dem, was mit Ma und Da passiert ist.«

Das Funkgerät knistert. »Seid ihr eingeschlafen, Helgers? Bleibt noch ein bisschen wach. Das Beste kommt noch, hey. Das unbrauchbare Zeug habe ich fast ganz gelöscht. Du siehst phantastisch aus, Martin! Die Kamera liebt dich. Du bist hundert Prozent glaubwürdig!« Er lacht.

»Komplett wahnsinnig«, urteilt Marcus kopfschüttelnd. Ich will ihn fragen, was er damit gemeint hat, dass ich als Einziger wüsste, warum, aber er redet schon weiter, die Augen halb geschlossen, und erzählt mir von den letzten Apartheid-Jahren, dem Chaos hinter den Kulissen, nach der Freilassung Mandelas, aber vor den ersten freien Wahlen. Eine Welt war implodiert, und wie die neue aussehen würde, war noch ungewiss. Manche Leute verbrannten alle Dokumente und verschwanden, andere wurden zu Terroristen, um die neue Ordnung zu zerstören, bevor sie geboren werden konnte. Dann die Wahlen und die Umstrukturierung. Oberholzer landete auf den Füßen, wie so viele Apartheid-Vollstrecker. Marcus wechselte in die private Sicherheitsbranche, machte im Grunde weiterhin denselben Job. »Man gewöhnt sich an ein bestimmtes Leben. Irgendwann ergreift es Besitz von dir«, erklärt er. In diesem Umfeld hörte er meinen Namen von einer Kontaktperson. Er folgte meiner Spur und geriet an einen der Leopards. »Und er hat mich hierhergebracht.«

»Wenn du nicht gekommen wärst«, sage ich, »wäre ich jetzt tot.«

»Noch bist du nicht aus dem Schneider, Bruder.«

»Ich weiß«, sage ich.

»Sie hätten gewartet bis nach der Explosion, bis sein Tod bestätigt worden wäre. Dann hätten sie dich irgendwo in ein tiefes Loch geworfen und Abflussreiniger über dich geschüttet. Und dann das Video veröffentlicht.«

Ich nicke, zutiefst erschöpft. »Bist du verheiratet, Marcus? Hast du Kinder?«

»Ich war verheiratet. Aber es ist schwer, mit jemandem zusammenzuleben, der die ganze Nacht schreit. Kinder haben wir keine.« Er fährt fort: »Martin, wenn du das Tier einmal rausgelassen hast, geht es nicht wieder rein. Das musst du dir unbedingt merken, Bruder. Man muss eine Menge durchmachen, um das zu lernen.«

»Verstehe«, sage ich.

»So was kann man nicht verstehen, wenn man es nicht selbst erlebt hat.«

»Warum hast du das gemacht, Marcus?«, will ich wissen. »Ich meine, das Ganze. Die Arbeit als Türsteher und dass du zum Militär gegangen ist. Warum bist du nicht an der Uni geblieben?«

Er blickt sich um und zieht die Nase hoch. »Tja, weißt du, hier hat wohl alles angefangen.«

»Hier hattest du einen Namen!«, entgegne ich und erzähle ihm von damals am Emmarentia-Damm, als allein die zwei Wörter Marcus Helger ausgereicht hatten, um unsere Angreifer in die Flucht zu schlagen.

Wieder zieht er die Nase hoch – ein leises, zynisches Geräusch. »Tja. Kann schon sein. Gewalt wirkt. Deswegen kriegst du hier von Anfang an den Rohrstock verpasst. Als ich hier anfing, wurde ich Ölaffe genannt, wegen Da. Hey, Ölaffe! Da habe ich mir eine Fahrradkette um die Faust gewickelt und jemandem einundzwanzig Stiche verpasst. Ab dann war Schluss mit dem Affen. Da war ich vielleicht dreizehn. Aber ich merkte, dass es mir gefiel. War auf den Geschmack gekommen. Fing an, danach zu suchen, nach dem Gefühl. Rugby. Dann Boxen. Das hat mich ins Dynamite Gym gebracht. Dann zu den Türstehern. Und dann zum Militär.« Er erstarrt. »Hörst du das?«

»Was?«

»Der Wind!«

23

Als Marcus die Phosphorgranate hervorholt, rauscht es im Gras ringsumher, ein verheißungsvolles Geräusch. Ich spüre es im Nacken wie einen kühlen Segen, und Marcus bleckt die Zähne im Mondlicht, eine harte, wilde Grimasse. »Jetzt grillen wir seinen verdammten Arsch!«, zischt er. »Und wenn er versucht, über den Zaun zu klettern, mache ich ihn kalt. Fuck, wie ich Heckenschützen hasse!«

»Aber bis dann sind wir weg«, entgegne ich. »Wenn du die geworfen hast, sind wir in ein paar Sekunden beim Rohr. Mit dem hier.« Ich winke mit der Mappe aus der Tasche und schiebe sie anschließend unter meinem Hemd in den Gürtel, direkt an meinem Bauch. Rasch gehe ich die übrigen Sachen in der Tasche durch und ziehe die Knie- und Ellbogenschützer, den Helm und den Overall heraus. Der zusammengepresste Overall ist steif und sieht schimmlig aus.

Aber die Schützer scheinen selbst nach fast zehn Jahren unter der Erde noch in Ordnung zu sein, deshalb streife ich sie über. Marcus schweigt. Er hat die Granate herausgeholt, reibt darüber und starrt sie an. Sein Gesicht ist auf der Seite, auf der die Kompresse über seinem Ohr klebt, mit schwarzem, eingetrocknetem Blut bedeckt. Er schließt die Augen und atmet durch die geschürzten, zitternden Lippen aus. »Alles okay mit dir?«, frage ich.

»Ist nicht mehr viel Mumm in mir, Martin«, antwortet er. »Wird schon wieder.«

Tränen fließen ihm aus den Augen, dünne, silbrige Rinnsale, die mich ängstigen. »Dabei hatte ich mal so viel davon«, sagt er.

»Und du hast immer noch viel«, erwidere ich. »Wir gehen nach Amerika, du wirst sehen. Du lässt das alles hinter dir.«

»Kann schon sein«, erwidert er. »Aber das alles wird mich nicht hinter sich lassen.«

»Marcus, da drüben an der Wand ist ein großes Bild von dir. Beim Rugby, wie du mit dem Ball rennst. Niemand konnte dich aufhalten, Mann. Und das ist bis heute so.«

Er fährt sich mit einer Hand unter der Nase entlang, sagt nichts, umklammert mit der anderen Hand die Granate.

»Marcus, schmeiß das Ding, und lass uns abhauen.«

»Ich habe sie fertiggemacht«, sagt er. »Sie leiden lassen. Aber es hilft nicht gegen den Hass. Und es kamen immer neue nach.«

»Marcus, bitte! Wirf sie jetzt! Oder gibt sie mir. Dann mache ich es.«

Er starrt die Granate an. »Es ist genau so eine wie in Das

629

Firma, weißt du. Du hast gesagt, ich war nicht auf der Beerdigung. Aber ich habe Fotos von dem gesehen, was sie mit Ma und Da gemacht haben. Ich konnte nicht kommen, ich war schon untergetaucht, und ich habe mich an ihnen gerächt.«

Ich hebe den Kopf wie ein Hund, der ein komisches Geräusch gehört hat. »An wem hast du dich gerächt?«

Er runzelt die Stirn. »Was denkst du denn? An ihnen. Den Schwarzen. Dem ANC. Dem PAC. Den Terroristen. Wie auch immer du sie nennen willst.«

»Moment mal«, sage ich. »Du glaubst, dass der ANC Ma und Da umgebracht hat? Meintest du das, als du eben gesagt hast, ich würde schon verstehen, warum?«

»Das war kein normaler Raubüberfall, Martin«, sagt er. »Tut mir leid, wenn dir das nicht klar war.«

»Marcus«, erwidere ich eindringlich. »Das war weder die Gewerkschaft noch der ANC, noch irgendjemand von dieser Seite.«

»Was willst du mir da erzählen?«

»Marcus, es war Oberholzer! Er hat es getan!«

Schweigen. Marcus sieht mich an. Ich erzähle ihm, dass ich da war, auf dem Schrottplatz, im Büro, dass ich sie dort habe liegen sehen. Und dass ich noch weiß, wie die Ermittler sagten, die »Giraffe« hätte gewollt, dass ich dorthin gebracht werde, und dass ich mir sicher bin, dass Oberholzer wusste, dass unsere Eltern an diesem Sonntag dort sein würden. Ich erzähle ihm, was Shaolin in der Nacht mit dem roten Jaguar gesagt hat, über die Art von Granate, und was Sammy Nongalo mir erzählt hat, der extra aus diesem Grund zu uns nach Hause kam.

Das Funkgerät knistert, und Oberholzers Stimme gesellt sich zu uns. Er klingt vollkommen entspannt. »Ich bin fertig mit dem Löschen und Schneiden«, verkündet er. »Sieht gut aus. Bin fast so weit, das SEK zu rufen. Es sei denn, du überlegst es dir anders, Martin. Na, was ist, Martin?«

Ich starre das Funkgerät an, höre nicht richtig zu, meine Gedanken überschlagen sich. »Kapierst du das denn nicht!«, dränge ich Marcus. »Er wollte, dass ich sie sehe! Er hat das gemacht, weil – o mein Gott!« Plötzlich wird mir alles klar, ich sehe das ganze Bild. »Du hast mir gesagt, dass du zuerst nein gesagt hast, aber dann – verstehst du denn nicht? Er hat zehn Fliegen mit einer Klappe geschlagen!«

»Wie meinst du das?« Er klingt erstickt, als bekäme er keine Luft mehr.

»Oberholzer hat sie töten lassen«, sage ich, »und dann – du hast gesagt, dass du Fotos von ihnen gesehen hast. Ich wette, er hat sie dir gezeigt, oder?«

Er nickt steif.

»Da hast du's. Er hat Da und Ma töten lassen, so wie er es wollte, und dich dadurch dazu gebracht, ihm zu helfen. Und dasselbe wollte er mit mir machen. Welche Rache hätte schöner sein können? Sie war perfekt für ihn. Du hast ihn zu der Türsteher-Gang gebracht, und dadurch wurde er zum Geheimdienst befördert!«

»Jetzt spinnst du aber, Martin.«

»Nein!«

»Du behauptest, dass Oberholzer Leute ermordet, um jemanden dazu zu bringen, für ihn zu arbeiten?«

»Nicht irgendjemanden. Einen Helger.«

Er kneift verwirrt ein Auge zu. »Wie bitte?«

»Du weißt doch, wie sehr er uns hasst, unsere ganze Familie.«

»Was redest du denn da?«

»Du weißt doch, dass Da und Oberholzers Vater so waren.« Ich stoße meine beiden Fäuste zusammen. »Diese schlimme alte Geschichte.«

»Von wem weißt du das?«

Mein Mund steht offen. Dass er das nicht begreift, ist mir ein Rätsel. Aber dann fällt mir ein: Woher sollte er es wissen? Wie hätte er es erfahren sollen? Alles, was ich weiß, habe ich nach Marcus' Verschwinden herausgefunden. Und so erzähle ich es ihm – von der Fahrt mit Hugo zu Oberholzer, davon, wie er uns mitsamt Hugos Schuhkarton voller Geld rausgeworfen hat. »Weißt du, Da hat Oberholzers alten Herrn fertiggemacht. Und deswegen hat er sich vorgenommen, uns fertigzumachen. Es steckt tief in ihm. Es ist alles, was ihn interessiert. Und ich habe Schuld an allem, was passiert ist.«

»Du hast Schuld.«

Ja, denn ich war es, der ihn zuerst auf unsere Spur gebracht hat. Ich habe mich in der Jules Township erwischen lassen. Ich wurde zum John-Vorster-Platz gebracht, wo Oberholzer rausfand, wer ich war. Dann fuhren wir zum Schrottplatz, wo Oberholzer eine Auseinandersetzung mit Da hatte. Wenn ich nicht gewesen wäre, wäre nichts von all dem passiert. Ich war derjenige, der bei Oberholzer die Helger-Geschichte in Gang gesetzt hat. Ich bin derjenige, der Oberholzer von meinem Bruder erzählt hat, der Fallschirmjäger an der Grenze war. »Er hat deinen Namen nicht einfach aus dem Hut gezogen, Marcus«, sage ich zu ihm. »Er hat dich ausgesucht, weil du ein Helger bist. Weil du Isaac Helgers ältester Sohn bist.« Und genauso hatte er es auf mich abgesehen. Er wollte mich in ein Ausbildungscamp bringen, in der Nacht, als ich mit Hugos rotem Jaguar abgehauen bin, mit Genosse Shaolin im Kofferraum. »Lukhele hat behauptet, du wärst dort gewesen, auf dieser Farm. Wahrscheinlich wollte Oberholzer, dass du zu meiner Ausbildung beiträgst. Er hätte dich mir präsentiert – Überraschung! Dieser Mann ist krank! Es war seine Rache, verstehst du das nicht? Uns auf seine Seite zu bringen. Uns zu benutzen. Nicht nur Da umzubringen, sondern ihm seine Kinder zu stehlen, und zwar durch seinen Tod als Mittel zum Zweck!«

Marcus schüttelt den Kopf und sagt »Nein, nein, nein« vor sich hin. »Das kann nicht sein. Er hat mich ausgewählt, weil er wusste, dass ich die Dynamite Boys kannte … Ich war Türsteher gewesen …«

»Denk doch mal nach, Marcus! Es gibt bestimmt zwanzig verschiedene Leute, die er hätte benutzen können, um in Kontakt zu den Türstehern zu kommen. Aber er hat dich genommen. Er hat dich ausgesucht, Mann, hat dich angefordert und aus Namibia ausfliegen lassen, hat sich diese ganze Mühe gemacht – weil du ein Helger bist. Die Dynamite-Connection war ein guter Vorwand, und er konnte sie auch noch für sich ausnutzen. Aber dann hast du dich geweigert. Damit hatte er nicht gerechnet. Er wusste, dass er etwas unternehmen musste, um dich umzustimmen.«

Das Funkgerät krächzt, aber diesmal dreht Marcus den Lautstärkeregler, und Oberholzers Monolog erstirbt zu einem Murmeln.

»Nein«, stöhnt Marcus. »Nein, das kann nicht wahr sein!«

»Marcus, sei doch mal realistisch. Oberholzer hat unsere Eltern umgebracht. Es war eine Militärgranate. Er wusste, dass sie dort sein würden, um Inventur zu machen. Er hat es getan, um seinen Vater zu rächen und uns fertigzumachen. Er hat dich dazu gebracht zu hassen. Du hast gesagt, er hat dir Fotos gezeigt, oder? Ich wette, er hat stundenlang auf dich eingeredet. Die Dreckschweine, die das getan haben – habe ich recht? Dabei waren sie es, er war es, Marcus! Das ist jetzt alles so sonnenklar. Oberholzer!«

»Nein«, sagt Marcus, schüttelt aber jetzt nicht mehr den Kopf, und ich kann sein Flüstern durch das rauschende Gras kaum verstehen. Ich spüre, dass sich der Wind ein wenig dreht. »Wirf sie jetzt«, dränge ich ihn. »Lass uns abhauen!« Marcus blickt hinunter auf das, was er in der Hand hält, als wüsste er nicht, wie es dorthin geraten ist. »Du hast recht«, sagt er. »Mit allem, was du gesagt hast.«

»Wir müssen weg, Marcus!«

Er regt sich nicht, deswegen packe ich ihn an der Schulter und schüttle ihn. »Es spielt jetzt keine Rolle«, sage ich. »Nur das ist jetzt wichtig. Und das.« Ich klopfe mir auf den Bauch und deute darauf. Die Dokumente. Der Tunneleingang. Aber Marcus sieht mich nicht an.

Exodus

24

Im Gedränge auf den Gehsteigen zwischen den Wolkenkratzern fühlt er sich wie ein dahintreibendes Schlackestück in einer Stahlgießerei, ein Gefühl, das er niemals loswird. Seine Aussprache und seine Herkunft als weißer afrikanischer Jude, aufgelöst in einer Million fremdländischer Akzente, einer Million anderer Welten und Kombinationen von Welten. Du bist ein Nichts: Das war Amerikas erste Botschaft, gegen die jeder alleine steht und sich auflehnen sollte.

Alle hier kennen Nelson Mandela, und jedes Mal, wenn er Mandelas Gesicht auf einer Zeitschrift oder einem Bildschirm sieht, lächelt er und denkt an seinen Bruder. Der Retter des Retters.

Er ist aufs College gegangen und hat einen Abschluss gemacht. Journalistik. Bei seiner Ankunft befürchtete er, dass die Behörden ihn auf JFK erwarten und festnehmen würden. Er dachte, die *New York Times* würde seinen Namen auf der Titelseite drucken, neben einem Foto der Solomon High School und der Schlagzeile: MANDELA-VERSCHWÖRUNG AUFGEDECKT, MASSAKER UNTER POLIZISTEN. Aber man ist ein Nichts in Amerika. Eine Zeitlang suchte er akribisch überall. Nach irgendeiner Erwähnung online oder in südafrikanischen Zeitungen, aber er fand keine einzige Zeile. Nichts über ein Massaker, nichts über eine jüdische Highschool, nichts über Leopards. Er suchte in Todesanzeigen nach dem Namen Oberholzer, aber es war nie der richtige. Und nirgends wurde der Name Helger erwähnt. Allmählich schwand seine Gier nach Informationen, die Gegenwart überlagerte die Vergangenheit, die Zukunft stieg auf und dominierte seine Psyche, seine Aussprache veränderte sich, seine alte Persönlichkeit trat in den Hintergrund. Dr. Norm wäre höchst erfreut gewesen. Hugo ebenfalls.

Seine erste Anstellung fand er bei einem Online-News-Aggregator. Hugos Geld half ihm über die Runden. Inzwischen besitzt er ein hübsches Apartment in Brooklyn, ein Open Space mit Blick aufs Wasser. So ist das Leben; es fließt dahin wie dieser stahlgraue Fluss. Er traf Carolyn in einem Yogakurs, und bis zum Sommer waren sie ein Paar. In manchen Augenblicken dachte er noch an Annie. Er würde es versuchen. Er würde versuchen, die Energie aufzubringen, herauszufinden, wo sie begraben war, den Friedhof, die Familie ausfindig machen. Doch jedes Mal verschob er es auf später. Stattdessen erinnerte er sich.

»Geh du«, sagt er. »Warte nicht auf mich.«

»Wir gehen zusammen, Bruder.«

Marcus hat seinen Unterschenkel umwickelt und fest abgebunden. »Mach dich bereit«, sagt er.

»Marcus.«

Er sieht mich an. »Schwöre es bei Ma und Da. Lauf weg, und dreh dich nicht um. Jetzt!«

»Nein«, erwidere ich. »Das mach ich nicht.«

»Doch, das machst du«, erwidert er. Dann sagt er: »Bitte!«

Und unsere Augen sind feucht, und ich sage das, was er von mir verlangt, und er dreht sich um und wirft die Granate in weitem Schwung, und sie fliegt in hohem Bogen über den Steinhügel hinweg, weit hinaus, wo sie mit einem weichen, aber unverkennbaren Plumps im rauschenden Gras landet.

Eines Tages, allein zu Hause in Brooklyn, öffnete er ein fest eingewickeltes, seltsames Päckchen, während er ein kleines Schiff beobachtete, das ein riesiges Floß voller Müll draußen an seinem Fenster vorbeischob wie die Maschinenversion eines afrikanischen Mistkäfers. 18. Juni 2006. In dem Päckchen fand er einen zusammengefalteten, zwei Monate alten Zeitungsartikel und eine Brille mit zerbrochenen Gläsern. Der Rahmen war verbogen und verfärbt wie durch große Hitze. Der Artikel berichtet von der Entdeckung eines Massengrabs, das von unregistrierten Bürgern – früher Slumbewohner genannt – in Diepsloot entdeckt worden war, einer Township im Norden Johannesburgs. Ein Team von Forensikern arbeitete daran, die Überreste von schätzungsweise sechs Leichen zu identifizieren. Offenbar waren Fetzen von Polizeiuniformen bei den Toten gefunden worden, ebenso wie Spuren einer ätzenden Substanz. Unten an den Zeitungsausschnitt war ein Anstecker geheftet: ein vergoldetes Stück Metall. Bei näherem Hinsehen erwies es sich als Katze. Bei noch näherer Betrachtung hatte sie Flecken: ein Leopard. Er hielt die Brille hoch, und dann erinnerte er sich an diesen großen, dünnen Mann, der eine rechteckige Brille genau wie diese aufsetzte. Er trug sie beim ersten Mal, als er ihn gesehen hatte, damals als er Kaffee mit Direktorin Mokefi an der Leiterhoff-Schule in der Julius Caesar Township, Johannesburg, Südafrika, getrunken hatte. Er versteckte das Päckchen und erzählte Carolyn nichts davon. Er erzählte niemandem etwas. Die Vergangenheit ist ein Schreckgespenst, das man in einen Schrank sperrt und dann schnell die Tür zuknallt und sich mit dem Rücken dagegenlehnt, um es darin gefangen zu halten.

Er war wieder allein, als er das Päckchen erneut hervorholte. Er goss sich einen großen Drink ein und breitete die Gegenstände darin aus. Er hob das Glas. Er erkannte, welcher Tag gerade verstrichen war. »*L'chaim,* Bruder«, sagte er. »Auf Ma und Da. Auf die beiden.«

Die Granate explodiert mit einem hohlen, stählernen Knall wie Feuerwerk in einem Fass. Der Blitz wirft einen geisterhaften Schatten, weiß wie Milch. Schüsse knattern, vergleichsweise leise, sie müssen von Oberholzers Waffe stammen. Seiner Claudine. Ich rieche brennendes Gras und etwas Chemisches. Rauch kringelt sich in die Luft. Ich spüre den Umschlag am Bauch. Ich höre das Knistern und Züngeln der Flammen. Marcus versetzt mir einen Schubs. Als ich um die Steine herumblicke, sehe ich eine Hecke von flackerndem Gelb, größer als ich, die sich rechts und links des Feuerballs aus Phosphorrauch erstreckt, der im Inneren kocht. Das Gras beginnt schon zu brüllen. Wieder stößt mich mein Bruder an. Los!

Ich packe ihn am Arm. »Komm mit!«, sage ich. Aber ich habe schon resigniert; es ist nur eine Geste. Er löst meine Hand und checkt die Maschinenpistole. Seine Lippen bewegen sich. »Er ist nicht wichtig«, dränge ich. »Wir gehen nach Amerika.«

Marcus schüttelt den Kopf. »Ich mach ihn fertig, Martin.«

»Und dann?«

»Geh jetzt. Du hast es bei Ma und Da geschworen.«

Ich fahre mit einer Hand in den Umschlag, hole die Greencard heraus, stecke sie ihm in die Tasche und sage, bis später. Dann renne ich los, aber ich halte an und drehe mich um, wie Lots Frau. Der Rauch ist dicht und brennt mir in den Augen. Er rennt den Hügel hinauf, dicht hinter der vorrückenden Feuerwand. Er rennt gebückt, wobei er durch sein steifes Bein bei jedem Schritt halb zu stolpern scheint, aber er ist schnell. Mit dem Maschinengewehr im Anschlag jagt er die Flammen, und ich spüre die Hitze bis zu mir, und es ist taghell auf unserer Seite, aber darüber steigt dichter Rauch auf, so dass ich nur die Oberseite der Tennisplatzzäune sehen kann. Und Rauch steigt auch von dem bereits verbrannten Boden auf, und darin dringt mein Bruder ein, verschwindet.

Äußerlich ein Amerikaner, aber unter der weißen Haut pulsiert das Blut eines Afrikaners, klopft das Herz eines Juden. Er hat nur wenige Dinge gelernt. Alles, woran man glaubt, kann falsch sein. Die Wahrheit wird von den Mächtigen gemacht. Lass niemals das Tier heraus. Misstraue deinen Gewissheiten. Misstraue deinen Gewissheiten.

Er war da in der Nacht, als ein tödliches Attentat auf Nelson Mandela geplant wurde. Sie hätten ihn beinahe dazu gebracht, Madiba zu töten. Es gibt die Geschichte, von der jeder glaubt, sie zu kennen, und es gibt die geheimen Wahrheiten unter der Oberfläche. Er weiß, dass das, was heute schwarz ist, am nächsten Tag weiß sein kann, und dass das, was jetzt weiß ist, am nächsten Tag möglicherweise schwarz ist. Annie hat ihn gelehrt, dass wir alle auf unserem eigenen Filmset agieren. Vielleicht braucht es jemanden, der uns davon wegstößt, um uns die Augen zu öffnen.

In einem New Yorker Gewitter denkt er an seinen Bruder, als sie beide noch klein waren und der afrikanische Regen sie beim Spaziergang mit ihrem Hund erwischte. Marcus grinste über beide Ohren und lachte aus vollem Hals. Er rannte zum Fluss und sprang hinein. Alles schien für ihn möglich zu sein, alles.

Glossar

mit Erklärungen zu afrikaanssprachigen,
jiddischen und anderen Begriffen

Kurze Hinweise zur Aussprache des Afrikaans: Das *g* wird in etwa wie das deutsche *ch* in *lachen* ausgesprochen (außer nach *r*, wie z. B. in *berg*), das *u* wie ein stummes *ü*, *oe* wie *u*, *st* spricht man getrennt. Die Verkleinerungsform *tjie* klingt wie *kie*, *eu* wie ein stummes *ö*, das *y* in etwa wie *ei*, *ui* wie *öi*. Doppelte Vokale werden lang ausgesprochen.

Diese Hinweise dienen nur als Lesehilfe und erheben keinen Anspruch auf phonetische Korrektheit.

Afrika(a)ner – weiße, afrikaanssprachige Südafrikaner

Afrikaans – Afrikaans ist eine Tochtersprache des Niederländischen, in Südafrika die zweitwichtigste Landessprache nach Englisch. Daneben gibt es neun weitere Landessprachen. Das Afrikaans zählt mehr nicht weiße als weiße Muttersprachler.

amandla – Zulu und Xhosa: Kraft, Stärke. Kampfruf während der Apartheid. Die Antwort lautete: »Awethu!« oder »Ngawethu!« = Für uns.

Amagabane – früher: ANC-Jugend

ANC – Der African National Congress (kurz ANC), deutsch

641

Afrikanischer Nationalkongress, ist eine 1912 gegründete südafrikanische Organisation. Von 1960 bis 1990 waren ihre Aktivitäten in Südafrika per Gesetz als »unrechtmäßig« eingestuft und damit illegal, der ANC hatte jedoch als führende Bewegung gegen die Apartheid aus dem Exil großen Einfluss auf das Geschehen in Südafrika. Seit 1994 stellt er die Regierung. Sein bekanntester Politiker war Nelson Mandela. (Wikipedia)

Antie/Auntie – respektvolle Anrede für ältere Frau im südafrikanischen Englisch

Apartheid – Als Apartheid wird eine geschichtliche Periode der staatlich festgelegten und organisierten sogenannten Rassentrennung in Südafrika bezeichnet. Sie war vor allem durch die autoritäre, selbsterklärte Vorherrschaft der »weißen«, europäischstämmigen Bevölkerungsgruppe über alle anderen gekennzeichnet. Sie begann bereits Anfang des 20. Jahrhunderts, hatte ihre Hochphase von den 1940er bis zu den 1980er Jahren und endete 1994 nach einer Phase der Verständigung mit einem demokratischen Regierungswechsel, bei dem Nelson Mandela der erste schwarze Präsident des Landes wurde. (Wikipedia)

AWB *(Afrikaner Weerstandsbeweging)* – Die Afrikaner Weerstandsbeweging (AWB; deutsch: »Afrikaaner Widerstandsbewegung«) ist eine rechtsextreme Burenbewegung in Südafrika. (Wikipedia)

Baasskap – Dominanz der Weißen, Herrschaft
Bakkie – Pick-up, Transporter mit offener Ladefläche
Bantu Education – Der Bantu Education Act, Act No. 47 / 1953 (Afrikaans: Wet op Bantoe-onderwys; deutsch etwa:

»Bantu-Bildungs-Gesetz«) war ein Gesetz, das am 5. Oktober 1953 vom Parlament von Südafrika verabschiedet wurde. […] Mit Bantu (als Synonym für Natives) im Sinne des Gesetzes waren alle Bürger Südafrikas gemeint, die als ein »Mitglied jeder eingeborenen Rasse oder jedes Stammes in Afrika (…)« angesehen wurden. Das Gesetz schuf die Grundlagen, um für sie im Rahmen der Apartheidpolitik eine »Bantu-Erziehung« einzuführen, die qualitativ unterhalb der normalen Schulbildung angesetzt war. (Wikipedia)

Biltong – Trockenfleisch, meist in Streifen oder Chips

Bima – Die Bima (auch *Bimah,* pl.: *Bimot,* von griechisch Βῆμα, Bema, oder auch Almemor) ist der Platz in einer Synagoge, von dem aus die Thora während des Gottesdienstes verlesen wird. Bima und Thoraschrein bilden dabei die liturgisch-funktionalen Zentren im Gottesdienst. In der Regel besteht die Bima aus einem erhöhten Pult oder Podium, einem Tisch (*Schulchan,* von hebräisch Tisch), um die Thora dort aufzulegen, sowie jeweils einer Treppe für den Auf- und Abgang. (Wikipedia)

Bobe – (Jidd.) Großmutter

Boet – wörtl.: Bruder, auch: Kumpel, Freund

braai/braaivleis – Grill, Grillfleisch

Braai(-vuur) – Grill(-feuer)

bro/bra/bru/boet/boetie – enger Freund, freundschaftliche Anrede unter Männern. Alle Wörter sind Variationen des afrikaansen Wortes »broer« = Bruder.

Buschleute – Die San (auch: Buschmänner, Buschmenschen, Buschleute, Basarwa) sind die eigentlichen Ureinwohner des südlichen Afrikas. Laut Wissenschaftlern sind

sie die älteste noch lebende Spezies des Homo sapiens.
(http://www.jugendforum-mithila.de / natur_umwelt_
Buschmaenner.html)

Cafi, auch: kafee/cafee/kaffie/caffie – eigentlich Café, kann
   aber auch ein kleiner Lebensmittelladen oder ein Kiosk
   sein
Casspir – minengeschützter, gepanzerter Truppentranspor-
   ter mit Allradantrieb
chasersa – (Jidd.) von cháser, Schwein
chattis, khateis, Pl. chatteisim, khateisim – südafr. jüd. Slang-
   wort, von Jiddisch *Sünder*, in etwa: weißer Abschaum.
   Mit dem Wort werden insbesondere arme afrikaanssprachige Weiße mit niedrigem sozialem Status bezeichnet.

Dagga – Haschisch, Marihuana, wird im ganzen südlichen
   Afrika so genannt
Donga – Namibia, Südafrika (KwaZulu-Natal): tiefer Graben natürlichen Ursprungs, der (vom Regen, durch
   Überschwemmung, Wasserfallerosion und so weiter)
   ausgespült wurde; (vom Regen, durch Überschwemmung) aufgerissene Erdrinne; Rinne, Wasserrinne; natürliche Auswaschung. Das Besondere ist, dass sich manche Dongas durch Blitzfluten sehr schnell mit Wasser
   füllen können, das in einer hohen, starken Welle heran-
   rauscht und alles mit sich reißt.

farstunken – (Jidd.) stinkend
frum – (Jidd.) fromm

Group Areas Act – Der Group Areas Act, Act No. 41/1950
(Afrikaans: *Groepsgebiedewet;* deutsch etwa: »Gruppen-
Gebiete-Gesetz«) von 1950 war ein Gesetz der Südafrikanischen Union, das einen Grundbestandteil ihrer
Apartheidpolitik darstellte. Es wurde 1950 von der Na-
tionalversammlung der Südafrikanischen Union verabschiedet und wies den verschiedenen ethnischen Gruppen (Weiße, Schwarze, Asiaten und Coloureds) eigene
Wohn- und Geschäftsgebiete zu. (Wikipedia)

Hotnots – abwertende, beleidigende Bezeichnung für
Nichtweiße

ibberbottle – (Jidd., regional) senil
Inkatha – Die Inkatha Freedom Party (IFP) ist eine politische Partei in Südafrika. Sie wurde 1975 von Mangosuthu
Buthelezi gegründet und wird noch immer von ihm geführt. Zur Gründung verwendete [er] Strukturen einer
kulturellen Organisation der Zulu, die bereits seit den
1920er Jahren bestand und *Inkatha* hieß. Die Partei ent-
stand im KwaZulu-Homeland. Noch heute sind die
meisten Mitglieder der Partei Zulu [...]. Die Inkatha
Freedom Party versteht sich als antikommunistisch und
als Gegenpartei zum African National Congress (ANC).
Während der Zeit der Apartheid suchte sie anders als der
ANC punktuell die Zusammenarbeit mit der weißen Regierung. (Wikipedia)

Jan van Riebeeck – Jan Anthoniszoon van Riebeeck;
* 16. April 1619 in Culemborg, Niederlande; † 18. Januar

1677 in Batavia, heute Jakarta, war niederländischer Schiffsarzt und Kaufmann. Er begründete die Kapkolonie. (Wikipedia)

Jórzeit – (Jidd.) Wiederkehr des Todestages

Kaaps – Kaaps-Afrikaans ist ein Dialekt des Afrikaans, der hauptsächlich in der West-Kaap-Provinz gesprochen wird. Der Dialekt ist mehr vom Malaiischen als vom Standardafrikaans beeinflusst und wird vor allem an der Küste und in Kapstadt gesprochen. (nl.Wikipedia.org)

Kaffer(-n) – beleidigende Bezeichnung für Nichtweiße

Kafferboetie – abwertend, beleidigend: Kafferfreund

Karoo – Khoisan für Halbwüste. Die Karoo ist eine Halbwüstenlandschaft in den Hochebenen des Landes Südafrika, nördlich der Großen Randstufe und im südlichen Namibia. Unterschieden werden Kleine Karoo, Große Karoo und Obere Karoo sowie Sukkulenten-Karoo und Nama-Karoo. (Wikipedia)

kischkes – (Jidd.) Gedärme

lesiba – ein Musikinstrument, ursprünglich von Hirten. Die Lesiba besteht aus einer straff über ein Holzstück gespannten Sehne und einer Feder.

megilla – zehnter Traktat der Mischna; schreibt vor, welcher Teil des Buches Esther an Purim zu lesen ist

Meneer – Anrede: Herr

Mesusa – kleine Schriftrolle in einer Kapsel am Türpfosten jüdischer Häuser mit den Schriftworten 5. Mose 6, 4–9 und 11, 13–21

Mevrou – Anrede: Frau

mielie-pap – Maisbrei

Mischna – die erste größere Niederschrift der mündlichen Thora und als solche eine der wichtigsten Sammlungen religionsgesetzlicher Überlieferungen des Judentums. (Wikipedia)

mizwe – (Jidd.) Gebot, gute Tat

mk – Abkürzung von Umkhonto we Sizwe (s. u.)

Muti – Medizin (von Nguni *umuthi*), Zaubermedizin

My baas – s. *baas;* mein Boss

Necklacing – Unter Necklacing (engl. *necklace* »Halskette«), auch als Halskrausenmethode bezeichnet, versteht man eine Form von Lynchjustiz. Dem Opfer wird ein mit Benzin getränkter Autoreifen um Hals und Arme gehängt und angezündet. Dabei verschmilzt das brennende Gummi mit dem Körper zu einer brennenden Masse, so dass das Opfer kaum gelöscht werden kann. Diese Praxis wurde vor allem während des Kampfes der schwarzen Bevölkerung gegen die südafrikanische Apartheidpolitik in den 1980er und 1990er Jahren bekannt. Sie wurde in den Townships gegen tatsächliche oder vermeintliche Spitzel der damaligen weißen Machthaber angewendet. (Wikipedia) Auch heute noch werden in den Townships regelmäßig Menschen auf diese Weise ermordet.

NP – Die Nasionale Party (NP; englisch: *National Party,* deutsch: Nationale Partei) war die in Südafrika regierende Partei zwischen 1948 und 1994. Ihre Mitglieder wurden gelegentlich als *Nationalists* oder *Nats* bezeichnet. Die Partei wurde im Jahr 2005 aufgelöst. Ihre lang-jährige Programmatik gründete sich hauptsächlich auf das gesellschaftspolitische Leitmotiv einer rassistisch intendierten »getrennten Entwicklung« *(separate development)* im südafrikanischen Staat, die international als Apartheid bekannt wurde, sowie die Gründung einer Republik unter Loslösung vom Commonwealth of Nations und die weltanschaulich begründete Förderung der Kultur der Buren bzw. Afrikaaner. (Wikipedia)

Oom – (Afrikaans) Onkel, respektvolle Anrede älteren Männern gegenüber

PAC – Der Pan Africanist Congress (PAC) (später der *Pan Africanist Congress of Azania*) war eine südafrikanische Befreiungsbewegung und ist heute eine unbedeutende politische Partei.

Parktown Prawns – eine in SA endemische Art der Langfühlerschrecken (Weta), die 6–7 cm lang werden kann. Der Name Parktown Prawns (Parktown-Garnelen) kommt daher, dass sich die Tiere gern in den Gärten des wohlhabenden Johannesburger Stadtteils Parktown aufhalten, wo sie in den Swimmingpools ertrinken und wie Garnelen aussehen.

Sandton – Stadt im Norden von Johannesburg, gilt als Pflaster der Reichen

Sangoma – Medizinmann, traditionelle Heilerin

SAPC – Die South African Party (Afrikaans Suid-Afrikaanse Party) war eine Partei in Südafrika, die von 1911 bis 1934 existierte. Sie wurde von beiden damals dominierenden Volksgruppen, den Buren und britischen Siedlern, kurz nach der Vereinigung der vier Kolonien Natal, Transvaal, Oranje-Freistaat und der Kapkolonie zur Südafrikanischen Union von Jan Christiaan Smuts und Louis Botha gegründet. (Wikipedia)

schiwe sizn – Das jüdische Gesetz schreibt drei aufeinanderfolgende Trauerzeiten vor, in denen die Trauer immer weniger intensiv wird. Die erste Periode heißt *schiw'a*, was »sieben« bedeutet und sich auf die siebentägige Trauerwoche bezieht, die der Beerdigung folgt. Man sitzt *schiw'a* für folgende Verwandte: Vater, Mutter, Ehemann (Ehefrau), Sohn, Tochter, Bruder oder Schwester. (http://memoju.de / tradition_de_2.asp)

Schlemiel – (Jidd.) Pechvogel

schlofn – (Jidd.) schlafen

Schmock – (Jidd.) hier meistens: Depp, Idiot, aber auch: eitler, arroganter Mensch, der selbst nichts hermacht, aber sich – äußerlich und intellektuell – als etwas Besseres aufspielt

Taléjßim – (Jidd.) Gebetsmäntel

Tannie – (Afrikaans) Tante, respektvolle Anrede älteren Frauen gegenüber

Tefillin – Tefillin, deutsch *Gebetsriemen,* manchmal auch *Phylakterien* genannt, sind ein Paar schwarze mit Lederriemen versehene kleine lederne Gebetskapseln, die auf Pergament handgeschriebene Schriftrollen mit Texten aus der Thora, den fünf Büchern Moses, enthalten. Tefillin werden von religiösen jüdischen Männern – im Re-

formjudentum teilweise auch von Frauen – an Werkta-
gen beim Morgengebet (hebr. Schacharit) getragen. Der
Armteil liegt am Oberarm, und die Riemen werden um
den Arm, die Hand und Finger gewickelt, der Kopfteil
wird über der Stirn getragen. Das Anlegen von Tefillin
dient als Mahnung, JHWHS Gebote zu beachten. Ihre
Form, die Art, sie zu tragen, und der Inhalt der Gebetskapseln sind im Talmud festgelegt. (Wikipedia)

Tokoloshe – Der Tokoloshe, auch Tokolosh, Tokoloshi
oder Tikoloshe, ist ein zwergenhaftes, böses Fabelwesen
in der Mythologie der Zulu. Das Xhosa-Wort *uTikolo-
she* kann in etwa mit »kleiner Geist« oder »kleiner Teufel« übersetzt werden. Es leitet sich möglicherweise vom
isiXhosa-Begriff *uthikoloshe* ab. (Wikipedia)

Tsotsi – schwarzer Krimineller

UDF – Die *United Democratic Front,* deutsch: »Vereinigte
Demokratische Front«) war in den 1980er Jahren das
wichtigste legale außerparlamentarische Oppositions-
bündnis in Südafrika.

Umkontho we Sizwe (s. a. MK) – Umkhonto we Sizwe (Abkürzung MK; IsiZulu und isiXhosa für »Der Speer der
Nation«) war der militärische Arm der Organisation African National Congress (ANC), der sich gegen die Apartheid in Südafrika einsetzte. Das Symbol des Speers wurde
gewählt, weil schwarze Afrikaner mit dieser einfachen
Waffe jahrhundertelang Kriege geführt haben. Der MK
wurde im Jahr 1961 gegründet und legte 1990 die Waffen
nieder. (Wikipedia) Nelson Mandela war Mitglied des MK.

Uncle – engl. Äquivalent zu *oom,* s. o.

Veld – (Afrikaans) offene, unbebaute Landschaft

Xhosa – Die Xhosa [ˈkoːza] (*isiXhosa:* [ǁʰosa]; auch *Xosa*)[1]
   sind ein südafrikanisches Volk, das sprachlich zu den
   Bantu gehört.

Zaydi – (Jidd.) Großvater
zizit – *zizijot* – (Jidd.) Schaufäden

Kenneth Bonert
Der Löwensucher

Roman. Aus dem Englischen
von Stefanie Schäfer

1924 flieht die junge Gitelle aus Litauen auf die andere Seite des Erdballs zu ihrem Mann Abel nach Johannesburg. Dort zieht ihr kleiner rothaariger Sohn Isaac im jüdischen Ghetto mit den schwarzen Jungs um die Häuser, während Vater Abel in seiner Uhrmacherwerkstatt mit seinen Freunden der verlorenen Heimat nachweint. Gitelle dagegen arbeitet rigoros an einem Neuanfang und träumt von einem Haus, in dem auch ihre fünf armen, in der alten Welt verbliebenen Schwestern Platz hätten. Als Isaac von der Schule fliegt, sieht sie darin eine Chance für ihn, mit Phantasie und Chuzpe auf der Überholspur erfolgreich zu werden – alles für ihren Traum. Der Junge beginnt als Angestellter einer Umzugsfirma und lernt dabei den schillernden Wundermittelverkäufer Bleznik kennen, den fürchterlichen Magnus Oberholzer, einen Vertreter der erstarkenden antisemitischen Grauhemden, aber auch die große Liebe.

Die allgemeine Weltlage verdüstert sich, und Isaac muss sich entscheiden: Will er wie sein Vater »gefressen« werden oder furchtlos und tough sein wie seine Mutter, die wie eine Löwin für ihre Ziele kämpft?

»Kenneth Bonerts Debüt, ein exemplarisches Flüchtlingsepos mit biblischen Zügen, liest sich von Anfang bis Ende mit Spannung, in einer vorzüglichen Übersetzung.«
Gerhard Schulz / Frankfurter Allgemeine Zeitung

John Irving
im Diogenes Verlag

»Der literarische Großmeister.«
Brigitte, Hamburg

Das Hotel New Hampshire
Roman. Aus dem Amerikanischen von
Hans Hermann

Laßt die Bären los!
Roman. Deutsch von Michael Walter

Eine Mittelgewichts-Ehe
Roman. Deutsch von Nikolaus Stingl

*Gottes Werk und
Teufels Beitrag*
Roman. Deutsch von Thomas Lind-
quist

*Die wilde Geschichte
vom Wassertrinker*
Roman. Deutsch von Edith Nerke und
Jürgen Bauer

Owen Meany
Roman. Deutsch von Edith Nerke und
Jürgen Bauer

Zirkuskind
Roman. Deutsch von Irene Rumler

Witwe für ein Jahr
Roman. Deutsch von Irene Rumler

My Movie Business
Mein Leben, meine Romane, meine
Filme. Mit zahlreichen Fotos aus dem
Film *Gottes Werk und Teufels Bei-
trag.* Deutsch von Irene Rumler

Die vierte Hand
Roman. Deutsch von Nikolaus Stingl

Bis ich dich finde
Roman. Deutsch von Dirk van Gun-
steren und Nikolaus Stingl
Auch als Diogenes Hörbuch erschienen, gelesen von Rufus Beck

Die Pension Grillparzer
Eine Bärengeschichte. Deutsch von
Irene Rumler
Auch als Diogenes Hörbuch erschie-
nen, gelesen von Klaus Löwitsch

*Letzte Nacht in
Twisted River*
Roman. Deutsch von Hans M. Herzog

*Garp und wie er die Welt
sah*
Roman. Deutsch von Jürgen Abel

In einer Person
Roman. Deutsch von Hans M. Herzog
und Astrid Arz

Straße der Wunder
Roman. Deutsch von Hans M. Herzog

Außerdem erschienen:

*Ein Geräusch, wie wenn
einer versucht, kein
Geräusch zu machen*
Eine Geschichte von John Irving. Mit
vielen Bildern von Tatjana Haupt-
mann. Deutsch von Irene Rumler

Zurzeit ausschließlich als eBook erhältlich:

Die imaginäre Freundin
Vom Ringen und Schreiben. Deutsch
von Irene Rumler

Anthony McCarten
im Diogenes Verlag

»Anthony McCarten hat die unglaubliche Gabe, Geschichten so aufzuschreiben, dass es einem das Herz zerreißt, während man über seine Einfälle, Sprüche und seinen unbesiegbaren Humor lacht.«
Hamburger Abendblatt

»McCarten pflegt den satirischen Ton, ohne waschechte Satiren zu schreiben. Er ist, wie man so sagt, ein geborener Erzähler.« *Die Welt, Berlin*

»Anthony McCarten ist unter den literarischen Exporten aus Neuseeland einer der aufregendsten.«
International Herald Tribune, London

Superhero
Roman. Aus dem Englischen von Manfred Allié und Gabriele Kempf-Allié
Auch als Diogenes E-Hörbuch erschienen, gelesen von Rufus Beck

Englischer Harem
Roman. Deutsch von Manfred Allié und Gabriele Kempf-Allié
Auch als Diogenes E-Hörbuch erschienen, gelesen von Rufus Beck

Hand aufs Herz
Roman. Deutsch von Manfred Allié
Auch als Diogenes Hörbuch erschienen, gelesen von Rufus Beck

Liebe am Ende der Welt
Roman. Deutsch von Manfred Allié

Ganz normale Helden
Roman. Deutsch von Manfred Allié und Gabriele Kempf-Allié
Auch als Diogenes Hörbuch erschienen, gelesen von Rufus Beck und Jo Kern

funny girl
Roman. Deutsch von Manfred Allié und Gabriele Kempf-Allié
Auch als Diogenes Hörbuch erschienen, gelesen von Rufus Beck und Adriana Altaras

Licht
Roman. Deutsch von Manfred Allié und Gabriele Kempf-Allié

Jack
Roman. Deutsch von Manfred Allié und Gabriele Kempf-Allié

Der Papst
Franziskus und Benedikt und die Entscheidung, die alles veränderte. Deutsch von Stefanie Schäfer

Meir Shalev
im Diogenes Verlag

Meir Shalev, geboren 1948 in Nahalal, studierte Psychologie und arbeitete viele Jahre als Journalist und Fernsehmoderator. Er lebt mit seiner Familie in Jerusalem und in Nord-Israel. Neben seinen Romanen für Erwachsene schreibt er auch Kinderbücher.

»Israels großer Fabulierer. Seine Romane gleichen den Bildern Chagalls. In einer Ecke noch eine kleine Episode, am Rand noch eine Figur, und der Fiedler schwebt ganz selbstverständlich über dem Dach.«
Anita Pollak / Kurier, Wien

Ein Russischer Roman
Aus dem Hebräischen von Ruth Achlama

Esaus Kuß
Eine Familiensaga. Deutsch von Ruth Achlama

Der Sündenfall –
ein Glücksfall?
Alte Geschichten aus der Bibel neu erzählt. Deutsch von Ruth Melcer

Judiths Liebe
Roman. Deutsch von Ruth Achlama Auch als Diogenes Hörbuch erschienen, gelesen von Edgar M. Böhlke

Im Haus der Großen Frau
Roman. Deutsch von Ruth Achlama

Der Junge und die Taube
Roman. Deutsch von Ruth Achlama

Aller Anfang
Die erste Liebe, das erste Lachen, der erste Traum und andere erste Male in der Bibel. Deutsch von Ruth Achlama

Meine russische Großmutter
und ihr amerikanischer
Staubsauger
Deutsch von Ruth Achlama

Zwei Bärinnen
Roman. Deutsch von Ruth Achlama

Mein Wildgarten
Deutsch von Ruth Achlama. Mit 40 Illustrationen von Refaella Shir

Der folgende Roman ist zurzeit ausschließlich als eBook erhältlich:
Fontanelle
Deutsch von Ruth Achlama